Un visage du paradis

VIRGINIA C. ANDREWS

FLEURS CAPTIVES	*J'ai lu* 1165/4*
PÉTALES AU VENT	*J'ai lu* 1237/4*
BOUQUET D'ÉPINES	*J'ai lu* 1350/4*
LES RACINES DU PASSÉ	*J'ai lu* 1818/4*
MA DOUCE AUDRINA	*J'ai lu* 1578/4*
LE JARDIN DES OMBRES	*J'ai lu* 2526/4*
LES ENFANTS DES COLLINES	*J'ai lu* 2727/5*
L'ANGE DE LA NUIT	*J'ai lu* 2870/5*
UN VISAGE DU PARADIS	*J'ai lu* 3119/5*
CŒURS MAUDITS	*J'ai lu* 2971/5*
LE LABYRINTHE DES SONGES	*J'ai lu* 3234/6* *(juin 92)*

Virginia C. Andrews

Un visage du paradis

traduit de l'américain
par Françoise JAMOUL

Éditions J'ai lu

Titre original :

GATES OF PARADISE

© Virginia C. Andrews Trust, 1989

Pour la traduction française :
© Éditions J'ai lu, 1990

Prologue

D'aussi loin que je me souvienne, la seule personne à qui j'aie confié mes secrets les mieux gardés est Luke Casteel Junior. En sa compagnie, il me semblait que ma vie prenait tout son sens, et mon cœur me disait qu'il partageait mes sentiments, même s'il n'osait pas en parler. J'aurais voulu pouvoir le regarder sans cesse, contempler ses yeux d'un bleu saphir si profond et si doux et lui dire ce que j'éprouvais, mais les mots nous étaient interdits. C'était mon demi-frère.

Nous disposions cependant d'un moyen de nous regarder sans contrainte et sans que personne puisse surprendre notre secret : la séance de pose lorsque je faisais son portrait. Luke était toujours volontaire. Avec le chevalet entre nous et sous le couvert de mon art, je pouvais observer de près son visage aux pommettes hautes, au dessin parfait, et saisir le mouvement de ces mèches folles d'un noir de jais qui retombaient sans arrêt sur son front.

Luke tenait de ma tante Fanny ses cheveux noirs et de mon père ses yeux d'un bleu profond et son nez bien modelé. Il y avait de la force dans le tracé de sa bouche et la ligne ferme et lisse de sa mâchoire. Je ne pouvais m'empêcher de remarquer certaines ressemblances flagrantes avec mon père, comme avec moi-même. Il avait la haute stature élancée de papa et rejetait les épaules en arrière de la même façon que lui. Constater ces ressemblances m'attristait toujours, car elles me rappelaient que Luke était non seulement mon demi-frère, mais un demi-frère illégitime. Il était le fruit d'un unique instant d'égarement entre papa et ma tante Fanny, la sœur de ma mère, incartade dont nous sentions tous qu'il valait mieux ne pas parler.

Nous nous efforcions donc de l'ignorer, de l'ensevelir dans une ombre discrète, même si nous savions tous deux que les habitants de Winnerow bavardaient sur notre compte. Bien que notre famille fût la plus en vue de la ville, il fallait bien reconnaître qu'elle était assez bizarre. Luke Junior vivait chez sa mère, qui s'était mariée deux fois. Son premier mari, un homme beaucoup plus âgé qu'elle, était mort. Le second, beaucoup plus jeune qu'elle, avait demandé le divorce.

Toute la ville se souvenait encore du procès au cours duquel maman et ma tante Fanny s'étaient disputé la tutelle de Drake, leur demi-frère, après la mort de leur père, Luke. Lui et sa seconde femme, Stacie, avaient été tués dans un accident de la route quand Drake n'avait que cinq ans. La question s'était réglée en famille, tante Fanny consentant à laisser la tutelle de Drake à maman en échange d'une énorme somme d'argent. Drake détestait entendre parler de cela, et si un garçon de l'école le taquinait en le traitant d'enfant « acheté et payé comptant », cela se terminait par une belle bagarre. D'ailleurs, maman disait qu'il avait tout à fait le caractère de son père. Il était beau, musclé, très sportif et aussi très brillant et très résolu. Il était étudiant à Harvard, maintenant, et sur le point de passer son diplôme de Hautes Études Commerciales. Bien qu'il fût mon oncle, je pensais toujours à lui comme à un grand frère. Papa et maman l'avaient élevé comme s'il était leur fils.

A Winnerow, presque tout le monde connaissait l'histoire de maman, née et élevée dans les Willies. Sa mère était morte en la mettant au monde et elle avait grandi dans une misérable cabane des collines, avant d'aller rejoindre la famille de sa mère, les richissimes Tatterton.

Elle vivait à Farthinggale Manor, ou « Farthy », comme elle disait quand elle consentait à m'en parler, ce qui n'arrivait pas souvent. Mais Luke et moi, nous en parlions beaucoup.

Farthinggale Manor... ce nom nous fascinait et nous faisait rêver. Farthy était un lieu magique et sinistre à la fois, un château plein de secrets dont certains nous concernaient. C'était là qu'habitait encore le mystérieux Tony Tatterton, l'homme qui avait épousé mon arrière-grand-mère. Il dirigeait toujours son immense empire industriel, la Tatterton Toys, qui n'avait plus que des liens assez lâches avec notre Manufacture de jouets des Willies. Pour des raisons qu'elle gardait pour elle, ma mère refusait toute relation avec Tony Tatterton, bien qu'il ne manquât jamais de nous adresser une carte à Noël et pour nos anniversaires. C'est en ces occasions qu'il m'avait envoyé des poupées du monde entier. Précieuses poupées chinoises aux longs cheveux noirs et lisses, hollandaises, norvégiennes, irlandaises au teint lumineux et aux costumes éclatants de couleurs, que maman m'avait quand même permis de garder.

Luke et moi aurions voulu en savoir plus sur ce Tony Tatterton et Farthy. Drake aussi se montrait curieux à cet égard, bien qu'il en parlât moins. Et chez nous, à la maison Hasbrouck, c'était seulement quand papa et maman recevaient que nous avions des chances d'en apprendre un peu plus sur le passé de la famille. Pendant ces moments de loisir, amis et parents d'amis circulaient dans tout Hasbrouck en bavardant librement de tout et de rien. Si seulement cela s'était produit plus souvent... Nous nous posions tant de questions qui demeuraient sans réponses !

Pourquoi mes parents avaient-ils quitté le cadre élégant et riche de Farthinggale Manor pour revenir ici ? Pourquoi maman avait-elle si âprement voulu retourner à Winnerow, où elle avait été traînée plus bas que terre parce qu'elle était une Casteel des Willies ? Même lorsqu'elle enseignait à l'école de Winnerow, les riches et prétentieux citadins ne l'avaient jamais réellement accueillie comme une des leurs.

Nous devinions tant de secrets ténébreux, énigmes tapies dans les recoins de nos esprits comme de vieilles toiles d'araignées... Pour autant qu'il m'en souvienne, j'avais toujours pressenti qu'une chose me concernant de près devait m'être révélée, mais personne n'avait rien dit. Ni ma mère, ni mon père, ni mon oncle Drake. Je le devinais à de certains silences entre mes parents, entre eux et moi, et particulièrement entre ma mère et moi.

J'aurais voulu que tout devînt clair et propre comme une toile vierge, et pouvoir, d'un coup de pinceau, faire surgir la vérité devant moi. C'était sans doute pour cela que j'étais obsédée par ma peinture, et il était rarissime que je laisse passer une journée sans travailler. Peindre m'était aussi indispensable que... que respirer.

1

Secrets de famille

— Oh non ! s'exclama Drake, qui s'était glissé derrière moi à mon insu, tant j'étais absorbée par ma peinture... Pas ça ! Pas un nouveau tableau de Farthinggale Manor avec Luke Junior à sa fenêtre, en contemplation devant un ciel tourmenté !

Et Drake se mit à rouler des yeux comme s'il était sur le point de s'évanouir.

Luke se redressa brusquement et repoussa quelques mèches de son front. C'était presque un réflexe, chez lui, chaque fois qu'il se sentait nerveux ou mal à l'aise : il se passait la main dans les cheveux. Je me retournai lentement, bien résolue à sermonner Drake comme le faisait Mlle Marbleton, notre professeur d'anglais, lorsque Luke ou moi commettions une étourderie ou une incorrection. Mais Drake arborait son regard espiègle et ses yeux d'anthracite brillaient comme deux cailloux dans la rosée: sa seule vue me désarmait. Il était si beau, malgré l'ombre de barbe qui lui fonçait le teint, et dont il ne pouvait venir à bout. Ma mère lui caressait toujours les joues avec tendresse et l'invitait à se raser en le traitant de hérisson.

— Drake, dis-je avec douceur, l'implorant presque de ne rien ajouter qui risquât de nous embarrasser, Luke et moi.

Mais il insista.

— Enfin quoi, Annie... c'est vrai, non ? Tu as bien dû

faire une demi-douzaine de tableaux de ce genre. Avec Luke à Farthy, soit dans la maison, soit en train de se promener dans le parc, et il n'y a jamais mis les pieds !

Il éleva la voix pour bien nous rappeler qu'il y était allé, lui ! Je penchai la tête sur le côté, du même geste qu'avait maman quand une idée lui traversait l'esprit. Drake serait-il jaloux parce que je prenais Luke pour modèle, par hasard ? Lui, je n'aurais jamais pensé à lui demander de poser pour moi. Il ne tenait pas en place, comment aurais-je pu faire son portrait ?

— Mes tableaux de Farthy ne se ressemblent jamais ! protestai-je. Comment le pourraient-ils ? Je tire tout de mon imagination et des bribes d'information que j'ai soutirées par-ci par-là à papa et à maman.

— Ce n'est pourtant pas difficile à voir ! observa Luke, sans lever le nez de son recueil de textes anglais.

Le sourire de Drake s'élargit, ses yeux pétillèrent.

— Qu'entends-je ? Sa Sainteté a daigné parler ?

Voir Luke réagir à ses taquineries le mettait en joie.

— Drake, suppliai-je, je t'en prie, tu me déconcentres. Un artiste doit saisir le moment favorable et le retenir, un peu comme on tiendrait un poussin dans sa main : doucement, mais fermement.

Je n'avais pas l'intention de me donner des grands airs, mais rien ne me faisait plus horreur qu'une discussion entre Luke et Drake.

Mes prières et mes regards implorants firent leur effet. L'expression de Drake s'adoucit et il se tourna vers moi, détendu. Maman disait toujours qu'il promenait dans Winnerow la fierté d'un vrai Casteel. Avec son mètre quatre-vingt-cinq, ses épaules athlétiques, ses hanches étroites et ses bras musclés, cela n'avait rien d'étonnant !

— Désolé, je me demandais simplement si je pourrais t'enlever ton savant pour quelque temps, s'excusa-t-il. Il nous manque un neuvième homme dans l'équipe universitaire de softball[1].

---

1. Variante du football, le softball se joue sur un terrain réduit, avec une équipe de dix joueurs. (*N.d.T.*)

Totalement pris au dépourvu par l'invitation, Luke leva la tête et plissa les paupières, perplexe. Drake était-il sincère ? Depuis qu'il était revenu pour ses vacances de printemps, il passait le plus clair de son temps avec des amis de son âge. Luke me regarda et débita précipitamment :

— En fait je... Il faut que je prépare ce contrôle et je pensais que, tout en posant pour Annie...

— Bien sûr, Einstein, je comprends... Einstein ! répéta Drake d'un ton persifleur avec un geste moqueur en direction de Luke.

Et, se retournant pour lui faire face, il ajouta, sérieusement cette fois :

— Il n'y a pas que les livres qui comptent, les gens aussi ! Il faut savoir communiquer, se lier, se faire aimer et respecter. C'est la clef du succès. Pour réussir, les terrains de sport sont d'aussi bons tremplins que les salles de classe, déclama-t-il en agitant l'index de sa longue main.

Sans répondre, Luke se passa les doigts dans les cheveux et attacha sur Drake ce regard ferme, réfléchi et pénétrant que ce dernier ne pouvait soutenir.

— Oh, et puis... à quoi bon perdre ma salive !

Drake reporta son attention sur mon tableau et ajouta à voix basse :

— Je t'ai déjà dit que Farthy était en pierre grise, pas bleue.

Sur quoi, Luke prit aussitôt ma défense.

— Mais tu n'avais que cinq ans, quand tu y as séjourné, et tu y es resté si peu de temps ! Tu as peut-être oublié.

— Une maison de cette taille ! s'exclama Drake avec une grimace éloquente, on n'oublie pas sa couleur comme ça ! L'âge et le temps qu'on a pu y passer n'ont rien à voir.

— Mais tu nous avais dit qu'il y avait deux piscines en plein air, insista Luke. Et pour finir, Logan a rectifié l'erreur. Il n'y a qu'une piscine de plein air, l'autre est couverte.

Dès qu'il s'agissait de Farthy, lui et moi nous montrions très pointilleux sur les détails, glanant amoureusement les moindres précisions que nous pouvions recueillir. Nous en savions si peu sur ce sujet !

— Pas du tout, Sherlock Holmes ! répliqua Drake, dont le regard se durcit entre ses paupières serrées. (Il détestait être contredit, surtout par Luke.) Je n'ai jamais dit qu'il y avait deux piscines de plein air, j'ai simplement parlé de deux piscines, c'est toi qui n'écoutes jamais. Je me demande même comment tu fais pour réussir si bien en classe : tu triches ou quoi ?

— Drake ! m'exclamai-je en lui pressant doucement le poignet, je t'en prie...

— Mais c'est vrai qu'il n'écoute jamais... sauf quand c'est toi qui parles, ajouta-t-il en souriant, satisfait d'avoir touché un point sensible.

Luke rougit et son regard bleu chercha furtivement le mien. Puis il se détourna, la mine sombre. Je levai les yeux jusqu'aux premières hauteurs des Willies qui se profilaient derrière lui, là où le vent sculptait un lambeau de nuage. On aurait dit une larme. Et brusquement, j'eus envie de pleurer, et pas seulement à cause de cette dispute entre Luke et Drake. Ce n'était pas la première fois que cette humeur mélancolique me gagnait, comme un nuage voilant le soleil. Je m'avisai que, bien souvent, la tristesse stimulait mon ardeur à peindre. La peinture m'apportait un soulagement, un sentiment d'équilibre et de paix. Je recréais le monde selon mes désirs, tel que je le voyais avec les yeux de l'âme. J'y faisais régner un éternel printemps ou un hiver éblouissant de beauté. J'étais une magicienne, invoquant un caprice de mon esprit pour lui donner vie sur la toile vierge. En travaillant à ce dernier dessin de Farthy, je sentais mon cœur s'alléger et le monde se réchauffer autour de moi, comme si une ombre tapie en moi-même se dissipait. Mais Drake avait rompu le charme, et ma tristesse avait repris ses droits.

Je m'aperçus que Drake et Luke se dévisageaient tous les deux, troublés par ma mine défaite. Refoulant mon envie de pleurer, je pris sur moi et leur souris.

— Si mes tableaux de Farthinggale Manor sont tous

différents, finis-je par dire, d'une voix à peine audible, c'est peut-être... qu'il change ?

Les yeux de Luke s'agrandirent et un sourire se dessina sur ses lèvres. Il savait ce que cette intonation signifiait : nous allions commencer le jeu. Notre jeu. Lâcher la bride à notre imagination, oser dire ce que n'importe quel adolescent de dix-sept ou dix-huit ans aurait jugé stupide.

Mais le jeu, c'était plus encore. Quand nous y jouions, nous pouvions nous dire l'un à l'autre ce que nous n'aurions jamais osé exprimer. Je pouvais être sa princesse, et lui mon prince. Nous laissions parler notre cœur, comme si ce n'était pas nous qui parlions, mais des personnages imaginaires. Sans rougir ni détourner les yeux.

Drake aussi savait ce qui se préparait. Il secoua la tête.

— Oh, non ! vous n'allez pas recommencer, tous les deux !

Et, d'un air faussement confus, il se couvrit le visage.

J'ignorai sa raillerie, m'écartai du chevalet et poursuivis :

— Peut-être Farthy est-il semblable aux saisons, gris et lugubre l'hiver, bleu, chaud et resplendissant l'été.

J'avais levé les yeux, comme si je décrivais ce que je voyais dans l'azur du ciel. Puis mon regard revint se poser sur Luke, qui saisit la balle au bond.

— Ou peut-être est-il ce que nous voulons qu'il soit, enchaîna-t-il. Si je le souhaite en sucre d'érable, il le sera.

— En sucre d'érable ? parodia Drake, franchement moqueur.

Mais j'élevai la voix pour couvrir la sienne.

— Et si je veux qu'il soit un merveilleux château, peuplé de seigneurs et de dames d'honneur, où un prince erre tristement en attendant le retour de sa princesse, il le sera.

— Puis-je être le prince ? demanda vivement Luke en se levant. Celui qui attend ton retour ?

Ce fut comme si nos regards se touchaient. Et quand

Luke s'approcha de moi, mon cœur se mit à battre à grands coups. Il prit ma main (comme la sienne était douce et chaude...), et se tint devant moi, le visage tout près du mien.

— Annie, ma princesse... murmura-t-il en posant les mains sur mes épaules.

Mon cœur s'accéléra : Luke allait m'embrasser...

— Pas si vite, beau damoiseau ! lança brusquement Drake.

Il se courba en deux, remonta les épaules à la façon des bossus, crispa les doigts comme si c'étaient des griffes et s'approcha de moi.

— Je suis Tony Tatterton, annonça-t-il dans un chuchotement sinistre, et je viens vous voler votre princesse, Sire Luke. Je vis dans les plus obscurs et les plus profonds souterrains du château de Farthy, et elle m'y suivra. A jamais captive de mon univers, elle deviendra la princesse des Ténèbres.

Et il éclata d'un rire diabolique, sous notre regard éberlué. La surprise qui se lisait sur nos visages le rappela à la réalité et il se redressa d'un seul coup.

— Vous et vos fariboles ! s'esclaffa-t-il. Même moi, je me suis laissé prendre au jeu !

— Ce ne sont pas des fariboles. Notre imagination et nos rêves nous rendent créatifs, voilà tout. C'est ce que Mlle Marbleton a dit récemment en cours, n'est-ce pas, Luke ?

Luke se contenta de hocher la tête, l'air abattu. Il baissait les yeux et rentrait les épaules, tout à fait comme papa lorsque quelque chose le tracassait. Il avait tellement d'attitudes de papa !

— Je suis bien certain que Mlle Marbleton ne voulait pas parler de vos histoires de Farthy ! rétorqua Drake avec ironie.

— Mais toi-même, observai-je, n'es-tu pas toujours en train de te demander à quoi ressemble Farthy, pour de vrai ?

Il haussa les épaules.

— Un de ces jours, je m'octroierai un petit congé, le

temps d'y faire un saut. Ce n'est pas tellement loin de Boston, ajouta-t-il avec insouciance.

Cette perspective m'emplit d'envie.

— Tu vas vraiment le faire ?

— Bien sûr, pourquoi pas ?

— Mais papa et maman détestent parler de Farthy, lui rappelai-je. Ils seraient furieux si tu y allais.

— Alors... je ne leur en parlerai pas, il n'y a que toi qui le sauras, Annie. Ce sera notre secret.

Drake ajouta ces derniers mots en dévisageant fixement Luke, dont le regard croisa le mien. Drake ne partageait pas notre ferveur pour Farthy et le passé.

Il m'arrivait de contempler en cachette les merveilleuses photos de la réception donnée en l'honneur du mariage de mes parents, à Farthinggale Manor. Quel fabuleux spectacle ! Toute cette foule élégante, les smokings, les toilettes des grands couturiers... et les innombrables tables composant le buffet, la nuée de domestiques affairés, portant des plateaux chargés de flûtes de champagne !

L'une des photos montrait maman et Tony Tatterton en train de danser. Il arborait une mine joviale, on aurait dit un acteur de cinéma. Et maman, qui semblait vibrer de joie et de fraîcheur ! Ses yeux bleu de lin — les mêmes que les miens — étaient absolument rayonnants. A les voir ainsi tous les deux, j'avais peine à croire que cet homme ait pu faire quelque chose d'assez grave pour qu'elle lui en veuille à ce point. Tout cela était si triste et si mystérieux... Et j'en revenais toujours aux photographies, comme si leur examen devait finir par me livrer leur ténébreux secret.

— Je me demande si je verrai jamais cet endroit ! m'écriai-je, à mi-chemin entre l'interrogation et le souhait. Quel chic ! C'est vraiment fabuleux. Je suis même jalouse de toi, Drake, parce que tu y es allé. Même si tu n'avais que cinq ans, tu en as un souvenir, si lointain qu'il soit.

— Cela remonte à seize ans, observa Luke, sceptique.

— Soit, mais en fermant les yeux, il revoit quelque chose, au moins. Il se souvient. Moi, je suis obligée d'imaginer... et ça n'a peut-être aucun rapport avec la réalité. Si seulement maman voulait nous en parler! Si seulement nous pouvions visiter Farthy! Nous n'aurions qu'à ignorer Tony Tatterton, ne pas nous occuper de lui. Je ne lui adresserais pas la parole, si elle me le défendait. Mais au moins nous pourrions nous promener partout et...

— Annie!

Luke bondit sur ses pieds au moment où ma mère surgissait dans la pièce. Apparemment, elle nous écoutait depuis longtemps. Drake hocha la tête, comme pour signifier que cette apparition subite ne le surprenait pas du tout. Je m'abritai derrière mon chevalet.

— Oui, maman?

Elle regarda Luke, qui détourna promptement les yeux, puis s'approcha de moi, sans même jeter un coup d'œil à ma toile. Son regard trahissait une profonde tristesse.

— Annie, dit-elle avec douceur, ne t'ai-je pas demandé de ne pas te tourmenter, ni me tourmenter, en parlant de Farthinggale?

— Je les avais prévenus, observa Drake.

— Pourquoi n'écoutes-tu pas ton oncle, ma chérie? Il est en âge de comprendre, lui.

— Oui, maman.

Qu'elle était belle, malgré sa tristesse! Le teint rosé, la silhouette aussi svelte qu'au jour de son mariage. Tous ceux qui nous voyaient ensemble avaient la même réaction. Surtout les hommes: « On ne vous prendrait jamais pour la mère et la fille, affirmaient-ils, mais pour deux sœurs. »

— Je t'ai pourtant dit combien ces souvenirs m'étaient pénibles. Crois-moi, Farthy n'a rien d'un château de contes de fées. Il n'y a pas de prince charmant prêt à se jeter à tes pieds. Luke et toi ne devriez pas jouer ce... cette comédie.

— J'ai essayé de les en empêcher, intervint Drake, mais ils jouent toujours à ce jeu stupide.

— Il n'a rien de stupide, protestai-je. Tout le monde a ses fantasmes!

— Ils se conduisent vraiment comme des gamins, parfois, insista Drake. Et Luke encourage Annie.

— Quoi ?

Luke leva sur ma mère un regard empli de crainte. Il avait tellement besoin de se savoir aimé d'elle !

— Non, m'écriai-je, il ne m'encourage pas, je suis aussi responsable que lui !

— Oh, je vous en prie, implora maman, n'insistons pas là-dessus. Si vous voulez vraiment faire semblant, ce ne sont pas les sujets qui manquent. Il y a tant d'autres endroits merveilleux, tant de choses à imaginer !

Elle prononça ces derniers mots sur un ton plus léger et sourit à Drake.

— Tu fais très étudiant avec ton sweater de Harvard ! Je parie que tu meurs d'envie d'y retourner. Et toi, Luke, ajouta-t-elle en se tournant vers lui, j'espère que tu es impatient d'aller à l'université, toi aussi ?

— Oh oui, je voudrais déjà y être !

Il jeta un coup d'œil furtif à ma mère, puis se retourna vivement vers moi. D'aussi loin que je me souvienne, je l'avais toujours vu timide en présence de maman. Il l'était d'ailleurs de nature, mais plus encore avec elle ; il craignait toujours qu'elle ne le surprenne en train de la regarder. Et je ne me rappelais pas l'avoir jamais vu soutenir une longue conversation avec elle, ni avec papa, en fait. Et pourtant, je savais à quel point il les admirait.

— Tu as des résultats vraiment brillants en classe, Luke, c'est merveilleux !

Maman rejeta les épaules en arrière et leva la tête, de cet air fier que les gens de Winnerow appelaient « son arrogance de Casteel ». Je savais que presque toutes les femmes de la ville la jalousaient. Car elle ne se contentait pas d'être belle : c'était en outre une remarquable femme d'affaires, aussi aimable qu'efficace. Et pour cela, tous les hommes l'adoraient et la respectaient.

— Nous sommes tous fiers de toi, conclut-elle.

— Merci, Heaven.

Luke repoussa ses cheveux en arrière et feignit de s'absorber dans son livre, mais son cœur se gonflait de joie. Puis, subitement, il consulta sa montre et déclara :

— Je n'ai pas vu passer le temps, je ferais mieux de rentrer.

Plus prompte que lui, je protestai aussitôt :

— Mais je croyais que tu dînerais avec nous !

Avec un regard d'adoration pour Drake, maman renchérit :

— Bien sûr qu'il faut rester, Luke ! C'est la dernière soirée de Drake à la maison avant son retour à Harvard. Crois-tu que cela ennuierait beaucoup Fanny ?

Luke eut une ombre de sourire où perçait le sarcasme.

— Non. Elle ne sera pas là ce soir.

— Alors, c'est entendu, répondit aussitôt ma mère, peu soucieuse d'apprendre les détails. (Nous savions tous que Fanny avait des aventures avec des jeunes gens, et à quel point cela pesait à Luke.) Tu restes. Je fais ajouter un couvert.

Elle se tourna vers ma toile qu'elle observa longuement. J'y jetai un coup d'œil, puis regardai maman pour voir si mon ébauche éveillait en elle quelque souvenir. Elle secoua légèrement la tête, le regard absent, comme si elle écoutait un chant qui serait venu de très loin.

— Ce n'est pas fini ! me hâtai-je de préciser, redoutant une critique de sa part.

Papa et elle m'avaient toujours encouragée à peindre et m'avaient offert les leçons et tout le matériel nécessaires, mais je ne pouvais m'empêcher de douter de mon talent.

Maman se détourna et me désigna les montagnes.

— Pourquoi ne peindrais-tu pas les Willies, Annie ? J'aimerais accrocher un tableau de ce genre dans le salon. Les Willies au printemps, par exemple, avec les forêts pleines d'oiseaux et de fleurs. Ou en automne, avec leurs feuillages multicolores. Tu sais si bien peindre la nature !

Je secouai la tête.

— Oh, maman ! Mon travail n'est pas digne d'être montré. Pas encore.

— Mais tu as du talent, Annie !

Ses yeux bleus s'adoucirent, pleins d'amour et de réconfort. Et elle chuchota comme s'il s'agissait d'un blasphème :

— Tu as cela dans le sang.

— Je sais. Mon arrière-grand-père sculptait de magnifiques lapins, et d'autres animaux des bois.

— Oui, soupira maman, souriant à ses souvenirs. Je le revois encore, assis sous l'auvent de notre cabane, sculpter pendant des heures et des heures. Entre ses mains, le plus informe bout de bois se changeait en une petite créature de la forêt pleine de vie. C'est merveilleux d'être un artiste, Annie, de pouvoir créer la beauté à partir de la matière vierge

— Oh, maman, je suis loin d'être capable de cela. Et je ne le serai sans doute jamais... même si je ne peux m'empêcher de l'espérer.

— Mais si, tu y parviendras. Et tu ne peux t'empêcher de le désirer parce que c'est un... un don de famille.

Elle marqua une pause, comme si elle venait de me confier un grand secret, puis sourit et m'embrassa sur la joue.

— Viens faire un tour avec moi, Drake, dit-elle enfin. J'ai à t'entretenir de différentes choses avant ton départ.

Sur le point de la suivre, Drake s'arrêta pour observer mon tableau et me dit très bas, afin que maman n'entendît pas :

— Je te taquinais, Annie, c'est vraiment très bon. Je sais ce que tu ressens, et combien tu désires échapper à Winnerow, découvrir un monde plus vaste et plus beau. Un jour, tu sortiras de ce trou, ajouta-t-il en se tournant à demi vers Luke. Tu n'auras plus besoin de perdre ton temps à faire semblant d'être ailleurs.

Sur ce, il rejoignit ma mère. Elle glissa son bras sous le sien et tous deux s'éloignèrent pour gagner le devant de la maison. Un propos de Drake la fit rire. Je savais qu'il tenait une place de choix dans son cœur, parce qu'il lui rappelait beaucoup son propre père. Elle adorait se promener dans Winnerow avec lui, bras dessus bras dessous.

J'avais surpris plusieurs fois Luke en train de les observer avec une sorte d'avidité, et je comprenais son désir ardent d'avoir un vrai foyer. Cela expliquait en partie pourquoi il aimait tellement venir chez nous, à la maison Hasbrouck, ne serait-ce que pour s'asseoir tranquillement et nous regarder. Là, il trouvait un père, celui qu'il n'avait jamais eu, mais aurait dû avoir. Et la mère qu'il aurait préféré avoir.

Je sentis son regard sur moi et cherchai le sien. Il m'observait, l'air triste et préoccupé, comme s'il lisait dans mes pensées. Et comme s'il devinait quelle peine j'éprouvais parfois pour nous tous, même si nous étions riches et considérés. Il m'arrivait quelquefois d'envier certaines familles pauvres, dont la vie paraissait tellement plus simple... Pas de secrets enfouis dans le passé, de parents dont on ait à rougir, de demi-frères ni de demi-oncles. Je ne reniais aucun des membres de ma famille : je les aimais tous. Même tante Fanny. Mais on aurait dit que nous étions tous victimes de la même malédiction.

— Tu as toujours envie de peindre, Annie ? demanda Luke, dont les yeux bleus brillaient d'espoir.

— Tu n'es pas fatigué ?

— Non. Et toi ?

— Je ne suis jamais fatiguée de peindre. Surtout quand c'est toi que je peins.

2

Cadeaux d'anniversaire

Notre dix-huitième anniversaire fut, pour Luke et moi, une journée spéciale entre toutes. Ce matin-là, mes parents vinrent me réveiller; papa m'apportait un cadeau: un médaillon en or qui contenait leurs photos à tous deux, maman et lui. Il était suspendu à une chaîne en or massif et brillait d'un éclat merveilleux. Papa le passa à mon cou, m'embrassa et m'étreignit avec une violence qui me fit battre le cœur.

— C'est plus fort que moi, murmura-t-il en lisant l'étonnement sur mon visage. Te voilà une demoiselle, à présent, et j'ai peur de perdre ma petite fille.

— Oh, papa! m'écriai-je. Je resterai toujours ta petite fille.

Il m'embrassa encore et me tint serrée contre lui, jusqu'au moment où maman s'éclaircit la gorge et déclara:

— J'ai quelque chose pour Annie. Une chose que j'aimerais lui donner maintenant.

Quand je vis ce qu'elle tenait à la main, je n'en crus pas mes yeux. Je savais que pour elle, c'était un bien plus précieux que ses bijoux les plus coûteux, celui auquel elle tenait le plus, je n'en avais jamais douté. Et elle allait me le donner!

Je me revis toute petite fille, encore trop jeune pour aller à l'école, dans la chambre de ma mère. Nous étions près de sa coiffeuse et, pendant ce qui me semblait durer des heures, elle me brossait les cheveux, au son de la musique de Chopin. Elle avait son regard songeur, et sur ses lèvres au tracé délicat jouait un léger sourire.

Près de nous, sur une petite table, il y avait ce que j'appelais sa maison de poupée, bien que ce n'en fût pas vraiment une. C'était l'un des rares échantillons de jouets Tatterton que nous possédions à la maison. La réplique exacte, en miniature, d'un cottage situé près d'un labyrinthe de verdure. Il était interdit d'y toucher mais quelquefois, maman soulevait le toit et me laissait regarder à l'intérieur. Il y avait deux personnes dans la maison, un homme et une jeune fille. L'homme était étendu sur le sol, les mains sous la nuque et les yeux levés vers la jeune fille qui paraissait l'écouter avec attention. Et moi de demander :

— Qu'est-ce qu'il lui dit, maman ?
— Il lui raconte une histoire.
— Quelle histoire, maman ?
— Oh... celle d'un monde féerique, où les gens vivent dans le bien-être et la sécurité, où tout n'est que beauté et bonté.
— Et où est-ce, maman ?
— Il fut un temps où le cottage faisait partie de ce monde.
— Est-ce que je peux y aller, maman ?
— Oh, mon trésor, mon Annie chérie, j'espère que tu iras !
— Tu y as été, maman ?

Je vois encore l'expression de son visage, juste avant qu'elle ne me réponde. Ses yeux soudain plus radieux que le ciel le plus bleu, et ce sourire secret qui rayonnait peu à peu sur tous ses traits, ajoutant encore à leur douceur et à leur beauté.

— Oh oui, Annie, j'y suis allée. Jadis.
— Pourquoi es-tu partie, maman ?
— Pourquoi ?

Elle regardait autour d'elle, comme si la réponse était inscrite sur un papier qu'elle aurait laissé traîner quelque part. Puis ses yeux brillants de larmes revenaient se poser sur moi et elle me prenait dans ses bras.

— Parce que... Parce que c'était trop merveilleux, Annie ! Cela ne pouvait pas durer.

Naturellement, je n'avais jamais compris, et je ne comprenais toujours pas. Comment une chose peut-elle être trop merveilleuse pour durer ? Mais je ne m'attardai pas là-dessus, j'avais trop envie de regarder dans la petite maison, de voir ses meubles et sa vaisselle minuscules, de les toucher. Mais c'était défendu : ils étaient trop fragiles.

Et voilà que maman allait me donner tout cela ! Je regardai papa, qui contemplait fixement le cottage, les paupières serrées. Je n'avais jamais su ce qu'il représentait pour lui.

— Oh non, maman ! protestai-je. Tu y tiens tellement !

— Mais je tiens à toi aussi, ma chérie, dit-elle en me tendant le jouet.

Je le pris avec d'infinies précautions et m'empressai de le déposer sur ma commode.

— Oh, merci ! J'en prendrai toujours le plus grand soin.

Et c'était bien mon intention, d'abord parce que maman y avait toujours été très attachée, mais pas seulement pour cela. Chaque fois qu'il m'était permis de regarder dans la maison, j'imaginais la vie merveilleuse que nous aurions, Luke et moi, dans un endroit pareil.

— Je suis contente de t'avoir fait plaisir, ma chérie.

Quelle merveilleuse façon d'être réveillée, et quel joli matin ! Mes parents me souriaient, l'air si jeune et si heureux... J'aurais voulu que le jour de mes dix-huit ans n'ait pas de fin. Et que ma vie ne fût qu'une longue journée de bonheur, où tout le monde serait d'excellente humeur et où nous serions tous bons les uns envers les autres.

Après le départ de mes parents, je pris ma douche et passai un long moment devant ma penderie, à me demander quelle toilette choisir pour une journée si exceptionnelle. Je me décidai pour mon sweater d'angora rose et ma jupe en soie blanche, ensemble qui rappelait celui de la jeune fille du cottage.

Je laissai mes cheveux flotter sur mes épaules, simplement maintenus sur les côtés, et posai un soupçon de rose sur mes lèvres. Et, très contente de moi, je me ruai hors de ma chambre, m'élançai dans l'escalier tapissé d'une moelleuse moquette bleu clair et dévalai les marches. Comme si le monde entier célébrait mon anniversaire, le soleil déversait à flots ses rayons d'or. Même les feuilles effilées et les branches graciles des saules pleureurs qu'on voyait par les fenêtres semblaient traversées de lumière. Le vert était plus vert, les fleurs plus éclatantes. Le monde n'était que chaleur et couleurs.

Au bas de l'escalier, je fis halte : le plus complet silence régnait dans la maison. Pas le moindre bruit de voix, pas un seul domestique en vue.

— Hé ho ! appelai-je. Il y a quelqu'un ?

J'entrai dans la salle à manger. La table était mise pour le petit déjeuner, mais il n'y avait personne. Je passai dans la salle de séjour, le salon, le studio : personne là non plus. Même pas trace de Drake, revenu la veille de l'université, tout spécialement pour mon anniversaire.

— Maman ? Papa ? Drake ?

J'allai même voir à la cuisine. La cafetière électrique sifflait, les œufs brouillés n'attendaient plus que la poêle, des toasts étaient engagés dans le grille-pain, les verres de jus de fruits étaient prêts sur leur plateau d'argent... mais toujours personne. Où donc étaient Roland Star, le cuisinier, et Mme Avery, la femme de chambre ? Quant à Gérald Wilson, le maître d'hôtel, toujours en faction dans un coin, je ne l'avais aperçu ni dans le hall ni ailleurs.

Mais qu'est-ce qu'il se passe ? me demandai-je en souriant, partagée entre l'excitation et l'embarras.

Finalement, j'allai ouvrir la porte d'entrée pour regarder dehors.

Ils étaient tous là : maman, papa, Drake, les domestiques et, un peu à l'écart, Luke. Tous affichant un petit sourire mystérieux. Je fis un pas en avant.

— Mais que se passe-t-il ? Pourquoi êtes-vous... ?

Et je la vis. Une Mercedes décapotable flambant neuve, que mon père avait dû garer dans l'allée la veille, en cachette. Bleu clair, des chromes étincelants, et entourée d'une gigantesque croix de ruban rose. Avant que j'aie eu le temps d'ouvrir la bouche, tout le monde entonna en chœur *Joyeux anniversaire*. Je me mis à tourner autour de la voiture et ma gorge se noua quand je découvris la plaque d'immatriculation où s'inscrivait... mon prénom[1].

— Heureux anniversaire, Annie chérie, dit maman. Je souhaite que tu en aies encore bien d'autres aussi heureux.

— Cela m'étonnerait ! m'écriai-je. Comment pourrais-je être plus heureuse qu'en ce moment ? Merci à tous !

J'embrassai papa et serrai Drake dans mes bras.

— Je ne sais pas si vous êtes comme moi, déclara mon père, mais je meurs de faim.

Tout le monde rit et les domestiques défilèrent devant moi pour m'embrasser et m'offrir leurs vœux, avant de retourner à leurs occupations. Seul, Luke demeurait en arrière, et je savais bien pourquoi. Peu importait la façon dont on l'accueillait, il se sentait toujours exclu.

— Allons, viens, Luke, appela ma mère, voyant qu'il restait figé sur place. Logan et moi avons quelque chose pour toi aussi. Quelque chose de spécial.

— Merci, Heaven.

Maman nous regarda tour à tour, lui et moi, puis alla rejoindre les autres. Luke n'avait pas bougé.

— Allons, dis-je à mon tour, viens ici, espèce d'idiot. C'est ton grand jour.

Il hocha la tête et laissa tomber :

— Quelle belle voiture.

— Nous la prendrons pour aller faire un tour juste après le petit déjeuner, d'accord ?

---

1. Aux U.S.A., on paie très cher le luxe de choisir les lettres d'une plaque d'immatriculation (initiales, prénom, etc.). (*N.d.T.*)

— Entendu, acquiesça-t-il, l'air embarrassé. Heaven avait invité ma mère, mais elle a un peu trop bu, hier soir, et elle n'est pas très en forme. Je ne sais pas si elle pourra venir.

— Oh, Luke, dis-je en lui prenant la main, je suis désolée. Mais rien ne doit nous gâcher cette journée. Et même si quelque chose nous attriste, nous avons un moyen d'échapper à la tristesse: nous irons à la rotonde.

Mes paroles lui arrachèrent un sourire. Nous passions beaucoup de temps dans cette rotonde, quand nous étions tout enfants. Pour nous, ce n'était pas un endroit comme les autres, mais le théâtre où nous donnions libre cours à notre imagination. Chaque fois que nous avions quelque chose de spécial à faire ou à nous dire, nous nous y retrouvions. En gravissant ses trois marches, nous nous évadions du monde réel.

C'était un spacieux pavillon d'été, abritant un banc qui courait le long de la balustrade circulaire. Mes parents l'avaient fait repeindre en vert et blanc, très lumineux. De petites lanternes suspendues aux nervures du plafond permettaient de l'éclairer la nuit, ce qui le rendait plus féerique encore à nos yeux d'enfants.

Il avait surtout une fonction décorative, et nous étions pratiquement les seuls à nous en servir. Je ne me souvenais pas d'y avoir jamais vu mon père et Drake n'y venait guère, même aux jours les plus chauds de l'été. Il préférait aller s'asseoir dans le cabinet de travail. A moins, bien sûr, que ce ne soit moi qui lui demande de venir et qu'il n'ait rien de mieux à faire. Il me suivait alors, pestant sans arrêt contre les insectes et la dureté du banc de bois.

— Il faudra que nous y allions, de toute façon, dit Luke. J'ai quelque chose pour toi.

— Moi aussi, j'ai quelque chose pour toi, et ce sera une journée merveilleuse. Bon anniversaire!

— Bon anniversaire, Annie.

— Et maintenant, allons manger. Toutes ces émotions m'ont creusée, je meurs de faim.

Luke rit et nous nous précipitâmes vers la maison.

Il s'était trompé, au sujet de sa mère : tante Fanny nous réservait une de ses entrées théâtrales. Nous venions juste de passer à table quand elle franchit la porte comme un ouragan et lança, les mains sur les hanches :

— J'ai l'impression qu'on ne m'attendait pas, ma parole !

Elle portait les cheveux relevés sous une capeline en satin noir ornée d'un éclatant ruban vert, et il semblait que Luke avait deviné juste. Elle avait dû trop boire la veille, car elle conserva ses lunettes de soleil dans la maison. Tante Fanny s'habillait toujours de façon extravagante, surtout quand elle venait nous voir. J'imagine que c'était pour ennuyer maman, mais celle-ci ne semblait jamais prêter grande attention à sa toilette. Ce jour-là, ma tante arborait un tailleur-minijupe en cuir vert foncé et une blouse rose à falbalas. On aurait dit un sapin de Noël.

— Il se trouve que nous nous sommes mis à table une demi-heure plus tard que d'habitude, expliqua ma mère.

— Ah oui ?

Fanny ôta d'un geste sa capeline, soupira et s'avança en brandissant le paquet-cadeau qu'elle avait jusque-là tenu serré sous son bras droit.

— Bon anniversaire, Annie chérie.

— Merci, tante Fanny.

Je pris délicatement le paquet et me détournai pour en ôter l'emballage sans déranger la table. Le menton dans les mains, papa montrait un visage de marbre. Luke secouait la tête, les yeux fixés sur la nappe. Drake souriait jusqu'aux oreilles. De nous tous, c'était lui qui appréciait le plus Fanny, et je pense qu'elle devait le savoir. Car elle lui jetait souvent de petits clins d'œil, comme s'il existait entre eux des liens privilégiés.

Son cadeau n'était vraiment pas commun et tout à fait inattendu : un coffret à bijoux en ivoire sculpté à la main. Quand on l'ouvrait, il jouait *Memories*, une mélodie de la comédie musicale *Cats*. Les yeux de maman s'agrandirent : elle était impressionnée.

— C'est superbe, Fanny. Où as-tu trouvé cela ?
— Je voulais quelque chose qu'on puisse pas trouver à Winnerow, Heavenly. J'ai envoyé un... un copain à moi le chercher à New York exprès pour toi, Annie.
— Oh, merci, tante Fanny !

Je l'embrassai et son visage s'illumina.

— Le cadeau de Luke est à la maison. Trop gros pour le trimbaler. Je lui ai payé un poste de télévision couleur, juste pour lui.
— Oh, ça c'est magnifique, Luke ! s'écria maman.

Mais il se contenta de secouer faiblement la tête. Il n'appréciait pas beaucoup la télévision. Il préférait lire.

— Si seulement vous aviez quelques mois de différence ! s'exclama Fanny en prenant place à table. Ça serait plus facile pour venir à votre anniversaire.

Et après un gros rire, elle ajouta :

— Eh ben, qu'est-ce que vous avez à rester plantés là comme ça, la bouche ouverte ? On est à table, alors mangeons. Je n'ai pas pris de petit déjeuner depuis... hier matin ! acheva-t-elle avec un nouvel éclat de rire.

Malgré les plaisanteries sans finesse de Fanny et les quelques remarques un peu lourdes qu'il lui arriva de faire, nous passâmes tous une bonne journée. Ce fut le plus magnifique, le plus merveilleux anniversaire de ma vie. Un jour unique entre tous, tissé de musique, de rires et de soleil, un jour qui tiendrait des pages et des pages dans mon journal. Et il me tardait de faire poser Luke pour ce qui serait « le portrait de ses dix-huit ans ».

Tout le monde me traita en princesse, les domestiques eux-mêmes m'offrirent des cadeaux. Puis, une autre chose extraordinaire arriva. J'allais emmener Luke faire un tour dans ma nouvelle voiture, comptant bien m'éclipser ensuite avec lui dans la rotonde, mais je n'en eus pas le temps. Maman me prit à part, me demanda de la suivre à l'étage, dans la chambre qu'elle partageait avec papa. C'était une pièce très spacieuse, avec un immense lit à colonnes en noyer, au chevet sculpté à la main. A voir sa taille, on aurait juré qu'il avait fallu au moins douze hommes pour le déplacer.

Au-dessus du lit se trouvait l'un des rares objets que ma mère eût rapportés de Farthinggale Manor, ce qui suffisait à le rendre extraordinaire à mes yeux, voire magique. C'était un tableau représentant la vieille cabane des Willies, avec deux vieillards assis sous l'auvent, dans des rocking-chairs.

Maman avait déjà redécoré la chambre une ou deux fois, depuis son installation à la maison Hasbrouck. Cette fois, elle avait choisi d'élégants rideaux bleus galonnés d'or pour les fenêtres, et pour les murs un velours bleu clair assorti à la moquette, épaisse et moelleuse à souhait. J'adorais y marcher pieds nus.

La penderie et les placards avaient été réalisés selon les directives de maman dans le même bois que le lit, par deux artisans de l'usine, choisis parmi les plus jeunes et les derniers engagés. La coiffeuse occupait maintenant presque tout le mur de droite, comme le miroir qui la surmontait. Maman se dirigea droit vers elle et ouvrit l'un des tiroirs du milieu.

— J'ai là quelque chose qui te revient, maintenant que tu as dix-huit ans, m'annonça-t-elle. Bien sûr, tu ne pourras porter cela qu'en certaines occasions exceptionnelles, mais peu importe. Je tenais à te l'offrir aujourd'hui.

Sur ce, elle exhiba la longue boîte noire qui contenait, je le savais, ses plus précieux bijoux : une rivière de diamants et les boucles d'oreilles assorties. Je restai bouche bée quand je compris ce qu'elle allait faire.

— Oh, maman !

Elle ouvrit la boîte et me la tendit. Nous contemplâmes les pierres étincelantes et je lus dans ses yeux qu'elles évoquaient pour elle un moment très particulier de sa vie. Oh, si seulement il avait suffi d'attacher les boucles à mes oreilles pour qu'elles me chuchotent tous les secrets de notre passé, m'insufflent les précieux souvenirs de ma mère, les connaissances et la sagesse qu'elle avait acquises à travers tant d'expériences, douloureuses ou merveilleuses !

— Ces bijoux viennent de ma grand-mère Jillian, qui menait une existence de reine.

— Et qui ne voulait pas que tu l'appelles grand-mère, murmurai-je, me rappelant une des rares choses qu'elle m'eût confiées sur sa vie à Farthinggale Manor.

Maman sourit.

— Non, elle était très, très vaniteuse et souhaitait rester jeune et belle toute sa vie. Elle s'accrochait à tous les artifices, toutes les illusions, aussi tenacement qu'un homme qui se noie à sa planche de salut. Et en particulier aux toilettes élégantes et aux bijoux somptueux. Sans compter les liftings, les bains tonifiants et les lotions miraculeuses, poursuivit maman, souriant toujours d'un air attendri. Et elle ne s'exposait jamais au soleil sans un chapeau à large bord, tant elle redoutait les rides. Elle tenait à garder une peau lisse et un teint éclatant.

Je retenais mon souffle. Maman n'avait jamais parlé aussi longtemps de sa grand-mère, et j'aurais voulu qu'elle ne s'arrête jamais.

— Et bien qu'elle eût vingt ans de plus que Tony, enchaîna-t-elle, personne ne s'en apercevait, il fallait le savoir. Elle passait des heures entières devant sa coiffeuse.

Le sourire de maman s'accentua et elle s'abîma un instant dans ses souvenirs, avant de revenir à la réalité.

— En tout cas, ceci me vient d'elle et maintenant, je veux que ce soit à toi.

— Ces bijoux sont si beaux ! Jamais je n'oserai les porter.

— Tu ne dois pas craindre de posséder ni de porter de belles choses, Annie. Il fut un temps où je n'osais pas, moi non plus. Je me sentais coupable d'avoir tant reçu, quand je me rappelais la vie misérable que nous menions dans les Willies. (Le regard bleu de maman exprima soudain une résolution farouche.) Mais j'ai vite découvert que les riches n'étaient pas plus dignes que les pauvres de recevoir les meilleures choses de la vie, ni d'en jouir.

« Ne t'estime jamais supérieure à qui que ce soit parce que tu as grandi parmi les privilégiés, reprit-elle avec une véhémence qui me révéla combien elle avait dû souffrir. Les riches obéissent souvent aux mêmes motivations profondes que les plus défavorisés. Comme eux, ils sont esclaves de leurs instincts. Et même plus qu'eux, peut-être, car ils ont davantage de loisirs à consacrer à leurs problèmes et à leurs désordres personnels.

— C'est à Farthinggale que tu as appris tout cela ? demandai-je presque tout bas, pleine d'espoir.

Peut-être avait-elle choisi cet anniversaire pour me confier ses plus sombres secrets ?...

— Oui, murmura-t-elle, et je retins mon souffle, attendant qu'elle m'en dît plus long.

Mais elle se reprit brusquement et s'arracha au flot de ses souvenirs, les yeux agrandis et brillants comme si elle sortait d'une transe.

— Allons, ne parlons pas de choses désagréables, ma chérie. Surtout pas aujourd'hui. (Elle m'embrassa sur la joue et me mit les diamants dans les mains.) Il est temps de te les transmettre. Naturellement, il se pourrait que je te les emprunte de temps en temps !

Nous éclatâmes de rire et elle me serra dans ses bras.

— Bon, je vais vite les ranger et je descends, annonçai-je en me dégageant de son étreinte. J'ai envie d'emmener Luke faire un tour dans ma nouvelle voiture.

— Et n'oublie pas Drake, Annie. Il n'attend que cela, lui aussi.

Maman insistait toujours sur les liens qui nous unissaient, Drake et moi.

— Mais il n'y a que deux sièges ! m'écriai-je, consternée. Je vais devoir choisir entre les deux, et l'un d'eux pourrait se froisser.

— Drake a quitté la faculté et fait tout ce chemin rien que pour ne pas manquer ton anniversaire, Annie. Cela représente un réel effort. Luke est toujours là, lui, et d'ailleurs tu passes beaucoup trop de temps avec lui. Tu n'es pas sortie avec un garçon depuis des mois, je l'ai remarqué. Les jeunes gens de Winnerow doivent commencer à se décourager.

— Les garçons de ma classe sont tous idiots et immatures. Tout ce qui les intéresse, c'est d'aller boire n'importe quoi jusqu'à l'abrutissement, pour se prouver qu'ils sont des hommes. Au moins, avec Luke, je peux avoir des conversations intelligentes, dis-je pour me justifier.

Mais ma voix, j'en eus conscience, monta un peu trop dans l'aigu.

— Quand même, reprit maman en baissant les yeux, cela n'est pas très sain, Annie.

Ses paroles m'atteignirent comme de lourdes gouttes de pluie tombant sur moi une à une, car je savais qu'elle avait raison. Je hochai la tête et m'efforçai de contrôler le tremblement de ma voix.

— Mais j'ai de la peine pour lui.

— Je sais, mais il va bientôt entrer à l'université, commencer une vie bien à lui. Et toi, tu voyageras en Europe et rencontreras toutes sortes de gens. D'ailleurs, sa mère a de l'argent à lui donner et il est très intelligent. N'est-il pas le meilleur de sa classe, élu pour représenter ses camarades ? Il n'y a vraiment aucune raison de s'apitoyer sur lui. Et même... (ici, maman sourit)... je suis certaine qu'il t'en voudrait, s'il le savait.

— Oh, je t'en prie, ne va pas lui raconter que j'ai dit cela !

— Je ne ferais jamais une chose pareille, Annie ! Crois-tu qu'il me soit indifférent, ou que je ne comprenne pas ce qu'il a dû vivre et endurer pendant tant d'années ? C'est pourquoi je l'admire d'être devenu ce qu'il est, conclut-elle en me caressant les cheveux. Et maintenant, va ranger tes diamants, emmène Drake faire un tour et reviens chercher Luke. Aujourd'hui, pas de mots amers ni de larmes : c'est un ordre. J'aurais même dû exiger du maire un arrêté municipal d'interdiction absolue, ajouta-t-elle en riant.

Et, bannissant mes soucis, je souris.

— Tu es vraiment merveilleuse avec moi, maman. Merci !

— Je ne pourrais pas agir autrement, ma chérie. Je t'aime trop.

Sur ce, elle m'embrassa encore et je courus enfermer précieusement mes diamants dans mon tiroir à bijoux. En descendant, je trouvai Drake, Luke et mon père plongés dans une discussion serrée sur l'économie, le déficit commercial et la nécessité d'une protection légale. Je les écoutai un moment, admirant la façon dont Luke soutenait ses arguments personnels contre ses deux interlocuteurs. Puis je fis irruption dans le bureau et annonçai que les promenades en Mercedes allaient commencer.

— Ce sera par rang d'âge, expliquai-je avec diplomatie. D'abord papa, puis Drake et ensuite Luke. Trois allers-retours dans Main Street.

Papa se mit à rire.

— Et tu sais ce qui va se passer ? Les gens vont dire que nous faisons étalage de notre argent.

— Quand on en a, on le montre ! plastronna Drake, je ne vois pas pourquoi il faudrait en rougir. Tout ça, c'est du boniment démagogique.

— Hé... je parlais seulement d'aller faire un tour.!

Ma protestation les fit se retourner. Et à me voir ainsi, l'air indignée et les mains sur les hanches, ils éclatèrent de rire tous les trois en même temps.

— Oh, vous, les hommes ! m'exclamai-je en me détournant, prête à m'en aller.

Papa se précipita pour m'entourer de ses bras.

— Voyons, Annie, ne le prends pas mal. Mais tu es tellement mignonne quand tu te fâches ! Bon, allons voir si cette voiture mérite tout le foin qu'on en fait !

Je les emmenai chacun à leur tour. Drake insista pour que je m'arrête au petit restaurant express de la ville, sous prétexte de retrouver quelques vieux amis pour un moment. Mais ce qu'il voulait surtout, c'était montrer la voiture. Quand nous revînmes à la maison, Luke était dans la rotonde, en train de lire un magazine. Drake décida de terminer une dissertation qu'il avait à rendre, ce qui le libérerait pour le reste de la journée. Nous devions nous retrouver le soir pour aller dîner en ville, tous ensemble.

— Je reviens tout de suite, criai-je à Luke en m'engouffrant dans la maison.

Je courus chercher son cadeau dans ma chambre et retraversai le salon à une allure qui me valut un regard étonné de mes parents.

— Pas si vite, ou tu te retrouveras centenaire à cinquante ans ! me lança papa, riant de sa propre plaisanterie.

Son rire me parvint comme je refermais la porte d'entrée derrière moi, avant de m'élancer le cœur battant vers la rotonde. Rouge d'excitation, j'escaladai les marches et me laissai tomber aux côtés de Luke, la main tendue.

— Bon anniversaire !

Il étudia un instant le petit paquet avant de le prendre sur ma paume.

— Ce sont sans doute les clefs d'une nouvelle Mercedes, railla-t-il gentiment.

Puis il ôta le papier, souleva le couvercle de la petite boîte et découvrit l'anneau d'or massif orné d'un onyx d'un noir intense.

— Waoh !

— Regarde à l'intérieur de l'anneau.

Il retourna la bague et déchiffra l'inscription, gravée en lettres minuscules : *Souvenir de ta sœur qui t'aime, Annie.*

C'était la première fois que l'un de nous reconnaissait par écrit la véritable nature de nos liens de parenté. Les yeux de Luke se brouillèrent, mais il contint ses larmes : un homme ne doit pas pleurer, fût-ce de bonheur. Je vis l'effort qu'il s'imposait pour maîtriser son émotion et me hâtai d'ajouter :

— Mets-le.

Il glissa l'anneau à son doigt et l'éleva dans la lumière : il étincelait au soleil.

— Qu'il est beau, Annie ! Comment as-tu deviné que j'aimais cette bague ?

— Tu me l'as dit un jour où nous feuilletions un magazine ensemble.

— Tu es fantastique.

Il contemplait son anneau, le caressant du bout de l'index, inlassablement. Puis il releva la tête, un éclair enjoué dans les yeux, prit quelque chose derrière son dos et me le tendit. C'était une boîte plate enveloppée de papier rose et qu'accompagnait une carte. Ce fut celle-ci que j'ouvris la première. Non sans surprise.

Il était rare que Luke m'offre une carte sans ajouter quelques mots personnels au texte imprimé. Cette fois, comme si nous avions tacitement admis que notre dix-huitième anniversaire mettrait fin à tous les faux-semblants, la carte était rédigée ainsi :

Les années pourront passer et le temps nous séparer, comme le labyrinthe magique dont nous avons tant rêvé. Mais ne doute jamais de moi : je saurai résoudre l'énigme et te retrouver, où que tu sois.
Heureux anniversaire !
Luke.

— Oh, Luke ! Ces mots sont déjà un cadeau, plus précieux à mes yeux que ma nouvelle voiture.

— Ouvre le paquet, dit-il avec un petit sourire.

Les doigts tremblants, je m'efforçai d'obéir sans déchirer le papier. J'aurais voulu le garder, garder le ruban, garder chaque moment de cette merveilleuse journée et tout ce qui s'y rapportait. L'emballage renfermait une boîte de couleur crème. Je l'ouvris, soulevai encore un papier de soie, pour découvrir une gravure sur bronze. Elle représentait une grande maison et comportait l'inscription : *Farthinggale Manor, notre château enchanté, avec toute mon affection, Luke.*

Comme je levais sur lui un regard perplexe, Luke se pencha vers moi, prit mes mains dans les siennes et expliqua :

— Un jour où je farfouillais dans une vieille malle de ma mère, dans le grenier, je suis tombé sur une coupure de journal qu'elle avait gardée, un extrait de la chronique mondaine. Il y avait un compte rendu de la réception donnée en l'honneur du mariage de tes parents, avec une photographie. Et dans le fond, derrière la foule des invités, on distinguait clairement Farthinggale Manor. J'ai confié le cliché à un photographe pour qu'il isole la maison, et fait faire une reproduction sur bronze. Voilà l'histoire.

— Oh, Luke ! m'exclamai-je en caressant les lignes de la gravure en relief.

— Comme cela, où que tu sois et quoi que tu fasses, chuchota-t-il, tu n'oublieras jamais notre jeu.

— Je ne veux jamais l'oublier.

Nos visages étaient dangereusement proches l'un de l'autre et Luke s'en aperçut. Il se recula brusquement.

— Bien sûr, c'est Farthinggale tel qu'il était il y a des années. Qui sait à quoi il ressemble, maintenant ?

— C'est un merveilleux cadeau, Luke, parce qu'il a une signification spéciale pour nous. Toi seul pouvais avoir une idée pareille ! Mais il faudra que maman n'en sache rien, tu sais dans quel état elle se met dès qu'il est question de Farthy.

— Oui, je sais. J'allais t'en parler moi-même. Je ne tiens pas à lui fournir une raison supplémentaire de ne pas m'aimer.

— Mais elle t'aime, Luke. Tu devrais l'entendre parler de toi : elle est très fière de toi, je t'assure !

— Vraiment ?

Je sentis quelle importance il attachait à ce point.

— Oui, vraiment. Elle ne cesse de revenir sur la façon dont tu es devenu le porte-parole de ta classe, en t'imposant malgré tous les obstacles. Elle dit que tu les as surmontés d'une façon merveilleuse.

Il acquiesça d'un hochement de tête.

— Les sommets sont difficiles à atteindre, Annie, mais la vue qu'on a de là-haut vaut bien cet effort. Toujours plus haut, c'est ma devise.

Quelle intensité dans son regard, quand il prononça ces paroles ! Mais la montagne qui se dressait entre nous était si haute !... Je rassemblai papier, boîte et cadeau.

— Allons, en route pour cette promenade dans ma nouvelle voiture ! C'est ton tour, maintenant.

Je lui pris la main et l'entraînai en courant à travers

la pelouse. La promenade finie, j'emportai furtivement mon cadeau dans ma chambre et le rangeai parmi les objets personnels que je gardais à l'abri, bien cachés. Et le soir même, avant le dîner, Drake entra chez moi pour me demander ce que Luke m'avait offert. Il n'ignorait pas que, depuis l'âge de douze ans, nous échangions ainsi des cadeaux, tous les deux. Après lui avoir fait promettre de ne rien dire à ma mère, je lui montrai la gravure. Mais pas la carte.

— Cela ne ressemble pas à Farthy, observa-t-il quand j'ouvris la boîte. Enfin, pas tel que je le revois.

— Mais c'est Farthy, Drake ! Luke a fait faire cette reproduction d'après une photo.

— Alors cela m'échappe, dit-il en secouant la tête. Un château enchanté... Tu es toujours aussi obsédée par cet endroit, n'est-ce pas ?

— C'est vrai, Drake. C'est plus fort que moi.

Il plissa les paupières et acquiesça d'un air songeur. Puis je rangeai mon cadeau et nous descendîmes rejoindre mes parents pour mon dîner d'anniversaire. Mais ce soir-là, avant de me coucher, je contemplai à nouveau la gravure en songeant aux taquineries de Drake. Avait-il raison de se moquer de notre jeu ? Et découvrirais-je un jour cet endroit magique, merveilleux... si toutefois il existait ?

Quelques semaines plus tard, je reçus une lettre de Drake. Il m'écrivait souvent, pour me raconter sa vie à Harvard ou me donner des conseils. Et bien qu'il se montrât parfois un peu tyrannique, ou même cruel envers Luke, son entrain et ses taquineries de grand frère me manquaient. J'espérais toujours un courrier de lui ou un coup de fil. Ses lettres fourmillaient d'anecdotes sur les filles qu'il côtoyait à Harvard, les confréries d'étudiants et tout ce qui se passait à l'université. C'est lui qui m'avait appris que mon oncle Keith, son demi-frère, un homme dont nous ne parlions pas beaucoup, figurait sur une photographie exposée dans son collège, parmi l'équipe gagnante d'un championnat d'aviron. Je ne fus donc pas étonnée de recevoir une lettre de lui. Ce qui me surprit, ce fut son épaisseur. On aurait dit qu'en plus de l'habituel papier à lettres personnalisé, il avait glissé quelque chose dans l'enveloppe, tellement elle était gonflée. Je me jetai sur mon couvre-lit de dentelle et me hâtai de l'ouvrir.

Chère Annie,
J'ai des nouvelles qui vont te passionner, et que j'ai trouvées passionnantes moi aussi. Mais surtout, que Heaven n'en sache rien, veille bien à cela.
En revenant, après ton merveilleux anniversaire, je réfléchissais à cette fascination que Farthinggale Manor exerce sur Luke et sur toi depuis votre enfance, et à l'image fabuleuse que vous vous en êtes forgée. Et je ne vois qu'une seule raison à vos enfantillages. C'est que, tout comme moi d'ailleurs, vous n'en savez pas plus long sur Farthy que sur le mystérieux Tony Tatterton, mon grand-oncle et votre arrière-grand-père — enfin, par alliance. Aussi ai-je fait quelque chose qui porterait un coup à Heaven si elle l'apprenait, mais c'est surtout pour toi que je l'ai fait.
Annie, j'ai écrit à Tony Tatterton, pour me présenter et lui demander si je pouvais lui rendre visite. Ma lettre avait à peine eu le temps de lui parvenir que je recevais un appel téléphonique: un homme à la voix très distinguée m'invitait à Farthinggale Manor. Cet homme était Tony Tatterton, et j'ai accepté l'invitation.
Oui, Annie, je reviens à l'instant de ton royaume enchanté, et j'ai des nouvelles assez tristes, tragiques et pourtant fascinantes à te donner.
Pour commencer, la propriété est immense et le portail de fer forgé existe bel et bien. Oh, pas si démesuré que dans votre imagination, mais imposant quand même, avec de grandes lettres au fronton.
Mais ici prennent fin les merveilles. La maison est sombre et très abîmée. Crois-moi, ce n'est pas parce que je me suis souvent moqué de votre château enchanté que je dis cela. Il n'a plus rien de magique, maintenant: il est tragique.
Les portes ont carrément gémi quand un maître

d'hôtel aussi vieux que Mathusalem m'a introduit dans cette maison gigantesque. Le hall m'a paru aussi grand que le gymnase du collège de Winnerow, mais nettement plus sombre. Tous les rideaux étaient tirés, j'en avais des frissons.

Le grand escalier a ravivé quelques vagues souvenirs dans ma cervelle. Le maître d'hôtel m'a introduit dans la première pièce à droite, et c'est là que j'ai rencontré le fameux Tony Tatterton. Il était assis derrière un grand bureau d'acajou, avec une lampe minuscule pour tout éclairage. Dans l'ombre, il semblait tout rabougri mais en m'entendant annoncer, il s'est levé tout de suite et a demandé au maître d'hôtel d'ouvrir les rideaux.

Il ne correspondait pas vraiment à l'idée que je me faisais d'un multimillionnaire, mais je l'ai trouvé chaleureux, intelligent et très amical. Ma carrière a semblé l'intéresser beaucoup, et dès qu'il a su que j'avais choisi les Hautes Études Commerciales, il m'a proposé de travailler dans son entreprise. Tu te rends compte ?

Naturellement, nous avons surtout parlé de ta mère et de toi : il voulait tout savoir sur toi. J'ai fini par me sentir triste pour lui, si perdu et si seul dans cette grande maison, et à l'affût du moindre détail concernant la famille.

Nous n'avons pas fait allusion à ce qui les a séparés, Heaven et lui, bien sûr. Mais laisse-moi te dire ceci : depuis cette entrevue avec Tony Tatterton à Farthinggale, j'aimerais les voir se réconcilier.

Je te donnerai plus de détails de vive voix. En tout cas, tu n'auras plus besoin d'imaginer Farthinggale avec Luke pour savoir à quoi il ressemble : tu as un témoin fiable, maintenant. Il se peut que tu ne fasses plus de tableaux de Farthy, et ce ne sera peut-être pas plus mal. Tu pourras exercer ton talent sur des sujets plus gais et plus brillants.

J'ai hâte de te revoir.

Avec toute mon affection,
Drake.

Je reposai la lettre en pleurant. Quelque chose au cours de sa lecture m'avait arraché des larmes, sans que je m'en aperçoive. Et elles ruisselaient sur mon visage depuis que j'avais commencé à lire ce que Drake disait de Farthy et de Tony Tatterton. C'était comme si je lisais la notice nécrologique d'un ami très cher.

Drake n'avait pas voulu me blesser, j'en étais sûre. Il croyait avoir agi selon mes désirs. Mais en faisant cela, il avait mis fin à mes illusions, à mes fantasmes et à mes rêves d'enfant, ne me laissant que tristesse et désarroi.

Plus que jamais, je désirais savoir ce qui avait poussé ma mère à quitter Farthinggale, abandonnant ce vieux monsieur si distingué à la solitude et aux ombres de la grande maison.

Ce fut plus fort que moi. Mes larmes débordaient, le chagrin m'étouffait, et je me retrouvai en train de sangloter comme une enfant. A bout de forces, je finis par m'endormir en serrant la lettre de Drake... pour être réveillée par la sonnerie du téléphone. Quelle joie ce fut d'entendre la voix de Luke !

— Que se passe-t-il ? demanda-t-il aussitôt.

Sans doute est-ce dû au fait que nous sommes nés le même jour : si l'un de nous est déprimé, l'autre le sent instantanément.

— Drake m'a écrit. Il est allé à Farthinggale et il a rencontré Tony Tatterton.

La réponse de Luke se fit attendre.

— Vraiment ?

— Il faut que tu viennes, pour que je te lise sa lettre. Mais... Farthy ne ressemble pas à notre rêve, Luke.

— Peu m'importe ce qu'écrit Drake, ou ce qu'est vraiment Farthy ! Ce sont nos rêves qui comptent. Ils sont l'espoir et la lumière de notre vie.

Il s'accrochait si résolument au trésor secret de nos chimères que je retrouvai le sourire.

— Oh, Luke ! Puisses-tu être auprès de moi, chaque fois que j'aurai besoin de réconfort !

— Bien sûr que je serai là, promit-il.

Mais je ne pus m'empêcher de me demander s'il ne s'agissait pas d'une autre de nos rêveries d'enfants.

3

Carrefour dangereux

Pris par ses examens de fin d'année, Drake ne revint pas à la maison avant la fin juin. Mais il m'appela quelques jours après avoir posté sa lettre, pour s'assurer que je l'avais reçue et me parler plus longuement de Farthy.

— Tony Tatterton m'a montré la chambre qu'occupait Heaven la première fois qu'elle est venue à Farthy, m'annonça-t-il sur un ton confidentiel.

— C'est vrai ?

Le cœur me cognait dans la poitrine à la seule pensée que Drake était allé là-bas, où s'étaient déroulés tant d'événements ignorés et décisifs pour notre famille. De nous trois, c'était lui qui s'était approché le plus près de la solution de tant d'obsédantes énigmes. Et s'il était passé à côté de certains indices, qu'à sa place je n'aurais pas laissés échapper ?

— C'était aussi la chambre de ta grand-mère, Leigh, poursuivit-il. Si j'ai bien compris, car il parlait tantôt de Leigh et tantôt de Heaven, et ça m'embrouillait.

— Ou c'était lui qui s'embrouillait... Il est peut-être sénile ?

— Ça m'étonnerait. Il continue à diriger certains secteurs de la Tatterton Toys, et quand nous avons parlé de ma carrière et de questions économiques, il m'a paru très compétent et très au courant.

— Comment est-il, physiquement ? Comme sur les photos ?

— Plus tellement. Il a les cheveux gris et on voyait qu'il ne s'était pas rasé depuis plusieurs jours. Son complet était tout ce qu'il y a de plus chic mais il avait besoin de passer chez le teinturier, et sa cravate était toute tachée. A mon avis, le maître d'hôtel — un certain Curtis — n'est plus bon à grand-chose. Il ne doit plus voir très clair et il lui faut des heures pour passer d'une pièce à l'autre.

— Et il n'y avait pas de femmes de chambre? m'informai-je, un peu effarée.

Selon moi, un homme aussi riche que Tony Tatterton ne pouvait qu'être entouré d'une nuée de domestiques.

— Je n'en ai pas vu, mais il doit bien y en avoir une qui fait le ménage dans les pièces qu'il habite. J'ai rencontré le cuisinier parce qu'il aidait à servir à table. Il s'appelle... tiens-toi bien... Rye Whiskey.

— Oh, je me rappelle! m'écriai-je d'une voix surexcitée, car ce seul nom rendait vie aux rares anecdotes du passé interdit qui fussent parvenues jusqu'à moi. J'ai entendu maman en parler. Il doit être très vieux, lui aussi?

— Probablement, mais ça ne se voit pas autant que chez le maître d'hôtel. Il était si heureux d'avoir une bouche de plus à nourrir qu'il m'a servi à manger pour trois. Il m'a beaucoup plu. Il a énormément d'humour, et on voit bien qu'il prend grand soin de Tony.

— J'aurais tellement voulu être avec toi!

Chaque instant aurait apporté une nouvelle découverte, jeté un peu de lumière sur notre passé. Si j'avais pu monter ces escaliers, entrer dans cette chambre qui avait été celle de ma grand-mère et de ma mère! Peut-être y aurais-je découvert l'indice qui m'eût expliqué la mystérieuse aversion de ma mère envers Tony Tatterton. Une aversion si vive qu'elle ne voulait même plus aller le voir à Farthy.

Mais surtout, j'aurais pénétré dans l'univers de rêve que nous partagions, Luke et moi. L'aurais-je trouvé tel que nous l'imaginions? Était-il bien ce lieu où nous pourrions vivre en toute liberté, en toute sincérité? Isolés, protégés de toutes les vilenies, laideurs et perversions qui pesaient parfois si lourdement sur nos vies ?

Comme ce serait passionnant de pouvoir peindre Farthy tel qu'il était ! Pouvoir m'installer sur la grande pelouse qui s'étendait devant la maison, contempler l'immense demeure... je m'y voyais déjà !

— Tu n'aurais pas beaucoup aimé ça, déclara Drake d'un ton morne. Crois-moi. C'était trop triste. J'ai promis de rester en contact avec Tony, et je pense lui téléphoner dans quelques jours. J'aimerais assez travailler pour sa compagnie, à un poste de direction, bien sûr. Mais ne parle pas de ça à Heaven, surtout !

— Bien sûr que non !

Une fois de plus, je m'étonnai de voir Drake si résolu, non seulement à cacher tout ceci à ma mère, mais à consolider ses relations avec Tony Tatterton. Ce qu'elle n'aurait pas du tout apprécié. Quel homme était-il donc pour exercer une telle fascination sur Drake et avoir conservé une telle emprise sur autrui ?

— Bon, je serai là dans quelques semaines, de toute façon. J'ai bien peur de manquer l'anniversaire de Fanny, et c'est dommage, ce sera quelque chose ! Elle m'a écrit qu'elle voulait un orchestre et s'en occupait déjà. Elle a invité des tas de gens, y compris des amis de tes parents. Elle a même engagé du monde pour décorer la maison et le jardin. Tout ça pour un anniversaire, tu te rends compte ! Je suis sûr qu'elle nous réserve un de ses grands numéros, et il lui faut un public. Elle va encore se couvrir de ridicule et mettre tout le monde mal à l'aise, avec ses extravagances... Tu me raconteras ça. Je suppose qu'elle va inviter tous ses amoureux et se pavaner comme une reine au milieu de ses petits gommeux. Rien que d'y penser j'ai envie de rire !

— Ce n'est pas drôle pour Luke, observai-je, peinée de voir que Drake lui-même se moquait de Fanny. Il n'a pas envie d'assister à ça, cela lui fait horreur !

— Ah oui ? s'étonna-t-il, avec une indifférence qui me surprit. Dis-lui qu'il reste claquemuré dans sa chambre, alors. Bon, je te rappelle dès que j'aurai eu une nouvelle conversation avec Tony, pour te tenir au courant.

Mais je ne pouvais pas m'empêcher de penser à tout ce qu'il avait vu et fait, ni d'en éprouver une jalousie puérile qui perça dans ma voix.

— Oh, Drake ! Tu es le seul de nous trois qui soit allé là-bas, et maintenant tu vas y retourner !

— Tu iras, toi aussi, promit-il d'un ton plein de gentillesse. Je t'y emmènerai, et cette fois ce ne sera plus un jeu. Je te rappelle bientôt. Au revoir !

Le lendemain, en classe, je comptai les minutes avec une impatience fébrile jusqu'à la pause du déjeuner, tant j'avais hâte de raconter à Luke tout ce que Drake m'avait appris. Je ne m'attendais pas à ce qu'il se montre aussi ému que moi, car il n'avait pas comme nous de racines à Farthy. Il n'était donc pas aussi intrigué par ces secrets de famille et le mystérieux passé de ma mère. Mais il y était mêlé malgré tout, par la fantaisie de notre imagination. Il m'écouta en mâchonnant son sandwich d'un air absent et je le trouvai terriblement distrait et troublé. Je le questionnai mais, contre son habitude, il refusa de me répondre. Je pensai à lui tout l'après-midi et, les cours terminés, je lui demandai de me raccompagner, pour pouvoir l'interroger davantage.

C'était une de ces belles journées de la fin du printemps, aussi radieuses qu'un jour de plein été, où de vaporeux nuages traînent paresseusement dans l'azur du ciel. Tout le long du chemin, nous pouvions entendre le cliquetis des glaçons dans les pichets de limonade. Assis sous leur porche, les vieux nous regardaient passer en nous dévisageant avec curiosité, et nous saisissions quelques remarques au vol.

— Tiens, voilà la petite Stonewall !

— Et le garçon, c'est-y pas un fils Casteel ?

Je haïssais la façon dont ils prononçaient « Casteel », comme si c'était un gros mot, et les Casteel des moins-que-rien. Je savais très bien ce qui motivait leur mépris. C'était l'inconduite notoire de ma tante Fanny, d'abord. Et le fait que les Casteel, des montagnards des Willies, des rustres, comptaient maintenant parmi les plus riches familles de la ville. Les citadins n'avaient que dédain pour la façon dont les gens des collines vivaient et s'habillaient, et cela pouvait en partie se comprendre. Mais ne voyaient-ils pas que Luke était un garçon merveilleux, ignoraient-ils ce qu'il avait dû surmonter ? « Toujours plus haut », disait-il. Il avait bien raison.

J'aimais particulièrement ce trajet de retour au printemps, quand les magnolias et les buissons qui bordaient les rues étaient en fleurs. Le vert des pelouses éclatait de fraîcheur, tulipes, iris, azalées s'épanouissaient partout, les trottoirs et les terrasses rutilaient de propreté. Les hirondelles s'alignaient sur les fils téléphoniques, comme des sentinelles surveillant la circulation. Les rouges-gorges perchés sur les branches jetaient des regards curieux à travers les feuillages éclatants, d'où jaillissait de temps à autre un colibri, vif comme l'éclair. Tous les oiseaux paraissaient déborder d'énergie, malgré la chaleur. Le monde resplendissait de fraîcheur et de vie.

Luke accomplit tout ce parcours tête basse, sans desserrer les dents. Et quand je fis halte devant la grille de la maison, je vis qu'il était tout surpris d'être arrivé. Il fallait que je le retienne, que je découvre ce qui le tracassait. Je demandai, pleine d'espoir :

— Tu viens à la rotonde un moment ?

— Non, laissa-t-il tomber d'un ton mélancolique. Je ferais mieux de rentrer chez moi.

— Luke Toby Casteel ! m'exclamai-je, les mains sur les hanches. Nous n'avons pas l'habitude d'avoir des secrets l'un pour l'autre, même s'il s'agit de choses pénibles.

Il me dévisagea longuement, comme s'il venait tout juste de prendre conscience de ma présence. Puis, à nouveau, son regard se déroba.

— J'ai appris hier que j'étais admis à Harvard, avec une bourse pour toute la durée de mes études, m'annonça-t-il avec une surprenante indifférence.

— Mais c'est merveilleux, Luke !

Il leva la main pour signifier qu'il n'avait pas tout dit,

puis baissa à nouveau la tête comme s'il rassemblait ses forces avant de parler. J'attendis, la gorge nouée.

— Je n'avais même pas prévenu ma mère que je me présentais à Harvard. Chaque fois que j'abordais le sujet, elle se lançait dans une de ses tirades sur l'aristocratie et l'ingratitude de sa famille, qui se croyait au-dessus d'elle. Elle vitupérait l'oncle Keith et tante Jane, qui ne lui écrivaient jamais et ne se souciaient même pas de son existence. Elle est furieuse de n'avoir jamais été invitée à Farthinggale, même pas pour la réception de mariage de tes parents. Dans son esprit, tout cela ne fait qu'un : Harvard, les Tatterton, les gens riches et tous ceux qu'elle appelle « ces snobinards de Boston ».

— Mais c'est injuste pour toi, Luke !

Il hocha la tête et poursuivit :

— De toute façon, je ne lui avais pas dit que je me présentais au concours. L'annonce de mon admission est arrivée au courrier d'hier, et elle l'a lue. Alors elle s'est saoulée et a déchiré la lettre. J'ai retrouvé les morceaux par terre, dans ma chambre.

— Oh, Luke, je suis désolée !

Je souffrais pour lui en pensant à ce qu'il avait dû ressentir en découvrant cette lettre si importante pour lui en mille morceaux sur le plancher.

— Oh, ne t'en fais pas, ce n'est pas cela qui m'empêchera d'aller à Harvard. Le pire, c'est ce qu'elle a dit quand elle était saoule. Des choses horribles.

Il n'eut pas besoin de préciser, je devinais.

— A propos de mon père ?

Il hocha la tête, et je pris une grande inspiration pour rassembler mes forces. Puis j'attendis, les yeux fermés et prête à toutes les horreurs qui allaient suivre.

— Tu ferais mieux de tout me dire.

— Tout, certainement pas, c'était trop odieux et méchant. Je ne veux même pas m'en souvenir, et encore moins te le répéter. Le plus dur, c'est qu'elle m'a accusé d'être plus proche de Logan que d'elle, et plus loyale envers le côté bon chic bon genre de la famille qu'envers elle. Mais franchement, Annie, tes parents me traitent bien mieux qu'elle ne le fait. Elle n'est presque jamais à la maison pour préparer le dîner, mais elle m'en veut à mort de passer tellement de temps chez vous ! Elle me déteste pour cela.

— Mais non, elle ne te déteste pas !

— Il y a une part de moi qu'elle hait, celle que je tiens des Stonewall. C'est pour cela qu'elle boit et qu'elle sort avec ces gamins qui lui tournent autour, et elle me punit de ne pas aimer la voir se conduire ainsi !

— Je suis navrée pour toi, Luke, mais tu vas bientôt échapper à tout ça, quand tu seras à l'université, affirmai-je d'une voix rassurante.

Mais je haïssais l'idée de notre séparation prochaine.

— Au fond, je ne la déteste même pas, Annie. Ce que je hais, c'est le tort qu'elle se fait à elle-même, quelquefois. J'ai mal pour elle en pensant à la vie qu'elle a menée. Et j'ai travaillé dur, j'ai fait tout ce que je pouvais pour qu'elle puisse marcher la tête haute... bien que ça, elle ait toujours su le faire !

Je souris. Tante Fanny n'avait jamais manqué une occasion de clamer à la cantonade chacun des succès de son fils.

— Mais au lieu de se réjouir de mon admission à Harvard, elle m'accuse de l'abandonner.

— Elle changera d'avis, assurai-je avec conviction.

Pauvre Luke, il avait travaillé si dur pour que nous soyons tous fiers de lui ! Et en déchirant la lettre, c'est l'orgueil de son fils que Fanny avait mis en pièces. Elle avait dû lui briser le cœur ! J'aurais voulu le réconforter, apaiser son angoisse, le prendre dans mes bras, et j'aurais pu le faire si... si tant de raisons ne s'y étaient pas opposées.

— Je n'en sais rien, reprit-il. En tout cas, je n'assisterai pas à sa soirée d'anniversaire. Elle a invité tous les hommes avec qui elle est sortie, et certains de ses amis les plus vulgaires, exprès pour obliger la famille à frayer avec eux. Ce ne sera pas très amusant pour nous, acheva-t-il en secouant la tête.

— Maman saura quoi faire, affirmai-je, les yeux brillants de fierté. Comme toujours. Elle a assez de tact pour dominer toutes les situations. Si seulement je pouvais être comme elle, à son âge !

Luke eut ce regard averti, perspicace, qui accompagnait toujours la conclusion de ses réflexions.

— Tu le seras. Tu es comme elle.

— Merci, il n'y a personne à qui je souhaiterais davantage ressembler ! Et ne t'inquiète pas pour la soirée : je serai là pour t'aider, si jamais tante Fanny dépasse les bornes.

Le regard ferme et résolu, je m'exprimai avec l'assurance déterminée de maman quand elle avait décidé quelque chose.

— Tu ne l'as jamais vue quand elle s'y met ! Enfin, merci de m'avoir écouté. Tu as toujours été là quand j'avais besoin de toi, et pour moi cela changeait tout. Tu ne peux pas savoir à quel point, Annie. Le seul fait de te savoir là m'aidait à continuer, à poursuivre mon ascension vers les sommets, à vouloir contempler la vue qu'on a d'en haut. Quand j'ai su que j'étais admis à Harvard, je me suis dit : « Annie sera fière de moi, c'est pour elle que je désire tellement réussir, m'élever. » Parfois, j'ai l'impression que ma seule vraie famille, c'est toi. Merci, Annie.

— Tu n'as pas à me remercier pour cela, Luke Toby Junior.

Je n'aimai pas le ton sur lequel je lui répondis : on aurait dit que je m'adressais à un simple camarade. Mais j'étais plus que cela pour lui, il fallait que je sois davantage. Je le voulais.

— Toi aussi tu m'as écoutée quand j'avais des ennuis, Luke.

Il sourit, et son regard bleu parut s'emplir de toute la douceur et de toute la chaleur du ciel.

— Tu me manqueras, quand tu iras étudier l'art en Europe. Et pourtant je sais à quel point ces études sont importantes pour toi, ajouta-t-il avec tendresse. Et je sais aussi qu'elles t'aideront à devenir la grande artiste que tu veux être.

— Je t'écrirai tout le temps, mais je suis certaine qu'au bout d'une semaine tu auras déjà une petite amie, une vraie Bostonienne.

Je brûlais d'envie de lui dire combien j'aurais voulu être cette amie-là, pour toujours, mais comment eût-ce été possible ? Nous étions frère et sœur et c'était comme si le monde entier se dressait entre nous et nos plus profonds désirs. Car mon cœur me disait qu'il éprouvait à peu près la même chose que moi. En chacun de nous, une part de notre être aspirait avec une violence douloureuse à cette union avec l'autre, pour la vie entière.

Aussi devions-nous faire semblant, parler de l'autre que chacun de nous rencontrerait, tout en souhaitant le contraire et en priant du fond du cœur que cela n'arrive jamais.

Le sourire de Luke s'effaça et il devint soudain sérieux comme un pape.

— Ça, je n'en sais rien. Tu es mon amie depuis toujours, et il faudrait qu'une fille réunisse toutes les perfections pour te remplacer.

Son regard lumineux chercha à nouveau le mien, rayonnant de chaleur et d'affection... une affection bien plus que fraternelle. Ses yeux trahissaient un tel désir que je sentis un flot de sang me monter aux joues. Nous nous regardions comme deux enfants amoureux, c'était indéniable. Chaque parcelle de mon être souhaitait son étreinte, je pouvais presque sentir ses lèvres sur les miennes. Et il me dévisageait, attendant un encouragement. Il fallait que je me reprenne avant que cela n'aille trop loin.

— Je t'appellerai, chuchotai-je, le souffle court.

Et je courus d'une traite jusqu'à la porte d'entrée. Quand je me retournai, il était toujours là. Il agita la main et je répondis à son geste. Puis je me glissai dans la maison et grimpai aussitôt dans ma chambre, le cœur battant plus violemment que jamais. Pourquoi fallait-il que Luke soit mon demi-frère, et plus proche de moi qu'aucun garçon de mon âge ne pourrait jamais l'être ? Nous avions tant de choses en commun, le bonheur comme la tristesse...

Si seulement nous avions pu être des étrangers l'un pour l'autre ! Je serais allée rendre visite à Tony Tatterton à Farthinggale, et Luke et moi aurions fait connaissance à Boston. Dans un grand magasin, par exemple. Il aurait surgi brusquement à mes côtés, j'imaginais la scène.

— Oh non, ce n'est pas la couleur qu'il vous faut ! Tenez, aurait-il dit en me tendant un châle bleu. Il faut mettre en valeur la couleur de vos yeux.

Je me serais retournée, pour découvrir le plus bel homme que j'aie jamais vu, et tomber instantanément amoureuse de lui.

— Excusez mon audace, mais je ne pouvais pas vous laisser commettre une telle erreur sans intervenir.

Et cette voix pleine d'assurance aurait achevé de me faire perdre la tête. Je me sentais toujours plus en sécurité, auprès de Luke.

— Alors je vous dois des remerciements, aurais-je dit en battant des cils avec coquetterie. Mais d'abord, il faut que je sache votre nom.

— Luke. Et vous, c'est Annie. J'ai déjà pris la peine de me renseigner.

— Vraiment ?

Cela m'aurait impressionnée, et flattée. Nous serions ensuite allés prendre un café, en bavardant à bâtons rompus. Et chaque fois que je serais venue à Boston, nous serions sortis ensemble : cinéma, dîners en ville... Puis il serait venu me voir à Farthinggale et, dans ce décor fastueux, nous aurions appris à mieux nous connaître. Seulement, ce n'aurait pas été le Farthy que Drake avait décrit, mais celui que nous avions inventé, Luke et moi. Un château plein de lumière, de couleurs et de chimères. Si seulement j'avais pu m'endormir pour découvrir à mon réveil que tout était devenu vrai !

Mais c'était impossible. Comme si nous étions sur des montagnes russes, le temps nous entraînait dans sa course et nous approchions du point le plus haut. Bientôt, nous serions tous deux en faculté, puis diplômés, et ce serait la plongée vers le futur et qui sait... dans deux directions opposées. Nous ne pourrions même pas jeter un coup d'œil en arrière.

Par la fenêtre de ma chambre, je regardai s'éloigner Luke puis je m'étendis sur mon lit, les yeux toujours fixés sur les rideaux. Mon regard traversait le tissu rose et blanc, j'entendais le babil des oiseaux et je percevais les battements de mon propre cœur. Cela m'emplit d'une telle tristesse que je pleurai pendant ce qui me parut durer des heures. Une voix douce et pleine de sollicitude m'arracha à ce flot de larmes : maman. Elle entra aussitôt et s'assit au bord de mon lit.

— Annie, qu'est-ce qui ne va pas, ma chérie ?

Sa main effleura mes longs cheveux bruns, caressante, réconfortante. Je levai sur elle des yeux remplis de larmes.

— Oh, maman ! m'écriai-je d'une voix gémissante, je me sens parfois si malheureuse que je ne peux pas m'empêcher de pleurer. Je sais que je devrais être heureuse. Je vais bientôt finir mes études, visiter l'Europe, voir tous ces endroits merveilleux que la plupart des gens ne connaissent que par les livres et les films, j'ai tant de choses que les autres filles de mon âge n'ont pas, mais...

— Mais quoi, Annie ?

— Mais tout me semble aller trop vite, tout d'un coup. Luke va entrer à l'université, il va changer... Nous ne nous reverrons peut-être plus jamais, ou presque !

Elle sourit et m'embrassa sur la joue.

— Mais c'est cela, devenir adulte, ma chérie.

— Et tout ce qui me paraissait si grand avant, si important, me paraît maintenant si petit, si banal. La rotonde...

— Eh bien quoi, la rotonde ?

Le sourire de maman se figea et elle attendit ma réponse. Je cherchai les mots qui eussent clairement traduit ma pensée, pour moi comme pour elle.

— Ce n'est plus que... qu'un belvédère comme les autres, maintenant.

— Mais c'est ce qu'elle a toujours été, Annie.

— Non, elle était plus que cela, insistai-je.

Oui, bien plus que cela. C'était le lieu de nos rêves et déjà, nos rêves s'achevaient. Bien trop vite. Maman secoua la tête.

— Il t'arrive la même chose qu'à tous les jeunes gens de ton âge, Annie. Tu arrives à un carrefour, et cela t'effraie, c'est la vie. Jusqu'ici, tu n'étais qu'une petite fille, aimée, protégée, et maintenant il te faut devenir adulte et responsable.
— Cela t'est arrivé, à toi aussi ?
— Beaucoup plus tôt, j'en ai peur.
— Parce que ton père vous a vendus, toi et tes frères et sœurs ?
— Encore plus tôt que cela, Annie. Je n'ai jamais vraiment eu le temps d'être une petite fille. Avant de pouvoir comprendre ce qui m'arrivait, j'ai dû être la mère de Keith et de Jane.
— Je sais, et Fanny ne t'aidait pas beaucoup.

J'avais entendu cela bien souvent, et je craignais de ne pas en apprendre davantage.

— Non, dit maman dans un rire, pas vraiment ! Fanny a toujours eu le don de se débarrasser des difficultés comme d'un vêtement qu'on enlève. Mais ton oncle Tom m'aidait beaucoup, lui. C'était un garçon merveilleux, très fort et très mûr pour son âge. J'aurais tellement aimé que tu le connaisses ! ajouta-t-elle avec mélancolie.

Et ses yeux si pareils aux miens prirent une expression lointaine. Je me hâtai de l'interroger, espérant qu'elle allait m'en dire plus.

— Mais ta vie est devenue bien plus facile quand tu es arrivée à Farthy, n'est-ce pas ?

Elle sursauta, comme si elle revenait vraiment d'un autre monde.

— Pas tout de suite. N'oublie pas que j'étais une fille des collines, projetée brusquement dans un univers de luxe et d'artifice. On m'a mise dans une école très chic, fréquentée par des filles très riches, qui m'ont bien fait sentir que je n'étais pas des leurs.

A ce souvenir, ses traits se durcirent et elle reprit :

— Les riches peuvent être très cruels, car leur fortune les protège comme un cocon. Ne sois jamais brutale ou méprisante envers ceux qui possèdent moins que toi, Annie.

Cela, ma mère avait dû me l'apprendre avant même que je sois en âge de parler.

— Oh non, je ne pourrai jamais !

— En effet, sourit maman, je ne crois pas que tu pourrais. Ton père a eu beau tout faire pour te gâter le caractère, il n'y est pas arrivé, ajouta-t-elle avec un regard lumineux de tendresse.

— Maman, est-ce que tu me diras un jour pourquoi tu détestes tellement Tony Tatterton ?

J'avalai ma salive et dus me mordre la langue pour ne pas lui parler de la lettre de Drake ni de sa visite à Farthy.

— J'ai encore plus de pitié pour lui que de haine, Annie, répondit-elle d'une voix ferme. Il a beau être l'un des hommes les plus riches de la côte Est, moi je le trouve plutôt pitoyable.

— Mais pourquoi ?

Elle me dévisagea longuement. Lisait-elle en moi tout ce que je savais déjà, ce que Drake m'avait écrit et raconté par téléphone ? Je fus obligée de détourner les yeux. Et pourtant ce n'était pas moi qu'elle regardait, mais à travers moi. Elle était perdue dans ses souvenirs, et je déchiffrais ses émotions sur ses traits. Elle pinça les lèvres, serra les paupières, sourit et fronça les sourcils.

— Maman ?

— Annie, il y a longtemps de cela, quelqu'un m'a dit qu'il était dangereux de prendre le désir et le besoin d'être aimé pour de l'amour. Il avait raison, l'amour est bien plus précieux que cela, mais aussi bien plus fragile. Aussi fragile que le plus minuscule, le plus compliqué, le plus délicatement sculpté de nos jouets. Tiens-le trop serré dans ta main, et il se brisera entre tes doigts. Desserre ta prise et il s'envolera comme une feuille au vent d'hiver. Écoute toujours la voix de ton cœur, Annie, mais... pas sans être absolument sûre que c'est bien la voix de ton cœur. Tu t'en souviendras, Annie ?

— Oui. Mais pourquoi me dis-tu ces choses ? Cela a-t-il un rapport avec ta vie à Farthy ?

J'étais suspendue à ses lèvres.

— Un jour je te raconterai tout, Annie, je te le promets. Seulement... ce n'est pas le moment. Fais-moi confiance, je t'en prie.

— J'ai confiance en toi, maman, plus qu'en n'importe qui au monde.

Quand même... j'étais déçue. J'avais entendu cette promesse pendant tant d'années ! Quand maman la tiendrait-elle ? J'avais dix-huit ans, j'étais déjà une femme. Elle m'avait donné ses diamants les plus précieux, le cottage auquel elle tenait plus qu'à toute autre chose... Quand me confierait-elle l'histoire de sa vie ?

— Annie, ma chérie, mon trésor !

Elle me serra dans ses bras, pressa sa joue contre la mienne, puis se leva en soupirant.

— Au fait, je n'ai pas encore acheté de cadeau pour l'anniversaire de Fanny. Tu veux que nous y allions ensemble ?

— Oui, bien que cette soirée n'emballe vraiment pas Luke.

— Je sais, et je me demande ce que ta tante nous réserve. Mais ne la sous-estime jamais, surtout. Elle s'exprime comme une paysanne mais elle est loin d'être sotte. Et elle a un don unique pour vous donner mauvaise conscience ! ajouta maman en secouant la tête avec un sourire amusé.

— Parle-lui de Luke, maman. Empêche-la de le culpabiliser à propos de son entrée à Harvard.

— Il est admis ? s'exclama-t-elle d'une voix vibrante de plaisir.

— Oui, avec une bourse à part entière.

Elle se redressa, sans chercher à cacher son orgueil.

— Magnifique ! Un autre descendant de grandpa Toby Casteel entre à Harvard !

A l'entendre, on aurait cru qu'elle annonçait la nouvelle à toute la ville. Puis, son regard s'adoucit.

— Ne t'inquiète pas au sujet de Fanny. Il lui faut toujours du mélodrame, mais au fond elle est fière de Luke. Et je suis certaine qu'elle trouvera l'occasion d'aller le voir et de se pavaner comme une reine sur le campus.

Maman rejeta la tête en arrière et se croisa les bras sur la poitrine, à la manière de tante Fanny.

— C'est comme je vous le dis, mon fils y va là-bas, et je pourrais bien y aller un de ces jours, si ça me chante.

Nous éclatâmes de rire et maman me reprit dans ses bras.

— Voilà qui est mieux ! Je retrouve mon Annie, heureuse, délicate, pleine de vie. Tu es tout ce que j'aurais souhaité être moi-même, ma chérie, dit-elle avec tendresse.

Et cette fois, ce fut la joie qui me fit monter les larmes aux yeux. Maman savait si bien chasser mes idées noires ! Le monde avait retrouvé d'un coup tout son éclat. Je la serrai contre moi, l'embrassai et passai dans la salle de bains pour laver sur mes joues les traces de mes larmes. Il était temps d'aller acheter le cadeau de tante Fanny.

4

L'anniversaire de tante Fanny

C'était une soirée merveilleuse pour une fête. Calme, parfumée, fourmillante d'étoiles pareilles à de minuscules diamants jetés à la volée sur le velours sombre du ciel. Mes parents et moi étions prêts à partir. Sur le pas de la porte, Roland Star nous dit au revoir et observa de sa voix traînante :
— C'est le calme qui précède l'orage, peut-être bien.
Et quand il s'avisait de prédire le temps, il était rare que son flair le trompe.
— Mais il n'y a pas un seul nuage ! m'exclamai-je.
— Ils se baladent par là-bas, juste au-dessus de l'horizon, Annie. Le genre de nuages qui s'amènent sur vous sans prévenir. C'est pas pour tout de suite, mais faites attention quand même. Aux premiers éclairs, foncez dans la maison.
— Tu crois qu'il va pleuvoir ? demandai-je à maman.
Ces orages de printemps pouvaient provoquer un véritable déluge et transformer une fête en désastre.
— Ne t'inquiète pas, nous ne resterons pas assez longtemps de toute façon.
Du regard, elle quêta l'approbation de papa, mais il se contenta de hausser les épaules. Puis nous montâmes dans la Rolls-Royce pour nous rendre chez Luke et Fanny.
Ils habitaient une jolie maison, plus modeste que la nôtre mais plus cossue que la plupart de celles de Win-

nerow. Et pour cause. Tante Fanny avait fait un mystérieux et considérable « héritage », dont Drake, Luke et moi avions fini par soupçonner la provenance. Il semblait qu'il y eût un lien entre ledit héritage et le procès intenté pour la tutelle de Drake. Après avoir renoncé à la réclamer, tante Fanny avait fait agrandir et redécorer sa maison, payée avec l'argent qui lui venait de son premier mari. Un certain Mallory, dont je n'avais jamais su le prénom car elle ne l'appelait jamais autrement que « le vieux Mallory ». Son second mariage, avec Randall Wilcox, avait été de courte durée. Il y avait beau temps que Randall avait pris le large et tante Fanny repris son nom de jeune fille, Casteel. Cela, je croyais savoir pourquoi. Elle devait éprouver un certain plaisir à jeter ce nom à la figure des habitants de Winnerow.

Tante Fanny menaçait toujours de se remarier, mais il semblait que ce fût une menace vaine. Car, à ma connaissance, elle n'était jamais sortie avec des hommes de son âge. Tous ses amis avaient moins de trente ans. Et le dernier en date, Brent Morris, avait à peine quatre ans de plus que Luke.

Sa maison s'élevait sur une colline dominant la ville, et l'orchestre avait réglé les haut-parleurs à plein volume. Le son portait jusqu'à Main Street et la musique nous assourdissait tandis que nous grimpions la côte. Maman trouvait cela scandaleux, mais papa ne fit qu'en rire.

A notre arrivée, la soirée battait son plein. L'orchestre s'était installé dans le garage et l'allée, spécialement élargie et aplanie, servait de piste de danse. Une banderole tendue au-dessus du garage proclamait en lettres fluorescentes : BON ANNIVERSAIRE, FANNY ! Des lampions pendaient aux branches et l'on avait accroché des oriflammes partout où c'était possible.

Maman demanda à papa de se garer là où nous ne risquions pas de nous trouver bloqués, afin de pouvoir nous éclipser sans problème quand elle voudrait rentrer. Mais, apparemment, il n'était pas très désireux de partir avant l'heure. Il semblait plus gai que d'habitude, et je le soupçonnai d'avoir bu quelques verres à la maison pour se remonter le moral. Après tant d'années, et malgré l'attitude compréhensive de maman, il se sentait toujours nerveux en présence de tante Fanny. Elle avait le don de glisser dans ses moindres propos des sous-entendus qui mettaient tout le monde mal à l'aise. Je ne pouvais m'empêcher d'admirer maman pour le tact avec lequel elle évitait ce genre de pièges. Et j'espérais que Luke ne se trompait pas en disant que je serais un jour aussi forte qu'elle et aussi maîtresse de moi.

Dès qu'elle nous vit descendre de voiture, tante Fanny se précipita à notre rencontre. Elle avait les cheveux crêpés, en auréole autour de son visage et portait la robe de cuir noir la plus collante que j'eusse jamais vue. Elle la moulait comme une seconde peau, et le décolleté en V découvrait largement le creux de ses seins. Avec cela, aucun bijou, comme si rien ne pouvait rivaliser avec la perfection de son teint et la blancheur rosée de sa poitrine. Maman n'en parut pas surprise, mais les yeux de papa s'agrandirent pour exprimer son admiration masculine. Je cherchai Luke du regard : à l'heure qu'il était, il ne devait déjà plus savoir où se cacher.

Fanny se glissa entre papa et maman, les prit chacun par un bras et les entraîna vers les invités en annonçant leur arrivée. Je leur emboîtai le pas.

Devant la maison, un bar avait été installé sur presque toute la longueur et les deux barmen ne cessaient de remplir généreusement les verres. Tout près de ce bar improvisé, un plein tonnelet de bière baignait dans un baquet de glaçons et une impressionnante cohorte d'hommes, des montagnards pour la plupart, faisaient la queue pour remplir leurs chopes. Entre la maison et les arbres les plus proches, Fanny avait fait tendre des guirlandes d'ampoules multicolores. Elle avait engagé une demi-douzaine de femmes pour préparer le buffet et faire le service. Dans leurs longues blouses de coton blanc, elles s'affairaient derrière les tables chargées de nourriture, puisant à même les marmites de poulet frit et de poisson et les plats creux débordant de salades variées, de purée et de légumes fumants.

— Ma sœur et mon beau-frère, le roi et la reine de Winnerow, les richissimes Stonewall! beugla Fanny à la cantonade.

— Oh, Fanny! protesta maman, un peu de tenue, je t'en prie.

— Laisse-la donc s'amuser, dit papa, qui ne me parut pas fâché de s'entendre appeler « le roi de Winnerow ». C'est sa fête. Bon anniversaire, Fanny!

— Je te remercie, mon brave Logan, mais j'aurai pas droit à un petit baiser d'anniversaire, alors? Ça devrait pas te déplaire. C'est pas ton avis, Heavenly?

— C'est lui que cela regarde, Fanny. Ce n'est pas à moi de lui dire qui il peut embrasser ou pas.

La repartie de maman parut amuser Fanny. Elle rit à gorge déployée, puis s'arrêta brusquement et se serra contre mon père d'une façon si provocante que toutes les conversations s'interrompirent. Tout le monde les regardait. Maman détourna la tête, mais je gardai les yeux fixés sur eux: ce fut plus fort que moi. Avec un sourire gêné, papa se pencha pour donner à Fanny son baiser d'anniversaire.

Leurs lèvres se touchèrent, Fanny empoigna papa par les épaules et l'attira tout contre elle. Je la vis pointer sa langue pour l'embrasser de force et écraser ses seins contre sa poitrine. Quelques hommes des Willies applaudirent et lancèrent des encouragements grivois. Quand enfin leurs lèvres se séparèrent, Fanny entraîna papa sur la piste de danse, tandis qu'il nous jetait par-dessus son épaule un regard d'impuissance. Pis: elle se mit à se trémousser devant lui, l'invitant à la suivre dans ce qu'elle appelait « une de ces danses modernes ».

— C'était pas la peine de te faire si beau pour cette bonne vieille Fanny! clama-t-elle en lui desserrant sa cravate.

Tous ces propos étaient manifestement destinés à l'essaim de jeunes gens qui gravitaient autour d'elle. Ils pouffèrent et échangèrent des sourires en se poussant du coude, tandis que l'orchestre jouait de plus en plus fort. A nouveau, je cherchai Luke du regard mais il demeurait invisible.

— Je vais chercher quelque chose à manger et poser notre cadeau avec les autres, annonça maman d'un ton bref. Tu veux quelque chose ?

Je la dévisageai en me demandant ce qu'elle pouvait ressentir en voyant Fanny et papa devenir le point de mire de l'assistance. On avait déjà tellement clabaudé sur leur petite aventure de jadis... Mais, même en semblables circonstances, maman conservait un merveilleux contrôle d'elle-même. Il fallait la connaître depuis aussi longtemps que moi et être aussi proche d'elle que je l'étais pour remarquer la froideur, la dureté soudaine de ses yeux bleus. Elle n'était pas seulement malheureuse, mais en proie à une rage folle.

Comment pouvait-elle garder un tel empire sur elle-même ? Qu'aurais-je fait, si la même chose s'était produite entre mon mari et moi ? Serais-je restée maîtresse de moi, ou aurais-je laissé éclater ma colère ? Si je voyais Luke embrasser une autre femme...

Papa se déhanchait en essayant de suivre le rythme des contorsions de Fanny, qui avait plaqué les mains sur ses épaules. Je la trouvais ridicule de se trémousser comme une gamine impudique. Et lui ne semblait plus savoir ce qui lui arrivait. C'était révoltant de les voir s'exhiber ainsi devant cette foule ricanante, sans se soucier de ce qu'endurait maman. J'aurais voulu hurler à papa de s'arrêter et à tante Fanny d'avoir un peu plus d'égards pour ma mère. L'égoïsme avait des limites, et on ne pouvait pas tout se permettre sous prétexte de s'amuser. Oh, si seulement j'avais pu parler à Luke !

— Je vais d'abord chercher Luke, maman. Nous te rejoignons tout de suite.

— Entendu, ma chérie.

Maman jeta un bref regard vers Fanny et papa. Ma tante lui avait passé les bras autour de la taille et ondulait furieusement des hanches. Pendant un instant, je fus tentée d'intervenir en allant chercher papa, mais je me dis qu'elle était capable de faire une scène encore plus embarrassante pour nous. Je partis à la recherche de Luke et finis par le dénicher dans la maison, assis sur le divan de la salle de séjour.

— Luke, mais qu'est-ce que tu fais là, tout seul ?

Il leva les yeux, me vit, et un sourire détendit ses traits crispés par la rage.

— Je n'aurais pas pu supporter cela une seconde de plus, Annie. J'ai préféré rentrer et attendre la fin. Elle se jette à la tête de tous ces types, et la façon dont ils l'embrassent et dont elle leur rend leurs baisers...

Il secoua la tête avant d'achever :

— Mais qu'est-ce qu'elle cherche à prouver ?

— Qu'elle peut rester éternellement jeune et belle, sans doute. Et que les jeunes gens ne cesseront jamais de la désirer.

— Pourquoi ne peut-elle se conduire comme une femme de son âge ? Ni faire preuve de classe, comme Heaven ?

— Pour l'instant, elle est en train de s'exhiber avec papa et maman est furieuse, dis-je sans chercher à cacher ma colère.

Luke releva vivement la tête.

— Vraiment ? J'ai eu des cauchemars à l'idée qu'elle pourrait faire ça ! Et comment réagit ton père ?

— A mon avis, il essaie seulement d'être poli pour éviter qu'elle n'aille encore plus loin et ne provoque un esclandre, mais je ne sais pas combien de temps maman va pouvoir supporter ça. J'ai tellement de peine pour elle, Luke.

— Je crois que je ferais mieux d'y retourner, je pourrai peut-être faire quelque chose. Je suis désolé, Annie.

— Tu ne vas quand même pas passer ta vie à t'excuser pour ta mère, Luke !

— J'ai l'impression d'avoir passé mon temps à ça, dit-il en se levant.

Qu'il était beau, dans son complet sport bleu clair ! Ses cheveux noirs, abondants et soyeux, ondulaient en vagues légères. Il avait l'air d'un homme, maintenant, et non plus d'un enfant. Un homme capable de prendre en main une situation comme celle-ci, me dis-je. Et je le suivis au-dehors.

L'orchestre jouait maintenant une danse paysanne des Willies. Les montagnards avaient formé un cercle autour de Fanny et de papa, qui avait l'air d'un condamné luttant pour sauver sa vie. Et tandis qu'elle le faisait virevolter, ses cheveux toujours si bien coiffés volaient et s'agitaient en tous sens.

Je découvris maman sous un sapin, un peu à l'écart. Elle tenait une assiette pleine à la main, mais ne mangeait rien.

— Votre père se couvre de ridicule, grommela-t-elle lorsque Luke et moi la rejoignîmes. J'attends qu'il retrouve la raison, mais il a déjà bu quatre verres, si j'ai bien compté.

— Je vais arrêter ça, annonça Luke.

Et, sans attendre la réponse de maman, il marcha vers le groupe et sépara deux hommes pour entrer dans le cercle. Là, il prit tante Fanny par la main, l'écartant de papa qui tournoya sur lui-même pendant quelques instants, tout désorienté. Puis il reprit son aplomb, vit que Fanny dansait avec Luke et s'éloigna du centre du cercle. Maman s'avança vers lui et laissa tomber d'une voix coupante :

— Tu ferais mieux de te mettre quelque chose dans l'estomac, Logan. Cela t'aiderait à éponger tout cet alcool.

— Heuh ?

Son regard se posa sur moi, puis sur le cercle d'hommes qui battaient des mains et se joignaient peu à peu à la danse de Luke et de Fanny. Il s'essuya le visage avec son mouchoir, hocha la tête et déclara :

— Ta sœur est complètement folle.

Pour toute réponse, maman le foudroya du regard.

— Je meurs de faim, ajouta-t-il aussitôt, avant de prendre la direction du buffet.

Je le regardai s'éloigner d'un pas incertain et, quand je levai les yeux vers le ciel, ce fut pour voir les nuages baladeurs de Roland Star commencer à ramper au-dessus des montagnes violettes. Droit sur Winnerow.

Papa emplit une assiette de victuailles et s'affala sur un siège, près de l'une des tables installées sur la pelouse. Maman et moi l'y rejoignîmes et, tout en mangeant, nous regardâmes la foule de fêtards se démener de plus en plus, jusqu'à la frénésie. Je reconnus plusieurs personnes de Winnerow. Fanny avait convié le plus de monde possible, dans l'intention évidente de faire de sa soirée un événement mémorable.

La plupart des invités étaient des ouvriers ou des employés. Mes parents avaient de nombreux amis dans la haute société, mais aucun n'était venu. Ce que maman, je le savais, leur pardonnerait volontiers. Je ne me souvenais pas de l'avoir jamais vue aussi mal à l'aise que ce soir-là.

Tout à coup, Fanny fit cesser la danse et s'approcha du chef d'orchestre. Il hocha la tête et les musiciens jouèrent quelques mesures d'introduction, suivies par un roulement de batterie. Tante Fanny retourna une petite poubelle vide, sur laquelle deux de ses jeunes admirateurs l'aidèrent à se hisser, puis elle annonça :

— J'ai quelques mots à vous dire.

— Juste quelques mots ? cria une voix, déclenchant l'hilarité générale.

— Ben, mettons une douzaine, peut-être plus.

Les rires redoublèrent et elle enchaîna :

— Je voudrais vous remercier d'être venus fêter mon quarantième anniversaire. Parfaitement, le quarantième, et j'en suis drôlement fière. Fière d'avoir quarante ans et d'en paraître vingt.

Elle pivota sur elle-même, cambrée et bombant la poitrine, afin de faire valoir sa silhouette. Autour d'elle, les hommes sifflèrent en tapant bruyamment des pieds. Je regardai Luke qui se tenait à l'écart, tête basse, et je me sentis navrée pour lui. J'aurais voulu pouvoir le prendre par la main et l'emmener loin, très loin de tout cela...

— Les autres femmes, surtout ces grandes dames de Winnerow qu'ont pas pris la peine de venir à ma soirée, elles mentent toutes sur leur âge. Bien obligées : à vingt ans, elles en paraissaient déjà quarante.

On rit encore, et un jeune homme vociféra :

— J'ai vingt ans, Fanny ! En quarante, combien de fois vingt ?

Les rires se firent plus bruyants. Fanny rayonnait. Les mains aux hanches, elle se tourna vers le jeune homme.

— Zéro ! lança-t-elle, arrachant un hurlement de joie à l'assistance. En tout cas, bande de ploucs, j'ai rudement de quoi être contente, ce soir ! Vous voyez mon Luke, là-bas, qu'a l'air de vouloir rentrer sous terre ? Eh ben je peux être fière de lui. Il a été reçu à Harvard, et ils ont tellement envie de l'avoir qu'ils vont payer la note pour lui ! Pas mal pour un Casteel, non ?

Luke releva la tête, embrasé de honte. Tout le monde le regardait.

— Faut que tu fasses un discours, mon chou, à moins que tu trouves pas ces péquenots assez malins pour te comprendre ?

Luke ne répondit rien.

— Aucune importance, trésor, je suis capable de parler pour nous deux. Et quand j'irai à Harvard, j'aurai une ou deux choses à dire à ces messieurs les professeurs.

— On te fait confiance, Fanny ! brailla une voix.

Là-dessus, l'orchestre attaqua *Joyeux Anniversaire* et tout le monde se mit à chanter. Plantée sur sa poubelle, Fanny nous regardait, maman et moi, en souriant jusqu'aux oreilles. Quand le chant prit fin, tout le monde applaudit et une demi-douzaine de jeunes gens se précipitèrent pour aider Fanny à descendre de son perchoir.

Quelques instants plus tard, notre attention fut attirée par deux hommes qui commençaient à se chamailler. Ils faisaient la queue pour remplir leurs chopes de bière, et chacun d'eux accusait l'autre de lui avoir pris son tour. Au lieu de les séparer, leurs camarades les excitaient l'un contre l'autre et quelques hommes s'approchèrent pour mettre fin à la bagarre. Papa trouvait cela très amusant.

— C'est le moment de partir, Logan, déclara maman d'un ton résolu. Cette soirée prend vraiment mauvaise tournure.

— Une minute, dit papa en se levant pour se rapprocher des combattants.

Les deux hommes s'injuriaient mutuellement et le rire de tante Fanny me parvint, dominant tout ce tapage. Le vent soufflait plus fort et les guirlandes électriques tendues à travers la pelouse commençaient à se balancer. Agitée en tous sens, la banderole claquait comme un étendard sur un champ de bataille.

Les poings sur les hanches, tante Fanny fonça vers le lieu de la bagarre.

— Alors quoi, on se chamaille le jour de mon anniversaire ?

Trois de ses jeunes soupirants l'entourèrent pour lui expliquer la raison de tout ce vacarme, et elle les écouta en vacillant sur ses jambes. Luke s'approcha d'elle par-derrière et me regarda en secouant la tête. Et tout à coup maman s'avança et empoigna le bras de papa.

— Je veux rentrer, Logan. Immédiatement.

Il la dévisagea un court instant, fit un signe affirmatif et elle l'entraîna jusqu'à l'endroit où je me tenais. Je pus lire sur son visage que sa colère était sur le point d'exploser.

— Rentrons, Annie.

Je me levai pour la suivre et papa nous emboîta le pas, la démarche incertaine. Nous allions atteindre la voiture quand Fanny nous aperçut et vociféra :

— Où tu vas comme ça, Heavenly ? Ma soirée vient juste de commencer !

Je me retournai, mais maman me dit de ne pas m'arrêter et le rire de Fanny nous suivit jusqu'à la voiture. Je venais de m'installer sur le siège arrière quand papa nous rejoignit en titubant.

— Tu es en état de conduire ? lui demanda maman.

— Bien sûr que je peux conduire, et je ne vois pas ce qui t'énerve comme ça. Deux gars se sont chamaillés, et après ? Ils sont déjà redevenus les meilleurs amis du monde.

Il s'assit au volant et fouilla dans ses poches pour trouver ses clefs.

— Tu as trop bu, Logan. Et je sais que tu avais déjà commencé avant de partir.

— Et alors ? lança-t-il avec une brusquerie qui me surprit. Les soirées, c'est fait pour ça, n'est-ce pas ?

— Non, rétorqua-t-elle d'un ton ferme.

Il finit par trouver ses clefs et dut se concentrer pour mettre le contact. Je ne l'avais jamais vu dans un état pareil. Soudain, une goutte de pluie s'écrasa sur le pare-brise, puis une autre, et encore une autre.

— De toute façon, on dirait que la soirée est à l'eau, commenta papa. Roland avait raison, il va pleuvoir.

— C'est la meilleure chose qui pouvait arriver, répliqua ma mère. Cela calmera tout le monde... et tout le monde en a besoin, acheva-t-elle en le fixant avec insistance.

Papa tourna la clef de contact, démarra et jeta à maman un regard de défi.

— Ce qui veut dire ?

— Tu n'aurais pas dû la laisser t'embrasser et se frotter contre toi comme ça, Logan. Tout le monde l'a vu.

— Et qu'est-ce que j'étais censé faire ? Lui taper dessus pour qu'elle me lâche ?

— Non, mais tu n'étais pas obligé de te montrer si coopératif.

— Coopératif ? Voyons, Heaven, tu n'es pas juste ! J'étais coincé, je...

— Ralentis. La pluie augmente et tu sais ce que peuvent devenir ces routes dans ce cas-là.

— Je n'avais pas envie de danser comme ça avec elle, mais si je m'étais défilé, je ne sais pas ce qu'elle aurait été capable de dire. Elle est saoule comme un Indien le samedi soir et...

— Ralentis ! répéta maman, hurlant presque.

C'étaient de véritables nappes d'eau qui inondaient le pare-brise, maintenant, et les essuie-glaces ne parvenaient pas à les éliminer.

Je détestais voir mes parents dans cet état. Les rares fois où ils s'étaient querellés comme ce soir, c'était à propos de tante Fanny. Elle s'arrangeait toujours pour semer la discorde entre eux, raviver les vieilles blessures ou jeter du sel sur les nouvelles. Si seulement elle avait pu s'enfuir avec un de ses jeunes soupirants et laisser Luke vivre avec nous ! C'était bien dommage qu'elle ne l'ait pas fait. Nous aurions vraiment pu vivre comme une famille heureuse, sans avoir à redouter de scènes comme celle-ci. Plus jamais.

— Je ne vois plus rien ! s'écria maman.

Mais papa avait la tête ailleurs.

— Tu imagines un peu ce qui doit se passer là-bas ? demanda-t-il en riant.

Puis il se tourna vers elle et ajouta :

— Je suis désolé si je t'ai fait de la peine, Heaven. Franchement, j'essayais seulement de...

— Logan, regarde la route ! Ces tournants...

La route descendait en pente abrupte vers Winnerow, avec des virages serrés. Et c'étaient des trombes d'eau qui fouettaient maintenant le flanc de la colline, poussées par le vent d'est. La conduite mal assurée de papa me projetait sans arrêt d'un bord à l'autre du siège arrière. Je saisis la poignée de sécurité et m'y cramponnai.

— Tu sais que je n'avais pas la moindre intention d'agir comme ça, reprit papa, mais il ne put achever.

D'un ton sans réplique, maman lui coupa la parole.

— Très bien, Logan. Nous en reparlerons à la maison.

Ce fut alors qu'un véhicule surgit en sens inverse d'un tournant, beaucoup trop près de nous. J'entendis hurler maman et sentis la voiture faire une embardée sur la droite, puis les freins se bloquer.

La dernière chose dont je me souvienne, c'est ce cri suraigu de maman, et aussi la voix de papa. Instantanément dégrisé, il répétait sans arrêt mon nom.

— *Annie*... Annie... Annie.

5

L'irrémédiable

Ouvrir les yeux me demanda un immense effort: on aurait dit qu'on m'avait cousu les paupières. Je cillai à plusieurs reprises, avec un peu moins de difficulté à chaque fois, avant qu'elles ne s'ouvrent tout à fait.

Où étais-je? Cette chambre était si blanche... Un affreux appareil en plastique occupait le centre du plafond, et ces draps qui sentaient l'amidon, comme ils étaient rugueux! Un bourdonnement léger me tintait aux oreilles.

— Annie! Infirmière, elle ouvre les yeux! Infirmière... infirmière!

Je me retournai lentement, la tête aussi lourde qu'une pierre. J'aurais aussi bien pu être la statue de Jefferson Davis qui ornait la cour d'entrée du collège, à Winnerow. Une femme en blanc, l'infirmière sans doute, me prit le poignet droit pour vérifier mon pouls et j'aperçus le tuyau du goutte-à-goutte fixé à mon avant-bras.

Je regardai vers la gauche, pour voir un homme d'un certain âge et d'allure distinguée, grisonnant, dont les yeux bleu clair brillaient d'un éclat extraordinaire. Puis je me tournai à nouveau vers l'infirmière. Occupée à noter quelque chose sur une fiche, elle se contenta de jeter un bref coup d'œil à l'homme assis à ma gauche. Il prit ma main dans les siennes et se pencha sur moi, si près que je perçus l'arôme léger de sa lotion de toilette.

— Qui êtes-vous ? demandai-je. Et qu'est-ce que je fais ici ?

— Annie, le sort a voulu que ce soit à moi de vous annoncer la plus terrible des nouvelles. J'espère que vous ne m'en voudrez pas d'être celui qui va vous causer un pareil chagrin.

Il ferma les yeux et inspira profondément, comme si ces quelques mots avaient épuisé tout son souffle.

Je voulus m'asseoir, mais à partir de la taille mon corps était comme engourdi. Je ne réussis qu'à soulever mes épaules de quelques centimètres au-dessus du matelas.

— Quel chagrin ?

— Vous avez eu un très grave accident de voiture et vous sortez du coma.

— Un accident ? répétai-je en fronçant les sourcils.

Et brusquement, tout me revint à la mémoire. La pluie, le cri de ma mère et la voix de mon père appelant : « Annie ! » Mon cœur se tordit d'angoisse et je hurlai de terreur.

— O mon Dieu ! Où sont mes parents ? Où est maman ! *Maman !* Où est papa ?

Au bord de la panique, je me tournai vers l'infirmière, puis vers l'inconnu assis à mes côtés. Il ferma les yeux, les rouvrit lentement et sa main resserra sa pression sur la mienne.

— Je suis désolé, Annie.

Le temps parut couler au ralenti, comme dans un cauchemar. Et dans les yeux de l'inconnu, je vis le chagrin se fondre en larmes. Il baissa la tête, puis la redressa pour me regarder.

— Je suis tellement désolé, Annie.

— Non !

J'aurais voulu pouvoir nier ses paroles avant qu'elles ne sortent de sa bouche.

— Ils sont morts tous les deux, dit-il, les joues ruisselantes de larmes. Vous êtes restée deux jours dans le coma.

— Non !

Je lui retirai brusquement ma main et me cachai le visage dans l'oreiller.

— Non ! Non, je ne vous crois pas.

Je me sentais engourdie de partout maintenant, glacée et comme morte moi-même. Je ne voulais pas rester là, je voulais que cet homme s'en aille. Je voulais rentrer à la maison et retrouver mes parents. O mon Dieu, implorai-je, ramenez-moi chez nous, je vous en prie, et faites que cet horrible cauchemar prenne fin. S'il vous plaît, mon Dieu, s'il vous plaît...

Je sentis la main de l'inconnu caresser mes cheveux, exactement comme le faisait si souvent maman.

— Annie, ma pauvre Annie... Je suis venu dès qu'on m'a fait appeler, et depuis cet instant je suis resté près de... près de toi.

Je me retournai lentement et observai au travers de mes doigts l'homme qui venait de me parler ainsi. Ses traits exprimaient la douleur et la compassion les plus sincères : il était profondément malheureux. Et subitement, je sus qui il était. Le mystérieux Tony Tatterton, le prince de Farthinggale Manor. Lui-même, ici, à mon chevet !

— J'ai engagé des gardes de nuit et fait venir par avion mes médecins personnels, mais l'équipement médical laisse à désirer, ici. Il faut que je t'emmène à Boston d'abord, puis à Farthy.

Ses paroles me parvenaient comme dans un rêve. Je secouai la tête.

— Maman, je veux la voir. Papa...

— Ils sont morts et vont être ramenés à Farthinggale Manor pour y être enterrés, dit-il avec douceur. Je suis sûr que c'est ce que ton père aurait souhaité.

— A Farthinggale Manor ?

— Si tes grands-parents paternels, les Stonewall, étaient encore vivants, je les aurais consultés. Mais je suis certain qu'ils auraient voulu la même chose : de belles funérailles pour tes parents, et que j'emploie jusqu'à mon dernier dollar s'il le faut pour te guérir.

Je le dévisageai longuement, puis les larmes qui gonflaient mes paupières s'échappèrent comme un cours d'eau rompant ses digues. Je pleurai, pleurai sans fin, le corps secoué de sanglots. Tony Tatterton se pencha pour me prendre dans ses bras et me serra contre lui du mieux qu'il put.

— Je suis désolé, ma pauvre, pauvre Annie. La jolie Annie de Heaven, la petite-fille de Leigh, murmura-t-il en m'embrassant sur le front et en repoussant doucement mes cheveux en arrière. Mais tu n'es pas seule, tu ne seras jamais seule. Je suis là, maintenant. Et je serai toujours là pour toi, aussi longtemps que je vivrai.

— Mais qu'est-ce que j'ai ? demandai-je à travers mes larmes. On dirait que je ne peux pas bouger les jambes. Je ne les sens même pas.

— Tu as subi un choc violent à la tête et à la colonne vertébrale. Les médecins pensent que le traumatisme a affecté ta coordination motrice, mais ne t'inquiète pas, Annie. Je te l'ai dit, je te rendrai la santé.

Il embrassa mes joues mouillées de larmes, sourit et m'enveloppa d'un regard apaisant.

— Et Drake ? Où est Drake ? Et Luke Junior ? Luke, tante Fanny... murmurai-je.

Je voulais avoir ma famille auprès de moi, pas cet étranger. O mon Dieu ! que m'était-il arrivé ? Je me sentais perdue, dépossédée, vide. Je dérivais comme un cerf-volant déchiré par le vent. Que faire, désormais ?

— Drake attend dans le couloir. Luke et Fanny sont venus plusieurs fois et je leur ferai savoir que tu es sortie du coma. Mais avant tout, il faut que les médecins t'examinent.

— Non, je veux voir Drake, d'abord. Et, s'il vous plaît, appelez Luke et Fanny pour leur dire de venir tout de suite.

— Très bien, acquiesça-t-il en déposant un dernier baiser sur ma joue. Comme tu voudras.

Il se leva, eut pour moi un sourire à la fois étrange et chaleureux et quitta la pièce. Quelques instants plus tard, Drake entra, la mine sombre et les yeux rouges. Il me prit dans ses bras sans mot dire et me serra contre sa poitrine, si fort que je fondis en larmes, une fois de plus. Les sanglots me secouaient, mon dos me faisait mal, et mon cœur aussi. Drake m'embrassait, me câlinait et me berçait comme un bébé, sa joue contre ma joue et ses larmes mêlées aux miennes.

— Tu sais qu'ils étaient plus pour moi que mes parents, Annie. Ma vraie mère ne m'aurait pas aimé plus que Heaven, et Logan m'a toujours traité comme un fils. Un jour où nous étions sortis à cheval tous les deux, il m'a confié qu'il m'avait toujours considéré comme son fils. « Tout ce qui est à moi est à toi, a-t-il dit. Et il en sera toujours ainsi. »

— Oh, Drake, comment est-ce possible ? Ont-ils vraiment disparu pour toujours ?

— Oui, et c'est un miracle que tu aies survécu. J'ai vu la voiture : il n'en reste rien.

— Je ne peux pas bouger les jambes, c'est comme si je n'en avais plus.

— Je sais, Tony m'a expliqué ce que pensent les médecins. Il fera l'impossible pour toi, Annie. C'est un homme étonnant, merveilleux. Dès qu'il a appris la nouvelle, il a mis en œuvre toute la puissance et la fortune des Tatterton. Des médecins ont été envoyés aussitôt pour veiller sur toi jour et nuit. Il a fait venir un de ses directeurs pour remplacer Logan afin que l'usine de Winnerow continue à tourner. Car il sait à quel point il était important pour Logan et Heaven de fournir aux gens d'ici du travail intéressant, valorisant. Il a juré que les ateliers ne fermeraient pas et que l'usine prendrait même de l'expansion. Il m'a déjà demandé si j'envisageais de la diriger un jour, quand j'aurais mes diplômes.

« Après quoi, il m'a confié qu'il comptait remettre Farthinggale en état, à seule fin de t'offrir un cadre merveilleux pour ta convalescence. C'est une chance qu'il soit là, Annie, au moment où nous avons tant besoin d'aide.

— Mais je ne veux pas aller à Farthinggale, Drake ! Je veux rentrer chez nous. Farthinggale n'était pas censé être un hôpital mais un endroit... un endroit spécial. Un paradis. Je t'en prie, Drake.

— Annie, tu n'es pas en état de réfléchir clairement, pour l'instant. Il faut laisser cela à d'autres, plus âgés et plus avertis que toi, et moins impliqués dans cette tragédie. C'est à nous de faire ce qui sera le mieux pour toi. Car tu veux guérir, n'est-ce pas ? Tu veux pouvoir à nouveau marcher, et vivre ta vie ?

— Vivre ? Sans maman, sans papa ? Loin de toi, de Luke, de tous ceux que j'aime ? Comment pourrais-je vivre ma vie ?

— Parce qu'il le faut, Annie. C'est ce que Heaven aurait voulu, ce que Logan aurait voulu, et je serais coupable de ne pas te parler comme ils l'auraient fait. Tes parents n'étaient pas de ceux qui abandonnent, Annie, et tu dois suivre leur exemple. Si haut que soit l'obstacle, avance, et franchis-le.

Je croyais presque entendre Luke : « Toujours plus haut. »

— Je ne serai jamais bien loin de toi, Annie. Je rentre à Boston aujourd'hui et j'irai te voir à l'hôpital. Je sais, c'est dur pour toi, tout arrive trop vite. Mais fais confiance à ceux qui t'aiment, Annie, je t'en prie.

Je respirai profondément et renversai la tête sur l'oreiller. On aurait dit que le monde entier pesait sur moi. Mes paupières s'alourdissaient à nouveau. J'étais étourdie, épuisée. Si je m'endormais, peut-être m'éveillerais-je dans ma chambre, à la maison, pour découvrir que tout ceci n'était qu'un horrible cauchemar ?

Ce serait le matin et maman entrerait, débordante d'énergie comme toujours, pour me parler de ce que nous ferions dans la matinée. En bas, papa serait en train de siroter son café en lisant le *Wall Street Journal*. Je prendrais ma douche, m'habillerais et dévalerais les escaliers pour souhaiter une bonne journée à papa. Et, comme chaque matin, il m'embrasserait avant de partir pour l'usine.

— Roland a préparé mon petit déjeuner, murmurai-je, perdue dans mon rêve.

— Quoi ?

— Il faut que je me dépêche de manger, maman et moi avons des courses à faire aujourd'hui. J'ai besoin d'une nouvelle robe pour l'anniversaire de Maggie Tem-

pleton, et nous tenons à lui trouver un cadeau original. Je t'ai vu sourire, Drake. Ne te moque pas de nous.
— Annie...
Il souleva ma tête entre ses mains, mais il me fut impossible d'ouvrir les yeux et il la laissa doucement retomber au creux de l'oreiller.
— Le petit cottage... Il est si beau... si beau... Merci, maman. J'en prendrai toujours le plus grand soin, toujours...
— Annie...
Était-ce la voix de papa qui m'appelait ainsi ? Oh, papa, continue, je t'en prie. Papa...
Je m'enfonçai peu à peu dans la douce chaleur du sommeil, fuyant la lumière qui cherchait à pénétrer dans l'univers de mes rêves et à l'anéantir.
— Empêche-la de le détruire, Luke. Empêche-la. Oui, je sais, toujours plus haut... la vue est si belle des sommets... si belle...
— Oh, Annie ! guéris, il le faut, chuchota Drake en me prenant la main.
Mais dans mon rêve c'était celle de Luke et nous courions dans l'herbe vers notre paradis chimérique, là où je serais à nouveau en sécurité. Et où je pourrais dormir, enfin.

Je m'éveillai sous les regards des médecins et de l'infirmière envoyés par Tony. Un grand homme brun avec une petite moustache rousse et des yeux noisette me souriait avec bonté en me tenant la main.
— Bonjour, vous ! Je suis le Dr Malisoff et c'est moi qui prendrai soin de vous jusqu'à votre guérison.
Je levai les yeux et son visage se précisa peu à peu, jusqu'à ce que je distingue avec netteté le fin réseau de rides qui s'entrecroisaient sur son front, comme tracées au crayon.
— Qu'est-ce que j'ai ? demandai-je en passant la langue sur mes lèvres desséchées.
Sans répondre, il se tourna vers le jeune médecin qui se tenait à ses côtés. Un blond au teint clair, avec des taches de rousseur sous les yeux.

— Mon assistant, le Dr Carson. C'est nous qui vous soignerons.

— Hello, dit l'assistant, tout en examinant la fiche que lui tendait l'infirmière.

— Et voici Mme Broadfield, votre infirmière particulière. Elle ne vous quittera que lorsque vous serez entièrement guérie.

— Bonjour, Annie.

Mme Broadfield cligna des yeux et me décocha un sourire éclatant comme un éclair de magnésium. Elle avait un visage rond et plein, des cheveux aussi noirs que ceux de tante Fanny mais coupés très court, une carrure un peu masculine. Le carmin pâle de ses lèvres ne devait rien au maquillage.

— Où est Drake ? demandai-je.

Et je me rappelai vaguement qu'il avait parlé de rentrer à Boston.

— Drake ? répéta le Dr Malisoff. Il y a deux personnes qui attendent dans le couloir, votre tante Fanny et... son fils, je suppose ? (Du regard, il interrogea l'infirmière qui hocha brièvement la tête.) Je les ferai entrer dans un instant. Mais d'abord, Annie, parlons un peu de nos projets.

« Quand la voiture de votre père s'est retournée, il semble que vous ayez heurté un objet dur. Le coup a porté sur votre épine dorsale au niveau de la nuque et causé ce que nous appelons un traumatisme. Celui-ci affecte votre coordination motrice en provoquant une paralysie des membres inférieurs. En l'absence d'équipement adéquat, nous n'avons pu mesurer avec exactitude l'étendue et la gravité des lésions. Aussi allons-nous vous emmener à Boston pour vous faire examiner par un neurologue de mes amis. Là-bas, nous disposerons d'un scanner, ce qui nous permettra d'établir un diagnostic précis et de prescrire la thérapie appropriée.

— Mais je n'ai pas mal aux jambes, pour l'instant.

Ma réflexion le fit sourire.

— Non, et les paralysés ne souffrent pas. Quand vous aurez mal, ce sera signe que vos nerfs et vos muscles recommencent à fonctionner. Je sais que cela peut paraître bizarre de souhaiter la souffrance, mais c'est pourtant ce que nous espérons pour vous. Selon moi, dès que nous aurons traité les effets de ce choc, vous retrouverez l'usage de vos jambes. Toutefois, cela peut demander un certain temps, au cours duquel il vous faudra plus que des soins attentifs. Vous avez besoin d'un traitement sérieux.

Je fus impressionnée et encouragée par la confiance dont il faisait preuve, mais j'aurais voulu que papa fût près de moi pour me tenir la main. J'avais besoin d'entendre maman me dire que je guérirais, et pas seulement des médecins ou des infirmières. Je ne m'étais jamais sentie aussi seule, aussi abandonnée ni aussi perdue que dans cet univers étrange et froid.

Le médecin lâcha ma main, se redressa et enchaîna :

— Pendant que nous achevons de préparer votre transport, contentez-vous de vous reposer. Vous irez en ambulance jusqu'à l'aéroport et en avion spécialement équipé jusqu'à Boston. En attendant... (il sourit encore et me tapota la main)... Mme Broadfield vous fera prendre un repas liquide, d'accord ?

— Je n'ai pas faim.

Comment pouvait-on penser à manger en un moment pareil ? C'était bien la dernière chose dont je me souciais.

— Je sais, mais je tiens à ce que vous preniez quelque chose, en plus de votre perfusion. C'est entendu ?

J'eus droit à un nouveau sourire qui se voulait réconfortant, mais comment eût-il pu l'être ? Rien ne pourrait plus me réconforter, désormais.

— Et maintenant, acheva le Dr Malisoff, vous allez voir votre famille.

Sur ce, il se retira en compagnie de son confrère. Mme Broadfield ouvrit un berlingot de jus de fruits et y inséra une paille.

— Buvez tout doucement, recommanda-t-elle en redressant mon lit en position assise.

Ses mains courtaudes empestaient l'alcool à 90° et, à cette distance, je pouvais distinguer quelques petits poils noirs sur son menton. J'aurais voulu maman, ma belle, ma douce petite maman qui sentait si bon. C'est elle qui aurait dû s'occuper de moi, et non cette affreuse étrangère.

Elle me glissa le berlingot dans la main et plaça la table roulante de façon que le plateau fût devant moi. Le changement de position m'avait étourdie et je dus fermer les yeux.

— J'ai mal au cœur !
— Essayez de boire un peu, rien qu'un petit peu.

J'avalai rapidement une gorgée et la douleur m'arracha un gémissement.

— Rabaissez mon lit, je vous en prie.
— Vous devez essayer, Annie, me reprocha Mme Broadfield avec une pointe d'impatience. Un petit effort chaque jour, les médecins ne peuvent pas tout faire pour vous.
— Pas encore. Je ne suis pas prête.

Elle secoua la tête, retira la table et j'aspirai encore une gorgée avant de lui rendre le carton. Elle pinça les lèvres et ses traits rudes exprimèrent la contrariété. En l'observant de plus près, je vis qu'elle avait la peau toute grêlée et m'en étonnai. Quelle idée d'avoir un teint pareil, pour une infirmière !

Elle venait juste de rabaisser mon lit quand tante Fanny fit irruption dans la chambre, Luke sur ses talons. Je n'avais jamais été aussi heureuse de les voir.

— O mon Dieu, glapit tante Fanny en se tordant les mains, o mon Dieu-eu-eu !...

Mme Broadfield faillit en lâcher son plateau.

— Oh, Annie, ma chérie, ma pauvre enfant ! Ma pauvre nièce !

Les larmes ruisselaient sur ses joues, qu'elle tamponnait avec un mouchoir de soie.

— O mon Dieu, regardez-la couchée dans ce lit ! La chère petite ! gémit-elle en sanglotant sur l'épaule de Luke.

Puis elle reprit bruyamment son souffle, s'approcha de moi et m'embrassa sur le front. Je respirai avec plaisir un arôme de rose, le parfum qu'elle avait fait venir de New York un mois plus tôt.

Elle me serra dans ses bras et je fus secouée par ses sanglots. Je regardai Luke, qui semblait gêné par ces démonstrations de douleur, et lui fis signe d'approcher. Tante Fanny s'agrippait à moi comme si sa vie en dépendait ; ses sanglots redoublèrent.

— Ma, je t'en prie. Tu rends les choses encore plus pénibles, dit Luke.

— Qu'est-ce que tu racontes ! cria Fanny en recommençant à se tamponner les yeux. O... O mon Dieu ! Mon Dieu !

— Ma, s'il te plaît ! Pense à ce qu'a dû supporter Annie, insista Luke avec fermeté.

Maman disait toujours que personne ne savait mieux que lui se faire obéir de Fanny, lorsque la situation l'exigeait.

— Oh, chère petite Annie ! gémit-elle en m'embrassant, inondant ma joue de ses larmes.

Elle les essuya en se relevant et son grand chagrin se mua subitement en une colère tout aussi grande.

— Ce pauvre Luke et moi, ça fait des heures qu'on attend que les docteurs et les infirmières nous laissent entrer ! ajouta-t-elle avec un regard noir pour Mme Broadfield.

— Essayez de ne pas l'énerver, ordonna celle-ci en réponse, avant de quitter la pièce.

— Oh, ces docteurs et ces infirmières, je les déteste avec leurs airs pincés ! On dirait des rats musqués. Et je déteste l'odeur des hôpitaux. Ils ne pourraient pas vaporiser du déodorant et mettre des fleurs, non ? Si jamais je tombe malade et que je ne sache plus ce que je fais, Luke, engage une infirmière privée comme celle d'Annie et ramène-moi à la maison, t'entends ?

Aussi simplement qu'on enlève un manteau, tante Fanny s'était débarrassée de son chagrin.

Luke s'approcha de mon lit. Il rayonnait de beauté, de jeunesse, malgré son regard fou d'angoisse et de douleur.

— Hello, Annie.
— Luke ! Oh, Luke !

Il prit doucement ma main dans la sienne et les larmes que je vis briller dans ses yeux ravivèrent ma peine. Il souffrait profondément, lui aussi. Car, même si nous avions toujours évité de faire allusion à nos liens véritables, il venait de perdre son père, comme moi. Et ma mère s'était souvent montrée bien meilleure et plus tendre pour lui que la sienne.

— Et à quoi ça rime de pleurer à fendre l'âme ? dit tout à coup tante Fanny. C'est pas ça qui nous les rendra, même si je donnerais n'importe quoi pour que ça soit possible. J'aimais Heaven bien plus que je lui ai jamais dit. Je regrette d'avoir été si mauvaise avec elle, tout ce temps-là, mais c'était plus fort que moi, j'étais trop jalouse. Elle comprenait ça et me pardonnait toujours, ce que j'aurais jamais pu faire à sa place. Mais...

Elle se tamponna délicatement les yeux, respira un grand coup et rejeta les épaules en arrière.

— Mais je sais qu'elle aurait voulu me voir prendre les choses en main, maintenant, annonça-t-elle en se rengorgeant. J'en suis même sûre. J'en suis aussi capable que ce sale vieux bonhomme, ton arrière-grand-père à ce qu'il dit !

Sur ce, elle secoua la tête et se passa les mains dans les cheveux comme s'ils s'étaient accrochés dans une toile d'araignée. Luke lui prit la main et me désigna d'un signe discret.

— Ma, ce n'est pas le moment de...
— Qu'est-ce que tu nous chantes ? Faut ce qu'y faut. Il prétend que tes parents auraient voulu qu'il s'occupe de tout, mais moi je dis...

Luke la foudroya du regard.

— Ma, Annie n'est pas en état de parler de tout cela en ce moment. Elle a bien d'autres choses en tête.

Tante Fanny ne se laissa pas ébranler pour autant.

— Bon, qu'il s'occupe de lui trouver le meilleur traitement et tout ça, d'accord. Mais pour ce qui est de la maison Hasbrouck et de...

— Ma, je t'en prie !

Tante Fanny retroussa les lèvres dans une grimace de dépit, découvrant ses dents de perle dont la blan-

cheur contrastait si vivement avec son teint ambré.
— Très bien, j'attendrai que tu te sentes mieux, Annie. Et t'inquiète pas pour ce que ce vieux millionnaire de Boston pourrait faire avec ton argent.
— Mais il s'est montré si gentil, tante Fanny, murmurai-je, incapable de hausser la voix davantage.
— Pardi, il a ses raisons !
— Ses raisons ?
Luke lui jeta un regard furibond.
— Ma, je t'en prie. Je t'ai déjà dit que ce n'était pas le moment.
— Bon, ça va, ça va.
Tout d'un coup, Mme Broadfield apparut derrière eux, comme un fantôme. Elle se déplaçait tellement silencieusement avec ses souliers blancs aux semelles insonores que personne ne l'avait entendue arriver.
— Je vais devoir vous demander de vous retirer. Nous allons préparer Annie pour le voyage.
— M'en aller ? Nous venons juste d'arriver ! C'est ma nièce, figurez-vous.
— Je suis désolée, insista fermement l'infirmière. Nous avons un horaire à respecter.
— Et où est-ce que vous l'emmenez ?
— Dans un hôpital de Boston. Pour de plus amples détails, veuillez vous adresser au bureau d'accueil à l'étage.
Tante Fanny secoua la tête avec colère, mais Mme Broadfield se contenta de contourner le lit pour rajuster le tuyau du goutte-à-goutte. Ma tante m'embrassa sur la joue.
— Surtout, Annie chérie, ne t'inquiète de rien, dit-elle en me serrant la main. Pense seulement à te remettre sur pied. Dans un jour ou deux, je ferai un saut jusqu'à cet hôpital de Boston, pour voir si on s'occupe bien de toi, ajouta-t-elle avec un regard meurtrier pour Mme Broadfield.
L'infirmière continua sa tâche comme si Fanny avait déjà quitté la pièce et Luke prit sa main dans la sienne.
— Je viendrai avec elle, Annie.

— Oh, Luke ! Je vais manquer la remise des diplômes et ton discours !

— Pas du tout, rétorqua-t-il de ce ton rassurant bien à lui. Je te lirai le discours en entier au téléphone. Et ce jour-là, avant de partir pour le collège, j'irai à la rotonde. Je m'assiérai sur le banc comme si tu étais là et je ferai comme si rien n'était arrivé.

Un sourire mi-curieux, mi-approbateur se dessina sur les lèvres de Fanny.

— Qu'est-ce que c'est que ces histoires ?

— Des histoires à nous, répliqua Luke.

Et dans son regard, je lus sa sincérité et son amour. Il se pencha sur moi et, comme il déposait un baiser sur ma joue, Tony Tatterton entra dans la chambre.

— Alors, tout se passe-t-il bien ?

Luke se retourna brusquement, le regard soupçonneux, et Tony s'empressa de lui tendre la main.

— Je suis Tony Tatterton, et vous devez être...

— Mon fils, Luke Junior, annonça Fanny. Je suppose que vous savez qui je suis : la sœur de Heaven.

Elle cracha ces mots d'un ton acerbe et haineux que je ne lui connaissais pas encore. Je guettai la réaction de Tony, qui se contenta de hocher la tête.

— Bien entendu. Bon, occupons-nous plutôt d'Annie, c'est le moment du départ. Je vous retrouve en bas, près de l'ambulance.

Il lança un bref regard à Luke, qui n'avait pas cessé de l'observer d'un œil critique.

— Nous irons te voir à Boston, me promit-il, avant de sortir avec tante Fanny.

Je n'eus pas le temps de fondre en larmes : les infirmiers étaient déjà là avec un brancard. Ils m'y transportèrent selon les directives de Mme Broadfield et, quelques instants plus tard, un chariot m'emmenait le long des couloirs.

Et personne n'était là pour me tenir la main, personne que j'aime et qui m'aime. J'étais entourée de visages étrangers, vides. Pour tous ces gens, je faisais partie de leurs activités professionnelles, sans plus. Mme Broadfield resserra soigneusement la couverture autour de mes épaules quand nous débouchâmes sur l'aire de stationnement où attendait l'ambulance.

Le ciel était bas et nuageux, et pourtant la lumière me surprit : je fermai les yeux. Pour quelques secondes seulement, le temps qu'il fallut pour me porter d'une civière à l'autre. Quand je les rouvris, les portes étaient fermées et Mme Broadfield s'asseyait à mes côtés. Elle ajusta le tuyau de ma perfusion, se renversa sur son siège et l'ambulance démarra. Après une légère secousse, je sentis que nous roulions dans l'allée de service. Nous étions en route pour l'aéroport, d'où je m'envolerais pour un hôpital de Boston.

Je ne pus m'empêcher de me demander si je reverrais jamais Winnerow. Et tout ce qui m'était apparu jusque-là comme allant de soi prit soudain une importance extraordinaire à mes yeux. Et spécialement cette chère petite ville, ce trou, comme disait Drake. Si seulement j'avais pu m'asseoir et regarder par la fenêtre !

J'aurais voulu emporter une dernière image du village, dire un dernier adieu aux grands prés, aux petites fermes si pimpantes au milieu des champs cultivés. Et surtout, j'aurais tant aimé revoir une dernière fois les montagnes, les baraques des mineurs et les cabanes des contrebandiers éparpillées dans les collines. J'aurais voulu dire adieu aux Willies.

J'allais être arrachée à mon univers, aux lieux que je chérissais et dont je faisais partie, coupée de tous ceux que j'aimais. Il n'y aurait plus de magnolias, plus de fleurs épanouies embaumant le chemin de l'école. Plus de rotonde enchantée, de cottage miniature ni de mélodie de Chopin. Je fermai les yeux et m'efforçai d'imaginer la maison en cet instant même. Tous nos domestiques devaient encore être sous le choc, trop accablés pour prendre pleinement conscience du deuil qui les frappait.

Je commençai à sentir battre mes tempes, un flot de larmes s'échappa de mes yeux. J'éclatai en sanglots.

Ne plus jamais revoir mes parents ? Ne plus jamais entendre papa appeler en rentrant :

— Où est ma fille ? Où est ma petite Annie ?

Quand j'étais petite, je me cachais toujours derrière le grand fauteuil tendu de cretonne bleu pâle de la salle de séjour. Et pendant que papa faisait semblant de chercher partout, je pressais mon petit poing sur mes lèvres pour ne pas rire. Puis il prenait un air si inquiet que mon cœur sautait dans ma poitrine à l'idée de lui faire de la peine. Je jaillissais de ma cachette en chantonnant :

— Je suis là, papa !

Et il me soulevait de terre en m'étouffant de baisers. Puis il m'emmenait dans le petit salon où maman bavardait avec Drake, qui lui racontait sa vie d'étudiant. Papa se laissait tomber sur le canapé de cuir, me prenait sur ses genoux et nous écoutions, nous aussi ; jusqu'au moment où maman annonçait qu'il était temps de se préparer pour dîner.

Il faisait toujours beau en ce temps-là, semblait-il. Je n'avais que des souvenirs de soleil et de joie. Mais des nuages étaient venus, sombres, funèbres, lourds d'une pluie glacée qui s'était abattue sur nous comme un linceul. Ma mère et mon père étaient morts, mon soleil s'était éteint.

— Essayez de dormir, Annie, dit Mme Broadfield, me tirant de ma rêverie. Vous ne pouvez que vous affaiblir à pleurer comme ça et, croyez-moi, vous aurez besoin de toutes vos forces. C'est une longue série de batailles qui vous attend.

Je m'avisai subitement que je voulais me faire une alliée de cette femme. J'avais tellement besoin d'amis, de quelqu'un à qui parler ! Quelqu'un de plus âgé que moi et de plus sage, capable de me dire ce que j'avais à faire, et qui je devais devenir. Quelqu'un qui ne m'apporterait pas seulement sa sagesse mais qui me prodiguerait son amour.

— Avez-vous déjà eu des patients dans le même cas que moi, madame Broadfield ?

— Certainement, répondit-elle avec arrogance. Beaucoup de victimes d'accidents de la route.

— Et ils ont tous guéri ?

— Bien sûr que non.

— Et moi, je guérirai ?
— Vos médecins ont de l'espoir.
— Mais vous, qu'est-ce que vous croyez ?

Je comprenais mal qu'une femme comme elle, censée aider les autres (surtout quand ils avaient tellement besoin d'aide) se montre aussi distante et aussi froide. Ne voyait-elle pas à quel point je manquais de chaleur et de tendresse ? Pourquoi restait-elle si guindée ?

Tony ne l'avait certainement pas engagée à la légère, il avait dû prendre ses renseignements. Ma guérison était trop importante à ses yeux pour qu'il n'ait pas choisi le dessus du panier. Et pourtant j'aurais préféré quelqu'un d'autre, une femme plus chaleureuse, plus communicative, plus jeune peut-être. Mais je me souvenais aussi des conseils de Drake. Je devais faire confiance à mes aînés, à leur expérience. Et les laisser penser pour moi, puisqu'en ce moment je n'avais pas les idées claires.

— Vous devriez vous reposer et cesser de vous tracasser, dit Mme Broadfield de sa voix froide, impersonnelle. Votre arrière-grand-père a veillé à ce que vous receviez les meilleurs soins possibles ; vous avez de la chance de l'avoir. Croyez-moi, j'ai soigné beaucoup de malades qui étaient loin d'être aussi favorisés.

C'était vrai. Tony était instantanément accouru à mon aide et semblait prêt à tout faire pour que je guérisse. Je n'en étais que plus intriguée. Pourquoi une femme aussi aimante que ma mère avait-elle fui cet homme apparemment si généreux ? Qu'avait-il bien pu se passer ?

Le découvrirais-je un jour, ou mes parents avaient-ils emporté leur secret avec eux ?

J'étais fatiguée, et Mme Broadfield avait raison. Il n'y avait rien à faire, sinon me reposer et espérer.

J'entendis retentir l'avertisseur d'une ambulance et compris dans un demi-sommeil que c'était pour moi.

6

Tony Tatterton

Je dormis jusqu'à l'aéroport, mais le transport à bord me réveilla et ce fut le choc. Un choc aussi brutal qu'une gifle. Non, je ne rêvais pas, tout cela était vrai, on ne peut plus réel. Maman et papa étaient morts, disparus à jamais. J'étais gravement blessée, paralysée. Mes projets et mes rêves, l'avenir merveilleux que papa et maman espéraient pour moi avaient été anéantis en un instant terrible, fatidique, sur cette route de montagne.

Chaque fois que je m'éveillais, je revivais ces moments atroces. Je revoyais ce rideau de pluie sur le pare-brise, j'entendais mes parents se disputer à propos de la conduite de papa pendant la soirée... puis cette voiture fonçait sur nous, et un long cri silencieux montait en moi. J'avais si mal que j'accueillis avec soulagement la somnolence qui me gagnait.

Dieu merci, je dormis pendant tout le voyage, jusqu'à mon transfert dans l'ambulance qui devait m'emmener à l'hôpital. Quand je repris conscience, j'étais toujours impressionnée par l'autorité dont faisait preuve Mme Broadfield : infirmiers et aides-soignants lui obéissaient au doigt et à l'œil. Une fois, je l'entendis recommander :

— Doucement, ce n'est pas un sac de pommes de terre que vous transportez !

Et je me dis que Drake avait raison : j'étais entre de bonnes mains.

Je glissai dans un profond sommeil, entrecoupé de brefs moments de lucidité, jusqu'à notre arrivée à l'hôpital de Boston. Là, je sentis quelqu'un me prendre la main, j'ouvris les yeux et aperçus Tony Tatterton. Il ne remarqua pas tout de suite que j'étais éveillée, et je saisis son expression lointaine, rêveuse, comme si ma vue l'avait transporté à des miles de là. Quand il découvrit que je l'observais, son visage s'illumina.

— Bienvenue à Boston. Je t'avais dit que je serais là pour t'accueillir et m'assurer que tu ne manquais de rien. Le voyage s'est bien passé ? s'enquit-il avec sollicitude.

Je fis un signe affirmatif. Lorsque je l'avais vu à mon chevet, la veille, tout me semblait si irréel que je n'avais conservé de lui qu'un souvenir assez flou. Mais cette fois, je profitai de l'occasion qui s'offrait de voir en chair et en os l'homme que j'avais si souvent imaginé. Il était rasé de près, impeccablement coiffé, et ses cheveux gris argenté, soyeux et souples, laissaient deviner les soins d'un expert. Il portait un luxueux complet en toile de soie gris chiné, avec une cravate d'un gris plus sombre. Sa toilette avait la fraîcheur du neuf et ses longs doigts élégants étaient manucurés avec soin, les ongles parfaitement polis. Quelle différence avec le Tony Tatterton décrit par Drake ! Sa lettre et notre communication téléphonique me semblaient déjà appartenir à un autre monde. Un monde imaginaire où il me serait arrivé d'entrer et que j'aurais dû quitter pour la dure et froide réalité de l'existence.

Tony soutint patiemment mon examen, sans détourner de moi son regard plein de gentillesse et d'affection.

— J'ai dormi pratiquement tout le temps, répondis-je d'une voix à peine audible.

— En effet, Mme Broadfield me l'a dit. Je suis si heureux que tu sois là, Annie ! Dès que tu auras subi tous les tests qu'ont prévus les médecins, nous saurons à quoi nous en tenir et comment résoudre tes problèmes.

Il me tapota la main avec cet air sûr de soi des hommes habitués à ne pas rencontrer d'obstacles.

— Mais, mes parents ?...
— Eh bien ?
— L'enterrement ?...
— Écoute, Annie, tu ne dois pas penser à cela maintenant. Comme je te l'ai dit à Winnerow, je m'occupe de tout. Quant à toi, concentre tous tes efforts sur ta guérison.
— Mais j'aurais aimé y assister !
— Pour l'instant, c'est impossible, Annie, déclara Tony avec ménagement. Mais dès que tu en auras la force, je ferai célébrer un autre service sur le lieu des funérailles et nous y assisterons ensemble. C'est promis. En attendant, tu vas recevoir les meilleurs soins que la science puisse offrir. Cependant...

Il s'interrompit et parut tout à coup songeur.

— Ne te méprends pas, surtout. J'ai l'air de ne penser qu'aux questions matérielles et à tes besoins immédiats, mais sache que j'aimais beaucoup ta mère. Et ton père aussi. Dès notre première rencontre, j'ai senti qu'il avait l'étoffe d'un chef et j'ai été ravi qu'il accepte de collaborer avec moi. L'époque où tes parents vivaient à Farthy et où nous travaillions ensemble fut une des plus heureuses de ma vie.

« Les années qui ont suivi leur départ furent les plus difficiles et les plus tristes que j'aie vécues. Et quoi que j'aie pu faire pour provoquer cette rupture, je veux m'en racheter en t'aidant, Annie. Je t'en prie, laisse-moi faire cela pour eux. Ce sera la meilleure façon pour moi d'honorer leur mémoire, ajouta-t-il.

Et je lus dans son regard malheureux qu'il m'implorait.

— Je ne voudrais pas vous interrompre, Tony, mais je me pose tellement de questions ! J'ai longtemps cherché à faire parler maman sur sa vie à Farthy et la raison de son départ, mais elle remettait toujours la réponse à plus tard. Le jour de mes dix-huit ans, elle m'a renouvelé sa promesse de tout me dire, bientôt, et maintenant...

J'avalai péniblement ma salive.

— Et maintenant, elle ne me dira plus rien.

— Mais moi, je le ferai, Annie. Tu sauras tout ce que tu veux savoir, ce que tu as besoin de savoir. Crois-moi, je t'en prie, aie confiance en moi. Et d'ailleurs... (il sourit et se rejeta en arrière)... ce sera un soulagement pour moi que tu saches et que tu me juges.

Je l'étudiai attentivement. Était-il sincère ? Tiendrait-il sa promesse, ou ne parlait-il ainsi que pour gagner ma confiance et mon amour ?

— J'ai tout essayé pour me faire pardonner, reprit-il. J'espère que tu as reçu mes cadeaux et que ta mère t'a permis de les garder ?

— Oh oui, je les ai tous... toutes ces merveilleuses poupées !

— Tant mieux.

Ses yeux étincelèrent et il parut soudain plus jeune. Il y avait quelque chose en lui qui me rappelait maman. Cette façon de faire partager à autrui son humeur et ses pensées, d'un simple coup d'œil, et ce regard pétillant...

— Chaque fois que je partais en voyage, je cherchais pour toi le cadeau le plus original, la véritable spécialité de l'endroit. Et je n'ai rien trouvé de mieux que ces poupées. J'ignore combien j'ai pu t'en envoyer mais cela doit te faire une belle collection, à l'heure qu'il est ?

— Oh oui ! elles occupent un mur entier de ma chambre ! Papa dit toujours que je pourrais ouvrir un magasin. Chaque fois qu'il entre il...

Je m'arrêtai net. Papa n'entrerait plus jamais dans ma chambre et ne dirait plus jamais rien.

— Pauvre petite Annie, dit Tony d'une voix caressante. Il t'arrive le plus grand malheur qui soit. Je ne parviendrai jamais à t'en consoler tout à fait mais crois-moi, Annie, je ferai l'impossible pour cela. Ce sera désormais le but de ma vie, ajouta-t-il avec ce regard résolu que j'avais vu si souvent dans les yeux de maman.

Je n'ignorais pas combien maman lui en voulait, mais je n'éprouvais rien de tel envers lui. Peut-être tout cela n'était-il qu'un affreux malentendu ? Peut-être le destin m'avait-il choisie pour y mettre fin ?

— Je sais que tu ne peux pas t'empêcher de te méfier de moi, Annie, mais crois-moi. Si riche que je sois, je n'ai rien. Et si, au soir de ma vie, il m'est donné de pouvoir accomplir un geste utile et désintéressé, j'en remercierai le ciel. Tu ne voudrais pas me refuser cette chance ?

— Pas si vous me promettez de tout me dire, dès que vous le pourrez.

— J'en fais le serment, déclara-t-il d'un ton solennel, au nom de toute une lignée de Tatterton, dont la parole n'a jamais été mise en doute.

Puis il se tourna vers les infirmiers qui attendaient non loin de là et ajouta :

— Elle est prête. Bonne chance, ma chérie.

Il me tapota la main tandis qu'ils transportaient ma civière sur un chariot et je fus emmenée le long des couloirs. Tony ne m'avait pas quittée et je soulevai la tête autant que cela m'était possible pour le voir. Quel homme étonnant, tout de même... Il n'élevait jamais la voix et pourtant l'assurance et l'autorité perçaient sous chacune de ses paroles. Je mourais d'envie d'en savoir plus à son sujet. Mes parents s'étaient montrés si avares de renseignements qu'à ce train-là, il m'aurait fallu toute une vie pour le connaître !

Naturellement, je savais qu'il avait mis sur pied une chaîne d'usines de jouets d'une ampleur exceptionnelle. Un empire, comme disait papa, dont le chiffre d'affaires s'évaluait en millions de dollars, tant à l'étranger que sur le marché national.

— Les Tatterton sont les rois de l'industrie du jouet, m'avait-il dit en l'une de ces rares occasions où il consentait à en parler. Leurs jouets sont destinés aux collectionneurs, comme les nôtres.

— Les jouets de Tony sont réservés aux riches, avait aussitôt répliqué maman.

Je savais qu'elle était fière que ce ne fût pas le cas des nôtres. Ceux que l'on fabriquait à Winnerow, tout le monde pouvait se les offrir. Et elle avait ajouté :

— Les jouets Tatterton sont faits pour les riches qui n'auront jamais besoin de devenir adultes ni d'oublier une enfance déshéritée, où l'on ne trouvait rien sous les sapins de Noël et où l'on ne donnait pas de soirées d'anniversaire. Ils sont faits pour des gens comme Tony, avait-elle achevé, un éclair de colère dans les yeux.

Mais maintenant, je me demandais en quoi Tony était si différent de papa, de maman ou de moi-même. On voyait qu'il était habitué à commander, c'est vrai, mais il était aussi très bon et vulnérable, je l'avais bien senti. Il pleurait sincèrement mes parents et partageait mon chagrin.

Les médecins avaient prévu pour moi les tests les plus sophistiqués, le fin du fin de la science médicale, et je passai le reste de la journée à les subir patiemment. Je fus examinée, radiographiée sur toutes les coutures, après quoi on délibéra sur mon cas.

Comme le Dr Malisoff me l'avait annoncé, je ne ressentis aucune douleur pendant ces tests. Je pouvais remuer le buste, mais mes jambes étaient aussi molles que celles d'une poupée de chiffon. Elles ballottaient quand on me transportait d'une table d'examen à un lit pour m'y coucher avec mille précautions. Parfois, j'avais l'impression d'être entrée dans une eau glacée qui m'avait engourdie jusqu'à la taille. Mes réflexes ne répondaient plus et je ne vis pas sans angoisse le Dr Malisoff et l'assistant neurologue, un certain Dr Friedman, me piquer avec une épingle. Je ne la sentis pas mais la voir s'enfoncer sous ma peau me fut un supplice.

— Annie, m'expliqua finalement le Dr Malisoff, tout se passe comme si nous avions fait une anesthésie partielle pour une opération. Nous avons toutes raisons de penser que cette paralysie momentanée est due à l'inflammation post-traumatique. Il nous manque encore quelques tests pour confirmer notre diagnostic.

J'essayais de me comporter en malade coopérative, mais il était dur de se sentir si dépendante. J'étais sans arrêt soulevée, déplacée, sanglée sur des civières et transportée d'un endroit à l'autre. J'avais beaucoup de mal à m'asseoir et mes efforts pour y parvenir m'épuisaient. Les médecins ne cessaient de me rassurer et d'affirmer que j'y parviendrais bientôt, mais il me semblait qu'une moitié de mon corps était morte dans l'accident.

Cette impuissance totale faisait plus que me frustrer, elle m'enrageait. Nous trouvons tout naturel de marcher, nous asseoir, nous lever et aller où il nous plaît quand il nous plaît. Mon handicap était comme du sel sur une blessure à vif. Comme si ce n'était pas assez horrible d'avoir perdu mes parents, il fallait que j'endure cette infirmité. Combien de souffrance un être humain peut-il supporter ? Et pourquoi fallait-il qu'une pareille torture me soit infligée ? Tout ce qui comptait pour moi m'avait été ravi.

Malgré mon humeur sombre, je ne pouvais m'empêcher d'être impressionnée par ce qui m'entourait. Il y avait de quoi ! Les couloirs étaient deux fois plus larges que ceux de l'hôpital de Winnerow, un personnel innombrable circulait sans arrêt, l'air important et affairé. Je vis des files de patients amenés sur des chariots monter et descendre en ascenseur pour être roulés dans les couloirs. A tout instant retentissait une annonce au personnel ou un appel pour un médecin. J'appris que le bâtiment comptait une vingtaine d'étages et abritait une véritable armée d'infirmières et d'assistants. Tante Fanny et Luke se perdraient sûrement quand ils viendraient me voir.

Pourtant, même parmi cette foule de spécialistes et de patients, je ne me sentais pas anonyme. La présence et la fortune de Tony Tatterton faisaient de moi quelqu'un d'important. A peine m'eut-on emmenée loin de lui qu'une équipe de médecins et de techniciens m'entoura. Ils ne m'abandonnèrent que lorsqu'on me reconduisit dans ma chambre, où m'attendait Mme Broadfield.

Elle roula le chariot à côté de mon lit sur lequel elle me transporta en deux temps, les jambes d'abord ; tout cela avec adresse et douceur, sans un mot ni un soupir.

Puis elle m'installa confortablement et me fit prendre un jus de fruits. Cela fait, elle tira le rideau qui entourait mon lit et m'annonça qu'elle restait là, tout près de la porte, au cas où j'aurais besoin d'elle. Exténuée par mes examens, je m'endormis instantanément pour ne m'éveiller qu'en entendant parler autour de moi. Je levai les yeux et vis le Dr Malisoff, accompagné de Tony Tatterton.

— Re-bonjour ! s'exclama le médecin. Comment vous sentez-vous ?

— Très fatiguée.

— C'est normal, on le serait à moins ! Bien, venons-en à votre cas, jeune fille. Mes confrères et moi avons abouti au même diagnostic et je ne m'étais pas trompé. C'est l'inflammation locale causée par le choc qui provoque cette paralysie. Nous avons déjà constaté une très légère amélioration, il ne sera donc pas nécessaire d'opérer pour soulager la compression. Au lieu de cela, vous allez subir un traitement chimiothérapique et, plus tard, une rééducation.

Ma mine s'allongea et le Dr Malisoff s'en aperçut.

— Mais vous ne serez pas obligée de rester pendant tout ce temps à l'hôpital, ajouta-t-il en souriant. Par bonheur, Mme Broadfield possède une formation de kinésithérapeute et elle pourra pratiquer cette rééducation à Farthinggale Manor. Et maintenant, si vous avez des questions à me poser, je suis à votre disposition.

— Est-ce que je pourrai remarcher ? m'écriai-je, pleine d'espoir.

— Je n'ai aucune raison d'en douter. Pas demain, bien sûr, mais cela viendra. Et je ne vous perdrai pas de vue.

— Et quand cesserai-je d'avoir ces étourdissements ?

— Ils sont dus à la commotion. Cet état va durer quelque temps, mais cela ira mieux de jour en jour.

— C'est vraiment tout ce que j'ai ? demandai-je d'un ton soupçonneux.

— Tout ? s'esclaffa le Dr Malisoff.

Et comme Tony se rapprochait en me souriant avec chaleur, il ajouta à son intention :

— Il m'arrive d'oublier combien c'est merveilleux d'être jeune.

Tony hocha la tête et son sourire se nuança d'amusement.

— Oui, c'est merveilleux. Et, à défaut de jeunesse, il est tout aussi merveilleux d'avoir près de soi quelqu'un d'aussi jeune et d'aussi beau qu'Annie.

— Mais je vais être un fardeau pour vous !

Être à charge de ceux que vous aimez et qui vous aiment, c'est une chose. Mais aller vivre chez un inconnu et dépendre entièrement de lui m'emplissait de gêne. Comme je désirais le réconfort et l'affection de papa et maman, en cet instant ! Mais le sort avait décidé de me les retirer pour toujours.

— Pas pour moi, protesta Tony, jamais ! D'ailleurs, mes domestiques meurent d'ennui depuis qu'ils n'ont presque plus rien à faire, et Mme Broadfield sera là.

— Je vous attends dehors, lui chuchota le Dr Malisoff d'un ton confidentiel, avant de quitter la pièce.

Tony ne m'avait pas quittée des yeux.

— Je viendrai te voir deux fois par jour, et à chaque fois je t'apporterai un cadeau, promit-il d'une voix caressante, comme si j'étais un enfant que des jouets pouvaient consoler. Désires-tu quelque chose en particulier ?

Je fus incapable de lui répondre. J'étais bien trop accablée par tous ces événements tragiques et effrayée par ce qui m'attendait.

— Aucune importance, ce sera une surprise à chaque fois.

Il se pencha pour m'embrasser et sa main s'attarda sur mon épaule.

— Grâce à Dieu, tu vas guérir, Annie. Et je Le remercie de me donner cette occasion de te venir en aide.

Il se tenait si près de moi que je sentais sa joue frôler la mienne. Puis il m'embrassa une dernière fois et quitta la pièce à son tour.

Mme Broadfield prit ma tension et me lava de la tête aux pieds avec une éponge et de l'eau chaude. Après cela, je demeurai un certain temps dans une sorte d'hébétude, les yeux grands ouverts et retenant mes larmes. Puis je finis par m'assoupir.

Le lendemain, Drake vint me voir et sa visite m'emplit de joie. Je me trouvais dans un lieu inconnu, loin de chez moi, mais au moins quelqu'un de ma famille était là. Et ma famille était ce que j'avais de plus cher au monde.

Drake s'approcha du lit pour m'embrasser et me prit dans ses bras avec une infinie douceur, comme si j'étais un objet fragile qu'il avait peur de casser.

— Tu as repris des couleurs aujourd'hui, Annie. Comment te sens-tu ?

— Très fatiguée. Je passe mon temps à somnoler et à rêver, et chaque fois que je m'éveille je dois faire un effort pour me rappeler où je suis et ce qui s'est passé. Mon esprit refuse d'accepter la vérité, il la rejette comme un morceau de pain moisi.

Drake hocha la tête et me caressa les cheveux en souriant.

— Et toi ? demandai-je aussitôt, soucieuse de savoir comment il supportait tout cela. Où étais-tu ces jours-ci et qu'es-tu devenu ?

— A Harvard. J'ai décidé de finir le semestre.

— Ah oui ?

Je m'étonnais sincèrement, comme si le monde eût dû s'arrêter de tourner et le soleil refuser de se lever. Tout n'était plus que ténèbres. Comment pouvait-on continuer à travailler, à vivre, à être heureux ?

Drake alla chercher une chaise et l'approcha du lit.

— Mes professeurs voulaient m'en dispenser, mais je crois que je serais devenu fou, sans rien à faire. J'espère que tu ne vas pas me trouver trop dur ou indifférent, Annie, mais il me fallait un dérivatif. C'était trop pénible.

— Tu as fait ce qu'il fallait, Drake. Je suis sûre que papa et maman t'approuveraient.

Il m'adressa un sourire reconnaissant, mais j'étais sincère. Personne mieux que maman ne savait faire face à l'adversité. Papa disait toujours qu'elle avait des nerfs d'acier. « Normal, pour une Casteel*! » aimait-il plaisanter. Cher papa, que n'aurais-je donné pour entendre une de ses plaisanteries familières!

— Alors te voilà libre pour un moment, Drake. Tu as de la chance.

— Mais je ne retournerai pas à Winnerow, ce serait trop triste de retrouver cette grande maison vide pour l'instant. D'ailleurs, Tony Tatterton m'a fait une proposition fantastique pour cet été.

Ma curiosité s'éveilla. Décidément, Tony Tatterton avait eu tôt fait de prendre nos vies en main!

— Quelle sorte d'offre?

— Un poste de direction dans ses bureaux, tu te rends compte? Je sors tout juste de l'université et il me donne déjà des responsabilités. Il m'a même trouvé un appartement à Boston. Est-ce que ce n'est pas merveilleux, tout ça?

— Si, Drake, et j'en suis heureuse pour toi.

Je détournai le regard du sien. Je savais que c'était injuste pour lui, mais je trouvais sa joie déplacée. Le monde entier aurait dû porter le deuil, pleurer sur mes parents et moi. Le ciel pouvait resplendir, à mes yeux il restait gris.

— Tu n'as pas l'air si heureuse que ça. Ce sont les médicaments qui te font cet effet-là?

— Non.

Nous nous dévisageâmes pendant quelques instants et je vis la tristesse assombrir lentement ses traits et son regard. Ses lèvres tremblaient.

— Non, répétai-je, je pensais simplement à Tony. Je ne peux pas m'empêcher de me demander pourquoi il fait soudain irruption dans notre vie et se montre si généreux. Depuis le temps que notre famille l'ignore, il devrait nous détester, non? Toi, cela ne t'étonne pas?

— Et qu'y a-t-il de si étonnant? Un malheur épouvantable est arrivé et... il fait partie de la famille, après tout. Enfin, c'était le mari de ton arrière-grand-mère, la grand-mère de ma demi-sœur, et il n'a plus personne.

---

* Jeu de mots avec *steel*: acier.

Son jeune frère s'est suicidé, tu sais, acheva Drake avec un grand soupir.

Mme Broadfield allait et venait dans la chambre.

— Son jeune frère ? Je n'en ai jamais entendu parler.

— Moi si, par Logan, enfin... vaguement. J'ai cru comprendre que c'était un homme très solitaire et renfermé. Il ne vivait pas dans cette magnifique grande baraque, mais dans un petit cottage de l'autre côté du labyrinthe.

— Un cottage ! C'est bien ce que tu as dit... un cottage ?

— Oui.

— Comme celui que ma mère gardait dans sa chambre, la boîte à musique qu'elle m'a donnée pour mon anniversaire ?

— Ma foi, je n'y avais jamais réfléchi mais... je suppose que oui. Pourquoi cette question ?

— Je ne cesse pas d'en rêver, je me revois petite fille, quand elle me le montrait. J'entends toujours sa musique ! Quelquefois, quand je me réveille après avoir somnolé, je me crois revenue à la maison. Je regarde autour de moi, je cherche mes objets familiers, je tends l'oreille pour entendre la voix de papa ou de maman, je m'apprête à appeler Mme Avery et... tout me revient. C'est horrible, comme si une énorme vague noire et glacée s'abattait sur moi, et je suffoque, à demi noyée par la hideuse vérité. Est-ce que je deviens folle, Drake ? Est-ce une conséquence de mon accident dont on n'a pas voulu me parler ? Dis-le-moi, toi ! Il faut que je sache !

— Mais non, ce sont tes souvenirs qui s'embrouillent un peu, voilà tout, affirma-t-il d'une voix rassurante. C'est normal, après tout ce que tu as dû supporter. Tu aurais dû entendre les discours que tu tenais quand je suis allé te voir, à Winnerow !

Il secoua la tête en souriant et je connus un moment d'effroi. Avait-il percé mes pensées les plus secrètes ? Savait-il... pour Luke ?

— Quoi ? Quels discours ?

— Toutes sortes de balivernes ! répondit-il d'un ton

insouciant, ne te tracasse pas pour ça. Et ne te tracasse pas non plus pour ce que tu vas devenir, tu ne seras pas seule. Je serai dans le coin tout l'été et je viendrai te voir chaque week-end à Farthinggale Manor. Tu es sous ma responsabilité maintenant, Annie, et j'ai bien l'intention de m'occuper de toi. Mais il faut que je songe à ma carrière, également, et au moyen de me débrouiller tout seul. L'indépendance, j'ai ça dans le sang, et je ne veux rien devoir à Tony Tatterton. Je gagnerai mon pain et ferai mes preuves, déclara-t-il avec orgueil.

Et il entreprit de m'expliquer ce que serait son travail avec Tony et ce qu'il représentait pour lui. Étourdie par cette avalanche de mots, je ne tardai pas à perdre le fil de son discours et fermai les yeux. Lorsqu'il s'aperçut que je n'écoutais plus, il éclata de rire.

— Je parle, je parle... et toi tu t'endors ! On devrait m'engager pour soigner les insomniaques.

— Oh, je suis désolée, Drake. Je ne l'ai pas fait exprès. Mais j'ai presque tout entendu et...

— Ce n'est rien, dit-il en se levant. J'ai dû rester trop longtemps.

— Mais non, Drake, je suis si contente que tu sois là !

— Il faut te reposer si tu veux guérir. Je reviendrai bientôt, je te le promets. Au revoir, Annie, murmura-t-il en se penchant pour m'embrasser sur la joue. Ne t'en fais pas, je ne serai jamais bien loin.

— Merci, Drake.

C'était réconfortant de savoir qu'il serait toujours près de moi, mais j'aurais voulu que Luke soit à mes côtés, lui aussi Et qu'il puisse séjourner à Farthy pour m'aider à remonter la pente. Peut-être ma vie ne serait-elle pas tellement différente de celle que je menais à Winnerow, après tout. Je nous voyais déjà, Luke et moi, assis dans un pavillon du parc, plus grand que notre rotonde, bien sûr. Ou bien il me promenait en fauteuil roulant, ou s'asseyait près de mon lit pour me faire la lecture pendant que je me reposais...

Dès que Drake fut parti, Mme Broadfield vint redresser mon lit en position assise et annonça :

— C'est l'heure de prendre une petite collation.
Tout tournoyait autour de moi et je dus fermer les yeux mais cette fois je ne me plaignis pas. J'étais bien décidée à guérir, maintenant, je le désirais à tout prix. Je voulais quitter cet hôpital, ne plus dépendre de personne pour me nourrir, pour faire ma toilette ni pour aucune autre nécessité physique ou personnelle. Mais par-dessus tout, je voulais être assez bien portante pour qu'on m'emmène voir la tombe de mes parents.
Je ne leur avais pas encore fait mes adieux.

7

Temps difficiles

Tony tint sa promesse : à chaque visite, il m'apportait une nouvelle surprise. Il venait deux fois par jour, en fin de matinée et en début de soirée. Au début, il arrivait avec des bonbons ou des gerbes de fleurs. Puis il se borna à me faire livrer chaque jour un vase de roses. A sa quatrième visite, il m'offrit un flacon de parfum : du jasmin.

— J'espère qu'il te plaira. C'était le parfum préféré de ton arrière-grand-mère.

— Je me souviens que ma mère s'en servait quelquefois. Je l'aime beaucoup. Merci, Tony.

Je l'essayai aussitôt et le regard de Tony devint soudain fixe et lointain, comme si cette odeur éveillait en lui un souvenir. Quel homme étrange, et comme il ressemblait à ma mère ! Tendre, prévenant, vulnérable, et en même temps si autoritaire et si fort. Il passait d'un extrême à l'autre comme un enfant va et vient sur une balançoire. Un mot, une couleur, un parfum le replongeaient dans le passé, dans un torrent de souvenirs. Et l'instant suivant, il en émergeait l'esprit clair, alerte, en pleine possession de lui-même.

Mais peut-être n'étions-nous pas si différents, lui et moi. Combien de fois mon père et ma mère ne m'avaient-ils pas surprise en plein accès de mélancolie ! Un rien suffisait parfois à m'attrister : un oiseau solitaire sur la branche d'un saule, le klaxon d'une voiture au loin, ou même le rire d'un enfant. Brusquement, je m'abandonnais à des idées noires et, tout aussi brusquement, l'ombre qui pesait sur moi se dissipait et je retrouvais le sourire, incapable de dire ce qui m'avait attristée. Un jour, maman m'avait surprise dans le salon, contemplant les arbres et le ciel bleu par la fenêtre. J'avais les joues inondées de larmes.

— Pourquoi pleures-tu, Annie ? m'avait-elle demandé.

Je l'avais regardée sans comprendre, puis j'avais passé un doigt sur ma joue et senti qu'elle était mouillée. Je fus incapable d'expliquer la raison de ces larmes. J'avais pleuré, simplement.

Le jour suivant, Tony apparut en compagnie de son chauffeur, un certain Miles, qui portait une pile de boîtes. Tony les lui fit déposer sur la table, près de mon lit, et les ouvrit l'une après l'autre. Elles contenaient des chemises de nuit en soie, de modèles variés, et la dernière une robe en soie cramoisie.

— Cette couleur allait merveilleusement bien à ta mère, observa Tony, une lueur d'émotion dans les yeux. Je la vois encore dans une robe d'un rouge flamboyant, avec un boléro assorti. C'était au bal de Winterhaven, le collège où elle venait d'entrer.

Je coupai court à ses agréables souvenirs.

— Maman n'était pas très heureuse, là-bas. Elle disait que les autres filles se montraient sans pitié pour elle, et moins généreuses que les pauvres gens des Willies, malgré leur richesse.

— C'est vrai, mais cela lui a forgé le caractère, de leur tenir tête. Et quel caractère elle avait ! Winterhaven est une école de très haut niveau. Les professeurs sont intelligents et les élèves apprennent à travailler. Je me souviens d'avoir dit à ta mère que si elle s'y distinguait, elle serait reçue dans la meilleure société de Boston. Mais tu as raison, elle n'aimait pas les gens qu'elle a connus là-bas. En tout cas, conclut Tony pour changer de sujet, tu seras la malade la plus élégante de l'hôpital.

J'aurais voulu qu'il me parle encore du temps où maman vivait à Farthinggale Manor, mais je jugeai préférable d'attendre, pour le lui demander, d'y habiter moi-même.

Nous recevions chaque jour la visite de charmantes vieilles dames qui se dévouaient aux malades et que l'on appelait les dames en rose, à cause de leurs tabliers. Ce jour-là, celle qui m'apportait le courrier me remit une liasse de cartes de vœux. Elles m'étaient adressées par des amis de Winnerow, mes professeurs, Mme Avery, Roland Star... et il y en avait une de Luke et une de Drake. Je priai Mme Broadfield de les accrocher sur le mur, ce qui ne parut pas l'enchanter, mais elle y consentit.

Le lendemain, Luke et tante Fanny vinrent me rendre visite. Comme j'avais une chambre particulière, on pouvait venir me voir à toute heure. Ma porte était ouverte et j'entendis arriver tante Fanny du fond du couloir. Mais je l'aurais sans doute entendue même avec la porte fermée ! Luke et elles s'arrêtèrent d'abord au bureau des infirmières.

— Nous venons voir ma nièce, claironna tante Fanny. Annie Stonewall.

Je ne saisis pas la réponse de l'infirmière, tant elle parlait bas, mais tante Fanny, elle, ne saisit pas l'allusion.

— Et pourquoi que les chambres privées sont si loin de l'ascenseur ? C'est vraiment pas la peine de payer un supplément ! Par ici, Luke.

— Voilà ma tante, dis-je en manière d'avertissement à Mme Broadfield, qui resta de marbre. Assise près de la porte, elle était plongée dans la revue *People*. Le matin même, Tony avait fait livrer une pleine cargaison de magazines, et Mme Broadfield les avait rangés avec soin sur l'étagère fixée sous la fenêtre. On se serait cru dans une bibliothèque. Pendant leurs pauses, quelques infirmières du service entraient pour demander quelque chose à lire, et Mme Broadfield les laissait choisir un magazine. Mais elle notait le nom de chaque numéro sur une petite fiche, en face de celui de l'emprunteuse, à qui elle recommandait :

— Tâchez de vous rappeler d'où il vient, surtout !

Elle s'agita sur son siège quand le pas de Fanny se rapprocha. Au martèlement de ses hauts talons, je devinai qu'elle s'était mise en frais pour venir me voir. Elle apparut sur le seuil, sanglée dans un deux-pièces en toile, jupe marron et blouson sans manches noir porté sur une chemise kaki. Elle était coiffée d'un chapeau de paille à large bord orné d'un ruban de velours noir, et comme il fallait s'y attendre, sa jupe lui moulait les hanches.

Je dois reconnaître que malgré son langage et sa conduite, ma tante Fanny était extrêmement séduisante, surtout quand elle s'habillait à la dernière mode. Il ne fallait pas s'étonner de voir tant de jeunes gens tournoyer autour d'elle comme des abeilles autour d'une ruche.

Luke entra sur ses talons. Il était très simplement vêtu, jean et chemisette bleu clair, mais je vis qu'il avait apporté un soin particulier à sa coiffure. Il était si fier de ses abondants cheveux bruns ! Les autres garçons, qui l'enviaient, le taquinaient à ce sujet. Il est vrai qu'il se montrait presque maniaque : jamais une mèche en désordre.

A l'entrée de tante Fanny, Mme Broadfield se leva, recula comme si elle craignait son contact et déposa bruyamment sa revue sur l'étagère.

— Annie chérie ! s'écria tante Fanny en se jetant à mon cou.

Mme Broadfield marcha résolument vers la porte.

— Pas de panique, lui lança ma tante, y a pas le feu !

Et je faillis éclater de rire quand elle se retourna vers moi, le regard innocent, en se léchant les lèvres comme si elle buvait du petit-lait.

Luke s'approcha gauchement de mon lit, l'air intimidé.

— Comment te sens-tu, Annie ?

— Un peu mieux. Je peux m'asseoir sans que la tête me tourne et je commence à absorber des aliments solides.

— Merveilleux, mon chou ! s'écria ma tante. Je savais bien qu'on te remettrait sur pied en un rien de temps, dans cet hôpital de luxe. (Elle me jeta un regard scrutateur.) Ton espèce de gendarme s'occupe bien de toi, au moins ?

— Oh oui, tante Fanny. Mme Broadfield est très compétente.

— On dirait. Et vaut mieux qu'elle le soit. Y suffirait qu'elle se trompe en dosant tes médicaments pour t'expédier dans le coma.

Luke tenta de couper court aux propos insultants de sa mère.

— Au collège, tout le monde t'envoie ses amitiés et ses condoléances, Annie.

— Remercie-les de ma part, Luke, et aussi pour leurs cartes. J'ai adoré la tienne, dis-je en lui désignant le mur d'un signe de tête.

— Je pensais bien qu'elle te plairait.

Il souriait de plaisir, tandis que tante Fanny parcourait du regard mon exposition murale.

— Et la mienne, où elle est ?

— Tu m'as envoyé une carte, tante Fanny ? Quand cela ?

— Il y a quelques jours. J'ai passé un temps fou à dénicher la plus belle... et je sais que j'ai mis un timbre, Luke, va pas me dire que j'ai oublié ! précisa-t-elle, devançant les explications de son fils.

— Elle arrivera peut-être demain, tante Fanny.

— Ou cette infirmière de malheur l'a jetée avant que tu l'aies vue, peut-être bien !

— Oh, tante Fanny ! Pourquoi aurait-elle fait cela ?

— Va savoir ! J'ai vu du premier coup d'œil qu'elle pouvait pas me sentir, et je lui rends bien, remarque. Elle m'inspire pas confiance.

— Tante Fanny !

— Ma... commença Luke d'un ton sévère.

— Bon, ça va ! grommela-t-elle.

— Tu es fin prêt pour la remise des diplômes, Luke ? m'informai-je avec un sourire un peu forcé.

Car moi, j'allais manquer la mienne !

Il se passa l'index sur la pomme d'Adam pour me faire comprendre qu'il avait le trac.

— Plus que trois jours. C'est la première fois que je devrai faire quelque chose d'important sans que tu sois là pour m'encourager, Annie.

J'aurais voulu rester toujours aussi importante à ses yeux, et c'était merveilleux de l'entendre dire. Mais je savais qu'il s'en tirerait, que je sois là ou pas. Peu de jeunes gens de son âge étaient aussi capables et responsables que lui, et nos professeurs aimaient le voir prendre des initiatives. Ils savaient qu'ils pouvaient s'en remettre à lui, ce qui n'était pas le cas pour tout le monde.

— Tout se passera très bien, Luke, j'en suis certaine. Je voudrais être là pour entendre ton discours.

A quel point je le désirais, mon regard le disait assez.

— Il refait sans arrêt son discours aux arbres du jardin, lança Fanny, mais j'ai pas encore entendu d'applaudissements. (Luke fronça les sourcils. Tout comme moi, il commençait à s'impatienter.) Et je te garantis, Annie, que si ces snobs de Winnerow se lèvent pas pour l'applaudir...

— Ma, je t'ai déjà demandé...

— Il a peur que je sache pas me tenir et que je donne à ces m'as-tu-vu une occasion de cancaner, expliqua Fanny.

Elle était lancée et se mit à arpenter la pièce en parlant de plus en plus fort.

— Luke, passe-moi cette chaise. Celle où l'infirmière d'Annie se tournait les pouces tout à l'heure.

Je jetai un rapide coup d'œil vers la porte pour m'assurer que Mme Broadfield n'était pas dans les parages, mais non. Elle avait dû décider de se tenir à l'écart jusqu'au départ de ma tante.

Luke alla chercher la chaise et sa mère s'assit en ôtant délicatement son chapeau, qu'elle posa au pied de mon lit. Sa coiffure était nette et soignée, les cheveux tirés en arrière, et je lui trouvai quelque chose de changé. Ses yeux semblaient plus graves qu'à l'ordinaire. Les lèvres serrées, elle me dévisagea longuement, intensément et finit par me prendre la main.

— Annie, j'ai beaucoup réfléchi ces temps-ci, ma chérie. Je n'ai pas arrêté, pas vrai, Luke ?

— Elle n'a même fait que ça, ironisa Luke.

Tante Fanny surprit le regard que nous échangeâmes.

— Non, je suis sérieuse cette fois-ci.

— Entendu, tante Fanny. Je t'écoute.

Je croisai les mains sous la poitrine et me renversai dans mes oreillers. Mes jambes étaient toujours inertes et je me servais de mes mains pour les déplacer. Deux fois par jour, Mme Broadfield me massait et me faisait faire quelques mouvements de gymnastique.

— J'ai décidé de m'installer à la maison Hasbrouck jusqu'à ta guérison, Annie. Juste pour m'assurer qu'elle est bien tenue et que les domestiques font leur travail. Je prendrai une des chambres d'ami, c'est pas ça qui manque, et quand Luke sera de passage, il en prendra une autre.

— Je passerai les vacances à Harvard, expliqua Luke. Il y a un programme d'études pour l'été et ma bourse m'y donne droit.

— C'est merveilleux, Luke ! Mais, tante Fanny... as-tu parlé de tes projets à Drake ?

— Et pourquoi j'aurais besoin de sa permission pour faire ce qui me chante ? J'ai des droits et des devoirs, moi aussi. Mon avocat a jeté un coup d'œil sur le testament de tes parents. Ta mère m'a pas oubliée, Annie, je sens que je lui dois quelque chose. Et qu'on vienne pas me dire le contraire, surtout pas Drake. Et encore moins Tony Tatterton !

— Je ne vois pas pourquoi Tony s'y opposerait, tante Fanny.

— Bon, alors comme Drake est toujours étudiant, c'est moi la plus vieille de la famille qu'il te reste à Winnerow, jusqu'à preuve du contraire. Et j'ai bien l'intention de faire ce qu'il faut pour la famille. Drake sera parti, toi aussi, il faut bien que quelqu'un prenne les choses en main. C'est ce que Heaven aurait voulu que je fasse, j'en suis sûre.

— Cela ne m'ennuie pas que vous vous installiez à la maison tous les deux, tante Fanny. Je suis très touchée par tes intentions.

— Merci, Annie chérie, c'est gentil de le dire. Pas vrai, Luke ?

— Si, dit-il en croisant mon regard.

Le sien me rappela ce jour où il m'avait raconté comment sa mère avait accueilli l'annonce de son admission à Harvard. Il avait exactement la même expression. Je me sentis rougir et m'empressai de détourner les yeux vers tante Fanny.

— J'aurais préféré que tu rentres à Winnerow pour te refaire une santé, Annie, au lieu d'aller vivre dans cette grande baraque, avec des étrangers. Je m'occuperais aussi bien de toi que cette infirmière à face de singe payée par Tony Tatterton. Je parie qu'elle lui coûte cher, en plus. Et puis ta mère n'a jamais été aussi heureuse qu'à Winnerow, du moins quand elle a eu de l'argent ! En tout cas, c'est ce que je crois.

— Pourquoi cela, tante Fanny ?

Que connaissait-elle au juste de ce passé si bien gardé ? J'aurais bien voulu le savoir.

— Elle n'aimait pas tous ces prétentieux de Boston, répondit-elle précipitamment, et elle en a vu de dures avec cette grand-mère complètement marteau. Tony aussi, d'ailleurs. Elle confondait tellement les gens que plus personne s'y retrouvait. Elle s'est suicidée, tu sais, m'asséna-t-elle brutalement avec un drôle de regard.

— Mais je croyais que c'était un accident !

— Un accident... si on veut. Un soir, elle a dû en avoir assez d'être bouclée comme une dingue, j'imagine, et elle a pris trop de somnifères. Moi, j'appelle pas ça un accident.

— Mais si elle ne savait plus ce qu'elle faisait ni qui elle était...

— Annie a raison, Ma. Cela a très bien pu être un accident.

— Possible. En tout cas, c'était pas très bon pour ta mère de vivre dans cette immense baraque avec toutes ces histoires de fous. Et je crois pas qu'elle aurait voulu être enterrée dans ce cimetière de riches. Elle aurait préféré les Willies et dormir là-bas dans les bois, près de sa vraie Ma.

Luke et moi échangeâmes un regard furtif. Il savait que j'étais souvent montée seule dans les collines, pour contempler la tombe et lire son inscription toute simple : *Angel, la femme très aimée de Thomas Luke Casteel.*

— Naturellement, ton père aurait sans doute choisi cet énorme monument, lui.
— Tu l'as vu ?

Je cherchai à nouveau le regard de Luke, qui hocha la tête et se mordit la lèvre.

— Oui, Luke et moi on est allés au cimetière privé des Tatterton en venant ici, pour se recueillir sur la tombe.
— Tu es allé à Farthy, Luke ?
— Eh bien... nous sommes entrés dans la propriété, mais sans aller jusqu'à la maison. Le cimetière est un peu à l'écart, et il a une entrée particulière.
— On nous a pas invités, de toute façon, Annie. Et d'où on était, la maison avait l'air abandonnée, ça vous faisait froid dans le dos.

Et Fanny étreignit frileusement ses épaules comme si ce seul souvenir la faisait frissonner. Luke lui jeta un regard de reproche.

— Nous n'avons pas pu voir grand-chose, Ma.

Mais sa mère insista :

— On dirait un de ces vieux châteaux d'Europe. C'est pour ça que j'aimerais mieux que tu sois dans un endroit où je pourrais m'occuper de toi, pas dans cette grande bâtisse. Je parie qu'elle est hantée ! C'est peut-être à cause de ça que ta grand-mère est devenue folle.
— Oh, Ma !
— Une fois, Logan m'a raconté que Jillian... — c'est comme ça qu'elle s'appelait — ... Jillian disait qu'elle voyait des revenants, chuchota Fanny dans un souffle.

Luke détourna les yeux : la moindre allusion aux relations de mon père et de sa mère le plongeait dans l'embarras. Je pris le parti de rire.

— Tu n'as pas à t'inquiéter pour cela, tante Fanny ! Tony va faire rénover Farthy pour que je m'y sente bien. Il a toutes sortes de projets...

— J'en suis sûre, coupa-t-elle en me dérobant son regard comme si elle craignait que je devine ses pensées.

— Tante Fanny, sais-tu pourquoi ma mère avait rompu les ponts avec Tony ?

Elle secoua la tête et continua à fixer le parquet.

— C'est une histoire entre ton père, ta mère et lui. Ça s'est passé au moment du procès, et ta mère et moi ne nous entendions pas très bien, à l'époque. Alors elle m'a rien dit et j'ai rien demandé. Quand on s'est raccommodées, elle voulait plus entendre parler de tout ça et j'ai rien fait pour en savoir plus. Mais je suis sûre qu'elle avait ses raisons, alors tu ferais peut-être bien de réfléchir, déclara-t-elle d'un air méfiant, la bouche pincée.

— Mais Tony s'est montré si généreux pour moi, tante Fanny ! Et Drake le trouve merveilleux. Il lui a promis un travail pour cet été, et pas n'importe lequel, en plus.

— Très bien, mais quand tu seras dans ton château, Annie, reste sur tes gardes. Et si quelque chose ne va pas, avec l'infirmière ou n'importe quoi, c'est simple. Tu m'appelles, j'arrive et je te remmène, d'accord ?

Tante Fanny était un peu bizarre et ses idées aussi, mais je ne pouvais pas m'empêcher de me demander si elle ne voyait pas juste, au sujet de Tony. Avait-il des raisons d'agir que j'ignorais ? Et y avait-il vraiment quelque chose qui ne tournait pas rond, dans la famille ? Je décidai d'attendre pour me prononcer ; d'ailleurs, j'étais en sécurité. Drake et Luke seraient tout près de moi, à Boston. Je serais même plus près de Luke si j'habitais Farthy. Au lieu de nous séparer pour toujours comme je l'avais craint, son entrée à Harvard nous réunirait.

— Merci, tante Fanny, mais je pense que tout ira bien, et de plus j'ai besoin d'un traitement spécial.

— Annie a raison, Ma.

— Je sais qu'elle a besoin d'un traitement spécial, je pensais seulement... Enfin, je serai là, si elle a besoin de moi. D'ailleurs...

Elle se redressa, essayant à nouveau de ressembler à maman dans son rôle de femme d'affaires.

— Tes parents n'ont pas complètement modifié leur testament, on dirait. C'est toujours Tony Tatterton qui a la haute main sur les finances. Alors je suppose qu'il va s'occuper de l'usine et tout ça...

— Et Drake aussi s'en occupera. Il aura un poste important et finira probablement par la diriger lui-même.

— C'est Pa qui aurait été fier! s'écria Fanny, rayonnante.

Puis elle secoua la tête et fouilla dans son sac, pour en extraire un mouchoir de dentelle et se tamponner les yeux.

— Luke et toi, vous êtes la seule vraie famille que j'aie, Annie, et je veux faire ce qu'il faut pour vous. Je vais essayer d'être une bonne mère, et une bonne tante. Je le jure.

Il était clair qu'elle cherchait autant à s'en convaincre qu'à m'en persuader moi-même. Et si je lui étais reconnaissante de ses bonnes résolutions, je doutais qu'elle parvienne à les tenir. Nous nous embrassâmes et je vis qu'elle avait les yeux pleins de larmes, ce qui me donna envie de pleurer, à moi aussi. Mais je me dominai. Tante Fanny se redressa et remit son mouchoir dans son sac.

— Je descends prendre un café dans cette fabuleuse cafétéria que j'ai vue en bas, annonça-t-elle. J'ai promis à Luke de vous laisser seuls un moment, mais tout de même! Je vois pas pourquoi vous vous diriez des secrets derrière mon dos.

Elle jeta un regard méfiant à Luke, qui rougit.

— Nous n'avons pas de secrets, Ma, je te l'ai dit.

— Bon, ça va... je reviens dans dix minutes.

Tante Fanny se leva, me serra la main et s'en alla. Dès qu'elle eut franchi la porte, Luke se rapprocha de mon lit et je pris sa main dans la mienne.

— Maintenant dis-moi comment tu vas vraiment, Annie.

— C'est dur, Luke. Surtout quand je m'éveille

et recommence à penser, à me souvenir. Tout ce que je peux faire, c'est pleurer, avouai-je d'une voix brisée.

Et à nouveau les larmes m'étouffèrent, je sanglotai et Luke s'assit au bord du lit pour me prendre dans ses bras. Nous restâmes longtemps ainsi, jusqu'à ce qu'un peu de force me revienne et que mes larmes s'apaisent. C'était réconfortant de sentir ses bras vigoureux autour de moi.

— J'aimerais tant pouvoir t'aider davantage... (Il baissa les yeux et les releva aussitôt.) J'ai rêvé que j'étais à l'université, que je devenais médecin et que je pouvais te guérir, très vite.

— Tu serais un excellent médecin, Luke, hoquetai-je.

Il me dévisagea longuement.

— C'est maintenant que je voudrais en être un !

— Tout le monde a été très bon pour moi, affirmai-je. Drake vient tous les jours et Tony se montre vraiment généreux envers nous. (Il fit un signe d'assentiment.) Et je vais aller à Farthy, finalement. Dommage que ce soit dans de pareilles circonstances.

— Je viendrai te voir, Annie. Si on me le permet.

— Bien sûr qu'on te le permettra !

— Alors je viendrai à la première occasion. Et si tu es toujours dans une chaise roulante, je te promènerai partout où nous avons rêvé d'aller. Nous irons même dans le labyrinthe et...

— Et peut-être aussi voir leur tombe, Luke, dis-je d'un ton solennel. Si je n'y suis pas allée avant.

— Oh, j'aimerais t'y emmener ! Je veux dire...

— Peut-être serai-je bientôt capable de me déplacer seule et alors... nous pourrions partir chacun de notre côté et essayer de nous retrouver, comme nous rêvions de le faire, achevai-je précipitamment.

Cela me semblait si injuste de devoir penser à Farthy comme à un lieu de tristesse, après avoir bâti tant de chimères à son sujet.

— Oui, et nous longerons la grande piscine, les courts de tennis...

— Et tu seras toujours mon prince ? demandai-je d'un ton enjoué.

— Oh, plus que jamais !

Il se leva et, d'un air princier, balaya l'air devant lui d'un grand geste du bras.

— Ma Dame, consentez-vous à me laisser vous promener dans les jardins ce matin ? Nous irons à la rotonde et y resterons jusqu'au soir à bavarder en buvant des *mint juleps*.

— Me promettez-vous qu'ensuite nous irons au salon de musique nous asseoir près du grand piano pour écouter un concerto, Prince Luke ?

— Vos désirs sont des ordres, ma Dame, répondit-il en s'agenouillant près du lit pour prendre ma main.

Il me baisa le bout des doigts, se releva et son regard vacilla, déjà pris par un autre rêve.

— Et si nous étions des aristocrates sudistes ?

— En tenue de soirée, prêts à nous rendre à un élégant souper ? proposai-je en souriant.

— Bien sûr. Je serais en habit et tu descendrais le grand escalier en balançant ta robe longue. Elle balaierait les marches derrière toi, comme celle de Scarlett O'Hara dans *Autant en emporte le vent*. Et tu dirais...

— Luke Casteel ! Quel plaisir de vous voir !

— Annie, vous êtes plus belle que jamais, déclamat-il en imitant la voix de Clark Gable, mais il faut que je reste sur mes gardes. Je connais votre art de manipuler les hommes, grâce à votre éblouissante beauté.

— Oh, pas vous, Luke ! Jamais je ne vous traiterais ainsi !

— Mais rien ne me plairait davantage, Annie ! répliqua-t-il, avec un regard empreint d'une telle sincérité que j'en restai muette un moment.

— Il ne faut pas me laisser deviner que vous le savez, Luke Casteel, parvins-je enfin à répondre, la voix sourde.

Et nous éclatâmes de rire en même temps.

— Luke, il y a autre chose que je désire voir, maintenant. J'y tiens énormément.

Je levai les yeux et vis étinceler les siens.

— Quoi donc ?

— Un cottage qui se trouve de l'autre côté du labyrinthe. Il faut que je le voie, je sens que je dois y aller.

— Alors nous irons, affirma-t-il avec confiance. Tous les deux.

— Je l'espère, Luke. (Pour donner plus de poids à mes paroles, je lui serrai fortement la main.) Promets-le-moi, sérieusement.

— Toutes les promesses que je te fais sont sérieuses, Annie.

Sa voix était rauque, et il me parut plus mûr et plus résolu que jamais. Nos regards se nouèrent et je lus un tel amour dans ses yeux que j'aurais pu m'y noyer. Puis Mme Broadfield revint et l'instant radieux s'évanouit, comme si le froid était entré avec elle.

— C'est l'heure de changer votre pansement à la tête, Annie.

— Tu veux attendre un moment dehors, Luke, s'il te plaît ?

— Je vais voir ce que devient ma mère. A l'heure qu'il est, elle a déjà dû mettre tout l'hôpital sur les dents.

Après le déjeuner, Fanny et Luke revinrent passer quelques instants avec moi, et Luke et moi convînmes de l'heure à laquelle il m'appellerait le lendemain. Il tenait à me lire la version définitive de son discours.

— J'y ai ajouté quelque chose, et je veux que tu sois la première à l'entendre, m'expliqua-t-il avant de me quitter.

Tony et Drake arrivèrent en fin d'après-midi.

— J'apprends que tu as reçu la visite de ta tante, déclara Tony en franchissant la porte.

— En effet, répondis-je en me tournant vers Drake.

Il portait un superbe complet en toile de soie gris chiné, exactement pareil à celui de Tony et qui le faisait paraître plus âgé. Je trouvai qu'il avait déjà l'assurance de l'homme qui a réussi.

— Tante Fanny voudrait s'installer à Hasbrouck pour avoir l'œil sur la maison, Drake. Je lui ai dit que j'étais d'accord.

— Quoi ? Alors, là, Annie, c'est ce qu'on va voir.

— Allons, allons, s'interposa Tony. La maison est très grande, si j'ai bien compris ?

Je surpris le regard qu'il lança à Drake, comme pour l'avertir de ne pas me contrarier. La lueur belliqueuse apparue dans les yeux de Drake disparut presque instantanément et il haussa les épaules.

— C'est juste, et c'est peut-être mieux comme ça. En tout cas pour l'instant. Je vais être occupé et tu seras à Farthy, elle ne nous gênera pas beaucoup.

Je plaidai la cause de Fanny, tant j'avais besoin de croire en ce qu'elle avait de meilleur.

— Elle a promis de bien se conduire, Drake. Elle veut retrouver une famille, je pense que c'est vrai, et je n'ai pas eu le cœur de la repousser. Pas maintenant.

Il fit un signe d'assentiment et Tony prit la parole.

— C'est très gentil de penser aux besoins des autres, Annie, surtout dans ta situation. Ce sera bon d'avoir quelqu'un comme toi à Farthinggale. Tu y apporteras une chaleur qu'il n'a pas connue depuis... Depuis le temps où ta mère y vivait. Et maintenant...

Tony s'interrompit et ajouta rapidement :

— J'ai une surprise pour toi. Le Dr Malisoff m'apprend qu'à la fin de la semaine, tu pourras quitter l'hôpital pour venir suivre ton traitement à Farthy. N'est-ce pas magnifique ?

— Oh, si ! Je voudrais déjà être sortie d'ici !

Tony et Drake éclatèrent de rire, mais Drake avait pris le temps de s'assurer du coin de l'œil que Tony trouvait cela drôle. Je n'en revenais pas. Il avait fallu si peu de temps à Tony pour faire passer Drake sous sa coupe ! Et Drake manifestait une telle déférence envers lui... Je ne l'avais jamais vu se conduire ainsi avec personne.

— Il paraît que tu es une malade exemplaire, dit Tony en me prenant la main. Mme Broadfield ne tarit pas d'éloges à ton sujet.

Il jeta un coup d'œil à l'infirmière qui hocha la tête et me gratifia d'un sourire. Un vrai, cette fois, pas son sourire de commande habituel. Et son regard était admiratif et chaleureux. Je lui rendis son sourire.

— Merci.

— Et pourtant, Annie, enchaîna Tony, tu m'as caché quelque chose.

— Moi ?

— Drake m'a appris que tu es une véritable artiste.

— Oh, Drake ! Tu n'exagères pas un peu ?

— C'est la stricte vérité, Annie, déclara-t-il avec conviction. Tu as du talent.

— Je débute à peine, dis-je à Tony, craignant qu'il ne soit déçu en voyant mon travail.

— Alors je demanderai à l'un des meilleurs professeurs d'arts plastiques de Boston de venir te donner des leçons à Farthy. Tu n'auras pas le temps de t'ennuyer, je te le promets. Il nous faut un nouveau tableau de Farthy, Annie, et je ne vois pas qui serait plus capable de l'exécuter que toi.

— Mais vous n'avez jamais vu mon travail !

— Je crois savoir de quoi tu es capable.

Il attacha sur moi un regard pensif, pénétrant, scrutateur. Pourquoi me dévisageait-il ainsi, les yeux mi-clos ? Que savait-il ? Que voyait-il en moi que j'ignorais moi-même ?

— J'ai encore une surprise, annonça-t-il en tirant de sa poche un petit écrin à bijoux.

Je le pris dans sa main tendue et l'ouvris lentement, pour découvrir une perle magnifique montée sur un anneau d'or.

— J'ai fouillé dans les bijoux de ta grand-mère jusqu'à ce que je trouve celui qui t'irait le mieux, m'expliqua-t-il en retirant la bague de sa boîte.

Puis il prit ma main gauche et me glissa lentement l'anneau au doigt. Il m'allait à la perfection, ce qui ne parut pas du tout le surprendre.

— Oh, Tony, quelle bague ravissante ! m'écriai-je, émerveillée.

Il y avait de quoi. La perle était énorme et sertie d'or fin aux reflets roses. J'étendis la main pour que Drake puisse la voir et il eut un hochement de tête admiratif.

— Superbe.

— Un jour, tous mes biens et tous ceux de ta grand-mère seront à toi, Annie.

— Merci, Tony. Mais vous m'avez déjà tant donné, vous avez tant fait pour moi... Je ne sais pas comment vous exprimer ma gratitude.

— Viens à Farthinggale et guéris, ce sera la meilleure façon de me remercier. Je serai comblé au-delà de mes désirs.

Je faillis lui demander pourquoi mais, une fois de plus, je me dis que toutes mes questions ne devaient être exprimées qu'à Farthinggale Manor, où j'espérais bien qu'elles recevraient une réponse. Et j'eus soudain le sentiment que tout était bien ainsi. C'était à l'endroit même où ils avaient pris naissance que les mystères du passé de ma mère devaient être résolus.

Le lendemain, à l'heure convenue, Luke m'appela pour me lire la dernière partie de son discours.

— Tout Winnerow connaît l'histoire de notre famille, Annie. Quand le principal m'aura présenté comme porte-parole, je verrai dans tous les yeux qu'ils savent. Alors j'ai beaucoup pensé à Heaven. Je me suis demandé comment elle aurait voulu que je réagisse, ce qu'elle aurait voulu m'entendre dire.

« Annie, tu sais que ta mère a toujours été un modèle pour moi, le meilleur que j'aie jamais eu, sans doute. Et cela parce qu'elle avait eu une enfance pauvre et difficile, qu'elle s'était battue de toutes ses forces et avait surmonté tous les obstacles avec dignité et sérénité. Elle a tout fait pour que je ne me sente pas étranger à votre famille, et pourtant cela devait lui être douloureux de me voir chez vous, je le sais.

— Oh, Luke, elle n'a jamais...

— Non, Annie, mais c'était tout à fait naturel qu'elle ressente cela. Je le comprenais et... (la voix de Luke se fêla)... je l'aimais pour cela. Vraiment. Dieu me pardonne, je l'aimais plus que ma propre mère.

— Je pense qu'elle le savait, Luke.

— Je sais qu'elle le savait. De toute façon, annonça-t-il d'une voix raffermie, voilà ce que j'ai décidé d'ajouter à mon discours. Tu es prête ?

— Je suis tout ouïe.

Je l'imaginais à l'autre bout du fil, rejetant les épaules en arrière et fixant d'un œil grave le papier qu'il allait lire.

— La Bible nous enseigne qu'il y a une saison pour toutes choses. Un temps pour naître et un temps pour mourir, une saison de lumière et une saison de ténèbres. Pourtant, je suis certain que ma tante et mon... mon père auraient voulu me voir demeurer dans la lumière, la faire luire dans les ténèbres et ne penser qu'à ce jour et à ce qu'il signifie pour notre famille. C'est-à-dire l'espoir, et la promesse d'un avenir meilleur. Un autre descendant de Toby Casteel et d'Annie, sa femme bien-aimée, a triomphé de la misère des Willies pour aller vers la pleine réalisation de lui-même. Aussi dédierai-je cette journée à la mémoire de Logan et Heaven Stonewall. Merci.

Un flot de larmes me monta aux yeux, je n'avais plus la force de tenir le combiné. Je le laissai retomber sur mes genoux et éclatai en sanglots.

— Annie, appela la voix de Luke, Annie ? Annie ? Oh, Annie ! Je n'avais pas l'intention de te faire pleurer comme ça... Annie ?

Mme Broadfield, qui bavardait non loin de la porte avec une infirmière de l'étage, fit irruption dans la chambre.

— Que se passe-t-il ?

J'étais hors d'état de parler et il me fallut inspirer longuement, à plusieurs reprises, avant de surmonter le chagrin qui m'étouffait. Puis je repris le récepteur en main.

— Je suis désolée, Luke, c'est magnifique. Ils auraient été très fiers de toi. Mais crois-tu... (je hoquetais encore)... crois-tu que tu devrais parler de...

— De mon père ? Oui, Annie. Un jour comme celui-là, je veux mettre fin au mensonge et pouvoir être fier de ce que je suis. Tu crois qu'il en serait fâché ?

— Oh non, c'est à toi que je pensais, et aux conséquences.

— Aucune importance. Je vais entrer à l'université et, franchement, je suis de l'avis de ma mère pour une fois : je me moque de ce que pensent tous ces hypocrites.

— J'aurais tant voulu être à tes côtés, Luke !
— Tu seras à mes côtés, Annie. Et je le saurai.

Je faillis fondre en larmes une fois de plus et me cachai le visage dans les mains. Blanche de colère, Mme Broadfield se précipita sur moi.

— Ça suffit, maintenant, raccrochez. Parler vous énerve beaucoup trop !

Et elle m'arracha le combiné avant que j'aie eu le temps de faire un geste.

— Mme Broadfield à l'appareil. Je crains d'avoir à vous demander d'interrompre cette conversation. Annie est beaucoup trop faible pour supporter des émotions pareilles.

— Je vous en prie, madame Broadfield, implorai-je. Rendez-moi le téléphone.

— Entendu, mais finissons-en. Vous allez vous rendre malade.

— Je vous promets de rester calme.

A contrecœur, elle me tendit le combiné et Luke s'excusa aussitôt :

— Je suis désolé, Annie, je ne...
— Ce n'est rien, Luke, je vais très bien. Je serai forte. C'est aussi de bonheur que je pleure. Je suis heureuse pour toi.
— Sois heureuse pour nous deux, Annie.
— J'essaierai.
— Je t'appellerai quand ce sera fini pour te raconter comment ça s'est passé.
— N'oublie pas.
— J'oublierais plutôt de respirer !
— Bonne chance, Luke ! criai-je en rendant le combiné à Mme Broadfield, qui raccrocha d'un coup sec.

Et je me laissai retomber sur mes oreillers.

— Vous ne vous rendez pas très bien compte de votre état, Annie. Vous n'avez pas seulement été atteinte physiquement, mais psychologiquement. De pareilles émotions peuvent retarder votre guérison de plusieurs mois.

Les larmes et la souffrance m'étouffèrent, mon cœur pesait comme une pierre dans ma poitrine. Et soudain, le souffle me manqua. Je me redressai en hoquetant. Je sentis le sang se retirer de mon visage, mes joues se glacèrent et la chambre tournoya autour de moi. La dernière chose que j'entendis fut le hurlement de Mme Broadfield.

— Un médecin, vite !

Puis les ténèbres se refermèrent sur moi.

8

Nouvelles consignes

J'eus l'impression de tomber dans un long tunnel obscur, mais pas interminable car, tout au bout, je voyais poindre une lumière. Je m'en rapprochais de plus en plus, et bientôt j'entendis des voix. D'abord, il me sembla que plusieurs personnes chuchotaient, puis qu'elles parlaient de plus en plus fort, et finalement ce fut comme un nuage de mouches bourdonnant derrière une moustiquaire dans la chaleur étouffante de la fin de l'été. Puis le bourdonnement se changea en paroles et j'émergeai du tunnel dans une lumière éblouissante.

Je cillai à plusieurs reprises. Je n'avais pas rêvé : une lumière crue tombait droit sur mon visage.

— Elle reprend connaissance, dit une voix, et une tête sortit du faisceau lumineux, qui fut dirigé d'un autre côté. Je croisai le regard plein de sollicitude du Dr Malisoff.

— Alors, Annie, qu'est-ce qui vous arrive ?

J'avalai ma salive. Mes lèvres étaient si sèches qu'elles m'écorchaient la langue.

— Que s'est-il passé ?

A nouveau, je battis des paupières et vis Mme Broadfield en grande conversation avec le Dr Carson, près du lavabo. Elle gesticulait en parlant, sans doute pour mieux décrire ce qui m'était arrivé. Je ne l'avais jamais vue si agitée.

— Tout ceci est en partie de ma faute, Annie, dit le

Dr Malisoff. J'aurais dû vous expliquer à quel point vous êtes fragile, émotionnellement. Il semble que nous n'ayons tenu compte que de vos problèmes physiques et négligé les autres. Vous êtes plus sérieusement atteinte qu'il n'y paraît tout d'abord.

L'assistant retira la compresse froide plaquée sur mon front et la tendit à Mme Broadfield. Le Dr Malisoff ne quitta pas mon chevet : il s'assit à côté du lit et me prit la main.

— Vous vous souvenez de m'avoir demandé si c'était tout ce que vous aviez, ce qui m'a fait rire ?

J'acquiesçai d'un signe de tête.

— Eh bien, je n'aurais pas dû rire. J'aurais dû vous dire que vos centres émotionnels étaient touchés, eux aussi. Nous aurions peut-être évité ainsi ce qui vient de se passer.

— Mais que s'est-il passé ? Je ne me souviens que de ce poids sur ma poitrine et...

— Vous avez perdu connaissance, sous le choc d'une violente émotion. Voyez-vous, Annie, vous bénéficiez d'un confort et de soins exceptionnels, ce qui vous a empêchée de vous rendre compte de votre faiblesse. En réalité, vous avez subi toutes sortes de dommages, dont un traumatisme psychologique. Tout comme votre peau a été meurtrie, vos défenses intérieures ont été atteintes, celles qui concernent vos pensées et vos sentiments. Vous connaissez sûrement l'expression : avoir la peau dure ?

Je répondis d'un hochement de tête.

— Eh bien, elle a plus de sens qu'il n'y paraît. Nous disposons de plusieurs moyens de protéger nos émotions, notre mental, et chez vous ces écrans protecteurs ont été gravement endommagés. Cela vous rend fragile et vulnérable, vous comprenez cela ?

— Je crois.

— Bien. Venons-en au cœur du problème. Votre guérison physique risque d'être entravée, sinon totalement compromise, par une trop forte tension émotionnelle. Corps et âme ne font qu'un, Annie. La santé physique est inséparable de l'équilibre intérieur, et si vous souffrez dans vos émotions, vos pensées, votre corps en subira le contrecoup. C'est là où j'ai manqué de vigilance. J'aurais dû mieux vous protéger, jusqu'à ce que vous repreniez des forces et que vos défenses intérieures se reconstituent. Et c'est à cela que nous allons nous employer.

— Ce qui veut dire ?

Je ne pouvais me défendre d'un sentiment d'effroi. J'aurais cru que je n'allais pas si mal que ça, psychologiquement. Qui n'aurait pas été ébranlé par une pareille tragédie ? Perdre ses parents, se retrouver paralysée, voir sa vie bouleversée... il y avait de quoi être déprimé, non ? Je passais mes journées à retenir les larmes qui m'étouffaient pour ne pas rappeler sans arrêt mon malheur aux autres, ni les mettre mal à l'aise. Et ce médecin qui venait me parler de traumatisme émotionnel ! Il me semblait que si on m'avait tendu un miroir, j'y aurais contemplé un être brisé, crucifié. Cette seule pensée me fit frissonner.

— Eh bien... Mme Broadfield m'a parlé des visites et des coups de téléphone que vous receviez.

Le Dr Malisoff eut une grimace réprobatrice qui dessina un réseau de rides entre ses sourcils et secoua la tête.

— Il va falloir mettre un frein à tout cela, du moins momentanément, si nous voulons vous protéger efficacement. Je sais qu'au début cela ne vous enchantera pas, mais acceptez-vous de nous faire confiance pour quelque temps ? Nous laisserez-vous faire ce qu'il faut pour vous guérir et hâter votre retour à une vie normale ?

— Je ne recevais pas tellement de visites, protestai-je. Je n'ai vu que Tony, Drake, ma tante Fanny et Luke. C'est le seul qui m'ait appelé !

Le Dr Malisoff se tourna vers Mme Broadfield, qui secoua la tête comme pour signifier qu'il ne fallait pas tenir compte de mes propos. A croire que je n'avais pas toute ma raison !

— Ce n'est pas le nombre de visiteurs ou d'appels qui compte, m'expliqua-t-il avec gentillesse, c'est l'effet qu'ils ont sur vous. Mais vous avez de la chance, malgré tout. Vous allez pouvoir suivre votre traitement dans un endroit qui vaut n'importe quel hôpital. Vous serez dans un cadre magnifique, au calme, entourée et protégée. Il y a de fortes chances pour que votre guérison physique et mentale y soit plus rapide que si vous restiez exposée à subir le contrecoup des émotions et des problèmes de tout un chacun.

Sur ce, il se leva et me tapota la main.

— Puis-je compter sur votre confiance et votre coopération, Annie ?

— Oui, dis-je d'une voix qui me fit l'effet d'appartenir à une petite fille.

Peut-être avait-il raison. Peut-être étais-je redevenue cette petite fille. Et revenue au temps où les moindres choses m'arrachaient des larmes et m'emplissaient le cœur de chagrin. Seulement, je ne pouvais plus me tourner vers ma mère ou mon père pour qu'ils me réconfortent et me consolent.

— Parfait.

— Cela signifie-t-il que je devrai rester plus longtemps à l'hôpital ?

— Nous verrons.

Soudain, Tony apparut sur le seuil.

— Comment va-t-elle ?

Je levai la tête pour le voir. Il était rouge, décoiffé, les vêtements en désordre. La veste de son complet croisé bleu marine faisait des faux plis partout. On aurait dit qu'il avait couru tout le long du chemin.

— Elle va mieux, le rassura le Dr Malisoff. Ce n'était pas la peine de vous hâter ainsi, monsieur Tatterton.

Il jeta un bref coup d'œil à Mme Broadfield, qui s'affairait près du lavabo, des serviettes à la main. Tony ne fit qu'un bond jusqu'à mon lit.

— Dieu merci ! J'ai cru... Mais qu'est-il arrivé ?

— Oh, une petite crise d'angoisse due à une trop forte émotion. Annie et moi venons d'avoir une sérieuse discussion à ce sujet, et elle a très bien compris le problème, n'est-ce pas, Annie ?

Je fis un signe affirmatif, sur quoi il me tapota à nouveau la main et se dirigea vers la porte.

— Un instant ! s'écria Tony en s'élançant derrière lui.

Ils sortirent ensemble et je les entendis parler à voix basse dans le couloir. Mme Broadfield s'approcha, tira mes couvertures et rendit un peu de volume à mes oreillers. Elle arborait une mine rébarbative et un regard fixe et dur.

— Personne ne vous a fait de reproches ? demandai-je, croyant que c'était ce qui la tracassait.

— A moi ? Et pourquoi m'en aurait-on fait ? Je ne pouvais pas vous interdire les visites ni intercepter vos appels.

— Je pensais simplement...

— Oh non, Annie, au contraire. Tout le monde partage mon point de vue, maintenant.

Elle eut un sourire satisfait, arrogant, qui lui donna l'air d'un chat prêt à sauter sur un divan pour faire la sieste. Quelques instants plus tard, Tony rentra dans la pièce et s'approcha de mon lit.

— Tu te sens vraiment mieux, maintenant ?

— Mais oui, Tony.

Il paraissait réellement inquiet. Son regard bleu s'était assombri et je vis se creuser les rides de son front.

— Je n'ai pas fait assez attention, moi non plus. J'aurais dû me rendre compte...

— Est-ce que tout le monde va passer son temps à s'accuser ou à blâmer quelqu'un d'autre ? Oublions cela, je vous en prie. L'incident est clos.

— Oublier ? Sûrement pas. Le Dr Malisoff m'a fait part de tout ce qu'il t'a dit, et je suis entièrement de son avis. On a déjà donné de nouvelles consignes à ce sujet.

— De nouvelles consignes ?

Il adressa un signe de tête à Mme Broadfield, qui s'avança aussitôt vers le téléphone et le débrancha.

— Mon téléphone !

— Plus d'appels pour le moment, Annie. Ce sont les ordres du médecin.

— Mais Luke doit m'appeler juste après la remise des diplômes pour me raconter comment on a accueilli son discours !

J'étais atterrée.

— Je passerai au standard en sortant d'ici, Annie. Et je ferai diriger tous les appels arrivant pour toi sur mon bureau, où Drake ou moi les recevrons à ta place. Je te ferai part immédiatement de toutes les nouvelles, je te le promets. Et tu sais que je tiens toujours mes promesses, n'est-ce pas ?

Je détournai les yeux. Luke allait être si malheureux ! Il se ferait des reproches, et il tenait tellement à me parler après son discours ! J'étais au bord des larmes et mon cœur cognait dans ma poitrine. Mais je me souvins des recommandations du Dr Malisoff. Je devais m'endurcir, sous peine de compromettre ma guérison. En attendant, il fallait consentir certains sacrifices. Ce n'était qu'un moment à passer.

— Nous essayons tous de faire ce qui est le mieux pour toi, Annie, sur les conseils des meilleurs professionnels qui soient. Crois-moi, je t'en prie.

— Je vous crois, Tony. Mais j'ai de la peine pour Luke.

Il m'enveloppa d'un regard plein de compassion et de tendresse.

— Écoute, je vais lui envoyer sur-le-champ un télégramme de ta part, pour lui souhaiter bonne chance. Cela devrait lui remonter le moral, non ?

— Oh oui, Tony ! Quelle bonne idée !

— Et... je lui écrirai personnellement pour lui faire savoir que tu vas bien mais qu'il y a de nouvelles consignes pour préserver ta tranquillité.

— S'il vous plaît, dites-lui de ne pas se faire de reproches pour m'avoir téléphoné.

— Entendu. Et si je sens qu'il ne me croit pas, le Dr Malisoff pourra le lui dire lui-même, proposa-t-il en souriant avec gentillesse. Je le lui demanderai.

— Vous feriez cela ?

Il redevint tout à coup sérieux.

— Annie, je ferai tout ce qui est en mon pouvoir pour

te remettre sur pied et te rendre le bonheur. Je sais que ce sera difficile, car tu as perdu ceux que tu chérissais le plus au monde, mais tout ce que je demande, c'est... que tu m'offres une chance de les remplacer, dans la mesure du possible. Veux-tu me laisser essayer ?

— Oui, chuchotai-je, impressionnée par l'intensité de son regard et l'âpreté de sa voix. Était-ce la même voix que ma mère avait entendue implorer son pardon ? Comment avait-elle eu le cœur de le repousser ?

— Merci. Et maintenant, repose-toi. Je reviendrai ce soir, promit-il en m'embrassant sur le front. Drake est impatient d'avoir de tes nouvelles, lui aussi.

— Dites-lui que je l'aime.

— Je le lui dirai. Tu sais qu'il s'en tire très bien ? Ce sera un excellent directeur, il a de l'assurance et de l'ambition. Par certains côtés... il me rappelle un peu ce que j'étais à son âge, conclut-il avec une pointe d'orgueil.

Mme Broadfield sortit avec lui et referma doucement la porte derrière elle.

Je réfléchis à ce qui m'attendait. Plus d'appels, ni de visites... Allons, ce n'était que momentané, et bientôt je serais à Farthy. Et s'il possédait vraiment cette magie que Luke et moi lui prêtions, alors elle agirait, et je guérirais plus vite.

Mme Broadfield, probablement sur les ordres du Dr Malisoff, se transforma en véritable garde du corps. Les dames en rose elles-mêmes devaient demander la permission d'entrer. La plupart du temps, ma porte restait fermée. Je détestais ce système protecteur et, quand j'étais seule, j'appelais mes parents en pleurant. Un jour, Mme Broadfield me surprit en larmes. Elle me gronda et me menaça d'une autre crise, mais c'était plus fort que moi. Je ne pouvais pas m'empêcher de revoir le délicieux sourire de ma mère, ce sourire que je ne verrais jamais plus. Ni d'entendre le rire chaleureux de mon père, ce rire merveilleux que je n'entendrais jamais plus.

Le lendemain, fidèle à sa promesse, Tony vint aussitôt après avoir parlé à Luke pour me répéter son récit de la journée.

— Le temps était magnifique, sans un nuage. Quand Luke est monté sur le podium et que le directeur l'a présenté, tout le monde s'est tu. Et il a insisté pour que je te dise qu'à la fin du discours, l'assistance s'est levée pour applaudir. Il a dit aussi... (Tony sourit)... que sa mère a été la première debout, mais que les autres l'ont imitée instantanément. Et tout le monde a demandé de tes nouvelles.

— Oh, Tony, m'écriai-je d'une voix plaintive, il doit être si triste de ne pas pouvoir me parler!

— Mais non, il comprend très bien, c'est un garçon très sympathique. Il ne pense qu'à ta santé et ne veut pas que tu t'inquiètes pour lui, il me l'a répété à plusieurs reprises. Il te demande de guérir le plus vite possible. Et maintenant...

Le visage de Tony s'éclaira et je vis qu'il se préparait à m'annoncer quelque chose d'important.

— Voici la nouvelle que tu attendais: le Dr Malisoff a signé ton bulletin de sortie. Je t'emmène à Farthy demain matin.

— C'est vrai?

J'éprouvais une excitation joyeuse à laquelle se mêlaient la tristesse et l'angoisse. J'allais enfin connaître Farthinggale Manor, le château enchanté dont j'avais rêvé toute ma vie... mais ce serait dans un jour de deuil. Je n'y serais pas conduite par mes parents, je ne franchirais pas à leur bras l'arche du portail, je ne monterais pas les grands escaliers. J'entrerais à Farthy comme une orpheline et une infirme, dans un fauteuil roulant.

— Pourquoi cet air triste, Annie?

Le sourire de Tony s'effaça.

— Je pensais à mes parents. Cela aurait été si merveilleux de pouvoir aller à Farthy tous ensemble!

— Oui, cela aurait été merveilleux.

Je vis reparaître dans les yeux de Tony cette expression fixe et lointaine que j'y avais déjà vue, mais il se reprit aussitôt.

— En tout cas, tu auras le fauteuil roulant le plus confortable qui soit. Il te sera livré cet après-midi et Mme Broadfield t'apprendra à t'en servir.

— Merci, Tony. Merci pour tout ce que vous avez fait et pour tout ce que vous allez faire.

— Je t'ai déjà dit comment me remercier : guéris vite.

— J'essaierai.

— Demain, c'est un voyage qui commence pour toi : celui de ton retour à la santé et au bonheur.

Il se pencha pour m'embrasser mais suspendit son geste et prit une longue inspiration.

— Je vois que tu as mis du jasmin. Nous en avons une provision, à Farthy.

Il m'embrassa et ses lèvres s'attardèrent sur ma joue un peu plus qu'il n'eût fallu, puis il se redressa. Jamais il ne m'avait regardée avec une telle intensité.

— Il y a tant de choses qui t'attendent à Farthy, tant de choses qui te reviennent et dont tu pourras profiter.

— Je voudrais déjà y être !

Le fauteuil roulant fut livré environ une demi-heure après le départ de Tony, entouré d'un énorme ruban rose que Mme Broadfield eut tôt fait d'enlever et de ranger. Il était en chrome étincelant capitonné de cuir havane, avec des accoudoirs en daim. Le marchepied lui-même était rembourré.

— Mr Tatterton a dû le faire faire sur commande, observa Mme Broadfield. Je n'en ai jamais vu de pareil.

Elle le roula près de mon lit et j'eus un premier aperçu de ce qui m'attendait. Passer de mon lit au fauteuil et du fauteuil au lit, matin et soir, et ainsi chaque jour.

Elle commença par redresser au maximum le haut du matelas en position assise, puis rabattit mes couvertures et me fit pivoter en soulevant mes jambes, qu'elle fit glisser sur le côté du lit. Elles étaient totalement inertes, pendantes, et complètement insensibles.

Après quoi, Mme Broadfield contourna le lit, me souleva par les aisselles et me laissa descendre jusqu'au siège du fauteuil, dont elle avait relevé l'accoudoir de droite. J'étais terriblement gênée, aussi dépendante qu'un bébé, et je détestais cela. Mais je n'y pouvais rien.

Quand je fus installée, Mme Broadfield rabattit l'accoudoir et ajusta le marchepied à la bonne hauteur.

— Ce petit levier bloque les roues, m'expliqua-t-elle. Pour avancer, inutile de pousser trop fort. Une petite impulsion de temps en temps suffit et le fauteuil roule sur sa lancée. Pour tourner à droite, utilisez cette jante métallique, et celle-ci pour tourner à gauche. Allez-y, maintenant!

J'obéis et me propulsai à travers la chambre. J'aurais tellement voulu avoir Drake ou Luke auprès de moi! Leur soutien me manquait. Drake aurait dit que j'avais l'air d'une gamine dans sa petite auto ou sur son premier tricycle. Et Luke aurait cherché quelque chose de drôle à dire, lui aussi, mais ses yeux m'auraient montré sa tristesse.

Après m'avoir observée et aidée de ses conseils, Mme Broadfield décida qu'il était temps d'arrêter. Elle me roula jusqu'à mon lit où la manœuvre recommença en sens inverse, puis rangea le fauteuil et sortit commander mon dîner.

Demeurée seule, je contemplai longuement le fauteuil en m'habituant à l'idée que nous allions devenir inséparables, lui et moi. Tony avait fait l'impossible pour qu'il eût l'apparence d'un brave et confortable fauteuil ordinaire, mais un fait demeurait. C'était un fauteuil pour handicapé, celui d'une infirme condamnée à dépendre d'autrui et d'un matériel de prothèse. Toute la richesse du monde et les soins les plus dispendieux ne pourraient rien y changer. Moi seule le pouvais. Et j'étais bien décidée à le faire.

Le lendemain, il régna une telle animation autour de moi que Mme Broadfield faillit condamner ma porte jusqu'au moment du départ. Toutes les infirmières du service, qui s'étaient si souvent arrêtées en passant pour faire un brin de causette ou emprunter une revue, vinrent me dire au revoir et me souhaiter bonne chance. Quelques infirmiers et aides-soignants vinrent eux aussi, et ma dame en rose se fit un devoir de passer aussitôt que cela lui fut possible.

La veille, Tony m'avait apporté une robe grenat. Elle paraissait neuve, et pourtant on n'en portait plus de ce style depuis vingt-cinq ans, sinon trente.

— Elle appartenait à ta mère, m'expliqua-t-il. Je la lui avais achetée quand elle est entrée à Winterhaven, et tu as à peu près la taille qu'elle avait alors. Elle te plaît ?

— Elle est magnifique, Tony, bien que ce ne soit pas du tout le style des filles de maintenant. Mais puisqu'elle vient de ma mère...

— Elle était très belle dans cette robe, et d'ailleurs il ne faut pas être esclave de la mode, Annie. Ce qui est vraiment beau ne se démode pas, bien peu de filles d'aujourd'hui s'en rendent compte. Victimes de la publicité, du moindre caprice de la mode, elles s'y conforment aveuglément. Ta mère avait plus de bon sens et si tu tiens d'elle, tu sauras apprécier ce qui dure, toi aussi.

Je ne savais pas quoi dire. Ma mère aimait que je sois bien habillée, mais elle me laissait toujours choisir mes vêtements. Elle n'avait jamais cherché à m'imposer ses goûts et mon père aimait me voir en jeans et en T-shirts flottants. Il m'appelait « Miss Be-Bop » quand je m'habillais ainsi.

Pourtant, Tony n'avait sans doute pas tort. J'aimais la toilette plus que les autres filles de mon âge, et je tenais cela de maman.

— Je t'ai apporté cette robe pour que tu la mettes demain. Ce sera un grand jour : tu vas quitter l'hôpital pour revenir à Farthy.

— Revenir ?

— Je veux dire... que tu vas revenir avec moi, rectifia-t-il aussitôt. Et cette robe de ta mère te portera chance.

Sur ce point, j'étais tout à fait de son avis.

Le lendemain matin, Mme Broadfield m'aida à enfiler la robe et roula mon fauteuil devant la glace du lavabo. Je ne pouvais me voir que jusqu'à la taille, mais ce que je vis suffit à me convaincre: je ressemblais vraiment beaucoup à maman, dans cette robe. Mme Broadfield eut encore la gentillesse de m'aider à me coiffer, de façon que mes cheveux tombent sur mes épaules. Exactement comme j'avais vu maman les porter, sur de vieilles photos. Mes cheveux étaient un peu plus clairs que les siens mais tout aussi fins, et quand nous nous coiffions de la même façon, on nous prenait pour des jumelles.

Quand Tony m'aperçut dans cette toilette, son visage s'éclaira. Il me dévorait du regard, sans dire un mot. Cela dura si longtemps que je finis par me sentir mal à l'aise. Je pris sur moi de rompre le charme.

— Je suis prête, Tony.

Il parut brusquement sortir d'un rêve.

— Oui... alors en route, Annie.

Je l'avais souvent vu sourire, mais jamais comme en cet instant: il rayonnait. Et, parce que le bleu clair de son costume d'été se reflétait dans ses yeux, sans doute, il paraissait rajeuni de dix ans. Envolée, la tristesse que j'avais parfois lue dans son regard. Son teint semblait plus frais, ses cheveux plus fournis et plus lustrés que jamais. Il se plaça de l'autre côté du fauteuil quand Mme Broadfield le roula hors de la chambre pour me conduire jusqu'à l'ascenseur. Dans le couloir, les infirmières me souhaitèrent une dernière fois bonne chance et, sur notre passage, des mains se levèrent en signe d'adieu.

Le sang me battait aux oreilles. L'écho de ce terrible accident sur la route de Winnerow était toujours présent en moi. Et s'il s'était un peu affaibli, j'entendais encore la voix de papa criant mon nom.

Au moment où les portes de l'ascenseur se refermèrent, je regardai une dernière fois derrière moi. Médecins et infirmières étaient déjà retournés à leurs occupations. Je n'étais plus qu'un nom à rayer, un dossier à classer. Et juste avant que les portes ne se ferment, un détail me revint à l'esprit.

— Mes cartes! Elles sont restées sur le mur!

— Quelles cartes? Ah, tes cartes de vœux! Ne

t'inquiète pas, je les ferai envoyer à Farthy, promit Tony.

Mais je n'en fus pas moins triste de les avoir oubliées. Celle de Luke, si drôle, et celle de Drake, si belle... Je m'aperçus tout à coup que je n'emportais pas le moindre souvenir de Winnerow, et rien qui me vînt de Luke. Pas même le bracelet qu'il m'avait offert un jour comme talisman.

Les portes de l'ascenseur se rouvrirent et mon fauteuil fut roulé jusqu'à la limousine.

— Annie, je te présente Miles, mon chauffeur. Il a très bien connu ta mère.

— Je suis heureux de vous connaître, mademoiselle Annie, et ravi de vous voir sortir de cet hôpital.

Le regard de Miles exprimait l'admiration et la joie, et il ôta sa casquette en souriant. Je compris que je lui rappelais effectivement ma mère.

— Merci, Miles.

Il ouvrit la porte arrière et je fus transportée dans la limousine, sous la haute direction de Mme Broadfield. Tony insista pour apporter son aide. Il entra le premier dans la voiture, me reçut lui-même des mains de Mme Broadfield et me tint serrée dans ses bras pour me déposer doucement sur le siège. Ce faisant, ses lèvres effleurèrent ma joue et il me retint contre lui. J'eus l'impression qu'il ne me lâcherait jamais, tant il me serrait sur sa poitrine. Il me libéra cependant, et expliqua à Miles comment plier le fauteuil avant de le ranger dans le coffre. Mme Broadfield nous rejoignit à l'arrière, Miles démarra et mon voyage vers Farthinggale Manor commença. Un voyage dont je me souviendrais toujours, j'en étais sûre.

9

Sur le seuil

Mme Broadfield et Tony m'installèrent sur la confortable banquette en daim velouté, de façon à ce que je puisse regarder par la fenêtre. Malheureusement, le temps était couvert, mais soudain un rayon de soleil éclatant perça l'épaisseur des nuages, découvrant une vaste éclaircie de ciel bleu. Un bleu léger, transparent, qui me rappela les journées paresseuses de la fin de l'été, là-bas, à Winnerow. Dieu allait-il enfin m'accorder un peu de sa lumière ?

Quand je me retournai, le Boston Memorial emplit mon champ de vision. Quel hôpital gigantesque, comparé à celui de Winnerow ! Nous franchîmes les grilles et traversâmes les quartiers périphériques de Boston, avant de nous engager sur l'autoroute qui nous conduirait à Farthinggale Manor. Les dernières rangées de constructions disparurent, pour faire place aux bois et à de vastes prairies où de rares maisons s'espaçaient dans la verdure.

— Bien installée ? demanda Tony, en redressant l'oreiller que Mme Broadfield avait glissé derrière mon dos.

— Oui.

Regarder fuir le paysage suffisait à mon bonheur : nous étions en route vers Farthinggale Manor !

— Je me souviens du jour où Jillian et moi sommes allés chercher ta mère à l'aéroport pour l'emmener à

Farthy. Elle était tout à fait comme toi : si jeune et si impatiente ! Tout l'émerveillait. Mais je sentais qu'elle était inquiète. Jillian, ton arrière-grand-mère, n'avait pas compris qu'elle venait s'installer chez nous. Elle la croyait simplement de passage.

Tony eut un petit rire.

— Jillian tenait beaucoup à paraître jeune et à faire croire qu'elle l'était. Aussi a-t-elle demandé, ou plutôt exigé, que ta mère l'appelle par son prénom, et jamais grand-mère.

— Maman en était très affectée.

— Elle ne l'a jamais laissé voir. Elle était très réfléchie pour son âge, et tellement belle !

Tony contempla quelques instants le paysage, perdu dans ses pensées, puis il soupira et revint à la réalité.

— Nous arrivons bientôt. Regarde sur ta droite et guette une trouée dans les arbres. Le premier coup d'œil sur Farthinggale Manor n'est pas une chose qu'on oublie.

— De quand date Farthy ?

— Mon trisaïeul l'a fait construire en 1850, mais ne te laisse pas impressionner par la date. Farthy est une maison superbe, pourvue de tous les raffinements du confort le plus moderne. J'ai reçu d'innombrables offres d'achat, y compris de la part de stars de cinéma.

— Vous la vendriez ?

— A aucun prix. Elle fait partie de moi-même aussi intimement que... mon propre nom. Quand j'étais petit, c'était la plus belle maison du monde à mes yeux. A sept ans, j'ai été envoyé à Eton : mon père estimait que la discipline y était meilleure que chez nous. Et du premier au dernier jour, j'ai été malade de nostalgie. Quelquefois, je fermais les yeux et j'imaginais que je respirais l'odeur des pins, de la balsamine et des embruns.

Il ferma les yeux, comme s'il retrouvait le parfum de Farthy, mais la limousine sentait le cuir et rien d'autre. Elle ralentit bientôt pour s'engager dans un chemin privé et, tout à coup, il fut là, devant nous. Le fabuleux portail en fer forgé avec son haut fronton cintré où s'inscrivait en toutes lettres le nom de FARTHINGGALE MANOR. A travers un entrelacs de feuilles ouvragées, lutins, fées et farfadets semblaient guetter notre passage.

— Il est aussi grand que dans nos rêves ! soupirai-je.
— Pardon ?
— Luke et moi avions inventé un jeu, nous essayions d'imaginer à quoi ressemblait Farthy.
— Eh bien, tu ne vas pas tarder à le savoir.

Le chemin semblait ne devoir jamais finir, quand une gigantesque maison de pierre grise surgit devant nous. On aurait dit un château. Son toit rouge s'élevait au-dessus des arbres, avec ses tourelles reliées par de petits ponts... tout à fait comme sur la gravure que Luke m'avait offerte.

Mais il y avait de notables différences avec le Farthy de nos rêves, et la description de Drake était, hélas, bien plus proche de la vérité. Le parc abandonné retournait à l'état sauvage, les buissons n'étaient pas taillés et les mauvaises herbes envahissaient les parterres de fleurs. La maison était aussi grande que Luke et moi l'imaginions, mais on l'aurait crue inhabitée depuis des années. Poutres, portes et volets se fendillaient, leur peinture s'écaillait. La façade grise et froide, avec ses fenêtres obscures et ses rideaux tirés, évoquait une vieille femme à l'agonie.

A travers les nuages lourds, un rayon de soleil jeta sur elle une lueur livide et je frissonnai d'appréhension. Je me sentais plus seule que jamais. J'étreignis mes épaules et me recroquevillai sur moi-même, comme si c'était le seul moyen de me réchauffer.

Mais Tony souriait largement, lui, et son visage s'était animé. Il ne semblait pas gêné le moins du monde par l'état de délabrement de la propriété tout entière, on aurait dit qu'il ne remarquait rien. Je regardai Mme Broadfield pour voir si elle partageait ma surprise, mais elle resta de marbre.

— Farthy s'étend sur des dizaines d'hectares, expliqua-t-il avec fierté. C'est l'une des plus riches propriétés de la région, et nous avons notre plage privée.

Quand tu iras un peu mieux, je te montrerai les écuries, la piscine, le pavillon du bord de mer, les tennis, le kiosque... tout, promit-il. Et dis-toi que tout cela t'appartient. Ne te considère jamais comme une invitée, surtout. Tu es beaucoup plus que cela. Oui, beaucoup plus, acheva-t-il au moment où Miles freinait devant le perron.

Mme Broadfield descendit aussitôt pour aller l'attendre près du coffre, et je levai les yeux vers la grande porte voûtée. Elle non plus n'avait plus rien de grandiose. Des éclats de bois se détachaient du panneau de droite, comme si un énorme animal avait tenté de forcer l'entrée à coups de griffes. Comment Tony pouvait-il entrer et sortir chaque jour par cette porte sans songer à la faire réparer ?

— Tu es là ! s'exclama-t-il, tu es vraiment là ! Eh bien, que penses-tu de Farthy ?

— Je...

Qu'aurais-je pu dire ? J'étais si affreusement déçue de voir la demeure de mes rêves tomber en ruine.

— Oh, je sais bien qu'il y a quelques travaux à faire, reprit Tony, et je vais m'en occuper sans attendre, maintenant que j'ai une bonne raison pour cela.

Il attacha sur moi un regard solennel et mon cœur battit la chamade. Tout au fond de moi, une part de mon être que je n'aurais pas su nommer tressaillit. Ce fut comme un signal d'alarme.

— C'est un endroit magnifique, et dès que vous l'aurez fait rénover, il redeviendra ce qu'il était quand vous étiez enfant. J'en suis sûre.

— Tout juste, c'est exactement ce que je souhaite. Ah, je savais que tu comprendrais, Annie ! Comme je suis heureux que tu sois là !

Mme Broadfield ouvrit la portière. Miles et elle avaient déplié le fauteuil, il m'attendait. Elle se pencha pour m'aider à sortir mais Tony la devança.

— Non, laissez-moi faire.

Mme Broadfield recula et Tony m'encercla la taille d'un bras avant de passer l'autre sous mes cuisses. Puis il m'attira au-dehors et me souleva avec des précautions infinies, comme si j'étais... un bébé ? Non, pas cela, rectifiai-je en pensée. Comme si j'étais une jeune mariée sur le point de franchir le seuil de sa nouvelle demeure.

— Monsieur Tatterton ?

Comme moi, Miles attendait que Tony m'installe dans le fauteuil.

— Pardon ? Oh oui, bien sûr... allons-y

Il me déposa lentement sur le siège et Miles et lui nous hissèrent, mon fauteuil et moi, jusqu'à la porte d'entrée. Un homme de haute taille, maigre, les cheveux gris comme ses yeux et le cou aussi ridé que son visage blafard, se tenait sur le seuil, raide comme un mannequin de vitrine.

— Mon fidèle maître d'hôtel, Curtis, présenta Tony.

— Bienvenue à Farthy, mademoiselle.

Curtis s'inclina brièvement, s'effaça pour nous laisser le passage et je pénétrai dans la grande maison.

On m'emmena dans le salon d'apparat, dont le tapis de Chine avait connu des jours meilleurs. Il était si usé par endroits qu'on voyait le parquet au travers. Le seul lustre allumé ne possédait plus qu'une ampoule sur douze et répandait une lumière chiche sur les murs de pierre où s'alignaient des portraits de famille. Tous ces personnages au teint jauni avaient la même expression sévère, particulière aux habitants de la Nouvelle-Angleterre. Le sourire pincé des femmes semblait peint sur leur visage. Et les hommes s'efforçaient de paraître importants, sérieux, aussi solides que le roc sur lequel était bâtie leur somptueuse demeure.

— Bientôt, tu verras tout, promit Tony, mais pour l'instant il faut songer à t'installer dans tes appartements. Tu dois être fatiguée, même si le voyage n'a pas été long.

— Je suis bien trop surexcitée pour être fatiguée, Tony. Ne vous inquiétez pas pour moi.

— Oh ! mais c'est bien ce que j'ai l'intention de faire à partir de maintenant, Annie : m'inquiéter pour toi. Désormais, tu passes avant tout.

Et sur ce, notre exploration se poursuivit.

— Mon bureau est là, sur ta droite, mais nous n'y jetterons qu'un coup d'œil : je préfère qu'une femme ne voie pas cela. Il a besoin d'un bon nettoyage, avoua-t-il en s'agenouillant à mes côtés, si près que ses lèvres effleurèrent mon oreille.

Même sans entrer dans la pièce, je pus voir qu'il n'avait pas exagéré. L'unique lampe placée dans un coin jetait une lumière blafarde sur le bureau d'acajou et les fauteuils de cuir noir. Les livres alignés sur les étagères en pin étaient recouverts de poussière. On la voyait danser dans les rayons qui filtraient par les rideaux tirés des fenêtres du fond, comme pour affirmer qu'ici, elle était chez elle. Depuis combien de temps la pièce n'avait-elle pas été nettoyée ? Et comment Tony faisait-il pour s'y retrouver, parmi un pareil amoncellement de papiers ?

— Maintenant que tu es là, je vais mettre tout ceci en ordre, bien sûr. Et franchement, j'aimerais mieux que tu ne voies pas le reste de la maison, elle est vraiment trop mal tenue. Vois-tu, ajouta-t-il en s'agenouillant à nouveau près de moi, quand un homme vit seul, il a tendance à se laisser aller. Mais cela va changer, maintenant, murmura-t-il... Dieu merci, tout cela va changer.

Et il roula mon fauteuil un peu plus loin.

L'escalier, lui au moins, ne me déçut pas : il était tel que je l'avais rêvé. Une longue et gracieuse volée de marches de marbre, avec une balustrade en acajou poli. Sa seule vue réveillait mon désir de guérir, afin de pouvoir le descendre à la rencontre de Luke, comme la princesse de notre jeu. J'aurais le cou et les poignets cerclés de bijoux, un peigne orné de pierreries dans les cheveux... Oh, comme j'aurais voulu que Luke fût là pour le voir, lui aussi !

— Pour l'instant, cet escalier est un obstacle pour toi, mais cela ne durera pas, je l'espère.

Nous nous dirigions déjà vers lui quand, sur ma droite, j'aperçus le grand salon avec son piano à queue et ses peintures murales. Il y en avait même sur le plafond !

— Oh, attendez un instant ! Quelle pièce ravissante... et toutes ces peintures !

Tony rit et me fit franchir la double porte. Le salon était très spacieux, avec des rideaux de satin qui avaient jadis été blancs mais que le temps et la poussière avaient rendus gris. Le canapé de velours, la causeuse et les fauteuils capitonnés étaient recouverts de housses en plastique, poussiéreuses, elles aussi. Les tables de marbre, le piano, les vases... tout portait le même cachet d'élégance et de luxe ; mais tout cela se délabrait et avait cruellement besoin de nettoyage et d'entretien.

D'exquises peintures aux tons fanés ornaient les murs et le plafond. C'étaient des scènes de contes de fées, des bois ombreux traversés de soleil, des sentiers serpentant à flanc de montagne, des sommets brumeux couronnés de châteaux. Sur le plafond, des oiseaux volaient dans un ciel peint, un homme chevauchait un tapis volant et un autre château encore, mystérieux et aérien, se profilait derrière les nuages. Mais la lumière avait déserté ce décor féerique, terni par des années de négligence, et il n'exprimait plus que la morne tristesse des rêves évanouis. J'en frissonnai.

— Ces fresques sont l'œuvre de ta grand-mère, Annie. Maintenant, tu sais de qui tu tiens ton talent. Jillian était une illustratrice de livres pour enfants très célèbre.

— Vraiment ?

Le regard de Tony reprit son expression lointaine.

— Oui, et c'est grâce à cela que nous nous sommes connus. J'avais vingt ans à l'époque. Un jour, en rentrant du tennis, j'ai aperçu une échelle. Et sur cette échelle, la plus jolie paire de jambes qu'il m'ait été donné de voir. Quand la ravissante créature à qui elles appartenaient est descendue de son perchoir et que j'ai vu son visage, j'ai cru rêver. Elle avait accompagné un décorateur de ses amis, et c'est elle qui a suggéré ces fresques. Je me rappelle encore ses paroles : « Un décor de conte de fées, pour le roi des fabricants de jouets. » Séduit, j'avalai l'appât et l'hameçon avec : j'acceptai... ce qui me fournissait l'occasion de la revoir.

— Quelle histoire merveilleuse, et si romantique !
m'exclamai-je.

Puis mon regard se posa sur le piano.

— Qui en joue ?

— Je te demande pardon ?

— Jouez-vous du piano, Tony ?

— Moi ? Non. Mais mon frère en jouait, autrefois. (Sa voix s'assourdit à tel point que je dus me tourner vers lui.) Il s'appelait Troy. Nous avions une grande différence d'âge, et comme il avait deux ans quand mes parents sont morts, je me suis toujours considéré plutôt comme un père que comme un frère, pour lui. Il aimait beaucoup le piano, surtout Chopin. Il est mort il y a longtemps de cela.

— Ma mère aussi aimait Chopin.

— Ah oui ?

— Elle a... Elle avait un jouet Tatterton, un petit cottage qui jouait un nocturne de Chopin lorsqu'on soulevait le toit.

— Vraiment ? Un cottage, dis-tu ?

— Oui, avec un labyrinthe.

Il s'était placé à mes côtés pour avoir la même vue de la pièce que moi et, comme il se taisait, je me tournai vers lui. Il baissa brusquement les yeux sur moi et m'observa avec attention, les paupières mi-closes. Son visage changea et je vis trembler ses lèvres.

— Tony ?

— Oh, je te demande pardon, je rêvais tout éveillé. Je pensais à mon frère, ajouta-t-il en retrouvant le sourire.

— Il faudra que vous me parliez de lui... Vous voudrez bien ?

— Naturellement.

— Il n'y a que vous qui puissiez tout me raconter, insistai-je, sentant que le moment était enfin venu. Je veux tout savoir sur ma famille, mon arrière-grand-mère, ma grand-mère, et tout ce que vous vous rappelez sur maman quand elle vivait ici.

— Si je faisais cela, tu en aurais vite assez.

— Non, je veux tout savoir. Et, Tony... (je m'efforçai

d'avoir l'air aussi résolue que possible)... je veux connaître la raison de votre brouille avec maman. Vous promettez de tout me dire, si pénible que cela puisse être ?

— Je te le promets, et tu sais que je tiens parole. Mais pas tout de suite. Évitons les sujets déplaisants jusqu'à ce que tu sois en bonne voie de guérison.

— J'attendrai, puisque j'ai votre parole.

— Parfait, dit-il avec entrain. Et maintenant, en route pour les hauteurs !

Mme Broadfield nous avait précédés à l'étage pour préparer ma chambre, et Miles attendait patiemment derrière nous. Tony lui fit signe et il s'approcha pour l'aider à soulever mon fauteuil. Puis, à petits pas prudents, comme s'ils escortaient une reine douairière regagnant son palais, ils me hissèrent le long du somptueux escalier de marbre.

— Quel mal je vous donne ! m'excusai-je quand nous fûmes presque arrivés en haut, en voyant leurs visages tendus par l'effort.

— Mais non ! Miles et moi avons besoin d'exercice, n'est-ce pas, Miles ?

— Pas de problème, mademoiselle Annie. Je suis prêt à recommencer quand vous voudrez.

Ils me déposèrent sur le palier et j'explorai les couloirs du regard ; on n'en voyait pas la fin.

— J'ai une merveilleuse surprise pour toi, annonça Tony en me poussant dans celui de gauche. Tu occuperas la chambre qui a été celle de ta grand-mère et de ta mère. Et maintenant, ajouta-t-il en me faisant franchir une porte à double battant... elle est à toi !

Puis il posa sa main sur la mienne et acheva :

— Comme cela devait être un jour, mon cœur me l'a toujours dit.

Je levai vivement les yeux sur lui. Son regard s'attacha au mien, lourd de signification. Il paraissait si déterminé, si satisfait de lui-même que, pendant un instant, j'eus peur. Il m'était déjà venu à l'esprit que Tony avait depuis longtemps décidé de mon avenir.

Mon cœur battit comme l'aile d'un oiseau hésitant

à entrer dans une cage d'or. Il voudrait tant être choyé, nourri, aimé... mais il sait qu'une fois entré, la petite porte se refermera. Et il ne verra plus le monde qu'à travers ses barreaux dorés.

Mais quel choix a-t-il ? Et moi, qu'aurais-je pu faire ?

Comme s'il devinait mes craintes, Tony se hâta de rouler mon fauteuil dans la chambre.

10

La chambre de ma mère

L'appartement se composait de deux pièces, dont la première était un petit salon. Il y régnait une clarté diffuse, un peu étrange. Filtrée par des rideaux de soie ivoire, la lumière du soleil y devenait comme vaporeuse et donnait à toutes choses un aspect irréel. De même que le grand salon du rez-de-chaussée, la pièce évoquait davantage un musée qu'un endroit où il fait bon vivre. Les murs étaient tendus de soie du même ivoire délicat, tissée de gracieux motifs orientaux aux tonalités subtiles, de bleu, de vert et de violet.

Une femme de chambre en uniforme vert menthe et tablier blanc bordé de dentelle ôtait les housses des deux petits canapés, recouverts de la même étoffe que les murs. Cela fait, elle tapota les coussins bleus assortis au tapis de Chine et je l'observai tout à loisir. Elle n'avait pas plus de trente ans et je m'étonnai de voir une domestique si jeune à Farthy. Pour moi qui avais toujours connu Mme Avery, une femme de chambre ne pouvait être que d'un certain âge.

— Voici Millie Thomas, annonça Tony. Elle sera ta femme de chambre attitrée.

Millie se retourna et me gratifia d'un sourire chaleureux. C'était une petite femme au visage rond, voire un peu bouffi, aux yeux bruns assez inexpressifs. Plutôt boulotte, son buste étroit et ses hanches démesurément larges la faisaient ressembler à une cloche d'église. Il me vint à l'esprit que cette disgrâce physique était comme une malédiction, la condamnant au rôle de servante et à frotter et astiquer sa vie durant la maison des autres.

— Ravie de faire votre connaissance, mademoiselle, dit-elle en me saluant d'une petite révérence, avant de s'adresser à Tony. J'ai terminé la chambre, monsieur, et il ne me reste que ces housses à ranger.

— Parfait, merci, Millie. Alors, allons voir cette chambre.

Tony me roula jusqu'à la porte de communication et un bruit d'eau nous parvint de la salle de bains, où s'activait Mme Broadfield. Je parcourus lentement la pièce du regard, essayant d'imaginer ce qu'avait ressenti ma mère en la voyant pour la première fois. Sans oublier qu'elle avait vécu chez Cal et Kitty Dennison, le couple qui l'avait achetée à son père pour cinq cents dollars.

Quel pouvait être son état d'esprit ? Après une enfance misérable dans une cabane des Willies, puis un séjour chez ce couple bizarre, arriver tout à coup dans un manoir et se voir attribuer un appartement magnifique... quel choc !

Elle avait dû s'arrêter sur le seuil, tout comme moi en cet instant même, et contempler avec émerveillement ce que j'avais sous les yeux. Un ravissant lit à colonnes tendu de soie bleue et de dentelle ivoire, une chaise recouverte de satin bleu, des lustres de cristal et trois fauteuils assortis aux sièges du petit salon. Un long miroir mural surmontait la coiffeuse, sur laquelle j'aperçus des photographies dans des cadres d'argent, dont plusieurs étaient renversées. A côté d'elles traînait une brosse à cheveux et sous la chaise de la coiffeuse était glissée une paire de mules en velours grenat. Exactement la couleur de la robe que Tony m'avait apportée à l'hôpital. S'agissait-il d'une robe neuve, comme je l'avais cru d'abord, ou l'avait-il prise dans les placards de cette chambre ?

Une odeur de renfermé flottait dans l'air, comme si ces pièces étaient restées calfeutrées pendant des années. Pour en masquer les relents, des vases de fleurs fraîches avaient été disposés un peu partout.

Les penderies débordaient de vêtements. Certains étaient rangés dans des housses, mais les autres donnaient l'impression qu'on venait juste de les accrocher. Quant aux paires de chaussures, on les comptait par douzaines. Tony surprit mon regard étonné et crut bon d'expliquer :

— Certains de ces vêtements appartenaient à ta mère, et les autres à ta grand-mère. Elles avaient pratiquement la même taille, c'est-à-dire la tienne. Avec une pareille garde-robe à ta disposition, tu n'auras rien à acheter.

— Mais beaucoup de ces vêtements doivent être démodés, Tony !

— Détrompe-toi, j'ai remarqué que l'on revenait aux modes anciennes, ce serait malheureux de jeter tout cela, non ?

Sur ces entrefaites, Mme Broadfield sortit de la salle de bains et vint ouvrir mon lit.

— J'avais l'intention de faire installer un lit d'hôpital, déclara Tony, mais j'ai pensé que celui-ci serait plus confortable et te plairait davantage. Tu as des oreillers supplémentaires, une table d'hôpital et un dosseret à accoudoirs si tu veux lire au lit.

— Mais je ne veux pas me coucher tout de suite ! protestai-je. S'il vous plaît, Tony, roulez-moi près de la fenêtre. Je voudrais voir le paysage.

— Annie a besoin de repos, intervint Mme Broadfield. Son départ de l'hôpital et ce voyage l'ont beaucoup fatiguée, même si elle ne s'en rend pas compte.

— Encore un moment, je vous en prie. Laissez-moi jeter un coup d'œil au-dehors.

Mme Broadfield recula d'un pas et attendit, les bras croisés sur son ample poitrine. Ce fut Tony qui poussa mon fauteuil jusqu'à la fenêtre, puis il écarta largement les rideaux pour élargir mon champ de vision. En me penchant sur la gauche, je pouvais voir une bonne moitié du labyrinthe. La matinée s'achevait à peine, mais même dans cette lumière, les sentiers et les tunnels de verdure paraissaient obscurs, mystérieux, menaçants. Je me tournai sur la droite. De ce côté, la vue portait bien au-delà du chemin et de l'entrée de Farthinggale, jusqu'à ce qui ne pouvait être que le cimetière de la famille. Et là-bas, je reconnus avec une quasi-certitude la tombe de mes parents.

Pendant d'interminables secondes, l'émotion m'empêcha de parler. Le regret et la douleur m'étouffaient, je me sentais perdue, malade de solitude et de chagrin. Puis, chassant loin de moi les souvenirs pénibles, je pris une longue inspiration et me penchai en avant pour mieux voir.

— Je t'y emmènerai, chuchota Tony, qui avait suivi la direction de mon regard. Dans un jour ou deux.

— J'aurais dû y aller en arrivant.

— Rappelle-toi la consigne du Dr Malisoff, Annie. Tu dois éviter les émotions violentes. Mais nous irons, promit-il en me tapotant la main, très bientôt.

Puis il se redressa et je me laissai aller en arrière.

— Je crois que je suis fatiguée, avouai-je en fermant les yeux.

Et j'inspirai longuement, tandis que deux larmes roulaient en zigzaguant sur mes joues, jusqu'aux coins de ma bouche. Tony tira un mouchoir plié de sa poche, les essuya doucement et j'articulai un « merci » inaudible. Puis il fit pivoter mon fauteuil, me ramena près du lit et aida Mme Broadfield à m'y étendre.

— Je vais la mettre en chemise de nuit, monsieur Tatterton.

— Parfait. Je reviendrai dans quelques heures voir si tout va bien. Tâche de faire une bonne sieste, Annie.

Il m'embrassa sur le front et quitta la pièce en tirant sans bruit la porte derrière lui. Juste avant qu'elle ne se referme, j'entrevis son visage : il rayonnait de bonheur et son regard bleu brillait d'un éclat extraordinaire, extatique. Ce qu'il faisait pour moi lui apportait-il donc tant de joie ? Quelle ironie du sort ! Il avait fallu que ma vie soit ruinée pour que la sienne retrouve tout son sens.

Mais ce n'était pas une raison pour le haïr. Il n'était

pour rien dans ce qui m'arrivait. Aurais-je dû lui en vouloir de faire tout cela pour moi ? De m'assurer le meilleur traitement qui soit, de mettre sa maison entière au service de ma guérison, de faire l'impossible pour adoucir mon désespoir et mon supplice ?

C'était plutôt à moi d'avoir pitié de lui, pensai-je. C'était un homme brisé, vivant en solitaire dans cette grande maison peuplée de souvenirs, et mon malheur et ma détresse étaient seuls capables de le ramener à la vie. Sans la tragédie qui s'était abattue sur notre famille, je ne serais pas là et il n'aurait pas eu l'occasion de faire tout cela pour moi. Un jour, il en prendrait conscience et, à nouveau, il serait malheureux.

Mme Broadfield me tira de ma rêverie en commençant à me déshabiller.

— Non, protestai-je. Je peux le faire moi-même.

— Entendu. Faites ce que vous pouvez, je m'occuperai du reste.

Elle alla chercher une chemise de nuit que je refusai délibérément.

— Pas celle-ci, la bleue.

Sans mot dire, elle rangea la verte qu'elle avait choisie et m'apporta celle que je demandais. Je savais que je devenais irritable, mais c'était plus fort que moi. J'enrageais de me sentir si impuissante.

Je déboutonnai ma robe et tentai de la faire passer par-dessus ma tête, mais j'étais allongée sur la jupe. Je dus me coucher sur le côté et la tirer à petits coups, non sans efforts ni gémissements qui, j'en étais sûre, devaient me rendre pitoyable. Mme Broadfield se contenta de m'observer, attendant que j'appelle à l'aide. Mais je m'obstinai et me contorsionnai jusqu'à ce que j'arrive à faire remonter le vêtement au-dessus de ma taille, sur ma poitrine. Mais il me fut impossible d'aller plus loin et pendant un instant, je me sentis stupide. J'étais épuisée, hors d'haleine, mes bras me faisaient affreusement mal. Jusque-là, je ne soupçonnais pas l'étendue de ma faiblesse.

Et ce fut Mme Broadfield qui acheva le travail à ma place. Je ne dis pas un mot quand elle me présenta la chemise de nuit pour que je glisse les bras dans les emmanchures et la tira jusqu'en bas.

— Avez-vous besoin de soins de toilette ? s'informa-t-elle.

Je fis signe que non et elle plaça elle-même ma tête au creux de l'oreiller avant de me border avec soin.

— Après votre sieste, je vous apporterai le déjeuner.

— Et où dormirez-vous, madame Broadfield ?

— Mr Tatterton m'a fait préparer une chambre de l'autre côté du couloir. Mais je passerai le plus clair de mon temps dans votre salon, en laissant la porte ouverte.

— Ce sera plutôt ennuyeux comme travail, observai-je, espérant l'amener à me faire quelques confidences. Elle ne m'avait pas quittée depuis deux semaines, et je ne savais absolument rien de sa vie privée.

— C'est mon gagne-pain, constata-t-elle simplement.

A sa place, n'importe qui aurait souri, mais elle n'en fit rien. Elle énonçait une évidence, rien de plus.

— Je comprends bien, mais...

— Ce n'est pas tous les jours que je suis appelée à travailler dans un décor pareil, ajouta-t-elle. Cette maison est magnifique et très intéressante, le reste de la propriété aussi. Je ne vais certainement pas m'ennuyer, ne vous faites pas de souci pour moi. Pensez plutôt à votre guérison, et ne vous occupez de rien d'autre.

— Vous n'étiez jamais venue ici ?

— Non, je n'avais aucune raison d'y venir. Mr Tatterton m'a engagée par une agence.

— Mais la maison et la propriété, justement...

— Justement quoi ?

— Leur délabrement ne vous a pas frappée ?

— Ce n'est pas mon affaire, répliqua-t-elle avec raideur.

— Cela ne vous a pas surprise ?

J'avais failli dire : déçue, mais j'eus peur qu'elle ne voie en moi qu'une ingrate et une enfant gâtée.

— Je suppose que cela coûte une fortune d'entretenir une propriété comme celle-ci, Annie. Et comme je vous l'ai dit, ce n'est pas mon affaire. Votre bien-être et votre guérison sont les seules choses qui m'intéressent. Vous feriez bien de vous concentrer là-dessus, vous aussi, au lieu de vous inquiéter pour l'entretien du domaine. Et maintenant, allez-vous enfin dormir un peu ?

— Oui, répondis-je d'une voix faible.

Mme Broadfield était on ne peut plus compétente, j'en convenais. Peut-être avait-elle également reçu une formation spécialisée pour soigner des malades comme moi. Mais ce qui me manquait, c'était la chaleur et l'affection. C'était ma mère, à qui je pouvais confier tous mes problèmes et mes petits chagrins. J'avais besoin de la chaleur de son regard, de la douceur de sa voix, de sentir que je lui étais plus chère que sa propre vie. Mais j'avais surtout besoin de sa sagesse, si durement acquise en des temps difficiles et si chèrement payée, je le savais. Elle m'avait souvent répété les paroles de sa grand-mère des Willies, sa chère Granny dont je portais le prénom :

— Les gens, c'est comme les arbres : ça durcit à la peine. Un arbre qu'a résisté à la tempête, on peut s'appuyer dessus.

Il était cruel de me dire que je n'avais plus personne sur qui m'appuyer. Drake était déjà complètement absorbé par ses nouvelles activités. Luke, sur le point d'entrer à l'université, se retrouvait dans le même cas, avec de nouveaux intérêts et de nouvelles responsabilités. Quant à Tony... je ne savais trop que penser. Il n'avait que des bontés pour moi, et pourtant le doute subsistait dans mon esprit. Pourquoi maman s'était-elle montrée si intraitable à son égard ?

— Je reviens dans quelques heures, annonça Mme Broadfield. Si vous avez soif, il y a un verre d'eau fraîche sur la table de nuit. Vous pourrez l'atteindre ?

— Oui.

— Parfait. A tout à l'heure.

Elle éteignit la lumière et ferma soigneusement les rideaux avant de se retirer.

Une fois seule, je m'assis dans mon lit pour étudier la pièce. Qu'avait ressenti ma mère, au cours de sa première nuit dans cette chambre ? Elle venait vivre chez des gens qu'elle n'avait jamais vus et qui, parents ou pas, lui restaient totalement étrangers. D'une certaine façon, nous étions entrées à Farthy comme deux orphelines, toutes les deux. Elle, parce que son père avait vendu ses enfants. Et moi, parce que la mort, la mort impitoyable, m'avait volé mes parents.

Et, tout comme moi, elle ne savait presque rien de sa famille. Elle avait dû parcourir tout Farthy comme un explorateur, pour essayer de découvrir sa véritable identité. Mais elle, au moins, n'était pas à la merci d'une infirmière ou de domestiques, ni clouée au lit ou dans un fauteuil. Et elle pouvait aller où elle voulait.

Oh, comme il me tardait d'être guérie, de marcher à nouveau et de retrouver tous mes moyens ! Et comme j'aurais voulu que Luke fût ici, pour que nous partions ensemble à la recherche de nos rêves d'enfants !

Luke... j'avais tellement besoin de lui, du réconfort de sa présence. Cela faisait des jours que j'étais sans nouvelles de lui, maintenant, depuis cet incident à l'hôpital. Mais cela ne saurait plus tarder, me dis-je en me tournant machinalement vers la table de nuit. Il allait...

Mais non, il n'allait pas m'appeler, comment le pourrait-il ? Il n'y avait pas de téléphone ! Mon sang ne fit qu'un tour et je connus un instant de panique.

— Madame Broadfield ! Madame Broadfield ! (Et si elle s'était éloignée, me croyant endormie ?) *Madame Broadfield !*

J'entendis un bruit de pas précipités et l'infirmière fit irruption dans ma chambre. Elle alluma aussitôt.

— Eh bien, que se passe-t-il ?

— Madame Broadfield, il n'y a pas de téléphone dans cette chambre !

— Mon Dieu ! s'exclama-t-elle en plaquant la main sur sa poitrine, c'est pour ça que vous poussez des cris pareils ?

— S'il vous plaît, appelez Tony tout de suite.

— Écoutez, Annie, je vous ai dit de faire une petite sieste et vous avez promis...

— Je ne ferai pas la sieste avant d'avoir vu Tony, déclarai-je en croisant les bras sur ma poitrine, comme tante Fanny lorsqu'elle ne voulait pas céder.

Car lorsqu'il s'agissait d'imposer ma volonté, moi aussi je savais me montrer intraitable.

— Si vous continuez comme ça, vous risquez de retarder votre guérison de plusieurs mois. Ou même de ne pas guérir du tout.

— Ça m'est égal. Je veux voir Tony.

— Très bien, dit-elle en tournant les talons.

Presque aussitôt après, j'entendis s'approcher Tony et me redressai sur mes oreillers.

— Qu'est-ce qui ne va pas, Annie ? s'enquit-il en me jetant un regard alarmé.

— Tony, il n'y a pas de téléphone dans cette pièce. Je ne peux appeler personne et personne ne peut m'appeler. A l'hôpital, c'était normal et je pouvais l'admettre, à cause de ce qui s'était passé. Mais ici, c'est différent. Je suis là pour longtemps et j'ai besoin d'avoir mon téléphone personnel.

Je le vis se détendre et consulter du regard Mme Broadfield, figée dans une attitude hostile.

— Tu en auras un, cela va de soi, mais pas tout de suite. J'en ai parlé avec le Dr Malisoff, justement, et il pense qu'il faut attendre encore un peu. D'ailleurs, il doit venir après-demain pour évaluer tes progrès et nous dire ce qu'il convient de faire.

— Mais cela ne peut sûrement pas me faire de mal de parler à quelqu'un comme Luke, ou Drake, ou à de vieux amis...

— Drake viendra te voir demain, et si Luke veut te rendre visite à son tour, rien ne s'y oppose. Je me conforme aux ordres du médecin, Annie. Si j'y manquais et qu'il t'arrive quelque chose, j'en porterais la responsabilité.

Il ouvrit les mains en un geste d'impuissance, comme s'il me suppliait d'agir pour mon propre bien. Le voir ainsi m'emplit de honte et je détournai les yeux vers la fenêtre.

— Je suis désolée. C'est simplement que... je me sens tellement étrangère, dans cette maison.

— Je t'en prie, ne va pas t'imaginer que tu es une étrangère à Farthy ! C'est la maison de tes ancêtres, après tout !

— La maison de mes ancêtres ?

— Ton arrière-grand-mère y a vécu, ta grand-mère y a vécu, et ta mère y a vécu. Dans très peu de temps, tu t'y sentiras chez toi, je te le promets.

— Je suis désolée, répétai-je, en laissant retomber ma tête sur l'oreiller. Je vais dormir un peu, maintenant. Vous pouvez éteindre.

Il s'approcha du lit et remonta mes couvertures.

— Dors bien.

Après son départ, je tournai la tête vers la porte et vis la silhouette de Mme Broadfield obstruer la lumière du couloir. On aurait dit une sentinelle en faction. Elle devait sûrement attendre pour s'assurer de mon obéissance.

J'étais fatiguée, abattue et en plein désarroi. Je fermai les yeux, comme ma mère avait dû le faire la première fois qu'elle avait couché dans ce lit, en posant sa tête sur l'oreiller. S'était-elle interrogée sur sa propre mère et sa vie à Farthy ? Son passé était-il aussi mystérieux pour elle que le mien pour moi ? Il me semblait que j'avais hérité des angoisses que ma grand-mère et ma mère avaient connues.

Leigh, ma grand-mère, avait dû se sentir seule et dépaysée elle aussi, quand Jillian, sa mère et donc mon arrière-grand-mère, l'avait amenée à Farthy. La maison resplendissait de fraîcheur et de couleurs en ce temps-là. Tapis et rideaux étaient neufs, fenêtres et parquets étincelaient de propreté. Une armée de domestiques et d'employés était à l'œuvre, femmes de chambre, jardiniers, bonnes à tout faire... Pourtant, si j'avais bien compris, Leigh s'était sentie déracinée. Séparée de son père, elle avait été confrontée à une nouvelle vie aux côtés d'un beau-père, Tony Tatterton. Quand elle était montée pour la première fois dans sa chambre, la même brise soufflait de la mer et sifflait à travers les volets en faisant battre les fenêtres.

Et bien des années plus tard, sa propre fille, ma

mère, était à son tour montée dans cette chambre en écoutant le vent de mer, le cœur étreint de solitude, elle aussi. Puis, avec le temps, elles avaient fini par se sentir chez elles dans la grande maison, comme cela m'arriverait sans doute, à moi aussi. Au fond Tony avait raison. Je n'étais pas une étrangère à Farthy, le passé m'y rattachait par trop de liens.

Mais tant de questions demeuraient sans réponse ! Les ombres gardaient leurs secrets, des secrets qui pesaient sur moi et rendaient ce passé plus mystérieux encore.

Le temps m'aiderait-il à résoudre l'énigme, chaque jour apportant une nouvelle réponse, dissipant un peu de ce mystère ? Alors Farthy retrouverait sa lumière et son éclat et redeviendrait ce qu'il était autrefois, pour ma grand-mère Leigh et pour maman.

J'éprouvais l'impression bizarre d'être moi-même au beau milieu du labyrinthe, essayant désespérément de retrouver mon chemin.

Un chemin qui me menait... où ? Et vers quoi ?

Ce fut en énumérant des questions que je m'endormis, au lieu de compter des moutons.

11

Drake

Je m'éveillai en entendant rire dans le hall, et le timbre familier de ce rire me rappela notre maison. Drake ! Jamais il ne devinerait la joie que me causait le son de sa voix. Le rire se tut, j'entendis des pas dans l'escalier et, quelques instants plus tard, Drake apparut avec un plateau d'argent ; il alluma sans perdre une seconde et s'avança dans la chambre.

— Oh, Drake !
— Annie, je viens tout exprès de Boston pour t'apporter ton déjeuner, annonça-t-il en posant le plateau sur la table roulante.

Il rit, se pencha pour m'embrasser et me serra longuement dans ses bras. Mes yeux s'emplirent de larmes, mais c'étaient des larmes de joie, cette fois, et celles-là ne font pas mal. J'eus simplement la vue brouillée et me mis à renifler.

— Oh, Drake, je suis si contente de te voir !

Il se redressa et me dévisagea avec tendresse.

— Tu vas mieux, on dirait ?

Cher Drake, si grand, si beau, avec son teint hâlé et ses cheveux d'ébène... Il me semblait transformé, tellement plus mûr tout à coup. A croire que j'avais dormi vingt ans, comme Rip Van Winckle*, pour m'apercevoir

* Héros d'un célèbre conte de l'écrivain américain Washington Irving, adapté du folklore allemand. Fuyant une épouse acariâtre, Rip Van Winckle se réfugie dans la montagne où il s'endort... pour vingt ans.

au réveil que tout avait changé pendant la nuit. J'étais toujours une petite fille, mais tous les autres avaient grandi. Et Luke, m'aurait-il dépassée, lui aussi ?

Drake portait un complet croisé en toile de soie bleu clair, du même style que ceux de Tony. Et il avait les cheveux plus courts, soigneusement aplatis sur le dessus de la tête et ramenés en arrière, toujours comme Tony ! Si je l'avais croisé dans la rue, je ne l'aurais sans doute pas reconnu.

— Je vais bien, Drake. Mais toi... tu as l'air d'un banquier !

— Disons d'un homme d'affaires, corrigea-t-il en riant. C'est la règle du jeu, Annie. Les apparences en imposent, j'ai compris ça tout de suite. Et si tu me racontais ton arrivée à Farthy ? En mangeant, bien sûr.

Il installa ma table en travers du lit et redressa mes oreillers pour que je puisse m'asseoir. Puis, comme je lançais un coup d'œil vers la porte, il s'empressa de me rassurer :

— Ne t'en fais pas, j'ai donné quartier libre à ton infirmière. Je l'ai prévenue que je montais ton déjeuner.

— Et où est Tony ?

— Dans son bureau. Il essaie de mettre un peu d'ordre dans son fatras. Il veut que la pièce soit présentable quand tu viendras lui rendre visite, pour que tu puisses le regarder travailler si tu en as envie. C'est ce que faisait ta grand-mère, paraît-il.

— Drake, dis-je entre deux cuillerées de soupe chaude, tout est exactement comme tu me l'avais raconté... comme si on n'avait touché à rien depuis des années.

— Et c'est la vérité.

— Mais Tony ne semble pas s'en rendre compte, tu as remarqué ?

Il détourna les yeux et réfléchit quelques instants.

— Je suppose qu'accepter de voir Farthy tel qu'il est lui serait trop pénible. Il préfère se souvenir de ce qu'il a été, au temps de sa splendeur.

— Mais...

— Laisse-lui le temps, Annie. Il est comme un homme qui serait resté des années dans le coma et viendrait juste d'en sortir.

— C'est un homme très bien, que tout le monde respecte, je te l'accorde, mais quelquefois... il me fait peur ! m'écriai-je en haussant la voix.

— Mais pourquoi, Annie ? Il est âgé, inoffensif, il a perdu ce qui faisait le sens de sa vie : sa famille. C'est plutôt de la pitié qu'il devrait t'inspirer.

— Et c'est le cas. Seulement...

— Seulement quoi ? Tu auras tout ce qu'il te faut. Les médecins viendront te voir sans que tu aies à te déranger. Tony leur a demandé de te procurer le matériel et les traitements les plus efficaces, tout ce qui pourra hâter ta guérison, quel qu'en soit le prix. Tu auras une infirmière personnelle, une armée de domestiques à ta disposition. Tony a déjà engagé une nouvelle bonne et deux jardiniers. Il se montre si généreux envers toi !

Mon regard dériva vers la coiffeuse et s'attacha aux photographies.

— Je sais, ce doit être que... Papa et maman me manquent tellement.

Drake s'assit près de moi et prit ma main dans la sienne.

— Mais oui, bien sûr... Pauvre petite Annie ! Ils me manquent à moi aussi, tu sais ? Quelquefois, quand je fais une pause, je me dis : « Et si j'appelais Heaven ? » Et puis... tout me revient à la mémoire.

— Je ne peux pas m'empêcher d'espérer que c'est un mauvais rêve, Drake, que je vais m'éveiller à la maison et te voir arriver de Harvard.

Il hocha la tête et se pencha pour m'embrasser tendrement sur la joue, mais si près de ma bouche que nos lèvres se touchèrent. Je remarquai son embarras et aussi qu'il avait changé d'eau de toilette. Je reconnus le parfum de celle de Tony.

— Et maintenant, mange ! lança-t-il précipitamment, sinon c'est à moi qu'on en voudra et je n'aurai plus le droit de te monter ton repas.

J'avalai quelques cuillerées de potage et mordis dans un sandwich.

— As-tu vu Luke depuis la remise des diplômes ? Ou peut-être l'as-tu appelé ? Tu sais certainement qu'il a fait un merveilleux discours ?

— Oui, Mark Downing m'en a parlé, quand il est venu à Boston. Il paraît que toute l'assistance était sous le choc, quand il a dit ouvertement que Logan était son père. Et pourtant, tout le monde le savait.

— Je suis si fière de lui ! Pas toi ? (Il fit un signe d'assentiment.) Mais tu ne l'as pas vu depuis, Drake ? Tu ne l'as pas appelé pour le féliciter ?

— Franchement, Annie, je n'étais pas d'humeur à cela. Je ne cherchais qu'à m'abrutir de travail pour... pour oublier.

Ce fut à mon tour de hocher la tête. Je comprenais.

— Alors tu ne lui as même pas parlé depuis ?

— Si, hier. Nous avons échangé quelques mots quand il est arrivé à Harvard.

— Il est à Harvard ! Mais c'est tout près, et il va sûrement venir nous voir, ou appeler Tony. Il a peut-être déjà appelé !

Le regard de Drake s'assombrit et ses traits se durcirent.

— Laisse-lui le temps de s'installer, ce n'est pas si simple ! Il y a des tas de choses à faire, des papiers à remplir, des dispositions à prendre. Il ne savait plus où donner de la tête et il s'est déjà fait de nouveaux amis, dans son foyer. Tu sais que les foyers d'étudiants sont mixtes, maintenant, et il a de nouvelles camarades. Un de ces jours, il va tomber amoureux, il faut s'y attendre.

Mon cœur manqua un battement. Luke, une... une petite amie ? Quelqu'un qui prendrait ma place, à qui il confierait ses pensées les plus intimes, avec qui il partagerait ses secrets et ses rêves... et ce ne serait pas moi ! Au fond de moi-même, j'avais toujours su que cela arriverait un jour, mais je ne voulais pas le savoir. Et maintenant, avec sa nonchalance coutumière, Drake m'annonçait que Luke tomberait amoureux d'une autre et trouverait le bonheur ailleurs. Le plus terrible, c'était que tout cela serait sans doute la conséquence de mon état, parce qu'il ne m'aurait plus à ses côtés. Et je serais clouée ici, infirme... et seule.

Je détournai les yeux de crainte que Drake ne devine les pensées qui m'agitaient.

— Oh oui, bien sûr, mais je suis certaine que dès qu'il aura un moment...

L'empressement de Drake à changer de sujet augmenta ma nervosité.

— Écoute, Annie, maintenant qu'il n'est plus question pour toi de voyager en Europe, tu devrais penser à tes études, toi aussi. Le mieux serait que tu t'inscrives dans un collège et choisisses un tuteur. Tu pourrais déjà passer quelques UV, en attendant ta guérison, si les médecins n'y voient pas d'inconvénient, bien sûr. Sinon... (son regard fit le tour de la pièce) tu risques de mourir d'ennui.

— C'est une excellente idée.

— J'en parlerai à Tony.

— Pourquoi ne pas t'en occuper pour moi, Drake ? Parles-en à quelques professeurs, à Harvard. Trouve-moi un tuteur dans l'une des disciplines que Luke aura choisies. Comme cela, quand il viendra, nous pourrons travailler ensemble.

Et ses visites lui paraîtront moins ennuyeuses, me dis-je à part moi.

— Je verrai ce que je peux faire, mais ne sous-estime pas l'influence d'un homme comme Tony. Il est vrai qu'il se tient à l'écart de beaucoup de choses, depuis un certain temps, et qu'il laisse certains de ses directeurs diriger ses affaires à sa place. Mais à Boston, ajouta-t-il avec un sourire en se redressant avec orgueil, partout où je vais, tout le monde a entendu parler des Tatterton. Il me suffit de prononcer ce nom pour que toutes les portes s'ouvrent devant moi, et je suis reçu et traité comme un milliardaire.

« Et ce n'est pas tout, poursuivit-il, sur sa lancée. Ses connaissances lui viennent de son expérience personnelle, pas des livres. Il sait toujours à qui s'adresser, comment parler, ce qu'il faut dire, surtout quand il s'agit de négocier. Je parie que c'est un excellent joueur de poker ! conclut-il en riant.

— C'est merveilleux, Drake, et je suis ravie que tu te plaises en sa compagnie. Mais dis-moi, glissai-je en posant le reste de mon sandwich sur mon assiette, a-t-il déjà parlé avec toi de ce qui s'est passé entre maman et lui ?

— Oh non, et je n'ai pas posé de questions. Quand il nous arrive de faire allusion à Heaven, son visage s'éclaire et il ne mentionne que des souvenirs heureux. Et peut-être vaut-il mieux ne pas remuer le passé. Pourquoi ajouter encore à son chagrin ? Pense à cela, Annie, quel bien cela ferait-il à qui que ce soit ?

— Je ne voulais pas insister là-dessus en ce moment, Drake, mais je ne peux pas vivre ici en continuant à tout ignorer. Vois-tu... (mon regard revint se poser sur le lit)... il m'arrive de penser que j'ai trahi maman, en laissant Tony faire tout cela pour moi.

— Voyons, Annie, c'est insensé ! Le plus cher désir de Heaven aurait été de te voir guérir au plus vite. Rien de ce qui te fait du bien n'aurait pu la blesser. Elle t'aimait trop pour cela.

— J'espère que tu as raison, Drake.

— Je sais que j'ai raison. Imagine la situation inverse, que ce soit Tony qui ait eu besoin de l'aide de Heaven. Crois-tu qu'elle l'aurait repoussé ?

— Je n'en sais rien. Il y a si longtemps qu'elle refusait de le voir. Il faut que je sache pourquoi. Comprends-moi, maman...

— Eh bien, fit la voix de Tony, comment va notre malade ?

Il était apparu si soudainement que je me demandai s'il n'avait pas écouté notre conversation de la pièce voisine. Détail qui ne parut pas inquiéter Drake : il se leva aussitôt, souriant jusqu'aux oreilles. Sa dévotion à Tony se lisait sur son visage.

— Elle va bien, Tony, s'empressa-t-il de répondre. Où serait-elle mieux qu'ici pour reprendre des forces ?

— Alors tout est pour le mieux. As-tu fait une bonne sieste, Annie ?

— Oui, merci, Tony.

— Ne me remercie pas, je t'en prie. Ce serait plutôt à moi de le faire. Tu ne peux pas savoir quel bien nous a déjà fait ta présence, même si tu n'es pas là depuis longtemps. Farthy se réveille, tout se met à revivre. Même Curtis et Ryse Williams commencent à s'activer comme s'ils avaient rajeuni de vingt ans, simplement parce que tu es là.

Je me rappelai que le cuisinier était l'un des habitants de Farthy dont maman parlait le plus volontiers.

— J'aimerais beaucoup connaître Rye Whiskey.

— Je te l'enverrai dès que possible.

— Et j'aimerais aussi beaucoup explorer la maison. Peut-être Drake pourrait-il me la faire visiter ?

— Je ne demanderais pas mieux, Annie, mais il faut que je sois de retour à Boston avant la fermeture de la Bourse.

— De toute façon, il est un peu trop tôt pour partir en exploration, observa Tony. Accorde-toi quelques jours pour reprendre des forces. Je te ferai faire moi-même le tour du propriétaire, et tu sauras la légende et l'histoire des moindres coins et recoins de Farthy

— Mais j'en ai assez de rester au lit !

— Mme Broadfield a des projets pour toi, Annie. Tu vas faire un peu de culture physique, prendre un bain chaud et...

Il s'interrompit en voyant ma moue de dépit.

— Si Tony a promis de te faire visiter Farthy, il le fera, affirma Drake.

J'avais baissé la tête, mais je levai les yeux pour le dévisager. Et je reconnus le sourire qui relevait le coin de sa lèvre quand je le surprenais en train de m'observer de loin, chez nous, à Winnerow. Cette vue me réchauffa le cœur.

— Je sais, j'ai tort. Tout le monde essaie de m'aider et je me conduis comme une enfant gâtée.

— Mais une ravissante enfant gâtée, dit Tony. Aussi es-tu pardonnée.

— Quelle gentillesse il a pour toi, Annie ! Est-ce que tu t'en rends compte, au moins ?

— Mais oui. Au fait, Tony, Drake m'apprend que Luke est à Harvard depuis hier. A-t-il déjà appelé ?

— Pas encore. Dès qu'il le fera, je te le dirai.

— Dites-lui simplement de venir dès que cela lui sera possible.

— Entendu, approuva-t-il en claquant les mains l'une contre l'autre pour signifier que le sujet était clos. Et maintenant, laissons Mme Broadfield faire son travail. Rien ne doit entraver la marche de tes progrès.

Sur ce, Millie fit une apparition timide à l'entrée de la chambre.

— Excusez-moi, monsieur. Je venais voir si je pouvais emmener le plateau de Mlle Annie.

— J'ai terminé, merci, Millie. (Elle ébaucha un sourire, qui s'effaça aussitôt quand j'ajoutai :) Venez me voir quand vous voulez.

— Oh !

Si bref qu'il fût, je remarquai son léger froncement de sourcils. A Hasbrouck, nous traitions les domestiques comme s'ils faisaient partie de la famille. Mais ce manque de formalisme parut embarrasser Millie, qui jeta un coup d'œil furtif à Tony.

— Bien, mademoiselle Annie.

— Et appelez-moi Annie, je vous en prie.

Millie s'éclipsa comme une souris qui rentre dans son trou, et Tony grommela entre ses dents :

— J'espère qu'elle fera l'affaire. Je l'ai engagée par une agence, un peu rapidement j'en ai peur.

— Elle me semble très bien, Tony.

— Nous verrons.

— Il est temps que je parte, Annie, annonça Drake. Je reviendrai te voir dans un jour ou deux. Désires-tu que je te rapporte quelque chose ?

— Certaines choses qui sont à Winnerow, oui. Quand comptes-tu y passer ?

— Pas pour l'instant, mais nous pouvons te faire envoyer ce que tu veux.

Drake consulta Tony du regard.

— Naturellement.

— Alors je peux aussi bien appeler tante Fanny. Je suis sûre qu'elle aimerait venir me voir.

— Et moi je suis certain que Drake peut s'absenter pour une journée, trancha Tony. C'est suffisamment important.

— Fais-moi une liste, Annie, et je te rapporterai ce que tu veux.

— Merci, Drake.

— Alors à bientôt, dit-il en effleurant ma joue de ses lèvres.

Puis il tourna les talons. Tony n'avait pas cessé de m'observer et, soudain, son expression se modifia. Ses yeux bleus étincelèrent, son visage s'illumina, comme s'il venait de retrouver une idée qui jusque-là lui échappait. Et son regard eut quelque chose d'étrange lorsqu'il se tourna vers la fenêtre.

— Nous pouvons ouvrir ces rideaux, maintenant. Le ciel s'est dégagé, il fait un temps magnifique.

Joignant le geste à la parole, il ouvrit les rideaux et contempla longuement le parc.

— Tout est en fleurs, je ferai remplir la piscine dès demain. Je sais que tu adores nager.

Nager? Comment savait-il que j'aimais nager? Et comment pourrait-il faire remplir la piscine le lendemain? J'aurais juré qu'elle avait besoin de sérieuses réparations.

— Il faudra également que je m'occupe de Scuttles. Je sais que tu aimes monter dès que les beaux jours reviennent.

— Scuttles? Quel drôle de nom pour un poney*! Et vous croyez vraiment que les médecins m'autoriseraient à faire du cheval, Tony? (Pas de réponse: il continuait à regarder le parc.) Tony?

Il se retourna brusquement, comme s'il venait juste de remarquer ma présence.

— Oh pardon, je rêvais. Bon, il est temps d'appeler Mme Broadfield, dit-il en tapant dans ses mains.

---

* Pourrait se traduire par: Poudre d'escampette (*to scuttle*: déguerpir, décamper).

Il quitta la pièce et fut aussitôt remplacé par l'infirmière. Elle me fit faire différents mouvements, me massa et, comme l'avait annoncé le Dr Malisoff, je ne sentis rien. Sauf... une vague sensation au niveau des orteils, me sembla-t-il. Mais c'était peut-être un effet de mon imagination.

— Je vois vos doigts se déplacer, madame Broadfield, mais je ne sens rien.

Elle hocha la tête et continua son massage, comme si elle malaxait un morceau d'argile. Après quoi elle m'installa dans mon fauteuil et je me mis à parcourir la chambre tandis qu'elle me préparait un bain chaud. Dès qu'elle fut dans la salle de bains, je me propulsai jusqu'à la fenêtre et regardai en bas, vers le parc, comme Tony venait de le faire.

Où avait-il vu des fleurs ? Les parterres étaient tellement envahis par les mauvaises herbes que pas une seule fleur n'y aurait trouvé place. Peut-être songeait-il aux dispositions qu'il faudrait prendre pour que tout refleurisse à nouveau ? Ou bien, comme il l'avait dit lui-même, était-il plongé dans un rêve ? Et cette histoire de cheval, ce poney, Scuttles... étrange, vraiment. A croire que Tony vivait dans un autre temps et me prenait pour quelqu'un d'autre.

— Il est temps de vous préparer pour le bain, Annie.

J'étais si absorbée par mes pensées que la voix de Mme Broadfield me fit sursauter. Je ne l'avais pas entendue approcher. Mais il suffit qu'elle pose la main sur mon épaule pour que je me détende. Elle pouvait être très gentille, quand elle voulait.

— Tout va bien, Annie ?
— Oui, oui, je réfléchissais. Madame Broadfield, croyez-vous que je pourrai bientôt faire du cheval ?

Ce fut bien la première fois que je l'entendis rire.

— Du cheval ? Je serais déjà heureuse de vous voir sortir de ce fauteuil ! Qui vous a mis pareille idée en tête ?

Je la dévisageai longuement.
— Personne.

— Bien. Je vois que vous avez des pensées positives : cela aide.

Elle me roula dans la salle de bains et m'aida à ôter ma chemise de nuit, puis à entrer dans la baignoire. A l'hôpital, les médecins, les infirmières et Mme Broadfield elle-même m'avaient examinée sur toutes les coutures et je n'en avais éprouvé aucune gêne : qui se souciait de ma nudité ? J'aurais aussi bien pu être morte, et les morts n'ont pas de pudeur.

Mais maintenant, je me sentais plus forte et plus consciente de moi-même. Je rougis. Depuis que j'avais cessé d'être une petite fille, personne ne m'avait aidée à faire ma toilette. Mme Broadfield me soutint par les aisselles pendant que j'entrais dans l'eau.

— C'est chaud !
— C'est nécessaire, Annie.

Quand je fus bien assise, elle relâcha sa prise mais garda les mains sur mes épaules. Sous l'eau chaude et bouillonnante, mes jambes restaient inertes, on aurait dit du plomb. Je ne les sentais toujours pas. Les doigts vigoureux de Mme Broadfield, rendus plus forts encore par des milliers de massages, pétrissaient mes épaules et le bas de ma nuque.

— Contentez-vous de vous détendre, m'ordonna-t-elle. Fermez les yeux et détendez-vous.

J'obéis et me laissai aller en arrière, aspirant l'air chaud et humide. La vapeur flottait entre Mme Broadfield et moi, on aurait dit que nous étions à des kilomètres l'une de l'autre. Je glissais dans un monde de rêve, où l'on jouait une douce musique. Toute énergie m'avait abandonnée. J'entendis Mme Broadfield plonger un gant de toilette dans l'eau et je sentis qu'elle me frottait les bras.

— Laissez, je peux le faire.
— Contentez-vous de vous détendre. C'est pour cela que Mr Tatterton m'a engagée.

Me détendre, pendant que quelqu'un me faisait ma toilette ? Ce n'était pas facile. Mme Broadfield passait doucement le gant moelleux sur mes bras et sous mes aisselles. Elle me lava le cou et les épaules et me demanda de me pencher pour pouvoir atteindre le bas de mon dos.

— Cela vous fait du bien, Annie ?

Je me bornai à hocher la tête, sans ouvrir les yeux. Je me sentais plus à l'aise ainsi. Quand je les rouvris, je vis Mme Broadfield penchée sur l'eau fumante, le regard attentif, comme un technicien étudiant un détail avec minutie.

— Vous avez un joli corps, jeune et ferme, Annie. Fort. Si vous coopérez et suivez bien votre traitement, vous guérirez.

La buée égrenait des chapelets de gouttes sur son front et sur ses joues rebondies. On aurait dit des perles. Son visage était rouge et congestionné, comme celui de quelqu'un qui s'est endormi au soleil.

Elle plongea les bras dans l'eau aussi loin qu'elle put pour atteindre mes jambes, les laver et les masser. Quand elle se redressa, à bout de souffle, elle surprit mon regard interrogateur et se hâta de se relever en s'essuyant les bras.

— Restez encore un moment dans l'eau, dit-elle en passant dans la chambre. Je reviens.

Quand elle m'aida à sortir du bain, je fis de mon mieux pour seconder ses efforts. Je me séchai le haut du corps tandis qu'elle m'essuyait les jambes et les pieds, puis elle me passa une nouvelle chemise de nuit et me remit au lit. Mais, bien que le bain m'eût fatiguée, je demandai à retourner dans mon fauteuil.

— Entendu, mais pas pour longtemps. Je reviendrai vous mettre au lit pour que vous fassiez une petite sieste avant le dîner.

J'attendis qu'elle ait quitté la pièce et roulai jusqu'à la fenêtre. Le soleil était déjà passé derrière la grande maison, assez bas pour projeter son ombre allongée sur les pelouses et le labyrinthe. Pourtant, on devinait qu'il faisait encore chaud.

Je m'étais approchée de la fenêtre dans l'intention de contempler encore une fois le cimetière. Je n'y étais pas encore allée mais je voulais regarder la tombe de mes parents. Il me semblait qu'ainsi je me sentirais plus proche d'eux.

Soudain, j'aperçus un homme. Il avait dû jusque-là se tenir dans l'ombre, car il paraissait surgir de nulle part. Je me penchai vers le carreau et observai la silhouette rapetissée par la distance. Tout d'abord, je crus que c'était Luke, mais un examen plus attentif me détrompa. L'homme était plus grand que lui, et plus mince.

Il s'avança vers la tombe et resta en contemplation devant elle pendant de longues secondes, puis tomba à genoux. Il baissa la tête, et, malgré la distance qui nous séparait, je crus voir qu'il était secoué de sanglots.

Qui était-ce ? Quelque chose dans sa silhouette me rappelait Tony, mais ce n'était pas lui. Était-ce un membre du personnel qui avait bien connu ma mère et ne pouvait l'oublier ?

Je clignai des paupières. L'effort que je m'imposais m'avait fatigué la vue et j'avais les larmes aux yeux. Je me redressai pour les essuyer et, quand je me penchai à nouveau vers le cimetière, l'homme avait disparu. A croire qu'il s'était évanoui dans l'air, comme une bulle de savon.

L'idée qui me vint alors à l'esprit me glaça. Je frissonnai et me rejetai brusquement en arrière. Et si cette vision n'était que le produit de mon imagination ?

Atterrée, à bout de forces, je me détournai de la fenêtre.

12

Des fantômes dans la maison

Tony me trouva endormie dans mon fauteuil et me ramena près de mon lit. Ce fut le mouvement des roues qui me réveilla.

— Oh, je ne voulais pas te réveiller, Annie ! Tu étais si belle, on aurait dit une princesse endormie. Je m'apprêtais à jouer le rôle du prince et à t'embrasser, dit Tony en m'enveloppant d'un regard lumineux de tendresse.

— J'ai du mal à croire que je me suis endormie si vite. Quelle heure est-il ?

C'était difficile à deviner d'après la lumière, car de gros nuages noirs barraient le ciel et masquaient le soleil.

— Ne te tracasse pas pour ça, me rassura-t-il d'un ton paternel. Je suis certain que c'est le traitement de Mme Broadfield et le bain chaud qui t'ont fatiguée. Ce sera comme ça, au début, n'oublie pas que tu es encore très faible. C'est pourquoi les médecins tiennent tant à ce que tu te reposes au calme, du moins les premiers jours.

Je compris que cette insistance était une façon de me rappeler mon éclat à propos du téléphone, et de me reprocher gentiment cet enfantillage.

— Je sais, mais je me sens tellement frustrée, et si impatiente, dis-je en manière d'excuse.

— C'est tout naturel, Annie, et tout le monde le comprend. Mais tu devras te montrer patiente et tout faire par petites étapes, un peu plus chaque jour. Mme Broadfield dit qu'en voulant aller trop vite, les malades retardent leur guérison.

— Mais je ne me sens pas si faible que ça, justement ! C'est même curieux, il me semble que si j'étais obligée de marcher, j'en serais capable. Enfin... c'est une impression que j'ai souvent, en tout cas.

Tony eut un hochement de tête compréhensif.

— C'est une impression trompeuse. Le Dr Malisoff m'a averti que cela pourrait se produire. Et c'est normal. L'esprit refuse d'admettre la faiblesse du corps.

Non, Mme Broadfield et les médecins se trompaient, et j'allais le lui prouver en regagnant mon lit par mes propres moyens. Mes bras tremblèrent quand j'essayai de prendre appui sur eux : j'eus beau m'y appliquer de toutes mes forces, rien n'y fit. Le bas de mon corps était comme un boulet rivé à sa chaîne. Je fus incapable de me soulever de plus de quelques centimètres et retombai dans mon fauteuil. Mon cœur cognait dans ma poitrine et la douleur qui me vrilla le front m'arracha un gémissement.

— Qu'est-ce que je te disais ? Tu as l'impression de pouvoir agir et bouger comme avant, mais tu ne peux pas. Ton esprit refuse d'admettre ce qui t'est arrivé. Et parfois... (Le regard de Tony se perdit dans le vague.) Parfois, même les esprits les plus solides refusent de croire à la réalité la plus évidente. Ils inventent, fantasment, se jouent la comédie... ils font n'importe quoi pour ne pas entendre les mots qu'ils redoutent par-dessus tout.

Sa voix s'éteignit dans un murmure et je le dévisageai avec étonnement. Il avait parlé avec une telle passion, une telle véhémence que je hochai la tête, impressionnée. Puis, une fois de plus, son regard changea et j'y lus la tendresse et la compassion. Il se pencha sur moi, si près que nos lèvres se touchèrent, et glissa les mains sous mes aisselles pour me hisser sur mon lit. Et, pendant une longue minute, il me garda dans ses bras, la joue pressée contre la mienne. Je crus l'entendre chuchoter le prénom de maman mais, à cet instant précis, il me repoussa doucement en arrière et je retombai sur mon oreiller.

— Je n'ai pas été trop brutal, au moins ?

Il était toujours penché sur moi, le visage tout près du mien. C'était injuste et même stupide de ma part, je le savais, mais je haïssais mon corps qui me trahissait et me plaçait sous la dépendance d'autrui.

— Non, Tony.

— Et si tu faisais une petite sieste avant le dîner ?

Je n'avais pas besoin qu'il me le suggère : mes paupières étaient si lourdes qu'elles se fermaient malgré moi. Et chaque fois que j'ouvrais les yeux, il me semblait que Tony s'était rapproché de moi un peu plus encore. Mon corps était censé être insensible à partir de la taille, mais je croyais sentir ses mains caresser mes jambes. Pour en avoir le cœur net, je tentai de lutter contre le sommeil mais il s'abattit sur moi comme si j'étais sous l'effet d'un somnifère. A l'instant où j'y succombai, j'eus l'impression que les lèvres de Tony glissaient le long de ma joue et se rapprochaient des miennes.

Cette fois-ci, ce fut en entendant Millie Thomas déposer un plateau sur la table que je m'éveillai : elle m'apportait mon dîner. Le ciel était presque entièrement dégagé, mais, par une fenêtre ouverte, l'air m'apportait une rafraîchissante odeur de pluie. Un orage d'été avait dû éclater pendant mon sommeil, à mon insu.

Je me souvenais que Tony m'avait mise au lit. Mais quand j'évoquais le contact de ses mains sur mes jambes et la caresse de ses lèvres sur les miennes, mes pensées se brouillaient. Tout cela était si vague, si flou... j'avais dû rêver.

— Je ne voulais pas vous réveiller, mademoiselle Annie, hasarda timidement Millie.

Je clignai plusieurs fois des paupières et concentrai mon attention sur elle. Les bras croisés sur l'estomac, mains aux coudes, elle ressemblait à une pénitente méditant le sermon du pasteur. C'est ainsi que les montagnards des Willies se tenaient devant le vieux révérend Wise, à Winnerow. Et lui se montrait toujours plus sévère pour eux que pour ses paroissiens de la ville.

— Mais vous avez bien fait, Millie, c'était le moment. On dirait qu'il a plu, non ?

— Oh ça oui, mademoiselle, et comment !
— S'il vous plaît Millie, ne m'appelez plus « mademoiselle ». Dites « Annie », simplement.

Elle acquiesça d'un léger signe de tête.

— D'où êtes-vous, Millie ?
— De Boston.
— Et vous savez où se trouve Harvard ?
— Bien sûr, mademoiselle... Bien sûr, Annie.
— Mon oncle Drake y est étudiant, et mon... mon cousin vient d'y entrer. Il s'appelle Luke.

Millie sourit avec chaleur et redressa mes oreillers. Je m'assis confortablement et elle installa la table devant moi.

— Je ne connais personne à Harvard.
— Et depuis quand travaillez-vous comme femme de chambre ?
— Cinq ans. Avant, j'étais serveuse mais ça me plaisait beaucoup moins.
— Et qu'est-ce qui vous plaît dans ce travail ?
— D'abord, on vit dans des belles maisons. Pas si grandes que celle-ci, bien sûr, mais quand même ! Et puis on fréquente des gens bien élevés, c'est ce que maman disait toujours. Elle a été domestique pendant des années. Maintenant, elle est dans une maison de retraite.
— Oh, je suis désolée...
— Mais non, elle est heureuse, là-bas. C'est moi qui suis désolée pour vous, Annie. Je sais ce qui vous est arrivé. Ce matin, tout le monde parlait de votre mère, à l'office. Enfin, tous ceux qui l'ont connue.
— Rye Whiskey, par exemple ?

Millie eut un petit rire.

— Quand le jardinier l'a appelé comme ça, j'ai cru qu'il lui demandait à boire !
— Ma mère aussi l'appelait comme ça. Ah, au fait... quand vous redescendrez à la cuisine, dites à Rye Whiskey de monter me voir. Tout de suite. Tony devait me l'envoyer mais il a dû oublier. Vous voulez bien, Millie ?
— Bien sûr, j'y vais tout droit. Vous ne voulez rien d'autre pour dîner ?
— Non, merci. Tout cela m'a l'air très bon.

— Alors vous feriez mieux de manger avant que ça refroidisse ! lança Mme Broadfield en entrant dans la chambre, une pile de serviettes de toilette propres dans les bras.

Et, tout en se dirigeant vers la salle de bains, elle ajouta à l'intention de la femme de chambre :

— Je croyais vous avoir demandé de monter des serviettes ?

— J'allais le faire, madame, dit Millie en rougissant, juste après avoir servi le dîner d'Annie.

Et elle s'éclipsa précipitamment, tandis que l'infirmière pénétrait en grommelant dans la salle de bains. Je n'eus que le temps de lui rappeler à mi-voix :

— N'oubliez pas Rye Whiskey !

— Soyez tranquille.

Millie partie, Mme Broadfield reparut et s'approcha de mon lit pour examiner mon plateau. En y découvrant un petit morceau de gâteau au chocolat, elle fronça les sourcils.

— J'avais expressément recommandé au cuisinier de ne pas vous servir de desserts trop riches. Rien qu'un peu de compote, pour le moment.

— Ce n'est pas grave, je ne mangerai pas ce gâteau.

L'infirmière ôta promptement l'assiette de mon plateau.

— Certainement pas. Je vais vous faire monter de la compote.

— Laissez, cela n'a pas d'importance.

— Ce qui est important, c'est qu'on m'obéisse, marmonna-t-elle en pointant le menton en avant.

Et elle quitta la pièce d'un pas martial.

Pauvre Rye Whiskey ! Je ne l'avais pas encore rencontré et je lui attirais déjà des ennuis... Je me forçai à terminer mon repas, mâchonnant distraitement chaque bouchée de poulet braisé. On m'aurait servi un pâté de sable que je n'aurais pas fait la différence. Et pourtant, tout était fort bien préparé, mais j'étais trop lasse et trop déprimée pour prendre goût à quoi que ce soit.

Je venais de terminer de manger quand on frappa à la porte du salon. Je levai les yeux et aperçus un vieux domestique noir qui ne pouvait être que Rye Whiskey.

Il portait encore son tablier blanc et tenait une petite coupe de compote à la main.

— Entrez ! m'écriai-je, et il s'avança lentement dans la chambre.

Quand il s'approcha de moi, je vis qu'il avait de grands yeux d'un noir intense, dont le blanc contrastait tellement avec l'iris qu'il paraissait illuminé de l'intérieur, comme une citrouille de Halloween*. Quant à lui, ma vue semblait le plonger dans une stupéfaction sans bornes.

— Vous devez être Rye Whiskey ?
— Et vous Annie, la fille de Heaven. Quand je vous ai aperçue, depuis la porte, j'ai cru voir un fantôme. Et c'était pas la première fois que je croyais en voir dans cette maison, d'ailleurs.

Il inclina la tête et murmura quelques mots qui ressemblaient à une prière. Quand il la releva, son visage exprimait la tristesse et l'inquiétude les plus vives. Je savais qu'il avait assisté à tout : la fuite de ma grand-mère, la démence et la mort de Jillian, mon arrière-grand-mère, l'arrivée de ma mère et sa rupture probablement douloureuse avec Tony... et maintenant il me voyait arriver moi-même, dans des circonstances tragiques.

Ses cheveux clairsemés étaient d'une blancheur de neige mais son visage était lisse, presque sans rides, et il semblait remarquablement alerte pour un homme qui devait bien avoir dans les quatre-vingts ans.

— Ma mère parlait toujours de vous avec affection, Rye.
— Ça fait plaisir à entendre, mademoiselle Annie, parce que je l'aimais beaucoup, votre maman.

Il sourit jusqu'aux oreilles et branla du chef à plusieurs reprises, puis son regard s'arrêta sur mon plateau.
— C'était bon ?
— Délicieux, Rye Whiskey. Seulement... je n'ai pas beaucoup d'appétit, en ce moment.

---

* Fête de la veille de la Toussaint, où les enfants se déguisent et placent des lumignons dans des citrouilles creusées en forme de têtes.

Ses yeux pétillèrent et il recommença à hocher la tête.

— Oh! mais le vieux Rye va changer tout ça, pour sûr! Et comment que ça se passe pour vous, mademoiselle Annie?

— C'est dur, Rye.

Curieusement, cela me fut facile de lui dire la vérité, de but en blanc. Sans doute était-ce parce que maman l'aimait.

— Ça m'étonne pas, observa-t-il en se redressant. Je me rappelle encore le jour où votre maman est venue me voir pour la première fois dans ma cuisine. Oui, je la revois comme si c'était hier. Elle était juste comme vous, le portrait de sa mère. Elle arrivait et me regardait travailler pendant des heures, perchée sur un tabouret et la tête dans la main, en me bombardant de questions sur les Tatterton. Elle était curieuse, mais curieuse... comme un chaton qui fouille dans un tiroir!

— Que voulait-elle savoir?

— Oh, tout ce que je pouvais lui raconter sur la famille, ses oncles, ses tantes, le père et le grand-père de Mr Tatterton. Et qui étaient tous ces gens sur les portraits, et celui-ci, et celle-là... Naturellement, comme dans toutes les familles, il y a des choses dont il vaut mieux ne pas parler, quand on sait se tenir.

Quelles choses, justement? Je mourais d'envie de le lui demander, mais je tins ma langue, attendant le moment favorable. Rye soupira, s'administra une claque sur les cuisses et se hâta de changer de sujet.

— Et qu'est-ce qui vous ferait plaisir, comme cuisine?

— J'adore le poulet frit. A Winnerow, notre cuisinier le sert dans une croûte de pâte...

Ah oui? Eh bien, attendez d'avoir goûté le mien, ma fille. Je vous en ferai cette semaine... si votre infirmière le permet. (Il se retourna pour s'assurer que Mme Broadfield n'était pas dans les parages.) Elle a débarqué dans ma cuisine avec une liste de choses à faire et à ne pas faire, fallait voir ça! Mon aide, Roger qu'il s'appelle, il savait plus où se fourrer. Y se tortillait comme le diable dans un bénitier.

— Je ne vois pas comment un poulet frit pourrait me faire du mal, observai-je, en regardant machinalement vers la fenêtre. Dites-moi, Rye, Farthy était beaucoup plus beau que maintenant, du temps de maman, n'est-ce pas ?

— S'il était plus beau ? Et comment ! C'est simple : à la saison des fleurs, on se croyait aux portes du paradis !

— Et pourquoi Mr Tatterton l'a-t-il laissé à l'abandon ?

Rye détourna la tête et je vis que ma question l'embarrassait, mais ma curiosité n'en devint que plus vive.

— Mr Tatterton a eu de mauvais moments, Annie, mais il a déjà beaucoup changé depuis votre arrivée, pour sûr ! On dirait presque le même homme qu'avant, toujours en train de faire des projets pour ceci et pour cela. La vie va reprendre comme autrefois, à Farthy. Ce sera tant mieux pour nous tous et... et tant pis pour les fantômes, acheva-t-il en chuchotant.

— Les fantômes ?

— Eh bien... dans toutes les grandes maisons où des tas de gens ont habité, les esprits reviennent, mademoiselle Annie. Et ce n'est pas moi qui les dérangerais, ni Mr Tatterton non plus. Nous vivons chacun de notre côté, eux ils nous laissent tranquilles et nous on en fait autant.

Il hocha la tête pour donner plus de poids à ses paroles et je vis qu'il était on ne peut plus sérieux.

— Y a-t-il encore beaucoup de domestiques qui ont connu ma mère, Rye ?

— Oh non, mademoiselle Annie. Juste moi, Curtis et Miles. Les femmes de chambre et les jardiniers sont tous partis, s'ils sont pas déjà morts.

— Parmi les employés actuels, y a-t-il un homme grand et mince, bien plus jeune que Curtis ?

Rye réfléchit et secoua la tête.

— Il y a les jardiniers, mais ils sont tous plutôt râblés.

Alors l'homme que j'avais vu devant la tombe de mes

parents... Qui était-ce ? Tandis que je m'interrogeais, Rye me dévorait du regard avec un sourire attendri.

— Étant donné le... l'état de M. Tatterton, toutes ces années ont dû être bien dures à vivre pour vous, Rye ?

— Non, mademoiselle Annie. Tristes, peut-être, mais pas dures. Bien sûr, après le dîner, je m'enfermais dans ma chambre et je laissais la maison aux revenants. Mais maintenant que la vie revient dans la maison, annonça-t-il en souriant, ils vont plutôt hanter les tombes. Ils aiment pas la jeunesse. Les jeunes ont trop de vie et d'énergie, ça leur fait peur.

— Vous avez vraiment entendu des fantômes se promener dans la maison, Rye ?

J'inclinai la tête en souriant, mais il ne me rendit pas mon sourire.

— Parfaitement, mademoiselle, et même très souvent. Il y en a un surtout qui rôde partout la nuit. Il est très malheureux et il va d'une pièce à l'autre : il cherche.

— Il cherche... mais quoi ?

— Je n'en sais rien, mademoiselle Annie. Je ne lui parle pas et il ne me parle pas non plus. Mais je l'ai entendu rôder et j'ai aussi entendu la musique.

— La musique ?

— Oui, une musique très douce. Du piano.

— Et vous n'avez pas interrogé Mr Tatterton à ce sujet ?

— Non, mademoiselle Annie, c'était pas la peine. Je l'ai vu dans ses yeux.

— Qu'est-ce que vous avez vu ?

— Qu'il voyait et entendait les mêmes choses que moi. Mais oubliez tout ça, mademoiselle Annie, et dépêchez-vous de reprendre des forces. Le vieux Rye va cuisiner comme un dieu, maintenant qu'il y a quelqu'un pour apprécier sa cuisine.

Je réfléchis quelques instants avant de lui demander :

— Y a-t-il un cheval nommé Scuttles à Farthy, Rye ?

— Scuttles, dites-vous ? Ça fait déjà longtemps qu'il n'y a plus de chevaux ici, mademoiselle Annie. Scuttles ?

Rye secoua la tête d'un air méditatif et son regard erra de droite à gauche tandis qu'il fouillait ses souvenirs. Puis il cessa son manège et je vis que la mémoire lui revenait.

— Scuttles... Mais c'était le nom du poney de mademoiselle Jillian ! Elle a été élevée dans un ranch, et je me souviens qu'elle parlait tout le temps de ce poney. Mais nous n'avons jamais eu de Scuttles à Farthy. Le cheval de mademoiselle Jillian s'appelait Abdullah Bar. Une créature du démon ! s'exclama Rye, une lueur de crainte au fond des yeux.

— Pourquoi dites-vous cela, Rye ?

— Personne pouvait le monter, sauf mademoiselle Jillian. Et Mr Tatterton a jamais laissé personne l'approcher, sauf une fois, le jour du grand malheur... mais c'était pas de sa faute, ajouta précipitamment le vieux cuisinier.

— Quel grand malheur, Rye ?

— C'est pas le moment de parler de choses tristes, mademoiselle Annie. Vous avez votre croix à porter, vous aussi.

— S'il vous plaît, Rye. Je ne veux rien demander à Mr Tatterton, et pourtant je veux savoir.

Rye regarda derrière lui avant de se rapprocher du lit, secoua la tête et débita sans me regarder :

— Voilà, c'est quand le frère de Mr Tatterton, Mr Troy, a sauté sur cette maudite bête pour courir droit dans l'océan. Aucun cheval aurait voulu entrer dans l'eau comme ça, fallait que celui-là soit le diable en personne.

— C'est donc pour cela que Drake parlait de suicide ! Troy a forcé le cheval de Jillian à entrer dans la mer et...

— Et il s'est noyé, mademoiselle Annie. On dirait que cette maison a eu sa part de malheurs, pas vrai ? Quelquefois, c'est dur de vieillir, vous savez. On a la tête pleine de mauvais souvenirs et on entend les pauvres esprits se lamenter.

— Mais pourquoi a-t-il fait une chose pareille, Rye ?

— J'aime mieux pas le savoir, répondit-il un peu trop vite. Troy était le plus beau jeune homme qu'on ait jamais vu, et un artiste, en plus. Il a créé beaucoup de modèles de jouets Tatterton, mais il n'appelait pas ça des jouets. C'était plutôt de l'art, en fait.

Et, à nouveau, Rye secoua la tête en souriant à ses souvenirs.

— Tous ces petits personnages dans leurs petites maisons... Même que certaines, c'étaient des boîtes à musique !

— Des boîtes à musique ?

— Une jolie musique, très douce... du piano, on aurait dit.

— Chopin, murmurai-je, et la musique du petit cottage de ma mère chanta dans ma mémoire.

Mon cœur battit la chamade et la tristesse déferla sur moi comme une vague.

— Qu'est-ce qu'il se passe, mademoiselle Annie ?

Je me hâtai de détourner les yeux pour que Rye ne vît pas mes larmes.

— Ce n'est rien, je pensais à... à un compositeur.

— C'est donc ça ! Eh bien, il est temps de traîner ma vieille carcasse à la cuisine et d'aller voir ce que Roger nous prépare. C'est mon... mon apprenti, comme qui dirait. Le vieux Rye sera pas toujours là, et faudra bien que Mr Tatterton ait quelqu'un pour lui faire de bons petits plats, quand mon créateur me rappellera à lui. En attendant, je fais la sourde oreille, conclut Rye avec un grand sourire.

Nous éclatâmes de rire en même temps, et le vieux cuisinier posa la coupe de compote sur mon plateau.

— Un peu plus et je l'oubliais !

— Je suis désolée de n'avoir pas eu droit à votre gâteau, Rye, il avait l'air délicieux.

— Oui, et elle a eu vite fait de me le ramener ! Mais...

Il regarda derrière lui avant de se pencher sur moi.

— Je trouverai bien un moyen de vous en faire monter un morceau, et ça fera pas long feu !

— Merci, Rye. Et revenez me voir, je vous en prie.

— Pour sûr que je reviendrai.

— Eh bien, qu'est-ce que je vois ? s'écria Tony, apparu comme par enchantement sur le seuil. Le chef vient s'assurer lui-même que l'on apprécie sa cuisine ?

— Il fallait que quelqu'un monte de la compote à Mlle Annie, et j'ai pensé que c'était le bon moment pour lui présenter mes respects, monsieur Tatterton.

Et Rye me décocha un clin d'œil furtif.

— Bon, il est temps de retourner à mes fourneaux !

— Merci, Rye ! m'écriai-je comme il se hâtait de sortir.

Tony le suivit des yeux jusqu'à ce qu'il ait quitté la pièce avant de se tourner vers moi.

— Pourquoi Millie n'a-t-elle pas monté cette compote elle-même ?

— Je lui avais demandé de m'envoyer Rye.

Les yeux bleus de Tony se rétrécirent.

— Ah oui ?

— J'ai cru bien faire, m'empressai-je d'ajouter en voyant son air contrarié.

Son regard s'adoucit aussitôt.

— Et tu as bien fait, j'allais te l'envoyer juste après le dîner. C'est un des meilleurs chefs de la côte Est, tu sais ? Je n'échangerais son poulet Yorkshire pour aucun autre.

— Il est tout à fait comme maman le disait. Il doit bien avoir quatre-vingts ans, non ?

— Comment savoir ? Il a oublié sa date de naissance... ou bien il triche sur son âge. Alors, comment te sens-tu ? Un peu plus solide ?

— Fatiguée par le traitement, et complètement frustrée. Je voudrais visiter la maison et la propriété.

— Mme Broadfield te permettra peut-être de faire un tour dans les couloirs demain matin. Et après-demain, le Dr Malisoff viendra te voir.

— Est-ce que Luke a appelé ? demandai-je, pleine d'espoir.

— Pas encore.

— Je ne comprends pas pourquoi.

Mon cœur se serra douloureusement. Les prédictions de Drake se seraient-elles déjà réalisées ?

— Il veut te laisser le temps de t'habituer, j'imagine.

Tony approcha un fauteuil de mon lit, s'assit en croisant les jambes et vérifia du doigt le pli impeccable de son pantalon gris.

— Cela ne lui ressemble pas, insistai-je. Nous sommes tellement proches... Saviez-vous que nous sommes nés le même jour ?

— Vraiment ? Comme c'est curieux !

Cette coïncidence de nos anniversaires était d'une telle importance à mes yeux... et Tony l'ignorait ! J'avais peine à le croire. Il fallait que mes parents l'aient vraiment tenu à l'écart de notre vie de famille, méditai-je. Et je me demandai s'il connaissait le véritable lien de parenté qui nous unissait, Luke et moi.

— En effet. Et nous sommes aussi proches l'un de l'autre que maman l'était de son frère Tom, celui qui est mort tragiquement dans cet accident... au cirque, vous savez ?

Il me dévisageait avec une telle intensité que je croyais sentir son regard pénétrer au plus profond de mon être.

— Oui, cela a été une épreuve terrible pour ta mère, mais elle avait une grande force de caractère, ce qui sera ton cas, j'en suis certain. « Ou j'en meurs, ou j'en sors plus fort », me répétait souvent mon père. C'est une phrase qu'il avait trouvée chez un philosophe allemand, je ne sais plus lequel au juste.

Et Tony se redressa, comme s'il retrouvait l'attitude favorite de son père à mesure que les souvenirs lui revenaient.

— Dans la vie, cita-t-il, si tu n'apprends pas quelque chose de chaque défaite, c'est toi qui seras vaincu.

Puis il se détendit et acheva en souriant :

— Naturellement, je n'avais que cinq ou six ans quand il me donnait ces conseils mais, bizarrement, je ne les ai jamais oubliés.

— Les Tatterton sont une famille fascinante, Tony.

— Oh, je suis sûr que certains d'entre eux étaient parfaitement ennuyeux, et il y a au moins une moitié de mes cousins à qui je n'ai jamais adressé la parole. Des gens sinistres, et les parents de Jillian ne valaient pas mieux. Son frère et deux de ses sœurs sont morts il y a quelque temps, et je ne l'ai appris que par la chronique nécrologique. Après la mort de Jillian...

Il s'interrompit et son regard se figea, perdu dans ses souvenirs.

— Parlez-moi de votre frère, Tony. S'il vous plaît, insistai-je en voyant ses traits se durcir et son regard exprimer le refus.

— Je ferais mieux de te laisser te reposer.

— Rien qu'un peu, s'il vous plaît. Un tout petit peu.

Sans doute parce qu'il n'était plus là, ou parce que j'avais recueilli des bribes de renseignements si minimes à son sujet, par-ci, par-là, Troy m'apparaissait comme un personnage entouré de mystère.

— S'il vous plaît !

Le regard de Tony se fit plus chaleureux et un sourire trembla sur ses lèvres. Il se pencha sur moi et, à ma grande surprise, rebroussa mes cheveux en arrière comme l'avait fait si souvent maman.

— Quand tu m'implores comme cela, je crois entendre Leigh quand elle était petite. Elle me suppliait de l'emmener ici ou là, de lui montrer telle ou telle chose. Elle entrait en coup de vent dans mon bureau, me dérangeait en plein travail sans se soucier de son importance et me demandait de l'emmener en mer, ou faire une promenade à cheval. Et, occupé ou pas, il fallait que je cède, comme maintenant. Les Tatterton ont toujours gâté leurs femmes... mais ils adorent ça, acheva Tony, le regard pétillant.

— Et Troy ?

— Ah, Troy. Eh bien, comme je te l'ai dit, il était beaucoup plus jeune que moi. Dans sa petite enfance, il était si souvent malade qu'il me faisait un peu l'effet d'un boulet à traîner, j'en ai peur. Vois-tu, notre mère est morte quand il était encore tout petit, et notre père peu de temps après. Troy a grandi en me considérant plus comme un père que comme un frère aîné. C'était d'ailleurs un jeune homme très brillant, et il a obtenu ses diplômes universitaires à dix-huit ans.

— Dix-huit ans ! Et qu'a-t-il fait ensuite ?

— Il a travaillé dans l'affaire familiale. C'était un artisan très doué, et la plupart de nos plus célèbres modèles sont ses créations. Et maintenant, le voilà à Farthy, dit-il dans l'intention manifeste de changer de sujet.

— Mais pourquoi s'est-il suicidé, Tony ?

Son regard bleu, si doux l'instant d'avant, prit une dureté de glace.

— Il ne s'est pas suicidé, ce fut un accident. Un accident tragique. Qui t'a dit qu'il s'était suicidé ? Ta mère ?

— Non, elle ne m'a jamais parlé de lui, répondis-je en avalant péniblement ma salive.

Il avait l'air furibond. Ses lèvres n'étaient plus qu'une mince ligne dure, blanchie aux commissures. Un tel changement m'effraya et il dut s'en apercevoir car son expression s'adoucit. Il devint soudain très triste, et comme absent.

— Troy était un garçon mélancolique, secret, très sensitif, hanté par l'idée qu'il ne vivrait pas longtemps. Il avait une attitude très fataliste à ce sujet. Et je n'ai jamais pu le faire changer sur ce point. Je n'aime pas parler de lui parce que... d'une certaine façon, je me sens responsable de ce qui s'est passé. Je n'ai rien pu faire pour l'empêcher.

— Je suis désolée, Tony. Je ne voulais pas vous attrister.

Je voyais bien qu'il ne supportait pas l'idée que son frère ait pu mettre fin à ses jours, et c'était cruel de ma part de vouloir la lui faire accepter.

— Je sais que tu ne voudrais me blesser pour rien au monde. Tu es si douce, si innocente...

Il me gratifia d'un grand sourire chaleureux.

— Ne parlons plus de toutes ces choses tristes, je t'en prie. Et pour le moment, ne pensons qu'à l'espoir, à la beauté, au plaisir et aux merveilles... d'accord ?

— D'accord.

— Et maintenant, si le cœur t'en dit, j'ai dressé une liste de livres qui devraient t'intéresser, je te les ferai monter. J'ai également commandé un poste de télévision qui sera livré demain. Je jetterai un coup d'œil sur les programmes et je t'indiquerai les meilleurs.

Curieux, tout de même. Quelle idée se faisait-il de mon éducation ? Je savais choisir mes lectures et mes programmes, et ma mère me félicitait souvent de mes goûts littéraires. Tony me traitait comme une campagnarde arriérée qu'il fallait surveiller et diriger. Mais je ne voulais pas heurter ses sentiments en protestant : il semblait si heureux d'agir ainsi.

— Il faut aussi que je fasse la liste des choses que Drake doit me rapporter de Winnerow, lui rappelai-je.

— C'est vrai. Il sera là demain après-midi. Bon, tu ne vois rien d'autre ?

Je secouai la tête.

— Alors je retourne travailler, je reviendrai te voir demain matin. Bonne nuit, Heaven.

— Heaven ?

— Oh, excuse-moi. Tu m'as fait penser à ta mère et...

— Ce n'est pas grave, Tony. Cela ne me dérange pas si vous vous trompez de temps en temps et m'appelez Heaven. J'adorais ma mère.

Et mes larmes jaillirent comme si elles n'avaient attendu qu'une occasion pour cela.

— Et voilà, je t'ai encore fait de la peine !

— Mais non, ce n'est pas votre faute.

— Ma pauvre petite Annie...

Il se pencha pour m'embrasser et ses lèvres s'attardèrent sur ma joue. Il respirait profondément, comme s'il voulait s'imprégner du parfum de mes cheveux. Puis, prenant conscience de la durée de ce baiser d'adieu, il se releva brusquement.

— Bonne nuit.

Sur ce, il quitta la pièce et je m'enfonçai dans l'oreiller en songeant à tout ce que je venais d'apprendre. Comme Rye avait raison ! Cette maison avait eu plus que sa part de malheur. En allait-il ainsi de toutes les grandes familles ? Recevaient-elles en partage autant de souffrances que de richesse et de pouvoir ?

Une malédiction pesait-elle sur les Tatterton et sur tous ceux qui leur étaient proches ? Rye Whiskey n'avait sans doute pas tort avec ses histoires de fantômes. L'homme que j'avais aperçu de loin devant la tombe de mes parents était peut-être l'un d'entre eux.

Drake devait avoir raison, je ferais sans doute mieux de bannir toutes les pensées tristes qui me hantaient. Mais je savais que cela m'était impossible. Il y avait certaines choses que je devais savoir. C'était comme une démangeaison. Et là où cela démange trop, il faut qu'on se gratte.

Pour l'instant, ce qui me tracassait le plus, c'était le silence de Luke. Cela ne lui ressemblait pas du tout. Et c'était tellement frustrant de ne pouvoir l'appeler, d'ignorer jusqu'au nom de son foyer !

Quand Millie monta reprendre mon plateau, il me vint une idée.

— Millie, voudriez-vous regarder dans le tiroir du bureau s'il y a de quoi écrire et une enveloppe, s'il vous plaît ?

— Oui, Annie.

Elle alla ouvrir le tiroir et y trouva du papier à lettres et un stylo.

— C'est du papier parfumé, constata-t-elle en portant une feuille à ses narines. Cela sent encore très bon.

— Cela m'est égal, tout ce que je veux, c'est écrire un petit mot rapide. S'il vous plaît, revenez dans un quart d'heure chercher ma lettre et postez-la pour moi.

— Entendu.

Elle sortit avec le plateau et je me servis de la table d'hôpital pour écrire à Luke.

Cher Luke,
Je sais que tu as parlé à Tony depuis la remise des diplômes, et j'ai été heureuse d'apprendre que ton discours avait eu du succès. Tu le méritais. Mon seul regret est de n'avoir pu y assister aux côtés de ma mère et de notre père.
Drake est venu me voir à Farthy et m'a raconté ton arrivée à Harvard. Les médecins désirent que je reste au calme tant que je n'ai pas repris des forces et je n'ai pas encore droit au téléphone, sans quoi j'aurais essayé de te joindre au lieu de t'écrire. Je demanderai qu'on poste ma lettre en exprès, afin qu'elle te parvienne plus vite.

Je suis impatiente d'avoir de tes nouvelles et de te voir. Je fais déjà toutes sortes de projets pour nos explorations à travers Farthy.
S'il te plaît, appelle ou viens dès que tu le pourras.
Avec toute mon affection,
Annie.

J'adressai la lettre à Luke Toby Casteel, Foyer des Internes, Harvard College, et inscrivis la mention « exprès » au bas de l'enveloppe. Quand Millie revint, je lui demandai de s'approcher pour lui donner mes dernières instructions.

— Remettez ceci à Mr Tatterton, s'il vous plaît. Demandez-lui de compléter l'adresse et de poster cette lettre demain matin à la première heure.

— J'y vais tout de suite, Annie.

Je regardai s'éloigner Millie en pensant que Luke me répondrait immédiatement. Certaine qu'il serait près de moi dans un jour ou deux, je posai la tête sur mon oreiller et fermai les yeux. Je les entrouvris à peine quand Mme Broadfield entra. Elle prit ma tension, vérifia mon pouls et remonta mes couvertures avant d'éteindre la lumière.

Le soleil était bas, le ciel à nouveau noir de nuages, et l'obscurité m'enveloppa comme une draperie aux plis lourds. C'était ma seconde nuit à Farthy, mais cette fois, j'avais une raison de tendre l'oreille : je guettais les fantômes de Rye Whiskey.

Peut-être sa façon dramatique de présenter les choses me valut-elle d'en rêver ? En tout cas, au milieu de la nuit, je crus entendre le son léger d'un piano jouant une valse de Chopin.

Était-ce une illusion due à mon désir dévorant de revoir le doux sourire de ma mère, le regard qu'elle attachait sur moi en me brossant les cheveux ? Ou Rye Whiskey disait-il vrai ? Un esprit errait-il à travers la maison, cherchant et cherchant sans cesse ?

Peut-être était-ce moi qu'il cherchait. Peut-être m'avait-il toujours attendue.

13

Le mystérieux inconnu

Le lendemain matin, je fus réveillée par un flot de lumière tombant brutalement sur mon visage : Mme Broadfield venait d'écarter les rideaux d'un coup sec. A voir sa mine affairée, on aurait dit qu'elle était debout depuis des heures, mais elle avait toujours cet air-là.

— Vous devriez vous lever plus tôt, Annie, déclara-t-elle sans même tourner la tête de mon côté.

Elle continuait à vaquer à ses occupations, dépliant mon fauteuil, décrochant une robe de la penderie, préparant mes mules, et parlait tout en allant et venant à travers la pièce.

— Tous vos mouvements sont ralentis, maintenant, et il vous faudra plus de temps pour tout. D'ici peu, vous serez capable de vous lever et de vous asseoir toute seule dans votre fauteuil pour passer à la salle de bains et prendre votre petit déjeuner sans aide. Mais il faut vous entraîner. Exactement comme un athlète pour une compétition, compris ?

Quand elle s'arrêta enfin de circuler pour me regarder, je me redressai sur mes oreillers et acquiesçai d'un signe de tête.

— Parfait, alors nous allons nous lever, nous laver et mettre une chemise de nuit propre.

J'avais dormi d'un sommeil lourd et, encore un peu somnolente, je me bornai une fois de plus à hocher la tête. La suite se déroula comme une séance de mime, en silence. Mme Broadfield m'aida à sortir du lit et à m'asseoir dans mon fauteuil, qu'elle roula dans la salle de bains. Puis elle m'ôta ma chemise de nuit, me laissa me laver le visage toute seule et m'enfila une chemise propre. Enfin, elle me ramena dans la chambre et me laissa à proximité de la fenêtre, avant de s'éloigner en annonçant :

— Je vais chercher votre petit déjeuner.
— Pourquoi n'est-ce pas Millie qui me le monte ?

J'étais si impatiente de savoir si la femme de chambre avait remis ma lettre à Tony pour qu'il la poste !

Mme Broadfield s'arrêta sur le seuil et lança par-dessus son épaule :

— Millie a été renvoyée hier soir.

Puis elle s'éclipsa sans me laisser le temps de répondre. Millie, renvoyée ? Mais pour quelle raison ? Je l'aimais bien et j'aurais apprécié sa compagnie. Elle était si gentille et si agréable ! Qu'avait-elle bien pu faire pour être révoquée si vite ? Quand Tony vint me voir, je l'accueillis par une question.

— Tony, Mme Broadfield m'apprend que vous avez renvoyé Millie. Pourquoi ?

Il secoua la tête et se mordit la lèvre.

— Pour incompétence. Elle n'a fait qu'amasser les sottises depuis son arrivée. J'espérais voir les choses s'améliorer, mais cela n'a fait qu'empirer. Jillian ne l'aurait pas supportée une journée. Si tu avais connu nos domestiques d'autrefois, si capables, si...

— Mais elle était si gentille, Tony !

— Cela, je te l'accorde, mais la gentillesse ne suffit pas. D'ailleurs, j'ai vérifié ses références, elles ne sont pas brillantes. Il semble qu'elle soit incapable de rester longtemps dans une place, et jusqu'ici elle était serveuse et non femme de chambre. Mais patience, j'ai déjà chargé un de mes employés de trouver quelqu'un d'autre.

Sur ces entrefaites, Mme Broadfield revint avec mon plateau et l'installa sur ma table. Ce que voyant, Tony déclara :

— Bon, je te laisse déjeuner.
— Non, attendez ! J'avais confié une lettre à Millie hier soir, pour qu'elle vous la remette et que vous la postiez. Une lettre pour Luke.

Il eut un sourire perplexe.

— Une lettre ? Elle ne m'a remis aucune lettre.
— Mais, Tony...
— Je l'ai fait appeler vers sept heures et demie et lui ai payé deux semaines de dédit, mais elle n'a pas parlé de lettre.
— C'est incompréhensible.
— Mais non. Comme je viens de te le dire, c'était une incapable. Elle a dû mettre cette lettre dans la poche de son tablier et l'oublier. Franchement, je me demande ce que les jeunes ont dans la tête, de nos jours. De vrais étourneaux ! Il ne faut pas s'étonner qu'on ne puisse plus se faire servir.
— Mais c'était une lettre pour Luke !
— Vos œufs refroidissent, constata Mme Broadfield.
— Je suis désolé, dit Tony, écris une autre lettre et cette fois je m'en occuperai moi-même, d'accord ? Je reviendrai cet après-midi pour te faire visiter l'étage. Enfin, si Mme Broadfield le permet, ajouta-t-il en la consultant du regard.

Comme elle ne répondait rien, il se retira sans me laisser l'occasion de lui rappeler la lettre. Je me retournai vers Mme Broadfield, qui avait repris sa mine rébarbative.

— Il va falloir songer à votre traitement matinal, Annie. Après quoi vous vous reposerez, sinon, pas question de visiter quoi que ce soit. Et maintenant, faites-moi le plaisir de déjeuner.
— Je n'ai pas faim.
— Il faut manger pour prendre des forces. Votre thérapie est comparable à l'entraînement d'un sportif, et où croyez-vous qu'ils puisent leur énergie ? Dans la nourriture. Pour vous, c'est pareil. Toutefois, insista-t-elle en rejetant les épaules en arrière avec autorité, l'enjeu n'est pas le même. Un joueur de football peut perdre un match. Vous, vous risquez de rester infirme.

J'empoignai ma fourchette et attaquai mon déjeuner avec ardeur en remerciant Dieu pour les talents de Rye Whiskey. Il avait le don de rendre les plus simples choses délicieuses.

Mon traitement commença comme celui du jour précédent, mais je notai une petite différence, cette fois-ci. Je sentis nettement la pression des doigts de Mme Broadfield sur mes cuisses. Cela me fit l'effet d'un pincement cuisant, un peu comme si on m'enfonçait des épingles sous la peau. Je laissai échapper un cri, qui me valut un regard impatient.

— Eh bien, qu'est-ce qu'il se passe ?
— Ça pique !
— C'est votre imagination, déclara-t-elle en me pétrissant de plus belle, ce qui réveilla la douleur.
— Mais je sens quelque chose, protestai-je, je vous assure.
— C'est nerveux. Votre état mental est moins bon que je ne le supposais, et ceci en est la preuve.
— Mais le médecin a dit...
— Je sais ce qu'il a dit. Ce n'est pas la première fois que je travaille avec un médecin, figurez-vous.
— Je sais mais...
— Détendez-vous pendant que je masse vos jambes. Et, si vous avez l'impression de sentir quelque chose, contrôlez-vous.
— Mais...

Elle reprit son massage et la douleur revint mais je me contentai de grimacer. L'effort que je fis pour me retenir de gémir m'épuisa, à tel point que je dus faire la sieste avant le déjeuner. En m'apportant mon plateau, Mme Broadfield m'apprit que Tony avait téléphoné et qu'il reviendrait bientôt pour m'emmener visiter l'étage. La joie que cette nouvelle me rendit rêveuse : j'attendais cette distraction comme j'aurais attendu jadis un rendez-vous, une fête ou un bal ! Et j'étais aussi impatiente de faire cette promenade en fauteuil roulant que j'aurais pu l'être autrefois de partir en randonnée. Dire que tout cela me semblait alors si naturel... Comme ma vie avait changé !

Peu après, un des jardiniers m'apporta un poste de télévision avec télécommande. C'était un homme plutôt massif, au visage tanné comme une vieille botte. Sa peau craquelée par des heures et des heures de travail au soleil était sillonnée de rides, du front jusqu'au menton. Il me dit s'appeler Parson.

— Y a-t-il longtemps que vous travaillez à Farthy, Parson ?
— Oh non, un peu plus d'une semaine.
— Et vous vous y plaisez ?

Je crus d'abord qu'il n'avait pas entendu ma question, avant de comprendre qu'il préparait sa réponse.

— Vous devez avoir un tas de choses à faire ? lui demandai-je pour l'encourager.

Occupé à raccorder les fils électriques, il s'interrompit et leva les yeux sur moi.

— Ouais, c'est pas le travail qui manque. Mais chaque fois que je m'attelle à un ouvrage, Mr Tatterton change d'avis et me demande de faire autre chose.
— Comment cela, il change d'avis ?

Parson secoua la tête.

— Ben... comment vous dire ? J'ai été engagé pour réparer la piscine. Alors je commence à gâcher mon ciment, et voilà que Mr Tatterton arrive et me demande ce que je fais là. J'y réponds, et y regarde la piscine, et puis y me regarde moi comme si je tournais pas rond, et y me raconte que son père y disait de jamais rien réparer tant que c'était pas cassé ! Pardon ? que j'y dis. Les haies du labyrinthe ont besoin d'être taillées, qu'y me répond. Et y m'envoie tailler les haies. En attendant, tout mon ciment est fichu. Mais y paie bien ! conclut Parson en haussant les épaules.

Et il se remit à raccorder ses fils.

— Mais que devient la piscine ?
— Ça, j'y ai pas demandé. Je fais ce qu'on me dit. Bon, ça devrait aller, maintenant.

Il alluma la télévision et essaya les différentes chaînes.

— Je vous mets celle-ci ?
— Non, pas pour le moment, Parson. Merci.

— Comme vous voudrez.
— Parson... comment est le labyrinthe ?
— Comment qu'il est ? (Il haussa à nouveau les épaules.) J'en sais rien. Tranquille, je dirais. Enfin, si vous allez loin à l'intérieur en tout cas. Y a plus un bruit là-bas dedans et, justement, à cause de ça j'imagine... on croit entendre des choses, acheva-t-il en riant comme s'il se moquait de lui-même.
— Que voulez-vous dire ?
— Une ou deux fois, j'ai cru entendre marcher dans une allée, pas bien loin. Alors j'ai appelé, mais y avait personne. L'autre jour, j'étais sûr d'avoir entendu des pas, alors je me suis embarqué dans un chemin, et dans un autre, et encore un autre, et qu'est-ce qu'y m'est arrivé d'après vous ?
— Quoi donc ?
— Je me suis perdu, voilà ce qui m'est arrivé, s'esclaffa-t-il. Ça m'a pris une demi-heure pour me retrouver là où je travaillais.
— Et... le bruit de pas ?
— Je l'ai plus jamais entendu, après ça. Bon, ben je ferais mieux d'y aller !
— Merci, Parson.

Après son départ, je contemplai fixement la fenêtre. Le ciel était bleu comme les yeux de maman lorsqu'ils rayonnaient de bonheur. Les miens devaient être gris à présent, ternes et décolorés comme une vieille blouse délavée. Mais au-dehors, le monde étincelait de lumière et de vie. L'herbe était d'un beau vert tout neuf, vif et frais, les arbres étaient en fleurs et les petits nuages moelleux ressemblaient à des oreillers tout propres qu'on vient de battre.

Les rouges-gorges et les moineaux sautillaient sur les branches, émoustillés par la perspective d'un merveilleux après-midi de soleil. Si seulement j'avais pu être à leur place ! N'être qu'un oiseau, rien qu'un oiseau, une créature libre d'aller où il lui plaît et de jouir de la vie !

Papa et maman étaient morts, Luke semblait hors de toute atteinte, et j'étais enfermée dans cette vieille maison, sans rien à attendre que des traitements, des bains chauds, des médicaments et des médecins. Et pour combien de temps ? Je n'en savais rien, et personne n'était en mesure de me le dire.

Je cessai de m'apitoyer sur moi-même en voyant arriver la Rolls-Royce de Tony. Et quand elle s'arrêta près du cimetière, je propulsai mon fauteuil aussi près de la fenêtre que cela me fut possible. Tony descendit de la voiture, s'approcha de la tombe de mes parents et tomba à genoux devant elle. Il demeura longtemps ainsi, la tête baissée, quand le mystérieux inconnu réapparut, venant des bois. Tony ne semblait pas conscient de son approche.

La haute silhouette s'immobilisa à ses côtés et l'homme lui posa la main sur l'épaule. Mon cœur se mit à battre à grands coups : j'écarquillai les yeux et attendis... mais Tony ne leva même pas la tête. L'homme s'attarda encore un peu, puis s'en retourna vers l'obscurité des bois. Et Tony se releva et regagna la voiture.

Étrange... J'aurais pu jurer que je connaissais cet homme ! Il fallait que je voie Tony, tout de suite. Je traversai la chambre en toute hâte et me postai face à la porte.

Mon attente devait durer près de deux heures. Je brûlais d'impatience de questionner Tony sur l'homme du cimetière. Je faillis le faire appeler, mais je me raisonnai : je ne pouvais pas le déranger pour un motif aussi futile. D'ailleurs, il allait être là d'un instant à l'autre, j'en étais sûre. Mais le réveil égrenait son tic-tac monotone, et il ne montait toujours pas. Que disait Roland Star, déjà, lorsque je me montrais trop impatiente ? « La marmite ne bout pas quand on la surveille. »... Il me fallait trouver un moyen de tuer le temps.

Je m'efforçai de concentrer mon attention sur les livres que Tony m'avait fait apporter. Je n'y trouvai que des ouvrages du siècle précédent, romans historiques ou romans de mœurs, dont les auteurs m'étaient totalement inconnus. William Dean Howells, par exemple : je n'en avais jamais entendu parler. A croire que Tony souhaitait me faire vivre dans une autre époque.

Quand il se montra enfin, un chaleureux sourire aux lèvres, ma curiosité était à son comble. Je l'accablai de questions sur l'homme du cimetière. Instantanément, le sourire se figea sur ses traits, comme gelé.

— Quel homme?

— Celui que j'ai vu à vos côtés, devant la tombe de mes parents.

Il resta un moment immobile sur le seuil, clignant des yeux comme pour ajuster sa vision à la réalité. Puis il inspira profondément et s'avança dans la chambre. Son sourire avait retrouvé sa chaleur et il eut un haussement d'épaules désinvolte.

— C'est vrai, j'oublie toujours que tu peux voir le cimetière de ta fenêtre. Ce devait être un jardinier, voilà tout! Pour être franc, j'étais trop absorbé par mon chagrin, et je serais incapable de me rappeler qui il était ni ce qu'il voulait.

— Un jardinier? Mais Rye Whiskey m'a dit...

— De toute façon, lança gaiement Tony en tapant dans ses mains, l'heure de ta première visite de Farthy est arrivée: Mme Broadfield dit que tu l'as bien méritée. Tu es prête?

Je me tournai vers la fenêtre et mon regard dériva vers le cimetière et les bois. Pareils à de longs doigts de sorcière, des nuages s'étiraient devant le soleil, projetant leur ombre sur la tombe de mes parents.

— Il faut que j'aille au cimetière, Tony.

— Dès que le médecin le permettra. Demain, j'espère. En attendant, je voudrais te montrer quelque chose de très spécial, tout près d'ici.

Il contourna mon fauteuil et saisit fermement les poignées. Mais pourquoi ne me disait-il pas la vérité sur l'inconnu? Était-ce pour me ménager? Comment pourrais-je l'amener à parler? Rye savait peut-être, lui. Il faudrait que je l'interroge à l'insu de Tony.

Je sentis la chaleur de son souffle sur mon front et il déposa un baiser léger sur mes cheveux. Il y mit la douceur d'une caresse, et la surprise que j'en éprouvai dut se lire dans mes yeux.

— C'est si bon de t'avoir ici, Annie. Avec toi, le passé revit et c'est merveilleux.
— Mais je suis une invalide, Tony ! Malade et handicapée.

Il poursuivit, comme s'il n'avait pas entendu :
— Retrouver les beaux jours enfuis, ressaisir le bonheur entre ses mains... bien rares sont ceux à qui une pareille chance est offerte !

Et il roula mon fauteuil hors de la chambre.
— Où allons-nous, Tony ?
— Je veux que tu voies d'abord l'appartement que j'avais fait préparer pour tes parents, quand ils sont venus à Farthy pour leur réception de mariage. Ils étaient si amoureux... de véritables tourtereaux !

J'avais souvent essayé d'imaginer papa et maman dans leur jeunesse, à l'époque où ils apprenaient à se connaître. Je savais qu'ils s'étaient rencontrés quand papa était arrivé à Winnerow. Maman m'avait dit qu'ils étaient tombés amoureux l'un de l'autre dès le premier regard.

Mais elle n'avait jamais parlé de ses bons souvenirs de Farthy, et pourtant il devait y en avoir, j'en étais sûre. Et je buvais les paroles de Tony tandis qu'il me décrivait leur façon de se tenir enlacés, de rire à tout propos, la joie de mon père en découvrant Farthy et le plaisir qu'il avait pris lui-même à le lui faire visiter.

— La première fois que j'ai vu ta mère, ajouta-t-il en s'engageant dans l'immense couloir, j'ai été sidéré par sa ressemblance avec sa propre mère. Je peux en dire autant de toi, ma chérie. Il m'arrive de fermer les yeux pour t'écouter parler, et je crois entendre Heaven. Quand je les rouvre, il me faut un moment pour revenir au présent. Toutes ces années d'absence n'auraient-elles été qu'un cauchemar ? Se peut-il que les beaux jours passés me soient rendus ? Si l'on désire violemment quelque chose et que l'on prie de tout son cœur, ne peut-on enfin l'obtenir ?

« Quelquefois, je vous unis dans mes pensées, comme si vous n'étiez qu'une seule et même femme, toutes les trois. Leigh, Heaven et maintenant... toi, si semblables d'allure et de visage, et même de voix. Vous n'êtes pas mères et filles à mes yeux, mais sœurs, acheva-t-il d'une voix sourde où vibrait une note d'espoir.

Je n'aimais pas du tout cette façon de nous confondre. C'était comme si l'on me dépouillait de mon identité, de mes pensées, de mes sentiments personnels. Pourtant je voulais ressembler à maman, même physiquement, mais sans cesser pour autant d'être moi-même, Annie et non pas Leigh. Annie, la fille de Heaven, pas un clone. Pourquoi Tony s'acharnait-il à l'ignorer ? Ne savait-il pas combien il est important pour chacun de nous d'affirmer sa personnalité ? Comment réagirait-il si les gens ne voyaient en lui qu'« un Tatterton parmi tant d'autres » ? Je me promis d'aborder la question avec lui un jour ou l'autre. Je n'étais pas la seule qui ait quelque chose à apprendre, après tout !

Je reportai mon attention sur ce qui m'entourait. Je n'avais eu qu'un bref aperçu du premier étage, le jour où on m'avait montée dans mon appartement, mais cette fois je remarquai son délabrement. Le tapis du couloir montrait la corde, la plupart des lustres étaient privés de leurs ampoules et festonnés de toiles d'araignées. Les rideaux des fenêtres étaient tirés et il faisait très sombre dans le corridor, surtout dans la partie vers laquelle Tony m'emmenait.

— Cette aile de la maison est fermée depuis des années, m'expliqua-t-il. Ces appartements étaient autrefois ceux de mes arrière-grands-parents mais, en l'honneur de tes parents, je les avais fait redécorer et meubler à neuf. Je connaissais les goûts de ta mère et, quand elle est arrivée, tout était prêt. Tu aurais dû voir sa surprise, quand j'ai ouvert la double porte !

Il rit, mais ce rire résonna d'une façon étrange à mes oreilles, comme si ce qui l'amusait ne pouvait être compris que de lui seul. Quand je me penchai en arrière pour le regarder, je vis qu'il était à nouveau perdu dans ses souvenirs. Ne voyait-il donc pas dans quel état de dégradation se trouvait le couloir ? Ne percevait-il pas l'odeur de moisi ? Pourquoi n'envoyait-il pas les femmes de chambre faire le ménage dans cette partie de la maison ?

— Plus personne ne vient par ici, ajouta-t-il comme s'il lisait dans mes pensées, j'interdis qu'on entre dans ces pièces.

Quand nous pénétrâmes dans l'aile interdite, l'obscurité s'épaissit encore autour de nous. D'immenses toiles d'araignées alourdies de poussière pendaient entre les murs et le plafond, et je me demandai si Tony lui-même évitait cette partie de la maison. Il s'arrêta devant une double porte en acajou, constellée de taches d'humidité, dont certaines semblaient toutes récentes, et tira un trousseau de clefs de la poche de sa veste.

Quand il eut donné un tour de clef dans la serrure et se retourna vers moi, son visage rayonnait et ses yeux brillaient d'un éclat étrange. Je me dis qu'il devait avoir cet air-là, le jour où il avait conduit mes parents devant cette porte pour jouir de leur surprise. Ses souvenirs étaient-ils si vivaces qu'il se croyait ramené en arrière, comme si tout cela se passait pour la première fois ?

— L'appartement de M. et Mme Stonewall, annonça-t-il, comme si mes parents se tenaient à mes côtés, en chair et en os.

Et il ouvrit tout grands les deux battants qui grincèrent sur leurs gonds avec un gémissement sinistre. Incapable d'attendre qu'il contourne mon fauteuil pour me pousser, j'empoignai les roues et me propulsai à l'intérieur, où m'attendait une des plus grandes surprises de ma vie. Devant moi s'ouvrait une enfilade de pièces impeccablement entretenues, rutilantes de propreté. Et tout cela derrière ces vieilles portes, dans une aile de la maison apparemment abandonnée ! C'était comme si nous venions de franchir une invisible frontière temporelle pour réintégrer le passé. Et cette fois, ce fut ma stupéfaction qui motiva le rire de Tony.

— Alors... c'est magnifique, non ?

Partout, je retrouvais la couleur favorite de ma mère : le bordeaux. C'était celle du tissu d'ameublement du salon, de style rustique français, des motifs du tapis persan et des fleurs égayant le fond blanc du papier peint. Des draperies de soie de même nuance encadraient les voilages des deux hautes fenêtres. Et tout cela, malgré son cachet ancien, était absolument neuf.

La voix de Tony fit écho à mes pensées.

— Tout a été restauré et remis à sa place exacte. Tu as sous les yeux la pièce que tes parents ont vue en pénétrant ici pour la première fois.

— Mais tout est neuf ! m'exclamai-je, intriguée. Pourquoi ?

Tony regarda autour de lui comme si la réponse sautait aux yeux.

— Pourquoi ? Mais... peut-être qu'un jour ton mari et toi viendrez vivre ici, vous aussi. D'ailleurs, cela me fait du bien de reconstituer autour de moi le décor d'autrefois, quand nous étions tous plus heureux. Et puisque je peux me le permettre, pourquoi m'en priver ? Je t'ai dit que j'entendais rendre à Farthinggale Manor l'éclat qu'il possédait au temps de sa splendeur.

Je secouai la tête. On aurait pu voir dans cette idée fixe un caprice de vieillard fortuné, mais pourquoi réveiller de mauvais souvenirs ? Maman avait obstinément refusé de le voir au cours de toutes ces années. Et lui au contraire n'avait fait que penser à elle et à papa, s'accrochant à leur souvenir et déniant au temps le droit de l'effacer. Mais pourquoi ?

— Je crains de ne pas comprendre, Tony... Pourquoi était-ce tellement important de tout maintenir dans le même état qu'autrefois ?

Son expression se durcit.

— Je te l'ai dit. J'avais les moyens de le faire.

— Mais vous aviez les moyens de faire bien d'autres choses, des choses nouvelles. Pourquoi vous accrocher au passé ?

— Le passé compte plus pour moi que l'avenir, répliqua-t-il presque brutalement. Quand tu auras mon âge, tu comprendras la valeur des bons souvenirs.

— Mais je pensais que ces souvenirs vous sembleraient douloureux, justement, puisque maman vous a quitté ! Elle a disparu de votre vie, elle...

— Non ! s'écria-t-il avec violence, pour se radoucir aussitôt. Non. Ne vois-tu pas qu'en faisant tout cela...

Il eut un ample geste du bras et me sourit.

— ... J'ai gardé Heaven telle qu'elle était... et pour toujours ? J'ai triché avec le destin, reprit-il avec un petit rire sans joie. Cela, vois-tu, c'est le pouvoir que vous donne une grande fortune.

Je le dévisageai et lui trouvai un air étrange qu'il s'empressa de faire disparaître.

— Si nous passions dans la chambre ? Là aussi j'ai bien travaillé, viens voir ça !

Il ouvrit la porte devant moi et, partagée entre la curiosité et la gêne, j'avançai jusqu'au seuil de la pièce. Elle était si vaste que le grand lit à colonnes lui-même y semblait perdu, et c'est à peine si j'osai rouler sur l'épais tapis de laine grège, moelleux à souhait. On aurait dit que les roues de mon fauteuil s'enfonçaient dans de la guimauve. De toute évidence, le tapis était neuf, lui aussi.

D'ailleurs tout avait été refait à neuf, dans une harmonie d'orangés. La courtepointe était assortie au baldaquin abricot et aux coussins jetés sur le lit. Je pivotai sur la droite et découvris une coiffeuse insérée dans un long comptoir de marbre qui occupait presque toute la longueur du mur, recouvrant un alignement de tiroirs en bois de même nuance. Et, surmontant le tout, un immense miroir mural encadré d'or.

Sur la coiffeuse, quelque chose attira mon regard et je m'en approchai, pour découvrir une brosse à cheveux à laquelle adhéraient encore quelques longs cheveux blonds, d'un or pâle presque argenté. Je la saisis et l'examinai avec attention.

— C'était à Heaven, chuchota Tony à mon oreille. Elle s'était fait teindre les cheveux de la même couleur que ceux de Leigh. L'idée lui en était venue toute seule, comme si Leigh revivait en elle, tu comprends ?

Ses yeux agrandis brillaient d'un éclat farouche et mon cœur se mit à battre à grands coups.

— Vois-tu, ces cheveux... ce n'étaient pas seulement ceux de Heaven qui avaient changé de couleur...

c'étaient ceux de Leigh... Leigh qui revivait. Je...

Il surprit mon regard effaré, haussa les épaules et me prit la brosse des mains, caressant doucement la fine mèche dorée du bout du doigt.

— Heaven était si belle en blonde. C'était sa couleur.

— Je l'aimais mieux avec ses cheveux bruns, affirmai-je.

Mais il ne parut pas m'entendre. Il continua à fixer la brosse, puis la reposa sur la coiffeuse comme s'il s'agissait d'un objet de collection. Je remarquai alors les autres objets qui traînaient sur la tablette : épingles et pinces à cheveux, peignes, mouchoirs chiffonnés et jaunis par le temps, y compris des accessoires de toilette plus personnels.

— Pourquoi ma mère a-t-elle laissé tout cela ici ?

Comme il ne répondait pas, je me retournai et vis qu'il m'observait, souriant à demi.

— Tony ?

Toujours pas de réponse, et le même regard fixé sur moi.

— Tony, que se passe-t-il ?

Je me retournai tout à fait de manière à lui faire face, et il parut s'éveiller d'un rêve.

— Oh, je te demande pardon ! A te voir là, dans ton fauteuil... j'ai cru revoir Heaven devant sa coiffeuse, en chemise de nuit et en train de se brosser les cheveux avant d'aller se coucher.

Bizarre. Quelle raison aurait-il eue de se trouver dans la chambre de ma mère et de la regarder faire sa toilette du soir ? C'était la place d'un mari, pas d'un grand-père. Il parlait de maman comme s'il se fût agi de Jillian, la femme qu'il avait perdue. C'était à frémir. Peut-être commençait-il à perdre la raison... Et il fallait que je me trouve là juste à ce moment-là ! Je ne pus retenir les mots qui me venaient aux lèvres.

— Vous regardiez maman se préparer pour la nuit ?

— Oh non, je frappais simplement à sa porte pour bavarder un peu, et je restais sur le seuil pendant qu'elle me parlait en se brossant les cheveux.

Sa repartie fut si prompte qu'elle me mit mal à l'aise. J'eus l'impression qu'il se sentait coupable.

— Mais pourquoi maman a-t-elle laissé tant de choses en partant, Tony ?

Le comptoir de marbre était toujours encombré de poudriers, de flacons de parfum et d'eau de toilette, de bombes de laque et autres accessoires personnels.

— Elle avait tout en double, ce qui lui évitait d'emporter trop de bagages quand elle allait à Winnerow.

Une fois de plus, il répondit un peu trop vite et j'eus le sentiment qu'il ne disait pas la vérité. Ce que je lui fis bien comprendre en m'approchant de lui pour demander :

— On dirait plutôt qu'elle s'est enfuie, Tony... Pourquoi ce départ précipité ? Pouvez-vous me le dire, maintenant ?

— Voyons, Annie, je t'en prie...

— Non, Tony. J'apprécie ce que vous avez fait pour moi et pour Drake, mais je ne suis pas tranquille. Je sais que vous étiez brouillés, maman et vous, et parfois j'ai l'impression que vous me cachez certaines choses. Des choses effrayantes et qui pourraient me faire fuir si je les découvrais.

— Mais tu ne songes tout de même pas...

— Je ne sais pas combien de temps je supporterai de rester ici sans connaître la vérité, Tony, si laide et si douloureuse soit-elle.

Son regard pénétrant s'attarda longuement sur moi, et un tressaillement de paupières m'avertit qu'il avait pris sa décision. Un hochement de tête me le confirma.

— Très bien, tu as sans doute raison. Peut-être est-il temps de parler. Tu sembles plus forte maintenant, et la cause de cette rancune de ta mère envers moi est un secret trop lourd à porter. Je ne veux pas non plus que cela soit un mur entre toi et moi, Annie. Je suis prêt à tout pour éviter cela.

— Alors, dites-moi tout.

— Je vais tout te dire.

Il attira à lui la chaise de la coiffeuse et prit place

en face de moi, le menton posé sur sa longue main parfaitement manucurée, sans dire un mot. Puis, après une éternité de silence, il posa la main sur son genou et laissa errer son regard autour de lui.

— Son appartement... murmura-t-il, quel meilleur endroit choisir pour une confession ?

Il baissa un instant la tête, avant de lever sur moi un regard infiniment triste. C'était celui d'un animal abandonné, quêtant désespérément le réconfort et l'amour. Je pris une longue inspiration... et attendis.

14

La confession de Tony

Le regard bleu de Tony se figea comme une eau qui gèle.
— Annie, commença-t-il, je ne réclame de toi ni indulgence ni pardon. Tout ce que je te demande, c'est de comprendre pourquoi j'ai agi ainsi et combien j'en ai souffert par la suite. Surtout lorsque Heaven a tout découvert et m'a haï pour cela.

Il s'interrompit, espérant sans doute un encouragement de ma part, mais je fus incapable de parler : je ne pouvais penser qu'à ce qui allait suivre. J'étais sur le point d'entendre une vérité si terrible que je me verrais obligée de demander, non... d'exiger de quitter Farthinggale Manor.

En tout cas, Tony avait raison : l'endroit était bien choisi pour me raconter son histoire. Les penderies contenaient encore des vêtements de ma mère, parfaitement entretenus. Toujours cette obsession du passé, ce désir d'en sauvegarder les meilleurs moments... Aucun doute, la chambre sentait le jasmin, et je croyais presque entendre le carillon d'une boîte à musique égrener une mélodie de Chopin.

— Annie, tu ne peux imaginer ce que j'ai enduré après la mort de mon frère. J'avais toujours espéré qu'il surmonterait ses obsessions morbides et rencontrerait l'amour. Qu'il se marierait, aurait des enfants, que les grands couloirs de Farthy résonneraient à nouveau de jeux et de rires et que la lignée des Tatterton continuerait.

— Pourquoi n'avez-vous pas eu d'enfant de Jillian, Tony ?

La question m'était spontanément venue aux lèvres, mais je vis aussitôt que j'avais touché un point sensible. La bouche de Tony se crispa et son regard s'assombrit. Il secoua lentement la tête.

— Jillian n'était plus très jeune quand je l'ai épousée, et elle était excessivement coquette. Elle croyait que la naissance de Leigh avait nui à sa beauté et répétait qu'elle ne voulait plus avoir à lutter pour retrouver sa ligne. Bref, elle ne voulait plus d'enfants.

« Naturellement, j'ai insisté, je l'ai suppliée de comprendre mon désir d'avoir un héritier.

— Et qu'a-t-elle répondu ?

— Jillian était une femme-enfant, Annie. Elle ne pouvait pas concevoir sa propre mort, pas plus qu'elle n'acceptait l'idée de vieillir. Pour elle, le problème n'existait tout simplement pas.

« Au début, elle se dérobait en faisant valoir que j'aurais quand même des héritiers, les enfants de Troy. Et quand il est mort... il était trop tard. Elle ne pouvait plus m'en donner.

— Mais quel rapport cela a-t-il avec le fait que maman n'ait plus voulu vous revoir ?

— C'était une sorte de préambule, Annie, pour t'aider à comprendre pourquoi j'ai pu agir ainsi. À cette époque, Troy n'était plus là et Jillian... Jillian s'était repliée sur elle-même et s'acheminait vers la démence dont elle ne devait plus jamais sortir.

« Aussi, tu peux imaginer ma joie quand Heaven est apparue dans notre vie et que je l'ai vue pour la première fois ! Troy était déjà très déprimé et s'enfermait dans la solitude, persuadé qu'il ne vivrait pas longtemps. Jillian ne se préoccupait que d'elle-même, de ses régimes et de sa beauté.

« Heaven, elle, était pleine de vie, avide de s'instruire et de réussir. Comme tu le sais, je l'ai inscrite dans un collège privé très coûteux, je lui ai monté une garde-robe superbe, j'ai veillé à ce que tous ses désirs soient satisfaits. Quand elle a voulu retourner à Winnerow pour essayer de regrouper les enfants Casteel, je lui en ai fourni les moyens. Je...

Tony se pencha vers moi et baissa la voix comme s'il craignait que ses ancêtres ne l'entendent.

— Je lui aurais même permis de ramener toute la tribu à Farthy, si elle avait consenti à rester et à devenir mon héritière. Et quand elle a décidé de retourner à Winnerow pour y être institutrice, j'en ai eu le cœur brisé. Je ne pouvais pas croire qu'elle renonce à tout pour enseigner dans un trou où personne ne l'appréciait à sa juste valeur et où on lui jetait le nom de Casteel à la figure comme une injure.

— C'était le rêve de sa vie de faire pour d'autres enfants ce que son institutrice avait fait pour elle.

— Oui, je sais. Et j'ai eu tort de sous-estimer ce désir. Je l'ai compris trop tard. Et puis, quand j'ai appris qu'elle allait épouser ton père, j'ai perdu la tête. Je me suis dit qu'elle ne reviendrait jamais à Farthinggale Qu'elle allait fonder un foyer, s'installer dans une modeste petite maison de Winnerow, se réconcilier avec...

Tony avala péniblement sa salive.

— Avec son père, Luke Casteel, et se fixer définitivement dans son univers d'autrefois. Peux-tu comprendre ce que j'ai éprouvé ? C'était la fin des Tatterton, de la compagnie, de Farthy... A quoi bon tout cela désormais ? Tout s'écroulait autour de moi. Des nuits durant, j'errais dans les couloirs obscurs en sentant peser sur moi le regard courroucé de mes ancêtres. J'en vins à ne plus supporter l'écho de mes pas, à haïr le visage que me renvoyaient les miroirs, à souhaiter n'être jamais né Tatterton.

« Et puis, un jour, une idée m'est venue : il fallait que je trouve un moyen de ramener Heaven à Farthy.

« Quand j'ai appris ses fiançailles, j'ai pris contact avec Logan et discuté avec lui de ses projets d'avenir. J'ai vu tout de suite que c'était un homme entreprenant, ouvert, ambitieux. Je lui ai offert un poste important à la Tatterton et lui ai demandé si Heaven et lui acceptaient que je donne une réception en l'honneur de leur mariage.

— Je sais, j'ai vu les photos. Cela a dû être fantastique !

— Farthy n'a plus jamais connu de réception pareille. C'est la veille de ce fameux jour que j'ai fait part à Logan et Heaven de mon projet de construire une usine à Winnerow, dont ton père serait le directeur. Ta mère a donné son accord et ensuite... je leur ai montré l'appartement. Elle n'a pas pu résister.

Tony s'interrompit, savourant le souvenir de sa victoire.

— J'avais mis toutes mes ressources dans la balance, mais j'avais gagné : je l'avais ramenée.

— Mais pourquoi vous a-t-elle pris en haine, Tony ?

Il baissa les yeux sur ses mains, les tournant et retournant sur ses genoux comme s'il s'attendait à leur découvrir un défaut.

— A cause de... D'une chose que j'ai cru devoir faire pour affermir ma position, dit-il en relevant la tête.

— Quelle chose ? demandai-je d'une voix presque inaudible.

— Je redoutais de la voir se rapprocher de Luke Casteel. Je savais combien elle l'aimait et désirait s'en faire aimer. Après des années d'éloignement, elle s'apprêtait à lui pardonner de les avoir vendus, elle et ses frères et sœurs. Elle les avait invités à son mariage, lui et sa nouvelle femme, Stacie. Et je savais qu'il irait. J'étais certain qu'une fois réconciliée avec lui, elle n'aurait plus besoin de moi. Et ni ma fortune ni l'usine ne pourraient rien y changer. Il fallait que j'empêche cela.

— Et qu'avez-vous fait ?

— Je savais par Heaven que Luke avait toujours rêvé de devenir propriétaire d'un cirque. A cette époque, il travaillait dans celui d'un certain Windenbarron. J'ai acheté le cirque de Windenbarron et l'ai proposé à Luke... pour un dollar.

— Pour un dollar !

— Un dollar et une condition. Il ne devait pas assister au mariage de Heaven et cesser toutes relations avec elle sous peine de perdre le cirque.

Je le dévisageai sans mot dire, mais n'en pensai pas moins. Un dollar... C'était tout simplement diabolique ! Tony avait acheté l'âme d'un homme. Il lui avait offert ce qu'il souhaitait le plus au monde, en échange de ce qu'il possédait de plus précieux. J'en étais malade de dégoût, comme si mon propre père m'avait vendue pour un cirque. Et pour un dollar !

Le silence s'éternisa. Comme j'aurais voulu pouvoir me lever, m'enfuir, loin de cette chambre et de toute cette horreur ! Mais quelle sorte d'homme était donc ce Luke Casteel ? Se pouvait-il que Luke Junior lui ressemblât ? Oh non ! Pas *mon* Luke, pas celui que j'aimais.

— Et... il a accepté ? demandai-je enfin, devinant déjà la réponse.

— Oui, et il a tenu parole jusqu'à sa mort. C'est seulement après l'accident que... que Heaven a découvert la vérité. J'ai essayé de lui expliquer ma conduite, comme je le fais avec toi, je l'ai suppliée de me pardonner. Mais elle était folle de rage. Elle a quitté Farthinggale sur-le-champ pour ne plus jamais revenir.

Tony baissa la tête, accablé.

— Elle laissait derrière elle un homme brisé, dévoré de remords, condamné à errer dans cette immense maison vide, seul avec le poids de sa faute. Puis le temps a passé, le temps qui guérit toutes les blessures. J'ai essayé de renouer avec Heaven, je l'ai appelée, je lui ai écrit. Mais elle ne voulait plus rien savoir de moi, et tous mes efforts sont restés vains. Alors je me suis retiré parmi les ombres et elles se sont refermées sur moi.

Tony baissa les yeux et les releva presque aussitôt.

— Mais je ne vous perdais pas de vue, Logan, Heaven et toi, et j'avais chargé certaines personnes de me renseigner sur votre existence à Winnerow. A vrai dire, c'était la seule chose qui me rattachait à la vie. C'est ainsi que je t'ai vue grandir et devenir la ravissante jeune fille que tu es. C'est par eux aussi que j'ai su quelle vie merveilleuse menaient Heaven et Logan, enviés et respectés de tous. C'était plus fort que moi, je voulais tout savoir sur toi et je mourais d'envie de te voir.

« J'ai souvent caressé l'idée de me présenter chez vous sans crier gare, au risque de me faire jeter dehors. Et même de... de venir à Winnerow incognito, pour t'épier de loin, avoua-t-il.

Et, à la façon dont il dit cela, j'eus le sentiment qu'il avait mis son projet à exécution.

— Tu ne peux pas soupçonner ce que cela a représenté pour moi, pendant toutes ces années stériles et solitaires, de partager ainsi ta vie et celle de Heaven... même par procuration, acheva-t-il.

En voyant ses yeux briller de larmes, je ne doutai plus de sa sincérité. Pendant ces interminables années, il avait espéré nous voir à Farthy, maman ou moi. Comme le temps avait dû lui sembler long! Cette seule idée m'emplissait de pitié pour lui.

— Crois-moi, Annie, j'aurais tout donné pour pouvoir revenir en arrière et effacer le mal que j'avais fait, mais c'était impossible. Je t'en prie, ne va pas me haïr, toi aussi. Donne-moi une chance de réparer mes torts en te venant en aide, en te rendant la santé et le bonheur.

Il prit mes mains entre les siennes et m'adressa un regard implorant. Je détournai le mien et respirai profondément. Mon cœur cognait dans ma poitrine et je sentis que si je ne m'étendais pas tout de suite, je pourrais m'évanouir.

— Je voudrais retourner dans ma chambre, Tony. J'ai besoin de me reposer et de réfléchir.

Il eut un hochement de tête résigné.

— Tu as le droit de me haïr, toi aussi. C'est normal.

— Non, Tony, je ne vous hais pas. Je crois que vous regrettez sincèrement votre conduite. Mais je comprends maintenant pourquoi maman était si triste quand on prononçait le nom de son père devant elle, et si sombre quand elle nous entendait parler de Farthy... et de vous. Après toutes ces années de séparation, ils n'auront pas eu la chance de se réconcilier.

Mon grand-père est mort. Et lui n'aura pas eu, comme vous, la chance d'implorer son pardon.

— Je le sais, et je porterai ce poids jusqu'en enfer ! dit-il en essuyant furtivement une larme.

Et à cet instant, que maman me pardonne pour cela, j'éprouvai une véritable compassion pour lui.

— Il faut que je me repose un peu, Tony. C'est bien cet après-midi que Drake vient chercher la liste des choses qu'il doit me ramener, n'est-ce pas ?

— En effet.

Il se leva, passa derrière moi et je l'entendis soupirer. Puis il roula mon fauteuil hors de la pièce et ce fut comme s'il me ramenait dans le présent.

Dès que nous eûmes regagné ma chambre, il appela Mme Broadfield et elle m'aida à me mettre au lit.

— Je reviens tout de suite, annonça-t-elle après m'avoir bien installée, et nous pourrons commencer vos soins.

— Oh non, pas aujourd'hui !

— Bien sûr que si, voyons. Il n'est pas question de sauter un jour. Votre corps doit apprendre un nouveau rythme de vie et s'y conformer. Je vous laisse vous reposer un moment et je reviens pour vous faire faire vos exercices. Il faut vous masser, activer la circulation de vos muscles, sinon vos jambes vont se dessécher comme des branches mortes. C'est cela que vous voulez ? demanda-t-elle avec un sourire qui la fit ressembler à une sorcière malveillante.

Et elle tourna les talons.

Je n'avais pas eu le temps de lui répondre, mais cette image grotesque resta gravée dans mon esprit. Quand elle revint, je m'abandonnai comme une cire molle entre ses mains.

Tout le temps que dura son absence, je pensai à ce qu'avait dû ressentir ma mère en découvrant la machination de Tony pour l'éloigner de son père. Je revoyais son regard mélancolique et lointain, lorsqu'elle parlait de Luke. Il n'était pas venu à son mariage, et cette chance de se réconcilier avec lui lui avait été refusée. C'était trop triste !

Pourtant, Tony n'était pas le seul coupable. Luke avait accepté ses conditions, renoncé à ma mère pour obtenir son précieux cirque. Et pour elle, cette pensée avait dû rendre la vérité encore plus douloureuse à supporter. Je comprenais sa colère Et comme Luke était mort, cette colère était entièrement retombée sur Tony.

Mais quand je l'imaginais tel qu'il s'était décrit, seul dans cette grande maison avec le regret de sa faute et ne sachant comment se faire pardonner, je ne pouvais m'empêcher de m'apitoyer sur lui. Si maman avait pu le voir, elle aussi, ne se serait-elle pas radoucie ? Elle était trop bonne et trop tendre pour ne pas venir en aide à une âme en peine.

Non, décidai-je, je n'exigerais pas de quitter Farthinggale Manor : je donnerais à Tony une chance de réparer ses torts. Partir, ce serait le punir davantage et qui sait ? le pousser au même geste fatal que son frère Troy.

C'est à tout cela que je pensais, tandis que Mme Broadfield me pétrissait les muscles. A nouveau, j'éprouvai une sensation de pincement mais je ne lui en dis rien. Je préférais attendre l'arrivée du Dr Malisoff.

Elle me tournait et me retournait en tous sens, me triturant la chair entre ses mains robustes. Lorsque je baissai les yeux, je vis que ma peau était passée de l'ivoire au rouge écrevisse. Elle venait de me remettre à plat ventre pour me masser les fesses quand, une fois de plus, je sentis le pincement de ses doigts. Pas douloureux, mais très net... juste un peu désagréable.

— Je sens vos doigts, madame Broadfield, et cela ne me fait pas mal.

— Vraiment ? dit-elle en me malaxant de plus belle.

— Oui. N'est-ce pas bon signe ?

— Ça se pourrait. Je le noterai dans mon rapport.

— Vous ne croyez pas que ça suffit, maintenant ?

Elle se redressa comme si je l'avais giflée et rabattit brutalement ma chemise de nuit jusqu'aux chevilles. Dans son visage congestionné par l'effort, ses petits yeux brillaient comme des boutons de bottines. A ce moment précis, des voix retentirent dans le couloir : Tony et Drake étaient sur le point d'entrer.

Je m'empressai de remonter ma couverture et me retournai sur le dos pour les accueillir. En me voyant, Drake sourit jusqu'aux oreilles et je lui souris en retour, mais avec plus de réserve. Luke aurait deviné tout de suite que quelque chose me tracassait. Drake ne s'aperçut de rien et m'embrassa sur la joue.

— Hello, Annie ! Je viens chercher ta liste. Faudra-t-il que j'emprunte un camion ?

Il rit et se retourna vers Tony, demeuré au pied du lit. Il arborait à nouveau cet air calme et distingué qui lui était habituel.

— Ma liste n'est pas si longue que cela, Drake ! Je ne vais pas passer ma vie ici.

Tony tressaillit, mais Drake eut un hochement de tête approbateur.

— Bien sûr que non ! Tu reprends le dessus, je vois. Bravo.

— Je te laisse avec Annie, annonça subitement Tony. Je te retrouverai en bas.

— Je ne serai pas long, il faut que je reprenne la route.

Je fouillai sous mon oreiller, où j'avais glissé ma liste pour ne pas avoir à déranger Mme Broadfield à chaque fois que j'avais quelque chose à noter.

— Voici la liste, Drake. Mme Avery t'aidera à trouver ce que je désire.

Il hocha la tête et parcourut le papier du regard.

— Des bracelets porte-bonheur ? C'est tout ce que tu veux comme bijoux ?

— Je n'ai besoin de rien d'autre, Drake. En quel honneur porterais-je mes diamants ?

— Je ne sais pas, moi, tu pourrais avoir une occasion de t'habiller. Enfin, si je vois quelque chose qui pourrait te servir, je le prends, dit-il en repliant le feuillet pour le glisser dans la poche de sa veste.

Ce fut alors qu'il remarqua mon air préoccupé.

— Qu'est-ce qui ne va pas, Annie ?
— Oh, Drake ! m'écriai-je en fondant en larmes.

Il s'assit sur mon lit et me serra dans ses bras.

— Annie, allons, Annie... Que se passe-t-il ? Tu as su, pour Luke ?

Une boule se forma dans ma gorge et mon cœur battit la chamade.

— Luke ? Eh bien quoi, Luke ? Drake... dis-moi !

— Eh bien, j'allais t'en parler pour que tu ne t'inquiètes pas de son silence mais...

La terreur me nouait l'estomac.

— Mais quoi ?

— Du calme, Annie, il ne lui est rien arrivé. Après t'avoir quittée, hier, j'ai eu l'idée de faire un saut à Harvard pour voir ce qu'il devenait. Il m'a fallu un certain temps pour le dénicher et je l'ai trouvé au salon de son foyer... en tête à tête avec une étudiante, voilà.

Il détourna les yeux comme pour me dérober ses pensées et je crus que j'allais m'évanouir. Je dus faire un effort prodigieux pour parler, mais j'y parvins. Il ne devait pas soupçonner ma faiblesse.

— Que veux-tu dire, Drake ? Je ne comprends pas.

— Il a trouvé une amie, plutôt vite on dirait, et ils semblaient très bien s'entendre, tous les deux.

— Une amie ? Mais... il ne t'a pas demandé de mes nouvelles ?

Ma question était presque une prière.

— Oh si, et il a promis d'appeler Tony aujourd'hui. Mais il ne l'a pas encore fait, j'ai posé la question à Tony en montant te voir. Il appellera sans doute un peu plus tard. Pendant un moment, j'ai même cru...

Il jeta un regard furtif en direction de la porte.

— J'ai cru que Tony avait chargé quelqu'un de joindre Luke de ta part et qu'il t'avait déjà mise au courant.

— Non.

Mon cœur pesait comme une pierre dans ma poitrine. Luke, m'oublier pour une autre fille ? J'avais perdu papa et maman, et maintenant... j'allais perdre Luke, lui aussi ? Non, cela ne pouvait pas être vrai. Si Luke me négligeait, c'était parce que j'étais malade et loin de lui. Quand j'aurais retrouvé mes forces et mes moyens, il perdrait tout intérêt pour cette fille. Personne ne pouvait partager avec lui ce que nous partagions. Il suffirait qu'il me voie entrer dans une pièce pour que tout redevienne comme avant. Je l'espérais de toutes mes forces, et cela serait. J'en avais décidé ainsi.

— Je sais ce que tu penses, Annie, mais tâche de comprendre. Pour quelqu'un qui a passé sa vie dans un trou, comme Luke, tu imagines ce que cela représente de se trouver transplanté à Harvard ? On rencontre des gens différents, tellement plus évolués... Cela vous monte à la tête, et c'est normal. Il ne faut pas lui en vouloir.

— Je comprends, simplement... il me manque tellement !

Je ne voulais pas que Drake devine les émotions qui m'agitaient, et je détournai les yeux.

— Écoute, s'il ne vient pas te voir d'ici peu, je te le ramène par la peau du cou !

— Surtout pas, Drake. Il faut qu'il vienne de son plein gré, pas de force. Je ne veux pas que cette visite soit une corvée pour lui.

Qu'aurait-il pu m'arriver de pire ? Je voulais être celle dont il avait besoin, celle qu'il aimait, et non un boulet à traîner. Embarrassé, Drake me déroba son regard.

— Bien sûr... Je suis désolé.

— Pauvre Drake, je ne voulais pas te faire de reproches. C'est moi qui suis désolée.

Il semblait que Drake fût la seule famille qui me restât, désormais... avec Tony Tatterton.

— Allons, ce n'est rien. Mais dis-moi, Annie... pourquoi sembles-tu si malheureuse, si ce n'est pas à cause de Luke ?

— Aide-moi à m'asseoir, Drake.

Il alla chercher mon dosseret, m'installa confortablement et revint s'asseoir au bord de mon lit.

— Drake... j'ai forcé Tony Tatterton à me dire ce qui s'était passé entre maman et lui.

Il hocha la tête, le regard indéchiffrable, mais un léger sourire releva les coins de ses lèvres.

— Je savais que tu y parviendrais, Annie. Tu ne renonces jamais, tu ressembles trop à ta mère. Et alors ? Quel horrible squelette as-tu fait surgir des placards de Farthy ?

Je lui racontai tout et m'efforçai de me montrer juste envers Tony en lui répétant les explications qu'il m'avait données. A mesure que je parlais, son visage se décolorait et des cernes s'agrandissaient sous ses yeux. Quand j'eus achevé mon récit, il se détourna et demeura un long moment silencieux.

— Bien sûr, dit-il enfin, je ne me souviens pas très bien de mon père. Je n'avais que cinq ans lorsqu'ils sont morts, ma mère et lui. Mais je me souviens très bien de ma belle voiture de pompiers, un jouet Tatterton que Heaven m'avait offert. Chaque fois qu'il me voyait jouer avec, mon père devenait tout triste et il me demandait : « Tu sais qui t'a offert cette voiture ? » et je répondais : « Heaven ! »

« Naturellement, j'avais oublié qui elle était et jusqu'à son visage, mais son nom s'est gravé dans ma mémoire car Luke répondait à son tour : « Oui, Heaven. Ta sœur. » Et il souriait. Il est vrai que Tony a fait une chose horrible, mais mon père est tout aussi coupable car il a sacrifié sa fille... pour un cirque ! Et je crois que l'heure est venue de pardonner, Annie. J'aimais Heaven autant que tu l'aimais toi-même, et je ne crois pas qu'elle nous en voudrait pour cela.

Je ne pus que hocher la tête, les joues ruisselantes de larmes. Drake les essuya du bout des doigts, me serra dans ses bras et se leva brusquement.

— Allons, je ferais mieux de partir, maintenant. Je reviendrai demain dans la soirée et je t'apporterai directement tout ce que tu as demandé.

— S'il te plaît, transmets mes amitiés à Mme Avery, à Roland et à Gérald et... promets-moi de ne pas te disputer avec tante Fanny. Promets-le-moi, Drake.

— C'est promis. Je me contenterai de faire comme si elle n'était pas là... si jamais elle est là.

— Et dis-lui qu'elle sera la bienvenue à Farthy.

Il grimaça un sourire.

— Entendu.
— Et ne sois pas désagréable avec Luke.
— Bien, commandant, dit-il en singeant le salut militaire.
— Sois prudent, Drake, je t'en prie.
— Je le serai, Annie. Je n'ai plus que toi et tu n'as plus que moi maintenant.
— Oh, Drake !

Il m'étreignit une dernière fois avant de partir et ce fut comme s'il avait refermé les portes derrière lui. Il n'en était rien, pourtant, mais le lourd silence qui succéda au bruit de ses pas m'oppressa. Je frissonnai, remontai ma couverture jusqu'au menton et contemplai fixement le plafond.

Luke, avec une autre fille... Je tentai en vain de chasser cette image : elle m'obsédait. Je le voyais en compagnie d'une ravissante étudiante, en train de bavarder à la cafétéria. Je les voyais marcher la main dans la main sur le campus. Je le voyais l'embrasser et elle se blottissait dans ses bras comme j'avais toujours rêvé de le faire.

Tout ce qui m'était cher m'échappait. Le monde que j'avais connu et aimé s'abîmait dans le malheur et la tragédie comme s'il était la proie des flammes. Et l'incendie dévorait tout, jusqu'à mes beaux magnolias. Comme un oiseau épuisé par un long voyage, je cherchais désespérément une branche où me reposer, mais toutes étaient consumées.

Je fermai les yeux et rêvai de papa. Je le vis me tendre les bras et je voulus m'y réfugier, mais ne rencontrai que le vide et ne pus m'empêcher de hurler :
— Non ! Non !

Je m'éveillai en criant pour trouver Tony à mes côtés.
— J'ai fait un cauchemar horrible, expliquai-je, espérant qu'il me demanderait de le lui raconter.

Mais il s'assit sur mon lit et me caressa les cheveux.
— C'est compréhensible, Annie, après tout ce que tu as enduré. Mais tu es réveillée, maintenant. Tout va bien, je suis là. D'ailleurs...

Il continuait à me caresser, très tendrement.

— Tout va aller mieux, j'ai de grands projets pour toi. Il y a tant de choses merveilleuses que je souhaite faire, tant de changements aussi. Farthy va reprendre vie et tu en seras le centre. Comme une princesse.

Ce dernier mot me fit penser à Luke et à nos rêves d'enfants, et je souris malgré moi, ce que Tony interpréta à sa manière.

— Tu vois, tu te sens déjà mieux. Et maintenant... (Il se pencha pour atteindre un flacon de somnifères sur la table de chevet.) Tu vas prendre ceci, c'est un ordre de Mme Broadfield.

Il me versa un peu d'eau et me tendit le comprimé, que j'avalai docilement. Puis il reposa le verre sur la table et m'embrassa sur le front.

— Contente-toi de fermer les yeux et de rester tranquille, dit-il en se levant. Le sommeil viendra tout seul. C'est le meilleur des remèdes, ajouta-t-il avec conviction, comme s'il avait une longue expérience de la chose. Nous parlerons plus tard. Tout va bien, maintenant ?

— Oui, Tony.

— Parfait.

Je le regardai s'éloigner et sortir. Peu de temps après, me sembla-t-il, ou peut-être au milieu de la nuit ? — je ne saurais le dire, car les sédatifs brouillaient ma perception de l'espace et du temps, en tout cas, je dus ouvrir les yeux —, je crus voir une silhouette sombre, haute et svelte se profiler dans l'embrasure de ma porte : celle d'un homme.

Il s'approcha de mon lit mais, bizarrement, je n'eus pas peur. Je le sentis caresser doucement mes cheveux, puis il se pencha sur moi et déposa un baiser sur mon front. Cela me communiqua un sentiment de sécurité et je fermai les yeux. Je ne les rouvris que beaucoup plus tard, en entendant la voix du Dr Malisoff.

15

Comme maman

— Bonjour, Annie. Comment vous sentez-vous ?
Le Dr Malisoff s'assit sur mon lit et Tony resta debout à quelques pas derrière lui. Les mains croisées dans le dos, il se balançait d'un pied sur l'autre, comme un futur papa dans la salle d'attente. Mme Broadfield jaillit en trombe du salon, un appareil de tension à la main, et je tentai maladroitement de m'asseoir. Mon lourd sommeil ne m'avait pas reposée et le bas de mon dos était tout engourdi.

— Un peu fatiguée, avouai-je.

En fait, j'étais littéralement exténuée, mais je ne voulais pas me voir refuser les visites ni le téléphone.

— Hm ! fit le Dr Malisoff en ajustant le bandeau du tensiomètre à mon bras. Mange-t-elle suffisamment, madame Broadfield ?

Il me fixait de son regard professionnel, les yeux braqués sur moi comme deux microscopes. Et Mme Broadfield s'empressa de répondre :

— Pas autant que je le souhaiterais, docteur.

On aurait dit une écolière qui en dénonçait une autre. Le Dr Malisoff secoua sévèrement la tête et j'alléguai pour ma défense :

— Je n'ai pas encore beaucoup d'appétit.

— Je sais, mais il faut vous forcer, sinon vous allez vous affaiblir... Est-ce que vous vous reposez, Annie ? Vous ne semblez pas très détendue.

Je lançai un bref regard à Tony, qui baissa les yeux d'un air coupable.

— Je fais de mon mieux.

— Elle n'a plus reçu de visites ni rien de ce genre ? demanda le Dr Malisoff à Mme Broadfield.

— J'ai essayé de lui éviter tout dérangement, docteur, rétorqua l'infirmière en guise de réponse.

Pourquoi semblait-elle toujours se sentir visée ? Redoutait-elle d'être renvoyée sans crier gare, comme Millie ?

— Je vois.

Le médecin examina mes jambes, testa mes réflexes, braqua une petite lampe dans mes yeux et finit par secouer la tête.

— Je veux pouvoir constater un progrès plus sensible à ma prochaine visite, Annie. Il faut concentrer tous vos efforts sur votre guérison.

— Mais c'est ce que je fais ! Que pourrais-je bien faire d'autre ? Je n'ai pas le téléphone, rien que des livres et la télévision. Personne n'est venu me voir, à part Tony, Drake et Rye Whiskey, le cuisinier !

Je ne pus contrôler ma voix, qui monta un peu trop dans l'aigu, et celle du Dr Malisoff se fit douce et apaisante.

— Je vois que vous êtes très tendue, Annie, mais n'oubliez pas pourquoi vous êtes ici. Il vous faut un environnement calme et reposant pour mettre toutes les chances de votre côté.

— Mais qu'ai-je fait que je n'aurais pas dû faire ?

— C'est votre attitude mentale qui est en cause, Annie. Tous les traitements et tous les médecins du monde ne pourront rien pour vous si vous n'avez pas décidé de guérir. Ne pensez qu'à une chose : marcher, et coopérez de tous vos moyens avec Mme Broadfield. D'accord ?

Je lui répondis d'un hochement de tête et un sourire releva les coins de sa moustache rousse. Mais je ne lui dis rien des sensations douloureuses que je commençais à percevoir, car j'avais quelque chose de très important à faire avant de m'occuper de moi-même. Les mains à plat sur le matelas, je réussis à soulever le buste.

— Docteur... je voudrais qu'on m'emmène voir la tombe de mes parents. Je suis assez forte pour cela et je ne pourrai me concentrer sur rien, tant que je n'y serai pas allée.

Je ne cherchais pas à lui tenir tête mais j'étais sûre d'avoir raison. Il m'observa pensivement pendant quelques instants, puis consulta Tony du regard et je surpris le léger signe de tête qu'il lui adressa.

— Très bien, concéda-t-il. Encore un jour de repos et Mr Tatterton pourra faire le nécessaire en vue de cette visite. Mais je tiens à ce que vous rentriez aussitôt après pour prendre un sédatif, ajouta-t-il après un nouveau coup d'œil à Tony.

— Merci, docteur.

— Et tâchez de manger un peu plus. Vous n'imaginez pas la quantité d'énergie qu'exige un corps pour guérir !

— J'essaierai.

Il me menaça de l'index comme un père grondant un enfant.

— La semaine prochaine, je veux voir gigoter ces orteils, Annie. Et je veux vous entendre rire quand je vous chatouillerai les pieds.

Je souris et me laissai doucement retomber sur l'oreiller.

— Oui, docteur.

Il fit un signe de tête approbateur et quitta ma chambre, escorté de Mme Broadfield et de Tony. Je les entendis chuchoter dans la pièce voisine, à mon sujet de toute évidence, et la durée de cette conférence m'inquiéta. Allait-on me renvoyer à l'hôpital ? Tony fut le premier à revenir. Il vint tout droit à mon lit, me prit la main et m'expliqua d'un air désolé :

— Je m'en veux terriblement, Annie, et je me sens responsable de ce bilan peu satisfaisant. Je n'aurais pas dû t'emmener dans l'appartement de tes parents, hier, ni me laisser entraîner à te raconter toutes ces sombres histoires.

Je le rassurai, malgré ma propre inquiétude. N'avaient-ils pas changé d'avis au sujet de ma visite au cimetière ?

— Ne vous reprochez rien, Tony. Mais vous m'emmènerez voir la tombe de mes parents demain, n'est-ce pas ?

— Le Dr Malisoff le permet, et je vais prendre immédiatement les dispositions nécessaires pour le service religieux.

— Allez-vous inviter Drake et Luke à y assister ?

J'aurais tellement voulu qu'ils soient auprès de moi !

— Je ferai de mon mieux, répliqua-t-il en souriant. Drake devrait être rentré de Winnerow à temps pour le dîner.

— Mais vous ne devriez avoir aucun mal à joindre Luke !

C'était bien ce qu'il laissait entendre, mais cela semblait inconcevable. Pas tant que cela, pourtant... Si Luke passait son temps avec une... avec une autre, il pouvait être impossible à joindre, ou recevoir le message trop tard. Mais je voulais qu'il vienne, j'avais besoin de lui.

— Drake l'a bien trouvé, lui !

— On devrait pouvoir y arriver sans problème, ma secrétaire va s'en charger tout de suite.

— Merci, Tony ! Merci.

Il n'avait pas lâché ma main et la garda quand je fermai les yeux. Ils avaient raison, tous les trois, je devais avoir vraiment besoin de calme. L'agitation causée par cette visite avait suffi à m'épuiser, et je me serais volontiers rendormie. Mais Mme Broadfield ne l'entendait pas de cette oreille.

— Il est temps que je prépare Annie pour le petit déjeuner, annonça-t-elle en rentrant.

Tony hocha la tête et lâcha ma main.

— Je reviendrai dans l'après-midi. Bonne matinée, Annie.

Ma matinée fut exactement pareille aux autres, à un détail près : je ne laissai pas une miette de mon déjeuner. Il n'était pas question de fournir à qui que ce soit une bonne raison de m'empêcher d'aller au cimetière le lendemain. Et si l'on parvenait à joindre Luke, pour ensuite tout annuler à la dernière minute ? Il n'aurait plus de raison de venir. Ne pas assister au service, c'était me voir priver de Luke, et la pensée de manquer une occasion pareille m'emplit de panique. Il fallait absolument que je me calme avant que Mme Broadfield ne le remarque.

Elle commença mes soins aussitôt après le petit déjeuner et cette fois encore je sentis la pression de ses doigts. Cela me fit mal du haut en bas des jambes mais je ne laissai échapper ni un mot, ni une plainte : je craignais bien trop que cela ne se retourne contre moi. Je parvins à feindre la plus totale indifférence et passai le reste de la matinée à regarder la télévision. Peu de temps après le déjeuner (que j'avalai lui aussi jusqu'à la dernière miette), Tony réapparut et je m'écriai dès que je l'aperçus :

— Avez-vous parlé à Luke ?

— Non, mais j'ai laissé un message à son foyer. Il appellera sûrement dans la journée, ou nous le verrons arriver pour la cérémonie. C'est un vieil ami à moi, le révérend Carter, qui célébrera le service. Il est prévu pour deux heures.

— Mais, Tony, vous auriez dû continuer à essayer de joindre Luke ! Vous ne pourriez pas rappeler ? Je vous en prie, Tony, essayez encore !

— Quelqu'un va s'en charger pour moi, si je n'y arrive pas moi-même, ne t'inquiète pas. Il ne faut pas que tu te tracasses pour cela.

— C'est promis.

Était-ce parce que je n'avais pas demandé à quitter Farthy, malgré sa confession ? Tony semblait avoir retrouvé tout son entrain.

— Je parie que tu réfléchis à ce que tu vas pouvoir mettre demain ? demanda-t-il, se méprenant sur mon air pensif.

— Ce que je vais mettre ?

— Tu as le choix, poursuivit-il en allant ouvrir la penderie, découvrant les vêtements un à un. La plupart de ces toilettes sont neuves, Heaven n'a jamais eu l'occasion de les porter. Et le plus étonnant, c'est qu'elles te vont ! Naturellement, elle avait ses préférées...

Il décrocha une robe de coton noir à manches longues.

— Celle-ci, par exemple. Je me souviens qu'elle l'a portée pour un enterrement, dit-il en caressant la longue jupe d'un geste plein de tendresse.

Et quand il releva les yeux sur moi, son regard avait repris son expression lointaine, comme s'il revoyait maman.

— Si tu avais vu comme les gens la regardaient quand elle est entrée dans l'église et a descendu la nef : tout le monde était médusé, même le révérend Carter ! On voyait qu'il se demandait...

Tony eut un petit rire.

— ... si c'était un ange qui venait assister au service ! Elle était comme sa mère : le noir faisait valoir sa beauté. Et je suis sûr que c'est ton cas, à toi aussi.

— Je ne me soucie pas d'être belle, Tony. Je ne vais pas au cimetière pour me montrer.

— Je sais, mais cela fera honneur à la mémoire de ta mère et de ta grand-mère que tu portes cette robe.

Il la posa sur mon lit, recula d'un pas et la contempla fixement avant de lever sur moi un regard pensif.

— Sais-tu, Annie, que si tu teignais tes cheveux en blond platine tu serais le portrait de ta grand-mère ? Attends, je vais te montrer ce que je veux dire.

Son regard fit rapidement le tour de la pièce et s'arrêta sur la coiffeuse. Il se leva aussitôt, y prit l'un des cadres d'argent et me le tendit.

— Tu vois ?

C'était une photographie de ma grand-mère Leigh quand elle avait mon âge. Je dus admettre que la ressemblance entre nous était frappante, et l'eût été plus encore si j'avais eu les cheveux blonds.

— Tu devrais y penser, reprit Tony, ne serait-ce que pour te changer les idées. Tu as si peu de distractions ! Je ferais venir l'un des meilleurs coiffeurs de Boston... Qu'en dis-tu ?

— Me teindre en blonde ? Ce n'est pas sérieux, Tony ?
— Tout ce qu'il y a de plus sérieux, au contraire. Imagine la surprise des gens qui viendraient te voir !
— Je ne sais pas trop...

Pour un peu, j'aurais ri, mais la photo de Leigh me fascinait. Ses yeux, son nez, son menton ressemblaient tellement à ceux de ma mère et aux miens... Était-ce pour cela que maman avait voulu être blonde ?

— J'ai beaucoup de photos de ta mère quand elle était blonde, elle aussi, dit Tony comme s'il lisait dans mes pensées.

Et il alla chercher un autre cadre en argent sur la coiffeuse. Celui-ci contenait une photo de papa et maman sur la plage de Farthy, pendant leur lune de miel. Je posai les deux clichés l'un à côté de l'autre.

— Intéressant, n'est-ce pas ?
— Oui.
— Alors, quand dois-je t'envoyer le coiffeur ?
— Mais je n'ai pas parlé de me faire teindre, Tony !
— Regarde comme elles étaient belles, toutes les deux, avec leurs cheveux d'or ! insista-t-il, le regard brillant d'excitation. Eh bien, qu'en penses-tu ?
— Je ne sais pas... on verra.

A nouveau, son regard fit le tour de la chambre.

— Tous ces soins, ces médicaments, cette solitude... tu ne trouves pas cela fastidieux ? Je t'en prie, laisse-moi faire venir ce coiffeur. Tu oublieras que tu es invalide pour te sentir à nouveau jeune et jolie, tu verras.

Son exubérance me fit sourire. Oui, ce serait bon d'être belle, à nouveau, et puis... je baissai les yeux sur les photographies. Si mes cheveux étaient de la même couleur que ceux de maman, ne me sentirais-je pas plus proche d'elle ? Elle semblait si heureuse, sur cette plage. Et Leigh, ma grand-mère... Sa beauté farouche possédait un attrait singulier. Le blond exaltait l'éclat de son teint, mais en serait-il de même pour moi ?

— Je ne sais vraiment pas, Tony. Je n'ai jamais pensé à me teindre les cheveux. Le résultat pourrait se révéler désastreux.

— Si jamais cela ne t'allait pas, le coiffeur reviendrait immédiatement pour te rendre ta couleur naturelle.

— Alors après la cérémonie, peut-être. Je n'ai pas envie de m'occuper de moi pour le moment. Merci quand même.

Je lui tendis les photographies. Il parut déçu mais indiqua d'un signe de tête qu'il me comprenait.

— Et pour la robe, que décides-tu ?

— Drake devrait m'en apporter une noire, je l'ai noté sur ma liste.

— Tu ne veux même pas essayer celle-ci ?

Il paraissait y tenir beaucoup et je me surpris à me demander quelle allure j'aurais, ainsi habillée.

— Entendu, je l'essaierai.

— Je t'envoie Mme Broadfield et, dès que tu auras passé la robe, appelle-moi.

Je n'eus pas le temps de répondre : il était déjà parti. Il n'était pas dans mes intentions d'essayer la robe sur-le-champ, mais comment refuser cela à Tony ? Il paraissait aussi excité qu'un enfant le matin de Noël. Mme Broadfield ne tarda pas à se montrer, et il me suffit de la voir pour comprendre que l'idée ne l'enchantait guère.

— Nous pouvons faire cela plus tard, Mme Broadfield, si vous êtes occupée ailleurs.

— Si c'était le cas, je ne serais pas ici.

Elle prit la robe sur le lit, la détailla quelques instants et haussa les épaules. Puis elle m'aida à me changer et à m'asseoir dans le fauteuil pour que je puisse me voir dans le grand miroir mural.

Dans cette position, il m'était difficile de savoir si la robe m'allait bien, mais j'eus l'impression qu'elle me vieillissait. Je n'avais pas du tout pris soin de mes cheveux depuis l'accident. Et en me voyant dans une autre tenue qu'une chemise de nuit, je m'avisai que j'avais une mine épouvantable. Mes cheveux avaient l'air sales, gras, filandreux. Le noir accusait la pâleur de mon teint et les cernes de mes yeux. Je faillis fondre en larmes.

Mme Broadfield se tenait à mes côtés, les bras croisés, et m'observait avec une mine de vendeuse exaspérée. Il était clair qu'elle ne considérait pas les essayages comme faisant partie de ses devoirs professionnels.

Je n'entendis pas revenir Tony, et ne me retournai qu'en sentant son regard sur moi. Il se tenait sur le seuil et me contemplait de loin, le visage extatique, avec cet étrange sourire que je lui voyais de plus en plus souvent. Mme Broadfield s'en alla sans dire un mot.

— Oh, Tony, je suis affreuse, je ne m'en rendais pas compte ! Mes cheveux sont répugnants et personne ne m'a rien dit, ni Drake, ni vous, ni les domestiques.

— Tu es très belle. Ta beauté est de celles que rien n'atteint, ni le temps ni la maladie. Elle est immortelle. Je savais que cette robe t'irait, j'en étais sûr. Tu la porteras, n'est-ce pas ?

— Je ne sais pas, Tony, je ne me plais dans rien, de toute façon. Alors celle-là ou une autre...

— Ne crois pas cela, surtout. Je suis certain qu'en voyant à quel point sa fille est devenue belle, ta mère sourira.

Je saisis une mèche tout emmêlée entre mes doigts et la laissai retomber d'un air écœuré.

— Mais regardez mes cheveux...

— Tu vois bien... le seul fait de te trouver laide te rend malade. Laisse-moi appeler ce coiffeur tout de suite. Je ne suis pas médecin, mais je sais qu'on ne peut pas aller mieux quand on ne se plaît pas, bien au contraire.

Je trouvais qu'il insistait beaucoup, et pourtant l'argument ne manquait pas de bon sens. Mais n'était-ce pas futile de ma part de me préoccuper de tels détails en un moment pareil ? Tony sut trouver les mots pour me convaincre.

— Luke ne t'a pas vue depuis ta sortie de l'hôpital. Je suis certain qu'il s'attend à te trouver meilleure mine.

J'imaginai Luke en ce moment même, au milieu de jolies étudiantes, des filles bien portantes, heureuses... des filles qui pouvaient marcher, rire et faire toutes sortes de choses amusantes avec lui. Peut-être avait-il retardé sa visite parce qu'il ne pouvait pas supporter de me voir dans cet état ? Alors il allait être surpris. Je lui paraîtrais plus forte, en meilleure santé, et ce serait vrai : j'irais déjà mieux.

— Entendu, Tony, envoyez-moi ce coiffeur. Mais attention, je n'ai pas dit que je voulais changer de couleur de cheveux tout de suite. Pour l'instant, je pense qu'un shampooing et une mise en plis suffiront.

— Comme tu voudras. En tout cas...

Il recula d'un pas et me fixa d'un regard intense.

— Cette robe te va à ravir. Tu la mettras, n'est-ce pas ? Tu devrais, Annie. Après tout, c'était celle de ta mère.

Une fois de plus, il avait dit les mots magiques.

— Oui, Tony. Je la mettrai.

— Parfait. Et maintenant, à l'ouvrage. Tu auras ton coiffeur, dussé-je aller le chercher moi-même. Merci de me donner ma chance après tout ce que je t'ai raconté, Annie, tu es une fille merveilleuse. Alors... à tout de suite.

Sur ce, il se rapprocha de mon lit, m'embrassa tendrement sur la joue et s'éclipsa aussitôt.

Je demeurai un long moment immobile devant le miroir à contempler pensivement mon reflet. A Winnerow, maman avait plusieurs robes noires, dont une presque pareille à celle-ci. Était-ce pour cela qu'il me semblait sentir peu à peu son esprit se fondre avec le mien ? Je retrouvais son regard dans mes yeux, son sourire sur mes lèvres, comme lorsque on ajuste un objectif et que l'image, d'abord floue, se précise peu à peu. Et cela me faisait mal.

Maman ne serait plus jamais à mes côtés lorsque je me préparerais pour une soirée ou pour aller à l'école. Elle ne serait plus là pour poser sa main sur mon épaule, me caresser les cheveux, me donner un conseil, m'embrasser sur la joue... Me voir dans cette robe, retrouver son image ne faisait que me rendre plus douloureusement consciente de la cruelle vérité.

Je m'éloignai du miroir pour aller chercher un mouchoir en papier sur la coiffeuse. Tandis que je m'essuyais les yeux, mon regard tomba sur les photographies et s'arrêta sur l'une d'elles en particulier. On y voyait maman, près des écuries, dans une position volontairement comique. Ce devait être papa qui avait pris l'instantané et maman avait dû vouloir le faire rire. Mais ce qui retint mon attention, ce fut Tony, à l'arrière-plan. Il la dévorait du regard, avec le même étrange sourire que je venais de voir sur son visage lorsqu'il me regardait, moi.

J'étudiai quelques instants le cliché, puis passai les autres en revue et, une fois de plus, l'un d'eux m'attira tout spécialement. Je le plaçai à côté du premier et c'est alors que je compris ce qui m'avait fait rapprocher les deux images : il y avait un lien entre elles. La seconde était une photo de ma grand-mère Leigh, au même endroit, dans la même tenue d'équitation et la même pose amusante. A les voir ainsi côte à côte, maman et elle, on aurait dit deux sœurs.

Était-ce pour cela que Tony souriait ? J'aurais dû sourire, moi aussi, mais cela me fut impossible.

— Alors, je vous enlève cette robe ou vous la gardez toute la journée ?

Je me retournai brusquement pour voir Mme Broadfield plantée à l'entrée de la chambre, les poings sur les hanches. Sa mauvaise humeur me rendit agressive. Si les ordres de Tony lui déplaisaient tant, pourquoi s'en prendre à moi ? Je redressai la tête et rétorquai sur le même ton :

— Non, je l'enlève. Mettez-la de côté pour demain.

Ses yeux s'arrondirent de surprise et elle laissa retomber ses mains.

— Très bien. C'est l'heure de votre hydrothérapie, de toute façon.

Elle passa dans la salle de bains pour ouvrir les robinets et, cette fois, ce fut d'eau bouillante qu'elle remplit la baignoire. Je criai de douleur quand elle m'y plongea, mais elle ne s'en émut pas le moins du monde. Je vis ma peau virer au cramoisi, retins mon souffle et m'efforçai de me soulever pour sortir de cette fournaise mais, d'une pression sur mes épaules, elle m'y replongea aussitôt. Et toutes mes protestations furent vaines.

— Vous devez apprendre à supporter la chaleur, déclara-t-elle en branchant les jets tourbillonnants.

Des bulles brûlantes me cinglèrent la poitrine et le cou, certaines jaillirent même jusqu'à mes joues. Et Mme Broadfield me laissa là, agrippée au rebord de la baignoire, tandis qu'elle allait préparer ses pots de crème pour me masser.

Je contemplai mes jambes et mes pieds inertes, inutiles, en m'efforçant de suivre les conseils du Dr Malisoff: ne penser qu'à ma guérison. Marche, me répétais-je mentalement, il faut que tu marches...

Cette situation ne pouvait pas durer: il fallait que j'en sorte, et vite. Je gardais les yeux fixés sur mes doigts de pieds en leur commandant de remuer, quand je vis soudain mon gros orteil se contracter.

— Madame Broadfield!

Croyant que je voulais sortir de l'eau, elle ne prit pas la peine de se déranger et je hurlai de plus belle:

— Madame Broadfield, venez voir!

Et cette fois, elle daigna se montrer.

— Je vous ai dit de rester...

— Non, c'est mon gros orteil, celui du pied droit ! Il a bougé!

Elle se pencha sur la baignoire.

— Faites-le bouger encore une fois.

J'essayai... sans résultat.

— Mais il a bougé, je l'ai vu. Il a bougé.

Elle secoua la tête et décréta:

— C'est l'eau que vous avez vue bouger, tout simplement.

— Non, je vous jure que c'était mon orteil.

— Hm-hm... très intéressant, concéda-t-elle.

Et elle retourna à ses pots de crème.

Écœurée, épuisée par la chaleur et l'effort, je me renversai en arrière, fermai les yeux et attendis qu'elle mette fin à mon supplice. Quand elle s'y décida enfin, j'étais aussi rouge que si j'avais pris une insolation et ramollie comme des spaghettis trop cuits. Elle m'étendit à plat ventre sur les serviettes de bain préparées sur mon lit et je fermai les yeux quand elle commença son massage. Ses mains robustes entamèrent une série de lents mouvements circulaires, sur la nuque d'abord, puis le dos, puis les fesses... et soudain, je rouvris les yeux : je venais d'entendre la voix de Tony.

Ciel ! Et moi qui étais complètement nue sur ce lit ! Je me tortillai comme une anguille pour essayer de me couvrir d'une serviette mais je ne fus pas assez prompte, ou pas assez adroite, et Mme Broadfield ne fit rien pour m'aider. Je pouvais apercevoir Tony du coin de l'œil et il s'excusa aussitôt.

— Désolé, je passais simplement te dire que le coiffeur serait là à trois heures. Désolé, répéta-t-il, avant de tourner les talons.

— Vous auriez pu fermer la porte avant de commencer, madame Broadfield !

— Pff... c'est bien le cadet de mes soucis !

— Eh bien pas le mien, figurez-vous. J'ai encore un peu de pudeur et Mr Tatterton est un homme.

— J'avais remarqué, merci, rétorqua-t-elle aigrement.

Puis elle se radoucit et ajouta presque aussitôt :
— Je penserai à fermer la porte, la prochaine fois.
— N'oubliez pas, je vous en prie.

Elle me massa ensuite avec une crème adoucissante et me mit une chemise de nuit propre, mais même après cela, la peau continuait à me cuire. Ce ne fut qu'en m'éveillant après avoir fait une petite sieste que je me sentis un peu soulagée. Mme Broadfield m'apporta un jus de fruits et revint un peu plus tard m'annoncer que le coiffeur était là. Tony et lui entrèrent au moment précis où elle m'aidait à m'installer dans mon fauteuil. C'était un homme de haute taille, mince, blond et bouclé, aux sourcils si clairs qu'on les voyait à peine. Avec cela un teint radieux et des lèvres roses à rendre jalouse n'importe quelle femme.

Tony le présenta sous le nom de René, esthéticien, et s'empressa d'ajouter qu'il était français, ce qui me laissa sceptique. Il avait beau émailler ses phrases de mots français, j'aurais juré qu'il était né en Amérique. Son accent avait quelque chose d'outré, comme s'il le réservait à l'usage de ses clients. Son travail fini, il devait parler comme n'importe quel Américain bon teint.

— Ah, *mademoiselle*, commença-t-il en faisant un pas en arrière.

Il pencha la tête à gauche, puis à droite, et parut réfléchir intensément à ce qu'il pourrait bien faire de ma chevelure. Puis il se rapprocha, se pencha sur moi, s'empara d'une mèche et l'étala dans sa paume en secouant la tête.

— Belle chevelure, *très fournie*, mais malheureusement très négligée, *n'est-ce pas* ? observa-t-il en se tournant vers Tony comme pour quêter son approbation.

Tony acquiesça d'un signe et l'homme de l'art enchaîna :

— Ne vous inquiétez pas, *mademoiselle*, René est un magicien, et il peut faire des miracles.

— Un shampooing et une mise en plis me suffiront.

A nouveau, l'autre consulta Tony du regard.

— Mais je croyais... *Pardonnez-moi*... Et la couleur ?

— René est un expert, Annie, écoute d'abord son avis.

— Cela vous embellirait beaucoup, *mademoiselle*, insista René en recommençant son manège. Remettez-vous entre mes mains.

Et il me tendit ces précieuses mains, comme si la vue de ses longs doigts pouvait me révéler ses qualités exceptionnelles.

Je me tournai vers le miroir le plus proche et y jetai un regard furtif. Expert ou pas, peut-être ferais-je mieux de m'en remettre aux talents de René, après tout ?

— Entendu. Faites pour le mieux.
— Parfait !

Tony rayonnait. Je me renversai en arrière, fermai les yeux et le laissai rouler mon fauteuil vers le lavabo, puis le fameux expert se mit à l'œuvre.

Ce n'était plus mon visage que je voyais dans le miroir, mais celui de maman, le même que sur toutes ces vieilles photographies. Le changement de couleur avait opéré une transformation magique. Tel un enchanteur, le coiffeur m'avait fait remonter le temps selon le vœu le plus cher de Tony, pour me transporter dans le passé et le Farthy des jours heureux. Je n'étais plus la même. Par les soins de René, je ressemblais trait pour trait à maman, telle qu'elle était sur la photo prise devant les écuries. Même blond argenté, même coupe de cheveux... Et rien d'étonnant à cela: Tony avait donné ce cliché à René pour modèle.

Mais comment Luke allait-il réagir? Il avait vu d'anciennes photos de maman et je savais qu'il la trouvait merveilleusement belle. Serait-il aussi émerveillé en découvrant ma métamorphose? Et quand nous serions seuls, prendrait-il ma main dans la sienne pour m'avouer ses véritables sentiments? Dans mon imagination enfiévrée par l'amour, je croyais entendre ses paroles.

— Annie, quand je t'ai vue pour la première fois ainsi, aussi blonde que ta mère, j'ai compris que je ne pourrais plus te cacher mon amour, même si c'est un amour interdit. Je t'aime, Annie. Je t'aime de toutes mes forces et il ne sert à rien de le nier.

Je me répétai longuement les mots tant désirés, puis j'ouvris les yeux et m'examinai dans le miroir que je tenais à la main. Si seulement mes cheveux blonds pouvaient produire cet effet magique...

— Annie... c'est bien toi?

Drake fit irruption dans ma chambre, portant deux valises pleines de vêtements et de chaussures qu'il déposa au pied du lit. Il me dévisagea, un petit sourire aux lèvres, et je posai mon miroir pour mieux étudier son expression. Que pensait-il de ce changement, au juste?

— Tu me trouves ridicule?
— Non, mais... différente. Tu me rappelles quelqu'un.
— Oui, ma mère, la première fois qu'elle est venue te chercher.

La mémoire lui revint et son visage s'éclaira.

— Oui, c'est cela ! s'écria-t-il, tout excité. C'est bien cela. Eh ! Mais... tu es vraiment belle, tu sais ?

Et il s'approcha pour m'embrasser, comme s'il était enfin convaincu que c'était bien moi.

— Sincèrement, j'adore ça.

— Je ne sais pas, je me sens... si différente. Je me demande si maman se sentait très à l'aise, en blonde. J'ai l'impression de faire semblant d'être quelqu'un d'autre. Elle a sûrement dû ressentir la même chose.

Drake haussa les épaules.

— Possible. Elle a repris sa couleur naturelle dès que Logan et elle sont revenus à Winnerow pour acheter la maison Hasbrouck.

— C'est Tony qui m'a poussée à faire ça. J'étais plutôt déprimée et il m'a dit que je me sentirais mieux. Mais assez parlé de moi, raconte-moi plutôt ce qui se passe à Winnerow. Qui as-tu vu, là-bas ? Que t'ont dit les domestiques ? Que deviennent la maison et tante Fanny ?

— Wouah ! Du calme, lança Drake dans un éclat de rire.

Je me mordis la lèvre et me rejetai en arrière avec impatience. Ce que voyant, Drake fit semblant de rassembler ses souvenirs.

— Winnerow... Voyons, laisse-moi réfléchir...

— Oh, ne me taquine pas, Drake ! Ce n'est pas drôle de passer sa vie entre quatre murs.

Son sourire moqueur disparut instantanément pour faire place à une expression pleine de tendresse.

— Pauvre petite Annie, je suis vraiment cruel ! Je te promets de venir plus souvent et de te promener partout. Mais revenons-en à Winnerow. Dès que j'ai ouvert la porte, les domestiques m'ont littéralement sauté dessus pour avoir de tes nouvelles. Mme Avery a tout de suite fondu en larmes, bien sûr, et c'est tout juste si Roland ne s'est pas mis à pleurer comme un veau. Gérald était le seul à garder la bouche pincée mais c'est...

— Parce qu'il est comme ça de naissance, achevai-je en même temps que lui.

C'était une des plaisanteries que nous faisions toujours dans le dos de Gérald.

— Oh, Drake, ils me manquent tellement, tous !

— J'ai vu plusieurs de tes camarades de classe, au drugstore. Ils étaient impatients d'avoir de tes nouvelles et t'envoient leurs amitiés.

— Et tante Fanny ? Que devient tante Fanny ?

Drake secoua plusieurs fois la tête.

— Eh bien... elle est plutôt bizarre. Je l'ai trouvée derrière la maison en train de lire. Parfaitement : de lire. Elle portait un ensemble très bon chic bon genre, chemisier blanc à manches longues et jupe ample à mi-mollet. Elle avait les cheveux tirés en arrière et un chignon ; d'ailleurs je ne l'ai pas reconnue. J'ai demandé à Gérald qui était la personne qui lisait dans la rotonde.

— Dans la rotonde !

— Eh oui.

— Et que lisait-elle ?

— Alors là, tiens-toi bien... un roman éducatif pour jeunes filles ! Quand je me suis approché, elle a levé les yeux et m'a dit : « Oh, Drake, quel plaisir de te voir ! » Puis elle m'a tendu la main et n'a pas lâché la mienne tant que je ne l'ai pas embrassée sur la joue. C'était bien la première fois que cela m'arrivait ! J'ai même eu une conversation à peu près sensée avec elle, figure-toi. On dirait que la mort de tes parents l'a métamorphosée. Elle est décidée à bien se conduire et à... comment est-ce qu'elle a dit ça, déjà ?... à faire honneur à la mémoire de Heaven. Non mais, tu imagines ? Je dois lui rendre justice, toutefois, la maison était impeccable et, si j'en crois les domestiques, ta tante a renoncé à sa cour de godelureaux. En fait, elle mène une vie monacale.

— Elle t'a demandé de mes nouvelles ?

— Bien sûr.

— Et elle viendra me voir ?

— Elle voulait venir, mais je n'ai pas osé dire oui avant d'avoir demandé à Tony si les médecins étaient d'accord.

— Mais c'est ma tante ! Je ne suis tout de même pas

un prisonnier au secret ! protestai-je avec emportement.

Un peu trop d'emportement sans doute, car le pauvre Drake en resta tout pantois.

— Désolée, Drake, ce n'est pas ta faute. Tu as cru bien faire, j'en suis sûre.

— Il va falloir que je parte, Annie. Tu as l'air d'aller déjà bien mieux. Et maintenant que j'y suis habitué, je trouve que ta nouvelle couleur de cheveux te va très bien. En entrant, j'ai cru que Tony avait installé une vedette de cinéma dans ta chambre pendant mon absence.

— Oh, Drake !

— Non, tu as réellement meilleure mine qu'à mon départ, je t'assure.

— J'espère que c'est vrai, Drake, soupirai-je en baissant les yeux.

C'est alors que je me souvins du service du lendemain.

— As-tu vu Tony avant de monter ? T'a-t-il parlé de la cérémonie religieuse ?

— Naturellement. Je serai là, à tes côtés.

— Et Luke ? Il a fini par appeler ?

Drake secoua la tête d'un air désapprobateur.

— Tu veux dire... qu'il n'a toujours pas téléphoné ? Il avait pourtant dit à Fanny qu'il allait le faire. Quel petit égoïste, il aurait quand même...

— Non, Drake, je ne peux pas croire cela de lui. S'il te plaît, appelle-le toi-même. Tony a laissé un message à son foyer mais je veux être certaine qu'il l'a reçu. Tu veux bien t'en assurer ? Il se pourrait que quelqu'un intercepte ses messages pour lui faire une farce, alléguai-je en désespoir de cause.

Mais je n'y croyais pas moi-même. Et si Drake avait raison ? Loin de chez eux, les gens ne sont plus les mêmes, et la vie de Luke n'avait pas été facile, à Winnerow. Peut-être avait-il décidé de rompre avec son ancienne existence... et avec moi du même coup.

Oh, non ! implorai-je silencieusement, pas cela, mon Dieu. Ce serait trop cruel.

— Entendu, promit Drake en se levant, je tâcherai de le trouver. En attendant, je t'ai ramené ce que tu demandais. Tout est là.

— Je n'aurai personne pour m'aider à ranger tout ça, Tony a renvoyé Millie.

— Je suis au courant. Aucune importance, je ferai ça moi-même, dit-il en allant ouvrir un placard. Seigneur, quelle garde-robe ! Tous ces vêtements étaient à Heaven ?

— Et à ma grand-mère Leigh. Tony les a tous gardés.

— Mais il y en a qui ont l'air tout neufs !

— Je sais, et demain je porterai une des robes de maman. La noire que Florence Farthinggale a accrochée dans le coin.

— Florence Farthinggale* ! s'esclaffa Drake. Très drôle. J'ai l'impression que ce n'est pas tout à fait l'Entente cordiale, vous deux ?

— Cela peut aller... tant que je ne sors pas de mon rôle de pâte à modeler, ironisai-je, ce qui le fit rire à nouveau. D'ailleurs, c'est la robe que Tony a choisie pour moi.

— Pas possible ?

Drake jeta un bref coup d'œil à la robe, se hâta de ranger mes vêtements et revint s'asseoir sur mon lit.

— Tiens, dit-il après avoir fouillé dans ses poches, voilà tes fameux bracelets.

— Ah... Merci, Drake.

— Tu comptes en mettre un à chaque poignet ?

— Non, j'alternerai. Les jours où Luke viendra, je porterai le sien, répondis-je en effleurant tendrement le bijou du doigt, comme j'eusse caressé la joue de Luke.

— Petite sorcière, sourit Drake, tu n'as pas changé... mais fais comme tu veux, après tout. Quand je te vois telle que tu es maintenant... (son regard prit une intensité nouvelle)... c'est vraiment Heaven que je vois. Je retrouve le visage aimant qui se pressait contre le mien

---

* Allusion à Florence Nightingale, célèbre pour son dévouement aux blessés de guerre et qui consacra une partie de sa fortune à la formation des infirmières et des gardes-malades.

quand j'étais un petit garçon effrayé, perdu et solitaire. Je reconnais ces yeux bleus pleins d'amour qui m'ont réconforté quand j'avais le plus besoin de réconfort. Je ne t'ai jamais dit à quel point je me sentais bien près de toi, Annie.

— Nous serons toujours bons amis, Drake. Après tout, je suis ta nièce.

Cette allusion à notre lien de parenté le fit tiquer.

— Je sais.

Il se pencha pour m'embrasser et ses lèvres s'attardèrent sur ma joue comme le faisaient souvent celles de Tony, puis il se redressa.

— Bon, je ferais mieux de partir, annonça-t-il en se levant. Il faut que je prenne un peu d'avance au bureau, cela me laissera du temps pour demain.

— Et n'oublie pas d'appeler Luke, Drake !

— Non. Ah, au fait... dit-il en portant la main à la poche intérieure de sa veste. J'ai pensé que tu pourrais avoir une occasion de t'habiller, un de ces jours. Par exemple, si Tony décide de donner une réception pour ton départ, quand tu seras guérie. En tout cas, j'ai apporté ça.

Et il me tendit l'écrin noir où maman rangeait la rivière de diamants et les boucles d'oreilles de sa grand-mère Jillian.

— Oh, Drake, tu n'aurais pas dû m'apporter cela ! C'est bien trop précieux.

— Et alors ? Farthy n'est pas un asile pour clochards, et je sais combien tu tiens à ces bijoux. J'espérais que cela te reconforterait de les avoir...

Je ne pus m'empêcher de sourire.

— Oui, tu as sans doute raison, excuse-moi. Et merci de penser à moi, Drake. Je sais que je me montre égoïste et ingrate, quelquefois.

— Oh non, Annie ! Tu es l'être le moins égoïste que je connaisse. Quand je pense à toi, je te vois si pure et si belle que... que tu brilles.

Le regard de Drake avait retrouvé son intensité et une boule se forma dans ma gorge. Mon cœur battait à tout rompre, j'étais incapable de parler.

— Eh bien, fit Drake en posant la boîte à côté de moi, cette fois, il faut que j'y aille. Je te reverrai demain juste après le déjeuner.

— Bonsoir, Drake, et merci pour tout ce que tu as fait.

— Voyons, Annie ! Je ferais n'importe quoi pour toi, tâche de ne pas l'oublier.

Il m'envoya un baiser du bout des doigts et s'éloigna d'un pas pressé d'homme d'affaires surmené. Je me laissai retomber en arrière et contemplai longuement la boîte à bijoux avant de me décider à l'ouvrir. Les diamants étincelèrent. Et quand je les pris dans mes mains, je me crus ramenée au matin de mes dix-huit ans. Je revis l'expression de maman, quand elle m'avait attaché le collier : de quel éclat brillaient ses yeux emplis d'amour et de fierté !

Je serrai la rivière sur ma poitrine et j'eus soudain l'impression de sentir la chaleur des pierres. Une chaleur passée des mains de Jillian à celles de sa petite-fille, et de celles de maman dans les miennes. Et lorsque de grosses larmes ruisselèrent de mes joues sur ma poitrine, je compris que je pleurais. Secouée de sanglots, je replaçai le collier dans sa boîte et la refermai. Drake avait eu raison. C'était réconfortant d'avoir ces bijoux près de moi.

Je m'essuyai les yeux du revers de la main et mon regard tomba sur les deux bracelets. Je pris le plus petit des deux, celui qui m'était le plus cher, le glissai à mon poignet et souris.

Que m'avait dit Drake, déjà ? Tante Fanny... dans la rotonde ? Dans notre refuge enchanté ? Comme tout cela semblait loin... Et si je retournais là-bas, pourtant ? Si l'on me portait dans le pavillon, si je pouvais m'appuyer sur le bras de Luke... qui sait si je ne retrouverais pas l'usage de mes jambes, tout à coup ? Cette idée aurait fait sourire les médecins, mais qui connaît vraiment le pouvoir de l'imagination ? Il en faut parfois si peu pour faire des miracles... Luke y croyait, lui. Et quand deux êtres croient de toutes leurs forces en la même chose, tout peut arriver.

Luke. Comme j'avais besoin de sa force, de son sourire, de son optimisme rassurant ! Mais ce qui me manquait le plus, c'était la caresse de ses lèvres sur ma joue. Combien de fois nous étions-nous embrassés ainsi, depuis notre enfance ? Je me les rappelais toutes, sans exception.

Et j'étreignais mes épaules comme s'il était près de moi, tout près de moi, ses doigts jouant dans mes cheveux... et nous échangions un regard avide, en proie aux tourments du désir et de notre amour interdit.

Penser à lui de cette façon me réchauffait le corps et le cœur, je me sentais revivre. Si ces images produisaient un tel effet sur moi, c'était donc que cela n'allait pas si mal ? Avec Luke à mes côtés, je pourrais surmonter l'épreuve. Les obstacles que le destin avait dressés sur mon chemin étaient hauts comme des montagnes, mais je suivrais le conseil de Luke : j'irais toujours plus haut. Je croyais entendre sa voix me chuchoter : « De là-haut, la vue est tellement plus belle, Annie... » Mais voilà que Luke était devenu le sommet le plus inaccessible de tous.

Je parcourus du regard ma chambre vide. Des bruits de pas et de voix montaient jusqu'à moi. Une porte claqua, des volets battirent au vent... et ce fut à nouveau le silence.

Oh, Luke, toi qui aurais dû remuer ciel et terre pour venir me voir... pourquoi n'es-tu pas là ?

16

Infirme !

— J'ai une merveilleuse surprise pour toi, annonça Tony en entrant.

Et à la façon dont il s'écarta de la porte en faisant un pas de côté, je crus deviner quelle surprise il me réservait : j'allais voir apparaître Luke... Mais je me trompais, il s'agissait d'autre chose.

— Pour savoir, il faut que tu sortes de ta chambre, Annie. D'ailleurs, il est temps de partir pour le cimetière.

Je me tournai vers Mme Broadfield, occupée à plier les serviettes de toilette qu'elle utilisait pour mes massages. Son visage était aussi indéchiffrable qu'un masque, mais je soupçonnais qu'elle connaissait la fameuse surprise.

— Il faut que je sorte, dites-vous ?

Tony hocha la tête et je me propulsai vers la pièce voisine. Je portais la robe noire de ma mère et le bracelet de Luke. René était revenu à la fin de la matinée me donner un coup de peigne et Mme Broadfield n'avait pas jugé bon d'écourter mon traitement, mais je ne me sentais pas fatiguée. Sans doute reprenais-je des forces, comme elle l'avait prédit... ou bien je ne voulais pas l'être. Pas aujourd'hui.

Tony s'effaça pour me laisser passer et je me tournai une fois de plus vers Mme Broadfield, pour voir si elle nous accompagnait. Mais elle poursuivit son travail comme si rien d'autre ne méritait son attention. Tony m'aida à tourner à gauche en sortant du salon et je m'engageai dans l'immense couloir. Je ne tardai pas à apercevoir Parson, celui des jardiniers qui avait installé mon poste de télévision. Il attendait en haut de l'escalier, en compagnie d'un autre employé, en bleu de travail lui aussi. Je lançai un regard intrigué à Tony, qui arborait un sourire énigmatique... et je découvris sa surprise.

Il avait fait installer une chaise volante dans l'escalier. Il me suffisait de m'y asseoir et de presser un bouton pour qu'elle glisse lentement le long de la rampe et me dépose au rez-de-chaussée.

— Maintenant, il sera beaucoup plus facile de te faire monter et descendre, déclara Tony. Et très bientôt, j'en suis sûr, tu pourras te déplacer à ta guise d'un étage à l'autre. J'ai commandé un second fauteuil qui t'attendra en bas des marches.

Je contemplai longuement l'installation, pétrifiée. Tony dut être déçu par mon manque d'enthousiasme, mais je n'y pouvais rien. Toute cette machinerie ne faisait que souligner mon infirmité, comme si je devais rester dans cet état pendant des années.

— Mais, Tony, je vais bientôt pouvoir marcher, c'est de l'argent jeté par les fenêtres!

— Oh, c'est donc cela qui te tracasse? Rassure-toi, c'est une location : nous pouvons la résilier quand nous voulons. Quant au second fauteuil, sois sans crainte. Je peux en assumer les frais. Et maintenant... (Tony tapa dans ses mains)... en route pour ton premier vol. Personnellement, j'ai déjà essayé la chaise et elle a soutenu mon poids, alors pas de problème.

Je me retournai pour voir si Mme Broadfield ne viendrait pas m'offrir son aide, mais elle n'avait pas quitté mon appartement. Et, de ma place, l'escalier paraissait interminable, vertigineux.

— Roule jusqu'à ce que tu sois tout à côté de la chaise, conseilla Tony. Puis relève l'accoudoir de ton fauteuil et glisse-toi sur l'autre siège. Tout est prévu pour que tu puisses y arriver sans aide. C'est le but visé.

La peur déferla en moi, déchaînant un véritable tumulte, et le sang me battit aux oreilles, rythmant la montée de ma terreur. Je sentis une sueur froide me couler le long du dos. Je me voyais déjà tomber, rouler dans le grand escalier de marbre et m'écraser au bas des marches.

Parson et l'homme qui l'accompagnait m'observaient avec sollicitude. Je leur souris aussi bravement que je pus et roulai mon fauteuil vers la chaise volante. L'accoudoir résista un peu quand je voulus le soulever, mais personne ne me vint en aide. Cette apparente indifférence devait faire partie du test : il s'agissait pour moi de me débrouiller seule. Enfin, je parvins à relever l'accoudoir et commençai à me glisser sur la chaise.

— Installez-vous bien, mademoiselle, me recommanda l'homme qui accompagnait Parson. Ensuite, mettez la ceinture de sécurité, comme dans une voiture.

Une voiture... Ce seul mot me fit chavirer le cœur, je faillis en perdre le souffle. Où était passée Mme Broadfield ? N'était-ce pas le moment ou jamais d'être à mes côtés ? Je m'entendis gémir comme un enfant :

— Oh, Tony, je ne crois pas que je pourrai...

— Mais si, tu peux. Cela ne te ferait pas plaisir de descendre toute seule pour venir me voir dans mon bureau ? Tu pourrais même dîner à table avec moi, à la place qu'occupait ta mère. Et je suis sûr que tu aimerais te promener dans le parc.

— Quand vous serez prête, mademoiselle, appuyez sur le bouton rouge. Le noir, c'est pour remonter.

— Allez, m'encouragea Tony, vas-y.

Toute tremblante, je pressai le bouton rouge et fermai les yeux. Je croyais entendre la voix de Luke me chuchoter :

— Tu peux le faire, Annie. Toi et moi, nous ne sommes pas comme les autres. Nous surmontons les obstacles que le sort a dressés devant nous, même les plus durs, même les plus grands. Nous osons. Essaie encore. Tu vas y arriver.

Comme j'aurais voulu qu'il soit là pour me tenir la main et m'encourager ! Près de lui, je n'aurais pas eu peur et j'aurais tout tenté pour avoir une chance de guérir.

Je ressentis une petite secousse et la chaise commença à descendre lentement le long de la rampe. Ses rouages ronronnaient doucement, et les trois hommes descendaient en même temps qu'elle, tout près de moi.

— Magnifique, non ?

J'ouvris les yeux à la voix de Tony et inclinai la tête. La chaise se balançait un peu, mais je me sentais en sécurité et c'était merveilleux de pouvoir me déplacer dans un escalier sans l'aide de personne. J'avais cessé d'être un fardeau.

— Et comment fait-on pour s'arrêter ?

— Cette chaise est étudiée pour s'arrêter d'elle-même, mademoiselle.

En effet, en arrivant en bas, elle s'immobilisa en douceur. Et je trouvai mon fauteuil prêt à me recevoir, véhiculé par les soins de Parson. Ce fut à cet instant précis que Drake surgit en battant des mains de la cachette d'où il avait tout observé.

— Hourra pour Annie, la fille de l'espace !

— Drake Ormand Casteel ! Comment as-tu osé te cacher au moment où j'avais le plus besoin de toi ?

— Mais justement, Tony ne voulait pas que l'on t'aide, pour que tu deviennes indépendante encore plus vite.

— Bande de conspirateurs ! m'écriai-je en feignant l'indignation.

Mais au fond j'étais très fière de moi, et heureuse que Tony m'ait laissée agir pratiquement seule. Je tendis le cou pour regarder derrière Drake.

— Et Luke ? Il se cache, lui aussi ?

Drake se rembrunit et se tourna vers Tony, dont les traits s'étaient figés. Ses yeux bleus avaient la froideur et la fixité du saphir.

— Il est allé à un pique-nique organisé pour les nouveaux.

— Un pique-nique ? Mais... Et la cérémonie ? Je croyais que vous l'aviez fait prévenir, Tony !

— Et je l'ai fait — en tout cas ma secrétaire s'en est chargée. Je ne sais pas qui elle a eu au bout du fil, mais elle a dû tomber au milieu d'une réunion animée, car il y avait beaucoup de bruit, paraît-il.

— Mais toi, Drake ? Tu ne l'as pas rappelé, hier, après m'avoir quittée ?

J'éprouvais une affreuse sensation de vide dans la poitrine, là où aurait dû être mon cœur. Pourquoi Luke n'était-il pas là ? Pourquoi n'avait-il pas répondu ?

— J'ai appelé très tôt ce matin, mais tout le monde était déjà parti.

— Je n'y comprends rien.

— C'est sûrement un malentendu, renchérit Drake. Si on ne lui a pas transmis le message, il est parti sans rien savoir.

— Mais on n'oublie pas un message pareil, il ne s'agit pas d'un bal de débutants ! La personne qui a reçu l'appel ne peut pas l'avoir pris à la légère. C'est impensable.

— Il n'est pas là, Annie, dit Drake avec douceur.

— Mais il aurait voulu y être ! C'est un service à la mémoire de son père, à lui aussi !

Je ne parvenais plus à me contrôler. C'était trop, et trop à la fois. L'accident, la mort de mes parents, mon infirmité, l'absence de Luke... Il fallait que je crie. Et je criai.

— Je n'y comprends rien, je n'y comprends rien !

Mon hurlement frappa Drake et Tony de stupeur, et je sentis qu'il fallait me reprendre. Si je piquais une crise de nerfs, on ajournerait la cérémonie et cela, je ne le voulais à aucun prix.

Parson et le technicien murmurèrent de vagues excuses puis s'empressèrent de s'éclipser. Je me raidis sur mon siège, essuyai mes yeux du revers de la main et déclarai avec un calme feint :

— Je vais bien, ce n'est rien. Luke viendra une autre fois, voilà tout.

— Drake, si tu emmenais Annie sur le perron pendant que j'envoie Miles chercher la voiture ? proposa Tony. Vous pourriez nous attendre là.

Il me tapota la main avant de sortir et Drake roula mon fauteuil jusqu'à la porte d'entrée. Il venait juste de l'ouvrir quand Mme Broadfield apparut sans bruit à mes côtés, surgie de nulle part. Une véritable apparition. Puis Drake me poussa au-dehors, dans un ruissellement de soleil.

Le temps n'était pas à l'unisson de mon humeur chagrine, comme si la nature elle-même refusait de prêter attention à ma tristesse. Au lieu de gros nuages gris, de légères vapeurs blanches s'effilochaient dans le ciel transparent. Une brise tiède me caressait le visage et faisait voleter mes cheveux sur mon front. Partout jaillissaient des bruits d'ailes et des chants d'oiseaux, et l'odeur pénétrante du gazon fraîchement tondu embaumait l'air.

Autour de moi, tout respirait la vie et la joie, non la tristesse et la mort. Mais moi, par cette radieuse journée, je me sentais plus seule que jamais. Un seul être aurait pu me comprendre : Luke. Si seulement il avait pu être là ! Il aurait pris ma main, plongé son regard dans le mien et un signe lui aurait suffi pour exprimer sa sympathie. Ses doigts noués aux miens, je ne me serais plus sentie seule dans un monde hostile où tout ravivait ma souffrance, j'aurais eu la force de lutter. Le désir et le besoin de reprendre ma place dans ce monde auraient triomphé. Et surtout, j'aurais voulu marcher à nouveau.

Marcher. Il fallait que je m'accroche à cette idée, même si Luke n'était pas là. Dans un effort désespéré, je pesai sur les accoudoirs de mon fauteuil et ordonnai mentalement à mes pieds d'en faire autant sur le marchepied, mais les muscles de mes jambes refusèrent d'obéir. Je ne sentis rien, à part une vague trépidation dans les cuisses et les mollets. Déçue, je me laissai retomber en arrière.

Miles gara la limousine le plus près possible du perron. Tony et lui venaient juste d'en sortir quand un homme grand et mince, aux cheveux blonds grisonnants, fit son apparition : le révérend Carter. Tony lui serra la main et ils bavardèrent quelques instants avant de monter les marches, Miles sur leurs talons.

— Révérend, voici mon arrière-petite-fille, Annie.

— Dieu vous bénisse, mon enfant, dit le pasteur en prenant ma main dans les siennes. Vous avez beaucoup de courage et de force.

— Merci.

Tony fit signe à Drake et à Miles qui me transportèrent avec mon fauteuil jusqu'à la voiture. Rye Whiskey était là, lui aussi, dans un vieux costume noir et les cheveux plaqués en arrière. Son sourire et ses bons yeux pleins d'affection me firent chaud au cœur.

Nous franchîmes le grand portail et Miles tourna à droite pour prendre la direction du cimetière de famille. A mesure que nous approchions du monument de marbre, mon cœur se serrait de plus en plus douloureusement dans ma poitrine, comme un poing crispé. Je laissai échapper un petit cri, Drake me prit la main et la serra dans la sienne. Quand la voiture s'arrêta, ce fut lui qui m'aida à m'asseoir dans le fauteuil qui m'attendait déjà. Miles et lui m'y installèrent avec douceur, puis il me fit pivoter vers la tombe. Et je me trouvai face à face à l'inscription gravée sur la haute pierre :

STONEWALL

LOGAN ROBERT   HEAVEN LEIGH
ILS ÉTAIENT TENDREMENT UNIS

Je la contemplai longuement, incrédule, confrontée à la terrible réalité. Jamais je ne l'avais ressentie aussi fortement qu'en cet instant, mais rien en moi ne faiblit ni ne vacilla. Je me sentais aussi dure et froide que le marbre lui-même.

Le révérend Carter s'approcha de la tombe, ouvrit sa bible et commença le service. Je percevais le son de sa voix, je le voyais remuer les lèvres, tourner les pages de son livre mais, par un étrange caprice de la mémoire, c'étaient d'autres mots que j'entendais. Ceux qu'aurait dits maman si elle avait été à mes côtés :

— Annie, tu dois retrouver ta force, tu le peux. Ne deviens ni dépendante ni faible, sinon tu te flétriras dans les ombres de Farthy. Tu y pâliras et t'y dessécheras comme une plante privée d'eau, et tu y mourras.

Et papa prenait la parole à son tour.

— Annie, je voudrais tant que nous soyons à tes côtés pour t'aider et t'aimer comme nous l'avons toujours fait, mais c'est impossible. Tu marcheras de nouveau, je sais que tu en es capable. Et tu continueras l'œuvre que nous avons entreprise à Winnerow, ta mère et moi.

— Nous sommes avec toi, Annie. Nous vivons en toi.

— Maman, murmurai-je dans un souffle.

Mais je ne pouvais nier la réalité, ni ce qu'elle signifiait pour moi. Le seul monde que je connaissais était mort. En venant dire adieu à papa et maman, je prenais congé de l'enfant que j'avais été. Adieu, les carillons des boîtes à musique, les rires d'une famille unie, heureuse de se retrouver chaque jour. Adieu, les baisers, les mots doux et l'étreinte réconfortante de maman. Elle ne me prendrait plus dans ses bras pour me consoler quand le monde me semblerait froid et cruel. Je n'entendrais plus le rire de papa résonner dans toute la maison et dissiper les ombres qui s'y glissaient quelquefois.

Finis les repas du dimanche au soleil, les vacances, les doux Noëls. Plus de réunions devant le sapin pour ouvrir les paquets, ni de délicieux repas de réveillon. Adieu, les dîners de Thanksgiving où la famille était si heureuse de se retrouver, les chants autour du piano, les charades. Ils s'en étaient allés avec les œufs de Pâques, les lapins en chocolat, les dimanches au soleil et les vacances sur la plage.

Jamais plus je n'attendrais minuit pour embrasser mes parents la veille du jour de l'an et souhaiter la bonne année à tous. Il n'y aurait plus de vacances, plus de cadeaux enrubannés ni de surprises, plus rien à fêter... De tout ce qui faisait le charme, la joie et la chaleur de ma vie, il ne restait plus rien.

Je secouai la tête, encore incrédule. Il me semblait n'être plus que le fantôme de moi-même, une forme vide, privée de sentiments, flottant sans but. Les dernières paroles du pasteur elles-mêmes me parurent creuses comme un souffle de vent.

— Chantons ensemble : « Le Seigneur est mon berger, rien ne saurait manquer... »

J'enfouis mon visage dans mes mains et sentis Drake poser la sienne sur mon épaule. Dès la fin du psaume, sitôt que le pasteur eut refermé sa bible, il m'entraîna vers la voiture et je me renversai sur le dossier en fermant les yeux.

— Il faut qu'elle se couche tout de suite, murmura Tony.

Mon fauteuil roula plus vite. Miles ouvrit la portière et Drake et lui m'installèrent sur le siège arrière. Je me laissai faire comme une poupée de chiffon et Tony se glissa à mes côtés. Puis la limousine démarra, et j'ouvris les yeux : je voulais revoir une dernière fois la tombe de mes parents.

Mais quand je me retournai, un mouvement rapide à la lisière de la forêt attira mon attention. J'eus le temps d'entrevoir une silhouette sombre, un instant seulement, au grand soleil. Puis elle se fondit dans l'obscurité des bois. C'était lui, l'homme grand et mince que j'avais déjà vu par la fenêtre de ma chambre !

Comme un parent qu'on a oublié d'inviter, il avait assisté de loin à la cérémonie, à l'insu de tous, pour disparaître aussitôt après. Je devais être la seule à l'avoir aperçu.

Je pris un sédatif pour dormir et ne m'éveillai qu'en fin d'après-midi. La maison était si tranquille, et j'avais dormi si profondément qu'il me fallut un moment pour me rappeler qui j'étais et ce qui s'était passé. Tout d'abord, je crus émerger d'un long cauchemar. Mais la vue de mon fauteuil roulant, des piles de serviettes, des médicaments et des pots de crème alignés sur ma coiffeuse eut tôt fait de me détromper. Je n'avais pas rêvé, hélas.

Mon regard dériva vers les fenêtres. Les nuages tout à l'heure si légers formaient maintenant un épais rideau gris, sombre et lugubre, comme si le jour s'était enfin décidé à porter le deuil, lui aussi. Je m'assis pour atteindre le pichet de plastique bleu posé sur ma table de nuit et me versai un peu d'eau. Quel calme dans toute la maison ! Où était Mme Broadfield ? Et Tony ? Drake était-il déjà reparti pour Boston ?

Je tirai la sonnette fixée à l'une des colonnes de mon lit... Personne. J'insistai, plus fort cette fois-ci : toujours personne. Apparemment, tout le monde s'attendait à ce que je dorme plus longtemps. Seulement voilà : je commençais à avoir faim. J'avais dormi au lieu de déjeuner et l'heure du dîner approchait. J'appelai :

— Madame Broadfield !

Bizarre. D'habitude, elle se tenait à portée de voix dans la pièce voisine et s'empressait d'accourir. Le silence commençait à m'impatienter. Comme si ce n'était pas assez d'être clouée au lit et de dépendre des autres... Eh bien, ils allaient voir ! Galvanisée par la colère, je me penchai jusqu'à ce que je réussisse à atteindre le bras de mon fauteuil. Pourquoi l'avait-on placé si loin, d'ailleurs ? On aurait dit que Mme Broadfield voulait me claustrer dans cette chambre !

J'attirai le fauteuil contre mon lit et abaissai les accoudoirs. Je ne m'étais jamais levée sans aide mais, cette fois-ci, je savais que j'y parviendrais. Pour me glisser au bord du lit, je dus déplacer mes jambes comme deux poids morts. Je bloquai les roues du fauteuil, pris une longue inspiration et commençai la manœuvre de transfert.

Je plaçai d'abord mon côté gauche sur le siège, puis roulai sur le dos, relevai les accoudoirs et halai le bas de mon corps jusqu'à la position assise. Encouragée par ce succès, je m'avisai que je pouvais soulever mes jambes en glissant les mains sous mes cuisses. Mes pieds ballottaient, inertes. Je les amenai d'un seul geste sur le marchepied et me renversai sur le dossier, épuisée. Mais j'avais réussi ! Je n'étais pas aussi dépendante qu'on voulait me le faire croire ! Je fermai les yeux et attendis que mon cœur reprenne son rythme normal.

Une fois de plus, je tendis l'oreille pour surprendre un bruit dans la maison, mais rien. Toujours le même profond silence. Je repris mon souffle, débloquai les roues et me propulsai jusqu'à la porte du salon. Pas trace de Mme Broadfield, ni livre, ni magazine ouvert : rien. Je traversai la pièce et sortis dans le couloir. Là, il faisait un peu plus frais. Les lampes étaient toujours en veilleuse et de longues ombres s'étiraient sur le sol. J'allais tourner à gauche, dans l'intention d'aller jusqu'à l'escalier pour appeler quelqu'un, mais je fus tentée d'utiliser ma liberté toute neuve : pourquoi ne pas partir en exploration ? Chercher la chambre de Tony, par exemple. Peut-être s'y trouvait-il ? La cérémonie avait très bien pu le fatiguer, lui aussi. Armée de cette excuse, je réussis à faire taire ma frayeur et m'aventurai plus avant. De temps à autre, je m'arrêtais pour écouter, mais je n'entendais toujours rien.

Je finis par arriver devant une porte à double battant, grande ouverte. D'un coup d'œil, je vis que la décoration de cet appartement rappelait beaucoup celle du mien. Il y avait de la lumière mais, lorsque je m'avançai, je ne vis personne.

— Tony ? Il y a quelqu'un ?

Qui donc pouvait habiter là ? Certainement pas Tony. L'appartement respirait la féminité, et il y flottait une odeur de... de jasmin ! Aiguillonnée par la curiosité, j'oubliai mes craintes, roulai mon fauteuil dans la chambre et m'arrêtai net.

Sur la chaise de la coiffeuse traînait un déshabillé de teinte ivoire bordé de dentelle pêche, et la table était jonchée de pots de crème, de poudriers, de bouteilles de lotion et de flacons de parfum. Mais mon regard dévia presque aussitôt vers l'ovale d'un cadre vide, sur le mur. Le miroir de la coiffeuse avait disparu... Pourquoi ?

Je fis pivoter mon fauteuil vers la gauche et vis que le miroir mural et celui de la penderie avaient subi le même sort : il ne restait plus que les cadres. De plus en plus intriguée, je poursuivis mon inspection et découvris des souliers de satin rouge près du grand lit à colonnes, qui ressemblait étrangement au mien. On y avait jeté une robe du soir rouge cerise à jupe volantée, manches bouffantes et col tuyauté. La courtepointe était retournée, comme si quelqu'un venait juste de la rejeter en se levant.

Je me tournai sur la droite pour m'apercevoir que les tiroirs de la commode étaient restés ouverts. On aurait dit qu'on venait d'en bouleverser le contenu, à la recherche de quelque objet précieux. Des sous-vêtements et des bas pendillaient sur les côtés; sur les vêtements en désordre, comme sur les tables, traînaient des coffrets à bijoux, tous ouverts. Colliers, boucles d'oreilles, bracelets, émeraudes et diamants scintillaient dans tous les coins, jetés là comme au hasard. J'eus l'impression très nette d'avoir violé l'intimité de quelqu'un et reculais déjà vers la porte, quand je crus me heurter à un mur. Mais, en me retournant, je croisai le regard furibond de Mme Broadfield.

Son visage était rouge brique, comme si elle avait couru, et de ses cheveux toujours si bien brossés en arrière s'échappaient des mèches rebelles, pareilles à des cordes de piano cassées. Vues de ma place, ses narines semblaient larges comme celles d'un taureau et son souffle saccadé soulevait son uniforme blanc impeccablement amidonné. Je m'attendais presque à voir les boutons me sauter à la figure. J'amorçai un mouvement de retraite, mais sa main s'abattit sur la poignée de mon fauteuil et sa voix grinça, menaçante:

— Vous avez perdu la tête ou quoi ?
— Mais... qu'est-ce que j'ai fait ?
— J'arrive dans votre chambre, je trouve le lit vide et plus de fauteuil ! Je... (Elle porta la main à sa gorge et haleta:) Je vous ai appelée, j'ai vérifié que vous n'étiez pas en bas, et je vous ai cherchée partout. Comment aurais-je pu deviner que vous étiez là ? J'ai cru que vous étiez entrée dans une chambre et qu'il vous était arrivé quelque chose.
— Mais non, tout va bien.
— Vous n'avez pas le droit d'être ici, reprit-elle en me roulant précipitamment hors de l'appartement. Mr Tatterton interdit qu'on y vienne. Il va croire que je vous y ai amenée moi-même et c'est moi qui serai blâmée.

Et elle inspecta soigneusement le couloir avant de s'y aventurer. Toutes ces précautions pour regagner ma chambre en cachette me parurent quelque peu ridicules.

— Tony ne se fâchera sûrement pas parce que je suis venue par ici, voyons !

Mais elle ne désarma pas. Il était clair qu'elle mourait de peur de perdre sa place et je tentai de la rassurer.

— S'il s'en aperçoit, je dirai que tout est de ma faute.

— Cela n'y changera rien, je suis responsable de vous. Je m'accorde le temps de faire quelques pas dehors pour prendre un peu l'air et qu'est-ce qu'il se passe ? Vous vous réveillez, vous vous installez dans votre fauteuil et vous partez vous promener dans les couloirs !

— Mais pourquoi Tony se fâcherait-il ?

— Il y a peut-être des parties de la maison qui ne sont pas très sûres, des planchers abîmés, est-ce que je sais, moi ? Ses consignes étaient simples, pourtant. Qui aurait pu s'attendre à ça ? Seigneur ! s'exclama-t-elle en rentrant précipitamment dans ma chambre, quelle vie !

— Je poserai la question à Tony quand il viendra.

— Vous ne direz rien du tout. S'il ne s'aperçoit de rien, les choses n'iront pas plus loin.

Arrivée près de mon lit, elle recula d'un pas et me regarda en secouant la tête.

— Madame Broadfield, il y a quelqu'un d'autre à Farthy, n'est-ce pas ? Qui est-ce ?

— Quelqu'un d'autre ?

— Oui, en plus de Tony, des domestiques et de nous deux. Cet appartement... Il est habité.

— Je n'ai jamais vu personne, et vous commencez à vous monter la tête. M. Tatterton sera furieux. Alors, plus un mot là-dessus, m'ordonna-t-elle d'un ton menaçant. Si jamais j'ai des ennuis à cause de vous...

Ses yeux se rétrécirent et leur expression me glaça.

— Je vous promets que je ne serai pas la seule à en pâtir. Je n'ai pas l'intention de perdre ma place à cause d'une infirme qui n'en fait qu'à sa tête.

Une infirme! Personne ne m'avait jamais appelée ainsi et la rage me fit monter les larmes aux yeux. La façon dont elle avait craché le mot me ravalait au niveau de... d'un déchet humain. Je n'étais pas une infirme!

— J'avais faim, madame Broadfield. Je vous ai appelée mais il n'y avait personne. Et une fois dans mon fauteuil, j'ai appelé à nouveau, sans résultat.

— Je faisais seulement une petite pause, j'allais revenir. Si seulement vous étiez un peu plus patiente!

— Patiente!

Cette fois-ci, je soutins son regard, les yeux étincelants de rage et de révolte: ils lançaient des flammes. Elle recula comme si je l'avais giflée et son visage se convulsa. Sa bouche se tordait comme si elle cherchait péniblement ses mots, ses yeux se dilataient et se rétrécissaient tour à tour, comme les veines de ses tempes. Je les voyais se gonfler sous sa peau blafarde et râpeuse, dessinant une hideuse toile d'araignée.

— Oui, patiente, répéta-t-elle avec dédain en se rapprochant de mon lit. Vous avez été atrocement gâtée. J'ai déjà eu des malades comme vous, des filles à papa dorlotées et choyées, à qui on n'a jamais rien refusé. Elles ne savent pas ce que c'est que d'avoir à se priver, à se sacrifier, à souffrir et à se battre pour vivre. Mais laissez-moi vous dire une chose...

Un horrible sourire lui déforma les traits.

— Les gens riches et pourris par la vie sont faibles devant l'adversité, sans force devant la maladie. Et ils ne guérissent jamais. Ils restent infirmes à vie, pris au piège de leur richesse et de leurs caprices, les imbéciles! Ils ne valent pas mieux que... (elle se frotta vigoureusement les mains comme pour les réchauffer)... qu'une terre à modeler, une argile incapable de prendre forme réduite à adopter celle qu'on lui donne. Oh, ils peuvent être beaux et charmants, mais seulement...

Elle jeta un regard vers la commode.

— Seulement comme peut l'être de la lingerie de soie. Délicieuse à toucher, à porter... et qu'on jette aussitôt au linge sale.

— Non, je ne suis pas comme ça ! Pas moi !

Elle sourit encore, mais cette fois du sourire apitoyé qu'on réserve aux demeurés.

— Ah non ? Alors pourquoi êtes-vous incapable de m'obéir ? Et pourquoi me mettez-vous des bâtons dans les roues en faisant systématiquement le contraire de ce que je vous dis ?

— Je vous obéis, madame Broadfield, mais je suis tellement.

Les mots s'arrêtèrent dans ma gorge.

— Eh bien quoi ?

— Tellement seule. J'ai perdu mes parents, tous mes amis et je suis... je suis...

Elle hocha la tête pour m'encourager à poursuivre mais ce mot-là non plus ne voulait pas sortir. Il m'étranglait.

— Infirme ?

— NON !

— Si, vous l'êtes. Et vous le resterez aussi longtemps que vous ne vous conformerez pas à mes ordres. C'est cela que vous voulez ?

— Vous n'êtes quand même pas le Bon Dieu !

Le sentiment de mon impuissance me rendait agressive, et le calme professionnel de sa réponse n'arrangea rien.

— Je ne prétends pas l'être non plus, mais je connais mon métier et je sais comment on doit traiter les gens comme vous. Mais à quoi cela me sert-il si ma malade refuse d'obéir à mes ordres, je vous le demande ?

« Je vous parais peut-être dure mais, si je le suis, c'est pour votre bien. Vous n'avez pas écouté ce que je vous ai dit. Les petites filles riches et gâtées comme vous sont faibles. Elles n'ont pas de prise sur l'adversité. Il faut vous endurcir, apprendre à supporter votre solitude et votre peine, vous forger un bouclier contre elles. Alors, vous pourrez vous battre. Sinon vous serez vulnérable et le mal qui a fait de vous une infirme ne lâchera jamais prise. C'est cela que vous cherchez ?

Je l'écoutais, le cœur battant, comme un animal pris au piège. Elle avait raison, c'était bien ce que j'étais, mais prise au piège de ses paroles et non de ma maladie. Je baissai la tête, vaincue.

— Je vous l'ai dit, j'avais faim et je me sentais seule. Je n'entendais personne et personne ne m'entendait, ni Tony, ni Drake, ni vous.

— Très bien, je descends voir si votre dîner est prêt.

— Si Drake est encore là, vous voulez bien me l'envoyer ?

— Il n'est plus là. Il est reparti pour Boston.

— Et Tony, alors ?

— Je n'en sais rien, grommela-t-elle en s'éloignant, j'étais bien trop occupée à vous chercher partout pour me le demander !

Même quand elle eut disparu, la trace de sa présence s'attarda dans la pièce comme une ombre froide. C'était sans doute une bonne infirmière, et même une excellente infirmière... mais je ne l'aimais pas. Et malgré tout ce que Tony avait fait pour moi, médecins et chaise volante compris, j'aurais voulu pouvoir quitter Farthy. Tante Fanny avait sans doute raison. Peut-être guérirais-je plus vite entourée de ceux que j'aimais, et qui m'aimaient.

Il fallait m'avouer, pourtant que, si j'avais sauté sur l'occasion de venir à Farthy, ce n'était pas seulement pour satisfaire un désir secret mais aussi pour une autre raison, la même que Drake probablement. Il n'avait guère montré d'empressement à retourner à Winnerow, et encore moins à la maison. Pas plus que lui, je ne me sentais le courage de rentrer chez nous. Revoir la chambre de mes parents, leurs vêtements et tous leurs objets familiers. M'éveiller chaque matin en guettant l'approche de papa et son chaleureux : « Bonjour, princesse ! » M'attendre à tout instant à voir maman entrer pour bavarder avec moi... Le cœur me manquait rien que d'y penser.

Pourtant, un jour ou l'autre, il me faudrait affronter la réalité. En venant à Farthy, je n'avais fait que repousser l'inévitable, et je commençais à me demander si j'avais pris la bonne décision. A Winnerow, tante Fanny aurait su me distraire et m'amuser, avec sa manière inimitable de colporter les ragots et de rire aux dépens de ceux qui la regardaient de haut. Et j'aurais sans doute guéri plus vite qu'à Farthy, même sans infirmière privée ni chaise volante.

Si Luke avait été près de moi, nous aurions pu en discuter, mais avec Drake c'était inutile. Il ne jurait que par Tony, ne songeait qu'à son travail, et les petits problèmes de la vie quotidienne à Farthy lui échappaient complètement. Ou il refusait de les voir, tout comme Tony fermait les yeux sur l'état lamentable de la propriété.

Il fallait que je réussisse à joindre Luke, que je le voie. Il le fallait absolument.

Je roulai mon fauteuil jusqu'au secrétaire pour y prendre le nécessaire et écrivis une autre lettre à Luke. Et celle-ci était un véritable appel au secours.

Cher Luke,
Il semble qu'une série de malentendus t'aient empêché de me rendre visite à Farthy. On a dû mal te transmettre mes messages, si toutefois tu les as reçus!
J'ai besoin de te voir d'urgence. Il s'est passé beaucoup de choses depuis mon arrivée à Farthy. Je me sens un peu plus forte mais, en ce qui concerne mes jambes, et malgré la thérapie, les progrès ne sont pas très brillants.
Pour être franche, je me demande si je dois rester ici et je voudrais parler de cela avec toi. S'il te plaît, viens tout de suite. Tu n'as pas besoin de t'annoncer, viens dès que tu recevras cette lettre.

Avec toute mon affection,
Annie.

Je glissai le feuillet dans une enveloppe, la collai aussitôt et rédigeai l'adresse de la même façon que pour la première lettre. Celle que Millie Thomas n'avait jamais remise à Tony.

— Vous dînez dans votre fauteuil ou dans votre lit? demanda Mme Broadfield en rentrant avec mon plateau.

— Je resterai dans mon fauteuil.

Elle posa le plateau pour prendre la tablette qui s'ajustait aux accoudoirs, la mit en place et me servit mon dîner. Je soulevai aussitôt le couvercle d'argent pour découvrir un blanc de poulet bouilli, un mélange de haricots verts et de carottes et une tranche de pain de mie beurrée. On aurait dit un menu d'hôpital.

— C'est Rye Whiskey qui a préparé ça ?
— Non, c'est son aide, sur mes instructions particulières.
— Beu-eurk... ce n'est pas très appétissant.
— Je croyais que vous aviez faim.
— J'ai faim, mais je m'attendais à autre chose... à un bon petit plat de Rye. Il donne une saveur spéciale à tout ce qu'il fait.
— Il emploie trop d'épices et votre nourriture est trop exotique.
— Mais j'adore ça. Je mange de tout, maintenant, et c'est bien ce que voulait le Dr Malisoff, non ?
— Il voulait surtout que vous mangiez des choses faciles à digérer. Dans votre état...

Je reposai brutalement le couvercle. Cette fois, c'en était trop. Moi aussi, je savais parler d'un ton tranchant. Je me redressai et croisai les bras sur ma poitrine.

— Je veux de la cuisine de Rye. Remportez ça.

Je savais qu'elle bouillait de rage mais elle me toisa d'un air serein, indéchiffrable. Je vis même un soupçon de sourire étirer ses lèvres pincées.

— Très bien, dit-elle en reprenant le plateau. Vous n'avez peut-être pas si faim que ça, après tout.
— Si, j'ai faim. Dites à Rye de me préparer quelque chose.
— Vous aviez un repas tout prêt, vous n'en avez pas voulu, observa-t-elle sans s'émouvoir.
— Je suis peut-être infirme, mais j'apprécie toujours la bonne cuisine. Demandez à Tony de monter, s'il vous plaît.
— Vous ne savez pas ce que vous faites, Annie. Je n'agis que dans votre intérêt.
— J'ai toujours bien digéré la cuisine de Rye, jusqu'ici.

— Très bien, je lui demanderai d'accommoder le poulet.

— Les légumes aussi, s'il vous plaît. Et je voudrais du vrai pain, celui qu'il fait lui-même.

— Ne venez pas vous plaindre si vous avez mal à l'estomac ! lança-t-elle en quittant la pièce.

Il avait fallu qu'elle ait le dernier mot, mais je savais comment lui imposer ma volonté, maintenant. Il me suffisait d'appeler Tony.

Il arriva bien avant qu'elle ne revienne.

— Alors, comment te sens-tu ?

— Fatiguée, mais affamée. J'attends que Mme Broadfield m'apporte un repas cuisiné par Rye. Je ne voudrais pas causer trop de dérangement, Tony, mais je n'aimais pas ce qu'elle m'avait fait préparer.

Au cas où elle se plaindrait de ma conduite, je préférais qu'il ait ma version de l'histoire.

— Ne te fais pas de souci pour cela, Rye ne demande qu'à faire la cuisine pour toi. Il passerait la nuit devant ses fourneaux pour te faire plaisir.

— Je sais.

— Tu as l'air fâchée, qu'est-ce qui ne va pas ?

Je gardai le silence pendant quelques instants puis me tournai brusquement vers lui.

— Tony, je sais que Mme Broadfield est une excellente infirmière, expérimentée, formée spécialement pour soigner des malades comme moi. Je sais que j'ai de la chance de l'avoir mais... elle peut être absolument insupportable, parfois.

Je lus dans son regard plein de sollicitude qu'il me comprenait... En tout cas, je l'espérais.

— Je lui parlerai. Ton bonheur est mon principal souci, Annie, le reste est secondaire à mes yeux, tu le sais bien ?

— Oui, Tony, et j'apprécie réellement ce que vous avez fait pour moi, dis-je en reprenant mon calme.

Puis je me souvins de la lettre restée sur mes genoux.

— Tony, j'ai écrit une autre lettre à Luke. Pourriez-vous la lui expédier par exprès, afin qu'il l'ait tout de suite ?

— Bien sûr, dit-il en s'emparant de l'enveloppe pour la glisser dans la poche de sa veste. Et maintenant, je descends m'occuper de ton repas. Je ne te laisserai pas mourir de faim chez moi.

— C'est arrangé, maintenant, je peux attendre.

— Je vais quand même jeter un coup d'œil en bas. Et je parlerai à Mme Broadfield.

— Je ne veux pas vous causer de dérangement supplémentaire, Tony.

— Allons donc ! Qu'est-ce que je viens de te dire ? Pour moi, tu passes avant tout, affirma-t-il.

Et il tourna les talons.

— Au fait, Tony...

Déjà sur le point de sortir, il se retourna aussitôt.

— Oui ?

— Y a-t-il quelqu'un d'autre à Farthy ? Une femme ?

Ses yeux bleus se rétrécirent.

— Une femme ? Tu veux dire... à part Mme Broadfield ?

— Oui. Tout à l'heure, je suis sortie toute seule et je suis entrée dans un appartement. Il ressemblait beaucoup au mien et...

— Je vois, coupa-t-il en revenant sur ses pas. Tu as dû entrer chez Jillian.

— Chez Jillian ? répétai-je, effarée.

Il y avait longtemps que Jillian était morte, et l'appartement semblait habité.

— Oui, j'ai dû oublier de fermer la porte. Je ne laisse personne y entrer, d'habitude, observa-t-il d'une voix dure que je ne lui connaissais pas.

— Je suis désolée, je...

— Ne t'excuse pas, ce n'est pas grave. J'ai voulu que sa chambre reste telle qu'elle était le jour de sa mort. Je trouvais si difficile d'accepter sa... sa disparition.

— Pourquoi n'y a-t-il plus de miroirs ?

— Vers la fin, elle n'avait plus toute sa tête et ne les supportait plus. En tout cas, il n'y a personne d'autre et... (il eut un petit rire forcé)... ne me dis pas que tu as vu les fantômes de Rye, toi aussi !

Sur ce, il secoua la tête et s'éclipsa.

Cela faisait donc deux appartements entretenus comme des musées... Tony voyageait-il d'un moment du passé à l'autre, gardant vivante la mémoire de Jillian en se berçant de l'illusion qu'elle était toujours là ? Je pouvais comprendre qu'un homme seul s'accroche à certains souvenirs particulièrement chers comme des photos ou des lettres. Mais garder la chambre d'une femme dans l'état exact où elle se trouvait le jour de sa mort... c'était aberrant. Je frissonnai et, pour la première fois, j'envisageai sérieusement de retourner à Winnerow.

Mme Broadfield ne tarda pas à revenir et, cette fois-ci, j'eus droit au fameux poulet frit de Rye, à sa purée mousseline et à des légumes vapeur délicieusement parfumés. J'avais tellement faim et tout semblait si bon que je n'en fis qu'une bouchée.

Mme Broadfield affichait la plus totale indifférence, les traits figés dans une immobilité de pierre. Mais, dans ce visage inexpressif, son regard glacé filtrait comme par les trous d'un masque. Elle passa dans le salon et je venais de terminer mon repas quand elle réapparut.

— C'était délicieux, affirmai-je.
— Voulez-vous que je vous aide à vous recoucher ?
— Non, je crois que je vais regarder la télévision.

Elle sortit en emportant le plateau et je me munis de la commande à distance, avant de me tourner vers le poste. Je choisis un film que je n'avais jamais vu et m'adossai confortablement, mais ma tranquillité ne dura guère. J'étais installée depuis quelques minutes à peine quand je fus secouée par une violente douleur abdominale. Je gémis, plaquai les mains sur mon ventre et la douleur cessa. Je me redressai et respirai profondément, à plusieurs reprises ; mais le spasme revint, plus violent encore, me tordant les entrailles. J'en ressentais les élancements jusque dans la poitrine.

J'entendis mon estomac gargouiller et compris que je pouvais avoir un accident d'un moment à l'autre.
— Madame Broadfield !... Madame Broadfield ?

N'obtenant pas de réponse, je commençai à rouler mon fauteuil vers la porte.

— Madame Broadfield!

Cette fois, ça y était. Mon corps me trahissait.

— Oh, non! Madame Broadfield!

Le temps qu'elle arrive, j'étais pliée en deux dans mon fauteuil et le désastre s'était produit. Elle s'arrêta sur le seuil, les mains aux hanches, et secoua la tête avec un sourire froid et satisfait.

— Qu'est-ce que je vous avais dit!

Tassée dans mon fauteuil, je ne pus que gémir et la supplier de m'aider.

17

Mme Broadfield se venge

Mme Broadfield me roula en toute hâte dans la salle de bains, ouvrit les robinets de la baignoire et tira brutalement de haut en bas sur ma chemise de nuit. Elle m'aurait arraché la peau avec, si elle avait pu : j'avais l'impression d'être une banane dans les mains d'un singe affamé. Elle serrait les dents mais son regard furieux parlait pour elle et je croyais l'entendre répéter : « Je vous l'avais bien dit. » Les mains toujours crispées sur le ventre, je geignis pitoyablement :

— Ça brûle ! On dirait qu'on me craque des allumettes dans l'estomac.

Autant se plaindre à un sourd ! Elle m'essuya à grands coups de serviette-éponge, me souleva de mon fauteuil et me jeta littéralement dans l'eau chaude. Elle était d'une force peu commune pour sa taille.

Quand la baignoire fut assez pleine, elle ferma le robinet et je me laissai glisser dans l'eau jusqu'à ce qu'elle m'arrive au cou. Elle était presque brûlante mais cela semblait soulager ma douleur. Gémissant toujours, je me renversai en arrière et fermai les yeux.

Mais je les rouvris bien vite en entendant la voix de Tony. Alerté par tout ce remue-ménage, il était accouru aussitôt et criait à travers le salon :

— Qu'y a-t-il ? Quelque chose qui ne va pas ?
— Fermez cette porte, implorai-je.

Mme Broadfield eut un sourire pincé.

— Restez dans l'eau, et pas un mot, m'ordonna-t-elle. Puis elle sortit en refermant soigneusement la porte, mais j'entendis quand même sa conversation avec Tony.

— Qu'est-il arrivé à Annie, madame Broadfield ?

— J'avais insisté auprès d'elle pour qu'elle ne mange pas de ces plats épicés que cuisine votre chef. J'avais même commandé à l'aide-cuisinier quelque chose de léger tout en étant nourrissant, mais elle s'est entêtée. J'ai dû demander à votre chef de lui préparer son repas.

— Je sais, mais...

— Elle a l'estomac délicat, d'ailleurs elle est encore fragile. J'ai tenté de le lui faire comprendre mais elle voudrait brûler les étapes et, comme tous les jeunes gens, elle n'écoute pas ceux dont l'expérience pourrait l'aider.

— Dois-je appeler le médecin ? demanda anxieusement Tony.

— Non, c'est inutile. Elle va passer un mauvais quart d'heure, mais je sais quoi faire en pareil cas.

— Et moi, il n'y a rien que je puisse faire ?

Cher Tony, il semblait si inquiet pour moi ! C'était bon d'entendre sa voix pleine de sollicitude. Celle de Mme Broadfield était si sévère et si froide...

— Non, je vais m'occuper d'elle. Après sa toilette, je lui donnerai un médicament, la mettrai au lit, et demain matin elle devrait déjà se sentir mieux. Mais son estomac restera fragile et ce que vous pouvez faire, c'est dire à votre cuisinier de suivre mes instructions à la lettre.

— Je le lui dirai.

J'entendis Tony partir et, quelques instants plus tard, Mme Broadfield revint dans la salle de bains. J'avais chaud, j'étais rouge, mes larmes se mêlaient aux gouttelettes de buée qui ruisselaient sur mes joues. A travers un nuage de vapeur, je vis Mme Broadfield se pencher sur moi et, brusquement, son visage s'adoucit. Ses traits mollirent comme de la cire sous l'effet de la chaleur ; ses joues bouffies s'affaissèrent, ses lèvres se gonflèrent en une moue de pitié et je vis ses yeux s'humecter.

— Mon pauvre petit, si seulement vous m'aviez écoutée ! Pourquoi infliger des souffrances inutiles à votre pauvre corps déjà si tourmenté ?

Elle s'agenouilla près de moi et entreprit d'essuyer mes larmes avec une serviette de toilette.

— Fermez les yeux et reposez-vous encore un moment, jusqu'à ce que je vous sorte de là pour vous sécher. Je vous mettrai une chemise de nuit toute fraîche, je vous donnerai un calmant pour vos crampes d'estomac et vous dormirez comme un bébé.

— C'est incompréhensible... je n'ai jamais eu d'ennuis de ce genre.

Elle fit glisser la serviette sur mes épaules et m'essuya par petits gestes circulaires, avec autant de précautions que si elle polissait une porcelaine de Sèvres.

— Vous êtes entre mes mains, maintenant. Laissez-moi faire mon travail et vous guérirez comme vous pourrez, quand vous pourrez. C'est pour cela qu'on me paie, Annie. Vous voulez bien vous en remettre à moi ?

Je hochai la tête, les yeux clos. La douleur s'était apaisée, bien que mon estomac fît encore entendre des gargouillis menaçants. Je sentis les doigts de Mme Broadfield effleurer le creux de mes seins et sa main se plaquer sur mon ventre. Quand j'ouvris les yeux, son visage était si près du mien que je distinguais les pores de sa peau, les petits poils de ses narines et les craquelures de ses lèvres.

— Cela remue toujours beaucoup là-dedans, murmura-t-elle en posant sur moi un regard absent.

— Puis-je sortir de l'eau, maintenant ?

— Pardon ? Ah... oui, bien sûr.

Elle se releva aussitôt, happant les serviettes au passage, m'aida à sortir de la baignoire et m'essuya des pieds à la tête. Puis elle me passa une chemise de nuit propre, me mit au lit et me fit boire deux cuillerées d'un épais liquide grisâtre. Mes gargouillements d'estomac ne tardèrent pas à se calmer et elle me donna un comprimé de somnifère.

Docilement, je fermai les yeux et me laissai glisser

dans le sommeil, n'aspirant plus qu'à une chose : être soulagée de ma douleur. Mais avant de m'abandonner à la torpeur, j'ouvris les yeux une dernière fois et vis Mme Broadfield à mon chevet. Elle me regardait comme un chat observe la souris qu'il a acculée dans un coin, savourant d'avance les tourments qu'il va faire subir à sa malheureuse proie sans défense. Mieux valait penser au lendemain...

Demain, je me sentirais mieux. Luke aurait reçu ma lettre. Et il viendrait. Je rêvai de lui cette nuit-là : il m'apparut en chevalier. Monté sur son blanc palefroi, il franchissait le grand portail de Farthy, entrait au galop dans la maison et s'élançait dans l'escalier, jusqu'à ma chambre. Ouvrant la porte à la volée, il ne faisait qu'un bond jusqu'à mon lit et me prenait dans ses bras. J'étais si heureuse de le voir que j'oubliais toute réserve et l'embrassais sur la bouche. Ma chemise glissait de mes épaules, ses lèvres se posaient sur mes seins nus, il fermait les yeux... et me respirait comme une rose.

— Oh, Luke... comme je t'ai désiré, comme je t'ai attendu !

— Annie, ma bien-aimée...

Il me caressait tendrement et mon corps chantait sous ses baisers. Des ondes de joie me parcouraient et finissaient par atteindre mes jambes, qui reprenaient force et vie.

— Il faut que je t'emmène loin d'ici, Annie, là où nous serons libres de nous aimer pour toujours.

Il me soulevait dans ses bras, m'emportait dans les escaliers et me hissait sur son cheval. J'étais toujours à demi nue, mais ne m'en souciais guère : nous quittions Farthy ! Je ne me retournai qu'une seule fois et vis Tony qui nous regardait d'une fenêtre, le visage ravagé de chagrin. Mais il n'était pas seul, une silhouette sombre se profilait dans l'ombre derrière lui, celle d'un homme. Je ne pouvais pas voir son visage mais cela me rendait triste de le quitter. Je me penchai en arrière comme pour l'appeler... et me réveillai.

Je passai la matinée du lendemain et presque tout l'après-midi au lit. Exceptionnellement, Mme Broadfield me dispensa de ses soins quotidiens. Elle commanda à Rye Whiskey de me préparer des flocons d'avoine pour le petit déjeuner et ne m'autorisa que des biscottes à la confiture et du thé léger jusqu'au dîner. Peu après le déjeuner, je me sentis assez forte pour regagner mon fauteuil. Et vers deux heures, alors que Mme Broadfield était sortie faire un tour, Rye fit son apparition. Il portait encore son grand tablier et, à sa mine penaude et repentante, je compris qu'il se sentait responsable de ce qui m'était arrivé.

— Comment ça va, mademoiselle Annie ?

— Beaucoup mieux, Rye, et surtout ne vous faites pas de reproches. Vous ne pouviez pas savoir ce qui risquait de troubler ma digestion. J'ai toujours très bien digéré votre cuisine, jusqu'ici.

J'insistai sur ces derniers mots et il acquiesça silencieusement. Quelque chose le tracassait, c'était visible.

— C'est justement ce que je me disais, mademoiselle Annie. Je n'ai rien mis de plus que d'habitude, dans ce repas.

— C'était ma faute, insistai-je. Je n'aurais pas dû renvoyer ce que votre aide m'avait préparé.

— Pour sûr ! Ça l'a rendue folle furieuse. La voilà qui arrive dans ma cuisine et de la façon qu'elle cogne le plateau sur la table, moi je saute en l'air. « Préparez-lui le poulet à votre manière, qu'elle dit, et les légumes avec. » Comme j'en avais fait pour Mr Tatterton, je lui dis que c'est prêt et elle vide son plateau en rouspétant.

— Et ensuite, que s'est-il passé ?

— Rien. J'ai préparé le nouveau plateau et je le lui ai donné, vu qu'on n'a plus de femme de chambre, et elle est partie avec. Seulement, j'avais oublié le pain et je lui ai couru après. Je l'ai rattrapée à temps parce qu'elle s'est arrêtée dans la salle à manger pour ajouter le médicament...

— Un médicament ? Quel médicament ?

Rye haussa les épaules.

— Un médicament, qu'elle m'a dit. Pour digérer.

— Mais je n'en ai jamais eu besoin !

— Je lui ai donné le pain et elle est montée chez vous et v'là tout ce que je sais. Sauf que Mr Tatterton est arrivé tout retourné parce que vous étiez malade et il m'a expliqué ce que j'aurais à faire. Oui monsieur, que j'ai dit, et puis c'est tout. Alors, vous allez mieux, maintenant ?

— Oui, Rye. Êtes-vous sûr qu'elle a mis un médicament dans ma nourriture ?

— Dans la purée. Elle était en train de la mélanger quand je suis entré. J'espère que ça va pas gâter le goût, que je me suis dit, mais j'avais bien trop peur pour lui dire à elle. C'est sûrement une bonne infirmière, qui peut vous ôter votre mal rien qu'en y faisant peur.

— Si elle veut, méditai-je à voix haute.

Il ne s'agissait pas d'un médicament : Mme Broadfield s'était vengée. Elle m'avait punie d'avoir osé lui tenir tête... Seigneur ! J'étais entre les mains d'une sadique, une femme haineuse et vindicative. C'était à elle que je devais cette situation embarrassante et ces douleurs !

— Ou bien elle peut vous rendre malade, ajoutai-je en hochant pensivement la tête.

Rye comprit parfaitement ma pensée.

— Mademoiselle Annie, dit-il en jetant un regard prudent vers la porte, peut-être que le mal y s'en va déjà. Et peut-être qu'y vaudrait mieux rentrer chez vous tout de suite.

Effarée, je pris le parti de sourire.

— Quoi ? Vous me conseillez de partir ?

— Il est temps que je retourne à mes fourneaux. Content de voir que ça va mieux, mademoiselle Annie.

Sur ce, Rye s'esquiva sans me laisser le temps de le questionner davantage. Mais il ne faisait aucun doute pour moi qu'il en savait beaucoup plus long qu'il ne voulait bien le dire sur ce qui se passait à Farthy.

Tony ne se montra pas avant l'heure du dîner. On m'avait servi le repas que j'avais refusé la veille : blanc de poulet bouilli, haricots verts, carottes et purée à l'eau. Mme Broadfield souriait jusqu'aux oreilles en installant mon plateau et me regarda manger, pour s'assurer que je supportais les aliments solides, prétendit-elle. Son sourire s'évapora quand je demandai tout à trac :

— Avez-vous mis un médicament pour la digestion dans ce repas-là, madame Broadfield ?

— Quoi ? Comment ça ? Quel genre de médicament ?

— Je ne sais pas, moi... le genre de celui que vous avez mis hier dans mes aliments, en me rapportant le plateau.

Je l'observai avec attention, les paupières serrées. Elle ne semblait pas fâchée, seulement amusée, comme si elle avait affaire à une arriérée mentale.

— Qui vous a raconté une chose pareille ?

Son petit sourire cynique acheva de m'exaspérer.

— Rye, quand il est venu prendre de mes nouvelles. Il vous a vue mettre quelque chose dans la purée, un médicament pour faciliter la digestion, paraît-il.

— En voilà une histoire ! lança-t-elle avec un petit rire sec qui me fit froid dans le dos. A qui ferez-vous croire ça ? C'est complètement ridicule !

— Non, rétorquai-je d'un ton accusateur. C'est vrai.

— Ma chère petite, il est clair que cet homme se sent coupable et cherche une excuse ! Le jour de notre arrivée, je suis allée le voir pour lui spécifier que vous ne deviez pas manger de plats épicés. Vous vous souvenez sans doute que je lui ai dit également d'éviter les pâtisseries trop riches, mais il vous a quand même envoyé ce gâteau au chocolat. Ou il est têtu comme une mule, ou il est idiot. Mais je ne serais pas surprise que Mr Tatterton en ait par-dessus la tête et le mette à la porte.

Ce fut à mon tour de rire et de la ridiculiser.

— Tony, renvoyer Rye ? Savez vous depuis combien de temps ils se connaissent ? Rye fait partie de la famille, et il restera à Farthy jusqu'à sa mort. Quant à imaginer qu'il se sente coupable, c'est franchement grotesque. Rye est un excellent cuisinier, et sa cuisine n'a jamais fait de mal à personne.

Je la foudroyai du regard et elle finit par détourner les yeux, ce qui confirma mes soupçons.

— En tout cas, Mr Tatterton n'était pas content de lui ! louvoya-t-elle. Et maintenant, finissez-moi ça avant que ça refroidisse. Je tiens à ce que vous mangiez chaud.

Puis elle s'esquiva et, presque aussitôt après, Tony entra.

— Alors, comment te sens-tu, Annie ? J'ai appelé deux fois Mme Broadfield, aujourd'hui. Il paraît que tu vas mieux.

— Elle vous a menti, déclarai-je tout à trac.

J'étais bien résolue à en finir : ce serait ou Mme Broadfield, ou moi, mais une de nous deux partirait.

— Menti ? Comment cela ?

— Je n'ai pas été malade à cause des épices, Tony. La nourriture n'était pas trop épicée, elle était droguée.

Ses yeux s'arrondirent de surprise.

— Droguée ? Te rends-tu compte de la portée de tes paroles ? Peut-être ne s'agit-il que...

— Non, Tony, écoutez-moi. Si vous tenez vraiment à moi, vous m'écouterez.

J'avais trouvé les mots qu'il fallait. Il se rapprocha aussitôt.

— Mme Broadfield est une infirmière très qualifiée, commençai-je, mais pas sympathique du tout. Elle déteste les gens riches, surtout les jeunes. Elle trouve qu'ils sont faibles et pourris par la vie. Vous devriez la voir quand elle en parle, elle devient encore plus laide, hideuse, monstrueuse.

— Je n'en avais pas la moindre idée ! s'effara-t-il.

— C'est pourtant vrai. Et elle ne supporte pas la contradiction. Si j'ai le malheur de poser une question sur son travail, elle devient enragée. Quand je lui ai tenu tête en exigeant la cuisine de Rye Whiskey, elle a voulu me donner une leçon. Rye est venu s'excuser, tout à l'heure. Il m'a dit qu'après avoir emmené le plateau, elle avait mis quelque chose dans mes aliments ; un médicament pour digérer, soi-disant. Mais je n'ai jamais pris de remèdes mélangés à la nourriture, Tony, vous le savez bien. Elle a provoqué cette crise douloureuse et pénible dans le seul but de me donner une leçon ! répétai-je avec emportement.

J'avais le feu aux joues et les yeux brillants de colère.

— Je vois. Eh bien, je crois qu'à l'avenir nous nous passerons de ses services, qu'en penses-tu ?

— Que je ne resterai pas un jour de plus avec cette femme !

— Sois tranquille, il n'en est pas question. Je vais lui signifier son congé dès ce soir. Cela prendra peut-être un peu de temps pour lui trouver une remplaçante satisfaisante, mais cela devrait se faire assez rapidement.

— Merci, Tony. Je ne voudrais pas vous créer de problèmes, mais...

— Ne dis pas de sottises. Si tu ne t'entends pas avec ton infirmière et n'es pas heureuse en sa compagnie, tu ne peux pas faire de progrès. Et je ne supporterai pas ce genre de sadique chez moi. Bon, maintenant oublie tout ça, j'en fais mon affaire. Occupons-nous de choses plus réjouissantes. D'ailleurs, je sais ce qui ne va pas. En fait...

Il regarda autour de lui.

— Tu passes trop de temps à ruminer tes problèmes au milieu de tous ces appareils : flacons, fauteuils, cuvettes... une vraie chambre d'hôpital ; c'est déprimant. Mais je connais le remède qu'il te faut. Un remède miracle.

— Un remède miracle ? Lequel ?

Il leva la main pour m'inviter à la patience, puis quitta la pièce pour revenir presque aussitôt, Parson sur ses talons. Le jardinier portait un grand carton de forme oblongue. Il le déposa devant la fenêtre et consulta Tony du regard.

— Je mets ça ici, monsieur Tatterton ?

— Ce sera parfait.

— Qu'est-ce que c'est, Tony ?

— Tu verras, dit-il en me débarrassant de mon plateau vide.

Il le posa sur la commode et ramena mon fauteuil près du lit, où il s'assit, afin que nous puissions regarder ensemble Parson ouvrir le paquet. Un instant plus tard, j'étais fixée sur son contenu : un chevalet de peintre ! Parson l'assembla rapidement et lui donna l'inclinaison voulue pour que je puisse peindre assise dans mon fauteuil.

— Oh, Tony, un chevalet ! C'est tout simplement merveilleux !

— C'est le meilleur qu'on puisse trouver, annonça-t-il fièrement.

— Merci beaucoup, Tony, mais...

— Pas de mais. Il faut que tu reprennes tes activités habituelles, tous les gens à qui je parle de toi me le disent.

Il fit signe à Parson, qui sortit pour reparaître avec deux nouveaux cartons. L'un contenait du matériel de peinture et l'autre du papier. Tony s'empressa de fixer une feuille blanche sur le chevalet.

— Je ne sais pas très bien en quoi consiste tout cet attirail, avoua-t-il. J'ai chargé un employé de se procurer tout ce dont un artiste en herbe a besoin. Il y a même un béret, ajouta-t-il en fouillant dans le carton.

Il finit par en retirer un grand béret noir et j'éclatai de rire quand il le posa sur mes cheveux.

— Tu vois ? J'ai déjà réussi à te faire rire !

Il se pencha pour ajuster la coiffure sur ma tête et me fit pivoter vers un miroir.

— Le noir est vraiment ta couleur, Annie. Alors, tu te sens déjà inspirée ?

Précisément, je l'étais. Me voir coiffée de ce grand béret noir avait suffi à ranimer des rêves presque oubliés. L'art seul avait autant de sens pour moi et me procurait une telle joie intérieure : il emplissait ma vie. Et je comprenais soudain combien il m'avait manqué. L'accident et ses conséquences m'avaient coupée de tout ce que j'aimais, les gens comme les choses, et surtout de mon travail. C'était peut-être une des causes, et non la moindre, du sentiment de diminution que j'avais éprouvé jusqu'ici. J'avais si peur que l'horreur et le chagrin m'aient rendue incapable de peindre, de retrouver cette inspiration qui puisait dans l'intimité de mon être pour créer la beauté. Et si, en levant mon pinceau au-dessus d'une toile vierge, j'allais me trouver incapable de rien imaginer, et rester figée devant cette surface blanche ?

— Je ne sais pas, Tony...

— Mais tu essaieras, au moins ? Promets-moi d'essayer.

J'hésitai et levai sur lui un regard plein d'espoir.

— Eh bien, tu me le promets ?

— Oui, Tony. J'essaierai.

— Bien ! s'écria-t-il en tapant dans ses mains. Alors je te laisse tranquille. Dans un jour ou deux, j'espère voir un tableau magnifique.

— N'y comptez pas trop Tony. Je n'ai jamais été si brillante que cela et en outre...

— Tu es beaucoup trop modeste. Drake m'a parlé de ton travail et m'a même apporté une de tes œuvres.

— Il a fait cela ?

— Le tableau est accroché dans mon bureau.

— Il ne m'en a jamais rien dit. De quel tableau s'agit-il ?

— Le moineau sur le magnolia. Je l'adore. J'espère que tu n'es pas fâchée que Drake me l'ait apporté ?

— Non, pas du tout, mais... il aurait pu m'en parler, ou me le demander, dis-je sur un ton de reproche.

Mais au fond j'étais heureuse et flattée que Drake apprécie mon travail. Tony prit aussitôt sa défense.

— C'est moi qui le lui ai demandé, et il n'a cherché qu'à me faire plaisir. Ne le gronde pas trop, surtout.

— Mais non, Tony. Je ne lui dirai rien.

Il sourit et s'éloignait déjà vers la porte quand je le rappelai.

— Tony !

— Oui ?

— Si Luke n'a pas appelé avant sept heures, je voudrais que l'on me conduise près d'un téléphone. Je ne comprends pas pourquoi il ne fait pas signe. Il y a sûrement quelque chose qui ne va pas.

— Si c'était le cas, on ne te le dirait pas tout de suite, de toute façon. Écoute, je vais l'appeler moi-même, s'il ne le fait pas.

— Mais vous venez de dire que si quelque chose n'allait pas je ne devrais pas le savoir ?

— Moi je te le dirais. Je te le promets.

— Tony, je veux le téléphone dans ma chambre, je ne peux pas supporter l'isolement. S'il vous plaît, demandez la permission au Dr Malisoff.

Le mot « isolement » lui arracha une grimace et je compris que je l'avais peiné, mais cela m'avait échappé. Et c'était ce que je ressentais.

— Je sais que vous faites tout ce que vous pouvez pour moi, Tony, et je vous en suis très reconnaissante, vraiment. Mais mes amis me manquent, ma vie d'avant aussi. Je suis une jeune femme, j'allais commencer la partie la plus passionnante de mon existence. Je ne peux pas m'empêcher de me sentir seule, même si vous vous occupez de moi du mieux possible, Drake et vous. Je vous en prie, appelez le Dr Malisoff.

Son visage s'adoucit.

— Je vais le faire, et je suis sûr qu'il sera d'accord. Tu es en bonne voie de guérison, cela aussi j'en suis certain. Peins, régale-toi, repose-toi et tu seras sur pied bien plus tôt que tu ne l'imagines.

— Venez dès que vous aurez appelé Luke, s'il vous plaît.

Il fit un signe d'assentiment et s'éclipsa, m'abandonnant à ma rêverie. Sans doute avait-il raison, je devais cesser de m'affliger sur moi-même, bannir les idées tristes. D'ailleurs, il allait congédier Mme Broadfield ce soir même. Mais même avec une infirmière aimable et prévenante, comment ne pas me sentir prise au piège ?

Tony aurait beau me procurer le matériel le plus coûteux, m'accabler de cadeaux, postes de télévision, magnétoscopes, tout ce qu'il voudrait... je n'en serais pas plus heureuse. Ce qui me manquait, c'était ma chambre, le parfum frais de mes draps et de mon oreiller, la douceur moelleuse de mes couettes en duvet. Et aussi mes robes, mes pantoufles, mes peignes : je voulais mes objets personnels, je voulais...

Tout me manquait. Les bavardages au téléphone et les fous rires entre filles, la musique écoutée dans la solitude ou dans un cercle d'amis, les réunions où l'on s'amuse. Je voulais rire et danser avec des jeunes gens de mon âge, je voulais les choses les plus simples et les plus compliquées. Voir le jardin en fleurs, ou maman travaillant tranquillement son crochet au salon. Regarder papa lire son journal, tourner les grandes pages d'un air absorbé et les abaisser de temps à autre pour me faire un clin d'œil...

Mais j'avais par-dessus tout besoin de Luke. J'aurais tant aimé le voir marcher dans la rue, l'observer à son insu tandis qu'il m'attendait dans la rotonde, bavarder le soir au téléphone avec lui. Nos longues causeries me manquaient.

Autrefois, il était rare qu'un jour se passe sans que nous nous rencontrions ou nous parlions par téléphone. Et maintenant, Luke semblait si loin, absorbé par une nouvelle vie sans doute. La nôtre appartenait déjà au passé. Cela me déchirait le cœur d'y penser, mais Tony avait raison. Il ne fallait pas m'attendrir sur moi-même. Le meilleur moyen de retrouver Luke, c'était de me prendre en main et de guérir, de redevenir celle que j'étais. Et pour commencer, j'allais me remettre à peindre.

Je roulai mon fauteuil jusqu'au chevalet, inspectai le carton de matériel et me mis à déballer sans hâte ce dont j'aurais besoin. Mais voilà, qu'allais-je peindre ?

Comme si je répondais moi-même à ma question, je me sentis attirée vers la fenêtre et contemplai longuement le cimetière de famille. Puis je pris un crayon et commençai à dessiner à grands traits sur la feuille blanche, comme si l'un des fantômes de Rye avait guidé ma main. Et tandis que mon crayon courait sur le papier, je fondis en larmes.

Comme toujours lorsque je m'attelais à une nouvelle œuvre, je fus très vite absorbée par mon travail. J'avais l'impression d'avoir rétréci, d'être devenue un petit personnage du tableau, allant et venant dans le décor pour diriger cet autre moi-même, le grand, celui qui tenait le crayon. Le monde qui m'entourait devint flou, je perdis toute notion d'espace et de temps. Je n'entendis même pas Tony rentrer et bondis quand je m'aperçus de sa présence. Depuis combien de temps se tenait-il derrière moi, à me regarder travailler ?

— Désolé de t'avoir fait peur, Annie, mais je ne voulais pas te déranger ni te faire perdre le fil de ton inspiration, je sais que les artistes ont besoin de concentration. Jillian est... était comme ça, elle aussi. Quand il lui arrivait de dessiner ou de peindre, je pouvais rester des heures derrière elle sans qu'elle soupçonne ma présence. Cela m'émerveillait toujours, me fascinait même, comme cela me fascine de te regarder travailler, Annie.

Il mit une telle intensité dans ces derniers mots que je ne pus m'empêcher de rougir. Il sourit, puis se rappela pourquoi il était venu.

— Ah oui, je venais voir si tu aurais besoin de tes somnifères. Avant de partir en claquant la porte, Mme Broadfield m'a laissé des instructions. D'ailleurs si elle ne l'avait pas fait, j'aurais adressé à l'agence un tel rapport sur son compte qu'elle n'aurait plus jamais trouvé de travail.

— Non, je crois que je n'aurai aucune peine à m'endormir ce soir, Tony. Merci.

— Parfait, alors je te laisse travailler. Je ferai un saut ce soir pour voir si tu as besoin d'aide pour te coucher.

Il m'adressa un grand sourire et s'éloigna aussitôt.

— Au fait, Tony ? Avez-vous pu parler à Luke ?

— Je n'ai pas encore essayé, Annie, répondit-il en se retournant. J'ai préféré en finir d'abord avec Mme Broadfield, tu dois comprendre ça. Mais je m'en occupe tout de suite, affirma-t-il en passant la porte.

Je me remis à l'ouvrage et ne m'arrêtai que plusieurs heures plus tard pour me renverser dans mon fauteuil, exténuée. J'avais travaillé dans un véritable état second et, lorsque j'examinai mon dessin, j'eus l'impression de contempler l'œuvre de quelqu'un d'autre.

J'avais pris pour cadre de mon paysage le châssis de la fenêtre, et centré l'ensemble sur la tombe de mes parents. Les autres sépultures n'apparaissaient qu'au second plan, à peine esquissées. Et devant la grande pierre dressée, on voyait une silhouette agenouillée. Ce n'était pas Tony, ni moi, mais le mystérieux homme en noir que j'avais déjà vu plusieurs fois. Il était grand, mince et ses traits n'étaient pas discernables : je ne les avais pas dessinés.

Maintenant, quelles couleurs allais-je employer ? Je regardai pensivement ma palette. Le gris et le blanc semblaient les tons les plus appropriés. Je décidai de remettre cette étape de mon travail au lendemain, quand je me sentirais plus dispose et que la lumière serait meilleure. Et à l'instant où je me détournais de la fenêtre, j'aperçus le bracelet de Luke sur la table de nuit : c'est là que Mme Broadfield l'avait jeté, après m'avoir dépouillée en toute hâte de ma chemise de nuit. Luke... Il était près de huit heures, Tony devait l'avoir appelé, maintenant. Pourquoi n'était-il pas venu me donner de nouvelles, comme il l'avait promis ? Fallait-il comprendre que l'appel n'avait pas abouti, ou que Luke avait trouvé une excuse pour ne pas venir ?

Appuyée au dossier de mon fauteuil, je respirai longuement pour calmer les battements affolés de mon cœur. Si seulement j'avais pu me lever et m'informer moi-même !

Mais je n'étais pas d'humeur à m'apitoyer sur moi-même, cette fois-ci : j'étais en colère, et quelque chose me disait que j'avais raison de l'être. J'entamais le combat qui devait me rendre la force et la santé. Mon sentiment de frustration me faisait serrer les poings, redresser le dos comme on tend la corde d'un arc. Et, que la remplaçante de Mme Broadfield soit aimable ou pas, je savais que je ne faiblirais plus.

Pourtant il faudrait toujours me lever quand on voudrait que je me lève, manger ce que l'on me servirait à l'heure où l'on me servirait, subir mes soins à l'heure choisie par l'infirmière, faire la sieste sur son ordre, me laver, m'habiller, aller aux toilettes quand elle l'aurait décidé, recevoir des visites quand elle jugerait bon que j'en reçoive... J'étais devenue une marionnette entre les mains des infirmières, des médecins et de Tony lui-même.

— *Non!* hurlai-je dans la solitude de ma chambre.

Et ce fut comme si la colère et le dépit me fouettaient le sang, irradiant leur force jusqu'à mes jambes inutiles. Je sentis soudain un élancement, une sorte de décharge électrique au bas de ma colonne vertébrale. Un picotement courut derrière mes cuisses, atteignit mes chevilles et enfin mes orteils. J'ordonnai à mes pieds d'appuyer sur le marchepied du fauteuil. Et ils réagirent.

Ce fut d'abord une sensation de pression sous la plante des pieds, puis une tension le long des jambes, faible et vacillante mais indubitable. Et cette fois, quand je tentai de me lever de mon fauteuil, ce ne fut pas à la seule force de mes bras. Mes jambes répondaient. L'ordre avait été transmis, j'avais réussi ! Tout mon corps tremblait, mais il n'était plus insensible. Je pouvais me tenir debout, même en équilibre instable. J'allais y parvenir, accomplir ce qui m'avait paru si naturel jusque-là et qui était devenu un véritable tour de force. Mon cœur tressaillait d'impatience et de joie... mon corps avait réagi !

Le temps parut s'arrêter lorsque, prenant appui sur les accoudoirs, je me soulevai de mon fauteuil en me redressant petit à petit. Mes jambes tremblaient comme des allumettes qu'on aurait chargées d'un poids trop lourd, mais je réussis enfin à me tenir debout... et Tony entra. Il s'arrêta aussitôt, sidéré.

— Tony, j'ai essayé et j'ai réussi ! Mes jambes réagissent, Tony, pour de bon ! Mais c'est drôle... (j'eus un petit rire que l'émotion fit chevroter)... on dirait que je marche sur des nuages !

— Doucement, dit-il en s'avançant lentement, les mains tendues, comme si j'étais une candidate au suicide perchée sur le rebord d'une fenêtre. N'essaie pas de marcher, tu pourrais te casser quelque chose.

Il ne semblait pas partager ma joie ni mon excitation, bien au contraire : il avait plutôt l'air fâché. Pourquoi n'était-il pas heureux, lui aussi ? Ce que nous avions tant espéré se produisait, enfin !

— Je vais guérir, je vais déjà mieux ! insistai-je, dans l'espoir de le voir se réjouir avec moi.

Mais il demeura imperturbable et déclara tranquillement :

— Bien sûr que tu vas mieux, mais pas de précipitation. Du calme. Tu devrais te rasseoir, maintenant.

— Mais je ne suis pas encore fatiguée, et c'est tellement bon de me tenir sur mes deux pieds. Oh, Tony, c'est si bon... si merveilleux de faire une chose aussi simple que cela ! Si Drake avait pu voir ça, si Luke... Mais au fait, et Luke ? Vous l'avez bien appelé, n'est-ce pas ?

— Oui, je l'ai appelé.

— Je veux me tenir debout devant lui ! Vous me direz quand il doit venir exactement et je me lèverai au moment précis où il entrera pour...

— Il ne peut pas venir demain, annonça Tony d'un ton bref. Il doit passer une sorte d'examen d'entrée.

Comme l'air fuit d'un ballon crevé, l'excitation qui m'avait soutenue jusque-là disparut d'un seul coup. Mes forces toutes neuves m'abandonnèrent, je sentis mon cœur défaillir et une ombre hideuse se refermer sur moi.

— Quoi ! Mais cela ne va pas lui prendre toute la journée !

— Non, mais demain ne lui convient pas. Il viendra peut-être après-demain ou à la fin de la semaine, il n'était pas sûr.

— Il n'était pas sûr ? Luke a dit qu'il n'était pas sûr ?

Perdant soudain toute fermeté, mes jambes se dérobèrent sous moi. Je hurlai. Tony s'élança en avant, pas assez vite malheureusement pour m'empêcher de m'écrouler sur le sol.

18

Révolte

La première chose dont je pris conscience en revenant à moi fut que je portais maintenant une des chemises de nuit en soie que Tony m'avait apportées à l'hôpital. Cela signifiait qu'il m'avait changée avant l'arrivée du Dr Malisoff, mais pourquoi ? Avais-je déchiré l'autre chemise en tombant ? C'était vraiment gênant de penser qu'il m'avait ôté la mienne et rhabillée pendant que j'étais inconsciente. Il avait beau être mon arrière-grand-père et bien plus âgé que moi... ce n'en était pas moins un homme !

Avant d'avoir eu l'occasion de lui poser la question, je le vis entrer dans ma chambre en compagnie du Dr Malisoff. Mes idées s'éclaircirent et je me souvins des progrès accomplis. Ce n'était plus un rêve : j'allais vraiment guérir ! Malgré mon évanouissement, je savais que c'était vrai. J'entrevoyais la fin de cette existence d'invalide. Mon moral remontait. Je pourrais bientôt marcher sans aide, et me passer définitivement d'infirmières, de médecins, de soins et de matériel spécialisé.

Contrôlant ma fébrilité, j'attendis patiemment que le Dr Malisoff ait fini de m'examiner et de tester mes réflexes. Près de la porte, Tony attendait, lui aussi. Cette fois encore, je perçus une sorte de réaction au bas des reins et je sus qu'un changement important était intervenu. Je le lus dans les yeux du Dr Malisoff, même s'il conservait son masque professionnel d'indifférence.

— Eh bien ? Y a-t-il un mieux ? demandai-je, et je vis Tony s'approcher pour entendre la réponse.

— Oui, vos réflexes sont plus forts. Vos jambes réagissent.

— O merci, mon Dieu. Merci, merci, merci !

Je regardai Tony, qui me parut plutôt inquiet, et le Dr Malisoff l'entraîna dans le salon pour s'entretenir avec lui. Il me fallut donc attendre encore, mais pourquoi ? Que pouvaient-ils avoir à se dire derrière mon dos ? La seule explication que je trouvai à leur attitude fut qu'ils voulaient m'éviter toute occasion de m'agiter. Et ils avaient l'air beaucoup plus détendus quand ils revinrent.

— Annie, dit le Dr Malisoff, vous êtes en voie de guérison, cela ne fait plus aucun doute. Pourtant, il convient d'éviter toute précipitation, surtout maintenant. Cela risquerait de provoquer une régression.

— Ah ça non !

— Alors il faudra suivre mes ordres à la lettre, d'accord ?

Je hochai la tête. J'aurais accepté de tondre toutes les pelouses de Farthy avec des ciseaux, s'il me l'avait demandé.

— Vous êtes physiquement épuisée, c'est pourquoi vous vous êtes évanouie après vous être levée. Il s'agit de reconstituer vos forces pour la bataille qui vous attend. Maintenant que vos jambes retrouvent leur motricité, je vais modifier votre traitement. J'ai laissé quelques instructions très simples à Mr Tatterton et je reviendrai vous examiner après-demain.

— Pourrai-je commencer ce matin à me servir du mobile ?

C'était ainsi que le personnel de l'hôpital avait baptisé par commodité le déambulateur, qui permettait de circuler debout, comme un trotteur de bébé. Et je mourais d'envie d'essayer le mien !

Le Dr Malisoff échangea un regard avec Tony et se pétrit le menton d'un air pensif.

— Annie, j'ai décrit en détail à Mr Tatterton les étapes de votre guérison. Ne faites rien sans l'avoir d'abord consulté, d'accord ?

— Oui, mais...

— Pas de « mais ». Cela entraîne toujours des complications, ajouta-t-il en souriant. Puis-je compter sur vous ?

Je détournai les yeux, incapable de cacher ma tristesse, et il me tapota affectueusement la main.

— Allons, allons ! Vous devriez être heureuse, vous êtes sur le bon chemin, maintenant.

Tony échangea une poignée de main avec lui et s'attarda quand il eut quitté la pièce. Il semblait tout triste lui aussi.

— Quand tu as perdu connaissance, j'ai vraiment cru qu'il faudrait te ramener à l'hôpital. Et maintenant que nous avons de bonnes nouvelles, tu as l'air malheureuse ?

— J'ai seulement hâte de retrouver une vie normale, Tony.

— Bien sûr...

Il réfléchit quelques instants, puis son visage s'éclaira.

— Mais j'y pense ! J'ai une autre surprise pour toi, et j'en suis d'autant plus content que ta guérison est assurée, maintenant.

Les yeux brillants, le teint animé, il semblait rajeuni et tout émoustillé.

— Depuis l'installation de la chaise volante, j'ai décidé de faire placer un plan incliné devant l'entrée dès cet après-midi. Tu pourras rouler jusqu'au palier, descendre l'escalier, retrouver un fauteuil en bas et emprunter la rampe d'accès pour aller te promener dans les allées du parc. Naturellement, cela te prendra un certain temps au début, mais plus tard...

— Plus tard je marcherai, Tony.

En voyant son air malheureux d'enfant battu je regrettai la vivacité de ma réponse, mais elle m'avait échappé. Au moment où je retrouvais l'espoir, je m'entendais dire qu'il fallait attendre bien plus longtemps que je ne l'aurais cru, rester clouée dans cette chaise... C'était dur!

— Bien sûr, Annie, je ne voulais pas dire que...

— Mais je vous suis très reconnaissante pour tout ce que vous avez fait, Tony, et je meurs d'envie d'explorer le parc. Merci, Tony, merci pour tout. Sans vous, je n'aurais certainement pas pu faire de tels progrès.

— Je suis heureux que tu le penses, Annie! s'écria-t-il, retrouvant d'un coup tout son allant.

Puis son regard tomba sur le chevalet.

— Ton travail a avancé, je vois... C'est magnifique.

Je l'observai tandis qu'il examinait attentivement ma peinture. Je vis s'effacer son sourire, et avec lui cet air de jeunesse qui éclairait ses traits l'instant d'avant. Puis il se tourna vers la fenêtre et son regard se perdit dans la nuit, comme s'il voyait au travers.

— Ce n'est encore qu'une esquisse, Tony.

Quand il pivota vers moi, il fronçait les sourcils et mordillait nerveusement ses lèvres, l'air tout désemparé.

— Oui, c'est très beau, mais je m'attendais à ce que tu dessines les massifs et les haies, les allées, les jets d'eau des fontaines...

— Mais les fontaines ne coulent plus, Tony: elles sont pleines de feuilles mortes. Et le parc a besoin d'être taillé et nettoyé. Les fleurs, s'il en reste, sont étouffées par les mauvaises herbes. On a bien émondé quelques haies, mais c'est loin d'être suffisant!

Il n'eut pas un battement de cils et ne parut même pas m'entendre.

— Au soleil levant, le parc étincelle, reprit-il en souriant. Jillian dit toujours que c'est comme si un géant assis sur le toit semait des joyaux sur les pelouses. C'est une artiste, et elle pense en artiste. Elle ne peint que de jolies choses, des choses agréables, joyeuses, qui vous font vous sentir jeune et plein de vie. C'est pour cela qu'elle a commencé par illustrer des livres pour enfants.

— Jillian... C'est de mon arrière-grand-mère que vous parlez? Mais elle est morte, Tony... Tony?

Il se contenta de me fixer avec le regard lointain que je lui connaissais, et je frissonnai. Que lui arrivait-il ? Ses retours en arrière étaient-ils devenus trop fréquents, au point qu'il lui était difficile de regagner le présent ?

— Pardon ? Oh, je voulais dire : Jillian *disait* toujours, bien sûr, corrigea-t-il avec un petit rire sec. C'est simplement que... lorsque je vois tout ce matériel, cela me rappelle tellement les premiers temps de notre mariage ! Quant à toi, dès que tu seras rétablie, j'espère te voir planter ton chevalet dans le parc et peindre jusqu'à en user tes pinceaux.

« Je ne m'étonne pas que tu aies choisi un sujet triste, claquemurée comme tu l'es ! Un artiste a besoin d'espace, d'air, de lumière. Troy était le seul qui fût capable de s'enfermer pour créer pièce à pièce un univers entier. Toutes ces merveilles devaient déjà vivre dans sa tête, j'imagine.

— J'aimerais beaucoup voir d'autres œuvres de Troy.

— Oh, tu en verras. Quand tu descendras, nous irons dans mon bureau et je te montrerai ma collection de modèles. Ils sont tous de sa main, jusqu'au plus petit détail.

— J'espère que je pourrai venir demain !

— Oui, nous allons préparer ta première sortie. Cela va être merveilleux de te voir à nouveau circuler dans les couloirs de Farthy !

— A nouveau ?

Il fit claquer ses mains l'une contre l'autre. Tous ses propos me semblaient confus, mais peut-être était-ce dû à l'émotion que lui causait ma guérison toute proche ? Il ne fallait pas oublier qu'il n'était plus très jeune. Et faire face à tous ces imprévus après tant d'années de quasi-solitude avait de quoi troubler l'esprit.

— Et maintenant, je vais te laisser dormir.

— Je suis bien trop surexcitée pour dormir, Tony. Mais au fait... pourquoi n'ai-je plus la même chemise de nuit que tout à l'heure ?

Il eut un sourire incertain, un peu gêné.
— Plus la même chemise ?... Je ne comprends pas.
— Ce n'est pas celle-ci que je portais. Vous m'avez changée, n'est-ce pas ?
Il secoua la tête.
— Tu dois faire erreur, tu portais déjà cette chemise. C'est ta préférée, tu me l'as souvent dit.
— Je... J'ai dit ça, moi ?
Je finissais par douter de moi-même. Mais après tout... ce détail n'avait pas une telle importance.
— Je devrais peut-être te donner un sédatif. Le Dr Malisoff tient à ce que tu continues à les prendre.
— Je déteste les somnifères ! Ils me donnent des cauchemars.
— Voyons, Annie, dit-il d'une voix apaisante. Si ce traitement t'a si bien réussi, pourquoi l'interrompre ? Le médecin sait ce qu'il te faut, et c'est bien pour cela qu'on le paie d'ailleurs. Je reviens tout de suite.
Il sortit pour reparaître aussitôt avec un verre d'eau et un comprimé que j'avalai à contrecœur avant de m'allonger. Puis Tony me borda, alla éteindre le lustre, revint près de mon lit et me prit la main.
— Bien installée, Annie ? Tu as tout ce qu'il te faut ?
— Oui, dis-je d'une petite voix misérable.
J'aurais tant aimé que cette main fût celle de papa !
— Parfait, ce sera toujours comme cela, maintenant. Je serai là pour y veiller. Tu n'auras qu'à appeler, Annie, je viendrai immédiatement.
— Mais vous ne pouvez pas me consacrer tout votre temps, Tony. Vous avez votre travail, une affaire à diriger...
— Ne t'inquiète pas, cette affaire-là marche toute seule et j'ai des cadres compétents, sans compter Drake. Ne va pas t'imaginer que tu es une charge pour moi, ajouta-t-il en me tapotant la main.
— Vous allez engager une infirmière, demain ?
— A la première heure, j'appelle une agence, promit-il. Dors bien.
Il s'agenouilla près du lit pour m'embrasser et cette fois, ses lèvres s'attardèrent trop longtemps sur ma

joue, comme sa main sur mon épaule. On aurait dit qu'il ne songeait plus à s'en aller.

— Bonne nuit, dit-il enfin.
— Bonne nuit, Tony.

Je le regardai quitter lentement la pièce en éteignant les dernières lampes. L'obscurité se referma sur lui, comme s'il eût été l'un des fantômes de Rye Whiskey.

Mais même après avoir pris un somnifère, je ne trouvai pas le sommeil tout de suite. J'étais bien trop surexcitée. A tout instant, j'essayais de remuer les orteils et de réveiller les réflexes de mes pieds en les frottant contre le drap. Je me faisais l'effet d'être un bébé découvrant peu à peu son corps et ses membres. Le moindre mouvement, la plus infime sensation m'émerveillaient. C'étaient de véritables retrouvailles avec moi-même, un sentiment de renouveau que j'aurais tellement aimé partager avec quelqu'un de proche, de très proche... Si seulement Luke pouvait être là quand je me lèverais ! Il me prendrait dans ses bras, me serrerait contre lui et m'embrasserait en caressant mes cheveux. Je l'entendais me chuchoter des mots tendres à l'oreille, j'imaginais ses doigts effleurant mes épaules... et je souriais.

— Oh, Luke, soupirai-je, de telles pensées sont-elles vraiment si coupables ?

Les somnifères finirent quand même par agir, et mes paupières par s'alourdir. Gagnée par une torpeur irrépressible, je fermai les yeux... et ne les rouvris qu'en sentant le soleil caresser mon visage. Tony venait de tirer les rideaux. Il était encore en robe de chambre et en pantoufles, mais déjà rasé. L'odeur de sa lotion après-rasage flottait dans toute la pièce.

Ma première pensée ne fut rien moins que rassurante. Et si j'avais rêvé tout cela ? Les réflexes de mes orteils, le réveil de ma sensibilité, mes efforts pour me lever couronnés de succès ? Mais je me concentrai sur l'idée de remuer le pied et, ô merveille, ma jambe pivota vers l'intérieur.

— Tony !

Il se retourna comme si une guêpe l'avait piqué.

— Mes jambes ! Elles sont beaucoup plus sensibles et... elles bougent !

Il eut un bref signe de tête et continua à aller et venir dans la chambre, tirant les derniers rideaux et préparant ce qu'il fallait pour ma toilette. Il alla même chercher dans la penderie une des vieilles robes de maman et la tint à bout de bras pour l'admirer.

— Tu devrais mettre celle-ci aujourd'hui, Annie, elle te va très bien.

— Mais je ne l'ai jamais portée, Tony !

— Alors tu devrais. Elle t'ira très bien, crois-moi.

C'était une robe mi-longue en coton bleu clair, à manches bouffantes et à col brodé, qui eût été parfaite pour un thé dansant. Mais pour rester enfermée dans une chambre, ce n'était pas vraiment l'idéal.

— Je peux choisir mes toilettes toute seule, Tony, ne vous inquiétez pas.

J'étais certaine de pouvoir me débrouiller presque sans aide, ce matin-là. Et pour le lui prouver, je m'assis, rabattis mes couvertures et lançai mes jambes par-dessus le bord du lit.

— Qu'est-ce que tu fais ? s'écria-t-il, tout ému.

— Je me lève. Regardez, j'y arrive toute seule, maintenant.

— Tu n'as pas entendu ce qu'a dit le Dr Malisoff, hier soir ? Attends-moi ! Si tu essaies de te lever et que tu tombes, tu risques de te casser quelque chose. Tu tiens à rester dans le plâtre pendant six semaines, en plus du reste ?

Cette perspective me fit frémir d'horreur.

— Très bien, Tony. Je vous attends.

Il posa la robe sur le pied du lit et approcha mon fauteuil. Je me laissai glisser jusqu'à ce que mon pied touche le sol mais, quand je voulus prendre appui sur mes jambes, il glissa les bras sous mes aisselles et me fit asseoir.

— Je crois que j'aurais pu faire ça toute seule, Tony.

— Mais je ne tiens pas à prendre de risques avec toi. Si quelque chose t'arrivait, c'est moi que le médecin blâmerait.

— Ne devrais-je pas essayer de me lever, exercer mes muscles pour reprendre des forces ?

— En temps voulu, Annie, en temps voulu. Ne précipitons rien. Alors, pour la robe, qu'est-ce que tu...

— J'en choisirai une moi-même, Tony, dès que j'aurai fait ma toilette.

— Je vais t'aider.

Avant que j'aie pu faire un geste, il avait déjà commencé à rouler mon fauteuil vers la salle de bains.

— Mais, Tony...

— Pas de « mais », rappelle-toi ce qu'a dit le Dr Malisoff.

Il arrêta mon fauteuil en face de la baignoire et ouvrit les robinets.

— Tony, je ne peux pas vous laisser faire ça !

— Ne sois pas stupide. Je me sens terriblement responsable de ce qui s'est passé avec Mme Broadfield. Je l'ai renvoyée, le moins que je puisse faire, c'est de la remplacer. Considère-moi comme... disons : un infirmier, voilà tout. Que dirais-tu d'un petit bain de bulles ?

Il versa une poudre rose dans la baignoire et sortit pour aller chercher un gant et des serviettes.

— Tony, dis-je le plus calmement possible quand il fut de retour, je suis une femme adulte, maintenant. J'ai besoin d'intimité.

— Ce n'est pas le moment de te tracasser pour cela, et d'ailleurs ce sont les instructions du médecin.

Je ne trouvai rien à répondre à cela et Tony ferma les robinets.

— Il est temps de prendre ton bain, annonça-t-il en souriant.

Je regardai l'eau, puis relevai les yeux sur lui. Ses cheveux gris étaient impeccablement coiffés en arrière, son regard n'exprimait que l'affection la plus tendre.

— Je te laisserai te laver seule, si tu préfères. Je veux seulement m'assurer que tu ne vas pas glisser et t'assommer sur le bord de la baignoire.

Je dus me faire violence pour remonter ma chemise de nuit, que Tony acheva de m'enlever. Ce faisant, ses doigts effleurèrent ma poitrine et la surprise m'arracha un hoquet. A part les médecins, les infirmières et mes parents, personne ne m'avait jamais vue nue et encore moins touchée. Mais Tony ne parut s'aviser de rien. Il glissa un bras sous mes aisselles et l'autre sous mes jambes pour me soulever et me déposa lentement dans l'eau, où les bulles cachèrent ma nudité. Je me sentais plus impuissante que jamais, aussi dépendante qu'un enfant nouveau-né.

— Là, tu vois comme c'était facile ? Tiens, prends ce gant, je vais rafraîchir un peu ton lit.

Son absence ne dura pas plus de dix minutes.

— Alors, comment te sens-tu ?
— Très bien.
— Veux-tu que je te frotte le dos ? Je suis expert en la matière. Je le faisais souvent pour ta mère et ta grand-mère.
— Vraiment ?

J'imaginais difficilement maman lui permettant de faire une chose pareille.

— Un véritable expert, renchérit-il en s'asseyant derrière moi sur le rebord de la baignoire.

Il me prit le gant des mains et je me penchai en avant pendant qu'il le passait dans mon cou et sur mes épaules.

— Tu as le cou gracieux et délié de ta mère, Annie, et les mêmes épaules délicates, belles à faire damner les hommes les plus endurcis.

Il promena doucement le gant sur mes épaules, mon cou, ma nuque, et je sentis son souffle contre ma peau. Quand je regardai dans le miroir, je vis qu'il avait fermé les yeux et penchait la tête comme s'il me respirait. Un frisson de terreur me parcourut l'échine et je posai brusquement ma main sur la sienne.

— Merci, Tony. Je finirai toute seule.
— Comment ? Ah oui... bien sûr, dit-il en se relevant aussitôt. Je te mets une serviette de bain sur le fauteuil. Tu as fini ?
— Oui, mais vous allez vous mouiller.
— Ne t'inquiète pas pour ça, ce ne sera pas la première fois, dit-il en se penchant pour plonger les bras

dans l'eau et me soulever comme il l'avait déjà fait. Dès qu'il m'eut déposée sur le fauteuil, je m'enroulai dans la serviette. Il en prit aussitôt une autre et commença à m'essuyer les jambes.

— Je peux faire ça moi-même, Tony.
— Quelle idée ! Pourquoi te fatiguer quand je suis là ?

Il continua à m'essuyer avec une infinie délicatesse, effleurant doucement mes mollets pour remonter peu à peu au-dessus de mes genoux. Puis il s'assit sur ses talons et leva les yeux vers moi.

— Quand je te vois comme ça, je ne peux pas m'empêcher de penser à ta grand-mère, Leigh.
— Qu'est-ce qui vous fait dire ça, Tony ?
— Cet air innocent que tu as, ta jeunesse, ta douceur, et tes cheveux aussi...

Je commençais à regretter d'avoir changé de couleur. Après tout, ce n'était peut-être pas *moi* qu'il voyait quand il me regardait ainsi.

— Je ferais mieux de m'habiller, Tony.
— Oui, bien sûr.

Il se releva et me roula près du lit, où il avait étalé la robe de coton bleu.

— Je vais t'aider, annonça-t-il en allant chercher un slip et un soutien-gorge dans la commode.

Et il s'accroupit à nouveau devant moi.

— Je peux faire ça toute seule, voyons !

Je voulus me saisir du slip mais Tony souleva mes pieds, glissa le sous-vêtement autour de mes chevilles et le fit monter lentement le long de mes jambes, le regard fixe et sans toucher ma peau ne fût-ce que du bout du doigt. Quand il arriva à hauteur de mes cuisses, il s'arrêta et passa derrière moi sans que je puisse l'en empêcher. Puis, de ses avant-bras, il me souleva légèrement, juste assez pour mettre le slip à sa place. Je fermai les yeux, refusant l'incroyable réalité... et il commença à dérouler la serviette.

— Tony, je vous en prie, laissez-moi faire ça !
— Je vais simplement t'aider, insista-t-il, tout en me présentant le soutien-gorge.

Je me hâtai d'y glisser les bras mais quand je voulus l'attacher, les mains de Tony se posèrent sur les miennes et firent le travail à ma place. Puis il retourna près du lit pour y prendre la robe.

— Et voilà, c'est presque fini!
— Tony, je ne crois pas que cette robe...
— Lève les bras, ce sera plus facile.

Pressée d'en finir, j'obéis à contrecœur et le laissai me passer la robe. Il me souleva et me déplaça pour achever de m'habiller, puis recula d'un pas.

— Tu vois? C'était tout simple. Je viendrai t'aider tous les matins, Annie.
— Tous les matins? Mais il y aura sûrement une nouvelle infirmière demain!
— Je l'espère, mais je vais me montrer un peu plus pointilleux cette fois-ci. Ni toi ni moi ne voulons d'une seconde Mme Broadfield, n'est-ce pas?

Il tapa dans ses mains et ajouta en souriant:
— Bon, je vais m'occuper de ton petit déjeuner.

Et il s'éloigna d'un pas vif, tout ragaillardi à la pensée de ce qu'il avait fait et de ce qu'il lui restait à faire. Quelques minutes plus tard, il était de retour avec le plateau du petit déjeuner.

— Tu as faim, au moins? demanda-t-il aussitôt après me l'avoir apporté, déjà prêt à sortir.
— Oui, je suis affamée.

Ce qui était bon signe, du moins je l'espérais.

— Je vais m'habiller pendant que tu manges, lança-t-il en passant la porte.

Mais quand il revint, je crus voir le Tony que m'avait décrit Drake dans sa lettre. Échevelé, débraillé, la cravate tachée et mal nouée, on aurait juré qu'il avait remis un de ses vieux complets sales, pour ne pas dire crasseux.

— Bonjour! s'écria-t-il en entrant, comme s'il ne m'avait pas encore vue de la journée.

Je le fixai d'un œil ébahi, mais il n'y prit pas garde. D'ailleurs, il regardait déjà ailleurs. Tourné vers la fenêtre, les mains croisées dans le dos, il hochait la tête en gonflant ses joues et en se passant la langue sur les lèvres. Une fois de plus, j'eus l'impression qu'il perdait le sens du réel et que son esprit s'égarait entre le passé et le présent. Cela commençait d'ailleurs à m'inquiéter ; il fallait que je m'arrange pour joindre Luke.

— Je me sens beaucoup mieux ce matin, annonçai-je pour préparer le terrain. Nous pourrons sans doute faire cette promenade, Tony.

Sa réponse parut s'adresser à une autre, comme s'il poursuivait une conversation toute différente.

— Je te promets de t'offrir un foyer et tout ce que cela comporte...

— Un foyer ? Mais j'ai déjà un foyer, Tony...

— J'ai déjà pu observer que tu t'adaptais rapidement et je soupçonne que tu deviendras vite plus bostonienne que moi, qui suis né ici...

Il se mit à rire mais se rembrunit aussitôt et sa bouche prit un pli méprisant.

— Mais je ne veux pas voir un seul membre de ta famille des collines mettre les pieds ici, jamais.

Était-ce à Luke qu'il pensait ? J'osai espérer que non.

— Ma famille des collines ? Que voulez-vous dire, Tony ? Vous me faites peur.

Il battit des cils comme s'il venait de s'éveiller et secoua la tête à plusieurs reprises.

— Tony ? Vous vous sentez bien ?

— Comment ? Oh... oui, excuse-moi. J'étais perdu dans mes pensées. Bon, je ferais mieux d'aller travailler un peu. Rye viendra chercher ton plateau.

Sur ce, il s'esquiva sans plus attendre.

Mon cœur cognait dans ma poitrine. Qu'avait donc Tony, ce matin ? Était-ce le fait de m'avoir aidée à me laver et à m'habiller qui provoquait chez lui cette étrange réaction ? Je fus heureuse de voir arriver Rye, bien que lui n'eût pas l'air heureux du tout.

— Comment ça va ce matin, mademoiselle Annie ?

— Je me sens beaucoup plus forte, merci, Rye.

Il prit le plateau et parut tout à coup très pressé de sortir, lui aussi.

— Est-ce que Mr Tatterton se sent bien ce matin, Rye ?

— Il en a l'air. Il travaille dans son bureau.

— Il tenait des propos bizarres, tout à l'heure. On aurait dit qu'il ne savait plus qui j'étais.

— Peut-être qu'il rêvait encore à moitié, ça arrive des fois aux gens de son âge, le matin.

— Non, cela s'était déjà produit. Et quant à l'âge... Vous êtes plus vieux que lui, Rye, et vous n'avez pas les idées qui s'embrouillent au réveil, n'est-ce pas ?

— Si, mademoiselle Annie, ça m'arrive, surtout après une nuit pareille.

Je le dévisageai, mais il ne semblait pas désireux d'en dire plus.

— Comment cela, une nuit pareille ? Que s'est-il passé cette nuit, Rye ? Eh bien, parlez !

— Le vieux Rye sait tenir sa langue quand il faut, mademoiselle Annie, mais... Vous pensez rester encore longtemps ?

— Pas tellement, non. Je fais d'énormes progrès.

— Tant mieux. Le vieux fantôme a encore fait des siennes, cette nuit. Il a pas arrêté de se promener tout partout.

— Le vieux fantôme ? répétai-je en souriant. Ah oui...

— Le même que d'habitude, mademoiselle Annie, et j'espère que vous allez vite guérir et rentrer chez vous. C'est pas que le vieux Rye aime pas vous voir ici, vous me rappelez le bon temps. Seulement je veux pas qu'il vienne vous déranger !

— Très bien, je serai sur mes gardes, Rye.

Je n'essayai même pas de plaisanter sur son fantôme : je savais qu'il y croyait dur comme fer. Et il s'en fut en hochant la tête, emportant son plateau.

Pour me changer les idées, je décidai de me remettre à peindre. Mes récents progrès avaient dû modifier mon humeur car je renonçai aux teintes grises pour ajouter de la couleur à l'ensemble. Je me concentrai sur les arbres et les feuillages de l'arrière-plan en choisissant le vert le plus vif pour l'herbe. Je peignis le ciel en bleu éclatant et travaillai chaque détail, sauf l'homme agenouillé devant la tombe.

Peu après le déjeuner, Drake arriva. Il entra en

trombe dans ma chambre comme s'il avait un train à prendre et déposa un baiser hâtif sur ma joue. Depuis qu'il travaillait pour Tony, il était toujours pressé, comme s'il avait un horaire à respecter. J'eus le sentiment qu'il avait déjà calculé combien de temps il pourrait me consacrer et que, lorsque sa montre en or (un cadeau de Tony) lui indiquerait qu'il était l'heure, il s'en irait quoi qu'il arrive. Mon seul espoir était que Luke n'ait pas suivi le même chemin et que lorsqu'il viendrait enfin, je ne me trouve pas devant un inconnu. Cela, c'était la pire de mes craintes.

Drake ne paraissait pas au courant de mes récents progrès.

— Tu n'as donc rien appris de ce qui s'est passé ? Tu ignores que Mme Broadfield a failli m'empoisonner, que Tony l'a renvoyée, que je suis en voie de guérison ?

J'étais abasourdie.

— A vrai dire, je n'ai pas encore vu Tony, je suis monté directement chez toi. Alors, cette infirmière ?

Je lui fis un bref récit des événements et il m'écouta en secouant la tête.

— Elle ne m'a jamais emballé, observa-t-il en se carrant sur son siège, mais elle avait de si bonnes recommandations... Cela montre à quel point il est difficile de trouver du personnel qualifié, d'ailleurs j'en fais l'expérience. Je suis chargé d'engager des employés moi aussi, tu sais ?

Il se tut quelques instants et reprit en souriant :

— Tu as l'air différente, plus vive, plus forte. Il s'est produit un mieux, si je comprends bien ?

— Je me suis mise debout toute seule ! m'écriai-je, exaspérée par son petit ton supérieur.

— Quand ? (Il paraissait franchement sceptique.)

— Hier soir. Je pourrais le faire maintenant, mais le Dr Malisoff et Tony disent que je ne dois pas aller trop vite. Mais je veux aller vite, Drake ! J'ai tellement envie de sortir d'ici.

Il me dévisagea comme le faisait si souvent Tony, les yeux mi-clos et attentifs, en hochant pensivement la tête.

— Je suis sûr que s'ils te disent cela, c'est pour ton bien, Annie.

— Et moi je pense qu'ils se trompent. Je sais que je peux me lever. Je devrais le faire plus souvent, pour fortifier mes muscles et réhabituer mes jambes à la marche. Et je devrais me servir de ce mobile, insistai-je en désignant le déambulateur rangé dans un coin. A quoi bon l'avoir si je ne m'en sers pas ?

Drake haussa les épaules.

— Peut-être que si tu t'en sers trop tôt, cela risque de te faire plus de mal que de bien. Je n'en sais rien, moi, je n'ai jamais songé à devenir médecin.

— Mais Luke, si.

Il tressaillit comme si je l'avais giflé, mais je ne pouvais plus dissimuler mes sentiments. Je croisai les bras sur ma poitrine et poursuivis :

— Je voudrais qu'il soit là, et je ne comprends pas ce qui l'empêche de venir.

— J'ai laissé des messages pour lui.

— On a dû oublier de les lui transmettre.

— Tous ?

— Cela ne lui ressemble pas, affirmai-je avec assurance.

— Mais tout le monde change, surtout quand on entre à l'université, je crois te l'avoir déjà dit.

— Pas Luke, m'obstinai-je. Drake, as-tu vraiment de l'affection pour moi ?

— Bien sûr, quelle question !

— Alors fais-moi sortir de cette chambre. Je descendrai en chaise volante et tu me conduiras près du téléphone le plus proche. Je veux appeler Luke moi-même. Tony a promis de me faire installer un poste dans ma chambre mais j'attends toujours et je commence à me demander s'il a réellement essayé de joindre Luke.

— Pourquoi ? S'il te dit qu'il a essayé, et s'il a promis de te faire installer le téléphone...

— Non, il oublie ce qu'il dit et ce qu'il promet. Tu ne le vois pas sous le même jour que moi, Drake. Je crois qu'il est atteint de sénilité et que son état empire de jour en jour.

— Quoi ! Voyons, Annie, je travaille avec lui depuis...
— Écoute-moi, Drake. Quelquefois, quand il me parle, il confond tout et tout le monde, ma mère, ma grand-mère, mon arrière-grand-mère. Il ne sait plus qui est en vie et qui ne l'est pas. Je regrette de l'avoir laissé me convaincre de me teindre les cheveux, cela ne fait que le troubler davantage.

A mesure que je parlais, la gravité de la situation m'apparaissait avec encore plus de netteté qu'avant. Pourtant, Drake eut un sourire sceptique.

— C'est toi qui commences à perdre la tête, Annie.
— Non, Drake, il a vraiment un comportement bizarre... Cette façon d'entretenir l'ancien appartement de mes parents et celui de Jillian, comme s'ils étaient encore vivants tous les trois, par exemple. Même Rye trouve cela étrange. Bien sûr, il parle de fantômes errant dans les couloirs et tout ça, mais il sait certaines choses. Et il voudrait que je rentre chez nous !

Jusque-là, c'était surtout pour Tony que je m'inquiétais. J'essayais de m'expliquer sa conduite et de lui trouver des excuses. Mais, après avoir mis tous les faits bout à bout, je m'aperçus qu'il y avait bien plus que les innocentes manies d'un homme perdu dans ses souvenirs, et c'est pour moi que je commençai à m'inquiéter. Je risquais de me trouver enfermée à Farthy, à la merci d'un déséquilibré.

— Rye voudrait que tu t'en ailles ? Cette fois, ne me dis pas que ce n'est pas de la sénilité !
— Tony a fait de la chambre de Jillian un véritable musée, insistai-je, dans un effort désespéré pour faire partager mon angoisse à Drake. Personne n'a le droit d'y entrer, c'est... Cela me fait peur. Tu aurais dû l'entendre tout à l'heure, quand il m'a interdit de recevoir ma famille des collines. On comprenait à peine ce qu'il disait. Sais-tu que dans la chambre de Jillian, on a retiré tous les miroirs de leurs cadres et...
— Holà, une minute, je m'y perds ! Tu veux que je t'emmène en bas pour appeler Luke, la chambre de Jillian est un musée, tu regrettes d'avoir teint tes che-

veux... Tu n'aurais pas pris un médicament qui t'embrouille les idées, par hasard ?

— Drake, as-tu seulement écouté ce que je t'ai dit ?

Il me dévisagea sans répondre.

— Je commence à avoir peur. Je veux bien me montrer coopérative et suivre les conseils qu'on me donne, mais je ne peux pas m'empêcher de me demander quelle sera la prochaine lubie de Tony.

— Tony ? Mais je ne connais personne d'aussi bon, d'aussi tendre, ni qui nous soit aussi dévoué que lui !

— Conduis-moi en bas. Tout de suite.

— Laisse-moi consulter ton médecin, d'abord.

J'entrevis instantanément une nouvelle possibilité des moins rassurantes.

— Non ! Il travaille pour Tony et ne songe qu'à lui faire plaisir.

C'était tellement plausible que mon cœur se glaça de terreur. Seigneur ! Et si... Je parcourus la pièce du regard, en proie à une panique soudaine.

— Allons bon, voilà que le médecin est suspect, lui aussi ! Franchement, Annie, je voudrais que tu puisses t'entendre. Que tu sois à bout de nerfs après tout ce que tu as enduré, l'accident, ton infirmité momentanée, le service religieux... je peux le comprendre. Mais tu es soignée par un des meilleurs médecins qui soient, dans les meilleures conditions possibles. Je suis sûr qu'avant ce soir tu auras une nouvelle infirmière et...

— Très bien, capitulai-je en baissant la tête. Je vois que je perds mon temps à essayer de te convaincre.

Drake ne pouvait savoir ce qui se passait à Farthy, ou alors... Je relevai la tête et l'observai avec attention. Ou alors il ne voulait rien voir. Grisé par l'importance de la situation qu'il devait à Tony, il savourait sa nouvelle autorité et son pouvoir. D'une certaine façon, Tony l'avait acheté, lui aussi. L'histoire se répétait.

— Tu ne m'écoutes même pas, Drake. Et moi qui pensais pouvoir compter sur toi ! J'ai perdu mes parents et tout le monde m'abandonne, tante Fanny, Luke, toi...

Je me sentais si seule et si perdue que j'en étais malade. Mon cœur n'était plus qu'un trou dans ma poitrine, une chambre d'échos emplie de mes cris... des cris que personne n'entendrait car tous ceux qui m'avaient vraiment aimée étaient morts. Luke lui-même semblait mort pour moi, désormais.

Drake prit mes mains dans les siennes et débita tout d'une traite :

— Écoute, Annie, je dois partir à New York pour mettre un grand projet sur pied. J'en ai pour quelques jours, pas plus. Dès mon retour, je viens te voir et, si tu n'as pas changé d'idée, je te ramène à Winnerow moi-même.

— C'est vrai ? Tu me le promets ?

Bizarrement, je n'étais pas très convaincue.

— Bien sûr ! Et je m'occuperai de tout, tu auras des médecins et des infirmières de chez nous, choisis par moi...

— Oh, Drake ! Si tu pouvais le faire tout de suite !

— Patiente encore quelques jours, Annie. Brûler les étapes pourrait te faire perdre le bénéfice acquis et tout serait à recommencer. Il faut d'abord que tu sois sûre d'avoir pris la bonne décision. Mais si tu l'es... je te promets de t'aider.

Il m'embrassa tendrement en me serrant contre lui, puis bondit sur ses pieds comme si un signal venait de résonner sous son crâne d'homme d'affaires.

— Je me sauve, j'ai un avion à prendre.

— Mais je croyais que tu devais m'emmener téléphoner !

— Cela ne sert à rien d'appeler Luke sans arrêt. Il viendra quand il en aura envie.

— Drake, s'il te plaît...

Je l'implorai de me comprendre. Joindre Luke était si important pour moi ! Il me dévisagea longuement et finit par hocher la tête.

— Je parlerai à Tony en descendant. Il appellera, sois tranquille.

— Mais, Drake...

— Allons, Annie, un peu de cran ! Tout va s'arranger, tu verras. Tu as repris ta peinture, c'est déjà ça, constata-t-il en désignant mon chevalet.

Mais il ne prit même pas la peine d'aller jeter un coup d'œil à mon travail. Il eut un sourire de commande, m'adressa un signe d'adieu et s'éloigna précipitamment, peu soucieux de m'entendre insister sur un détail qui l'eût contraint d'entrer en conflit avec Tony. Lui, mon oncle Drake, qui avait toujours été plus qu'un frère pour moi, se conduisait comme si je ne lui étais rien ! J'étais affreusement déçue.

Le silence se referma sur moi, exaspérant mon sentiment d'impuissance. Je me retrouvais seule une fois de plus, comme un animal blessé prisonnier d'une cage dorée.

Plus résolue que jamais, je roulai jusqu'à la porte de la chambre, l'ouvris, traversai le salon et allai ouvrir celle de l'entrée. Une fois dans le corridor, je gagnai le palier et me penchai sur la rampe pour regarder en bas. Je ne vis personne, mais le second fauteuil roulant m'attendait là où Tony avait promis qu'il serait, au bas de l'escalier. Suivant les conseils de Tony et de l'employé, je relevai le bras de mon fauteuil pour me glisser sur le siège de la chaise volante et attachai la ceinture de sécurité. Puis, une fois bien installée, je pressai le bouton et la descente commença. Mon cœur battait la chamade, mais je me sentais d'humeur rebelle. J'étais bien décidée à sortir de ma cage.

La chaise s'arrêta au bas des marches et j'eus tôt fait de prendre place dans le second fauteuil roulant. Puis, encouragée par ce succès, je me propulsai sur la moquette du couloir jusqu'au bureau de Tony.

La porte était entrouverte. Je m'arrêtai pour écouter, n'entendis pas le moindre bruit... et me décidai à entrer. Seule, la petite lampe du bureau dispensait un peu de lumière, mais le reste de la pièce baignait dans une quasi-obscurité. Les rideaux soigneusement tirés ne laissaient pas pénétrer un seul rayon de soleil. Je regardai autour de moi : personne. Où pouvait bien être Tony ? Déçue, je me renversai en arrière... et ce fut alors que j'aperçus le téléphone sur le bureau. Enfin une possibilité d'appeler Luke moi-même ! Mais après avoir décroché le combiné, je m'avisai que j'ignorais totalement la marche à suivre. Je ne connaissais ni le numéro de Luke, ni le nom de son foyer. Drake ne m'avait rien dit.

Je composai le numéro des renseignements et demandai Harvard. Agacée par mon manque de précisions, l'opératrice se lança dans une longue énumération de services et finit par mentionner l'administration de l'internat. Je l'arrêtai. Mais je dus encore entendre une voix enregistrée énoncer un numéro, et rappeler, avant de pouvoir m'expliquer avec une secrétaire. Elle se montra fort obligeante, m'apprit que certains étudiants n'avaient pas encore de ligne personnelle et m'indiqua le numéro du poste de l'étage de Luke. Après l'avoir remerciée, je composai donc un troisième numéro.

L'étudiant qui me répondit avait un accent typiquement bostonien : on aurait dit Tony en plus jeune. Je me présentai et demandai à parler à Luke de toute urgence.

— Un instant, s'il vous plaît.

Je patientai donc, m'attendant à voir entrer Tony à tout instant. Quelque chose me disait qu'il désapprouverait mon initiative, et cette idée m'était odieuse. Que d'embarras pour un simple coup de fil !

— Mademoiselle ?
— Oui ?
— Luke Casteel est en cours, en ce moment. Mais son camarade de chambre lui dira que vous avez appelé.
— Oh, s'il vous plaît... pouvez-vous lui transmettre un message... s'il vous plaît...
— Mais bien sûr, que dois-je lui dire ?
— Que... Que j'ai absolument besoin de lui, qu'il ne doit pas tenir compte de ce qu'on pourra lui dire et... qu'il vienne à Farthy dans les plus brefs délais.
— A Farthy ?
— Oui, il comprendra. Mais faites le nécessaire pour le prévenir tout de suite, c'est extrêmement important.
— De la part d'Annie, c'est bien cela ?
— Oui.
— Entendu, je laisse le message à son camarade de chambre qui lui fera la commission, sans faute.

— Merci beaucoup.
— Je vous en prie, il n'y a pas de quoi.

Je raccrochai, le cœur battant. J'avais l'impression qu'il allait se rompre, tant il cognait contre mes côtes. L'émotion me donnait froid dans le dos, et un filet de sueur me coulait le long du cou.

Je me redressai dans mon fauteuil et repris mon souffle : il fallait absolument que je me calme. Mais où était passé Tony ? Il m'avait dit qu'il allait travailler dans son bureau. Peut-être était-il allé chercher la nouvelle infirmière... Je sortis dans le couloir et tendis l'oreille : rien. Le plus profond silence régnait dans la maison. Je roulai jusqu'à l'entrée et ouvris la porte.

Le soleil m'enveloppa comme une vague chaude et je reculai en clignant des yeux : je me serais crue sur une plage. Quelle merveille de respirer l'air frais, de baigner dans la tiédeur du soleil, après être restée si longtemps enfermée entre quatre murs ! Je me sentis soudain pleine de force et d'espoir. Mon cœur battait avec une vigueur nouvelle, mon sang courait plus vite et fortifiait mon corps entier, mes reins reprenaient vie.

Je m'avançai sur le perron et vis que Tony n'avait pas menti. La rampe d'accès était bel et bien là, un plan incliné en bois... Mais comme il semblait raide ! Oserais-je descendre ? Et quand je voudrais remonter, comment ferais-je ?

La peur me saisit, j'étais allée trop loin. J'en faisais trop, cette fois. Immobile dans l'embrasure de la porte, je contemplai fixement le plan incliné et je crus soudain entendre la voix de Luke. « Toujours plus loin, si haut que soit l'obstacle... » Allais-je regagner ma chambre en abandonnant le combat ?

Non. J'étais assez forte, maintenant. Mon corps ne me trahirait pas. Je m'avançai lentement vers la rampe, le cœur battant à tout rompre. Mais je refusais de m'avouer vaincue. Il fallait oser.

Les roues s'engagèrent sur le plan incliné, vacillèrent un instant... et j'entamai la descente. Mes bras avaient tout juste assez de force pour empêcher les roues de s'emballer, et diriger le fauteuil me demanda un effort bien plus grand que je ne l'avais imaginé. Mais j'arrivai en bas sans encombre et roulai sur ma lancée jusque dans l'allée. J'avais réussi !

J'avais réussi et qui plus est, je me sentais capable de continuer.

Je regardai sur ma droite, mais un bruit de voix sur ma gauche attira mon attention. Tony devait être en train de donner des directives à un jardinier, supposai-je, et je me dirigeai de ce côté. Le gravier rendait ma progression difficile, mais j'adoptai un rythme lent et régulier et ne m'arrêtai pas avant d'avoir parcouru une bonne centaine de mètres.

Près de la piscine, j'aperçus un homme de peine occupé à transporter une chaise de jardin dans la remise, mais je ne vis personne d'autre. Pendant quelques instants, je contemplai la vaste rotonde et cela me fit penser à Luke. Cette fois, j'étais certaine que mon message lui parviendrait. Il comprendrait qu'il devait venir à tout prix, et combien il m'avait manqué. Peut-être s'était-il imaginé que je l'oubliais, puisque je n'appelais pas ? Peut-être avais-je eu tort de croire Drake, surtout lorsqu'il prétendait que Harvard l'avait changé et qu'il s'était fait de nouveaux amis... et même de nouvelles amies ? Il allait venir, tout de suite, je savais qu'il viendrait.

Comme j'aurais aimé être à Winnerow, près de *notre* rotonde, et que Luke fût déjà là, en train de m'y attendre !

Derrière celle-ci, loin vers la gauche, s'étendait le labyrinthe. Il paraissait si vaste vu de mon fauteuil, aussi vaste qu'il avait paru à Drake, la première fois qu'il l'avait vu. Il attribuait cette impression au fait qu'il était encore tout petit en ce temps-là, mais le labyrinthe était vraiment immense, mystérieux, effrayant. Et pourtant je ne pouvais m'empêcher de me sentir attirée vers lui, de désirer le parcourir, comme j'imaginais que ma mère et sa mère avaient dû le faire avant moi.

— Cela vous plairait-il d'y entrer ?

Je faillis sauter de mon fauteuil. Puis je me démenai

pour tourner sur ma droite afin de voir qui venait de surgir derrière moi. Ce ne fut pas facile, car l'arrivant ne fit rien pour m'aider. Mais finalement, à force de reculer, de virer, de reculer et de virer encore, je réussis à faire demi-tour. Tout d'abord, ne voyant personne, je crus que cette voix sortait tout droit de mon imagination.

Puis, quittant l'abri d'une haute haie, un homme s'avança vers moi.

Son visage était toujours dans l'ombre, mais je reconnus instantanément le mystérieux inconnu que j'avais vu agenouillé devant la tombe de mes parents. Telle une création de mon imagination, on aurait dit qu'il sortait d'un de mes tableaux pour se matérialiser devant moi.

19

De l'autre côté du labyrinthe

— Qui êtes-vous ?
Je le dévorais du regard, fascinée. Il était sorti de l'ombre et se tenait debout devant moi, les mains dans les poches de son pantalon. Il était grand et mince mais large d'épaules malgré tout, avec des cheveux auburn grisonnant sur les tempes. De longs cheveux bouclés aux extrémités, frôlant le col blanc de sa blouse d'artiste aux larges manches froncées. Je le trouvai remarquablement beau, mais d'une beauté qui n'avait rien de mièvre, au contraire : elle évoquait pour moi celle des statues grecques. Il m'observait en haussant un sourcil, la tête légèrement penchée de côté, et l'intensité de son regard finit par m'intimider. Quelque chose en moi dut le toucher ou l'émouvoir, car ses yeux se rétrécirent et prirent cette expression lointaine qu'avait parfois Tony, juste avant de s'égarer dans ses souvenirs. Pourquoi ne parlait-il pas ? Il aurait pu au moins me dire bonjour ! Je commençai à trembler, je me sentais menacée par son indifférence. Mal à l'aise, je jetai un coup d'œil du côté de la maison mais personne ne m'avait suivie. Personne ne savait que j'étais ici.

Quand je me retournai vers l'inconnu, je le vis ébaucher un sourire. Et quelque chose dans ce sourire et dans l'expression de ses yeux bruns me réchauffa le cœur. Je sus que j'étais en sécurité.

— Vous n'avez pas besoin de me dire votre nom, dit-il d'une voix rassurante et douce, presque tendre. Vous êtes la fille de Heaven. Pourtant, c'est plutôt à Leigh que vous ressemblez, avec vos cheveux blonds. Est-ce leur couleur naturelle ou les avez-vous teints, comme votre mère l'a fait autrefois ?

— Qui êtes-vous ? répétai-je, avec plus d'insistance encore.

Je lus dans ses yeux qu'il hésitait entre me répondre ou s'enfuir. Mais quelque chose de plus fort que sa volonté le retint à mes côtés.

— Moi ? Je m'appelle... Brothers. Thimothy Brothers*.

— Mais qui êtes-vous ? Je veux dire... comment connaissiez-vous ma mère et sa mère ? Et comment savez-vous qu'elle s'était teint les cheveux ?

— Je travaille pour Mr Tatterton.

Je me renversai sur le dossier de mon fauteuil. Cet homme n'avait absolument pas l'air d'un ouvrier, et il ne correspondait pas à la description que Rye m'avait donnée des jardiniers. Bien sûr, Rye avait pu oublier quelqu'un, mais l'inconnu ne ressemblait pas à un travailleur manuel. Il émanait de lui une douceur et une délicatesse qui laissaient deviner une nature contemplative.

— Ah ? Et que faites-vous pour Mr Tatterton ?

— Je... Je crée des jouets.

— Des jouets ?

— N'ayez pas l'air si étonnée, Annie. Il faut bien que quelqu'un le fasse.

— Comment savez-vous mon nom ?

— Mais tout le monde le connaît, maintenant. Mr Tatterton parle tellement de vous !

Mon regard s'attachait au sien, je sentais qu'un mystère l'entourait. Un mystère qu'il voulait préserver.

— Et que faisiez-vous derrière ces haies ? Est-ce là que vous fabriquez vos jouets, par hasard ?

Il rejeta la tête en arrière et éclata de rire.

* En anglais, *brother* : frère

— Pas vraiment, non. Je faisais une petite promenade, quand je vous ai vue arriver dans l'allée.
— Et où habitez-vous ? A Farthy, vous aussi ?
— Non, enfin... pas dans la maison. Je vis de l'autre côté du labyrinthe. C'est là que je crée mes jouets.
— De l'autre côté du labyrinthe ? N'est-ce pas là que... N'y a-t-il pas un cottage, là-bas ?
— Ah, vous en avez entendu parler ?
J'acquiesçai d'un signe de tête.
— Par votre mère ?
— Non, elle ne m'a pas dit grand-chose sur Farthy. Elle n'aimait pas en parler.
Il hocha lentement la tête et ses traits s'assombrirent. Son regard se détourna du mien, dériva en direction du cimetière. Et la façon dont il remontait les épaules me rappela ma propre attitude, lorsque j'étais en proie à la mélancolie. Il resta ainsi quelques instants, puis se passa la main dans les cheveux pour les rejeter en arrière. Il avait de longs doigts élégants, vigoureux et sensibles, des doigts d'artiste. L'art était-il donc une vocation prédestinée ? Il fallait le croire, car ses mains ressemblaient étrangement aux miennes.
— J'ai eu beaucoup de peine en apprenant ce qui était arrivé à vos parents, dit-il sans me regarder, d'une voix presque inaudible.
— J'en suis très touchée, merci.
— Alors ? suggéra-t-il en relevant la tête, je suis sûr que vous avez entendu parler aussi du labyrinthe, non ? Je n'ai pas pu m'empêcher de remarquer combien il vous fascinait.
— Il paraît si mystérieux...
— Et il l'est, pour ceux qui ne le connaissent pas. Cela vous plairait-il de le traverser ?
— Vous voulez dire... en entier ? Jusqu'à l'autre côté ?
Il leva les yeux vers le ciel bleu où s'effilochaient quelques traînées de nuages.
— Pourquoi pas ? Le temps est idéal pour une promenade, et je serais ravi de vous piloter.
Je mourais d'envie d'explorer le labyrinthe et de voir

le cottage mais j'hésitai à accepter. Que dirait-on si l'on me voyait partir avec ce Mr Brothers ? Malgré sa courtoisie et sa gentillesse, il restait pour moi un parfait inconnu. D'autre part, il travaillait pour Tony et, comme Tony s'inquiéterait de toute façon de mon absence, autant m'offrir une petite escapade. Surtout celle-ci !

— Très bien, répondis-je, non sans jeter un regard furtif autour de moi.

— M. Tatterton ne sait pas que vous êtes ici ?

— Non, mais cela m'est bien égal.

— Je vois que vous avez autant de caractère que votre mère, observa-t-il en contournant mon fauteuil.

— Vous l'avez bien connue ?

— Oui, je l'ai bien connue. Elle avait à peu près votre âge quand je l'ai rencontrée.

— Il y a donc si longtemps que vous travaillez pour Tony ? Vous inventiez déjà des jouets ?

— Oui.

Il poussait mon fauteuil maintenant, et je ne pouvais voir son visage, mais sa voix me parut plus douce que jamais.

— Je croyais qu'à cette époque son frère Troy était le créateur exclusif de tous les modèles ?

— C'est juste, et je me contente de les reproduire. C'est lui qui m'a appris tout ce que je sais.

Quelque chose m'avertit qu'il ne disait pas toute la vérité.

— Je vois. Et... travaillez-vous au cottage, vous aussi, ou dans une usine ?

— Les deux.

— Où rencontriez-vous ma mère ?

Nous approchions de l'entrée du labyrinthe et j'éprouvais le besoin de parler pour cacher mon angoisse. Il parut deviner mes craintes et arrêta mon fauteuil.

— Un peu partout... Vous êtes sûre de vouloir continuer ?

Je ne répondis pas tout de suite. Les haies étaient si hautes et si épaisses, les allées si encaissées et ténébreuses... Qu'arriverait-il si cet homme venait à s'égarer ?

— Vous êtes sûr de pouvoir retrouver votre chemin ?

Il eut un petit rire léger.

— Les yeux bandés. D'ailleurs je le ferai peut-être un jour, rien que pour vous prouver que j'en suis capable. Mais si vous avez peur...

— Non, non, protestai-je aussi bravement que je le pus, je veux continuer.

— Très bien, dit-il en me poussant à l'intérieur du grand labyrinthe à l'anglaise, alors allons-y.

Et voilà, ça y était ! Ce que j'avais si souvent imaginé était en train de se réaliser ! Une fois de plus, je souhaitai que Luke fût à mes côtés. Retenant mon souffle, je me laissai aller en arrière. Et bientôt, les murailles de verdure luisante se refermèrent, nous isolant dans un château de lierre.

Les haies montaient jusqu'à trois mètres et se coupaient à angle droit : c'était ravissant. Bien sûr, comme le reste du parc, le labyrinthe avait besoin des soins d'un jardinier. Mais sa pénombre verte était apaisante, et je sentis toute la tension, les craintes et les soucis accumulés au cours de la journée s'envoler comme par enchantement.

— Qu'est-ce qui vous rend si songeuse ? demanda mon guide, lorsque nous eûmes franchi le premier tournant.

— Tout est si calme... c'est à peine si j'entends les oiseaux du parc.

— Oui, c'est cette paix que j'apprécie par-dessus tout.

Je levai les yeux et aperçus des mouettes, mais même leurs cris plaintifs semblaient lointains, comme assourdis. Mon fauteuil s'immobilisa et mon compagnon demanda :

— Pouvez-vous voir le toit de Farthy ou êtes-vous assise trop bas ?

— Non, je le vois par-dessus la haie. Comme il paraît déjà loin !

— Ici, on peut se croire dans un autre monde et

j'avoue que j'aime à me l'imaginer. C'est une sorte de jeu auquel je joue souvent... Et vous ? Aimez-vous inventer des mondes imaginaires ?

— J'adore ça. Luke et moi le faisions souvent et le ferions sans doute encore, si nous étions restés chez nous, même si ce n'est plus tout à fait de notre âge.

— Luke ?

— Luke Junior, mon... mon cousin. Le fils de ma tante Fanny.

— Ah oui, votre tante Fanny... je l'avais oubliée.

— Vous la connaissez, elle aussi ?

— J'ai entendu parler d'elle, c'est tout.

J'aurais juré qu'il en savait plus qu'il ne voulait bien le dire. Qui était-il, au juste ? N'avais-je pas agi à la légère en acceptant si vite sa proposition ? Nous nous enfoncions de plus en plus dans les profondeurs du labyrinthe et j'étreignis mes épaules en un geste de défense. J'étais partagée entre le désir de rentrer et celui, bien plus fort, de voir le cottage et d'en apprendre plus long sur cet homme mystérieux et fascinant.

— Vous avez froid ? Il fait beaucoup plus frais, ici.

— Non, ça va. En avons-nous encore pour longtemps ?

— Quelques minutes, pas plus. Encore un tournant après celui-ci, puis une longue ligne droite jusqu'au suivant, et enfin le dernier avant de déboucher de l'autre côté.

— Je vois qu'il est facile de s'y perdre.

— Cela arrive. C'est même arrivé à votre mère.

— C'est vrai ? Elle ne m'en a jamais parlé.

— Le jour de notre première rencontre, expliqua-t-il en riant à ce souvenir. Elle ne savait pas comment s'en retourner. C'était la première fois qu'elle traversait le labyrinthe. Je travaillais au cottage (à de minuscules cottes de mailles pour de tout petits chevaliers, si je me souviens bien), quand elle est apparue sur le seuil. Elle avait l'air désemparée, perdue, on aurait dit un ange surgi de la brume. Et si belle, si farouche aussi... Le brouillard était très épais ce jour-là, et il faisait déjà noir. Elle avait peur de ne pas retrouver son chemin.

— Et Troy, il était là lui aussi ?
— Oui, il était là.
Toutes ces interruptions attisaient ma curiosité.
— Et alors, que s'est-il passé ?
— Oh, nous l'avons rassurée. Nous lui avons servi une petite collation, si ma mémoire est bonne, et lui avons indiqué comment retraverser le labyrinthe.
— C'est drôle d'imaginer maman jeune fille...
— C'était une très belle jeune femme, tout comme vous.
— Je ne me sens pourtant pas très en beauté, en ce moment.
— Cela reviendra, j'en suis certain. Ah, cette fois, nous y sommes.

Après un dernier tournant, nous émergeâmes de l'autre côté du labyrinthe.

Devant nous courait un sentier pavé de pierres claires bordé de grands pins. Et au milieu des pins, juste en face de moi, je vis le petit cottage tapi sous son toit d'ardoises. Je ne pus retenir un léger cri de surprise : c'était le petit cottage de maman, celui qu'elle m'avait offert le jour de mes dix-huit ans... exactement le même ! Comment cela se pouvait-il ? Je me croyais transportée au pays des jouets, là où l'on ne va qu'en rêve. Je vivais un conte de fées.

Oh, si seulement Luke avait pu être là ! Il aurait vu que les rêves peuvent se réaliser. Et que les deux petits personnages du cottage miniature... c'étaient nous, vraiment nous ! Une clôture de piquets à hauteur du genou, toute de guingois, entourait la maisonnette. Elle servait de support à des roses grimpantes, tout à fait comme celle du cottage de maman.

Contrairement au parc de Farthy, les alentours de la maison étaient entretenus avec un soin jaloux. Le gazon bien tondu poussait dru, l'allée et la clôture étaient parfaitement propres et les carreaux miroitaient aux fenêtres.

— Et voici le cottage...
— On se croirait dans un livre d'images... Comme j'aimerais pouvoir le peindre !

— Vous peignez ?

— Oh oui, c'est ma passion. J'ai même recommencé à travailler depuis que je vais mieux. Je voudrais étudier les beaux-arts et consacrer ma vie à développer mon talent.

— Oui, bien sûr... Bien sûr, répéta-t-il d'une voix songeuse, comme s'il s'absorbait à nouveau dans ses souvenirs. Eh bien, pourquoi ne pas venir le peindre un de ces jours ?

— Pouvons-nous entrer ?

— Certainement, mais ne doit-on pas vous attendre à Farthy, maintenant ?

— Tant pis. D'ailleurs je me sens vraiment prisonnière, là-bas. S'il vous plaît, conduisez-moi à l'intérieur.

Il roula mon fauteuil le long du petit chemin pavé jusqu'à la porte d'entrée, l'ouvrit et me fit entrer dans la maison. Il y avait des jouets Tatterton un peu partout, sur des étagères, sur le manteau de la cheminée, et au moins une demi-douzaine de vieilles pendules, toutes à l'heure. Comme pour en donner la preuve, la grande horloge placée dans un coin se mit à sonner l'heure et la petite boîte à musique bleue, parfaite imitation du cottage lui-même, ouvrit sa porte d'entrée. La minuscule famille se montra et rentra chez elle, au son de la mélodie obsédante et douce que je connaissais si bien. Celle qui se faisait entendre quand on soulevait le toit du cottage miniature, à Winnerow : un nocturne de Chopin.

Lorsqu'elle s'acheva, nous échangeâmes un long regard.

— Ma mère avait exactement le même cottage, avec la haie, les pins... et il jouait le même air. Elle me l'a offert pour mes dix-huit ans. Il est aussi vieux que moi et il fonctionne toujours. Quelqu'un l'a envoyé à maman juste après ma naissance.

— Oui, souffla-t-il d'une voix étranglée.

Ses yeux s'agrandirent, on aurait dit qu'il avait peur. Puis il parut soudain très triste et s'absorba dans ses pensées, la tête inclinée sur le côté. Mais dès qu'il s'aperçut que je l'observais, son visage s'éclaira. Je me détournai aussitôt et repris mon inspection du cottage.

Il correspondait tout à fait à l'idée que je me faisais d'une maison de jardinier. Intime, chaleureux, un peu bizarre... mais si tous les meubles étaient vieux, aucun n'avait l'air abîmé. Étagères, parquets, rideaux, tout rutilait de propreté et trahissait des habitudes méticuleuses. La maison ne comportait apparemment que deux pièces. Dans la salle de séjour, juste devant la cheminée, il y avait une longue table jonchée de minuscules pièces de métal et d'outils, éparpillés autour d'un village médiéval inachevé. L'église était déjà terminée, avec sa flèche et ses vitraux, et il y avait même un prêtre sur le parvis, accueillant ses petits paroissiens. On voyait des boutiques, les demeures de pierre des bourgeois et les chaumières des pauvres gens. D'autres maisons étaient en construction, des ruelles et des charrettes attendaient qu'on les finisse, avec leurs chevaux miniatures.

— J'ai du thé glacé, si vous voulez.

— Oui, volontiers, acquiesçai-je en m'avançant dans la pièce pour voir la maquette de plus près.

— Celle-ci me prend plus de temps que les autres, car je ne cesse d'y rajouter des détails, par-ci par-là.

— Elle est si belle, si vivante ! Je l'adore. Vous avez tellement bien rendu l'expression des visages... il n'y en a pas deux pareils.

Je relevai la tête et le surpris en train de m'observer avidement, avec un merveilleux sourire plein de douceur.

— Ah oui, le thé ! s'exclama-t-il en se voyant observé à son tour, je reviens.

Il disparut dans la cuisine et je me carrai dans mon fauteuil pour regarder autour de moi, mais il revint presque aussitôt.

— Et voilà, dit-il en me tendant une tasse de thé glacé.

Je la pris mais ne la bus pas tout de suite ; je cherchais son regard. Mais il me le déroba en s'affairant à ranger ses outils dans les petites niches pratiquées dans le mur.

— Vous êtes l'homme que j'ai vu de ma fenêtre.
— Oh ?
— Vous étiez devant la tombe de mes parents, n'est-ce pas ?
— Je m'y suis arrêté une fois, en effet.
— Non, bien plus souvent que cela.
— Plus souvent, c'est possible.

Il sourit et s'assit dans le rocking-chair, près de la cheminée, les mains sous la tête et les yeux au plafond, ses longues jambes étendues devant lui. Maintenant que je pouvais étudier son profil, je m'avisai que sa beauté possédait une qualité singulière. Une sensibilité qui me rappelait Luke dans ses moments d'abandon poétique, lorsqu'il laissait parler son cœur.

— Les promenades sont ma seule forme d'exercice, ces temps-ci. Je parcours la propriété dans tous les sens.

— Mais vous avez aussi assisté au service. Je vous ai vu. Pourquoi êtes-vous resté caché dans le bois au lieu de vous joindre à nous ?

— Je... Je suis plutôt timide. Et si nous parlions de votre convalescence ?

Il semblait vraiment pressé de changer de sujet !

— Mais pourquoi ne vouliez-vous pas être vu là-bas ? Vous avez peur de Tony ?

— Non, répliqua-t-il en souriant.

— Alors je ne comprends pas pourquoi vous tenez tellement à... à vous cacher.

— C'est mon tempérament. Tout le monde a ses petites manies, si l'on y regarde de près. Disons que la mienne, c'est la solitude.

— Mais pourquoi ? insistai-je.

— Pourquoi ? répéta-t-il en riant. Ah ! vous êtes bien la fille de votre mère ! Quand vous avez une idée en tête...

— Je me demande comment un solitaire comme vous pouvait aussi bien la connaître !

Ma repartie le fit rire de plus belle.

— Je vois qu'il me faudra apprendre à veiller sur mes petits secrets, lorsque vous serez dans les parages !

J'aime être seul, c'est vrai, mais j'aimais aussi être avec votre mère, et il m'arrive de parler aux gens, comme je le fais avec vous en ce moment. Alors si nous parlions de votre convalescence ?

— Hier, je me suis mise debout pour la première fois depuis l'accident.

— Magnifique !

— Mais le médecin et Tony pensent que je ne dois pas aller trop vite. Personne n'a essayé de me faire tenir debout aujourd'hui, et je ne me sers toujours pas du mobile. Ils m'obligent à prendre des sédatifs et à faire la sieste et m'interdisent les visites. C'est la première fois que je sors de la maison et je suis ici depuis près d'une semaine ! Je ne peux parler à personne et je n'ai même pas le téléphone !

— Ah bon ?

— Je n'ai pas vu mon cousin Luke depuis que j'ai quitté l'hôpital, il y a six jours. Je lui ai fait transmettre des messages par Tony et Drake...

— Drake ?

— Le demi-frère de ma mère.

— Ah oui, le fils de Luke Senior.

Je le regardai d'un œil soupçonneux.

— Vous semblez très bien connaître ma famille pour un... un assistant.

— Je sais écouter quand on me parle, voilà tout.

— Quelle extraordinaire mémoire des détails ! rétorquai-je en plissant les paupières, pour bien lui faire comprendre que je n'étais pas dupe de sa réponse.

Il eut un sourire désarmant de jeunesse.

— Et qu'est-il arrivé à Luke ?

— Il n'est pas venu et n'a toujours pas téléphoné. Je suis allée toute seule dans le bureau de Tony, j'ai appelé son foyer à Harvard et j'ai laissé un message à son camarade de chambre avant de sortir.

— Je vois. Alors il va sûrement venir vous voir, maintenant.

— Je n'en sais rien. On dirait que tout le monde a changé. Drake ne pense plus qu'à devenir un homme d'affaires et à travailler pour Tony, et Luke ne se serait jamais conduit comme ça avec moi, avant. Nous avons été élevés ensemble, nous sommes très proches l'un de l'autre. Je lui ai dit des choses qu'aucune fille n'oserait dire à un garçon, et il m'a fait des confidences qu'aucun garçon n'oserait faire à une fille. Nous sommes vraiment très proches, répétai-je avec une insistance qui me valut un hochement de tête pensif de mon compagnon. Nous... Nous ne sommes pas simplement cousins. Nous...

Je marquai un temps. Quelque chose m'avertissait que je pouvais partager avec lui nos secrets de famille. Je devinais qu'il était sincère et je me sentais si bien auprès de lui. On aurait dit que je le connaissais depuis toujours. A Winnerow, tout le monde savait tout sur Luke, alors pourquoi pas lui ?

— Nous avons le même père, achevai-je abruptement.

La révélation ne parut pas le surprendre.

— Je vois.

— Non, vous ne voyez pas. Personne ne peut savoir comme c'est douloureux. Cela a toujours été très dur, surtout pour Luke. Il a eu tellement d'obstacles à surmonter. Les gens peuvent être vraiment très cruels, surtout dans les petites villes comme Winnerow. Ils ne vous laissent pas oublier les péchés de...

— De vos pères ?

— Oui.

— Luke doit être devenu un jeune homme remarquable pour vous inspirer une telle affection.

— C'est vrai. Il est très intelligent, c'était le porte-parole de sa classe. Et il est si courtois, si délicat ! Tout le monde l'aime et le respecte, enfin... tous les gens bien. Maman aussi l'aimait. La situation était pénible pour elle, mais elle éprouvait autant d'affection pour lui que s'il avait été son fils.

— Et dites-moi... vos cheveux, quand les avez-vous teints ? Car vous les avez teints, n'est-ce pas ?

— Oui.

— Quand ?

— Il y a quelques jours. Tony a fait venir un coiffeur

à Farthy et m'a poussée à le faire. Il pensait que cela me remonterait le moral.

— C'est Tony qui vous l'a demandé ?

Les traits de mon compagnon trahirent une certaine inquiétude.

— Oui, pourquoi cette question ?

— Comment Tony... Comment va Mr Tatterton, ces jours-ci ? Il y a quelque temps que je ne l'ai pas vu.

— Il est plutôt bizarre. Il perd la mémoire et n'a plus les idées très claires.

— Comment cela, plus très claires ?

— Eh bien... il me confond souvent avec ma mère ou ma grand-mère, et même avec mon arrière-grand-mère Jillian.

Il se pencha en avant, ses longues mains croisées sur les genoux.

— Que voulez-vous dire au juste ?

— Il me parle tout le temps de choses que je ne peux pas connaître, comme si j'étais l'une d'elles.

L'inquiétude de mon hôte parut redoubler.

— Et combien de temps comptez-vous rester à Farthy ?

— Il était prévu que j'y reste jusqu'à ma guérison, mais j'ai décidé de passer ma convalescence à la maison. J'ai prévenu Drake aujourd'hui que je voulais rentrer.

Mon sentiment de claustration, les cruautés de l'infirmière, l'étrange comportement de Tony, tout me revint à la fois et je laissai déborder mon indignation :

— Il faut que je rentre !

— Alors, faites-le. Si vous ne vous sentez pas bien à Farthy, si vous n'y êtes pas heureuse, retournez chez vous.

Il s'exprimait avec une telle intensité, une telle détermination que j'eus vraiment peur, tout à coup.

— Mais qui êtes-vous, pour en savoir aussi long sur notre famille ? Certainement pas un simple employé. Qui êtes-vous vraiment ?

Il se laissa aller en arrière et me dévisagea longuement. Je savais que j'avais raison et j'attendis, le cœur battant.

— Si je vous le dis, me promettez-vous le secret ? C'est très important pour moi. Je tiens beaucoup à ma solitude, à l'abri du labyrinthe. Mon travail et mes souvenirs font tout mon bonheur et occupent presque tout mon temps, comme vous le voyez.

Il s'interrompit et sa voix se nuança de tristesse :

— C'est la vie que j'ai choisie... Mais je ne pensais pas qu'elle durerait si longtemps !

— Et pourquoi cela ? Vous n'êtes pas très vieux.

— Non, je ne suis pas très vieux. Mais dans mon enfance et mon adolescence j'étais plutôt maladif, et je rêvais souvent que je mourrais jeune... avant d'avoir trente ans. Mais la mort n'a pas voulu de moi, et je ne cherche pas à comprendre pourquoi. Je me contente de vivre, de poursuivre tranquillement ma tâche, heureux de ce que j'ai. D'une certaine façon, je suis en paix avec moi-même, avec mes peines et mes terreurs. Mon passé est comme une blessure cicatrisée, et je ne veux pas risquer de la rouvrir.

Son regard chaleureux et plein de douceur ne quittait pas le mien, me suppliait de le croire.

— Pourrez-vous réellement garder un pareil secret ?

— Oh oui, affirmai-je avec assurance.

— Je le crois, en effet. Je ne sais pas pourquoi mais j'ai confiance en vous comme j'aurais confiance en... en ma propre fille. Si j'étais marié et si j'en avais une !

— Ma mère m'a appris à respecter ce qui compte pour les autres, même si cela n'est pas important pour moi.

— Je la reconnais bien là !

— Qu'est-ce que je disais ! Vous ne pouvez pas être un simple employé : vous la connaissiez trop bien.

Il esquissa un sourire.

— J'aurais dû rester caché, Annie. J'aurais dû savoir que vous découvririez la vérité.

J'attendis, retenant mon souffle.

— Et quelle est la vérité ?

— Je ne suis pas l'assistant de Troy Tatterton. Je *suis* Troy Tatterton.

Après tout ce que l'on m'avait raconté sur sa mort, j'aurais dû être abasourdie par cette révélation mais bizarrement, il n'en fut rien. On aurait dit que j'avais toujours su la vérité.

— Alors, le fantôme de Rye Whiskey... c'est vous !

— Rye... répéta-t-il en souriant tout à fait. Je ne sais pas ce qu'il pense au juste mais vous avez sans doute raison.

— Et maintenant que je sais qui vous êtes, me direz-vous pourquoi vous avez laissé croire à tout le monde que vous étiez mort ?

— Vous a-t-on raconté les circonstances de cette mort supposée ? demanda-t-il en m'étudiant avec attention.

— J'ai glané des informations par-ci, par-là. Surtout grâce à Rye, bien qu'il soit difficile de faire la part de l'imagination, avec lui ! Je sais que vous montiez le cheval de Jillian, que vous l'avez forcé à entrer dans la mer et qu'on n'a plus rien su de vous depuis lors.

— Et c'est la vérité.

— Mais comment une pareille chose a-t-elle pu arriver ?

Il sourit encore, mais cette fois le sourire dansa dans ses yeux.

— Quelle passion dans vos questions ! C'est fou ce que vous me rappelez votre mère au même âge. Je suis sûr que vous savez écouter, vous aussi. Vous voulez bien m'écouter ?

Vaguement effrayée par la gravité de sa voix, je fis un signe affirmatif.

— Ce que je vous ai dit était vrai : j'ai été un enfant et un adolescent maladif, obsédé par des pensées morbides. Mon frère Tony, qui était pour moi bien plus qu'un père, faisait l'impossible pour me distraire de cette humeur et me rendre plus optimiste. Mais j'avais le sentiment d'être né sous un nuage qui ne faisait que grandir et grossir, jusqu'au jour où il me cacherait entièrement le ciel et le soleil. Pouvez-vous comprendre cela ?

Je secouai la tête. Non, je ne pouvais pas comprendre qu'on se résigne à vivre ainsi, loin du soleil. Les fleurs, l'herbe, les arbres en avaient besoin, tout comme les oiseaux. Et surtout les enfants, qui ne pouvaient pas plus se passer de sa douce chaleur que de tendresse. Rien ne pouvait pousser ni croître, sans lui.

On aurait dit que Troy lisait en moi car il enchaîna :

— Je n'avais aucune chance de devenir un jeune homme bien portant, avec de pareilles obsessions. Et plus ma santé déclinait, plus Tony s'inquiétait et se dévouait pour moi. Jillian ne songeait qu'à elle-même, elle passait son temps à s'admirer dans les miroirs et attendait de tous la même adoration pour sa personne. Sa jalousie envers tout ce qui détournait d'elle l'attention de Tony, ne fût-ce qu'un instant, était tout simplement incroyable.

« Si bien que j'ai fini par m'installer dans ce cottage pour y créer les modèles Tatterton. Une telle solitude avait de quoi rendre fou, je le sais, et pourtant je ne me sentais pas aussi seul qu'on pourrait le croire. Car j'avais fait de ces jouets mon univers, ces petits personnages étaient mes familiers et je me racontais leur histoire.

Il eut un petit rire et parcourut la pièce du regard en s'arrêtant au passage sur certaines des miniatures.

— Peut-être étais-je fou, qui sait ? En tout cas, c'était une folie bienfaisante. Pourtant... (une fois encore, il se pencha vers moi)... l'idée de ma mort prochaine m'obsédait toujours. Je redoutais surtout l'hiver, car les nuits sont longues et me laissaient plus de temps pour rêver. Je luttais jusqu'à l'aube avec le sommeil et quelquefois, je parvenais à ne pas m'endormir. Quand c'était trop difficile, je sortais et le grand air balayait mes idées noires. Je me promenais entre les pins et quand je me sentais l'esprit plus clair, je rentrais et j'essayais de me rendormir.

— Pourquoi passiez-vous l'hiver ici ? Vous étiez assez riche pour voyager, pourtant ?

— Oui, et j'ai essayé cette forme de fuite. J'ai passé des hivers en Floride, à Naples, sur la Riviera, dans le monde entier. J'ai voyagé, voyagé sans fin dans l'espoir d'échapper à mes pensées moroses, mais elles me suivaient partout. Quoi que je fasse, où que j'aille, je les emportais avec moi. Et je revenais à Farthy, résigné à mon sort, vaincu.

« J'en étais là quand j'ai rencontré votre mère. Elle était belle, brillante et chaleureuse, comme une fleur dans le désert. Je savais qu'elle avait eu une enfance difficile, mais elle possédait cette innocence et cet optimisme de la jeunesse qu'envient tellement ceux qui les ont perdus.

« Vous aussi, Annie, je le vois dans vos yeux : ils rayonnent. Malgré la tragédie qui s'est abattue sur vous et ceux que vous aimez, cette lumière brille toujours en vous, comme une flamme dans la nuit. Heureux celui que cette flamme guidera, pour l'arracher à sa propre tristesse. Il échappera aux ténèbres et se réchauffera aux rayons de votre lumière, Annie. Je le sais.

Je ne pus m'empêcher de rougir. Aucun homme ne m'avait jamais parlé ainsi... sauf un.

— Merci. Mais vous ne m'avez toujours pas dit pourquoi vous vous étiez précipité à cheval dans la mer ?

Il se renversa sur son siège et reprit sa position favorite, les mains derrière la nuque. Ce ne devait pas être facile d'expliquer pourquoi on avait voulu en finir avec la vie ! J'attendis patiemment tandis qu'il méditait, le regard au plafond. Finalement, il se redressa et se pencha en avant, une fois de plus.

— Connaître votre mère m'avait rendu l'espoir, Annie. En la voyant si pleine de vie et de fraîcheur, je me sentais tout à coup... différent. J'en arrivais à croire possible de rencontrer une femme comme elle, de l'épouser, d'avoir des enfants... une fille comme vous, par exemple.

« Mais je ne trouvai personne qui lui ressemblât et retombai dans ma mélancolie. Je décourageais toutes les femmes ou presque, et bien rares étaient celles qui pouvaient s'accommoder longtemps de mon humeur. Un jour, au cours d'une réunion que Tony avait organisée pour me distraire, j'ai décidé de donner sa chance à la mort. Depuis le temps qu'elle me guettait, tapie dans l'ombre, ricanant et me poursuivant de son regard noir, attendant patiemment sa chance... eh bien elle allait l'avoir ! Au lieu de passer ma vie à essayer d'échapper à l'inévitable, j'irais moi-même au-devant d'elle. Je la surprendrais si bien qu'elle ne saurait pas comment réagir. J'ai forcé l'étalon de Jillian à entrer dans l'océan, bien décidé à mettre fin à ma misérable existence.

« Mais comme je vous le disais, l'effet de surprise a joué contre moi. J'ai été rejeté sur la côte, vivant. J'avais manqué jusqu'à ma mort...

« Pourtant, je me suis vite rendu compte qu'une nouvelle échappatoire s'offrait à moi. En laissant croire à ma mort, je pourrais devenir quelqu'un d'autre, vivre dans l'ombre en toute liberté. Plus personne ne viendrait troubler ma tranquillité sous prétexte de m'arracher à mes idées noires. Ce qui était d'ailleurs fort déprimant pour tous ceux qui le tentaient, puisqu'ils n'y parvenaient jamais.

« De la sorte, je n'ennuyais plus personne et personne ne m'ennuyait plus. Mais un jour, mon frère a découvert la vérité. D'ailleurs, il était tellement malheureux que je n'aurais pas pu la lui cacher plus longtemps. Et nous avons fait un pacte. Je vivrais ici, incognito, et il continuerait à faire croire à ma mort. Au bout d'un certain nombre d'années, quand tous ceux qui m'avaient connu seraient partis ou morts, nous ferions croire aux gens que j'étais un nouvel artisan travaillant dans le même style que Troy.

« Et cela m'a permis de préserver ma tranquillité. Comme je vous l'ai dit, je travaille en paix, dans ma solitude et mes souvenirs. Maintenant, vous savez la vérité, et je compte sur vous pour garder le secret.

— Je ne dirai rien à personne, mais je voudrais que vous quittiez votre retraite. Et... j'espère découvrir le moyen de vous ramener de l'autre côté du labyrinthe !

— Comme vous êtes bonne, Annie ! Vous êtes là, dans ce fauteuil roulant... et vous ne pensez qu'à me venir en aide.

Nous échangeâmes un long regard et je vis qu'il retenait ses larmes, sachant trop bien que j'étais moi aussi près de pleurer. Et, subitement, il tapa dans ses mains.

— Ne disiez-vous pas que vous vous étiez mise debout sans aide, hier ?

— Si.

— Alors vous devriez essayer de rester debout un peu plus longtemps chaque jour, et même de faire quelques pas.

— C'est ce que je pensais, mais le médecin a dit...

— Les médecins en savent peut-être long sur le corps humain, mais ils ignorent bien des choses sur l'âme !

Il se leva et vint se placer devant moi, juste à bonne distance pour me retenir en tendant les bras.

— Je veux que vous vous leviez encore, et que vous fassiez un pas vers moi, cette fois-ci.

— Mais je ne sais pas si...

— Allons donc ! Debout, Annie Stonewall. Vous êtes la fille de Heaven. Et Heaven ne serait pas restée dans son fauteuil à s'apitoyer sur elle-même, et n'aurait surtout pas supporté de dépendre de qui que ce soit.

C'étaient les mots qu'il fallait dire. J'avalai ma salive, mordis ma lèvre inférieure et me cramponnai aux accoudoirs. Puis j'ordonnai à mes pieds de quitter leur appui pour se poser sur le sol et, avec une lenteur infinie... ils m'obéirent. Troy hocha la tête pour m'encourager et je fermai les yeux, concentrée sur l'effort que je réclamais à mes jambes.

— Enfoncez vos pieds dans le sol, chuchota-t-il. Vos semelles ne font plus qu'un avec lui, elles sont collées à ce parquet. Collées...

Je sentis l'impulsion se communiquer à mes jambes. Elles réagissaient ! Mes cuisses se durcirent, mes muscles s'étirèrent et je poussai sur les accoudoirs. Lentement, avec plus d'aisance et de souplesse que la veille, je parvins à me mettre debout. J'ouvris les yeux et vis que Troy souriait.

— Bien, maintenant n'ayez pas peur. Avancez la jambe et lâchez le bras du fauteuil.

— C'est plus fort que moi, j'ai peur quand même. Si je tombais...

— Vous ne tomberez pas, Annie, je vous en empêcherai. Venez vers moi, dit-il en me tendant les bras, allons, venez vers moi.

Il se tenait juste assez loin pour que je n'aie qu'un ou deux pas à faire pour le rejoindre et répétait d'une voix chantante, comme s'il parlait à un enfant :

— Avancez, Annie, avancez jusqu'à moi.

Ce fut peut-être son insistance, ou le son de sa voix si pareille à celle que j'entendais en rêve et qui m'appelait vers la lumière, je ne sais. Mais ce fut assez pour me donner la force et la volonté d'essayer. Je sentis ma jambe droite avancer en tremblant, à peine, le pied presque collé au sol... et ma jambe gauche suivit. J'avais fait un pas. Un pas en avant!

J'en fis encore un autre, puis mes forces me trahirent. Épuisé par l'effort, mon corps vacilla, je me sentis tomber mais cela ne dura qu'un instant. Les bras de Troy se refermèrent sur moi et il me serra fermement contre lui.

— Vous avez réussi, Annie! Vous avez réussi! Vous êtes sur le bon chemin, maintenant. Rien ne pourra plus vous arrêter.

Je ne pus retenir mes larmes, des larmes de bonheur où je croyais voir briller toutes les couleurs de l'arc-en-ciel. Et pourtant, un nuage assombrissait ma joie d'avoir réussi, et je pleurais aussi pour l'homme qui me tenait dans ses bras. Car je savais maintenant que cet être si chaleureux et si aimant était prisonnier des ombres mauvaises du passé.

Il m'aida à regagner mon fauteuil et recula pour me regarder, aussi fièrement qu'un père qui vient d'assister aux premiers pas de son enfant.

— Merci, Troy.

— C'est moi qui devrais vous remercier, Annie. Grâce à vous, un rayon de soleil a percé la grisaille de mon univers. Mais vous feriez mieux de rentrer, maintenant, dit-il en jetant un coup d'œil à la grande horloge rustique. Si personne ne sait où vous êtes, tout le monde doit être fou d'inquiétude à l'heure qu'il est.

Je ne pus que hocher la tête. J'étais exténuée, et je me surpris à désirer le confort du grand lit douillet qui m'attendait à la maison.

— Viendrez-vous me voir, là-bas ?

Je n'avais plus peur de m'ennuyer, maintenant. Avec Troy, ma vie à Farthy m'apparaissait soudain sous un jour meilleur.

— Non, c'est vous qui viendrez me voir, toute seule et très bientôt, j'en suis sûr.

— Et quand je quitterai Farthy, viendrez-vous me voir à Winnerow ?

— Je ne sais pas, Annie. Je ne quitte plus guère le cottage, ces temps-ci.

Sur ce, il roula mon fauteuil au-dehors. Le soleil avait beaucoup baissé vers l'horizon depuis notre traversée du labyrinthe, et les ombres s'allongeaient sur la pelouse du petit jardin. Le labyrinthe semblait plus sombre et plus profond que jamais.

— Vous avez froid, dit Troy. Attendez !

Il rentra dans le cottage et reparut bientôt avec un cardigan de laine grège que je m'empressai d'enfiler.

— Cela va mieux ?

— Oui, merci beaucoup.

Cette fois, quand nous pénétrâmes dans le labyrinthe, j'eus l'impression de franchir une obscure frontière entre deux mondes, entre la tristesse et la joie. J'aurais voulu revenir sur mes pas et regagner le cottage de Troy. Comme il m'avait fallu peu de temps pour me sentir en confiance et à l'aise, auprès de lui !

— Peut-être me laisserez-vous un jour vous aider moi aussi à faire vos premiers pas, Troy.

— Mes premiers pas ? Que voulez-vous dire, Annie ?

Nous contournâmes l'angle d'une haie.

— Vos premiers pas dans le monde radieux auquel vous appartenez et où vous méritez de vivre.

— Oh... c'est peut-être déjà fait, Annie. Ne sommes-nous pas tous deux infirmes, chacun à notre manière ?

— Deux infirmes en voie de guérison, affirmai-je en souriant.

— Très juste... En voie de guérison.
— Tous les deux ? insistai-je en haussant les sourcils.
Il eut un rire chaleureux.
— Oui, tous les deux. Je ne vois pas comment je pourrais broyer du noir en votre compagnie : vous ressemblez trop à votre mère. Vous ne le supporteriez pas !
— Chaque fois que nous nous verrons, vous voudrez bien me parler d'elle, me dire tout ce que vous vous rappelez sur elle quand elle était jeune ?
— Entendu.
— Alors il faudra nous voir souvent. Promis ?
— Je ferai de mon mieux.

Il n'y avait personne en vue quand nous sortîmes du labyrinthe. J'étais certaine que tout le monde me cherchait, mais personne ne devait imaginer que j'étais dehors. En trouvant mon fauteuil près de la chaise volante, on avait forcément compris que j'étais descendue mais on devait me chercher au rez-de-chaussée.

— Je vais vous aider à remonter la rampe, annonça Troy en joignant le geste à la parole. Et voilà, vous y êtes !

Puis il contourna mon fauteuil et ajouta avec un sourire tendre et chaleureux :
— Bonne nuit, Annie, et merci. Je n'aurai pas de cauchemars cette nuit.
— Ni moi non plus.
— Puis-je vous donner un baiser d'adieu ?
— J'en serais ravie.

Il se pencha, m'embrassa doucement sur la joue... et disparut. Le temps que je me retourne, il s'était évanoui parmi les ombres, comme une illusion que j'aurais moi-même suscitée pour occuper mes longues heures de solitude.

J'ouvris la grande porte et pénétrai dans la maison. J'étais déjà au milieu du vestibule et me dirigeais vers la chaise volante quand Tony se montra, en compagnie de Parson et d'un autre ouvrier.

— Ma parole ! vociféra Parson, mais elle est là !
— Où étais-tu ? glapit un Tony tout échevelé, en me fusillant du regard.

— Dehors, tout simplement.

Je m'appliquai à paraître désinvolte, mais cette attitude ne fit que rendre Tony plus furieux. Ses yeux étincelèrent et la violence de sa fureur me stupéfia.

— Dehors ? As-tu la moindre idée du bouleversement que tu as provoqué ? Toute la maison est sens dessus dessous, tout le monde te cherche depuis des heures, tu n'as prévenu personne que tu sortais ! Je t'avais pourtant dit que tu ferais ta première promenade avec moi. Comment as-tu osé nous causer une inquiétude pareille, en plus du reste !

— Je ne serais pas sortie si je ne m'en étais pas sentie capable, mais je peux circuler sans aide. Et quand je vous aurai tout raconté, vous comprendrez.

Abasourdie par son éclat de colère, je découvrais un aspect de son caractère soigneusement caché jusqu'ici. Le Tony Tatterton qui terrorisait ses employés, le patron sans pitié à qui personne n'osait tenir tête.

— Montez-la dans sa chambre, ordonna-t-il avant que j'aie pu ajouter un mot, et n'utilisez pas la chaise. Je veux qu'elle se couche immédiatement, elle a l'air exténuée.

Parson et son compagnon se précipitèrent pour agripper chacun une poignée de mon fauteuil et me rouler vers l'escalier.

— Un instant, Tony, je ne veux pas monter tout de suite. Je me sens prisonnière, dans cette chambre. Je veux dîner dans la salle à manger, ce soir, et me promener à ma guise dans la maison. J'ai fait mes premiers pas, aujourd'hui, annonçai-je avec fierté.

— Tes premiers pas ? Où cela ? Tu as besoin de repos, de bains chauds, de massages... tu ne sais plus ce que tu fais ! Le Dr Malisoff sera fou de rage. Tous tes progrès risquent d'être compromis.

— Mais, Tony...

— Montez-la immédiatement !

— Non. Laissez-moi en bas.

Parson et son aide consultèrent a nouveau Tony du regard, mais son expression les dissuada de m'obéir et ils se préparèrent à soulever mon fauteuil.

— Désolée, mademoiselle, mais si Mr Tatterton pense que c'est le mieux pour vous, nous ferions mieux d'y aller.

M'obstiner n'aurait abouti qu'à mettre les domestiques dans l'embarras. Je capitulai.

— Très bien, faites ce qu'il dit.

— A la bonne heure, mademoiselle !

Ils me soulevèrent sans effort et me hissèrent promptement jusqu'en haut des marches.

— Vous pouvez me laisser, dis-je en arrivant sur le palier, je peux rouler seule jusqu'à ma chambre.

Ce que je fis, pour claquer la porte aussitôt entrée. Une fois le silence revenu, je contemplai d'un œil morne mon mobile, mon lit et tout mon équipement médical. Retrouver tout cela après être sortie était vraiment trop déprimant, cela ne pouvait plus durer. Luke aurait certainement mon message, cette fois-ci, et il viendrait me voir.

Et quand il viendrait, je lui demanderais de me ramener chez nous.

Je quitterais cet endroit, cette maison peuplée de fantômes et de mauvais souvenirs.

Luke et moi avions perdu l'univers de nos rêves, sans doute. Mais j'étais toujours là pour lui, et lui pour moi. Cette pensée à elle seule me donnait le désir et la volonté de partir.

20

Évasion

Épuisée par cette première sortie, mes efforts pour marcher et l'algarade subie au retour, je roulai jusqu'à mon lit. Juste au moment où je me soulevais de mon fauteuil et me penchais sur le matelas, Tony fit son entrée.

— Annie, tu ne devrais jamais fermer ta porte, jamais, entends-tu ? Sinon comment saurai-je si tu as besoin de quelque chose ? Et regarde le mal que tu te donnes pour essayer de te recoucher. Tu aurais dû savoir que j'allais venir t'aider !

Il recula mon fauteuil, souleva mes jambes et les fit basculer sur le lit.

— Je peux me débrouiller toute seule, Tony.
— Oh, Annie ! Tu es aussi entêtée que Heaven. Vous feriez perdre patience à un saint, toutes les deux !

Je me retournai brusquement vers lui.

— Toutes les deux ? Maman est morte... oui, morte !

J'étais épuisée, physiquement et mentalement, et peu disposée à tolérer ses confusions. Il battit des cils et répondit avec douceur :

— Je sais, Annie, et je regrette de m'être montré si brutal envers toi, je te demande pardon. Mais tu avais très mal agi et j'étais tellement bouleversé...

— C'est bon, Tony ; tout va bien, maintenant.

Je n'avais aucune envie de prolonger la conversation. Tout ce que je souhaitais, c'était me coucher, me reposer, dîner, dormir et attendre l'arrivée de Luke.

— Non, tout ne va pas bien, mais tout va s'arranger, tu verras. Je te le promets. Il y a tant de choses que j'aimerais faire pour toi, Annie! Des choses que j'aurais faites pour Heaven, si seulement elle me l'avait permis.

— Très bien, acquiesçai-je en fermant les yeux.

Et je sentis sa main se poser sur mon front.

— Pauvre Annie, murmura-t-il en me caressant les cheveux. Ma pauvre petite Annie.

Je rouvris les yeux et rencontrai son regard plein de sollicitude. Décidément, je ne le comprendrais jamais. Il était trop compliqué, trop déroutant, et pour moi la coupe était pleine. Je n'avais plus qu'une idée: quitter Farthy.

Subitement, l'expression de son regard changea.

— Ce lainage que tu portes... D'où vient-il?

Je ne voulais pas causer d'ennuis à Troy, mais je ne pouvais pas mentir non plus. Quand Drake était revenu de Winnerow, Tony avait inspecté ma penderie et mes tiroirs, il savait exactement ce qu'ils contenaient.

— C'est quelqu'un qui me l'a donné.

— Quelqu'un? Qui cela?

— Un homme charmant qui habite dans un cottage, de l'autre côté du labyrinthe, déclarai-je, feignant d'ignorer l'identité de Troy.

— De l'autre côté du labyrinthe? Tu l'as donc traversé?

— Je vous en prie, Tony, je suis très fatiguée. Je n'ai pas envie de parler davantage, mais de dormir.

— Oui, bien sûr... Je vais t'aider à te déshabiller, dit-il en se penchant pour m'ôter le cardigan.

— Non, je peux faire cela toute seule et j'ai besoin d'un peu d'intimité, laissez-moi!

Il recula comme si je l'avais giflé et bégaya:

— Oui, bien sûr... je vais te laisser te reposer et je... je m'occupe de ton dîner.

— Merci, répondis-je, sans faire mine de me déshabiller. Il comprit que j'attendais qu'il s'en aille, hocha la tête et se retira, toujours sous le choc.

J'étais bien plus fatiguée que je ne l'imaginais et je

crus ne jamais arriver à me changer. Quand j'y parvins enfin, exténuée, je me glissai sous les couvertures, posai la tête sur l'oreiller et m'endormis presque instantanément. Je m'éveillai en sursaut et il me fallut quelques instants pour retrouver mes esprits. Un coup d'œil à la pendulette m'apprit que j'avais dormi jusqu'au milieu de la nuit. Un calme sépulcral régnait dans la maison. Mes rideaux étaient tirés et toutes les lampes éteintes, à part la veilleuse du salon. Sa lueur falote projetait de longues ombres jaunâtres sur les murs.

J'avais sauté un repas et mon estomac protestait à sa manière. Affamée, je me redressai sur mon séant. Pourquoi Tony ne m'avait-il pas réveillée au dîner ? D'ailleurs, Rye ne m'avait pas non plus monté de plateau.

— Tony ? appelai-je.

Pas de réponse, pas le moindre bruit dans le salon.

— Tony ? répétai-je un peu plus haut.

J'attendis, toujours en vain.

— *Tony!*

J'avais hurlé, cette fois, et je m'attendais à le voir accourir pour me reprocher de n'avoir pas dîné et de m'être fatiguée en sortant. Mais il ne vint pas, et rien ne troubla le silence.

Je me penchai pour allumer la lampe de chevet, bien décidée à me lever et à aller voir moi-même ce qui se passait et découvrir la raison de ce silence. Mais quand la lumière jaillit, je reçus un véritable choc. Mon fauteuil roulant avait disparu... et mon mobile aussi ! J'étais bel et bien coincée dans mon lit.

— Cela ne se passera pas comme ça, Tony, grommelai-je entre mes dents. Vous ne pouvez pas me garder prisonnière, je vais partir. *Vous m'entendez ? Je partirai demain matin!*

J'avais crié les derniers mots, mais personne ne répondit et je retombai sur mon oreiller, accablée. Toute ma fatigue était revenue. Je dus somnoler car un mouvement près de mon lit me fit ouvrir les yeux. Le cœur battant, je les frottai pour chasser le sommeil.

Tony avait dû venir éteindre ma lampe après que je m'étais rendormie, et la lumière qui provenait du salon semblait plus faible que jamais. Je distinguais à peine la silhouette qui se dressait au pied de mon lit mais je la reconnus quand même.

— Tony ? Qu'est-ce que vous faites ? Pourquoi vous promenez-vous dans le noir, et pourquoi m'avez-vous enlevé mon fauteuil et mon mobile ?

Il garda le silence et continua à scruter la pénombre, les yeux fixés sur moi. Ma voix grimpa dans les aigus.

— Tony ! Pourquoi ne dites-vous rien ? Qu'avez-vous à me regarder comme ça... vous me faites peur !

Le silence se prolongea, puis il finit par répondre, d'une voix rauque et comme étouffée :

— N'aie pas peur, Leigh.
— Quoi ?
— Il ne faut pas avoir peur, je ne te ferai pas de mal.

Il parlait comme s'il voulait rassurer une petite fille, effrayée par son apparition soudaine.

— Tony, qu'est-ce que vous racontez ?
— Je dis que je t'aime, que je te désire... souffla-t-il dans un murmure étranglé. J'ai besoin de toi, Leigh.
— Leigh ? Je ne suis pas Leigh, je suis Annie. Tony, qu'est-ce qui ne va pas ? Envoyez-moi Rye, s'il vous plaît. Je veux parler à Rye, j'ai faim, débitai-je d'un ton fébrile, effrayée pour de bon cette fois. Je n'ai pas dîné et j'ai faim, je suis sûre que Rye sera heureux de se lever pour me préparer quelque chose.

Je parlais sans répit, dans l'espoir de le tirer de son rêve. On aurait dit un somnambule.

— Allez le réveiller, je vous en prie.
— Elle dort. Elle ne saura rien.
— Elle ? Qui cela, elle ?

Il se rapprocha de moi et les battements de mon cœur redoublèrent. Je crus que mes poumons allaient éclater. Le souffle me manqua. Les joues en feu, la nuque moite, je dus faire un effort pour déglutir. Ma bouche était affreusement sèche.

— D'ailleurs cela n'a pas d'importance. Elle ne sait pas ce que je fais de mes soirées, ni où je vais. Elle ne s'en soucie plus. Elle a ses propres occupations, ses amis, et... (il eut un petit rire)... elle-même. Cela lui a toujours suffi, mais pas à moi. Tu avais raison, Leigh.

Il voulut prendre ma main et je me rejetai vivement vers l'autre bord du lit. Mais mes forces toutes neuves semblaient m'avoir abandonnée, le choc et la peur m'avaient vidée de mon énergie. Et ce n'étaient pas seulement mes jambes que je sentais faiblir, mais mon corps tout entier. Il fallait à tout prix que je trouve un moyen d'éveiller Tony de sa transe.

— Tony, je ne suis pas Leigh mais Annie. *Annie!*

Il resta un long moment immobile, sans dire un mot, et je croyais être parvenue à mes fins... quand il dénoua la ceinture de son peignoir et le laissa glisser sur le sol. Dans la lumière indistincte qui provenait du salon, je pus voir qu'il était complètement nu.

Oh, non, pas cela! Il déraillait pour de bon et il n'y avait personne pour me venir en aide, même pas cette horrible infirmière. J'aurais bien appelé Rye, mais cela risquait de rendre Tony furieux, sinon encore plus fou. Et Rye couchait à l'étage des domestiques, sans doute bien trop loin pour m'entendre. Mon seul espoir était de ramener Tony à la raison.

— Tony, je ne suis pas Leigh, ni Heaven. Je suis Annie, Annie! Vous commettez une terrible erreur.

— A l'instant même où je t'ai vue, je t'ai aimée, répliqua-t-il. Jillian est belle, elle sera toujours belle, mais comme peut l'être un papillon. Touchez-le et il ne pourra plus reprendre son vol, il perdra son éclat et mourra. C'est le genre de beauté que l'on met sous verre pour la contempler et l'admirer, mais pas pour y goûter ni pour l'aimer comme la tienne, Leigh. Jillian est une image, toi, tu es une femme. Une vraie femme, ajouta-t-il d'une voix lascive.

Il s'assit sur le lit, se pencha sur moi et je me tapis sous mes draps.

— Tony! Vous êtes le mari de mon arrière-grand-mère. Je suis Annie, la fille de Heaven. Annie. S'il vous plaît, Tony, levez-vous et partez, vous ne savez pas ce que vous faites. S'il vous plaît.

Mais autant supplier un sourd : il n'entendait que les voix de son imagination malade.

— Oh, Leigh... ma petite Leigh, ma chérie...

Sa main tâtonna un instant, saisit mon poignet gauche et m'attira à lui. J'essayai de résister mais j'étais trop faible et trop lasse. C'est à peine si je pus me débattre, et il dut prendre cela pour un encouragement.

— Nous ferons l'amour toute la nuit, comme autrefois, et tu pourras m'appeler papa si tu veux.

L'appeler papa ? Que signifiait cette ignoble suggestion ? Sa main était déjà sur mon épaule et son visage se rapprochait du mien, sa bouche allait toucher la mienne... Je reculai vivement la tête mais son autre main enserra fermement ma taille. Privée de l'usage de mes jambes et de mes reins, j'étais affreusement vulnérable.

— Arrêtez, Tony, arrêtez !

Sa main remonta jusqu'à mes seins et il gémit de plaisir.

— Oh, Leigh, ma Leigh !

Je libérai mon poignet et lui saisit brutalement l'avant-bras pour l'obliger à ôter sa main de ma poitrine. La rapidité de mon geste le prit par surprise.

— Arrêtez, Tony ! Je suis Annie, et vous êtes en train de faire une chose terrible. Une chose que vous regretterez toute votre vie.

Mes paroles finirent par atteindre leur but : Tony se redressa brusquement et se figea. Pour bien lui signifier mon refus, je le repoussai violemment, les deux mains en avant, et retombai sans forces sur l'oreiller.

— Comment ? murmura Tony, comme s'il s'entretenait avec un interlocuteur invisible. Que dis-tu ?

— Allez-vous-en, implorai-je, à bout de nerfs. Allez-vous-en, laissez-moi tranquille.

— Comment ? répéta-t-il en se retournant vers le coin le plus sombre de la chambre.

Qui croyait-il voir dans l'ombre ? Un des fantômes de Rye qui l'appelait ? Celui de mon arrière-grand-mère, peut-être, ou celui de ma grand-mère qui lui demandait de me laisser tranquille ? Je l'entendis se parler à lui-même.

— O mon Dieu... mon Dieu !

Puis il se retourna vers moi et j'attendis, le cœur battant. Que se passait-il dans son esprit tortueux et tourmenté ? Revenait-il à la raison ou cherchait-il, à travers le labyrinthe de sa folie, un nouveau chemin jusqu'à mon lit ?

— Je... Je suis désolé, murmura-t-il, vraiment désolé...

Il se baissa pour ramasser sa robe de chambre, l'enfila à la hâte et noua étroitement la ceinture. Je l'observais sans mot dire, de crainte que le son de ma voix ne réveille ses fantasmes.

— Il... Il faut que je m'en aille, balbutia-t-il. Bonne nuit.

Je retins mon souffle et c'est à peine si j'osai tourner la tête pour le regarder partir. Mais, lui parti, mon cœur ne se calma pas tout de suite. L'idée qu'il pourrait revenir me terrifiait. Quant à descendre de mon lit et ramper hors de l'appartement... j'étais trop faible et trop bouleversée pour y parvenir.

Je transpirais tellement que ma chemise de nuit me collait à la peau. Il fallait que je quitte Farthy. Que je persuade Drake, ou Luke, ou n'importe qui de m'emmener immédiatement. Mais Drake était à New York, et si Luke ne venait pas ? En proie à la panique et au désespoir, je m'affolais comme un oiseau en cage. A qui demander de l'aide ?... Rye Whiskey ! Il fallait que je le joigne. Ou Troy ! Ou Parson... N'importe qui, mais que quelqu'un m'aide à échapper à ce fou ! Qu'avait-il fait à ma grand-mère pour qu'elle s'enfuie ? Je pouvais à peine supporter d'y penser. La seule chose qui me réconfortait, c'était de savoir que le matin était proche. J'enserrai mes épaules de mes bras, comme si je faisais un mauvais rêve et que maman venait près de mon lit me câliner. Mais ceci n'était pas un mauvais rêve, c'était un cauchemar devenu réalité. J'avais peur de me rendormir, peur de m'éveiller à nouveau pour trouver Tony dévêtu devant moi... mais mes paupières s'alourdissaient. Harassée, je ne tardai pas à succomber au sommeil.

— Bonjour ! lança la voix joyeuse de Tony.

Je battis des paupières et vis qu'il était en train d'ouvrir les rideaux. Un soleil éclatant dissipait les ombres de la nuit. Tony releva les panneaux inférieurs des fenêtres pour faire entrer l'air frais et les voilages s'agitèrent gaiement. Je ne soulevai même pas la tête de l'oreiller et ce fut en silence que je le regardai aller et venir dans la pièce. Il portait une robe de chambre en soie bleu clair toute fraîche et affichait une humeur incroyablement insouciante. Cherchait-il à me faire douter de la réalité des événements de la nuit ?

— Je t'apporte ton déjeuner tout de suite, annonça-t-il.

— Inutile de vous montrer si aimable, Tony. Je n'ai pas oublié ce qui s'est passé cette nuit.

— Cette nuit ? répéta-t-il en souriant. Oh, tu veux dire : hier soir, quand je me suis fâché contre toi ? Je me suis déjà excusé et expliqué là-dessus, Annie. Ne sois pas si rancunière, nous commettons tous des erreurs.

— Je ne parle pas de cela, mais de ce que vous êtes venu faire dans ma chambre au milieu de la nuit, rétorquai-je sans ménagement.

Je n'éprouvais plus la moindre compassion pour lui. Il devait endosser la responsabilité de ses actes, et je comptais quitter Farthy dans la journée, de toute façon.

Il secoua la tête et se mordit la lèvre, comme eût pu le faire un bon grand-père compatissant.

— Comment ? Tu as encore eu un cauchemar ? Ma pauvre chérie, tu traverses des moments bien pénibles. Mais crois-moi, dès que tu auras quelque chose dans l'estomac...

— Je veux mon fauteuil roulant. Je dois descendre téléphoner.

— Ton fauteuil ? Non, Annie, pas aujourd'hui. Tu as besoin d'une journée de repos complet, après tout ce que tu as fait hier. Je t'apporterai ton déjeuner au lit. Ce sera agréable, non ?

— Je veux mon fauteuil roulant ! criai-je sur un ton que je n'avais jamais employé avec lui jusqu'ici.

Il me dévisagea un instant puis se dirigea vers la porte comme s'il n'avait pas entendu.

— Tony !

Il ne se retourna même pas et, cette fois-ci, referma soigneusement la porte derrière lui.

— Vous ne pouvez pas me garder prisonnière ici, Tony !

Je m'assis et fis lentement passer mes jambes par-dessus le bord du lit. Je me sentais faible et lasse, mais on ne peut plus décidée. Je sortirais de cette pièce, dussé-je ramper sur le sol. Il fallait que je trouve Rye : lui pourrait m'aider, j'en étais sûre.

J'allais poser mon pied sur le tapis quand Tony reparut avec le plateau du petit déjeuner.

— Non, non, Annie. Tu vas t'adosser au chevet du lit pour que je puisse installer la table mobile devant toi.

Il posa le plateau sur la table de nuit, me prit par les épaules et m'installa en position assise. Ma faible résistance n'eut aucun résultat.

— S'il vous plaît, criai-je, s'il vous plaît ! Laissez-moi me lever.

— Quand tu auras mangé et fait la sieste, si tout va bien, c'est promis.

Il sourit comme si nous étions les meilleurs amis du monde et entreprit d'installer ma table de malade. Puis il y posa mon plateau et recula d'un pas, une bizarre grimace au coin des lèvres.

Il est fou, pensai-je. Quelque chose a définitivement basculé dans son esprit, la nuit dernière. Il n'y a plus moyen de communiquer avec lui. Je baissai les yeux sur mon plateau. Il y avait un verre de jus d'orange, des flocons d'avoine chauds qui semblaient arrosés de miel, l'inévitable toast grillé et un verre de lait écrémé. Ce n'était pas Rye qui m'avait servi ce déjeuner : Tony avait dû se lever tôt pour aller le préparer lui-même. Et tant qu'il restait là, debout, à m'observer, je ne pouvais rien faire de mieux que d'avaler le tout au plus vite pour prendre des forces. Je bus le jus d'orange et ingurgitai quelques cuillerées de flocons. Le toast avait un goût de carton bouilli mais je le fis descendre avec quelques gorgées de lait. Tony hocha la tête, les traits figés dans un sourire inquiétant. Il reprit le plateau sitôt que j'eus fini et enleva la table.

— Et voilà, tu devrais te sentir mieux après cela, non ? Et maintenant, veux-tu que je te masse avec une lotion ?

— Non, répliquai-je aussi fermement que je le pus.

— Non ? Alors c'est que tu te sens déjà mieux ?

— Oui, répondis-je à travers mes larmes. S'il vous plaît, amenez-moi mon fauteuil. S'il vous plaît...

— Après ta sieste matinale, nous verrons.

Il alla chercher dans la commode une chemise de nuit écarlate, une de celles qu'il m'avait apportées au Boston Memorial Hospital.

— Tu devrais mettre une chemise propre et je crois que celle-ci te va bien, non ? Je t'ai toujours aimée dans ce rouge.

Il posa la chemise sur le lit et je remontai étroitement mes couvertures autour de mon cou.

— Allons, change-toi. Tu te sentiras beaucoup mieux dans du linge frais.

Devinant qu'il ne me laisserait pas tranquille tant que je ne porterais pas la chemise rouge, je la pris et me changeai le plus rapidement possible. Il m'observa pendant toute l'opération.

— Alors, tu ne te sens pas mieux ?

— Si, dis-je pour le contenter.

J'étais plus effrayée que jamais, car j'avais cru que le déjeuner me rendrait des forces et de l'entrain. Au lieu de quoi, je me sentais à nouveau très lasse et somnolente.

— Je voudrais... Je voudrais...

La voix de Tony me parut venir de très loin.

— Tu voudrais dormir, je le sais. Je m'y attendais. Tu vas faire une bonne petite sieste.

Il remonta les couvertures et les serra autour de moi comme une camisole de force.

— Non... Je...

— Dors, Annie. Dors, et quand je reviendrai tu te sentiras bien mieux. Tous ces ridicules cauchemars se seront dissipés à ton réveil.

Je voulus parler, mais je ne pus articuler un son. On aurait dit que mes lèvres étaient cousues. Ma dernière pensée consciente fut qu'il avait mis un somnifère dans mon petit déjeuner... puis je sombrai dans le sommeil.

Je m'éveillai complètement désorientée, sans la moindre notion de l'heure. Lentement, pendant ce qui me parut durer une éternité, je me dégageai de la couverture et me soulevai sur l'oreiller, le souffle court et le cœur battant.

La pendulette indiquait presque midi. La porte de ma chambre était toujours fermée, mais la brise de mer entrait par les fenêtres ouvertes, fraîche et vivifiante. Je me tournai vers ce souffle d'air pur, impatiente de me retrouver dehors. Et soudain, très faiblement d'abord, puis de plus en plus nettement quand je tendis l'oreille, je reconnus une voix familière. Elle venait d'en bas, de devant la maison.

Luke !

J'entendis également la voix de Tony.

Je me concentrai pour diriger toutes mes forces dans mes jambes et les basculai par-dessus le bord du lit, mais elles me refusèrent tout service. Leur vitalité renaissante s'en était allée. Ce que Tony m'avait fait prendre engourdissait ma vigueur nouvellement retrouvée.

— Luke ! hurlai-je.

L'écho de ma voix se répercuta sur les murs de ma chambre... et s'éteignit. Je m'affalai sur le sol comme une robe qui glisserait d'un cintre, me contorsionnai pour me retourner et entamai une lente reptation en direction de la fenêtre. Je poussai et tirai de mon mieux, encouragée par la voix de Luke, et je commençai à distinguer quelques mots.

— Mais elle a insisté pour que je vienne !

— Elle n'est pas encore en état de recevoir des visites.

— Alors pourquoi a-t-elle appelé ?

— Elle n'a pas appelé. Elle ne pouvait pas. Il doit s'agir d'une erreur.

— Moi qui ai fait tout ce chemin pour la voir ! Ne peut-elle me recevoir pendant quelques instants ?

— Les médecins le déconseillent.

— Mais pourquoi ?

— Jeune homme, je ne vais pas passer la journée à discuter médecine avec vous. D'ailleurs c'est l'heure des soins d'Annie, et elle ne peut pas recevoir pendant ce temps-là.

— Très bien, j'attendrai dehors.

— Vous alors, vous êtes vraiment têtu !

Je n'étais plus qu'à trente centimètres du rebord de la fenêtre. Je pris appui sur mes bras pour me soulever et m'y agrippai, mais je manquai mon but et tombai en avant, heurtant le mur avec ma tête. A demi assommée, je restai quelques instants étendue sur place, sans pouvoir faire un geste.

— Très bien, dit Luke d'une voix résignée, je m'en vais. Pourrez-vous lui dire que je suis venu ?

— Naturellement.

— Oh non, murmurai-je. Non, non...

Je me redressai, parvins enfin à saisir le châssis et me halai jusqu'à la fenêtre ouverte.

— Merci.

J'entendis se refermer la porte d'entrée. Il s'en allait. Luke s'en allait ! Tony l'avait renvoyé ! Luke, mon seul espoir... A genoux et en me servant de mes deux mains, je me hissai jusqu'à ce que mon visage soit au niveau du châssis et hurlai le plus fort que je pus :

— Luke ! Luke, ne t'en va pas ! Monte, Luke, viens me chercher ! Luke...

Je criai et criai encore, jusqu'à ce que les veines de mes tempes se gonflent à se rompre et que mes bras soient contraints de lâcher prise. Juste avant de retomber sur le sol, j'entrevis en un éclair la silhouette de Troy, tête levée, à l'entrée du labyrinthe. Mais était-ce bien lui, ou avais-je inventé ce que je désirais voir ?

Je restai là, recroquevillée sur moi-même, la joue sur

le tapis, pleurant et appelant Luke en gémissant. Ce fut ainsi que Tony me trouva.

— Oh, pauvre Annie, tu es tombée de ton lit ! Je me doutais que cela arriverait, c'est ma faute. J'aurais dû placer les barres de sécurité.

— Vous n'êtes qu'un monstre ! hurlai-je. Comment avez-vous pu le renvoyer ? Vous savez depuis combien de temps je l'attends. Vous savez comme sa visite est importante pour moi. Comment avez-vous pu être si cruel ? Si vous perdez la tête et si vous avez eu des malheurs, cela m'est bien égal ! Vous avez fait preuve d'une méchanceté perverse, affreusement perverse, et je vous déteste. Allez chercher Luke ! Faites-le revenir. *Faites-le revenir !*

Il ignora mon éclat comme si c'était lui qui était sain d'esprit, et moi malade.

Tout mon corps était secoué de sanglots lorsqu'il glissa les mains sous mes aisselles pour me relever. Il me ramena dans mon lit et me borda tout aussi étroitement que la première fois, puis s'écarta pour reprendre son souffle.

— Tu ne devrais pas te mettre dans des états pareils, Annie, cela ne peut qu'aggraver les choses. Essaie de te reposer. Tu sais que je ne veux que ton bien. Oui, je ne veux que du bien à ma petite Annie.

— Je ne suis pas votre petite Annie. Je veux que Luke revienne, et il reviendra... Il reviendra.

— Bien sûr qu'il reviendra... quand tu iras mieux. Si seulement tu m'écoutais, je te remettrais sur pied en un rien de temps ! Mais qu'est-ce que je disais, déjà ? Ah oui... les barres de sécurité.

Il sortit pour revenir presque aussitôt, muni des barres de protection qu'il fixa de chaque côté de mon lit. Impuissante, je le regardai les remonter comme un animal sans défense voit se fermer sur lui la porte de sa cage.

— Là, voilà... tu ne risqueras plus de tomber. Tu es rassurée ?

Je me détournai et fermai les yeux en attendant qu'il s'en aille, puis je les rouvris pour m'assurer qu'il était parti. Tranquillisée, je les refermai et m'imaginai dans la rotonde, à Winnerow. Je souhaitais de toutes mes forces que Luke vienne à moi, je l'appelais de tout mon être.

Oh, Luke, entends-moi à travers la distance et le temps, comprends dans quelle affreuse situation je me trouve, combien j'ai besoin que tu viennes me chercher... Farthy n'est pas le paradis, le château enchanté de nos rêves. C'est une horrible prison, sombre, dangereuse où vous guette le désespoir. J'aurais dû écouter ma mère... elle savait... elle savait...

Quand je rouvris les yeux et entendis des voix, je crus que je rêvais encore. Un coup d'œil à la pendulette m'apprit qu'il était sept heures. J'avais dormi toute la journée. Les voix devenaient plus distinctes, elles résonnaient dans le couloir... on s'approchait de mon appartement. Quelques instants plus tard, la porte de ma chambre s'ouvrit à la volée et je me trouvai face à face avec tante Fanny et... Luke ! O mon Dieu, merci, merci !

— Ma parole, glapit ma tante Fanny avec son accent traînant, on dirait un bébé dans son berceau ! Et regardez, non mais regardez-moi ça, ses cheveux ont changé de couleur. Heaven les avait comme ça, dans le temps.

— Annie !

Je tendis la main et Luke se rua vers mon lit pour se pencher sur moi et la prendre dans les siennes. Sitôt que nos doigts se touchèrent, je fondis en larmes.

— Ne pleure pas, Annie, nous sommes là.

Étaient-ils vraiment là, pour de bon ? Je les dévorais du regard, comme un naufragé sur une île déserte aurait contemplé ses sauveteurs, partagée entre la joie délirante et l'incrédulité. Il me semblait qu'une merveilleuse lumière brillait dans ce sinistre appartement, que des barreaux disparaissaient des fenêtres, que des verrous s'ouvraient tout seuls. Mon univers de Winnerow faisait irruption dans ma chambre, tel un torrent, m'inondant de sensations et de souvenirs délicieux. Le cauchemar se dissipait, j'allais pouvoir échapper à toutes ces insanités. Mon cœur tressaillait d'allégresse : Luke ne m'avait pas oubliée, il ne m'avait pas abandonnée. Il avait entendu mon appel. Notre amour était si fort qu'il surmontait tous les obstacles.

Instantanément, les forces me revinrent. J'étais comme une fleur qu'on aurait reléguée dans un coin sombre, sans jamais l'arroser. Et juste avant qu'elle ne meure, voici qu'on l'arrache à sa prison, qu'on lui permet de recevoir la caresse du soleil et de revivre sous la pluie bienfaisante. Elle refleurit alors... et j'allais refleurir, moi aussi ! Luke et moi serions à nouveau réunis.

— Oh, Luke, s'il te plaît... ramène-moi chez nous.

— Nous allons te ramener, Annie.

— Vous êtes contents, maintenant ? cria Tony, surgissant derrière tante Fanny. Vous ne voyez pas à quel point elle est malade ?

— Non, Luke, je ne suis pas malade... c'est lui qui me rend malade. Il drogue ma nourriture pour que je perde mes forces. Ne le crois pas.

— C'est bien ce que je pensais ! s'exclama tante Fanny en s'approchant de moi, le front plissé par l'inquiétude. C'est juste ce que disait cet homme !

— Quel homme, Luke ?

— Quelqu'un a appelé ma mère et lui a dit de venir te chercher d'urgence pour te ramener à la maison.

— Troy ! m'écriai-je, comprenant que ce ne pouvait être que lui.

— Que veux-tu dire ?

— Rien, Luke, rien... Dieu merci, tu es revenu.

— Et on va te ramener vite fait à la maison, Annie chérie ! lança Fanny avec son plus bel accent des collines.

— Il n'est pas question que vous l'emmeniez avant d'avoir parlé au médecin. Elle est handicapée, elle a besoin de soins particuliers, de médicaments particuliers.

Tony gesticulait, rouge comme une pivoine, les cheveux en bataille et les yeux hors de la tête. On aurait dit qu'il venait de recevoir une décharge électrique.

— Ne l'écoute pas, tante Fanny.

— Vous pouvez lui causer une grave rechute... et même la tuer !

Tante Fanny se retourna lentement et remonta les épaules, les mains sur les hanches. Elle avait l'air d'un épervier prêt à fondre sur un rat des champs.

— J'ai plutôt l'impression que c'est vous qui allez faire rechuter cette gosse. Non mais regardez-la ! Elle a une mine de déterrée, enfermée dans ce... (elle renifla ostensiblement)... ce caveau qui pue le renfermé ! C'est tout à fait ce que je m'attendais à trouver, comme sale coin !

— Je... Je vais appeler le médecin.

— Allez-y, appelez-le. Quel genre de docteur c'est, d'abord ? Regardez-moi cette baraque... Il est aveugle ou quoi ? Peut-être qu'il est pas si malin qu'il se figure, tout grand docteur qu'il est. Comment il peut laisser ma nièce dans un endroit pareil ? Ça sent l'humidité et la pourriture, ici. Une vraie décharge à ordures !

Les traits de Tony se durcirent, reflétant tout l'orgueil et toute l'arrogance des Tatterton.

— Je n'écouterai pas davantage ce genre de propos injurieux, lança-t-il en quittant la pièce.

A mon avis, il ne dut pas aller bien loin, mais tante Fanny reporta son attention sur moi.

— T'as plus de souci à te faire, Annie. Tu rentres à la maison avec nous. Luke, descends cette barre qu'elle puisse se lever. Je vais dénicher une valise et emballer ses affaires.

— Je n'en ai pas beaucoup, tante Fanny, et tout est dans cette armoire, à droite. La valise est là, par terre.

Luke serra ma main dans la sienne.

— Je suis si heureux de te voir.

— Et moi aussi, Luke, si tu savais ! Pourquoi n'es-tu pas venu plus tôt ?

— J'ai essayé. J'ai appelé plusieurs fois Tony Tatterton. Mais il m'éconduisait toujours en affirmant que les médecins t'interdisaient les visites.

— Et Drake ?

— Drake disait la même chose.

— Même après que tu as reçu ma lettre ?

— Quelle lettre ? Je n'en ai reçu aucune, Annie.
— Il ne l'a jamais envoyée, j'aurais dû m'en douter. Toutes ces histoires au sujet de tes examens, tes réunions, tes amis... et ces filles.

Je me sentais affreusement coupable d'avoir pu croire que Luke avait changé, qu'il était devenu égoïste et vaniteux. Comment avais-je pu douter de lui ? J'aurais dû savoir ! Dès le début, j'avais été prisonnière, et dès le début Tony m'avait trompée. Il m'avait menti de façon ignoble. Cela me rendait malade rien que d'y penser.

— Quelles filles ?
— Vous comptez bavasser comme ça encore longtemps, ou bien est-ce qu'on rentre à Winnerow ?
— Nous rentrons, Ma.
— Alors, baisse-moi cette barre, s'il te plaît.

Luke obéit tandis que tante Fanny faisait ma valise et me préparait des vêtements.

— Descends cette valise, Luke, pendant que j'habille Annie.
— Et ramène-moi un fauteuil, Luke, s'il te plaît. Il y en a un en haut et un en bas.
— Et ne t'arrête pas, surtout, pour rien ni pour personne.
— A vos ordres, répliqua Luke en portant la main à son front d'un air gentiment railleur.

Comme c'était bon de pouvoir à nouveau rire et sourire !

— Non mais regardez-le ! T'as déjà vu un gamin... pardon : un garçon pareil ?
— C'est un garçon merveilleux. Oh, tante Fanny... Je suis si heureuse que tu sois venue. Je n'ai jamais été aussi heureuse de te voir.
— Tu m'étonnes ! Mais on parlera de ça plus tard. Pour l'instant, faut s'en aller d'ici. Qu'est-ce que je peux faire pour t'aider ?
— Hier, j'aurais pu m'habiller toute seule, tante Fanny, mais aujourd'hui je me sens faible et fatiguée. Alors si tu veux bien me donner un coup de main pour passer mes sous-vêtements... Je te promets qu'à Winnerow je ne serai pas un fardeau pour toi.

— Oh, mon pauvre petit ! s'apitoya-t-elle, les yeux mouillés de larmes. (Je n'aurais jamais cru qu'elle pouvait se montrer si tendre...) C'est pas ça qui me tracasse. Tu seras comme tu pourras, tant que tu voudras, et t'inquiète surtout pas pour ça. Les gens peuvent raconter ce qu'ils veulent, on est une famille, non ?

— Que veux-tu dire, tante Fanny ?

— Rien. Laisse-moi t'enfiler tes habits.

Elle m'aida à m'habiller, et Luke revint avec mon fauteuil roulant. J'éprouvai une délicieuse impression de sécurité quand il me souleva dans ses bras pour m'y installer. Puis il commença à me rouler vers la porte.

Je me retournai et embrassai du regard le lit à colonnes, la coiffeuse, la pièce qui aurait dû être pour moi un lieu intime et chaleureux. l'ancienne chambre de ma mère.

Quelle tristesse ! L'appartement était devenu un repaire de cauchemars, le lit ma cage, la salle de bains ma chambre de torture. J'avais vraiment l'impression de m'évader d'une prison. Les merveilles et la magie de Farthy n'avaient jamais existé que dans nos rêves d'enfants. Et la réalité s'avérait bien plus dure et bien plus cruelle.

En débouchant dans le couloir, je me retournai vers Luke et je lus la même déception dans ses yeux. Il voyait les toiles d'araignées, les ampoules brûlées des lustres, les tapis élimés, les murs délabrés et les rideaux fanés qui occultaient les grandes baies, plongeant les corridors dans une obscurité humide.

— Amène-moi jusqu'à la chaise volante, Luke. Ce sera beaucoup plus facile.

— T'es sûre de savoir te servir de c't'engin de malheur, Annie ? C'est pas le moment d'avoir un accident, pour que Tony Tatterton nous tombe dessus avec ses « je vous l'avais bien dit ».

— C'est très facile, tante Fanny, pas de problème.

Je me glissai sur le siège, fixai la ceinture et pressai le bouton. La chaise entama sa descente.

— Ça alors! Regarde-moi ça, Luke. Faudra qu'on fasse installer un truc pareil à Hasbrouck, et sans traîner.

Luke avait déjà tiré un stylo de sa poche intérieure.

— Le nom de la compagnie est écrit sur le dossier de la chaise, déclara-t-il en le notant rapidement.

Cher Luke, toujours si efficace et prêt à tout! Il descendit en même temps que moi et j'en profitai pour demander:

— Alors, comment s'est passée cette entrée à Harvard?

— Très bien, mais j'ai de nouveaux projets.

— Ah bon?

— Je renonce à la session d'été. Je n'avais pas envie de commencer tout de suite, de toute façon.

— Tu y renonces... mais pourquoi?

— Pour passer l'été près de toi et t'aider à récupérer, répondit-il en souriant.

— Oh, Luke! Tu ne devrais pas faire cela.

La chaise s'arrêta au bas des marches et je me glissai dans le fauteuil roulant qui m'attendait.

— Cela ne sert à rien d'en discuter, Annie, affirma-t-il d'un ton résolu. Ma décision est prise.

C'était sans doute égoïste de ma part, mais qu'il ait fait ce choix me remplit d'une joie sans bornes.

— Et qu'en pense tante Fanny?

— Elle est ravie que je reste encore un peu à la maison. Ma mère a beaucoup changé depuis l'accident, Annie. Elle est devenue responsable, je suis vraiment fier d'elle.

— J'en suis bien heureuse, Luke.

— Mademoiselle Annie!

Nous nous arrêtâmes devant la grande porte en voyant Rye Whiskey venir de la cuisine.

— Rye! Luke, voici Rye Whiskey, le cuisinier.

— Vous rentrez chez vous, mademoiselle Annie?

— Oui, Rye. Voici ma tante Fanny et mon cousin Luke. Ils sont venus me chercher.

— C'est une bonne chose, mademoiselle Annie, déclara-t-il sans hésiter. (Ce qui lui valut un signe approbateur de Fanny, ravie de voir confirmer ses soupçons et le bien-fondé de sa décision.) Je pouvais rien faire pour vous gâter tant que cette infirmière me tournait autour, et maintenant...

— Je sais, Rye. Je suis désolée pour vous.

— Y a pas de quoi. Vous reviendrez quand vous serez guérie et je vous mitonnerai une cuisine à faire tirer la langue aux saints du paradis!

— Je vous prends au mot, Rye! Je m'en souviendrai.

Le vieux chef retrouva soudain tout son sérieux.

— Alors ils ont quand même pas pu se tenir tranquilles, ces revenants, mademoiselle Annie?

— Je crains que non, Rye.

Il hocha la tête et regarda tante Fanny.

— Seigneur, quelle maison! Mais qu'est-ce qu'il a bu?

— Juste què'que chose contre les morsures de serpent, madame.

— Pas possible!

Les yeux de Rye pétillèrent.

— Si madame. Et ça marche: j'ai jamais été mordu.

— Allons-nous-en, Luke, dit Fanny en pointant le menton vers la porte d'entrée.

Luke l'ouvrit et commençait à rouler mon fauteuil vers le perron, quand nous entendîmes crier Tony.

Nous nous retournâmes d'un seul mouvement pour l'apercevoir debout en haut des marches, le poing tendu.

— Si vous emmenez cette enfant, vous serez responsables de ce qui pourra lui arriver. J'ai déjà prévenu son médecin. Il est fou de rage.

— Alors dites-lui d'aller se faire soigner lui-même, gloussa tante Fanny, enchantée de sa repartie.

Sans hésiter, elle fit signe à Luke de continuer et il se remit à pousser mon fauteuil. Tony dévala les escaliers en vociférant.

— Arrêtez!

— Cet homme est complètement fêlé, ma parole!

— Arrêtez ! hurla-t-il en s'approchant, vous ne pouvez pas l'emmener. Elle est à moi.

— A vous ? ricana dédaigneusement Fanny.

— Oui, elle est à moi. Vraiment à moi. C'est... (Il prit une profonde inspiration et se lança dans une confession désespérée)... c'est ma petite-fille, et pas seulement par alliance. Ma vraie petite-fille. C'est une des raisons pour lesquelles ta mère est partie, ajouta-t-il à mon intention. Quand elle a découvert...

Je fis pivoter mon fauteuil et le défiai du regard.

— Découvert quoi, Tony ?

— Découvert que Leigh et moi... Que sa mère et moi... Heaven était ma fille, pas celle de Luke.

— Doux Jésus ! s'exclama Fanny en reculant d'un pas.

— C'est vrai. J'ai honte d'avoir agi ainsi, mais pas d'être ton grand-père, Annie. Et je le suis. Ton vrai grand-père, comprends-tu ? C'est ici, ton foyer.

Je le dévisageais toujours. Les événements de la nuit prenaient tout leur sens, maintenant. Rien d'étonnant à ce qu'il m'ait appelée Leigh dans ces circonstances. Il revivait son aventure avec elle, une aventure qui avait eu lieu dans cette maison alors qu'elle n'était qu'une enfant !

— Alors ce qui s'est passé la nuit dernière s'était déjà produit, conclus-je à voix haute.

Tante Fanny se rapprocha vivement.

— Et que s'est-il passé, la nuit dernière ?

— Je regrette ce qui s'est passé cette nuit, Annie. Je n'avais plus toute ma tête.

— Ah non ?

Et toutes les fois où il m'avait embrassée, touchée... Hier encore, quand il me donnait mon bain et que je l'avais surpris dans le miroir, les lèvres tout près de mon cou... Tout me revint à la fois, dans toute sa laideur et sa perversité. J'avais la nausée. Je pouvais à peine penser, tant je me sentais souillée, humiliée. Un chœur de hurlements résonnait dans ma tête, et je finis par hurler moi-même.

— Vous êtes répugnant ! Je comprends que maman

se soit enfuie de cette maison, et n ait plus voulu entendre parler de vous.

Puis une idée atroce me traversa l'esprit, et je lus sur les traits de Tony qu'il devinait ma pensée. Ses yeux s'agrandirent et il fit un pas en arrière.

— L'avez-vous prise pour une autre, elle aussi ? Est-ce pour cela qu'elle a quitté Farthy et cessé toute relation avec vous ?

— Non, je... Ce n'est pas ma faute.

Il se tourna vers Fanny et Luke comme s'il en attendait du secours, mais leurs visages ne reflétaient que l'horreur et le dégoût.

— Tu ne peux pas me détester, toi aussi ? Je ne pourrais pas revivre tout cela ! Je t'en prie, Annie, pardonne-moi. Je ne voulais pas...

— Qu'est-ce que vous ne vouliez pas ? Faire un enfant à ma grand-mère ? C'est donc pour cela qu'elle a quitté Farthy et sa mère ! Vous l'avez contrainte à partir, comme vous nous avez contraintes à partir, maman et moi !

Mes paroles l'atteignirent comme autant de coups de poignard. Il secoua la tête, blanc comme un linge.

— Vous vouliez que je vous appartienne au même titre que... que ce portrait de maman, sur le mur ! C'est pourquoi vous m'avez menti en prétendant avoir appelé Luke. Vous n'avez jamais téléphoné, ni posté ma lettre. Vous vouliez me garder prisonnière à Farthy !

— Je n'ai agi ainsi que par amour pour toi, parce que j'ai besoin de toi. Tu es l'héritière légitime de Farthinggale et de tous mes biens. Tu ne peux pas partir, s'écria-t-il d'une voix stridente, et je ne te laisserai pas t'en aller !

— Oh si, vous la laisserez partir, dit Luke en s'interposant entre nous.

Le destin avait donné vie à nos chimères... Luke, mon prince charmant, volait à mon secours pour combattre le sorcier malfaisant de nos jeux ! Il toisa Tony, qui s'était figé à son approche, et tante Fanny se hâta d'intervenir.

— Sortons d'ici, mon garçon.

Sur quoi, Luke fit pivoter mon fauteuil vers la porte.
— Annie ! appela Tony, je t'en prie...
Mais nous étions déjà dehors.
— *Annie !* rugit-il, *Annie ! Heaven ! Oh, Heaven,* non...
Fanny claqua la porte pour faire taire cette horrible plainte et je plaquai les mains sur mes oreilles. Luke engagea mon fauteuil sur la rampe et me conduisit jusqu'à la voiture.
— Tu peux t'asseoir devant si tu veux, proposa Fanny.
— Volontiers.
Luke ouvrit la porte, me souleva dans ses bras et je me blottis contre lui tandis qu'il me déposait sur le siège. Comme ses gestes étaient doux, et comme j'étais bien ainsi !
— On ferait aussi bien d'emmener ce fauteuil, Luke. A quoi ça rime de le laisser pourrir ici, comme le reste ?
Le fauteuil plié et rangé dans le coffre, tante Fanny s'installa à l'arrière et Luke se glissa derrière le volant. Puis il mit le contact et commença à descendre l'allée.
— Luke, tante Fanny... Avant de partir, j'aimerais m'arrêter un instant sur la tombe de mes parents. S'il vous plaît.
— Bien sûr, Annie.
Luke prit la direction du cimetière, gara la voiture le plus près possible de la tombe et je collai le front à la vitre. La nuit était tombée, mais il y avait assez de lune pour que j'y voie clair.
— Au revoir, papa et maman, murmurai-je. Dormez en paix. Je dois vous quitter pour l'instant, mais je reviendrai bientôt.
— Sûr que tu reviendras, dit tante Fanny en me tapotant l'épaule d'un geste affectueux.
Luke me serra légèrement la main. Je me tournai vers lui, et la chaleur de son sourire aimant me fit fondre le cœur de douceur.
— Rentrons maintenant, Luke.
Comme nous quittions le cimetière, je me retournai une dernière fois. Et j'aperçus Troy Tatterton qui sor-

tait de la forêt, d'où il avait dû tout observer, j'en étais sûre.

Il m'adressa un signe d'adieu, et je lui rendis la pareille.

— Mais à qui tu fais signe, Annie ?
— A personne, tante Fanny... à personne.

21

Retour au bercail

Je ne dormis pas dans l'avion : j'étais bien trop surexcitée pour cela. Luke et moi nous assîmes côte à côte près d'un hublot, et tante Fanny en face de nous. Je ne quittais pas Luke du regard tant j'étais heureuse de le voir, et ses yeux me disaient qu'il partageait mes sentiments.

— Pince-moi, Luke, et dis-moi que je ne rêve pas, que tu es vraiment là, près de moi.

— Non, ce n'est pas un rêve, répondit-il en souriant.

— J'ai si souvent rêvé cela, si intensément, que je ne peux toujours pas y croire.

D'aussi loin que je me souvienne, c'était la première fois que je laissais parler sans rougir mon amour pour lui et qu'il m'écoutait sans détourner les yeux. Nos regards se nouèrent, il posa la main sur la mienne et la serra doucement. Tout mon être s'élançait vers lui, et cet élan cherchait à s'exprimer à tout prix. Je voulais qu'il me prenne dans ses bras, me serre tendrement contre lui et m'embrasse.

— Annie, je m'inquiétais pour toi jour et nuit, je ne pouvais me concentrer sur rien. Tout le monde essayait de m'attirer dans des réunions, de me présenter des gens, mais j'avais le cœur trop lourd pour apprécier leurs efforts ou profiter de quoi que ce soit. Je passais le plus clair de mon temps dans ma chambre, à t'écrire.

— Et je n'ai jamais reçu tes lettres !

Cette idée m'emplissait de rage. Si seulement je les avais reçues, je n'aurais pas vécu ces heures sombres et désespérées : elles auraient ensoleillé mes jours.

— A présent je le sais, mais je ne pouvais pas comprendre pourquoi tu n'essayais pas de me joindre, pourquoi tu ne me laissais pas de messages. Je croyais...

Il s'interrompit et baissa les yeux.

— Qu'est-ce que tu croyais, Luke ? Dis-le-moi, je t'en prie.

— Je croyais que dans l'atmosphère luxueuse de Farthy, tu m'avais oublié. Que Tony t'offrait tellement de distractions, te présentait tellement de gens que je ne comptais plus pour toi. Je te demande pardon, Annie, je regrette d'avoir pu penser cela !

Mon cœur se gonfla à l'idée que nous avions réagi de la même façon, et je m'écriai avec élan :

— Ne t'excuse pas, Luke ! Je peux d'autant mieux te comprendre que j'ai cru la même chose de toi.

— C'est vrai ?

J'acquiesçai d'un signe de tête et il sourit.

— Alors tu t'inquiétais pour moi, vraiment ?

— Oh, Luke ! Si tu savais comme tu m'as manqué, comme le son de ta voix m'a manqué... Je me répétais sans cesse toutes les jolies choses que tu me disais autrefois. Le seul fait de penser à tout ce que tu avais dû surmonter comme obstacles me rendait le courage et l'espoir. Ces hautes montagnes dont tu parlais toujours, lui rappelai-je en souriant... Eh bien, je m'y suis attaquée, carrément.

— Je suis si heureux d'avoir pu t'aider, même de loin !

— Mais tu étais près de moi, Luke, et j'ai si souvent rêvé de me retrouver avec toi dans la rotonde...

— Moi aussi, avoua-t-il en rougissant légèrement.

Je savais qu'il lui était plus difficile qu'à moi de parler de ces choses. Tout autre que lui eût trouvé cela sentimental, ou même puéril.

— Quand j'étais seul dans ma chambre, au foyer, je nous revoyais ensemble, comme le jour de nos dix-huit ans. J'aurais voulu pouvoir arrêter le temps et rester ainsi près de toi, toute la vie. Oh, Annie! s'exclamat-il en serrant plus fort ma main dans la sienne, je ne sais pas si je pourrai encore supporter de te quitter.

— Mais je ne veux pas que tu me quittes, Luke, chuchotai-je, les lèvres tout près des siennes.

Tante Fanny rit d'une chose qu'elle lisait dans son magazine et nous nous redressâmes tous les deux en même temps. Il se pencha au hublot et je me renversai sur mon siège, les yeux fermés. Il n'avait pas lâché ma main et je me sentais protégée, à l'abri: j'avais retrouvé la sécurité.

J'étais plutôt fébrile quand l'avion atterrit enfin en Virginie. Mais à peine installée dans la voiture de tante Fanny, qui nous attendait à l'aéroport, je m'endormis et n'ouvris pratiquement pas les yeux jusqu'à Winnerow. Quand je me réveillai, nous étions dans les collines et la route décrivait d'innombrables lacets sur la pente escarpée. Aucune voie express ne conduisait dans les Willies. Les pompes à essence ne tardèrent pas à s'espacer, et les grands motels tout neufs furent remplacés par de petits bungalows blottis dans l'ombre épaisse des sous-bois. De temps à autre, une agglomération de baraquements en ciment brut se donnait des airs de cité perdue, mais ces simulacres de villes disparurent bientôt derrière nous, eux aussi.

Tante Fanny s'était endormie sur le siège arrière. La radio diffusait une musique douce et Luke regardait fixement la route, tout en souriant de plaisir. Il semblait tellement plus mûr que moi! L'épreuve nous avait vieillis tous les deux, et transformés de bien des façons qu'il nous restait encore à découvrir.

La vue de ce paysage familier m'emplit d'un sentiment de chaleur et de sécurité. Maman avait-elle ressenti la même chose quand elle avait quitté Farthy avec Drake, pour fuir Tony Tatterton? Le monde extérieur avait dû lui paraître aussi dur, aussi cruel et aussi froid qu'il m'avait paru à moi-même, comparé à Winnerow et aux Willies.

— Nous y sommes presque, chuchota Luke. Nous allons retrouver notre univers, Annie.

— Et nous qui voulions le fuir et nous inventions un ailleurs merveilleux ! Mais y a-t-il rien de plus merveilleux que notre monde à nous ?

— Pas tant que tu en feras partie, Annie, dit-il en se penchant pour me prendre la main.

Nos doigts se nouèrent, car aucun de nous deux ne voulait lâcher l'autre, et la joie me fit battre le cœur. Elle rayonnait sur mon visage. Luke s'en aperçut et devint subitement très grave. Il devinait la profondeur de mes sentiments, tout comme je percevais celle des siens. Et il s'alarmait à juste titre, car nous étions sur le point d'y céder, en oubliant qui nous étions.

— Je voudrais déjà être à la maison ! soupirai-je.

— Patience, nous arrivons.

Mais j'étais de plus en plus impatiente, au contraire, et ma fébrilité grandissait à chaque tour de roues. Enfin, nous eûmes devant nous les prairies verdoyantes qui entouraient Winnerow, les champs de blé dorés attendant la moisson. Les petites fermes pimpantes étaient toutes éclairées, les familles réunies sous la lampe. Je faillis crier de joie quand je vis les lumières des cabanes de mineurs éparpillées dans les collines. On aurait dit des étoiles qui seraient tombées du ciel, sans perdre leur éclat.

Puis nous entrâmes dans la ville pour nous engager dans Main Street. Nous la parcourûmes de bout en bout, longeant les confortables maisons bourgeoises aux tons pastel, qui contrastaient avec les demeures plus modestes des employés des mines.

Je fermai les yeux quand la voiture tourna dans la rue qui menait à Hasbrouck. Dans un instant, je serais à la maison... mais serait-ce encore la maison, sans papa et maman ? Ils ne viendraient pas au-devant de nous dans l'allée, nous n'aurions pas droit à leur sourire, à leurs baisers... ils ne seraient pas là pour nous serrer dans leurs bras et nous accueillir tendrement. Telle une énorme vague déferlant brutalement sur moi, la réalité m'atteignit de plein fouet. Je ne pouvais plus la nier, ni lui échapper. Mon père et ma mère étaient morts et enterrés, là-bas, à Farthy. Et moi j'étais toujours infirme. Tout était vrai : je n'avais pas rêvé.

— Dieu merci, on arrive ! s'exclama tante Fanny. Donne un coup de klaxon, Luke, pour avertir les domestiques.

— Annie n'en demande pas tant, Ma.

— Juste un coup, s'il te plaît.

Elle descendit rapidement et vint ouvrir ma portière. Mais je ne bougeai pas et contemplai la maison, les hauts piliers blancs, les grandes fenêtres, en respirant le parfum des magnolias. Pendant un instant, je me crus ramenée en arrière, à l'époque heureuse du retour des vacances lorsque j'étais enfant. Et comme alors, les domestiques sortirent tous ensemble sur le perron pour nous accueillir.

Mme Avery était en larmes et le mouchoir de soie que je lui avais offert à l'occasion d'un anniversaire ressemblait à un chiffon humide. Elle l'agitait en signe de bienvenue, tout en descendant les marches aussi vite que son arthrose lombaire le lui permettait. Tante Fanny s'écarta pour la laisser m'embrasser.

— Oh, Annie ! Bienvenue à la maison, ma chère enfant.

— Bonjour, madame Avery !

— Votre chambre est prête, aérée, briquée.. elle brille comme un sou neuf.

— Merci. Merci beaucoup.

Je me retournai pour voir Gérald dévaler les marches du perron. Je ne l'avais jamais vu se déplacer si vite, ni montrer un visage si ému. Son attitude guindée s'était relâchée et les coins de sa bouche toujours si pincée lui remontaient jusqu'aux oreilles. On aurait dit un chat ! Il me tendit une main raide, qui ne le resta pas longtemps. Ses doigts secs eurent à peine touché les miens qu'ils se refermèrent tendrement sur eux.

— Bienvenue à Hasbrouck, Annie.

— Merci, Gérald. C'est bon de vous revoir.

Roland se tenait devant la porte, sanglé dans un tablier empesé éblouissant de blancheur. Il brandissait un gâteau à la vanille qu'il m'apporta pour me montrer l'inscription : BIENVENUE À NOTRE ANNIE, QUE DIEU LA BÉNISSE.

— Comme c'est gentil, Roland !

— Bah, c'était juste une petite chose pour m'occuper, mademoiselle Annie. Content de vous voir de retour.

— Merci, Roland.

Luke avait déjà déplié mon fauteuil et attendait. Les domestiques reculèrent pour lui faire place et le suivirent des yeux tandis qu'il me transportait sur le siège. Son visage était grave et tendu mais, quand nos regards se croisèrent, il me sourit. Je me sentais si bien dans ses bras, et je le voyais si fier de sa force ! Il était toujours mon prince... et moi sa princesse.

— Tu commences à faire cela très bien, Luke Casteel !

L'éclair malicieux de ses yeux bleus me rappela irrésistiblement ceux de papa.

— Oui, je crois que je suis plutôt doué.

— Je m'occupe des bagages, s'empressa d'annoncer Gérald tandis que Luke me conduisait vers la maison. Roland remit son gâteau à Mme Avery et l'aida à me hisser en haut des marches.

— Ce serait peut-être bien de faire installer une rampe ici aussi, observa ma tante.

— Non, tante Fanny. Avant qu'elle soit construite, je marcherai.

— Bravo, mademoiselle Annie ! s'exclama Roland. C'est comme ça qu'y faut voir les choses.

Luke et lui m'emmenèrent directement dans ma chambre. Jamais elle ne m'avait paru si ravissante, si confortable, si chaleureuse : j'en pleurai de joie. J'étais à la maison, pour de bon. J'allais dormir dans mon lit, parmi mes objets familiers. Pendant un instant, je crus que tous ces événements n'avaient été qu'un cauchemar, tellement je me sentais bien chez moi.

Puis mon regard tomba sur le petit cottage et je me souvins de Troy. J'eus le sentiment d'être devenue géante et de contempler la maison minuscule où il m'avait fait entrer. J'éprouvais une telle reconnaissance pour lui ! A sa manière, il était un peu mon sauveur, lui aussi.

— Oh, Luke, tout est si merveilleux ! Je ne croirai plus jamais que tout m'est dû.

Je promenai autour de moi un regard avide. Tout me ravissait. Je retrouvais mes tableaux, mon matériel, aussi bien rangé que le jour où je m'en étais servi pour la dernière fois. Le paysage de Farthy que j'avais esquissé avant l'accident trônait toujours sur mon chevalet. Mais comme il était loin de la réalité ! Les couleurs étaient trop vives, les alentours trop séduisants... un vrai paysage de rêve. Maman avait raison de m'inciter à peindre d'autres sujets. Elle savait que je vivais dans un monde chimérique et combien cela peut être dangereux, quelquefois... sinon tragique.

Le seul élément réaliste du tableau, c'était Luke : je n'avais rien inventé en ce qui le concernait. Mais surtout, je l'avais peint tel qu'il fallait qu'il soit : près de moi, venu tout exprès pour me ramener à la maison.

— Je me trompais complètement sur Farthy, Luke. Mes tableaux n'étaient que pure imagination.

— Ne te reproche pas de l'avoir rêvé plus beau qu'il n'est, Annie. Le monde nous semblerait parfois bien sombre si nous ne nous accordions pas le droit de rêver. Maintenant, nous nous contenterons sans doute plus facilement de ce que nous avons, et de ce que nous sommes.

— Je l'espère, Luke.

L'agitation qui régnait autour de nous balaya nos regrets et nos idées noires. Gérald apporta mes bagages, Mme Avery ouvrit mon lit, tout le monde parlait à la fois. Toute cette animation avait quelque chose de contagieux.

— Et maintenant, mesdames et messieurs, annonça Fanny, je vais m'occuper d'Annie moi-même.

— Bien, madame, répondit Roland.

Sur quoi tout le monde s'éclipsa, et je pus voir quel ascendant ma tante avait déjà pris sur la maisonnée. Luke fut le dernier à partir.

— A plus tard, Annie, as-tu besoin que je t'apporte quelque chose ?

— Rien pour le moment, Luke... à part toi-même.

— Pour ça, pas de problème. Tu m'auras bientôt tellement vu que tu pourrais bien en avoir assez !

— Cela m'étonnerait, dis-je en serrant sa main dans la mienne.

Nos joues se touchaient presque et je m'attendais à ce qu'il dépose un baiser sur la mienne, mais tante Fanny ne lui en laissa pas le temps.

— Si tu dois t'en aller, Luke, va-t'en ! Nous avons des choses à faire.

— Désolé... A bientôt, Annie.

— J'appellerai le Dr Williams pour qu'il vienne demain à la première heure, déclara ma tante quand nous fûmes seules. Il t'examinera et nous dira ce qu'il faut faire.

— Pourrais-tu aussi faire venir le coiffeur ici, tante Fanny ? Je voudrais reprendre ma couleur naturelle le plus vite possible.

— Entendu. Mais dis-moi, Annie... qu'est-ce qui t'a pris de faire une chose pareille ?

— C'est Tony qui m'y a poussée. Il affirmait que cela me ferait du bien de me sentir en beauté. Il me rappelait sans arrêt que maman l'avait déjà fait et me montrait des photos où on la voyait en blonde. Je suppose que j'ai essayé de faire revivre son image... elle me manquait tellement. Mais je ne soupçonnais pas du tout quelles raisons perverses l'incitaient à me demander cela. Il voulait que je ressemble à ma mère et à ma grand-mère Leigh. Tu sais pourquoi, tu étais là.

Tante Fanny plissa les paupières d'un air pensif.

— Dire que j'en voulais à Heaven de ne pas m'avoir fait venir à Farthy ! Je l'enviais de vivre dans tout ce luxe, avec ses vieux qui la dorlotaient, mais maintenant je comprends ce qu'elle a enduré. Ça devait être pire que dans les Willies, dans un sens ! Je voyais pas pourquoi elle se donnait tout ce mal pour essayer de rassembler la famille, mais...

Tante Fanny s'interrompit et reprit après un silence :

— Ça devait lui manquer plus qu'à moi, finalement, même si elle vivait chez des richards. De drôles de fêlés, entre nous. Cette grand-mère toquée, Tony Tatterton... Va savoir ce qui s'est passé ! Et nous qui t'avons laissée partir chez eux... acheva-t-elle en secouant la tête.

— Ce n'est pas de ta faute, tante Fanny, qui aurait pu savoir ? J'avais les meilleurs médecins, Tony m'offrait tout ce dont j'avais besoin, y compris une infirmière privée... Qui s'est révélée horriblement sadique, d'ailleurs.

Je lui décrivis certains faits significatifs et elle m'écouta en se mordant les lèvres, sans cesser de secouer la tête.

— Celle-là, si je la tenais, comment que je te lui tordrais le cou !

— Tante Fanny, tu n'as pas eu l'air très étonnée quand Tony a avoué qu'il était le père de maman. Comment le savais-tu ?

— C'est mon frère Tom qui me l'a dit, celui qui est mort dans un cirque en se faisant attaquer par un tigre. Juste avant ça, il m'a écrit pour me raconter une conversation qu'il avait eue avec mon Pa, Luke. Il était encore tout bouleversé d'avoir appris que Heaven était pas la vraie fille de Luke. Heaven et lui s'aimaient tellement, tu comprends, ça le rendait malade de savoir ça, il fallait qu'il en parle à quelqu'un. En fait, quand elle a épousé mon Pa, ta grand-mère Leigh devait déjà être enceinte de Tony. Papa a raconté à Tom ce qu'elle lui avait dit : que Tony l'avait violée... et pas qu'une fois, il faut croire. En tout cas, c'est pour ça qu'elle a quitté son château et toute cette fortune, pour venir vivre avec mon Pa dans les Willies. Comme elle est morte en mettant Heaven au monde, aucun des enfants l'a connue. Heaven croyait que Pa lui en voulait pour la mort de Leigh, son ange, qu'il l'appelait, tu comprends ? Mais quand on y pense, ça devait être plus compliqué que ça... vu qu'il savait qu'elle était pas sa fille.

— Alors Tony est réellement mon grand-père, et il ne disait pas seulement cela pour me retenir, finalement.

— Ça m'en a tout l'air, Annie

Cette confirmation me rendit grave, mais tante Fanny se méprit sur mon expression.

— Va pas te figurer que parce qu'il perd la boule ça va t'arriver, à toi aussi.

— Non, ce n'est pas à cela que je pensais, mais à maman. Cela a dû être si pénible pour elle aussi de découvrir la vérité. Elle n'en a jamais parlé à personne, ni toi non plus, n'est-ce pas ?

— Non, j'ai jamais rien dit, sauf à cet avoué, pendant le procès pour la tutelle de Drake. Personne l'a su parce que ta mère et moi, on a passé un marché. Je lui ai vendu Drake, exactement comme on avait été vendus, nous aussi.

Tante Fanny baissa la tête, accablée de honte.

— Tout ceci est du passé, tante Fanny. Depuis, tu t'es largement rachetée.

— Tu penses vraiment ce que tu dis, mon chou ?

Je hochai la tête.

— Même si j'ai eu Luke avec ton Pa ?

— Nous faisons pour le mieux avec ce que nous sommes et dans la mesure de nos moyens.

— Oh ce que tu peux être gentille, Annie ! s'écriat-elle. Mais maintenant... (son visage s'assombrit tout à coup)... tu sais que je ne suis pas ta tante pour de bon.

— Ne dis pas cela, tu seras toujours ma tante. Et peu importe la parenté, je m'en moque.

— Et moi je t'aime encore plus que si on était du même sang, Annie. Bien plus. Je t'aime comme si t'étais ma fille, et vous êtes quand même frère et sœur, Luke et toi. A moitié.

— Oui...

Mon regard dériva vers la fenêtre, le toit de la rotonde, et cela me rendit rêveuse. Tant de choses m'apparaissaient sous un jour différent, depuis cet accident. Maman n'avait jamais été une Casteel, même si elle avait été élevée comme telle, dans une cabane, en prenant Toby et Annie pour ses véritables grands-parents. Et même si les révélations de Tony m'avaient été pénibles, ce n'était rien à côté de ce qu'avait dû ressentir maman en découvrant la vérité. C'était comme si elle avait perdu d'un coup toute sa famille pour être adoptée par des étrangers.

Apprendre tout à coup qu'elle était une Tatterton et devoir vivre dans cette maison, avec les souvenirs qui torturaient son père... Pas étonnant qu'elle se soit enfuie en emmenant le petit Drake. Drake ! Il n'était donc pas mon oncle, et il n'en savait certainement rien. Il n'en saurait jamais rien, à moins que Tony ne laisse échapper la vérité pendant un accès de démence. Pour ma part, je n'étais pas pressée de la lui dire, cela lui aurait fait trop de peine. Je garderais ce chagrin-là pour moi.

Et moi... Ce n'étaient pas seulement mes parents que j'avais perdus, mais un de mes liens les plus forts avec Luke : notre héritage commun. Nous ne partagions plus ce passé si riche en histoires sur la vie des collines, sur notre arrière-grand-père Toby. Je n'avais même plus de passé du tout. Je ne voulais rien savoir de mes liens avec Tony Tatterton, ni de tout ce qu'il m'avait dit sur sa famille.

J'étais réellement au seuil d'une vie nouvelle, prête à devenir une autre... Mais qui ? Et quel impact aurait ce changement sur mes relations avec Luke ? L'avenir était vraiment obscur, et plus effrayant que jamais. Je me retrouvais au cœur d'un autre genre de labyrinthe, sans savoir combien de temps je devrais y errer avant d'en trouver la sortie. J'avais désespérément besoin de quelqu'un pour me prendre par la main et m'indiquer le bon chemin. Quelqu'un comme Troy. Tante Fanny était merveilleuse, je n'aurais même jamais cru qu'elle pût l'être à ce point. Mais elle aussi se trouvait complètement dépassée par les événements.

Je ne pouvais plus me confier à papa, me tourner vers maman, ni même compter sur Drake. Il était totalement sous la coupe de Tony Tatterton, ébloui par la position qu'il lui offrait. Lui aussi, je l'avais perdu. L'oncle qui avait été pour moi plus qu'un grand frère avait cédé au mirage de la fortune et du pouvoir. Je n'étais pas loin de voir en Tony le diable lui-même, et en Drake une de ses victimes.

Mais il me restait Luke, mon seul espoir, ma lumière. Je pouvais lui confier mes pensées et mes craintes. Mais le fardeau ne serait-il pas trop lourd pour lui ? Pourrait-il assumer la responsabilité de réconforter et soutenir quelqu'un d'aussi seul et désespéré que moi ? J'étais devenue une charge bien plus lourde qu'il ne pouvait le prévoir, c'était indéniable.

Tante Fanny m'aida à me déshabiller, à passer une chemise de nuit et à me glisser dans mon lit. Mon vrai lit, si douillet, avec ses draps embaumant le lilas ! Mme Avery vint chercher mes vêtements et s'attarda dans la pièce, redressant un coussin, secouant un rideau... Il fallut que tante Fanny lui dise que j'avais besoin de repos pour qu'elle se décide à partir.

— Demain, Annie, Luke et moi irons acheter ou louer ce qu'il te manque. Une de ces tables si pratiques pour manger au lit, tiens !

— Et un mobile — je voudrais essayer demain matin.

— Bien sûr, mon chou. Et... bon retour à la maison, Annie ! Nous sommes tous si heureux que tu sois revenue.

Ma tante fit un pas vers la porte mais je la retins.

— Tante Fanny...

— Oui ?

— Merci de m'avoir ramenée chez nous.

Elle secoua la tête, les yeux brillants de larmes, et sortit précipitamment.

Je gardai longtemps le regard fixé sur la porte, espérant contre tout espoir voir apparaître maman. Si seulement elle pouvait encore une fois franchir ce seuil, et venir me parler comme autrefois ! J'avais tellement besoin d'elle, de sa sagesse, de son réconfort. Si je fermais les yeux et le souhaitais de toutes mes forces, peut-être entendrais-je son pas dans le couloir, puis son rire léger et chaleureux, et la verrais-je entrer en coup de vent dans ma chambre ! Elle ouvrirait toutes grandes mes fenêtres, relèverait les stores...

— Debout, Annie, le soleil brille, la vie est belle, n'en laisse pas perdre une miette, surtout. Chaque instant est un don du ciel, et tu ne voudrais pas te montrer ingrate, n'est-ce pas ?

— Oh, maman, je suis toujours infirme. Mes jambes sont comme deux vieilles bûches pourries.

— Allons donc ! On a la vie que l'on se fait. Et quant à tes jambes, elles se sont assez reposées comme ça. Il est temps de les remettre à l'ouvrage, tu ne crois pas ?

Était-ce moi que j'entendais rire ? Je sentis les mains de maman caresser mes jambes, et leurs forces revenir à ce contact ; de plus en plus, de plus en plus...

— Très bien, dit-elle enfin en se relevant, avant de s'évanouir comme une ombre.

— Maman ? Ma... *maman* !

Elle n'était plus là, et un gros nuage obscurcissait le ciel. Une sinistre lumière grise emplissait ma chambre. Il n'y avait plus que des ombres, partout.

— Annie ?

— Mais qui... C'est toi, Luke ?

Il était debout à côté de mon lit.

— Tout va bien ? Je t'ai entendue crier.

— Prends-moi dans tes bras, Luke, je t'en prie. Prends-moi dans tes bras !

Aussitôt, il s'assit sur mon lit, me serra contre lui. Et je sanglotai sur sa poitrine tandis qu'il me caressait doucement les cheveux.

— Là, tout va bien, je suis là, tout va bien.

Puis il déposa de petits baisers affectueux sur mon front, son souffle chaud effleura ma joue et je sentis mes seins tressaillir de plaisir. Son cœur battait si près du mien...

— J'ai dû faire un mauvais rêve, expliquai-je avec un peu d'embarras. Et en m'éveillant, j'ai cru voir Mme Broadfield. Elle était si méchante avec moi, Luke ! Elle m'obligeait à prendre des bains bouillants. Ma peau devenait rouge pivoine et il fallait des heures pour que la brûlure se calme.

Il fit un signe de tête compréhensif et me caressa la nuque.

— Ma pauvre Annie, tu as tant souffert et je n'étais pas là pour t'aider. Je ne me pardonne pas ma stupidité !

— Ce n'était pas ta faute, Luke. Tu ne pouvais pas savoir.

Nous étions toujours dans les bras l'un de l'autre, et peu pressés de nous séparer. Luke se redressa enfin et, sans me quitter des yeux, reposa ma tête sur l'oreiller.

— Annie, je...

Ma main effleura ses lèvres et il m'embrassa le bout des doigts. Un frisson de joie me parcourut : je me sentis revivre.

— Je ferais mieux de retourner me coucher, maintenant.

— Non, reste encore un peu. S'il te plaît... jusqu'à ce que je me rendorme.

— D'accord. Ferme les yeux.

J'obéis, et il remonta ma couverture pour me border avec soin. Je sentis ses doigts effleurer mon visage et mes tempes.

— Luke...

— Dors, Annie. Je suis là.

Je finis par me rendormir, d'un bon sommeil apaisant cette fois. Et quand le soleil me réveilla, je trouvai Luke couché au bout du lit, en chien de fusil, comme un petit garçon. Au premier mouvement que je fis, il battit des paupières, ouvrit les yeux et me regarda. En comprenant qu'il se trouvait sur mon lit, il se redressa comme s'il venait de recevoir un seau d'eau froide sur la tête.

— Annie !

— Quel adorable pyjama, Luke.

— Comment ? Oh... Je suis désolé, j'ai dû m'endormir.

Il se leva d'un bond et je ne pus m'empêcher de sourire. Son pyjama un peu trop large lui battait les mollets.

— Je... Je m'habille et je reviens, bégaya-t-il.

Et il s'empressa de disparaître.

Le vieux Dr Williams, notre médecin de famille, arriva peu de temps après. C'était un petit homme râblé, dont les cheveux bouclés, blond-roux, étaient largement mêlés de blanc. Du plus loin que je me souvienne, c'était toujours lui qui m'avait soignée. Et il me suffit de le voir entrer en souriant pour me sentir mieux. Avec lui, aucun risque d'être manipulée comme un cobaye, et pas d'infirmière pour froncer les sourcils à chacune de mes questions.

— Ta tension est satisfaisante et ton rythme cardiaque aussi, Annie. Naturellement, il faudra que je demande tes radios à Boston et je vais le faire sans tarder. Mais je ne vois pas ce qui pourrait t'empêcher de marcher.

— Je commençais à me tenir debout toute seule et j'avais même fait quelques pas, docteur Williams. Mais on ne m'a pas permis de continuer.

— Ah bon ? (Il me dévisagea, les yeux mi-clos, le menton pincé entre le pouce et l'index.) Tes réflexes sont excellents, la région lombaire est sensible... Tes plus graves problèmes sont d'ordre psychologique, maintenant. Il n'y avait aucune raison de te maintenir dans cet état d'invalidité en te laissant dans ce fauteuil.

— Donc, je peux continuer à essayer de marcher ?

— Je ne vois pas ce qui s'y opposerait. Contente-toi de ne pas dépasser tes limites, et pour cela ton corps sera ton meilleur conseiller. Je reviendrai dès que j'aurai reçu ton dossier de Boston. Je suis heureux de te voir de retour, Annie. La guérison n'est pas loin, j'en suis sûr.

— Merci, docteur.

Il vit que j'étais sur le point de pleurer et m'enveloppa d'un bon regard paternel, les yeux lumineux de tendresse et de sollicitude.

— Tu sais combien j'aimais tes parents, Annie, et combien je t'aime toi aussi. Il faut que tu sois forte, maintenant. De nouvelles responsabilités t'attendent.

Il me pinça la joue comme il l'avait déjà fait si souvent et prit congé. Quelques minutes plus tard, Luke entrait en coup de vent dans ma chambre.

— Oh, désolé ! s'exclama-t-il en esquissant un geste de retraite, je croyais que tu étais levée et prête à déjeuner.

— Reste ici, Luke Casteel. Prends une chaise et viens

me raconter tout ce que tu as fait pendant que j'étais à Farthy. Je veux tout savoir sur l'université... et sur tes nouvelles amies en particulier.

Je n'avais pas oublié ce qu'il m'avait dit dans l'avion, mais je me souvenais aussi de ce que m'avait raconté Drake et je voulais en avoir le cœur net.

— Des amies ? répéta-t-il en faisant un pas vers mon lit. Tu m'as déjà parlé de filles, je me demande bien pourquoi.

— Tu n'as donc pas fait de connaissances... particulières, en arrivant ?

— Sûrement pas. J'étais trop occupé à m'orienter, me procurer les livres et le matériel indispensables, installer ma chambre et essayer de te joindre ! Où aurais-je trouvé le temps de me faire des amis, je te le demande ?

— Mais je croyais... Drake est bien venu te voir, non ?

Mon pouls s'accéléra. Luke mentait-il pour me ménager ? Devais-je le forcer à me dire la vérité ? Il répondit d'un ton détaché :

— Il est resté une dizaine de minutes, en effet. J'étais en train de lire au salon.

— Tout seul ?

C'était plus fort que moi, il fallait que j'insiste, même si la réponse devait me briser le cœur.

— Il y avait quelques autres étudiants mais nous nous connaissions à peine. Je te l'ai dit, je me faisais tellement de souci pour toi que...

— Drake pensait que tu étais déjà très lié avec une certaine personne, au contraire.

— Ah oui ? Il n'avait pas l'air de penser à quoi que ce soit de ce genre, pourtant. Il m'a parlé de ta santé, du fait que tu avais besoin de calme et de repos, et il s'est sauvé pour aller à je ne sais quel rendez-vous d'affaires en promettant de me faire signe. Je l'ai appelé plusieurs fois, et chaque fois sa secrétaire m'a répondu qu'il était sorti ou en conférence. Quand je téléphonais au bureau de Tony, j'obtenais à peu près la même réponse. J'ai fini par appeler Farthy et je suis tombé sur Mme Broadfield. Et comme tu peux le deviner, elle n'a pas été très encourageante.

« Mais j'ai été tellement content de recevoir ton message ! Alors... quand Tony Tatterton m'a renvoyé, j'ai failli le bousculer pour rentrer de force dans la maison. La seule chose qui m'a retenu, c'est la crainte de te causer encore plus d'ennuis. Dieu merci, ma mère avait reçu ce coup de fil et elle était déjà en route. Maintenant dis-moi... à quoi Tony faisait-il allusion, quand nous avons quitté Farthy ? Que s'est-il passé entre lui et toi ?

— Oh, Luke !... une chose affreusement pénible, hideuse, répugnante. Tout ce que j'ai dû subir, si tu savais ! J'étais totalement sans défense. Mais le pire, c'est que presque toutes ces choses auraient pu m'être épargnées. Ce que je prenais pour un traitement médical, une nécessité, n'était qu'une manifestation de la démence de ceux qui m'entouraient. Cette idée me rend tout cela encore bien plus pénible, j'en aurai des cauchemars toute ma vie !

— Non, cela n'arrivera pas, me promit-il d'un ton résolu, car lorsque ces mauvais souvenirs reviendront te hanter, je serai là pour les chasser. Mais parle-moi un peu de ces choses, Annie. Parler soulage, quelquefois.

— C'était tellement gênant, Luke. Et maintenant que je connais certains des motifs pervers de Tony, je me sens souillée, salie.

Je me secouai pour me débarrasser de ces impressions et de ces souvenirs, et Luke me prit la main.

— Mais que t'a-t-il donc fait, Annie ?

— Il m'a forcée à me déshabiller devant lui et a insisté pour me donner mon bain.

Les traits de Luke se figèrent de surprise.

— Je ne pouvais pas lui résister. Il n'y avait personne à appeler, personne qui pût m'aider. Et lui semblait tellement... paternel, au début. Je l'ai laissé me laver le dos, je l'ai laissé... Oh, Luke ! C'est répugnant de penser à cela maintenant ! m'exclamai-je en me cachant le visage entre les mains.

Il se glissa à mes côtés sur le lit, me prit dans ses

bras et me serra contre sa poitrine en me caressant les cheveux. Puis il m'embrassa sur le front et je relevai la tête.

— Je m'en veux à mort de ne pas être venu te tirer de là plus tôt.

— Tu ne pouvais absolument pas savoir... mais tu étais près de moi, pourtant. Tu m'aidais. Pendant les moments les plus sombres, les plus pénibles, je pensais à toi. Oh, Luke ! Je me sens si bien près de toi, j'ai retrouvé la sécurité.

Nous étions si près l'un de l'autre, les yeux dans les yeux... nos visages se touchaient presque.

— Je sais que ce n'est pas bien de ma part, Luke. Je ne devrais pas chercher à t'empêcher d'avoir des amies, mais...

Il posa un doigt sur mes lèvres.

— N'en dis pas plus, Annie. Je suis heureux d'être... d'être avec toi.

Il m'embrassa sur la joue et je fermai les yeux, attendant, espérant, souhaitant qu'il pose ses lèvres sur les miennes, mais il n'en fit rien. Mes seins touchaient son bras, tout mon corps vibrait d'impatience et je sentis mon cou s'empourprer.

— Luke, je ne peux pas m'empêcher de... d'éprouver ce que j'éprouve pour toi, chuchotai-je.

— Moi non plus, Annie.

Il resserra son étreinte et nous restâmes longtemps ainsi, l'un contre l'autre, puis il s'écarta de moi.

— En tout cas, ce cauchemar est fini, maintenant. Au fait, qui a prévenu ma mère ? Un des domestiques ?

J'eus un instant d'hésitation. Pouvais-je partager avec Luke le secret de Troy ? Nous en avions partagé tant d'autres, jusqu'ici. Je savais qu'on pouvait se fier à lui et qu'il était incapable de me faire le moindre tort.

— Si je te le dis, me promets-tu de garder le secret ?
— Bien sûr. Il y en a déjà tant d'autres entre nous ! Je n'en suis pas à un secret près.
— C'était Troy Tatterton.
— Troy Tatterton ! Mais je croyais...

— Troy Tatterton n'est pas mort, Luke, mais il veut qu'on le croie mort.
— Pourquoi ?
— Il souhaite vivre dans l'anonymat. Il a beaucoup souffert et il veut qu'on le laisse en paix.
— Alors c'est lui qui a appelé ? Une chance qu'il y ait pensé !
— A mon avis, c'est bien plus qu'une chance, Luke. Je crois qu'il avait décidé de prendre soin de moi. Il m'a emmenée chez lui, et devine quoi ? (Je lui désignai du regard la boîte à musique.) Ce cottage... c'est le sien !
— Pas possible ?
— Pendant que j'étais chez lui, il m'a aidée à me lever et à faire quelques pas. J'avais l'impression d'être un bébé qui apprend à marcher, mais l'expérience m'a convaincue. Il faut que je persévère, que je réhabitue mes jambes à fonctionner et à supporter mon poids.
— Évidemment. Tu auras ton mobile ce matin et je suis prêt à t'aider quand tu voudras.
— Alors aide-moi à m'asseoir dans le fauteuil, s'il te plaît.
Il regarda autour de lui d'un air désemparé.
— Tu es sûre ? Je veux dire...
— Absolument sûre. Je ne suis pas un bibelot de porcelaine, Luke Casteel !
Il roula mon fauteuil près du lit, rabattit avec soin ma couverture, puis glissa un bras sous mes cuisses et l'autre autour de ma taille.
— Je ne suis pas trop lourde, au moins ?
— Trop lourde, toi ? Tu es légère comme une plume.
Il me garda un moment dans ses bras, blottie contre lui. Mon visage était si près du sien que lorsque je relevai la tête, nos lèvres faillirent se toucher. Nos regards se nouèrent et une sensation de chaleur m'inonda, gagna le bas de mon corps comme un courant vivifiant et doux, presque magique. Et quelle intensité dans les yeux de Luke... j'avais l'impression qu'ils voyaient en moi jusqu'au fond de l'âme.
— Je pourrais te garder ainsi toute la vie, chuchota-t-il.

— Et si je te le demandais ? murmurai-je d'une voix câline.

Il sourit et m'embrassa sur le front.

— Je te garderai dans mes bras jusqu'à ce que tu me demandes de te déposer dans ton fauteuil.

— Alors nous allons jouer, comme autrefois. Tu m'aurais trouvée à Farthy, endormie dans cette horrible chambre. Le méchant sorcier me tenait captive sous un charme... Allez, dépose-moi sur le lit !

Il obéit en souriant et je fermai les yeux, les bras allongés le long du corps.

— Je me précipite dans la chambre !

— Oui ! m'écriai-je avec ardeur, ravie qu'il entre dans le jeu. Et cela te brise le cœur de me voir ainsi.

— Car je crois que tu ne te réveilleras jamais et que je t'ai perdue pour toujours.

— Mais tu te souviens de l'enchantement, continuai-je sans ouvrir les yeux. Jadis, on t'a prédit que tout ceci arriverait et que tu devrais embrasser la princesse pour la réveiller. Mais il faudra que ce soit un baiser sincère, donné de tout ton cœur.

Il ne répondit pas et je crus que le jeu était fini, mais je n'osais pas encore ouvrir les yeux. Puis je sentis son visage se rapprocher du mien, de plus en plus, jusqu'à ce que sa bouche frôle mes lèvres... pour me donner enfin le baiser tant attendu.

— Je voulais y mettre tout mon cœur, souffla-t-il.

Et j'ouvris les yeux. J'aurais voulu lui nouer les bras autour du cou et le retenir contre moi, mais j'étais trop troublée par son regard et par mes propres sentiments pour faire un geste.

— Ça a marché ! s'exclama-t-il en souriant. Tu es réveillée.

Et il me souleva à nouveau dans ses bras.

— Mon prince... murmurai-je en me blottissant contre lui.

— Et maintenant, je t'emmène, très loin.

Il me garda ainsi un long moment, et si l'effort lui coûtait, il n'y paraissait guère. Je finis par éclater de rire et m'avisai soudain qu'on pourrait entrer et nous trouver ainsi.

— Très bien, mon prince, dépose-moi dans le fauteuil. Je te crois.

Il s'exécuta avec sa douceur habituelle et fit un pas en arrière. Je me demandai tout à coup si je n'avais pas changé au point d'avoir perdu la beauté qu'il voyait en moi.

— Comment me trouves-tu, maintenant ? Dis-moi la vérité !

— Eh bien... tu es plus mince. Et j'ai du mal à m'habituer à tes cheveux blonds, je l'avoue.

— Dès demain j'aurai repris ma couleur naturelle.

— Mais à part ça, tu n'as pas changé. Tu es toujours aussi jolie.

Je fis de mon mieux pour cacher ma joie.

— Luke Toby Casteel, si j'avais le visage couvert de varicelle tu me dirais encore que je suis jolie !

— Je me souviens de t'avoir vue comme ça et de t'avoir trouvée ravissante, ou en tout cas très mignonne, affirma-t-il d'un ton taquin.

Puis, après quelques instants d'indécision, il demanda :

— Veux-tu que je te conduise quelque part ?

— Non, je préfère rester encore un peu ici.

Il attacha sur moi un regard appuyé.

— Quand je t'ai vue comme cela, les yeux fermés... je n'avais plus envie de jouer, Annie. J'aurais voulu t'embrasser pour de bon.

— Mais c'est ce que tu as fait, Luke. C'était un merveilleux baiser.

Comprenant que nous étions sur le point d'en dire trop, il se hâta de détourner les yeux.

— Oh, Luke ! Si tu savais comme tu m'as manqué !

Il se mordit la lèvre et je vis qu'il retenait ses larmes. Ce fut à cet instant que tante Fanny apparut sur le seuil.

— Je vois que tu es déjà levée et prête à commencer ta journée, bravo. Tu veux faire ta toilette et t'habiller pour déjeuner ?

— Volontiers, tante Fanny.

— Alors on y va. Toi, Luke, débarrasse-moi le plancher que je puisse m'occuper d'Annie.

— Je pourrais lui monter son petit déjeuner, proposa-t-il en s'en allant.

— Luke ! appelai-je, et il se retourna aussitôt. Je te remercie, mais à partir de maintenant, plus question de me servir au lit. Je ne suis plus une handicapée.

— Magnifique ! Et aujourd'hui, nous ferons autant d'exercices que tu voudras, annonça-t-il en consultant sa mère du regard.

— Si vous continuez à jacasser comme ça, tous les deux, j'ai plus qu'à redescendre au salon me tourner les pouces !

— Je m'en vais.

Il me décocha un sourire et se hâta de sortir.

— Non mais t'as déjà vu un bavard pareil ? Y doit tenir ça de son arrière-grandpa Toby. Celui-là, il pouvait rester assis sous l'auvent à sculpter ses lapins en bavardant jusqu'au coucher du soleil. Même qu'après la mort de ma grand-mère Annie, il continuait à lui parler comme si elle était toujours là, tu te rends compte !

— Je comprends pourquoi, maintenant, tante Fanny. C'est dur de quitter ceux qu'on aime, et quelquefois on s'y refuse, sans tenir compte de la réalité.

Elle recula d'un pas et me dévisagea avec gravité.

— Je vois que t'as vraiment changé, Annie. T'es plus mûre, on dirait, à cause de cet accident et tout ça. Peut-être même que t'as appris sur les gens des choses que j'ai jamais sues. Granny disait toujours que les malheurs nous rendent plus sages. Et c'est ce qui s'est passé pour Heaven. Elle était bien plus intelligente que moi.

Elle s'interrompit un instant et secoua la tête.

— Moi aussi j'en ai bavé, remarque, mais je pleurnichais toujours sur moi-même, ça fait que j'ai rien appris. Et me voilà à jacasser comme Luke, ça doit être de famille. Je ferais mieux de t'emmener à la salle de bains et quand t'auras fini, je t'aiderai à t'habiller.

Mme Avery vint m'offrir son aide, elle aussi, et la façon dont tante Fanny et elle s'occupèrent de moi me remplit d'aise. Je me sentais vraiment chez moi. Leurs gestes étaient doux, leurs paroles pleines de gentillesse... Quelle différence avec ceux de Mme Broadfield, toujours si froide et si professionnelle. Ni l'argent ni les traitements médicaux les plus sophistiqués ne vaudraient jamais les soins donnés avec tendresse et amour. J'aurais dû le savoir dès le début et, lorsque Tony avait mis sa fortune à ma disposition, demander tout simplement à rentrer chez moi.

Ma toilette fut achevée en un tournemain et Luke revint pour aider à me transporter en bas.

— Tu es prête ?

Tante Fanny et Mme Avery m'interrogèrent du regard.

Allais-je me rétracter et demander à me faire servir dans ma chambre, ou affronter la réalité : un monde sans mes parents ? Je me tournai vers Luke et lus dans son regard résolu qu'il serait à mes côtés.

— Oui, je suis prête.

Il s'avança aussitôt, posa sa main sur la mienne et passa derrière mon fauteuil.

— Tout ira bien, me chuchota-t-il à l'oreille.

Et quand Mme Avery et tante Fanny eurent tourné le dos, il m'embrassa furtivement sur la joue.

22

Amour béni, amour maudit

Dès notre entrée dans la salle à manger, mon regard vola vers la place de mes parents. Il ne rencontra que deux chaises vides et mon cœur se serra, brutalement, comme un poing qui se ferme. Pendant un instant, personne ne dit rien et je lus la pitié sur tous les visages, même celui de Luke.

Puis tout le monde se mit à parler en même temps. Tante Fanny pour donner des ordres, Mme Avery pour se plaindre de ceci ou cela, et Roland pour nous annoncer, en tapant dans ses mains, le meilleur petit déjeuner de la ville. Gérald lui-même, renonçant à son impassibilité coutumière, crut devoir poser toutes sortes de questions inutiles. Devait-il changer les porte-serviettes ? Ne s'était-il pas trompé de carafe, pour le jus de fruits ?

— Je vous en prie, tout le monde ! m'écriai-je, oublions ces petits détails et profitons de ce délicieux déjeuner. C'est merveilleux de me retrouver parmi vous. Je vous aime et vous m'avez tous beaucoup manqué.

Une fois de plus, tout le monde me regarda, mais cette fois-ci les visages exprimaient l'amour et l'affection.

— Alors allons-y, déclara tante Fanny, attaquons... sinon tout sera froid comme le lit d'une vieille fille.

— Par exemple ! s'exclama Mme Avery en plaquant les mains sur sa poitrine.

Un éclat de rire général lui répondit et nous prîmes place autour de la table.

— Je t'ai pris rendez-vous chez le coiffeur ce matin, annonça Fanny.

Et Luke proposa aussitôt en souriant :

— Par ce beau temps, je pourrais t'y emmener en fauteuil roulant, non ?

— Cela me plairait beaucoup.

Le petit déjeuner fut plein d'entrain. Je n'avais jamais mangé autant, mais Roland surgissait à tout instant de la cuisine pour me faire goûter quelque chose de nouveau.

Luke m'emmena en ville aussitôt après, et nous reprîmes sans hâte le chemin que nous avions suivi toute notre vie. Je revis les magnolias, les maisons et les gens que je connaissais si bien... C'était une de ces merveilleuses journées de fin d'été où le soleil brille dans un ciel de cristal, mais que rafraîchit doucement la brise des Willies. Les gens nous saluaient de leurs porches, et quelques-uns s'approchèrent pour m'exprimer leur sympathie.

— J'ai l'impression d'avoir cent ans et de ne pas les avoir vus depuis trois quarts de siècle, confiai-je à Luke.

— Oui, c'est fou comme tout nous paraît différent, après une absence. Main Street me paraît minuscule, alors que je la voyais aussi grande que Times Square à New York, quand j'étais petit.

— Tu es déçu ?

— Non, ça me plaît au contraire. Je crois que j'aimerais revenir m'installer ici, un jour. Et toi ?

— Je pense que oui, mais d'abord je veux voyager et voir le monde.

— Naturellement... et moi aussi !

— Ta femme n'aimera peut-être pas du tout vivre dans une si petite ville, Luke.

Je voulais l'éprouver, l'obliger à affronter la pénible réalité que j'aurais tant voulu nier. Mais il était mon demi-frère. Il faudrait bien qu'un jour chacun de nous trouve quelqu'un d'autre à aimer. Dès qu'il serait retourné à Harvard, je devrais me réhabituer à l'idée qu'il ne pouvait pas passer sa vie auprès de moi.

Il tressaillit, fronça les sourcils et je lus son chagrin sur son visage.

— Il faudra qu'elle aime, si elle veut être ma femme ! rétorqua-t-il durement, comme si toute autre femme que moi ne méritait que son mépris.

Il était si beau et si effrayant quand il était en colère ! Il ne rougissait pas mais son teint s'assombrissait et ses yeux lançaient des éclairs.

— D'ailleurs, ta mère a fréquenté les gens les plus riches et les plus sophistiqués, et elle est revenue à Winnerow. Si cette vie était assez bonne pour une femme comme elle...

Je ne jugeai pas le moment favorable pour lui révéler les vraies motivations de maman.

— Elle a grandi ici, Luke, et elle revenait pour s'installer dans une ravissante vieille maison, créer une entreprise de premier plan. Mais dans une université comme Harvard, tu rencontreras des filles venues de villes bien plus importantes et bien plus animées que Winnerow. Elles le trouveront peut-être charmant, mais elles ne pourront pas se passer de magasins luxueux, de grands restaurants, de théâtre, d'opéra... enfin tout, quoi !

Je détestais parler de cela, mais je voulais qu'il affronte l'inévitable, et avec moi.

— Ce genre de filles ne m'intéresse pas ! s'emporta-t-il. D'ailleurs il pourrait t'arriver exactement la même chose. Tu peux très bien rencontrer un homme qui mourra d'ennui à Winnerow et voudra t'emmener ailleurs.

— Je sais, Luke, dis-je d'une voix étouffée.

Cela nous faisait mal d'y penser, et presque autant d'en parler, mais nous taire eût été pire encore. S'abandonner à son imagination est une chose, mais se mentir à soi-même en est une autre. Mon bref et douloureux séjour à Farthy, son horreur et ses tourments m'auraient au moins appris cela.

Luke retrouva d'un coup toute sa bonne humeur.

— J'ai trouvé ! Laissons la fille qui pourrait m'épouser et l'homme qui est censé te plaire se marier ensemble. Comme ça, ils seront heureux !

Je secouai la tête en riant. Luke n'était pas encore prêt à affronter la vérité. Ou peut-être voulait-il continuer à me protéger, me croyant encore trop fragile.

— Mais nous, que deviendrons-nous, Luke ?
— Nous ? Eh bien... tu resteras vieille fille, moi vieux garçon, et nous vieillirons ensemble à la maison Hasbrouck.
— Mais pourrons-nous être heureux ainsi, Luke ?

La question s'adressait autant à lui qu'à moi.
— Tant que tu seras près de moi, Annie, je serai heureux.
— J'ai l'impression de t'empêcher de mener une vie normale.

Il s'arrêta de pousser mon fauteuil.
— Ne dis plus jamais cela, je t'en prie.

Je me retournai et lus son chagrin dans ses yeux. Il arborait la mine renfrognée d'un petit garçon en butte aux taquineries de ses aînés, et qui sait qu'on ne le laissera jamais tranquille.

— C'est bon, m'excusai-je. Je regrette.

Mais il avait toujours l'air d'être sur le point de pleurer et secouait obstinément la tête.

— J'étais sérieux, Annie. Je ne pourrais épouser qu'une fille qui te ressemble en tout point... et il n'existe pas deux filles comme toi.

L'intensité de son regard me fit battre le cœur, et je m'aperçus que les passants se retournaient sur nous.

— Eh bien, si tu en trouves une qui fasse à peu près l'affaire, envoie-la-moi et je lui donnerai des leçons.

J'essayai de prendre un ton léger mais je ne pouvais me défendre de penser à nous, égoïstement. Je souhaitais que tout arrive comme Luke l'avait prévu. Aucun de nous ne trouvant de compagnon, et tous deux passant notre vie ensemble. Nous nous aimerions tendrement, même si nous devions renoncer à ce que veulent tous ceux qui s'aiment : le mariage et des enfants.

Nous reprîmes le chemin de l'institut de beauté. On devait guetter notre arrivée car Dorothy Wilson, la propriétaire, et deux de ses assistantes se précipitèrent à notre rencontre.

— Nous nous chargeons d'elle, déclara fermement Dorothy en prenant la place de Luke derrière mon fauteuil.

Et les trois femmes s'affairèrent autour de moi. Pendant que l'une s'occupait de mes cheveux, les deux autres s'emparaient de mes mains et de mes pieds, sans cesser un instant de bavarder. Tous les potins de la ville y passèrent. Quant à Luke, il alla retrouver quelques vieux amis et ne revint que lorsque tout fut terminé.

Les jeunes femmes ne s'étaient pas contentées de me rendre ma couleur naturelle. Sur leur conseil, j'avais également changé de coiffure. Mes cheveux étaient soigneusement tirés sur les côtés et réunis derrière la tête en une lourde natte, à la paysanne. Je sus instantanément que cela plaisait à Luke. Ses yeux s'agrandirent et un sourire naquit sur ses lèvres pour gagner le coin de ses paupières et danser dans ses prunelles. Un sourire qui me rappelait des moments merveilleux, comme celui où je lui avais offert la bague et où il m'avait donné le bracelet.

— Comment me trouves-tu ?

— Ravissante ! s'écria-t-il avec enthousiasme. Je veux dire... (Il regarda Dorothy en rougissant, honteux de s'être montré si démonstratif.)... que tu es bien mieux dans ta couleur naturelle. Tout le monde sera d'accord, j'en suis sûr. Bon, eh bien...

Il se balançait gauchement d'un pied sur l'autre.

— Nous ferions mieux de rentrer avant que ma mère n'envoie Gérald nous chercher. Il serait capable de se perdre.

— Tu m'aimes vraiment comme ça ? demandai-je quand nous fûmes sur le chemin du retour.

— Beaucoup. Je te retrouve telle que tu étais.

— Je me sens tellement mieux depuis que je suis rentrée, Luke. J'ai l'impression de revenir à la vie après un très, très long sommeil. Je veux marcher, Luke. Dès que nous arriverons à la maison, tu iras me chercher le mobile et je saurai si j'ai vraiment repris des forces ou si c'est une illusion de ma part.

— Bien sûr. Où veux-tu faire cet essai ?

Il ralentit, s'arrêta et je me retournai vers lui. Nous n'eûmes pas besoin de parler pour nous comprendre. Un regard nous suffit. Luke hocha la tête et nous reprîmes notre route.

En arrivant, il alla tout de suite chercher le mobile et me roula dans l'allée qui contournait la maison, jusqu'à la rotonde. Là, il m'arrêta au pied des marches, vint se placer à mes côtés pour me prendre la main et, pendant quelques instants, regarder nous suffit.

— Pour commencer, je te porterai en haut des marches et te ferai asseoir sur le banc, dit enfin Luke.

— D'accord.

Ma voix s'étrangla dans ma gorge. J'étais si heureuse d'être là, avec lui... Il me souleva avec précaution et je lui passai un bras autour du cou. Nos joues se frôlèrent. Lentement et avec beaucoup de douceur, il monta les marches et me déposa sur le banc. Puis il s'accroupit devant moi, leva les yeux vers les miens et me prit la main. Je me renversai en arrière et regardai autour de moi.

— Tu as raison, Luke. Tout paraît différent quand on revient. La rotonde me semble plus petite, plus vieille.

— Mais nous sommes à nouveau réunis, toi et moi. Ferme les yeux, rappelle-toi comment elle était avant et elle redeviendra comme autrefois. Je le sais. J'y suis venu quand nous sommes rentrés de Boston après t'avoir vue à l'hôpital.

— C'est vrai ?

Je baissai les yeux sur les siens et nos regards se fondirent. C'était comme si chacun de nous devenait transparent pour l'autre, jusqu'au tréfonds de son être. Échappant aux limites du corps et même de l'esprit, nos âmes s'unissaient, s'interpénétraient. Ce que nous partagions était unique, magique... cela n'appartenait qu'à nous.

— Oui. Je me suis assis là où tu es, j'ai fermé les yeux et quand je les ai rouverts, tu étais assise en face de moi. Tu riais, la brise jouait dans tes cheveux, et tu m'as parlé.

— Que t'ai-je dit ? murmurai-je dans un souffle.

— Tu as dit : « Ne sois pas triste, Luke. Je vais guérir, je reviendrai à Winnerow. » J'ai refermé les yeux pour garder ton image, et quand je les ai rouverts, quelque chose de magique est arrivé.

— Quoi donc ?

Il porta la main à sa poche et en tira un ruban de satin rose, un de ceux qui me servaient à nouer mes cheveux.

— J'ai trouvé ceci sur le sol. Oh, je sais bien ce que les gens diraient. Que ce ruban avait toujours été là, caché sous la balustrade peut-être, et que le vent l'aura poussé. Mais je ne l'ai vu qu'en rouvrant les yeux.

Je pris le ruban dans ma main.

— Mais sa couleur n'a pas du tout pâli !

— Je le gardais toujours sur moi, même pour dormir. Mon compagnon de chambre a dû me croire un peu détraqué, mais tant pis. Avec ce ruban sur moi, je me sentais proche de toi. Alors, ce n'est pas de la magie, cela ?

De la magie... méditai-je. Si l'amour est magique, alors oui, c'est de la magie. Je savais que c'était mal, que deux jeunes gens si proches parents n'auraient pas dû se permettre de telles pensées, de tels regards, de tels désirs. Mais de toute évidence, nous ne pouvions pas nous en empêcher, ni l'un ni l'autre. Fallait-il regarder les choses en face, nous déclarer nos sentiments sans contrainte ni réserve ? Ou devions-nous continuer à feindre de n'éprouver l'un pour l'autre qu'une amitié profonde, renforcée par les liens du sang ?

Cela mettrait-il fin au désir que j'avais de lui ? Cela calmerait-il les battements de mon cœur, chaque fois qu'il me touchait ? Cesserais-je de rêver de lui et de fantasmer à son sujet ? S'il y avait une magie dans l'amour, alors nous étions en son pouvoir. Mais était-ce un amour béni... ou maudit ?

Béni, pour chacun des instants passés auprès de Luke, où je me sentais pleinement vivre et pleinement femme. Maudit, pour nous imposer le tourment d'un désir impossible à satisfaire et de sentiments interdits. Peut-être eût-il mieux valu qu'un tel envoûtement nous fût épargné.

— Je voudrais me serrer contre toi, Luke, chuchotai-je. Mais...

— Je sais, dit-il, arrêtant d'un doigt posé sur mes lèvres les mots que nous redoutions d'entendre.

Puis il ôta son doigt et se pencha vers moi. Le cœur battant, le souffle court, je murmurai son nom.

— Luke...

Il se redressa aussitôt et s'efforça de reprendre le contrôle de lui-même. Pendant quelques instants, il eut l'air désemparé, puis se releva.

— Je vais chercher le mobile. Tu vas marcher, Annie, sans difficulté. Fais-le pour nous, insista-t-il pour donner plus de sens à mes efforts.

Je l'arrêtai d'un geste de la main.

— Ne m'en demande pas trop, Luke. Mes jambes commencent tout juste à retrouver leur sensibilité.

Il se contenta de sourire, comme s'il savait des choses que j'ignorais. Je serrai le ruban sur ma poitrine et attendis qu'il monte le mobile, le déplie et l'installe devant moi. Puis il recula et croisa les bras.

Je tendis les mains et empoignai le haut de l'armature. Puis je me mis à tirer, à pousser... jusqu'à ce que mon corps commence à se soulever du banc. Mes jambes vacillèrent, puis se tendirent peu à peu, et je réussis à me mettre debout. Mes bras tremblaient. Luke m'observait avec sympathie, et il fit un pas vers moi.

— Non ! m'écriai-je. Il faut que j'y arrive seule.

Au même instant, un gros nuage voila le soleil et jeta son ombre sur la rotonde. On eût dit qu'un épais rideau noir venait d'être tiré, nous masquant le monde extérieur. Malgré la chaleur, un frisson courut au bas de mon dos et derrière mes cuisses. Les yeux fermés pour mieux me concentrer, je m'appliquai à me redresser et ordonnai à mon pied droit de bouger. Je serrais les

lèvres et sentais mon visage grimacer sous l'effort.
— Marche, Annie, marche.
Je tendis toute ma volonté pour avancer mon pied... et parvins à faire un pas. Le cœur battant de joie et d'espoir, je tentai la même manœuvre avec la jambe gauche. J'étais comme un enfant sur un manège, qui cherche à saisir l'anneau d'or au passage. L'anneau est toujours un peu trop loin, et l'enfant s'évertue à l'atteindre, se tend de toutes ses forces vers le but, grignote l'espace qui l'en sépare, le bout de ses doigts frôle l'anneau... et il le saisit enfin! Mon pied gauche avait fait un pas, les roues du mobile avaient tourné. J'ouvris les yeux : le nuage s'éloignait, le soleil éclairait la rotonde. Et je me sentis délivrée d'un grand poids, comme si mes genoux et mes chevilles venaient d'être libérés de leurs entraves. Mes jambes semblaient beaucoup plus fortes soudain, presque autant qu'autrefois.

Je souris et avançai de nouveau le pied droit, plus loin cette fois-ci. Les roues tournèrent plus vite, mon pied gauche suivait. Chaque pas était plus rapide et plus long que le précédent. Mon dos se redressait de plus en plus... et, enfin, je sentis que je tenais debout par mes propres moyens. J'avais réussi!

— Je tiens debout, Luke. Pour de bon, sans le mobile!
— Je savais que tu y arriverais, Annie!
Lentement, gravement, j'ôtai la main droite.
— Doucement, Annie, pas trop d'un seul coup...
— Non, Luke. Je peux le faire et je dois le faire.
Il fit un pas vers moi mais je l'arrêtai d'un geste.
— Ne m'aide pas.
— Si tu tombes, ma mère me tuera.
— Je ne tomberai pas.
Avec le seul appui de ma main gauche, je poussai le mobile devant moi, ce qui me rendit presque indépendante de lui. Quand il fut assez loin, je me redressai complètement et le lâchai. Je tenais debout toute seule, absolument toute seule! Mes jambes étaient de nouveau assez fortes pour me porter. Juste assez loin pour ne pas me toucher, Luke me tendait les bras.

— Annie...

Je fermai les yeux et les rouvris presque aussitôt. Je n'avais pas lâché le ruban rose. Sans la moindre hésitation, j'avançai le pied droit sans le soulever du sol, de quelques centimètres, et fis de même avec le gauche. Un merveilleux sourire illumina le visage de Luke, et je l'imitai. Je fis encore deux pas avant que mes forces ne me trahissent, mais je n'eus pas le temps de tomber. Les bras de Luke s'étaient refermés autour de ma taille et il me serrait contre lui en m'embrassant sur la joue.

— Annie, tu as marché ! Tu as marché !

J'étais si heureuse que je l'embrassai, moi aussi. Et tout à coup, nos lèvres se touchèrent. Ce fut si soudain qu'aucun de nous deux n'eut le réflexe de se rejeter en arrière. Nos bouches se joignirent en un baiser passionné. Luke fut le premier à se reprendre et releva la tête.

— Annie... je...

Il avait l'air affreusement coupable. Nous avions déchiré le voile qui nous séparait, violé la frontière, transgressé l'interdit.

— Ce n'est rien, affirmai-je. Je suis heureuse que tu m'aies embrassée.

Il me tenait toujours serrée contre lui, quand la voix de Drake nous fit nous retourner, d'un même mouvement.

— Annie ! hurla-t-il, les yeux exorbités par la surprise et la colère.

Je tendis le bras pour saisir le mobile et me dégager de l'étreinte de Luke. Drake escaladait les marches, les épaules relevées et les traits convulsés de rage. Il se planta devant Luke.

— J'ai interrompu un important voyage d'affaires en apprenant ce qui se passait à Farthy, et je suis heureux de l'avoir fait. On dirait que j'arrive juste à temps.

— Ce qui signifie ? gronda Luke.

Tous deux se firent face, les poings serrés.

— Toi et ta bouseuse de mère... vous n'aviez pas le droit d'emmener Annie ! A Farthy, elle bénéficiait des meilleurs traitements, d'une surveillance constante, d'un équipement hors pair, elle...

— Drake, s'il te plaît, tu ignores ce qui s'est passé. J'ai essayé de t'en parler mais tu n'écoutais pas. Alors laisse-moi te le dire, maintenant.

Je ne l'avais jamais vu si furieux.

— Me dire quoi ? ricana-t-il. Que tu avais envie de revenir à Winnerow pour reprendre tes... tes simagrées avec lui ? Cela ne me plaisait déjà pas beaucoup, Annie, et cela me plaît moins que jamais. Mais tu n'es pas à blâmer, dit-il en se tournant vers Luke. Il a abusé de ta faiblesse.

— Non, Drake, ce n'est pas vrai ! m'écriai-je.

Mais il continuait à dévisager Luke d'un air mauvais, ses yeux noirs luisant comme des braises. Ses lèvres se retroussèrent et une grimace lui déforma les traits, une hideuse grimace de haine.

— Je devrais te tordre le cou, une fois pour toutes !

Les yeux de Luke se rétrécirent, son visage se durcit, il serra les lèvres. Il était rouge comme un coq.

— C'est ça, essaie et on verra !

— Non, Luke ! Drake, écoute-moi... C'est moi qui lui ai demandé de venir me chercher.

Complètement sourds à mes paroles, ils se rapprochèrent l'un de l'autre.

— Ça ne m'étonne pas que tu aies mal tourné, je m'y attendais. Quand on a une mère comme la tienne ! Alors tu y es arrivé, il a fallu que ça sorte ! J'ai bien vu la façon dont tu regardais Annie, depuis quelques années !

— Drake, implorai-je, terrifiée par ce qu'il allait dire, arrête !

— Eh bien, ça va être fini, je vais...

— Drake ! Luke !

Autour de moi, la rotonde se mit à tourner comme un manège, entraînant tout dans son mouvement. La balustrade, le mobile... Il roulait trop vite pour que je puisse garder l'équilibre. Je tournoyai sur moi-même et basculai en arrière. Avant que l'un ou l'autre ait eu le temps de me retenir, je tombai... et tout devint noir.

Je me réveillai dans mon lit, un linge humide et frais sur le front. Tante Fanny et Mme Avery se tenaient debout près de moi. Luke et Drake étaient assis chacun dans leur coin. Ils boudaient.

— Doc Williams va arriver, Annie, je l'ai envoyé chercher. Il a fallu que t'en fasses trop d'un coup, pas vrai ? Je m'en doutais.

Luke et Drake se tournèrent vers moi en même temps, aussi désolés l'un que l'autre.

— Je vais très bien, affirmai-je.

— Laissons le Dr Williams en décider, Annie, dit Luke avec douceur.

Mme Avery remplaça le gant de toilette de mon front par un plus frais. Puis le Dr Williams arriva et tout le monde se retira, sauf ma tante.

Quand il eut tâté mon pouls, pris ma tension, écouté mon cœur, il se redressa en secouant la tête d'un air perplexe. Il nous regarda tour à tour, ma tante et moi, les sourcils en accent circonflexe.

— Alors, que s'est-il passé ?

— Elle a dû en faire trop, pas vrai, Doc ? Elle a déjeuné à table avec nous, puis Luke l'a emmenée à l'institut de beauté où elle a passé un bon bout de temps. Et en revenant, ils sont allés dans la rotonde et elle a fait un peu d'exercice avec son mobile.

— Aurais-tu un peu trop forcé, Annie ? Je t'avais prévenue, pourtant, dit le médecin en me menaçant gentiment du doigt.

— Je ne crois pas, docteur Williams.

— Hum ! Admettons. Ton pouls et ton cœur sont satisfaisants, ta tension un petit peu trop élevée, mais à peine. Repose-toi et ne dépasse pas tes forces. J'ai fini par avoir ton médecin de Boston, au téléphone. Il m'a promis de m'envoyer ton dossier au plus vite. Mais d'après lui, ta guérison complète n'est plus qu'une question de temps.

— Je sais, docteur Williams. J'en suis sûre, maintenant.

— Tant mieux, Annie, dit-il en se levant, avant de s'adresser à tante Fanny. Tout va bien se passer, mais qu'elle n'en fasse pas trop pendant les jours qui viennent.

— T'entends ce que dit le docteur, Annie ?

— Oui, tante Fanny. Merci, docteur Williams.

Il me tapota la main en souriant d'un air rassurant.
— Je repasserai te voir bientôt.
Ma tante allait sortir avec lui quand je la rappelai.
— S'il te plaît, tante Fanny, envoie-moi Drake. Il faut que je lui parle. Vous n'y voyez pas d'inconvénient, docteur ?
— Aucun, du moment que cela ne te fatigue pas.
Drake revint, la mine sombre et l'œil furibond, et s'arrêta sur le seuil de la pièce.
— Je t'en prie, Drake, viens t'asseoir et laisse-moi te parler. Le Dr Williams a dit que je pouvais.
Il s'avança de quelques pas, mais je vis bien qu'il n'avait pas l'intention de s'asseoir pour m'écouter calmement.
— Tu ne vas pas te fier à l'opinion du vieux Doc Williams, Annie, ce n'est qu'un petit médecin de campagne ! Laisse-moi faire tes valises et te ramener à Farthy.
— Drake, la dernière fois que tu es venu me voir là-bas, tu m'as promis de m'aider à partir, si j'y tenais toujours.
— J'ai dit ça parce que tu étais hors de toi à cause de cette histoire de médicament, voilà tout.
— Ce n'était pas pour cela, Drake, mais à cause de Mme Broadfield elle-même. C'était une femme horrible, cruelle, dominatrice. Elle me prenait pour une fille à papa et détestait les gens riches. Elle a été odieuse avec moi.
— Bon, mais Tony l'a renvoyée, non ? Et il allait engager une autre infirmière, alors où était le problème ?
— C'était Tony, le problème. Un très grave problème, en fait. Il n'a jamais voulu que je guérisse.
— Ouoi ! Alors là, écoute, Annie...
— Non, c'est toi qui vas m'écouter. Tony voulait me garder à Farthy pour toujours. Il voulait m'enfermer dans ses rêves morbides et ses fantasmes. Il m'empêchait délibérément de faire ce qui m'aurait aidée à guérir. Il voulait que je reste indéfiniment infirme, clouée dans ce lit à vie, et entièrement à sa merci. D'ailleurs, quand il a vu que je pouvais me lever seule, il m'a retiré

mon fauteuil pour que je ne puisse pas quitter ma chambre !

Drake s'assit et se carra sur son siège en souriant.

— Je suis sûr qu'il voulait simplement t'empêcher de compromettre tes chances de guérison en te fatiguant. Les malades sont souvent si impatients de guérir qu'ils...

— Non, Drake. Il ne faisait pas cela pour mon bien, mais pour lui.

— Écoute, Annie, reprit-il en se penchant vers moi, je sais...

— Mais il perd la tête ! m'écriai-je d'une voix suraiguë, avec une telle violence qu'il en resta pantois pour un moment. Il est venu dans ma chambre en pleine nuit, Drake, et il... il me prenait pour Leigh, ma grand-mère Leigh quand elle était jeune fille.

Il ébaucha un sourire incrédule.

— Quoi ?

— Mais oui, il me prenait pour elle et il voulait... Il voulait faire l'amour avec moi !

— Alors là, tes somnifères ont dû te donner des hallucinations, Annie. Voyons, Tony n'est qu'un vieil homme solitaire et c'est bien ce qui...

Il s'interrompit et poursuivit d'un ton plus calme :

— C'est pourquoi je suis venu si vite. Tu lui as brisé le cœur en laissant Luke et Fanny t'emmener, il pleurait presque en m'en parlant au téléphone. Il ne comprend pas que tu sois partie sans lui dire au revoir. « J'ai fait tout ce que je pouvais pour elle, m'a-t-il dit, et j'aurais fait plus encore, tout ce qu'elle aurait voulu. J'allais rénover entièrement Farthy. »

— Oh, Drake, comment peux-tu être aveugle à ce point ?

— Je ne suis pas aveugle. Je vois un vieil homme généreux qui ne demande qu'à nous aider. Qui me procure une situation importante et me promet la direction de l'usine des Willies, sans compter ses autres projets... un homme qui t'a entourée des soins les plus coûteux et aurait donné n'importe quoi pour que tu guérisses. Voilà ce que je vois !

Drake s'interrompit un instant, le souffle court.

— Mais ce n'est pas tout, reprit-il avec véhémence. Je vois aussi ma garce de demi-sœur qui te bourre le crâne de mensonges pour te ramener ici et s'y installer, et pourquoi ? Pour profiter de tout ce que possédaient Logan et Heaven. Et je vois mon tordu de neveu jouer les grands sacrifiés pour... pour avoir la main sur toi. Ah, il n'a pas perdu de temps pour t'emmener à la rotonde... Votre endroit magique, ajouta-t-il en ricanant.

— Tu te trompes sur Luke, Drake. Et c'est moi qui ai voulu aller à la rotonde. Je crois en sa magie, c'est vrai.

— Annie, tu es si vulnérable en ce moment, si faible. Tout le monde peut lire en toi et profiter de toi. Fanny t'abreuve de mensonges, Luke n'arrête pas de te tourner autour, de te tripoter... C'est pour ça que je veux te ramener à Farthy. Tu y seras en sécurité et...

— En sécurité ? Tu n'as donc pas entendu ce que j'ai dit ?

Drake me dévisagea longuement et je vis flamboyer ses yeux noirs.

— Luke t'a montée contre moi, il t'abrutit avec toutes ces sornettes ! C'est pour ça que tu ne m'écoutes pas et que...

— Arrête de le critiquer, tu te trompes complètement. Il s'est montré plein d'attentions pour moi, il a même renoncé à sa session d'été pour m'aider.

— Je savais que tu le défendrais, tu l'as toujours fait. J'avais beau faire et beau dire, tu trouvais toujours une bonne raison pour l'excuser, se plaignit Drake, comme s'il avait souffert de l'injustice d'autrui toute sa vie.

— Drake, plaidai-je en lui tendant la main.

Il secoua la tête et s'écarta brusquement de mon lit.

— Non ! Heaven m'aurait approuvé, j'en suis sûr. Elle n'a jamais beaucoup aimé vous voir ensemble.

— C'est faux, protestai-je, tout en sachant qu'il avait raison.

— C'est vrai, s'obstina-t-il. Elle s'inquiétait, elle savait ce qui se passait. Et moi je ne vais pas rester ici à regarder et à supporter ça. Quand tu auras retrouvé ton bon sens, appelle-moi, je viendrai te chercher toutes affaires cessantes et je te ramènerai à Farthy, ton vrai foyer. Il est à toi. Il est à nous. Tout sera à nous !

— Mais je n'en veux pas, Drake ! Je veux ce que j'ai ici. Farthy n'est pas ce que tu crois. Ma mère avait raison, et ce n'est pas moi qui n'écoute pas, c'est toi. Farthy est... un tombeau rempli de mauvais souvenirs. N'y retourne pas, reste ici, Drake. Travaille à l'usine des Willies et oublie tout ça. Je t'en prie.

— Non, tout sera à moi, rien qu'à moi, Tony me l'a promis. Oui, promis, souviens-toi de ce que je te dis. Et quand tu auras retrouvé tes esprits, appelle-moi.

— Drake !

Mon appel ne l'atteignit pas. Il était déjà parti.

J'enfouis mon visage dans l'oreiller et éclatai en sanglots. Drake, si méchant, si plein de rage... Où était ce bon regard fraternel, affectueux, que je lui avais toujours connu ? Maintenant, ses yeux brûlaient de jalousie et de haine. L'argent, le pouvoir, le prestige des Tatterton l'avaient transformé... comme s'il avait vendu son âme au diable.

Luke ne monta pas me voir tout de suite après le départ brutal de Drake, et je ne pus deviner s'ils avaient échangé d'autres paroles venimeuses. Mme Avery vint me demander si je voulais déjeuner en bas, mais j'étais si déprimée que je préférai la solitude. Fanny me monta donc un plateau et je lui demandai où était Luke.

— Il a dit qu'il allait faire un tour tout seul pour s'éclaircir les idées, et je me suis pas mise en travers. Quand un Casteel est de cette humeur-là, vaut mieux laisser glisser, sinon il devient encore plus mauvais.

— Je n'ai jamais vu Luke se montrer méchant, tante Fanny.

— Parce que tu l'as jamais vu en colère. Moi si. Bien sûr, c'était souvent de ma faute et avec toi, il est pas pareil. Et puis le sang de ton père a dû diluer un peu celui des Casteel, probable. Mais on ne sait jamais. Une fois dehors il va se calmer tout seul.

— Quand il sera rentré, tu voudras bien me l'envoyer, tante Fanny ?

Elle acquiesça d'un signe de tête et me laissa seule.

Pour tuer le temps, je résolus de retoucher mes anciens tableaux de Farthy. Je les voulais plus réalistes : le moment était venu de renoncer à mes chimères enfantines. Entre autres changements, j'ajoutai un homme qui sortait du labyrinthe. Et quand je me reculai pour juger mon travail, je m'aperçus que j'avais réussi un excellent portrait de Troy. C'étaient bien ses yeux, son nez, sa bouche... J'en fus impressionnée moi-même. Je n'avais jamais été aussi inspirée.

Travailler m'avait rendu mes forces et calmé les nerfs. Je décidai de dîner à la salle à manger, et tante Fanny vint me chercher avec Mme Avery. Je fus déçue de voir que Luke n'était toujours pas rentré. Et ni le poulet rôti en sauce de Roland, un de mes plats préférés, ni son merveilleux gâteau à la crème au chocolat ne réussirent à m'ouvrir l'appétit. Je lorgnais sans arrêt la porte, espérant voir entrer Luke, mais il ne vint pas.

Après le dîner, je regardai quelque temps la télévision en compagnie de Fanny, sans cesser pour autant de surveiller la porte. Je guettais le bruit d'une voiture sur le gravier, mais les heures passèrent... et toujours pas de Luke. Finalement, fatiguée et déçue, je demandai à monter me coucher.

Je dormis d'un sommeil entrecoupé, m'éveillant à chaque fois en sursaut. Je tendais l'oreille aux bruits de la maison, espérant entendre le pas de Luke. Peu après minuit, je m'éveillai encore, avec le sentiment que Luke était auprès de moi. Et il était bien là, debout à côté de mon lit dans un faisceau de rayons de lune, les yeux fixés sur moi.

— Luke ! Où étais-tu ? Pourquoi es-tu parti si longtemps ?

Il me regarda longuement, d'un air pensif, et chuchota :

— J'étais à la cabane, dans les collines.
— A la cabane ?

— J'y allais très souvent quand j'étais plus jeune, s'empressa-t-il d'expliquer.

Puis il se rembrunit, incapable de se contenir davantage.

— Drake est encore là ?

— Non, il est parti très vite. Il est fâché contre moi parce que je ne veux pas retourner à Farthy.

— Je n'ai jamais été aussi en colère contre lui. J'aurais voulu qu'il m'envoie un coup de poing pour pouvoir le lui rendre !

Ses yeux se rétrécirent et son regard devint dur et glacé, vraiment haineux. Il dut s'en rendre compte car il se détendit et laissa retomber les épaules.

— Je suppose que nous avons ça dans le sang, tous les deux. Ma mère m'a souvent parlé du tempérament Casteel, dit-il en s'asseyant près de moi.

Et je vis reparaître le sourire que j'aimais tant : le pli de ses lèvres s'adoucit, ses yeux rayonnèrent.

— Si seulement je pouvais te ressembler davantage, Annie ! Nous avons la même lignée, mi-Stonewall, mi-Casteel, mais tu es différente de moi, si tolérante, patiente, compréhensive...

— Non, Luke, nous ne sommes pas tout à fait du même sang. Tony ne divaguait pas, l'autre jour. Maman n'était pas une Casteel.

Son sourire se figea, puis s'évanouit.

— Comment peux-tu en être sûre ? Tony est si bizarre...

Je lui racontai tout ce que m'avait appris Fanny et il m'écouta avec une attention passionnée. De temps à autre, il approuvait d'un signe, comme s'il s'était toujours attendu à ce genre de révélations.

— Tu n'es pas mon cousin, finalement, mais simplement mon demi-frère.

Il remua la tête comme un vieillard fatigué et soupira :

— Annie, nos vies sont si étranges et si compliquées... On dirait que nous sommes nés pour souffrir, toi et moi. Condamnés à la souffrance.

— Je vais guérir, Luke. Je te le promets.

Il avait l'air si abattu, si désemparé... Ce n'était plus

mon intrépide Luke, prêt à prendre d'assaut les plus hauts sommets. S'il avait perdu l'espoir et la foi, que pouvais-je faire pour lui ?

— Je ne parlais pas de cette souffrance-là, Annie.

Il baissa les yeux sur ses mains, puis les releva aussitôt. Et même à la faible clarté de la lune, je pus voir qu'ils étaient embués de larmes.

— J'en ai voulu à Drake pour toutes les choses affreuses qu'il t'a dites, mais je lui en veux surtout... parce que c'est la vérité, Annie, avoua-t-il en me prenant la main. C'est plus fort que moi, je t'aime. Et non pas comme un frère doit aimer sa sœur, mais comme un homme peut aimer une femme.

— Oh, Luke...

Le mur qui se dressait entre nous venait de s'écrouler. Mon cœur battait à grands coups désordonnés, et je n'y pouvais rien. En prononçant ces mots, Luke avait rompu le charme, défié le sort, bravé l'interdit. Il avait libéré la passion qui attendait son heure, l'instant où nous la reconnaîtrions pour ce qu'elle était.

Sa mâchoire se durcit et son regard retrouva toute sa fermeté.

— A la cabane, j'ai décidé de venir te dire toute la vérité. Drake avait raison, je te désire passionnément depuis des années. Aucune autre fille n'a jamais pu me rendre heureux, c'est pourquoi je n'ai jamais vraiment eu d'amies. Je rêve de toi, jour et nuit. Je sais que c'est mal, mais je n'y peux rien. C'est pour ça que je suis parti. C'est une souffrance intolérable, Annie. Vraiment.

Je me soulevai sur mon oreiller, et nos visages ne furent plus qu'à quelques centimètres l'un de l'autre.

— Je comprends, Luke.

— C'est vrai ?

Il posa la question, mais comme s'il avait toujours su la réponse.

— J'éprouve les mêmes sentiments, depuis toujours... mais surtout depuis que tu es venu me chercher à Farthy.

L'air parut se figer entre nous. Pendant d'interminables secondes, ce fut comme si nous nous regardions à travers une vitre sur laquelle nous pressions nos lèvres. Puis les mains de Luke se posèrent sur mes bras, remontèrent jusqu'à mes épaules.

— Je le savais, souffla-t-il, et j'ai failli te le dire plus d'une fois, depuis un jour ou deux. J'étais à deux doigts de le faire, sur la rotonde.

— Moi aussi.

Ma chemise de nuit glissa de mes épaules, découvrant à demi ma poitrine, mais je n'éprouvai pas la moindre gêne. Comme s'ils se mouvaient de leur propre volonté, les doigts de Luke effleurèrent ma clavicule et en suivirent le tracé. Je l'entendis soupirer.

— Oh, Annie... la nature nous a joué un bien mauvais tour! Je m'en veux à mort de t'aimer ainsi, mais je ne peux pas m'en empêcher... je ne veux pas m'en empêcher.

— Ne te reproche rien, Luke. Moi non plus je ne peux pas m'en empêcher, mais je ne me le reproche pas.

— Annie...

La vitre imaginaire qui nous séparait cessa d'exister, nos lèvres se touchèrent, ma chemise glissa encore un peu plus bas... et les doigts de Luke descendirent jusqu'à mes seins nus. Je gémis et cherchai à reprendre ses lèvres, mais il s'écarta brutalement de moi.

— Non, Annie, non... il ne faut pas. Drake avait raison, je ne peux pas rester, je ne dois pas. Le mauvais sang des Casteel court dans mes veines, et si je reste... Je ne pourrai pas me contrôler. Et nous deviendrons pareils à mes ancêtres des collines, pareils à des animaux: incestueux, ignobles.

— C'est impossible, Luke. Rien ne peut être ignoble entre nous. Je ne sais pas pourquoi mais j'en suis sûre. Je le sens.

— Tu es tellement meilleure que moi, Annie! Tu ne mérites pas le mal que je te ferais en cédant au vice des Casteel. C'est en moi, et Drake avait raison. Je ne vaux probablement pas mieux que ma mère. Je dois partir, Annie, dit-il en s'éloignant de mon lit, au moins un certain temps. Le temps qu'il te faudra pour reprendre des forces, physiquement et moralement.

— Non, Luke, ne pars pas, j'ai besoin de toi. Je t'en prie, implorai-je en tendant la main vers lui.

Mais il s'éloignait toujours davantage.

— Il le faut. Dieu te bénisse, Annie... et guéris vite !

L'instant d'après, il était parti.

— Luke ! appelai-je en me démenant pour sortir de mon lit.

Mes jambes tremblaient, mais je parvins à poser le pied par terre et à contourner mon lit pour atteindre mon mobile. Je m'y agrippai et parvins à gagner la porte de ma chambre, juste à temps pour entendre celle de l'entrée s'ouvrir... et se refermer.

— Luke !

Ma tante traversa le couloir en courant.

— Que se passe-t-il, Annie ?

— Oh, tante Fanny, dépêche-toi ! Luke s'en va, empêche-le de partir. Il s'en veut pour ce qui s'est passé entre Drake et moi et pour... pour tout.

Elle acquiesça d'un signe de tête, et je compris qu'elle en savait plus long que je ne le pensais.

— Ça devait arriver, mon petit, dit-elle en m'aidant à regagner mon lit. J'étais comme Heaven, je voyais ça venir et j'y pouvais rien.

— Qu'est-ce que tu voyais venir ?

Tout le monde connaissait donc le secret de nos cœurs, que nous croyions si bien gardé ?

— Je voyais bien la façon dont vous vous regardiez, tous les deux, cette lueur que vous aviez dans les yeux. Et je savais ce qui vous arrivait.

Je m'assis sur mon lit et joignis les mains sur mes genoux.

— Mais je ne l'ai pas fait exprès, tante Fanny ! Je...

Elle vint s'asseoir à mes côtés et me prit la main.

— Je sais, mon cœur. Je sais que vous auriez pas laissé arriver ça si vous aviez pu l'empêcher. Mais l'amour vous tombe dessus et vous n'y pouvez rien, personne peut vous en vouloir pour ça. Vous deux, ça dure depuis l'enfance et c'est plus fort que vous. Vous avez poussé comme des fleurs sauvages, et votre amour aussi, sans qu'on se doute de rien. Des fleurs qui sont tellement emmêlées ensemble que ça va faire mal de les détacher, mais ça serait mal de pas le faire. Et ce sera encore plus dur pour toi, avec tout ce que t'as supporté, mais je serai là, Annie. Je t'aiderai.

— Et Luke ?

Lui n'aurait personne pour l'aider et le réconforter !

— Tu dois le laisser se débrouiller tout seul, Annie. Il a pas seulement le nom de Luke Casteel, crois-moi. J'aimais mon pa, Annie, mais il avait le sang chaud et quand il leur faisait les doux yeux, toutes les femmes prenaient feu. Un feu d'enfer, oui !

— Je me sens si seule, tante Fanny ! m'écriai-je d'une voix plaintive. C'est comme si j'avais un grand vide à l'intérieur... J'en suis malade.

Elle me prit par les épaules et me garda un long moment serrée contre elle. Puis elle m'embrassa sur le front et m'éloigna d'elle à bout de bras.

— Allons, Annie, je vais t'aider à te recoucher. A partir de maintenant, c'est à ta santé qu'il faut penser.

Je me laissai docilement remettre au lit. Quand elle m'eut bordée, tante Fanny se pencha sur moi, m'embrassa sur le front et me caressa les cheveux, exactement comme le faisait maman.

— Tâche de dormir, Annie. Je suis là, et je vais t'aider à te remettre sur pied, compte sur moi.

— Merci, tante Fanny.

— Nous les femmes, faut qu'on se serre les coudes, maintenant.

Elle sourit et se redressa fièrement pour souligner la force de ses paroles. Puis elle me donna un dernier baiser et me laissa seule dans le noir. Non, pas vraiment seule... J'entendais encore la voix de Luke et je voyais toujours ses yeux, tout près des miens.

— Nous ne faisons rien de mal, murmurai-je comme une incantation. Cela ne peut pas être mal.

Et je m'endormis avec le goût de notre baiser sur les lèvres.

23

Le secret du cottage

Les dix jours suivants furent difficiles à vivre pour moi, plus peut-être que mon séjour à Farthy. Pourtant, personne ne se montrait dur envers moi, bien au contraire. Les domestiques et tante Fanny m'entouraient d'affection, de soins et d'une sollicitude sans bornes. Mais si peu de temps après avoir perdu mes parents, voilà que je perdais Luke, le seul être sur qui je croyais pouvoir m'appuyer! Pour qui lutter et surmonter l'épreuve, désormais? Il était parti, et je me sentais aussi perdue et abandonnée qu'à la mort de mes parents. J'étais comme morte moi-même.

Le soleil pouvait briller, tous les jours étaient gris pour moi. J'étais toujours fatiguée, j'avais froid. Blottie sous mes couvertures, je passais des heures à regarder le plafond sans même avoir l'idée d'allumer quand le soir tombait. Parfois, je glissais dans une sorte de torpeur, ou bien je pleurais jusqu'à en avoir mal. Je m'endormais en pleurant, pour retrouver la même horrible certitude en m'éveillant: de tous ceux que j'avais vraiment aimés, il ne restait personne. Je ne m'étais jamais sentie aussi seule, même dans ma chambre de Farthy. Là-bas au moins, je pouvais me bercer d'illusions et de rêves!

Désormais, c'était fini. Les rêves n'avaient plus cours. Les illusions ne m'aideraient plus à supporter l'épreuve. Mais il y avait pis: mes souvenirs les plus chers, ceux des merveilleux moments partagés avec Luke, étaient viciés, corrompus par notre amour interdit. Cela me déchirait le cœur et me plongeait dans un enfer de souffrance.

Comme si ce n'était pas assez de perdre ceux qu'on aime, il fallait aussi renoncer à la douceur et aux joies du souvenir. Le destin m'avait tout pris. Ravageant le jardin de mon cœur, il en avait arraché jusqu'à la moindre fleur pour n'y laisser qu'un fouillis de tiges dénudées, dépouillées de leur beauté, leur seule raison de vivre.

De nombreux amis de mes parents, que l'éloignement avait empêchés de me rendre visite, vinrent m'exprimer leur sympathie. J'en fus touchée, mais leurs condoléances me rappelaient la tragédie et ravivaient mon chagrin.

Certaines amies de ma mère éclatèrent en sanglots devant moi, et leur douleur m'atteignit cruellement, rouvrant mes blessures à peine cicatrisées. Et pourtant, ce fut encore moi qui trouvai la force de les consoler.

— Heaven aurait fait comme toi, me dit un jour Fanny, après l'une de ces pénibles scènes. C'était toujours elle qui tenait bon, dans les coups durs. Moi, je faisais que pleurnicher, mais c'étaient Tom et elle qui nous trouvaient de quoi manger quand on crevait de faim. Et c'était elle qui soignait et consolait *notre* Jane quand elle était malade.

J'aimais entendre ces histoires sur maman. Et quand Luke et Drake m'eurent abandonnée, j'y puisai la force et la volonté de guérir. Tante Fanny m'apprit que Luke appelait souvent pour avoir de mes nouvelles. Mais chaque fois qu'elle lui demandait s'il désirait me parler, il répondait qu'il le ferait un peu plus tard. J'essayai au moins une demi-douzaine de fois de lui écrire, mais je finissais toujours par déchirer ma lettre. Les mots me semblaient impuissants à traduire mes véritables sentiments.

Doc Williams passait très souvent pour suivre le cours de mes progrès. Mes jambes retrouvaient chaque jour un peu plus de force et il me prescrivit des séances de rééducation pour hâter ma guérison. Bientôt, je pus me passer du mobile et Doc Williams me donna une canne, simplement pour assurer mon équilibre. Quelques jours plus tard, je m'aventurai seule dans l'escalier, puis dans le parc, et j'allai m'asseoir dans la rotonde. Je pensais à Luke et à tout ce qui nous était arrivé quand tante Fanny vint me rejoindre.

— Tu devrais mettre un lainage, Annie. Le fond de l'air est frais, et t'es pas encore bien remplumée.

L'automne était arrivé à pas de velours, comme un chat. Rien n'avait signalé son approche et, un beau matin, j'avais découvert que presque toutes les feuilles avaient viré au rouille et au jaune d'or.

Maman aimait tellement l'automne, surtout dans les Willies, où il était particulièrement beau, disait-elle. Il me semblait l'entendre encore.

— J'adorais me promener dans les bois, à cette saison. C'était fabuleux, toutes ces nuances de jaune et de brun dans le soleil. Ambre, citron, safran, noisette, rouille, acajou... Si tu cherches des couleurs pour tes tableaux, Annie, va dans la forêt en automne.

Elle avait raison, mais l'idée d'une promenade en forêt me fit surtout penser à Luke. Nous avions si souvent vagabondé dans les bois, tous les deux. Et j'aurais tant aimé qu'il fût auprès de moi, maintenant que je pouvais marcher. Mais il était à Harvard, en train d'essayer d'oublier.

Je commençai un portrait de lui. J'esquissai d'abord la rotonde, puis Luke accoudé à la balustrade, contemplant le parc d'un air pensif. Le travail allégeait la douleur de la séparation, mais quand j'approchai de la fin, j'éprouvai un terrible sentiment de vide. Et je m'ingéniai à ne pas terminer ma peinture, ajoutant ceci, changeant cela... Mais bientôt je n'eus plus rien à modifier, plus aucune raison de ne pas achever mon ouvrage. Quand je reposai enfin mes pinceaux et me reculai pour juger le portrait, je découvris que je l'aimais et le détestais tout à la fois.

Mon cœur avait guidé ma main, et Luke était très ressemblant. J'avais très bien saisi sa façon de pencher la tête de côté d'un air pensif, le mouvement de ces mèches folles d'un noir de jais qui lui retombaient sans arrêt sur le front, ce regard qui devinait si bien mon amour.

Mais ce portrait réveillait mon douloureux désir de Luke, de sa voix, de sa présence. Étrange passion que celle de l'artiste, me dis-je, à la fois délice et tourment. On s'éprend de l'œuvre qu'on a créée, et que l'on ne pourra jamais réellement posséder.

Ces pensées m'emplirent de mélancolie. Autrefois, lorsqu'il m'arrivait de céder à cette humeur dépressive, de me plonger dans des réflexions moroses, il me suffisait d'aller voir maman. Elle m'accueillait avec un sourire plein de chaleur et ma tristesse s'évaporait, je me sentais à nouveau le cœur léger. Nous parcourions des revues de mode en parlant chiffons comme deux collégiennes. Ce que nous trouvions ridicule nous faisait pouffer de rire, certaines trouvailles nous arrachaient des soupirs d'envie.

Je n'étais jamais retournée dans la chambre de mes parents, le courage me manquait. C'était là qu'ils avaient dormi, que j'étais venue si souvent quand j'avais un cauchemar ou des idées noires, pour me faire dorloter, consoler... J'avais peur de voir leur lit vide, leur penderie et leurs vêtements, les chaussures de mon père, les bijoux de ma mère, les photographies... tout ce qui leur avait appartenu.

Mais je savais que si je voulais vivre, accepter le fait que plus rien ne serait jamais comme avant, je devais regarder en face le vide laissé par la disparition de ceux que j'aimais. Et surmonter ma détresse. Alors seulement je trouverais la force d'être la femme que papa et maman auraient souhaité me voir devenir. Celle que je devais devenir, pour moi autant que pour eux.

Prenant appui sur ma canne, je quittai ma chambre à pas lents et m'arrêtai dans le couloir. Une fois de plus, j'hésitai à entrer chez mes parents, mais mon indécision fut de courte durée. D'un geste résolu, j'ouvris la porte.

On avait ouvert les rideaux et relevé les panneaux des fenêtres pour aérer la pièce. Chaque chose était rangée à la place exacte où elle se trouvait le soir de l'accident. Je m'attardai un instant sur le seuil, enregistrant jusqu'au moindre de ces souvenirs. La coiffeuse de maman, avec ses boîtes à poudre et ses flacons de parfum, les boucles d'oreilles en nacre bleue qu'elle avait ôtées le soir de ce fatal anniversaire, et son coffret à bijoux en acajou, cadeau de Noël de papa. Ses peignes ornés de perles étaient soigneusement rangés juste à côté.

Mon regard ému parcourut lentement la pièce, s'arrêta sur le lit. Du côté de maman, ses jolies mules de satin cerise semblaient attendre qu'elle y glissât ses petits pieds. Le livre qu'elle avait commencé était toujours sur la table de nuit, un signet entre les pages. Et naturellement, le paysage des Willies était toujours accroché au-dessus du lit.

La vue de la cabane me fit penser à Luke. C'est là qu'il était allé pour réfléchir. Et il en était revenu décidé à reprendre ses cours et à s'éloigner de moi pour quelque temps. Peut-être les esprits de Toby et Annie, ses grands-parents, lui avaient-ils dicté ce conseil. Peut-être était-ce la bonne décision, après tout.

Sur la table de toilette de papa trônait une grande photo de maman et de lui, prise le jour de leur réception de mariage à Farthy. Je reconnaissais le décor, maintenant. Papa et maman resplendissaient de jeunesse et de vie mais, en y regardant de plus près, je crus lire autre chose sur les traits de maman. Comme un désir inassouvi. Je savais que, d'où ils se trouvaient, ils regardaient le labyrinthe.

Cela me fit penser à Troy, au cottage... et, tout à coup, la lumière se fit dans mon esprit. Je retournai dans ma chambre et contemplai longuement le cottage miniature que maman m'avait donné le jour de mes dix-huit ans. Je savais combien elle y tenait et c'est pourquoi il avait tant de valeur à mes yeux. Mais aujourd'hui, je pouvais faire le lien entre lui et le vrai, celui qui se trouvait de l'autre côté du labyrinthe. Et je compris.

L'homme qui avait envoyé ce présent à maman peu après ma naissance n'était autre que Troy Tatterton. Mais elle n'avait jamais mentionné son nom. Papa et elle disaient toujours que le jouet ne pouvait venir que d'un artisan de la compagnie.

Si maman ignorait que Troy était en vie, elle ne pouvait pas identifier l'auteur du présent. Mais lui, n'avait-il pas eu peur d'éveiller ses soupçons ? Tout cela me rendit rêveuse. Je revis Troy en train de me parler en se balançant dans son rocking-chair, les mains sous la nuque... exactement comme le petit personnage de la boîte à musique ! Était-ce une simple coïncidence ? Et la jeune femme ressemblait beaucoup à maman : même couleur de cheveux, même style de vêtements... Elle savait certainement de qui lui venait ce cadeau. Qui d'autre que Troy eût pu reproduire cette scène ? Mais si maman savait qu'il était vivant et que le cottage était son œuvre, pourquoi n'en avait-elle jamais rien dit ?

J'allai m'asseoir dans le petit fauteuil tendu de cretonne, près de ma coiffeuse, et laissai tomber ma canne. Puis je soulevai lentement le toit du cottage et aussitôt, comme s'il n'avait attendu que cet instant, le nocturne de Chopin se fit entendre. J'examinai attentivement les deux petits personnages. Je ne m'étais pas trompée : l'homme ressemblait fidèlement à Troy, et la jeune femme était une reproduction miniature de maman.

Maintenant que je connaissais le vrai cottage, des détails qui m'avaient échappé jusque-là m'apparurent. Les minuscules jouets fabriqués par le petit homme, les tasses à thé sur la table de la cuisine et la porte entrouverte, au fond de la pièce. Cette porte s'ouvrait-elle pour de bon ?

Ma main tremblait quand je parvins à toucher cette petite porte de quelques centimètres de haut. Elle s'ouvrit brusquement en grinçant sur ses gonds miniatures, révélant une volée de marches que je réussis à distinguer en baissant la tête. Et là, en bas de ces marches mystérieuses, j'aperçus la tache claire d'un morceau de papier. Mes doigts étaient trop gros pour s'y glisser et ramener ce qui s'y trouvait, quoi que ce fût

Il n'y avait qu'un moyen de l'atteindre, le même probablement qui avait servi à l'y placer : utiliser une pince à épiler.

J'en trouvai une dans le tiroir de ma coiffeuse et, avec une adresse digne d'un chirurgien, je l'introduisis dans l'embrasure, saisis le mystérieux papier et le retirai avec précaution. On l'avait plié très serré, jusqu'à ce qu'il soit assez petit pour être facile à cacher. Je m'en emparai et le déposai sur la tablette de la coiffeuse. Puis, après avoir remis le toit à sa place pour arrêter le carillon, je commençai à déplier le feuillet. Il était jauni et craquant, comme un fac-similé de document historique. Les bords s'effritaient et menaçaient de me rester entre les doigts.

Finalement, je parvins à l'étaler devant moi. C'était une grande feuille de papier à lettres, tellement usée aux plis qu'on pouvait à peine lire le texte. Mais, au prix de grands efforts d'attention, je réussis à le déchiffrer.

Ma bien-aimée, mon bel amour perdu,
En cet instant plus que jamais notre nuit m'apparaît comme un rêve. Pendant un an, j'ai si souvent caressé cette chimère ! Maintenant qu'elle fait partie du passé, je peux à peine croire que tout cela est arrivé.
Je suis resté longtemps assis là où tu dois te trouver en ce moment, à revivre notre merveilleuse nuit. Je me rappelais tout, chacun de tes regards, la douceur de ta peau, l'ardeur de ton étreinte... tout, dans le moindre détail. J'ai fini par me lever pour chercher quelques-uns de tes cheveux dans mon lit et, Dieu merci, j'en ai trouvé ! Je les garderai dans un médaillon, sur mon cœur. Ainsi, je conserverai au moins quelque chose de toi et cette idée me réconforte.
J'avais décidé de rester encore un peu, même si ce devait être un supplice. T'épier de loin m'avait causé autant de peine que de joie et c'était infantile de ma part, je le sais.
Mais ce matin, peu après ton départ, Tony est venu m'apprendre la nouvelle. Je sais que tu viendras, toi aussi, mais je serai parti. Il peut sembler cruel de ma

part de quitter Tony en ce moment, mais je l'ai consolé du mieux que j'ai pu. Je ne lui ai rien dit de ta visite, il ne sait pas que tu sais. Lui en parler n'aurait fait qu'ajouter à sa peine. Peut-être, un jour, sentiras-tu qu'il peut et doit savoir la vérité, je te laisse juge.

Tu dois te demander pourquoi j'éprouve le besoin de partir si tôt après la mort de Jillian. Je vais te le dire, même si cela peut te sembler difficile à comprendre. Je te dois un aveu, Heaven. Je me sens coupable de ce qui est arrivé. J'ai pris plaisir à la tourmenter. Comme tu le sais, elle m'a aperçu plusieurs fois, ce qui l'a profondément troublée. J'aurais pu lui dire la vérité, mais j'ai préféré lui laisser croire qu'elle voyait un revenant. Je voulais lui donner des remords. Ce n'est pas sa faute si tu es la fille de Tony, c'est vrai. Mais je lui en veux d'avoir dressé cette hideuse vérité entre nous deux. Elle a toujours été jalouse de l'affection que Tony me portait, même quand j'étais enfant.

Maintenant je me sens terriblement coupable. Je n'avais pas le droit de la punir. J'aurais dû comprendre que je vous ferais souffrir, Tony et toi. Je n'ai fait que du mal à ceux que j'aimais, toute ma vie. Tony dit que c'est faux, il ne voulait pas que je parte mais j'ai fini par le convaincre.

Je t'en prie, reste auprès de lui dans ces moments difficiles. Il aura tellement besoin de toi. Console-le, fais cela pour nous deux.

Toi et moi ne revivrons jamais ce que nous avons vécu cette nuit, la dernière. Mais ton souvenir est gravé en moi et, partout où j'irai, tu seras près de moi.

Avec toi, tout à toi pour toujours,
Troy.

Je me renversai dans mon fauteuil, abasourdie.

— Maman, murmurai-je d'une voix étouffée, savais-tu ce que tu me léguais en m'offrant ce cottage, le symbole de ton amour ?

La révélation m'avait secouée comme une rafale de vent glacé. Tout cela était si injuste, si triste, si tragique ! La même histoire se répétait, dans toute son horreur. Je découvrais que ce que j'avais confusément pressenti sans jamais en prendre totalement conscience était vrai. Maman et Troy Tatterton s'étaient aimés, d'un amour interdit. Aussi interdit que celui qui m'unissait à Luke, car Troy était le frère de Tony, l'oncle de ma mère. Ces liens de parenté avaient empoisonné leur amour, exactement comme pour Luke et moi.

Donc, maman savait que Troy était vivant mais elle ne pouvait plus ni lui parler, ni lui écrire, ni le revoir. Je comprenais maintenant pourquoi Troy Tatterton m'avait si intensément dévisagée, le jour de notre rencontre. J'avais dû lui rappeler maman, surtout avec mes cheveux blonds.

Mon séjour à Farthy m'aidait aussi à comprendre certains passages de sa lettre. Les allusions à la folie de Jillian et aux fantômes errant dans la maison, les angoisses de Tony et les raisons pour lesquelles Troy avait jugé bon de disparaître. Mais ce que je n'aurais jamais pu soupçonner jusque-là, c'était la souffrance de maman. Car, à lire la lettre de Troy, il semblait qu'elle l'avait aimé autant qu'il l'aimait lui-même.

Rien d'étonnant à ce qu'elle se soit tellement inquiétée de nous voir si souvent ensemble, Luke et moi ! Elle avait dû deviner ce qui se passait entre nous et en prévoir les conséquences, puisque la même chose lui était arrivée...

— Oh, maman, soupirai-je, comme je voudrais pouvoir te parler encore une fois ! J'ai tant besoin de tes conseils, de ta sagesse. Tu saurais me guider, toi qui as déjà traversé cette épreuve, et me montrer comment la surmonter.

Une larme s'écrasa sur le papier et je m'aperçus que je pleurais. Bien des phrases de cette lettre auraient pu être écrites par Luke, à mon intention. D'ailleurs, en les lisant, c'était sa voix que j'entendais. Je repliai le feuillet, soulevai à nouveau le toit du cottage et remis la lettre dans sa cachette. Elle y était restée des années, c'était sa place... La musique me déchirait le cœur et je sus que maman avait dû ressentir la même chose chaque fois qu'elle l'écoutait, seule dans sa chambre. Car elle revoyait alors le visage de Troy et l'entendait répéter encore et toujours les mêmes paroles, les dernières... ses mots d'adieu.

Peut-être cela expliquait-il aussi son refus de retourner à Farthy. A son ressentiment envers Tony s'ajoutait l'insupportable souvenir de son amour perdu. Et Luke et moi qui parlions tout le temps de Farthy, du labyrinthe... comme nous avions dû la faire souffrir, sans le savoir ! Pardonne-nous, maman. Nos jeux d'enfants devaient chaque fois te ramener en arrière, dans ce même petit cottage, pour y pleurer ton amour défunt...

Un coup frappé à ma porte interrompit ma rêverie et, quand j'eus répondu, Mme Avery fit son apparition. Elle semblait très agitée, ce qui ne lui ressemblait guère.

— On vous appelle de Farthinggale Manor... Un monsieur. Il dit que c'est très important.

Ne pourrais-je donc jamais me débarrasser de Tony Tatterton et de ses histoires de fou ? Je sentis la moutarde me monter au nez.

— Dites à M. Tony Tatterton que...

— Non, Annie, ce n'est pas M. Tony Tatterton, c'est à son sujet. Ce monsieur dit qu'à son avis, vous devez être mise au courant.

Mon cœur manqua un battement, puis s'emballa.

— Au courant ? Au courant de quoi ?

— Il ne me l'a pas dit, Annie. Il désire vous parler personnellement.

— Très bien, dites-lui que j'arrive.

Je pris une profonde inspiration et réprimai le frisson qui me montait le long du dos. Puis j'emboîtai le pas à Mme Avery, pestant contre ma lenteur. Maintenant que je marchais, je supportais mal ce handicap. Mme Avery me tendit le récepteur et je m'assis pour prendre la communication.

— Allô ! articulai-je d'une petite voix effrayée.

J'aurais juré que les battements de mon cœur s'entendaient à l'autre bout du fil. Mais, dès le premier mot, je reconnus la voix de Troy, comme maman l'aurait sûrement reconnue, même après toutes ces années.

— Annie ? J'ai pensé que tu aimerais savoir, et que tu voudrais sans doute venir à l'enterrement.

Mon cœur s'arrêta, je retins mon souffle.

— L'enterrement ?

— Tony est mort il y a quelques heures. J'étais à son chevet.

— Mort ?

J'eus un élan soudain de compassion pour Tony, dépérissant dans sa solitude, persuadé que la femme qu'il aimait venait à nouveau de le quitter. A travers moi, il venait de revivre sa propre tragédie. Sans le vouloir, dans une pièce dont les rôles avaient été distribués bien des années auparavant, j'avais tenu le mien, ou plutôt celui de maman. Comme une doublure, je m'étais glissée dans celui qu'elle avait été forcée de jouer. Maintenant, et sans doute était-ce mieux ainsi, le rideau venait de tomber, les lumières de s'éteindre. Et les acteurs avaient quitté la scène. Pour Tony Tatterton, le calvaire était terminé.

Pourtant, ce n'était pas le soulagement que trahissait la voix de Troy, mais un chagrin sincère. Il venait de perdre le frère qui avait été plus qu'un père pour lui.

— Je suis vraiment désolée, Troy, j'ignorais que sa santé physique laissait à désirer. Mais vous étiez près de lui ?

— Je venais juste de me décider à me montrer un peu plus, pour le réconforter, il en avait tellement besoin. Car ce que je t'ai dit était vrai, Annie, il en faisait autant pour moi quand j'étais malade. Et il... (la voix de Troy s'étrangla)... il m'aimait beaucoup. Au fond, je n'avais que lui, et il n'avait que moi.

Ma gorge se serra et mes yeux s'emplirent de larmes. Je n'avais aucune peine à imaginer Troy au chevet de Tony, lui tenant la main et courbant la tête, les épaules secouées de sanglots pendant que son frère agonisait. Je demandai d'une voix presque inaudible :

— Comment est-il mort ?

— Il a eu une attaque. Si j'ai bien compris, il en avait déjà eu une, moins grave, mais je l'ignorais.

— Drake m'a appelée récemment et m'a dit qu'ils avaient eu un entretien, mais il n'a fait aucune allusion à un mauvais état de santé.

— Tony ne sortait plus de sa chambre, et Rye lui-même ignorait ce qui se passait. Quand il s'en est rendu compte, il était déjà trop tard. Au moins, j'étais près de lui pour ses derniers moments. Il ne savait plus très bien ce qu'il disait, ni qui était qui. Au bout d'un moment, je n'étais même plus très sûr qu'il me reconnaissait, mais il a prononcé ton nom et m'a fait promettre de veiller sur toi. Je... Je sais qu'il souffrait de troubles mentaux et j'imagine que tu as dû assister à quelques crises assez étranges, mais il était inoffensif, Annie. Il avait simplement besoin d'amour et cherchait à se faire pardonner ses péchés... comme nous devrons tous faire un jour ou l'autre.

— Je sais.

Oh oui, je le savais ! Mais Troy put-il deviner au son de ma voix à quel point j'étais sincère en disant cela ?

— Je sais qui était Tony pour moi, Troy. Il m'a crié la vérité quand je suis partie et tante Fanny me l'a confirmée.

— Oh... je vois. Ne crois pas que je cherche à l'excuser, mais il n'a pas été très heureux en mariage, tu sais ?

Je n'avais aucune envie de parler de cela pour l'instant.

— Oui. Mais je voudrais venir à l'enterrement, Troy. Quand aura-t-il lieu ?

— Après-demain, à deux heures, au cimetière de famille. Tu as fait des progrès surprenants, d'après ta femme de chambre. J'en suis heureux pour toi, et je ne voudrais pas que tu risques une rechute. Si le voyage te paraît trop fatigant...

— Non, ce n'est pas le cas et je ne ferai pas de rechute. Je... Je suis très impatiente de vous revoir. Je n'ai jamais eu l'occasion de vous remercier d'avoir appelé ma tante Fanny pour qu'elle vienne me chercher avec Luke. C'est bien vous qui les avez prévenus, n'est-ce pas ?

— Je ne désirais pas que tu t'en ailles, Annie. J'espérais que nous aurions d'autres occasions de nous revoir. Mais je savais ce qui se passait et combien tu avais besoin de retrouver les tiens, tout en devinant quel chagrin cela te causerait. Tony m'a confié ce qu'il a ressenti quand il me croyait mort et qu'il est revenu au cottage.

— Cela a été très dur. Je voudrais avoir un cottage pour m'y retirer loin de la tristesse et des soucis, comme vous. Avec un labyrinthe pour me protéger des importuns.

La voix de Troy se teinta de mélancolie.

— Le malheur a un talent particulier pour remonter les pistes, Annie. S'il doit nous retrouver, il nous retrouve toujours. Je l'ai appris à mes dépens.

— Je sais, murmurai-je dans un souffle.

J'étais sur le point d'en dire plus, peut-être même de parler de la lettre cachée dans le cottage. Troy dut pressentir quelque chose car il écourta notre conversation.

— Alors, à après-demain, Annie. Je suis heureux que tu sois à mes côtés ce jour-là. A bientôt.

— A bientôt, Troy.

Triste et songeuse, je reposai lentement le combiné. C'était plus fort que moi, mais j'avais de la peine pour Tony, malgré son esprit dérangé et tous ses mensonges. Troy avait vu juste: malgré sa richesse fabuleuse, son frère était un pauvre malheureux, seul et abandonné. Et comme tant d'autres, il cherchait un être à aimer et qui lui rendrait son amour.

Rye Whiskey avait sans doute raison avec ses histoires de revenants. Peut-être les fantômes de Farthy avaient-ils enfin réclamé Tony comme un des leurs et mis fin à ses tourments.

Tante Fanny s'émut beaucoup quand je lui fis part de ma décision d'assister aux funérailles de Tony.

— Personne savait que c'était ton grandpa, Annie. Alors personne s'attend à ce que tu fasses un voyage pareil pour aller à son enterrement.

— Mais moi je sais ce qu'il était pour moi, tante

Fanny. Je ne peux ni l'oublier, ni lui en vouloir. Il a essayé de m'aider, à sa manière.

— Cet endroit porte malheur. Tous ces richards ne savent que se détruire eux-mêmes, par n'importe quels moyens. Je dis pas que j'aime pas l'argent, note bien. C'est juste que ces mangeurs de haricots* sont tellement snobs ! Ils croient qu'ils font tout mieux que tout le monde et ça les rend complètement fêlés. Si seulement tu pouvais changer d'avis !

Toute la journée j'eus droit au même refrain, mais je demeurai inébranlable. Peu après ma conversation avec Troy, j'appelai Luke. En l'entendant répondre, la voix me manqua. Il semblait si triste et si seul ! Ma main trembla, je fermai les yeux et m'obligeai à parler. Dès qu'il eut entendu ma voix, la sienne retrouva toute sa vivacité.

— Il y a des jours que j'essaie de t'écrire, Luke, mais je n'y arrive pas.

— Je sais, moi c'est pareil. C'est pour ça que je ne t'ai ni écrit ni fait signe. Mais je suis content que tu appelles. J'essaie de m'occuper pour ne pas penser à toi, mais ce n'est pas facile. Je suis si heureux de t'entendre, Annie !

— Moi aussi, mais j'ai de mauvaises nouvelles à t'annoncer.

Je lui répétai ce que m'avait dit Troy et ajoutai :

— Ta mère n'est pas très contente que j'y aille et dit qu'elle ne remettra pas les pieds à Farthy. Elle espère que je renoncerai à voyager seule, mais j'irai. Je marche avec une canne, maintenant, ce ne sera pas un problème.

— Je serai là après-demain dans la matinée, Annie. Je t'emmènerai à Farthy.

— Je savais que tu le ferais !

— Je t'aime, Annie, je ne peux pas m'en empêcher. J'en souffrirai toujours mais je t'aimerai toute ma vie.

— Moi aussi, Luke.

Pendant de longues secondes, aucun de nous ne

---

* Sobriquet des habitants de Boston

parla. J'avais la gorge trop serrée pour articuler un son, et je finis par laisser échapper un grand soupir. Puis mon regard tomba sur le portrait de Luke et cette vue me réconforta.

— Au fait, Luke, j'ai peint un nouveau portrait de toi, debout dans la rotonde.

— Ah oui ? Je pourrai l'avoir pour l'accrocher dans ma chambre, au foyer ?

Je n'osai avouer que j'aurais voulu le garder. Cela me parut trop égoïste.

— Bien sûr.

— Tu me le montreras quand je viendrai te chercher. Ne t'inquiète pas, surtout, je m'occupe de tout.

— Merci, Luke.

— Annie, c'est si difficile de lutter contre mes sentiments, si tu savais !

— Je sais. C'est pareil pour moi.

— Alors à bientôt.

Nous avions les mêmes raisons de vouloir écourter l'entretien. Comme une épée faisant mouche à tout coup, chaque mot nous perçait le cœur.

Drake appela en fin d'après-midi. Il parut très surpris que je sois déjà au courant de la mort de Tony, et plus encore d'apprendre que je viendrais à ses funérailles. Il ne me demanda pas comment j'avais été informée, ce qui me dispensa de mentionner Troy. Son ton froid d'homme d'affaires important me déplut profondément.

— Tu aurais dû me prévenir que tu comptais venir, mais il n'est pas trop tard. Je peux prendre des dispositions.

— C'est déjà fait, Luke m'accompagnera.

— J'aurais dû m'en douter.

— Je t'en prie, Drake. Pour l'amour de Tony, montrons-nous conciliants. Nous devons bien cela à sa mémoire.

— Tu as raison, et je tiens à me comporter avec dignité, cela va de soi. Tous les gros bonnets de Boston seront présents, je peux te l'affirmer.

— Je ne voulais pas dire...

— D'ailleurs tu n'imagines pas le travail que j'ai en ce moment, je n'ai pas de temps à perdre avec Luke. Heureusement que j'étais déjà dans la place ! Je pourrais aussi bien être le fils de Tony, à voir la façon dont tout le monde se tourne vers moi ! Je voulais te faire la surprise, mais autant te le dire tout de suite. Avant de mourir, Tony m'a légué une grande part des actions de sa compagnie.

Drake me laissa le temps de le féliciter et, devant mon silence, ajouta d'un ton plus sec :

— Je croyais que ça te ferait plaisir de l'apprendre.

— Je sais que c'est ce que tu voulais, Drake, et que tu dois être satisfait.

Mon manque d'enthousiasme parut le décevoir.

— Bon, eh bien... je te verrai à l'enterrement.

— C'est cela, Drake.

Il me semblait que je parlais à un étranger.

Le matin des funérailles, Luke arriva de bonne heure à la maison pour me conduire à l'aéroport. Quand il entra dans ma chambre, j'étais prête et me tenais debout, sans canne. Nous nous dévisageâmes longuement, puis son regard dévia sur le portrait.

— Wouaoh ! Il est vraiment réussi !

— J'espérais qu'il te plairait.

— Il fait plus que me plaire : je l'adore. Tu es une grande artiste, Annie. Un jour, tes tableaux vaudront des millions, j'en suis sûr.

A nouveau, nous échangeâmes un long regard. A quoi bon les mots et les discours ? Nos yeux parlaient pour nous. Les miens lui disaient combien je l'aimais, combien j'avais besoin de lui et me sentais flouée par le destin. Et je lisais la même chose dans les siens.

Je pensais que tante Fanny reviendrait sur sa décision et nous accompagnerait. Mais elle était aussi têtue qu'elle accusait Drake et Luke de l'être : une vraie Casteel, elle aussi ! Elle mit fin à nos silences torturants en venant se camper sur le seuil de ma chambre dans son attitude favorite, les poings sur les hanches et le menton haut.

— Je peux pas croire que t'es revenu exprès pour

l'emmener dans cette maudite baraque, Luke. T'aurais pas dû.

— J'y serais allée avec ou sans lui, tante Fanny.

— Ta mère a pourtant quitté cet endroit et cet homme, Annie.

Je contemplai l'une des photographies de maman posées sur ma coiffeuse. C'était une de mes préférées car elle regardait vers les Willies en songeant à l'un des rares moments heureux de sa vie là-bas. Et ce souvenir illuminait ses yeux bleu de lin.

— Je sais... mais elle avait le don de voir briller partout l'arc-en-ciel après la pluie. Je crois qu'elle aurait assisté aux funérailles de Tony, tante Fanny.

Je me retournai et attachai sur elle un regard ferme et résolu, qu'elle reconnut aussitôt. C'était celui de maman.

— Il faut que j'y aille, tante Fanny. Pour nous deux.

24

Mon prince, enfin !

En partant pour l'aéroport, je ne pus m'empêcher de laisser vagabonder mon imagination. Je nous voyais, Luke et moi, bravant le destin et l'opinion, et nous enfuyant pour le voyage le plus romantique de notre vie : notre lune de miel. Le personnel du bord et les passagers regarderaient ce couple d'amoureux blottis l'un contre l'autre en échangeant des sourires attendris. Et chacun songerait au pouvoir merveilleux d'un jeune amour, qui agrandit le monde et remplit la vie de lumière, de passion, de chaleur et d'espoir.

Tandis que Luke m'aidait à m'installer dans la voiture, je le dévisageai et me dis que nous étions vraiment faits l'un pour l'autre. Pourquoi fallait-il que la vie soit si tragique ? Je songeai au sort de mes parents, au calvaire de Tony... Pourquoi ne savions-nous pas choisir le bonheur ?

Pendant le trajet jusqu'à l'aéroport et même à bord, je ne cessai de me demander si je devais parler à Luke de la lettre que j'avais trouvée dans le cottage. Il observait à mon égard une politesse attentionnée, presque formaliste. Je savais que c'était un moyen de défense contre ses propres sentiments, sa façon d'élever un mur entre nous, mais cela nous torturait tous deux. Nous renonçâmes bientôt à échanger des banalités, préférant le silence. Et chaque fois que nos regards se croisaient, notre cœur battait la chamade et nous rougissions jusqu'aux cheveux. Notre passion parlait en nous et nous ne pouvions rien contre sa force. Autant vouloir endiguer le flot montant ou occulter le soleil d'été.

Mais Luke avait le droit de savoir ce qui s'était passé entre maman et Troy. Il devinerait combien ils avaient souffert, et pourquoi maman s'inquiétait tant à notre sujet. Je commençai par lui parler du cottage, puis je lui annonçai ma découverte. Lorsque je citai quelques paroles de Troy, je vis ses yeux bleus s'embuer de larmes.

— Je comprends son besoin de solitude, et pourquoi il se retranche de l'autre côté du labyrinthe, avoua-t-il. J'éprouve exactement la même chose.

— Non, Luke, tu ne peux pas refuser de vivre comme il l'a fait ! Tu dois t'accrocher, réaliser ton rêve de devenir médecin ; et trouver une femme que tu pourras aimer d'un cœur pur, totalement et sans le moindre sentiment de culpabilité. Tu le mérites.

— Et toi, que feras-tu ?

— La même chose...

— Tu mens très mal, Annie. Ton regard te trahit.

— Eh bien, j'essaierai, en tout cas.

Il eut un sourire qui me rappela celui de Drake : le sourire arrogant des Casteel.

— Ne prends pas cet air supérieur, Luke Toby Casteel !

Sa mine s'allongea comme celle d'un petit garçon qu'on vient de réprimander.

— Je sais ce que j'éprouve, je sais que tu ressens la même chose que moi et je ne me fais pas d'illusions.

— J'essaierai quand même, insistai-je, et tu devrais en faire autant.

Mais ma voix manquait de conviction et je me détournai pour cacher mes larmes. Luke somnola pendant presque tout le reste du voyage, et je m'absorbai dans la contemplation du paysage. Maisons, autoroutes, tout était rapetissé par la distance et cela me fit penser aux jouets Tatterton. Et une fois de plus, je souhaitai pouvoir vivre dans cet univers miniature, où tous les rêves se réalisent.

A Boston, nous louâmes une voiture à l'aéroport et prîmes le chemin de Farthy. Je ne pus m'empêcher d'évoquer l'émotion et la joie de Tony quand il était venu me chercher à l'hôpital. Il était si heureux, si désireux de m'aider ! Comment aurais-je pu imaginer ce qui m'attendait ? Si seulement maman avait eu le temps de m'en dire plus long sur son passé... peut-être me serais-je évité bien des épreuves et des tourments.

Il y avait affluence devant le perron de Farthy. A côté de Miles, de Curtis et de Rye Whiskey se pressaient de nombreux associés de Tony et une foule d'employés de la compagnie. Beaucoup d'entre eux portaient le deuil. De petits groupes s'étaient formés et les gens échangeaient des poignées de main et des salutations, s'embrassaient sur la joue et s'entretenaient à voix basse.

C'était une chaude journée d'automne avec un ciel couvert, en parfaite harmonie avec les circonstances, estimai-je. Tout semblait plus morne que jamais et la lumière blafarde soulignait cruellement la déchéance de Farthinggale Manor. Et Tony qui était si fier de me le décrire, la première fois que j'y étais venue ! La demeure de ses ancêtres, que chaque héritier avait à cœur d'agrandir et d'embellir... quelle ironie ! L'héritier qui prendrait sa suite ne serait pas un Tatterton, mais le fils de Luke Casteel, l'homme à qui Tony avait racheté sa propre fille. Et pour finir, il avait acheté Drake, et plutôt deux fois qu'une. Il s'était acheté un héritier.

Et Drake avait bel et bien pris sa suite. Il se tenait près du corbillard, en smoking noir, la mine aussi sombre qu'un entrepreneur de pompes funèbres, et donnait calmement ses instructions au personnel engagé pour conduire le deuil. Certains employés dirigeaient les voitures, d'autres distribuaient des cartes portant le texte des hymnes et des prières.

Luke prit sa place dans la file et je levai les yeux vers la grande maison de pierre grise. Toute sa magie s'en était allée, elle n'évoquait plus pour moi que de mauvais souvenirs. Les fenêtres de ce qui avait été ma chambre étaient sombres, les rideaux tirés. Devenues pareilles à des miroirs, les vitres reflétaient le ciel bas et lugubre.

Les domestiques furent les premiers à venir me saluer. Curtis semblait brisé, ses lèvres tremblaient. Miles arborait une expression lointaine et figée. Et Rye me parut vieilli d'un seul coup sous l'effet du chagrin. Ils vivaient depuis si longtemps côte à côte, Tony et lui !

Drake ne tarda pas à s'approcher à son tour. Ignorant délibérément Luke, il vint droit à ma portière.

— Comment vas-tu, Annie ?

— Très bien, répondis-je avec une fermeté tranquille, résolue à me montrer digne de maman.

— La cérémonie va bientôt commencer, m'annonça-t-il. Mais tu ne devineras jamais... (il se pencha plus près de moi)... Sais-tu qui est là ? Un véritable revenant !

— Oui.

Il eut un haut-le-corps de surprise.

— Tu le savais ?

— Si tu m'avais écoutée calmement, au lieu de m'accuser d'ingratitude et de prêter les pires intentions à Luke, j'aurais pu te dire que j'avais rencontré Troy. Et que c'était lui qui avait appelé tante Fanny pour lui demander de venir me chercher.

— Mais... pourquoi ?

Je ne cherchai pas à dissimuler ma colère.

— Parce qu'il savait ce qui se passait, Drake. Il voyait ce que tu refusais de voir.

Il jeta à Luke un regard furtif puis chercha à nouveau le mien et dit d'un ton plein de remords :

— Je... J'ai cru agir pour ton bien, Annie. Je suis désolé.

— C'est bon, Drake, oublions cela et faisons ce que nous avons à faire.

— Oui, bien sûr... (Il surprit le signal que lui adressait un employé.) Alors à plus tard, Annie.

Il regagna sa place près du corbillard et je regardai autour de moi. Où Troy pouvait-il bien être ?

Ma question trouva sa réponse quand la file des voitures s'ébranla en direction du cimetière. Troy s'y trouvait déjà, venu faire discrètement ses adieux à Tony. Il vint directement à la voiture et ses yeux toujours si sombres et si mélancoliques s'illuminèrent. Son complet noir rendait plus visible sa ressemblance avec Tony. Mais son regard n'avait rien de l'expression exaltée et hagarde qui traversait parfois celui de son frère, dans ses accès de tristesse. Il était serein.

— Bonjour, Annie. Ton voyage s'est bien passé ?

— Oui, Troy, merci. Laissez-moi vous présenter Luke. Luke, voici Troy Tatterton.

Ils se serrèrent la main et au premier regard qu'ils échangèrent, je sus qu'ils s'appréciaient mutuellement : ce fut instantané, et cela me fit chaud au cœur. Ils bondirent d'un seul élan quand j'ouvris ma portière, mais Luke fut le plus rapide. Troy recula d'un pas et l'observa tandis qu'il m'aidait à sortir.

— Il ne te faut plus qu'une canne maintenant... magnifique ! Rien ne remplace la tendresse ni les soins donnés avec amour.

Nous allâmes tous trois prendre place en tête du cortège. Je surpris l'expression de Troy quand il vit Luke me prendre la main. Il nous regarda d'un air à la fois grave et concentré et parut s'adresser à lui-même un signe d'approbation. Puis il reporta son attention sur les paroles du pasteur.

Drake fit ensuite un bref éloge funèbre de Tony, le décrivant comme un pionnier dont l'imagination créatrice et l'audace avaient ouvert de nouvelles voies à l'industrie du jouet. Je fus impressionnée par son aisance et l'expérience qu'il avait acquise : on lui aurait facilement donné quelques années de plus que son âge. Tony ne s'était pas trompé sur son compte : il avait l'étoffe d'un chef.

Après son discours, le pasteur nous invita à consulter nos cartes pour chanter les hymnes et mon regard dériva de la tombe de Tony à celle de mes parents. Les cimetières ont une façon bien à eux de simplifier tous les problèmes de l'existence, méditai-je. Ici s'achèvent toutes les querelles de famille, mortes et enterrées à jamais. La démence de Jillian, les passions troubles de Tony, la fuite de ma grand-mère Leigh, l'amour perdu de maman... tout cela reposait sous six pieds de terre, maintenant. Aux vivants de continuer la lutte.

Troy et moi échangeâmes un long regard et je me sentis devinée. J'avais compris ce qui l'avait poussé à se jeter dans l'océan, ce jour fatal, et il savait que je savais. Son regard se posa sur Luke, puis chercha à nouveau le mien. L'hymne cessa, le pasteur prononça encore quelques mots et, dès qu'il se tut, Troy se tourna vers nous.

— Que diriez-vous de venir prendre quelque chose au cottage avant de partir, tous les deux ?

— Cela me ferait grand plaisir, affirma Luke.

Je me contentai de hocher la tête et cherchai Drake du regard. Mais il était si occupé à serrer des mains, remercier et discuter affaires par la même occasion, qu'il ne dut même pas remarquer notre départ.

Derrière le cimetière, un chemin carrossable permettait d'accéder au cottage. Comme nous en approchions, j'éprouvai à nouveau l'étrange impression de rapetisser et de pénétrer dans un univers miniature. Le monde enchanté de l'enfance et des jeux, dans lequel nous avions passé tant d'heures de notre vie, Luke et moi. Et Troy, le maître du royaume des jouets Tatterton, en était le magicien. Il lui suffirait d'un coup de baguette pour faire disparaître à jamais la tristesse et la laideur.

Luke tomba amoureux du cottage et des nouvelles miniatures, surtout du petit village médiéval. Troy prépara des sandwichs et des boissons et Luke et lui bavardèrent à bâtons rompus ; du collège, de Boston, des derniers modèles auxquels il travaillait... Renversée dans mon fauteuil, je me contentais d'écouter, heureuse de voir qu'ils s'entendaient si bien. Au bout d'un moment, Troy se carra sur son siège et nous dévisagea l'un après l'autre en souriant.

— Et si tu me parlais un peu de vos projets, maintenant ?

— Nos projets ? Luke va retourner à Boston faire sa médecine et j'irai sans doute en Europe, comme le souhaitaient mes parents. J'étudierai les grands maîtres et j'entrerai ensuite aux Beaux-Arts pour perfectionner mon talent. Nous vivrons chacun notre vie en essayant de lui trouver un sens.

— Je vois.

Le regard de Troy s'évada et son sourire s'évanouit. Quand il posa à nouveau les yeux sur nous, son visage avait retrouvé l'expression douloureuse qui lui était familière.

— Je dois avouer que j'avais une arrière-pensée, en vous amenant ici. Croyez-moi, j'ai longuement réfléchi à tout ceci et ce fut pour moi un véritable calvaire. J'ai dû lutter contre la tentation d'enterrer le passé avec Tony, Jillian, Heaven et Logan, et de continuer à être... ce que je suis devenu. Un fantôme, coupé du monde réel, absorbé par ses chimères et ses jouets. C'est un univers si rassurant ! Mais quelque chose me dit que vous le savez déjà, et que vous aussi en avez fait le refuge de vos sentiments les plus sincères.

Il nous jeta un regard perspicace et je me demandai comment il avait pu, en si peu de temps, me connaître si bien et deviner mes plus secrètes angoisses. Puis il se tourna vers ses miniatures.

— Je peux créer tout un monde pour moi-même, le peupler à ma fantaisie, décider de ce qui s'y passera... c'est ma forme de folie personnelle, j'imagine. Moins grave que celle de Tony, mais ce n'en est pas moins une sorte d'évasion. Mais quand je vous ai vus ensemble, tous les deux, j'ai compris que je n'avais plus le droit de fuir ainsi. Ni d'oublier, ni de me cacher. Même si cela doit rouvrir de très douloureuses blessures et m'obliger à affronter la réalité, je dois parler. Je ne peux pas laisser ce que nous avons vécu, Heaven et moi, vous arriver à vous aussi.

— Troy, ne vous infligez pas ce supplice. Nous... nous savons, dis-je après avoir consulté Luke du regard.

— Vous savez ?

— Ce cottage que vous avez envoyé à maman peu après ma naissance... car c'est bien vous qui l'avez envoyé, n'est-ce pas ? (Il hocha brièvement la tête.) Un jour où je l'examinais avec soin, j'ai remarqué la petite porte, au fond de la cuisine. La même que celle-ci précisai-je en désignant du doigt la porte en question. Et j'ai trouvé la lettre que vous avez écrite à maman le jour de la mort de Jillian, pour lui annoncer votre départ.

Je m'attendais à ce que Troy manifeste de la surprise, sinon un peu d'embarras, mais non. Il se contenta d'incliner légèrement la tête, un étrange sourire aux lèvres, et son regard se perdit dans le vague.

— Alors, elle l'a gardée ? Et elle l'a cachée dans l'escalier du cottage ? Je la reconnais bien là. Oh, Heaven... ma chère, chère Heaven !

Son regard reprit toute sa vivacité et s'attacha sur moi, aigu, attentif.

— Ainsi, tu as découvert que nous nous aimions en secret, ta mère et moi... et que nous étions amants.

Il se leva, alla se camper devant la fenêtre et s'absorba dans la contemplation du paysage. Il y demeura si longtemps que je me demandai s'il n'allait pas en rester là. Luke me prit la main et nous attendîmes, patiemment. Soudain, toutes les pendules se mirent à sonner en même temps. Une petite boîte à musique bleue, parfaite imitation du cottage, ouvrit sa porte. Et une minuscule famille en sortit, puis rentra, au son de l'obsédante et douce mélodie que j'avais si bien appris à connaître.

— Troy...

— Tout va bien, dit-il en se retournant, avant de revenir s'asseoir près de nous. Et ce que je vais vous dire, ta mère aurait pu te le dire elle-même. Enfin, presque. Il y a des années, quand elle menait une vie si dure dans les collines, elle a rencontré ton père. Ils sont tombés éperdument amoureux l'un de l'autre et se sont juré fidélité. Si elle était restée dans les Willies, il est plus que probable qu'ils se seraient mariés et auraient mené à Winnerow une vie sans histoire. Mais le destin en a décidé autrement.

« Quand Luke a dispersé sa famille en vendant ses

enfants, ta mère a habité chez Cal et Kitty Dennison. Cela fut très dur pour elle, car Kitty était égoïste et jalouse. Elle s'est mise à jalouser ta mère et Cal... Cal a profité de la situation, ce qui n'est pas difficile à comprendre. Ta mère était très jeune, elle avait désespérément besoin d'aimer et d'être aimée, et Cal a bien senti qu'il incarnait pour elle le père qui lui manquait. C'est ainsi qu'il a trompé sa confiance.

« Logan s'est détourné d'elle, même après la mort de Kitty, quand elle est venue vivre à Farthy et qu'il était étudiant à Boston. Elle menait une vie très solitaire, ici. J'étais moi aussi dans une très mauvaise passe, persuadé que je n'avais plus longtemps à vivre, amer et replié sur moi-même. Nous nous sommes rencontrés et ma vie s'est illuminée, j'ai découvert le bonheur. Nous avons décidé de nous marier et fait des projets merveilleux.

« Puis Heaven est partie à la recherche de ses frères et sœurs. Et pendant son absence, comme tu l'as appris par ma lettre, Jillian m'a dit la vérité. Heaven était ma nièce, la fille de Tony. Sachant que notre mariage était devenu impossible, je lui ai écrit une lettre, j'ai quitté Farthy et me suis mis à voyager pour essayer d'oublier.

« Ta mère n'était pas à Farthy quand je suis revenu. C'est alors, comme tu le sais, que je me suis jeté dans l'océan avec le cheval de Jillian et que tout le monde m'a cru mort. Même Tony.

« Et j'étais mort. Mort à toute espèce de chaleur et d'espoir, errant au hasard en attendant la fin de ma misérable existence. Elle me semblait inévitable, j'avais toujours rêvé que je mourrais jeune. Mais le terme fatal est venu et la mort n'a pas voulu de moi.

« Une fois de plus, j'ai repris espoir et recommencé à croire possible une nouvelle vie avec Heaven. Je suis revenu secrètement au cottage. Mais, entre-temps, Logan et Heaven s'étaient réconciliés... et mariés. A l'insu de tous et le cœur brisé de chagrin, j'ai assisté à leur réception de mariage à Farthy. Pendant quelque temps, j'ai erré dans la propriété dans le seul espoir de la voir. Il m'arrivait même d'entrer dans la maison, au risque de passer pour un des fantômes de Rye. Ta mère a perçu ma présence et elle est venue au cottage. J'ai essayé de me cacher dans les souterrains, mais elle m'a poursuivi. Et c'est ainsi qu'elle a découvert que j'étais toujours vivant. Nous avons pleuré notre amour perdu et nous sommes séparés en décidant de ne jamais nous revoir, mais...

Troy leva les yeux et me regarda bien en face.

— Nous n'avons pas tenu parole. Cette nuit-là, Heaven est revenue et, Dieu me pardonne, j'espérais de toute mon âme qu'elle viendrait. J'avais même laissé ma porte ouverte.

« Elle est venue, et nous avons vécu notre dernière nuit d'amour. Une nuit précieuse entre toutes, Annie, car lorsque je te vois il ne m'est plus permis de douter : c'est à ces instants de passion volée que tu dois la vie.

— Quoi... que dites-vous ?

Les larmes ruisselaient sur mes joues mais, aux dernières paroles de Troy, mon cœur manqua un battement et Luke parut s'éveiller d'un rêve. Il me serra violemment la main.

— Je dis que tu es ma fille, Annie, et non celle de Logan. Je dis qu'il n'existe aucun lien de parenté entre Luke et toi. Fanny et Heaven n'étaient pas de vraies sœurs. Et tu n'es pas la fille de Logan, bien qu'il t'ait chérie comme si tu l'étais, j'en suis certain. Et même si, tout au fond de lui-même, il pressentait la vérité.

« Crois-moi, ce fut un déchirement pour moi de me décider à te la dire, tant je redoutais que tu ne juges sévèrement ta mère. Mais Heaven aurait voulu que je le fasse, j'en suis sûr. Elle n'aurait pas permis que Luke et toi soyez forcés de renoncer l'un à l'autre, comme nous l'avons été, elle et moi. La malédiction des Tatterton, s'il y en a une, est née de notre refus d'être honnêtes envers nos sentiments. Et je ne veux pas que cela vous arrive.

« Dissipez les ombres qui pèsent sur Farthy, Annie, faites-y pénétrer le soleil. Sachez comprendre et pardonner ceux que le destin s'est complu à tourmenter, et dont le seul tort est d'avoir trop âprement désiré l'amour.

Troy baissa la tête, comme épuisé par sa confidence, et Luke et moi demeurâmes longtemps silencieux. Puis je me penchai en avant et pris doucement la main de mon père. Il se redressa, nos regards se nouèrent, et dans ses yeux je vis l'image de maman. Je voyais son beau visage souriant, je sentais la chaleur de sa tendresse, et je sus que chaque parole de Troy lui avait été dictée par son cœur. Chacune était un mot d'amour.

Je ne haïssais personne, je n'accusais personne. Des actions remontant à un lointain passé avaient rapproché deux familles aussi différentes que le jour et la nuit et fait se croiser leurs destins. Le choc les avait précipitées dans un tourbillon de passion, de haine et de folie dont les remous n'étaient pas encore apaisés. La tempête avait secoué les deux foyers jusqu'aux fondations.

Et Luke et moi nous retrouvions au cœur de la tourmente. Mais mon véritable père venait de décider qu'il était temps d'en finir : il nous montrait l'issue du labyrinthe.

— Nous n'en voulons à personne, Troy, et nous n'avons rien à pardonner.

Il sourit à travers ses larmes.

— Comme tu ressembles à Heaven ! Je crois que tu possèdes assez de sa force pour dominer la mélancolie que tu tiens de moi. Longtemps, j'ai regretté notre nuit d'amour, j'en avais honte. Mais quand je t'ai vue, si belle, j'ai compris quelle vie pourrait être la tienne, délivrée de tous les mensonges. Et j'ai décidé de te donner la plus belle, la seule chose que je puisse t'offrir... la vérité.

— C'est le plus beau cadeau qui soit. Merci... papa.

Je me levai pour me jeter dans ses bras. Il me garda longtemps ainsi, blottie tout contre lui, avant de relâcher son étreinte.

— L'ombre est dissipée, maintenant, dit-il en m'embrassant sur la joue. Va... et vis ta vie.

Puis il serra la main de Luke.

— Aimez-la et veillez sur elle, comme votre père aimait et protégeait Heaven.

— Je le ferai.

— Alors... au revoir.
— Mais nous reviendrons, m'écriai-je. Très, très souvent !
— Je l'espère. Vous n'aurez aucun mal à me trouver je serai toujours là. Ma retraite est terminée, maintenant.

Il nous raccompagna et nous nous embrassâmes une dernière fois devant la porte. Dans la voiture, je me retournai pour lui adresser un signe d'adieu, partagée entre la tristesse et l'espoir. Mon moi le plus mélancolique me soufflait que je pourrais ne plus jamais revoir Troy. Il me montrait un cottage vide où je ne retrouvais que des jouets inachevés. Mais mon autre moi, le plus fort, celui qui voulait croire au bonheur, évoquait une tout autre image. Celle d'un Troy vieillissant, travaillant toujours à ses modèles, et nous accueillant au cottage, nous et nos enfants.

Luke étendit le bras et serra ma main dans la sienne.
— Arrêtons-nous une dernière fois au cimetière, Luke, s'il te plaît.
— Bien sûr.

Ensemble, nous allâmes nous recueillir devant les tombes, la main dans la main.

Au loin, la grande maison de pierre semblait plus majestueuse que jamais. Puis une éclaircie s'ouvrit entre les nuages, grandit et grandit encore, jusqu'à ce que le soleil baigne le parc et la demeure de ses rayons dorés. Luke et moi échangeâmes un regard et j'entendis chanter dans ma mémoire nos paroles de jadis, quand nous imaginions Farthy.

Littérature

Cette collection est d'abord marquée par sa diversité : classiques, grands romans cotemporains ou même des livres d'auteurs réputés plus difficiles, comme Borges, Soupault. En fait, c'est tout le roman qui est proposé ici, Henri Troyat, Bernard Clavel, Guy des Cars, Frison-Roche, Djian mais aussi des écrivains étrangers tels que Colleen McCullough ou Konsalik.

Les classiques tels que Stendhal, Maupassant, Flaubert, Zola, Balzac, etc. sont publiés en texte intégral au prix le plus bas de toute l'édition. Chaque volume est complété par un cahier photos illustrant la biographie de l'auteur.

ADLER Philippe	Bonjour la galère 1868/2
	Les amies de ma femme 2439/3
	Graine de tendresse 2911/3
	Qu'est-ce qu'elles me trouvent ? 3117/3
AGACINSKI Sophie	La tête en l'air 3046/5
AMADOU Jean	La belle anglaise 2684/4
AMADOU - COLLARO - ROUCAS	Le Bébête show 2824/5 & 2825/5 Illustrés
ANDERSON Peggy	Hôpital des enfants 3081/7
ANDREWS Virginia C.	Fleurs captives :
	- Fleurs captives 1165/4
	- Pétales au vent 1237/4
	- Bouquet d'épines 1350/4
	- Les racines du passé 1818/4
	- Le jardin des ombres 2526/4
	- Les enfants des collines 2727/5
	La saga de Heaven :
	- L'ange de la nuit 2870/5
	- Cœurs maudits 2971/5
	- Un visage du paradis 3119/5
APOLLINAIRE Guillaume	Les onze mille verges 704/1
	Les exploits d'un jeune don Juan 875/1
ARCHER Jeffrey	Le pouvoir et la gloire (Kane et Abel) 2109/7
	Faut-il le dire à la Présidente ? 2376/4
ARSAN Emmanuelle	Les débuts dans la vie 2867/4
ARTUR José	Parlons de moi, y a que ça qui m'intéresse 2542/4
ATWOOD Margaret	La servante écarlate 2781/4
	Œil-de-chat 3063/8
AURIOL H. et NEVEU C.	Une histoire d'hommes/Paris-Dakar 2423/4
AVRIL Nicole	Monsieur de Lyon 1049/3
	La disgrâce 1344/3
	Jeanne 1879/3
	L'été de la Saint-Valentin 2038/2
	La première alliance 2168/3
	Sur la peau du Diable 2707/4
	Dans les jardins de mon père 3000/3
AZNAVOUR-GARVARENTZ	Petit frère 2358/3
BACH Richard	Jonathan Livingston le goéland 1562/1 Illustré
	Illusions/Le Messie récalcitrant 2111/2
	Un pont sur l'infini 2270/4
BAILLY Othilie	L'enfant dans le placard 3029/2

Littérature

BALLARD J.G.	Le jour de la création 2792/**4**
BALZAC Honoré de	Le père Goriot 1988/**2**
BANCQUART Marie-Claire	Photos de famille 3015/**3**
BARREAU Jean-Claude	Oublier Jérusalem 3121/**3**
BARRET André	La Cocagne 2682/**6**
BATS Joël	Gardien de ma vie 2238/**3** Illustré
BAUDELAIRE Charles	Les Fleurs du mal 1939/**2**
BEARN Myriam et Gaston de	Gaston Phébus :
	1 - Le lion des Pyrénées 2772/**6**
	2 - Les créneaux de feu 2773/**6**
	3 - Landry des Bandouliers 2774/**5**
BEART Guy	L'espérance folle 2695/**5**
BEAULIEU PRESLEY Priscilla	Elvis et moi 2157/**4** Illustré
BECKER Stephen	Le bandit chinois 2624/**5**
BELLEMARE Pierre	Les dossiers d'Interpol 2844/**4** & 2845/**4**
BELLEMARE P. et ANTOINE J.	Les dossiers extraordinaires 2820/**4** & 2821/**4**
BELLETTO René	Le revenant 2841/**6**
	Sur la terre comme au ciel 2943/**5**
	La machine 3080/**6**
BELLONCI Maria	Renaissance privée 2637/**6** Inédit
BENZONI Juliette	Un aussi long chemin 1872/**4**
	Le Gerfaut des Brumes :
	- Le Gerfaut 2206/**6**
	- Un collier pour le diable 2207/**6**
	- Le trésor 2208/**5**
	- Haute-Savane 2209/**5**
BERBEROVA Nina	Le laquais et la putain 2850/**2**
	Astachev à Paris 2941/**2**
	La résurrection de Mozart 3064/**1**
BERG Jean de	L'image 1686/**1**
BERTRAND Jacques A.	Tristesse de la Balance... 2711/**1**
BEYALA Calixthe	C'est le soleil qui m'a brûlée 2512/**2**
	Tu t'appelleras Tanga 2807/**3**
BISIAUX M. et JAJOLET C.	Chat plume (60 écrivains...) 2545/**5**
	Chat huppé (60 personnalités...) 2646/**6**
BLAKE Michael	Danse avec les loups 2958/**4**
BLIER Bertrand	Les valseuses 543/**5**
BORGEN Johan	Lillelord 3082/**7**
BORY Jean-Louis	Mon village à l'heure allemande 81/**4**
BOULET Marc	Dans la peau d'un Chinois 2789/**7** Illustré
BRADFORD Sarah	Grace 2002/**4**
BRAVO Christine	Avenida B. 3044/**3**
	Les petites bêtes 3104/**2**
BRUNELIN André	Gabin 2680/**5** & 2681/**5** Illustré
BURON Nicole de	Les saintes chéries 248/**3**
	Vas-y maman 1031/**2**
	Dix-jours-de-rêve 1481/**3**
	Qui c'est, ce garçon ? 2043/**3**
	C'est quoi, ce petit boulot ? 2880/**4**
CARDELLA Lara	Je voulais des pantalons 2968/**2**
CARRERE Emmanuel	Bravoure 2729/**4**

Littérature

CARS Guy des	La brute 47/3
	Le château de la juive 97/4
	La tricheuse 125/3
	L'impure 173/4
	La corruptrice 229/3
	La demoiselle d'Opéra 246/3
	Les filles de joie 265/3
	La dame du cirque 295/2
	Cette étrange tendresse 303/3
	La cathédrale de haine 322/4
	L'officier sans nom 331/3
	Les sept femmes 347/4
	La maudite 361/3
	L'habitude d'amour 376/3
	La révoltée 492/4
	Amour de ma vie 516/3
	Le faussaire 548/3
	La vipère 615/4
	L'entremetteuse 639/4
	Une certaine dame 696/5
	L'insolence de sa beauté 736/3
	L'amour s'en va-t-en guerre 765/3
	Le donneur 809/3
	J'ose 858/3
	La justicière 1163/2
	La vie secrète de Dorothée Gindt 1236/2
	La femme qui en savait trop 1293/3
	Le château du clown 1357/4
	La femme sans frontières 1518/3
	Le boulevard des illusions 1710/3
	La coupable 1880/3
	L'envoûteuse 2016/5
	Le faiseur de morts 2063/3
	La vengeresse 2253/3
	Sang d'Afrique 2291/5
	Le crime de Mathilde 2375/4
	La voleuse 2660/4
	Le grand monde 2840/8
	La mère porteuse 2885/4
	L'homme au double visage 2992/4
CARS Jean des	Sleeping story 832/4
	Elisabeth d'Autriche (Sissi) 1692/4
	La princesse Mathilde 2827/6
CASSAR Jacques	Dossier Camille Claudel 2615/5
CATO Nancy	L'Australienne 1969/4 & 1970/4
	Les étoiles du Pacifique 2183/4 & 2184/4
	Lady F. 2603/4
CESBRON Gilbert	Chiens perdus sans collier 6/2
	C'est Mozart qu'on assassine 379/3
CHABAN-DELMAS Jacques	La dame d'Aquitaine 2409/2
CHAILLOT N. et VILLIERS F.	Manika une vie plus tard 3010/2

Littérature

CHEDID Andrée
- La maison sans racines 2065/2
- Le sixième jour 2529/3
- Le sommeil délivré 2636/3
- L'autre 2730/3
- Les marches de sable 2886/3
- L'enfant multiple 2970/3

CHOW CHING LIE
- Le palanquin des larmes 859/4
- Concerto du fleuve Jaune 1202/3

CHRIS Long
- Johnny 2380/4 Illustré

CLANCIER Georges-Emmanuel
- Le pain noir 651/3
- La fabrique du roi 652/3

CLAUDE Catherine
- Le magot de Josepha 2865/2

CLAUDE Hervé
- L'enfant à l'oreille cassée 2753/2
- Le désespoir des singes 2788/3

CLAVEL Bernard
- Le tonnerre de Dieu 290/1
- Le voyage du père 300/1
- L'Espagnol 309/4
- Malataverne 324/1
- L'hercule sur la place 333/3
- Le tambour du bief 457/2
- Le massacre des innocents 474/2
- L'espion aux yeux verts 499/3

La grande patience :
- 1 - La maison des autres 522/4
- 2 - Celui qui voulait voir la mer 523/4
- 3 - Le cœur des vivants 524/4
- 4 - Les fruits de l'hiver 525/4
- Le Seigneur du Fleuve 590/3
- Pirates du Rhône 658/2
- Le silence des armes 742/3
- Tiennot 1099/2

Les colonnes du ciel :
- 1 - La saison des loups 1235/3
- 2 - La lumière du lac 1306/4
- 3 - La femme de guerre 1356/3
- 4 - Marie Bon Pain 1422/3
- 5 - Compagnons du Nouveau-Monde 1503/3
- Terres de mémoire 1729/2
- Qui êtes-vous ? 1895/2

Le Royaume du Nord :
- Harricana 2153/4
- L'Or de la terre 2328/4
- Miséréré 2540/4
- Amarok 2764/3
- L'angélus du soir 2982/3

CLOSTERMANN Pierre Le Grand Cirque 2710/5
COCTEAU Jean Orphée 2172/2
COLETTE Le blé en herbe 2/1
COLLARD Cyril Les nuits fauves 2993/3
COLOMBANI M.-F. Donne-moi la main, on traverse 2881/3
COMPANEEZ Nina La grande cabriole 2696/4

Littérature

CONNELL Evan S.	Mr. et Mrs. Bridge 3041/**8**
CONROY Pat	Le Prince des marées 2641/**5** & 2642/**5**
COOPER Fenimore J.	Le dernier des Mohicans 2990/**5**
COOPER Mary Ann	Côte Ouest 3086/**4**
CORMAN Avery	Kramer contre Kramer 1044/**3**
	50 bougies et tout recommence 2754/**3**
COUSTEAU Commandant	Nos amies les baleines 2853/**7** Illustré
	Les dauphins et la liberté 2854/**7** Illustré
	Un trésor englouti 2967/**7** Illustré
	Compagnons de plongée 3031/**7** Illustré
CUNY Jean-Pierre	L'aventure des plantes 2659/**4**
DAUDET Alphonse	Tartarin de Tarascon 34/**1**
	Lettres de mon moulin 844/**1**
DAVENAT Colette	Daisy Rose 2597/**6**
	Le soleil d'Amérique 2726/**6**
DHÔTEL André	Le pays où l'on n'arrive jamais 61/**2**
DICKENS Charles	Espoir et passions (Un conte de deux villes) 2643/**5**
DIDEROT Denis	Jacques le fataliste 2023/**3**
DJIAN Philippe	37°2 le matin 1951/**4**
	Bleu comme l'enfer 1971/**4**
	Zone érogène 2062/**4**
	Maudit manège 2167/**5**
	50 contre 1 2363/**3**
	Echine 2658/**5**
	Crocodiles 2785/**2**
DORIN Françoise	Les lits à une place 1369/**4**
	Les miroirs truqués 1519/**4**
	Les jupes-culottes 1893/**4**
	Les corbeaux et les renardes 2748/**5**
	Nini Patte-en-l'air 3105/**6**
DUBOIS Jean-Paul	Tous les matins je me lève 2749/**3**
DUFOUR Hortense	Le Diable blanc (Calamity Jane) 2507/**4**
	La garde du cocon 2765/**4**
	Le château d'absence 2902/**5**
DYE Dale A.	Platoon 2201/**3** Inédit
d'EAUBONNE Françoise	Vie d'Isabelle Eberhardt 2989/**6**
EBERHARDT Isabelle	Lettres et journaliers 2985/**6**
EDWARDS Page	Peggy Salté 3118/**6**
EHLE John	Winter People 2742/**4** Inédit
Dr ETIENNE et DUMONT	Le marcheur du Pôle 2416/**3**
EXBRAYAT Charles	Ceux de la forêt 2476/**2**
FIELDING Joy	Le dernier été de Joanne Hunter 2586/**4**
FISHER Carrie	Bons baisers d'Hollywood 2955/**4** Inédit
FLAUBERT Gustave	Madame Bovary 103/**3**
FOSSET Jean-Paul	Chemins d'errance 3067/**3**
FOUCHET Lorraine	Jeanne, sans domicile fixe 2932/**4** (Exclusivité)
FRANCESCHI Patrice	Qui a bu l'eau du Nil... 2984/**3** Illustré
FRISON-ROCHE	La peau de bison 715/**2**
	La vallée sans hommes 775/**3**
	Carnets sahariens 866/**3**
	Premier de cordée 936/**3**

Littérature

	La grande crevasse 951/**3**
	Retour à la montagne 960/**3**
	La piste oubliée 1054/**3**
	Le rapt 1181/**4**
	Djebel Amour 1225/**4**
	Le versant du soleil 1451/**4** & 1452/**4**
	Nahanni 1579/**3** illustré
	L'esclave de Dieu 2236/**6**
GAGARINE Marie	*Blonds étaient les blés d'Ukraine* 3009/**6**
GEDGE Pauline	*La dame du Nil* 2590/**6**
GOISLARD Paul-Henry	Sarah :
	1 - La maison de Sarah 2583/**5**
	2 - La femme de Prague 2584/**4**
	3 - La croisée des amours 2731/**6**
GORBATCHEV Mikhaïl	*Perestroïka* 2408/**4**
GRAFFITI Kriss	*Et l'amour dans tout ça ?* 2822/**2**
GRAY Martin	*Le livre de la vie* 839/**2**
	Les forces de la vie 840/**2**
GROULT Flora	*Maxime ou la déchirure* 518/**2**
	Un seul ennui, les jours raccourcissent 897/**2**
	Ni tout à fait la même, ni tout à fait une autre 1174/**3**
	Une vie n'est pas assez 1450/**3**
	Mémoires de moi 1567/**2**
	Le passé infini 1801/**2**
	Le temps s'en va, madame.... 2311/**2**
	Belle ombre 2898/**4**
GURGAND Marguerite	*Les demoiselles de Beaumoreau* 1282/**3**
HADENGUE Philippe S.	*Petite chronique des gens de la nuit...* 2851/**6**
HALEY Alex	*Racines* 968/**4** & 969/**4**
HAMBLY Barbara	*La Belle et la Bête* 2959/**3**
HANSKA Evane	*Que sont mes raouls devenus ?* 3043/**2**
HARDY Françoise	*Entre les lignes entre les signes* 2312/**6**
HAYDEN Torey L.	*L'enfant qui ne pleurait pas* 1606/**3**
	Kevin le révolté 1711/**4**
	Les enfants des autres 2543/**5**
	La forêt de tournesols 2988/**5**
HÉBRARD Frédérique	*Un mari c'est un mari* 823/**2**
	La vie reprendra au printemps 1131/**3**
	La chambre de Goethe 1398/**3**
	Un visage 1505/**2**
	La Citoyenne 2003/**3**
	Le mois de septembre 2395/**2**
	Le Harem 2456/**3**
	La petite fille modèle 2602/**3**
	La demoiselle d'Avignon 2620/**4**
	Le mari de l'Ambassadeur 3099/**6**
HEITZ Jacques	*Prélude à l'ivresse conjugale* 2644/**3**
HEYMAN David	*Pauvre petite fille riche* 2963/**4**
HILL Susan	*Je suis le seigneur du château* 2619/**3**
HOFFMAN Alice	*La nuit du loup* 2803/**4**
HOFFMANN Stephane	*Le gouverneur distrait* 2983/**3**

Littérature

HOLLANDER Xaviera	Prisonnière de l'Oiseau de Feu 2629/3 Inédit
	Nouvelles aventures pimentées 2758/3 Inédit
HOMERIC	Ourasi 2826/5 Illustré
JAGGER Brenda	Antonia 2544/4
	Les chemins de Maison Haute 2818/8
	La chambre bleue 2838/7
JEAN Raymond	La lectrice 2510/2
	Transports 2790/2
	Le roi de l'ordure 3101/3
JEURY Michel	Le vrai goût de la vie 2946/4
	Une odeur d'herbe folle 3103/5
JONG Erica	Serenissima 2600/4
JULIET Charles	L'année de l'éveil 2866/3
KAYE M.M.	Pavillons lointains 1307/4 & 1308/4
	L'ombre de la lune 2155/4 & 2156/4
	Mort au Cachemire 2508/4
	Mort à Berlin 2809/3
	Mort à Chypre 2965/4
KENEALLY Thomas	La liste de Schindler 2316/6
KIPLING Rudyard	Le livre de la jungle 2297/2
	Simples contes des collines 2333/3
	Le second livre de la jungle 2360/2
KONSALIK Heinz G.	Amours sur le Don 497/5
	La passion du Dr Bergh 578/4
	Dr Erika Werner 610/3
	Mourir sous les palmes 655/4
	Aimer sous les palmes 686/3
	Les damnés de la taïga 939/4
	L'homme qui oublia son passé 978/2
	Une nuit de magie noire 1130/2
	Bataillons de femmes 1907/5
	Un mariage en Silésie 2093/4
	Coup de théâtre 2127/3
	Clinique privée 2215/3
	La nuit de la tentation 2281/3 Inédit
	La guérisseuse 2314/6
	Conjuration amoureuse 2399/2
	La jeune fille et le sorcier 2474/3
	Pour un péché de trop 2622/4 Inédit
	Et cependant la vie était belle 2698/4 Inédit
	Le sacrifice des innocents 2897/3
	La saison des dames 2999/4
	Le pavillon des rêves 3122/5
KOUSMINE Catherine Dr	Sauvez votre corps 2712/7
KREYDER Laura	Thérèse Martin 2699/3
KUBELKA Susanna	Ophélie apprend à nager 3027/5
L'AMOUR Louis	L'envol de l'Aigle 2750/3
L'HÔTE Jean	Confessions d'un enfant de chœur 260/2
	La Communale 2329/2
LACAMP Ysabelle	La Fille du Ciel 2863/5
LACLOS Choderlos de	Les liaisons dangereuses 2616/4

Littérature

LAFERRIERE Dany	*Comment faire l'amour avec un Nègre...* 2852/**3**
LAFON Monique	*Mon enfant, ma douleur, mon bonheur* 2901/**3**
LAHAIE Brigitte	*Moi, la scandaleuse* 2362/**3** Illustré
	La femme modèle 3102/**3**
LANE Robert	*Une danse solitaire* 2237/**3**
LAPEYRE Patrick	*La lenteur de l'avenir* 2565/**3**
LAXER Gloria	*Les vendanges du silence* 2647/**4**
LEAMING Barbara	*Rita Hayworth* 3120/**6** (Déc. 91) Illustré
LEFEVRE Françoise	*Le petit prince cannibale* 3083/**3**
LEFEVRE Kim	*Métisse blanche* 2791/**5**
LEVY-WILLARD Annette	*Moi, Jane, cherche Tarzan* 2582/**3**
LIMONOV Edouard	*Autoportrait d'un bandit dans son adolescence* 2883/**4**
LINDSEY David	*Mercy* 3123/**7**
LONDON Jack	*Croc-Blanc* 2887/**3**
LOTI Pierre	*Le roman d'un spahi* 2793/**3**
	Pêcheur d'Islande 2944/**3**
LOWERY Bruce	*La cicatrice* 165/**1**
LUND Doris	*Eric (Printemps perdu)* 759/**4**
MAALOUF Amin	*Les croisades vues par les Arabes* 1916/**4**
McCULLOUGH Colleen	*Les oiseaux se cachent pour mourir* 1021/**4** & 1022/**4**
	Tim 1141/**3**
	Un autre nom pour l'amour 1534/**4**
	La passion du Dr Christian 2250/**6**
	Les dames de Missalonghi 2558/**3**
MACLAINE Shirley	*Amour et lumière* 2771/**4**
	Vivre sa vie 2869/**3**
	Le voyage intérieur 3077/**3**
MACNEE Patrick	*Chapeau melon* 2828/**5**
McNEILL Elizabeth	*9 semaines 1/2* 2259/**2**
MALLET-JORIS Françoise	*La tristesse du cerf-volant* 2596/**4**
	Adriana Sposa 3062/**5**
MARGUERITTE Victor	*La garçonne* 423/**3**
MARIN Maud	*Le saut de l'ange* 2443/**4**
	Tristes plaisirs 2884/**3**
MARKANDAYA Kamala	*Le riz et la mousson* 117/**2**
MARTIN Ralph G.	*Charles et Diana* 2461/**6** Illustré
MARTINO Bernard	*Le bébé est une personne* 2128/**3**
MASON Bobbie Ann	*Retour au pays* 2678/**4**
MATHEWS Harry	*Cigarettes* 2708/**4**
MAUPASSANT Guy de	*Une vie* 1952/**2**
	L'ami Maupassant 2047/**2**
MAURE Huguette	*Vous avez dit l'amour ?* 2267/**3**
MAZZIOTTA Françoise	*L'enfant venu d'ailleurs* 2924/**2**
MERMAZ Louis	*Un amour de Baudelaire -Madame Sabatier* 1932/**2**
MERRICK Monte	*Memphis Belle* 2934/**3**
MICHAEL Judith	*L'amour entre les lignes* 2441/**4** & 2442/**4**
	Une héritière de haut vol 2913/**6** & 2914/**6**
	Une autre femme 3012/**8**
MILES Rosalind	*La vengeance aux deux visages* 2723/**5** & 2724/**5**
MONNIER Thyde	Les Desmichels :
	- *Grand-Cap* 206/**2**

Littérature

MONNIER (suite)	- Le pain des pauvres 210/**4**
	- Nans le berger 218/**4**
	- La demoiselle 222/**4**
	- Travaux 231/**4**
	- Le figuier stérile 237/**4**
MONSIGNY Jacqueline	Michigan Mélodie (Un mariage à la carte) 1289/**2**
	Le roi sans couronne 2332/**8**
	Toutes les vies mènent à Rome 2625/**5**
	Les lionnes de Saint-Tropez 2882/**4**
MONTLAUR Pierre	Iosseph le Juif du Nil 3084/**5**
MOOR Lova	Ma vie mise à nu 3078/**4**
MORASSO Françoise	L'Oreille en coin 2829/**4**
MORAVIA Alberto	La Ciociara 1656/**4**
	La belle Romaine 1712/**5**
	L'homme qui regarde 2254/**3**
MORRIS Edita	Les fleurs d'Hiroshima 141/**1**
MOUSSEAU Renée	Mon enfant mon amour 1196/**1**
MOWAT Farley	Dian Fossey au pays des gorilles 2728/**5**
NATHAN Robert	Le portrait de Jennie 1640/**2**
NELL DUBUS Elisabeth	Beau-Chêne 2346/**5**
	L'enjeu de Beau-Chêne 2413/**6**
	Le dernier rêve de Beau-Chêne 2805/**6**
	Comme un feu éternel 3014/**7**
	Folles chimères 3045/**4**
NOLAN Christopher	Sous l'œil de l'horloge 2686/**3**
NYSSEN Hubert	Les rois borgnes 2770/**4**
ORIEUX Jean	Catherine de Médicis 2459/**5** & 2460/**5**
	Les Fontagre 2766/**5** & 2767/**5**
OVERGARD William	Les fous et les braves 2868/**5** Inédit
OYLER Chris	Va vers la lumière, mon fils 3004/**3**
PALAISEUL Jean	Tous les espoirs de guérir 2912/**5**
PALLIERES C. et M.-F.	Quatre enfants et un rêve 2769/**5**
PARTURIER Françoise	Les Hauts de Ramatuelle 1706/**3**
PAULHAC Jean	Les herbes de la Saint-Jean 2415/**5** Inédit
PAUWELS Marie-Claire	Mon chéri 2599/**2**
PEYREFITTE Roger	Les amitiés particulières 17/**4**
PIAT Jean	Le parcours du combattant 3028/**4**
PILCHER Rosamund	Les pêcheurs de coquillages 3106/**8**
PLAIN Belva	Tous les fleuves vont à la mer 1479/**4** & 1480/**4**
	La splendeur des orages 1622/**5**
	Les cèdres de Beau-Jardin 2138/**6**
	La coupe d'or 2425/**6**
	Les Werner 2662/**5**
	Pour le meilleur et pour le pire 3116/**6**
POE Edgar Allan	Le chat noir et autres récits 2004/**3**
PRICE Nancy	Les nuits avec mon ennemi 2995/**5**
PROSLIER Jean-Marie	Excusez-moi si je vous demande pardon! 2317/**3**
PU-YI	J'étais empereur de Chine 2327/**6**
RACHET Guy	Duchesse de la Nuit :
	- Le sceau de Satan 2530/**6**
	- Le Lion du Nord 2645/**4**

Littérature

	- Les chemins de l'aurore 2709/5
	Les vergers d'Osiris 2819/6
RADIGUET Raymond	Le diable au corps 2969/1
RAGUENEAU Philippe	Les nouvelles aventures du chat Moune 2581/2 Illustré
RASPAIL Jean	Les yeux d'Irène 2037/4
	Le jeu du roi 2094/3
	Qui se souvient des Hommes... 2344/3
	Moi, Antoine de Tounens, roi de Patagonie 2595/4
	Le Camp des Saints 2621/4
	L'Île Bleue 2843/3
	Pêcheur de lunes 3087/3
REGINA Norbert	Ils croyaient à l'éternité 2768/5
REGNIER Didier	L'aventure du Grand Raid 2342/5
REMY Pierre-Jean	Orient-Express - 2e époque 2186/5
	Annette ou l'éducation des filles 2685/5
RENARD Jules	Poil de carotte 11/1
REY Frédéric	La haute saison 1967/4
RHODES Evan H.	Le prince de Central Park 819/2
RIPLEY Alexandra	Charleston 1760/4 & 1761/4
ROBBE-GRILLET Alain	L'année dernière à Marienbad 546/2
ROULAND Norbert	Les lauriers de cendre 2315/5
	Soleils barbares 2580/4
SADOUL Jacques	La mort du héros 1950/3
	Le domaine de R. 2522/6
	93 ans de B-D 2561/7 Inédit Illustré
	L'île Isabelle 2623/3
SAGAN Françoise	Un peu de soleil dans l'eau froide 461/2
	Des bleus à l'âme 553/1
	Un profil perdu 702/2
	Le lit défait 915/3
SAINT Harry F.	Mémoires d'un homme invisible 2945/8
SAINT-PIERRE Michel de	Le milieu de l'été 2713/3
SALLENAVE Danièle	Adieu 2563/2
SARRAUTE Claude	Allô Lolotte, c'est Coco 2422/2
	Maman coq 2823/3
SCOTT Paul	Le joyau de la couronne (Le quator indien) :
	- Le joyau de la couronne 2293/5
	- Le jour du scorpion 2330/5
	- Les tours du silence 2361/5
	- Le partage du butin 2397/7
SEGAL Erich	Love story 412/1
	Oliver's story 1059/2
SEGAL Patrick	Quelqu'un pour quelqu'un 2210/4
SEGUR Comtesse de	Les petites filles modèles 3013/2
SERILLON Claude	De quoi je me mêle 2424/2
SEVERIN Tim	Le voyage du Brendan 2751/6 Illustré
	Le voyage de Sindbad 2900/6 Illustré
	Le voyage d'Ulysse 3011/6 Illustré
SHEVEY Sandra	Le scandale Marilyn 3065/6
SIM	Elle est chouette, ma gueule ! 1696/3
	Pour l'humour de Dieu 2001/4

Littérature

SIM	**Elles sont chouettes, mes femmes** 2264/**3**
	Le Président Balta 2804/**4**
SOLDATI Mario	**L'épouse américaine** 1989/**3**
SOREL Jean-Claude	**Formule 1** 2503/**3**
SOUPAULT Philippe	**Le grand homme** 1759/**3**
	En joue ! 1953/**3**
SPALDING Baird T.	**La vie des Maîtres** 2437/**5**
SPENCER Lavyrle	**Doux amer** 2942/**7**
STARR et PERRY	**Blaze** 2741/**3** Inédit
STEEL Danielle	**Leur promesse** 1075/**3**
	Une saison de passion 1266/**4**
	Un monde de rêve 1733/**3**
	Celle qui s'ignorait 1749/**5**
	L'anneau de Cassandra 1808/**4**
	Palomino 2070/**3**
	Souvenirs d'amour 2175/**5**
	Maintenant et pour toujours 2240/**6**
STENDHAL	**Le rouge et le noir** 1927/**4**
	La Chartreuse de Parme 2755/**5**
STRIEBER Whitley	**Communion** 2471/**4** Inédit
	Transformation 2683/**4** Inédit
SUMMERS Anthony	**Les vies secrètes de Marilyn Monroe** 2282/**6**
SWINDELLS Madge	**Tant d'étés perdus** 2028/**6**
	Ecoute ce que dit le vent 2280/**6**
	Comme des ombres sur la neige 2899/**7**
	L'honneur de Sybilia 3066/**7**
THOMAS Eva	**Le viol du silence** 2527/**3**
THORNE Nicola	**Champagne** 2808/**8**
TOURNAIRE Hélène	**Jules empaillé** 2697/**2**
TROYAT Henri	**La neige en deuil** 10/**1**
de l'Académie française	La lumière des justes :
	1 - **Les compagnons du coquelicot** 272/**4**
	2 - **La barynia** 274/**4**
	3 - **La gloire des vaincus** 276/**4**
	4 - **Les dames de Sibérie** 278/**4**
	5 - **Sophie ou la fin des combats** 280/**4**
	Le geste d'Eve 323/**2**
	Les Eygletière :
	1 - **Les Eygletière** 344/**4**
	2 - **La faim des lionceaux** 345/**4**
	3 - **La malandre** 346/**4**
	La pierre, la feuille et les ciseaux 559/**3**
	Anne Prédaille 619/**3**
	Le Moscovite :
	1 - **Le Moscovite** 762/**3**
	2 - **Les désordres secrets** 763/**3**
	3 - **Les feux du matin** 764/**2**
	Grimbosq 801/**3**
	Le front dans les nuages 950/**2**
	Viou 1318/**2**
	Le pain de l'étranger 1577/**2**

Littérature

	La Dérision 1743/**2**
	Marie Karpovna 1925/**2**
	Le bruit solitaire du cœur 2124/**2**
	A demain, Sylvie (Viou-2) 2295/**2**
	Un si long chemin 2457/**3**
	Le troisième bonheur (Viou-3) 2523/**2**
	Toute ma vie sera mensonge 2725/**2**
	La gouvernante française 2964/**3**
TRUFFAUT François	*L'homme qui aimait les femmes* 2864/**2**
TRYON Thomas	*La nuit du croissant de lune* 3100/**6**
TUROW Scott	*Présumé innocent* 2787/**7**
TWAIN Mark	*Les aventures de Tom Sawyer* 3030/**3**
UNSWORTH Barry	*L'île de Pascali* 2910/**3**
VALLIÈRES Claire	*Ce toit fragile où veillent les vautours* 1837/**5**
	L'arbre à pluie 2203/**6**
VERGUIN Paul	*Aubaine* 2915/**2**
VILLAMONT Viviane	*Le Guêpiot* 1013/**4**
VILLEFRANCHE Anne-Marie de	*L'amour, l'amour toujours* 3057/**2**
VILOTEAU Nicole	*La femme aux serpents* 2022/**4** Illustré
WALKER Alice	*La couleur pourpre* 2123/**3**
WALTER Anne	*Les relations d'incertitude* 2896/**3**
WESLEY Mary	*Sans avoir l'air d'y toucher* 3026/**6**
WHARTON Edith	*Fièvre romaine* 2700/**3**
WOLINSKI Maryse	*Au diable vauvert* 2560/**3**
WOOD Barbara	*Et l'aube vient après la nuit* 2076/**3** & 2077/**3**
	Les battements du cœur 2909/**6**
WOODIWISS Kathleen E.	*L'inconnue du Mississipi* 2509/**3**
XENAKIS Françoise	*Moi j'aime pas la mer* 491/**1**
	La natte coupée 1790/**2**
	Zut, on a encore oublié madame Freud... 2045/**3**
	Mouche-toi, Cléopâtre... 2359/**3**
	La vie exemplaire de Rita Capuchon 2585/**3**
	Elle lui dirait dans l'île 2994/**3**
	Chéri, tu viens pour la photo 3040/**4**
YOSHIKAWA Eiji	*La pierre et le sabre* 1770/**5** & 1771/**5**
	La Chronique des Heiké 2475/**7**
ZOLA Émile	*Germinal* 901/**3**
ZUMBIEHL Paul	*Un atoll et un rêve* 2806/**4**
X	*Correspondance d'une bourgeoise avertie...* 2703/**2**

Romans sentimentaux

La littérature sentimentale a pour auteur vedette chez J'ai lu la célèbre romancière anglaise Barbara Cartland, qui a écrit plus de 500 romans. A ses côtés, Anne et Serge Golon avec la série des Angélique, Juliette Benzoni et des écrivains anglo-saxons qui savent évoquer toute la force des sentiments (Janet Dailey, Theresa Charles, Victoria Holt...).

AMIEL Joseph	Les droits du sang 2966/8
BEARN Myriam et Gaston de	L'or de Brice Bartrès 2514/4
BENZONI Juliette	Marianne, une étoile pour Napoléon 2743/7
	Marianne et l'inconnu de Toscane 2744/5
	Marianne - Jason des quatre mers 2745/5
	Toi, Marianne 2746/5
	Marianne - Les lauriers de flammes 2747/8
BIALOT Joseph	Elisabeth ou le vent du sud 3088/5
BRISKIN Jacqueline	Les vies mêlées 2714/6
	Le cœur à nu 2813/6
	Paloverde 2831/8
BUSBEE Shirlee	La rose d'Espagne 2732/4
	Le Lys et la Rose 2830/4
CARTLAND	
CASATI MODIGNANI Sveva	Désespérément, Julia 2871/4
CHARLES Theresa	Le chirurgien de Saint-Chad 873/3
	Inez, infirmière de Saint-Chad 874/3
	Un amour à Saint-Chad 945/3
	Crise à Saint-Chad 994/2
	Pour un seul week end 1080/3
	Lune de miel à Saint-Chad 1112/2
	Les rebelles de Saint-Chad 1495/3
	Les mal-aimés de Fercombe 1146/3
	Lake qui es tu ? 1168/4
	Le château de la haine 1190/2
COOKSON Catherine	L'orpheline 1886/5
	La fille sans nom 1992/4
	L'homme qui pleurait 2048/4
	Le mariage de Tilly 2219/4
	Le destin de Tilly Trotter 2273/3
	Le long corridor 2334/3
	La passion de Christine Winter 2403/3
	L'éveil à l'amour 2587/4
	15e Rue 2846/3
	La maison des flammes 2997/5
DAILEY Janet	La saga des Calder :
	- La dynastie Calder 1659/4
	- Le ranch Calder 2029/4
	- Prisonniers du bonheur 2101/4
	- Le dernier des Calder 2161/4
	Le cavalier de l'aurore 1701/4
	La Texane 1777/4
	Le mal-aimé 1900/4
	Les ailes d'argent 2258/5
	Pour l'honneur de Hannah Wade 2366/3
	Le triomphe de l'amour 2430/5
	Les grandes solitudes 2566/6
DALLAYRAC Dominique	Et le bonheur maman ? 1051/3
DAVENPORT Marcia	Le fleuve qui tout emporta 2775/4

Romans sentimentaux

CARTLAND Barbara (Sélection)

Les seigneurs de la côte 920/2
Le valet de cœur 1166/3
Seras tu lady Gardenia ? 1177/3
Printemps à Rome 1203/2
L'épouse apprivoisée 1214/2
Le cavalier masqué 1238/2
Le baiser du diable 1250/3
Le port du bonheur 1522/2
L'ingénue criminelle 1553/2
La princesse orgueilleuse 1570/2
La déesse et la danseuse 1581/2
Rhapsodie d'amour 1582/2
Rêver aux étoiles 1593/2
Sous la lune de Ceylan 1594/2
Les vibrations de l'amour 1608/2
Duchesse d'un jour 1609/2
L'enchanteresse 1627/2
La tigresse et le roi 1642/2
Un cri d'amour 1657/2
Le Lys de Brighton 1672/2
Le marquis et la gouvernante 1682/2
Un duc à vendre 1683/2
Piège pour un marquis 1699/2
Le talisman de jade 1713/2
Le fantôme amoureux 1731/2
Où vas-tu Melinda ? 1732/2
L'amour et Lucia 1806/2
L'amour était au rendez-vous 1884/2
Le piège de l'amour 2664/2
Tempête amoureuse 2665/2
Les yeux de l'amour 2688/2
L'amour sans trêve 2689/2
Lilas blanc 2701/2
La malédiction de la sorcière 2702/2
Les saphirs du Siam 2715/2
Un mariage en Ecosse 2716/2
Le jugement de l'amour 2733/2
Mon cœur est en Ecosse 2734/2
Les amants de Lisbonne 2756/2
Passions victorieuses 2757/2

Pour une princesse 2776/2
Dangereuse passion 2777/2
Un rêve espagnol 2795/2
L'amour victorieux 2796/2
Douce vengeance 2811/2
Juste un rêve 2812/2
Amour, argent et fantaisie 2832/2
L'explosion de l'amour 2833/2
Le temple de l'amour 2847/2
La princesse des Balkans 2856/2
Douce enchanteresse 2857/2
L'amour est un jeu 2872/2
Le château des effrois 2873/2
Un baiser de soie 2889/2
Aime-moi pour toujours 2890/3
La course à l'amour 2903/3
Danger sur le Nil 2916/3
Une femme trop fière 2917/3
Le duc infernal 2948/4
Une folle lune de miel 2949/2
Le parfum des dieux 2960/2
Un ange passe 2972/2
L'amour est invincible 2973/2
Le drame de Gilda 3001/2
La fuite en France 3002/2
Le voleur d'amour 3017/3
Musique miraculeuse 3033/2
Rêverie nocturne 3034/2
Danger pour le duc 3047/2
Ah, l'adorable menteuse ! 3048/2
Coup de foudre à Penang 3058/2
Idylle au Ritz 3068/2
Tendre Lydia 3069/2
Le carousel de l'amour 3089/2
La découverte du bonheur 3090/2
Les ailes de l'amour 3108/4
La sérénité d'un amour 3109/2
Une fuite éperdue 3125/3
Le lien magique 3126/2

GOLON Anne et Serge

Angélique, marquise des Anges 2488/7
Angélique, le chemin de Versailles 2489/7
Angélique et le Roy 2490/7
Indomptable Angélique 2491/7
Angélique se révolte 2492/7
Angélique et son amour 2493/7
Angélique et le Nouveau Monde 2494/7

La tentation d'Angélique 2495/7
Angélique et la Démone 2496/7
Le complot des ombres 2497/7
Angélique à Québec 2498/5 & 2499/5
Angélique La route de l'espoir 2500/7
La victoire d'Angélique 2501/7

Romans sentimentaux

DESMAREST Marie-Anne	Torrents 970/3
	Jan Yvarsen 1024/2
	Jan et Thérèse 1112/3
	Le fils de Jan 1148/3
	Le destin des Yvarsen 1230/2
EBERT Alan	Traditions 2947/8
FORSYTHE HAILEY Elizabeth	Le mari de Joanna et la femme de David 2855/5
FURSTENBERG et GARDNER	Miroir, miroir 3016/7
HEAVEN Constance	La maison Kouraguine 812/3
	Interroge le vent 869/3
HEIM Peter	La clinique de la Forêt-Noire 2752/4
HOLT Victoria	La maison aux mille lanternes 834/4
	La porte du rêve 899/3
	L'orgueil du paon 1063/4
	Le galop du Diable 1113/3
	La nuit de la septième lune 1160/4
	Le masque de l'enchanteresse 1643/4
	La légende de la septième vierge 1702/3
	Sables mouvants 1764/3
	Les sortilèges du tombeau égyptien 2778/3
HULL E.M.	Le Cheik 1135/2
	Le fils du Cheik 1216/2
IBBOTSON Eva	Une comtesse à l'office 1931/4
KEVERNE Gloria	Demeure mon âme à Suseshi 2546/6
LAKER Rosalind	Reflets d'amour 2129/4
	La femme de Brighton 2190/4
	Le sentier d'émeraudes 2351/5
	Splendeur dorée 2549/4
	Les neiges de Norvège 2687/4
	Le sceau d'argent 3032/5
LINDSEY Johanna	Le vent sauvage 2241/3
	Un si cher ennemi 2382/3
McBAIN Laurie	Les larmes d'or 1644/4
	Lune trouble 1673/4
	L'empreinte du désir 1716/4
	Le Dragon des mers 2569/4
	Les contrebandiers de l'ombre 2604/4
	Splendeur et décadence 2663/5
MICHAEL Judith	Prête-moi ta vie 1844/4 & 1845/4
MONSIGNY Jacqueline	L'amour dingue 1833/3
	Le palais du désert 1885/2
	Les nuits du Bengale 1375/3
MOTLEY Annette	Le pavillon des parfums verts 2810/8
MULLEN Dore	Entre ciel et enfer 1557/4
	Le lys d'or de Shanghai 2525/3
	La violence du destin 2650/4
PAETRO Maxine	Besoin d'aimer 3124/6
PARETTI Sandra	L'oiseau de paradis 2445/4
	L'arbre du bonheur 2628/5
RASKIN Barbara	Bouffées de jeunesse 2888/5
ROGERS Rosemary	Amour tendre, amour sauvage 952/4
	Jeux d'amour 1371/4
	Au vent des passions 1668/4
	La femme impudique 2069/4
	Le métis 2392/5

Romans sentimentaux

	Esclave du désir 2463/**5**
	Insolente passion 2557/**6**
	Le feu et la glace 2576/**6**
RUGGIERI François	*Au cas où Solange reviendrait* 3042/**4**
STANFILL Francesca	*Une passion fatale* 2320/**4**
THOMAS Rosie	*Le passé en héritage* 2794/**5**
	La vie ne sera plus jamais la même 2918/**6**
	Amy, pour les amis 3132/**5** & 3133/**5**
WOODIWISS Kathleen E.	*Quand l'ouragan s'apaise* 772/**4**
	Le loup et la colombe 820/**4**
	Une rose en hiver 1816/**5**
	Shanna 1983/**5**

Les Nouvelles Clés du Mieux-être

BONDI Julia A.	Amour, sexe et clarté 2817/3 Inédit
BOWMAN Catherine	Cristaux et prise de conscience 2920/3
BRO H. H.	Voir à Cayce
CAMPBELL Joseph	Puissance du mythe 3095/5
CAYCE Edgar	...et la réincarnation (par Noel Langley) 2672/4
(Voir aussi à Koechlin)	Les rêves et la réalité (par H. H. Bro) 2783/4
	L'homme du mystère (par Joseph Millard) 2802/3
CHADWICK Gloria	A la découverte de vos vies antérieures 2722/3
DAMEON-KNIGHT Guy	Karma, destinée et Yi King 2763/3 Inédit
DENNING M. & PHILLIPS O.	La visualisation créatrice 2676/3 Inédit
DOORE Gary	La voie des chamans 2674/3 Inédit
GIMBELS Theo	Les pouvoirs de la couleur 3054/4
HAYES Peter	L'aventure suprême 2849/3 Inédit
KOECHLIN de BIZEMONT Dorothée	L'univers d'Edgar Cayce 2786/5
	L'astrologie karmique 2878/6
	Les prophéties d'Edgar Cayce 2978/6
LANGLEY Noel	Voir à Cayce
MACLAINE Shirley	L'amour foudre 2396/5
	Danser dans la lumière 2462/5
	Le voyage intérieur 3077/3
MELLA Dorothee L.	Puissance des Couleurs 2675/3 Inédit
MILLARD Joseph	Voir à Cayce
MONTGOMERY Ruth	Au-delà de notre monde 2895/3 Inédit
MOODY Raymond Dr	La vie après la vie 1984/2
	Lumières nouvelles... 2784/2
	La lumière de l'au-delà 2954/2
PARKINSON Cornelia	La magie des pierres 2961/4 Inédit
PEARCE Joseph Chilton	La fêlure dans l'œuf cosmique 3022/4 Inédit
PECK Scott	Le chemin le moins fréquenté 2839/5
ROBERTS Jane	Le Livre de Seth 2801/5 Inédit
	L'enseignement de Seth 3038/7 Inédit
RYERSON et HAROLDE	La communication avec les esprits 3113/4
SIEGEL Bernie	L'amour, la médecine et les miracles 2908/4
SMITH Michael G.	Le pouvoir des cristaux 2673/3 Inédit
TALBOT Michael	L'univers : Dieu ou hasard 2677/3 Inédit
WAGNER McLAIN Florence	Guide pratique du voyage dans les vies antérieures 3061/2
WATSON Lyall	Supernature 2740/4
	Histoire naturelle du surnaturel 2842/4
WEISS Brian L. Dr	De nombreuses vies, de nombreux maîtres 3007/3 Inédit

Impression Brodard et Taupin
à La Flèche (Sarthe) le 15 novembre 1991
6680E-5 Dépôt légal novembre 1991
ISBN 2-277-23119-3
Imprimé en France
Editions J'ai lu
27, rue Cassette, 75006 Paris
diffusion France et étranger : Flammarion